《苏州全书》编纂出版委员会 编

苏州全书

乙编

·孽海花（外一种）

苏州大学出版社
古吴轩出版社

图书在版编目(CIP)数据

孽海花:外一种 / 曾朴,张鸿著. -- 苏州:苏州大学出版社:古吴轩出版社,2023.11
(苏州全书)
ISBN 978-7-5672-4538-9

Ⅰ.①孽… Ⅱ.①曾… ②张… Ⅲ.①《孽海花》②章回小说—中国—现代 Ⅳ.①I242.4②I246.4

中国国家版本馆CIP数据核字(2023)第171563号

责任编辑 刘 冉
助理编辑 朱雪斐
装帧设计 周 晨 李 璇
责任校对 穆宣臻

书　　名	孽海花(外一种)
著　　者	曾朴 张鸿
出版发行	苏州大学出版社
	地址:苏州市十梓街1号　电话:0512-67480030
	古吴轩出版社
	地址:苏州市八达街118号苏州新闻大厦30F　电话:0512-65233679
印　　刷	苏州工业园区美柯乐制版印务有限责任公司
开　　本	718×1000　1/16
印　　张	48.25
版　　次	2023年11月第1版
印　　次	2023年11月第1次印刷
书　　号	ISBN 978-7-5672-4538-9
定　　价	280.00元

《苏州全书》编纂工程

总主编

刘小涛　吴庆文

学术顾问

（按姓名笔画为序）

马亚中	王卫平	王为松	王　尧	王华宝	王红蕾
王　芳	王余光	王　宏	王　锷	王锺陵	韦　力
叶继元	朱诚如	朱栋霖	乔治忠	任　平	华人德
全　勤	邬书林	刘　石	刘跃进	江庆柏	江澄波
汝　信	阮仪三	严佐之	杜泽逊	李　捷	吴永发
吴　格	何建明	言恭达	沈坤荣	沈燮元	张乃格
张志清	张伯伟	张海鹏	陆俭明	陆振岳	陈广宏
陈子善	陈正宏	陈红彦	陈尚君	武秀成	范小青
范金民	茅家琦	周少川	周国林	周勋初	周　秦
周新国	单霁翔	赵生群	胡可先	胡晓明	姜小青
姜　涛	姚伯岳	贺云翱	袁行霈	莫砺锋	顾　芗
钱小萍	徐兴无	徐　俊	徐　海	徐惠泉	徐　雁
唐力行	黄显功	黄爱平	崔之清	阎晓宏	葛剑雄
韩天衡	程章灿	程毅中	詹福瑞	廖可斌	熊月之
樊和平	戴　逸				

《苏州全书》编纂出版委员会

主 任

金 洁　查颖冬

副主任

黄锡明　张建雄　王国平　罗时进

编 委

（按姓名笔画为序）

丁成明	王乐飞	王　宁	王伟林	王忠良	王　炜
王稼句	尤建丰	卞浩宇	田芝健	朱从兵	朱光磊
朱　江	齐向英	汤哲声	孙中旺	孙　宽	李　军
李志军	李　忠	李　峰	吴建华	吴恩培	余同元
沈　鸣	沈慧瑛	张蓓蓓	陈大亮	陈卫兵	陈兴昌
陈其弟	陈　洁	欧阳八四	周生杰	查　焱	洪　晔
袁小良	钱万里	铁爱花	徐红霞	卿朝晖	凌郁之
高　峰	接　晔	黄启兵	黄鸿山	曹　炜	曹培根
程水龙	谢晓婷	蔡晓荣	臧知非	管傲新	潘志嘉
戴　丹					

前　言

中华文明源远流长，文献典籍浩如烟海。这些世代累积传承的文献典籍，是中华民族生生不息的文脉和根基。苏州作为首批国家历史文化名城，素有"人间天堂"之美誉。自古以来，这里的人民凭借勤劳和才智，创造了极为丰厚的物质财富和精神文化财富，使苏州不仅成为令人向往的"鱼米之乡"，更是实至名归的"文献之邦"，为中华文明的传承和发展作出了重要贡献。

苏州被称为"文献之邦"由来已久，早在南宋时期，就有"吴门文献之邦"的记载。宋代朱熹云："文，典籍也；献，贤也。"苏州文献之邦的地位，是历代先贤积学修养、劬勤著述的结果。明人归有光《送王汝康会试序》云："吴为人材渊薮，文字之盛，甲于天下。"朱希周《长洲县重修儒学记》亦云："吴中素称文献之邦，盖子游之遗风在焉，士之向学，固其所也。"《江苏艺文志·苏州卷》收录自先秦至民国苏州作者一万余人，著述达三万二千余种，均占江苏全省三分之一强。古往今来，苏州曾引来无数文人墨客驻足流连，留下了大量与苏州相关的文献。时至今日，苏州仍有约百万册的古籍留存，入选"国家珍贵古籍名录"的善本已达三百一十九种，位居全国同类城市前列。其中的苏州乡邦文献，历宋元明清，涵经史子集，写本刻本，交相辉映。此外，散见于海内外公私藏家的苏州文献更是不可胜数。它们载录了数千年传统文化的精华,也见证了苏州曾经作为中国文化中心城市的辉煌。

苏州文献之盛得益于崇文重教的社会风尚。春秋时代,常熟人言偃就北上问学,成为孔子唯一的南方弟子。归来之后,言偃讲学授道,文开吴会,道启东南,被后人尊为"南方夫子"。西汉时期,苏州人朱买臣负薪读书,穹窿山中至今留有其"读书台"遗迹。两晋六朝,以"顾陆朱张"为代表的吴郡四姓涌现出大批文士,在不少学科领域都贡献卓著。及至隋唐,苏州大儒辈出,《隋书·儒林传》十四人入传,其中籍贯吴郡者二人;《旧唐书·儒学传》三十四人入正传,其中籍贯吴郡(苏州)者五人,文风之盛可见一斑。北宋时期,范仲淹在家乡苏州首创州学,并延名师胡瑗等人教授生徒,此后县学、书院、社学、义学等不断兴建,苏州文化教育日益发展。故明人徐有贞云:"论者谓吾苏也,郡甲天下之郡,学甲天下之学,人才甲天下之人才,伟哉!"在科举考试方面,苏州以鼎甲萃集为世人瞩目,清初汪琬曾自豪地将状元称为苏州的土产之一,有清一代苏州状元多达二十六位,占全国的近四分之一,由此而被誉为"状元之乡"。近现代以来,苏州在全国较早开办新学,发展现代教育,涌现出顾颉刚、叶圣陶、费孝通等一批大师巨匠。中华人民共和国成立后,社会主义文化教育事业蓬勃发展,苏州英才辈出、人文昌盛,文献著述之富更胜于前。

苏州文献之盛受益于藏书文化的发达。苏州藏书之风举世闻名,千百年来盛行不衰,具有传承历史长、收藏品质高、学术贡献大的特点,无论是卷帙浩繁的图书还是各具特色的藏书楼,以及延绵不绝的藏书传统,都成为中国文化重要的组成部分。据统计,苏州历代藏书家的总数,高居全国城市之首。南朝时期,苏州就出现了藏书家陆澄,藏书多达万余卷。明清两代,苏州藏书鼎盛,绛云楼、汲古阁、传是楼、百宋一廛、艺芸书舍、铁琴铜剑楼、过云楼等藏书楼誉满海内外,汇聚了大量的珍贵文献,对古代典籍的收藏保护厥功至伟,亦于文献校勘、整理裨益甚巨。《旧唐书》自宋至明四百多年间已难以考觅,直至明嘉靖十七年(一五三八),闻人诠在苏州为官,搜讨旧籍,方从吴县王延喆家得《旧唐书》"纪"和"志"部分,从长洲张汴家得《旧唐书》"列传"部分,"遗籍俱出宋时模板,旬月之间,二美璧合",于是在苏州府学中梨刊,《旧唐书》自此得以汇而成帙,复行于世。清代嘉道年间,苏州黄丕烈和顾广圻均为当时藏书名家,且善校书,"黄跋顾校"在中国文献史上影响深远。

苏州文献之盛也获益于刻书业的繁荣。苏州是我国刻书业的发祥地之一,早在宋代,苏州的刻书业已经发展到了相当高的水平,至今流传的杜甫、李白、韦应物等文学大家的诗文集均以宋代苏州官刻本为祖本。宋元之际,苏州碛砂延圣院还主持刊刻了中国佛教史上著名的《碛砂藏》。明清时期,苏州成为全国的刻书中心,所刻典籍以精善享誉四海,明人胡应麟有言:"凡刻之地有三,吴也、越也、闽也。"他认为"其精,吴为最","其直重,吴为最"。又云:"余所见当今刻本,苏常为上,金陵次之,杭又次之。"清人金埴论及刻书,仍以胡氏所言三地为主,则谓"吴门为上,西泠次之,白门为下"。明代私家刻书最多的汲古阁、清代坊间刻书最多的扫叶山房均为苏州人创办,晚清时期颇有影响的江苏官书局也设于苏州。据清人朱彝尊记述,汲古阁主人毛晋"力搜秘册,经史而外,百家九流,下至传奇小说,广为镂版,由是毛氏锓本走天下"。由于书坊众多,苏州还产生了书坊业的行会组织崇德公所。明清时期,苏州刻书数量庞大,品质最优,装帧最为精良,为世所公认,国内其他地区不少刊本也都冠以"姑苏原本",其传播远及海外。

苏州传世文献既积淀着深厚的历史文化底蕴,又具有穿越时空的永恒魅力。从范仲淹的"先天下之忧而忧,后天下之乐而乐",到顾炎武的"天下兴亡,匹夫有责",这种胸怀天下的家国情怀,早已成为中华民族精神的重要组成部分,传世留芳,激励后人。南朝顾野王的《玉篇》、隋唐陆德明的《经典释文》、陆淳的《春秋集传纂例》等均以实证明辨著称,对后世影响深远。明清时期,冯梦龙的《喻世明言》《警世通言》《醒世恒言》,在中国文学史上掀起市民文学的热潮,具有开创之功。吴有性的《温疫论》、叶桂的《温热论》,开温病学研究之先河。苏州文献中蕴含的求真求实的严谨学风、勇开风气之先的创新精神,已经成为一种文化基因,融入了苏州城市的血脉。不少苏州文献仍具有鲜明的现实意义。明代费信的《星槎胜览》,是记载历史上中国和海上丝绸之路相关国家交往的重要文献。郑若曾的《筹海图编》和徐葆光的《中山传信录》,为钓鱼岛及其附属岛屿属于中国固有领土提供了有力证据。魏良辅的《南词引正》,严澂的《松弦馆琴谱》,计成的《园冶》,分别是昆曲、古琴及园林营造的标志性成果,这些艺术形式如今得以名列世界文化遗产,与上述名著的嘉惠滋养密不可分。

  维桑与梓,必恭敬止;文献流传,后生之责。苏州先贤向有重视乡邦文献整理保护的传统。方志编修方面,范成大《吴郡志》为方志创体,其后名志迭出,苏州府县志、乡镇志、山水志、寺观志、人物志等数量庞大,构成相对完备的志书系统。地方总集方面,南宋郑虎臣辑《吴都文粹》、明钱谷辑《吴都文粹续集》、清顾沅辑《吴郡文编》先后相继,收罗宏富,皇皇可观。常熟、太仓、昆山、吴江诸邑,周庄、支塘、木渎、甪直、沙溪、平望、盛泽等镇,均有地方总集之编。及至近现代,丁祖荫汇辑《虞山丛刻》《虞阳说苑》,柳亚子等组织"吴江文献保存会",为搜集乡邦文献不遗余力。江苏省立苏州图书馆于一九三七年二月举行的"吴中文献展览会"规模空前,展品达四千多件,并汇编出版吴中文献丛书。然而,由于时代沧桑,图书保藏不易,苏州乡邦文献中"有目无书"者不在少数。同时,囿于多重因素,苏州尚未开展过整体性、系统性的文献整理编纂工作,许多文献典籍仍处于尘封或散落状态，没有得到应有的保护与利用，不免令人引以为憾。

进入新时代，党和国家大力推动中华优秀传统文化的创造性转化和创新性发展。习近平总书记强调，要让收藏在博物馆里的文物、陈列在广阔大地上的遗产、书写在古籍里的文字都活起来。二〇二二年四月，中共中央办公厅、国务院办公厅印发《关于推进新时代古籍工作的意见》，确定了新时代古籍工作的目标方向和主要任务，其中明确要求"加强传世文献系统性整理出版"。盛世修典，赓续文脉，苏州文献典籍整理编纂正逢其时。二〇二二年七月，中共苏州市委、苏州市人民政府作出编纂《苏州全书》的重大决策，拟通过持续不断努力，全面系统整理苏州传世典籍，着力开拓研究江南历史文化，编纂出版大型文献丛书，同步建设全文数据库及共享平台，将其打造为彰显苏州优秀传统文化精神的新阵地，传承苏州文明的新标识，展示苏州形象的新窗口。

"睹乔木而思故家，考文献而爱旧邦"。编纂出版《苏州全书》，是苏州前所未有的大规模文献整理工程，是不负先贤、泽惠后世的文化盛事。希望藉此系统保存苏州历史记忆，让散落在海内外的苏州文献得到挖掘利用，让珍稀典籍化身千百，成为认识和了解苏州发展变迁的津梁，并使其中蕴含的积极精神得到传承弘扬。

观照历史，明鉴未来。我们沿着来自历史的川流，承荷各方的期待，自应负起使命，砥砺前行，至诚奉献，让文化薪火代代相传，并在守正创新中发扬光大，为推进文化自信自强、丰富中国式现代化文化内涵贡献苏州力量。

《苏州全书》编纂出版委员会
二〇二二年十二月

凡 例

一、《苏州全书》（以下简称"全书"）旨在全面系统收集整理和保护利用苏州地方文献典籍，传播弘扬苏州历史文化，推动中华优秀传统文化传承发展。

二、全书收录文献地域范围依据苏州市现有行政区划，包含苏州市各区及张家港市、常熟市、太仓市、昆山市。

三、全书着重收录历代苏州籍作者的代表性著述，同时适当收录流寓苏州的人物著述，以及其他以苏州为研究对象的专门著述。

四、全书按收录文献内容分甲、乙、丙三编。每编酌分细类，按类编排。

（一）甲编收录一九一一年及以前的著述。一九一二年至一九四九年间具有传统装帧形式的文献，亦收入此编。按经、史、子、集四部分类编排。

（二）乙编收录一九一二年至二〇二一年间的著述。按哲学社会科学、自然科学、综合三类编排。

（三）丙编收录就苏州特定选题而研究编著的原创书籍。按专题研究、文献辑编、书目整理三类编排。

五、全书出版形式分影印、排印两种。甲编书籍全部采用繁体竖排；乙编影印类书籍，字体版式与原书一致；乙编排印类书籍和丙编书籍，均采用简体横排。

六、全书影印文献每种均撰写提要或出版说明一篇，介绍作者生平、文献内容、版本源流、文献价值等情况。影印底本原有批校、题跋、印鉴等，均予保留。底本有漫漶不清或缺页者，酌情予以配补。

七、全书所收文献根据篇幅编排分册，篇幅适中者单独成册，篇幅较大者分为序号相连的若干册，篇幅较小者按类型相近原则数种合编一册。数种文献合编一册以及一种文献分成若干册的，页码均连排。各册按所在各编下属细类及全书编目顺序编排序号。

孽海花（外一种）

曾朴 张鸿 著

出版说明

曾朴（1872—1935），原名朴华，改名朴，字孟朴，又字小木、籀斋，号铭珊，笔名东亚病夫。江苏常熟人。清末参加张謇等人组织的立宪派活动，被两江总督端方聘为幕僚，民初曾任江苏省议员、财政厅厅长、政务厅厅长等职。1927年创办《真美善》杂志，专注小说创作与翻译。所著《孽海花》为清末四大谴责小说之一。

《孽海花》以出生于苏州的传奇女子傅彩云（赛金花）的人生浮沉为线索，通过记述晚清重要人物的琐闻逸事，全面反映当时的社会背景。书中人物和事件皆有影可索，内容多为曾朴先辈及友人轶事，其中不乏达官贵人、风雅名士、维新志士，小说因此得以如摄影镜头般展现晚清的政坛变迁与社会风貌。曾朴才华横溢，博闻强识，笔下人物形象生动，林纾称赞其"描写名士之狂态，语语投我心坎"，故《孽海花》在当时广受欢迎，于《真美善》月刊登载前二十回后，再版达十五次之多，行销不下五万部。

《续孽海花》的作者张鸿（1867—1941），原名澂，字映南，一作隐南，又字师曾，号燕谷老人等。江苏常熟人。光绪三十年（1904）进士，历官内阁中书、户部主事、外务部郎中等，后任驻日本长崎、神户及朝鲜仁川领事。1916年后归居常熟燕园，曾任常熟县立图书馆馆长兼通俗教育馆馆长等职。

《续孽海花》是张鸿受曾朴之托而作，也以赛金花为贯串人物，但与《孽海花》中多有夸张怪诞之语不同的是，张鸿写作《续孽海花》抱有为侠客名士修史作传的精神，故慎重取材，忠实记述，如叙写保国会成立时，将保国会章程、讲例等完整摘录，不改一字，其态度可见一斑。书中又穿插许多趣闻、逸事、掌故、传说等，文字活泼生动。

本次出版的《孽海花》，前三十回以1941年上海真美善书店修订本为底本，后五回则以《真美善》月刊所刊原文为底本，《续孽海花》以1947年上海真美善书店修订本为底本。均为简体横排，校以其他版本。

目　录

孽　海　花

修改后要说的几句话……………………………………………………… 003
第 一 回　一霎狂潮陆沉奴乐岛　卅年影事托写自由花……………… 007
第 二 回　陆孝廉访艳宴金阊　金殿撰归装留沪渎………………… 010
第 三 回　领事馆铺张赛花会　半敦生演说西林春………………… 019
第 四 回　光明开夜馆福晋呈身　康了困名场歌郎跪月…………… 028
第 五 回　开樽赖有长生库　插架难遮素女图……………………… 035
第 六 回　献绳技谈黑旗战史　听笛声追白傅遗踪………………… 047
第 七 回　宝玉明珠弹章成艳史　红牙檀板画舫识花魁…………… 057
第 八 回　避物议男状元偷娶女状元　借诰封小老母权充大老母
　　　　　……………………………………………………………… 065
第 九 回　遣长途医生试电术　怜香伴爱妾学洋文………………… 074
第 十 回　险语惊人新钦差胆破虚无党
　　　　　清茶话旧侯夫人名噪赛工场……………………………… 082
第十一回　潘尚书提倡公羊学　黎学士狂胪老鞑文……………… 089
第十二回　影并帝天初登布士殿　学通中外重翻交界图………… 098
第十三回　误下第迁怒座中宾　考中书互争门下士……………… 108
第十四回　两首新诗是谪官月老　一声小调显命妇风仪………… 118

第十五回	瓦德西将军私来大好日　斯拉夫民族死争自由天……	128
第十六回	席上逼婚女豪使酒　镜边语影侠客窥楼…………	137
第十七回	辞鸳侣女杰赴刑台　递鱼书航师尝禁脔…………	148
第十八回	游草地商量请客单　借花园开设谭瀛会…………	158
第十九回	淋漓数行墨五陵未死健儿心	
	的烁三明珠一笑来觞名士寿…………	168
第二十回	一纸书送却八百里　三寸舌压倒第一人………	178
第二十一回	背履历库丁蒙廷辱　通苞苴衣匠弄神通…………	189
第二十二回	隔墙有耳都院会名花　宦海回头小侯惊异梦……	200
第二十三回	天威不测蛮语中词臣　隐恨难平违心驱俊仆……	210
第二十四回	愤舆论学士修文　救藩邦名流主战………………	221
第二十五回	疑梦疑真司农访鹤　七擒七纵巡抚吹牛…………	231
第二十六回	主妇索书房中飞赤凤　天家脱辐被底卧乌龙……	242
第二十七回	秋狩记遗闻白妖转劫　春帆开协议黑眚临头……	252
第二十八回	棣萼双绝武士道舍生　霹雳一声革命团特起……	264
第二十九回	龙吟虎啸跳出人豪　燕语莺啼惊逢遹客…………	275
第三十回	白水滩名伶掷帽　青阳港好鸟离笼………………	286
第三十一回	抟云搓雨弄神女阴符　瞒凤栖鸾惹英雌决斗……	297
第三十二回	艳帜重张悬牌燕庆里　义旗不振弃甲鸡隆山……	308
第三十三回	保残疆血战台南府　谋革命举义广东城…………	319
第三十四回	双门底是烈士殉身处　万木堂作素王改制谈……	332
第三十五回	燕市挥金豪公子无心结死士	
	辽天跃马老英雄仗义送孤臣…………	345

续孽海花

前序		359
后序		365
谈孽海花		369
楔子		374
第三十一回	送丧车神龙惊破壁　开赈会彩凤悔随鸦	379
第三十二回	露水孽缘挂牌燕庆里　河山异色横议陶然亭	392
第三十三回	强学会国士逢挫折　碧云寺侠客救孤忠	403
第三十四回	侠客白髯孤臣凭保护　远航黄海大计定澄清	418
第三十五回	四子忧时纵横论青史　二贤言志慷慨渡重溟	430
第三十六回	望平街胜流聚首　彦丰里高会谈瀛	441
第三十七回	金粉楼台健儿献绝技　江湖风浪志士访奇人	451
第三十八回	雾起深山龙蛇生大泽　日斜重幕燕雀闹华堂	462
第三十九回	兰鲍同堂洛闽分党派　芝龟一室南北话离情	474
第四十回	白发老臣求才郎署　青衫名士定策花丛	487
第四十一回	粤东馆中初开保国会　唐常肃后续演黎金庵	499
第四十二回	保国会新翻猎官戏　内务府高挂护花幡	514
第四十三回	曹梦兰新改赛金花　孙公园重开保国会	526
第四十四回	戴胜佛出山收草寇　唐常肃入署献危言	540
第四十五回	权上争权政策革旧　梦中寻梦酒令翻新	553
第四十六回	琉璃厂春榜看红录　鹁鸪峰归帆迎白头	566
第四十七回	党派纷纭老臣去国　歌场游戏贵胄登坛	582
第四十八回	南河泡观荷开大会　赛金花戏竹见灵心	594
第四十九回	赛金花别筑藏春窟　尹宗扬重探发纵谋	605
第五十回	杨淑乔一封传密诏　戴胜佛两眼误奸雄	618
第五十一回	颐和园垂帘重训政　梁超如易服作逋臣	630
第五十二回	飞鹰舰暗释唐圣人　菜市口冤斩六君子	642

第五十三回	段扈桥编歌得懿眷 尹震生奉旨阅新军	653
第五十四回	保皇党草檄驱密使 汉中府外简失天恩	665
第五十五回	沈北山联登高甲第 米筱亭悔结错姻缘	676
第五十六回	玉镜画眉沈北山难逃天壤恨 木天断指龚樵孙坚阻上书人	688
第五十七回	国闻报采风登正论 赛金花避难入危京	704
第五十八回	瓦大帅筹粮逢名妓 赛二爷救友得仇人	717
第五十九回	复仇杀罪魁国皆曰可 议和谋妓女朝无人矣	730
第六十回	克林德恤典建牌坊 赛金花妙语结和局	741

孽　海　花

修改后要说的几句话

　　我把《孽海花》的初、二两编修改完了,付印时候,我心里有几句要说的话,把它写在这里:我要说的话,是些什么呢?(一)这书发起的经过;(二)这书内容的组织和他的意义;(三)此次修改的理由。

　　这书发起的经过怎么的呢?这书造意的动机,并不是我,是爱自由者。爱自由者,在本书的楔子里就出现,但一般读者,往往认为虚构的,其实不是虚构,是实事。现在东亚病夫,已宣布了他的真姓名,爱自由者,何妨在读者前,显他的真相呢?他非别人,就是吾友金君松岑,名天翮。他发起这书,曾做过四五回。我那时正创办小说林书社,提倡译著小说,他把稿子寄给我看。我看了,认是一个好题材。但是金君的原稿,过於注重主人公,不过描写一个奇突的妓女,略映带些相关的时事,充其量,能做成了李香君的《桃花扇》,陈圆圆的《沧桑艳》,已算顶好的成绩了,而且照此写来,只怕笔法上仍跳不出《海上花列传》的蹊径。在我的意思却不然,想借用主人公做全书的线索,尽量容纳近三十年来的历史,避去正面,专把些有趣的琐闻逸事,来烘托出大事的背景,格局比较的廓大。当时就把我的意见,告诉了金君。谁知金君竟顺水推舟,把继续这书的责任,全卸到我身上来。我也就老实不客气的把金君四五回的原稿,一面点窜涂改,一面进行不息,三个月功夫,一气呵成了二十回。这二十回里的前四回,杂揉着金君的原稿不少,即如第一回的引首词和一篇骈文,都是照着原稿,一字未改,其余部分,也是触处都有,连我自己也弄不清楚谁是谁的。就是现在已修改本里,也还存着一半金君原稿的成分。从第六回起,才完全是我的作品哩。这是我要说的第一件。

这书内容的组织和他的意义是怎么样的呢?我说这书实在是一个幸运儿,一出版后,意外的得了社会上大多数的欢迎,再版至十五次,行销不下五万部,赞扬的赞扬,考证的考证,模仿的,继续的,不知糟了多少笔墨,祸了多少梨枣。而尤以老友畏庐先生,最先为逾量的推许。——他先并不知道是我做的——我真是惭愧得很。但因现在我先要说明组织,我却记到了《新青年》杂志里钱玄同和胡适之两先生对於《孽海花》辩论的两封信来,记得钱先生曾谬以第一流小说见许,而胡先生反对,以为只好算第二流。——原文不记得,这是概括的大意——他反对的理由有二:(一)因为这书是集合了许多短篇故事,联缀而成的长篇小说,和《儒林外史》《官场现形记》是一样的格局,并无预定的结构。(二)又为了书中叙及烟台孽报一段,含有迷信意味,仍是老新党口吻。这两点,胡先生批评得很合理,也很忠实。对於第一点,恰正搔着我痒处,我的确把数十年来所见所闻的零星掌故,集中了拉扯着穿在女主人公的一条线上,表现我的想像,被胡先生瞥眼捉住,不容你躲闪,这足见他老人家读书和别人不同,焉得不佩服!但他说我的结构和《儒林外史》等一样,这句话,我却不敢承认,只为虽然同是联缀多数短篇成长篇的方式,然组织法彼此截然不同。譬如穿珠,《儒林外史》等是直穿的,拿着一根线,穿一颗算一颗,一直穿到底,是一根珠链;我是蟠曲回旋着穿的,时收时放,东西交错,不离中心,是一朵珠花。譬如植物学里说的花序,《儒林外史》等是上升花序或下降花序,从头开去,谢了一朵,再开一朵,开到末一朵为止。我是伞形花序,从中心干部一层一层的推展出各种形色来,互相连结,开成一朵球一般的大花。《儒林外史》等是谈话式,谈乙事不管甲事,就渡到丙事,又把乙事丢了,可以随便进止;我是波澜有起伏,前后有照应,有擒纵,有顺逆,不过不是整个不可分的组织,却不能说他没有复杂的结构。至第二点,是对於金君原稿一篇骈文而发的,我以为小说中对於这种含有神秘的事是常有的。希腊的三部曲,末一部完全讲的是报应固不必说,浪漫派中,如梅黎曼的短篇,尤多不可思议的想像,如《婢尼斯铜像》一篇,因误放指环於铜像指端,至惹起铜像的恋妒,豵死新郎于结婚床上。近代象征主义的作品,迷离神怪的描写,更数见不鲜,似不能概斥他做迷信。只要作品的精神上,并非真有引起此种观念的印感就是了。所以当时我也没有改去,不想因此倒赚得了胡先生一个老新党的封号。大概那时胡先生正在高唱新文化的当儿,很兴奋地自命为新党,还没想到后来有新新党出来,自已也做了老新党,受国故派的欢迎他回去呢!若说我这书的意义,畏庐先生说:"《孽海花》非小说也。"又道:"彩云是此书主中之宾,但就彩云定为书中主人翁,误矣。"这几句话,开门见山,不能不说他不是我书的知言者!但是"非小说也"一语,意在极力推许,可惜倒暴露了林先生只因在中国古文家的脑壳里,不曾晓得小说在世界文学里的价值和地位。他一生非常的努力,卓绝的天才,是我一向倾服的,结果仅成了个古文式的大翻译家,吃亏也就在此。其实我这书的成功,称他做小说,还有些自惭形秽呢!他说到这书的内容,也只提出了鼓荡民气和描写名士狂态两点。这两点,在这书里固然曾注意到,然不过附带的意义,并不是他的主干。这书主干的意义,只为我看着这三十年,是我中国由旧到新的一个大转关,一方面文化的推移,一方面政治的变动,可惊可喜的现象,都在这一时期内飞也似的进行。我就想把这些现象,合拢了他的侧影或远景和相连系的一些细事,收摄在我笔头的摄影机上,叫他自然地一幕一幕的展现,印象上不啻目击了大事的全景一般。例如:这书写政治,写到清室的亡,全注重在德宗和太后的失和,所以写皇家的婚姻史,写鱼阳伯、余敏的买官,东西宫争权的事,都是后来戊戌政变、庚子拳乱的根原。写雅聚园，含英社，谈瀛会，卧云园，强学会，苏报社，都是一时文化过程中的足印。全书叙写的精神里，都自勉的含蓄着这两种意义。我的才力太不够，能否达到这个目的，我也不敢自诩，只好待读者的评判了。这是我要说的第二件。

此次修改的理由怎么的呢？第一，是为了把孙中山先生革命的事业，时期提得太早了。兴中会的组织，大约在光绪庚寅辛卯间，而广州第一次的举事，事实却在乙未年十月，这书叙金雯青中了状元，请假回南，过沪时就遇见陈千秋，以后便接叙青年党兴中会的事。雯青中状元，书中说明是同治戊辰年，与乙未相差几至三十年，虽说小说非历史，时期可以作者随意伸缩，然亦不宜违背过甚，所以不得不把他按照事实移到中日战争以后。既抽去了这么一件大事，篇幅上要缺少两回的地位，好在这书里对于法越战争，叙得本来太略，补叙进去，并非蛇足。第二，原书第一回是楔子，完全是凭空结撰，第二回发端还是一篇议论，又接叙了一段美人误嫁丑状元的故事，仍是楔子的意味，不免有叠床架屋之嫌，所以把他全删了。其余自觉不满意的地方，趁这再版的机会，也删改了不少。看起来，第一编几乎大部是新产品了。这是我要说的第三件。

这书还是我二十二年前——时在是光绪三十二年——一时兴到之作，那时社会的思潮，个人的观念，完全和现时不同，我不自量的奋勇继续，想完成自己未了的工作。停隔已久，不要说已搜集的材料，差不多十忘八九，便是要勉力保存时代的色彩，笔墨的格调，也觉得异常困难。矛盾拙涩，恐在所不免，读者如能忠实的加以纠正，便是我的非常宠幸了！

东亚病夫自识。

第一回　一霎狂潮陆沉奴乐岛　卅年影事托写自由花

　　江山吟罢精灵泣，中原自由魂断！金殿才人，平康佳丽，间气钟情吴苑。辀轩西展。遽瞒着灵根，暗通瑶怨。孽海飘流，前生冤果此生判。　　群龙九馗宵战，值钧天烂醉，梦魂惊颤。虎神营荒，鸾仪殿辟，输尔外交纤腕。大千公案。又天眼愁胡，人心思汉。自由花神，付东风拘管。

　　却说自由神，是那一位列圣？敕封何朝？铸像何地？说也话长。如今先说个极野蛮自由的奴隶国。在地球五大洋之外，哥伦波未辟，麦折伦不到的地方，是一个大大的海，叫做孽海。那海里头有一个岛，叫做奴乐岛。地近北纬三十度，东经一百十度，倒是山川明丽，花木美秀，终年光景，是天低云黯，半阴不晴，所以天空新气，是极缺乏的。列位想想：那人所靠着呼吸的天空气，犹之那国民所靠着生活的自由，如何缺得！因是一般国民，没有一个不是奄奄一息，偷生苟活；因是养成一种崇拜强权献媚异族的性格，传下来一种什么运命，什么因果的迷信；因是那一种帝王，暴也暴到吕政、奥古士都、成吉斯汗、路易十四的地位，昏也昏到隋炀帝、李后主、查理士、路易十六的地位；那一种国民，顽也顽到冯道、钱谦益的地位，秀也秀到扬雄、赵子昂的地位。而且那岛从古不与别国交通，所以别国也不晓得他的名字。从古没有呼吸自由的空气，那国民却自以为是：有"吃"，有"着"，有"功名"，有

"妻子",是个"自由极乐"之国。

古人说得好:"不自由毋宁死。"果然那国民享尽了野蛮奴隶自由之福,死期到了。去今五十年前,约莫十九世纪中段,那奴乐岛忽然四周起了怪风大潮;那时这岛根岌岌摇动,要被海若卷去的样子。谁知那一般国民,还是醉生梦死,天天歌舞快乐,富贵风流,抚着自由之琴,喝着自由之酒,赏着自由之花,年复一年,禁不得月喑日蚀,到了一千九百零四年,平白地天崩地塌,一声响亮,那奴乐岛的地面,直沉向孽海中去。

咦!咦!咦!原来这孽海和奴乐岛,却是接着中国地面,在瀚海之南,黄海之西,青海之东,支那海之北。此事一经发现,那中国第一通商码头的上海——地球各国人,都聚集在此地——都道希罕,天天讨论的讨论,调查的调查,秃着几打笔头,费着几磅纸墨,说着此事。内中有个爱自由者闻信,特地赶到上海来,要想侦探侦探奴乐岛的实在消息,却不知从何处问起。那日走出去,看看人来人往,无非是那班肥头胖耳的洋行买办,偷天换日的新政委员,短发西装的假革命党,雾说乱话的新闻社员,都好像没事的一般,依然叉麻雀,打野鸡,安垲第喝茶,天乐窝听唱,马龙车水,酒地花天,好一派升平景象!爱自由者倒不解起来,糊糊涂涂昏昏沉沉的过了数日。

这日正一个人闷闷坐着,忽见几个神色仓皇手忙脚乱的人奔进来嚷道"祸事!祸事!日俄开仗了,东三省快要不保了!"正嚷着,旁边远远坐着一人冷笑道:"岂但东三省呀!十八省早已都不保了!"爱自由者听了猛吃一惊,心想刚刚很太平的世界,怎么变得那么快!不知不觉,立了起来,往外就走。一直走去,不晓得走了多少路程。忽然到一个所在,抬头一看,好一片平阳大地!山作黄金色,水流乳白香,几十座玉宇琼楼,无量数瑶林琪树,正是华丽境域,锦绣山河,好不动人歆羡呀!只是空荡荡静悄悄没个人影儿。爱自由者,走到这里,心里一动,好像曾经到过的。

正在徘徊不舍，忽见眼前迎着面一所小小的空屋。爱自由者不觉越走越近了，到得门前，不提防门上却悬着一桁珠帘；隔帘望去，隐约看见中间好像供着一盆极娇艳的奇花，一时也辨不清是隋炀帝的琼花呢？还是陈后主的玉树花呢？但觉春光澹宕，香气氤氲，一阵阵从帘缝里透出来。爱自由者心想，远观不如近睹，放著胆，把帘子一掀，大踏步走进一看，那里有什么花！倒是个蠑首蛾眉桃腮樱口的绝代美人！爱自由者顿吓一跳，忙要退出，忽听那美人唤道："自由儿，自由儿，奴乐岛奇事发现，你不是要侦探么？"爱自由者忽听奴乐岛三字，顿时触著旧事，就停了脚，对那美人鞠了鞠躬道："令娘知道奴乐岛消息吗？"那美人笑道："咳，你疯了，那里有什么奴乐岛来！"爱自由者愕然道："没有这岛吗？"美人又笑道："吓，你真呆了！那一处不是奴乐岛呢！"说着，手中擎着一卷纸，郑重的亲自递与爱自由者。爱自由者不解缘故，展开一看，却是一段新鲜有趣的历史。默想了一回，恍恍惚惚，好像中国也有这么一件新奇有趣的事情；自己还有一半记得，恐怕日久忘了，却慢慢写了出来。

　　正写着，忽然把笔一丢道："吓，我疯了！现在我的朋友东亚病夫，嚣然自号着小说王，专门编译这种新鲜小说。我只要细细告诉了他，不怕他不一回一回的慢慢地编出来，岂不省了我无数笔墨吗？"当时就携了写出的稿子，一径出门，望着小说林发行所来，找着他的朋友东亚病夫，告诉他，叫他发布那一段新奇历史。爱自由者一面说，东亚病夫就一面写。正是：

　　　　三十年旧事，写来都是血痕；
　　　　四百兆同胞，愿尔早登觉岸！

端的上面写的是些什么？列位不嫌烦絮，看他逐回道来。

第二回　陆孝廉访艳宴金阊　金殿撰归装留沪渎

话说大清朝应天承运，奄有万方，一直照着中国向来的旧制，因势利导，果然风调雨顺，国泰民安，列圣相承，绳绳继继。正是说不尽的歌功颂德，望日瞻云。直到了咸丰皇帝手里，就是金田起义，扰乱一回，却依然靠了那班举人、进士、翰林出身的大元勋，拼着数十年汗血，斫着十几万头颅，把那些革命军扫荡得干干净净。斯时正是大清朝同治五年，大乱敉平，普天同庆，共道大清国万年有道之长。这中兴圣主同治皇帝，准了臣子的奏章，谕令各省府县，有乡兵团练剿贼出力的地方，增广了几个生员；被贼匪蹂躏及大兵所过的地方，酌免了几成钱粮。苏松常镇太几州，因为赋税最重，恩准减漕，所以苏州的人民，尤为涕零感激。

却好戊辰会试的年成又到了，本来一般读书人，虽在乱离兵燹，八股八韵，朝考卷白折子的功夫，是不肯丢掉，况当歌舞河山拜扬神圣的时候呢！果然，公车士子，云集辇毂，会试已毕，出了金榜。不第的自然垂头丧气，襆被出都，过了芦沟桥，渡了桑干河，少不得洒下几点穷愁之泪；那中试的进士，却是欣欣向荣，拜老师，会同年，团拜请酒，应酬得发昏。又过了殿试，到了三月过后，胪唱出来，那一甲第三名探花黄文载，是山西稷山人；第二名榜眼王慈源，是湖南善化人；第一名状元是谁呢？却是姓金名沟，是江苏吴县人。我想列位国民，没有看过登科记，不晓得状元的出色价值。这是地球各国，只有独一无二之中国方始有的；而且积三年出一个，要累代阴功积德，一生见色不乱，京中人情熟透，文章颂扬得体，方才合配。这叫做群仙领袖，天子门生，一种富贵聪明，那苏东坡、李太白，还要退避三舍，何况英国的倍根、法国的卢骚呢？话且不表。

单说苏州城内元妙观，是一城的中心点，有个雅聚园茶坊。一天，有三个人在那里同坐在一个桌子喝茶，一个有须的老者，姓潘名曾奇号胜芝，是苏州城内的老乡绅；一个中年长龙脸的姓钱名端敏号唐卿，是个墨裁高手；下首坐着的是小圆脸，姓陆名叫仁祥号犟如，殿卷白折，极有工夫。这三个都是苏州有名的人物。唐卿已登馆选，犟如还是孝廉。那时三人正讲得入港。潘胜芝开口道："我们苏州人，真正难得！本朝开科以来，总共九十七个状元，江苏倒是五十五个！那五十五个里头，我苏州城内，就占了去十五个。如今那圆峤巷的金雯青，也中了状充了，好不显焕！"

钱唐卿接口道："老伯说的东吴文学之邦，状元自然是苏州出产，而且据小侄看来，苏州状元的盛衰，与国运很有关系！"胜芝愕然道："到要请教！"唐卿道："本朝国运，盛到乾隆年间，那时苏州状元，亦称极盛：张书勋同陈初哲，石琢堂同潘芝轩，都是两科蝉联；中间钱湘舲遂三元及第。自嘉庆手里，只出了吴廷琛、吴信中两个，幸亏得十六年辛未这一科，状元虽不是，那榜眼、探花、传胪都在苏州城里，也算一段佳话。自后道光年代，就只吴钟骏崧甫年伯，算为前辈争一口气，下一粒读书种子。然而国运是一代不如一代了。至于咸丰手里，我亲记得是开过五次，一发荒唐了，索性脱科了。"那时候唐卿说到这一句，就伸着一只大拇指摇了摇头，接着说道："那时候世叔潘八瀛先生，中了一个探花，从此以后，状元鼎甲，《广陵散》绝响于苏州。如今这位圣天子中兴有道，国运是要万万年，所以这一科的状元，我早决定是我苏州人。"

莘如也附和着道："吾兄说的话真关着阴阳消息，参伍天地，其实我那雯青同年兄的学问，实在数一数二！文章书法是不消说，史论一门，《纲鉴》熟烂又不消说，我去年看他在书房里，校部《元史》，怎么奇渥温、木华黎、秃秃等名目，我懂也不懂，听他说得联联翩翩，好像洋鬼子话一般。"胜芝正色道："你不要瞎说，这不是洋鬼子话，这大元朝仿佛听得说就是大清国，你不听得，当今亲王大臣，不是叫做僧格林沁、阿拉喜崇阿吗？"

胜芝正欲说去，唐卿忽望着外边叫道："肇廷兄！"大家一齐看去，就见一个相貌很清瘦，体段很伶俐的人，迷缝着眼，一脚已跨进园来；后头还跟着个面如冠玉，眉长目秀的书生。莘如也就半抽身，抠着腰，招呼那书生道："怎么珏斋兄也来了！"肇廷就笑眯眯的低声接说道："我们是途遇的，晓得你们都在这里，所以一直找来。今儿晚上，谢山芝在仓桥浜梁聘珠家替你饯行，你知道吗？"莘如点点头道："还早哩。"说着就拉肇廷朝里坐下。唐卿也与珏斋并肩坐了，不知讲些什么，忽听"饯行"两字，就回过头来，对莘如道："你要上那里去？怎么我一点也不知道！"

莘如道："不过上海罢了！前日得信，雯青兄请假省亲，已回上海，寓名利栈，约兄弟去游玩几天。从前兄弟进京会试，虽经过几次，闻得近来一发繁华，即如苏州开去大章、大雅之昆曲戏园，生意不恶；而丹桂茶园、金桂轩之京戏亦好。京菜有同兴、同新，徽菜也有新新楼、复新园；若英法大餐，则杏花楼、同香楼、一品香、一家春，尚不曾请教过。"珏斋插口道："上海虽繁华世界，究竟五方杂处，所住的无非江湖名士，即如写字的莫友芝，画画的汤埙伯，非不洛阳纸贵，名震一时，总嫌带着江湖气，比到我们苏府里姚凤生的楷书，杨咏春的篆字，任阜长的画，就有雅俗之分了。"唐卿道："上海印书叫做什么石印，前天见过一本《直省闱墨》，真印得纸墨鲜明，文章就分外觉得好看，所以书本总要讲究板本。印工好，纸张好，款式好，便是书里面差一点,看着总觉豁目爽心。"

那胜芝听着这班少年谈得高兴,不觉也忍不住,一头拿着只瓜楞茶碗,连茶盘托起,往口边送,一面说道:"上海繁华总汇,听说宝善街,那就是前明徐相国文贞之墓地。文贞为西法开山之祖,而开埠以来,不能保其佳城石室,曾有人做一首《竹枝词》吊他道:'结伴来游宝善街,香尘轻软印弓鞋。旧时相国坟何在?半属民廛半馆娃!'岂不可叹呢!"

肇廷道:"此刻雯青从京里下来,走的旱道呢,还是坐火轮船呢?"搴如道:"是坐的美国旗昌洋行轮船。"胜芝道:"说起轮船,前天见张新闻纸,载着各处轮船进出口,那轮船的名字,多借用中国地名人名,如汉阳、重庆、南京、上海、基隆、台湾等名目;乃后头竟有更诧异的,走长江的船叫做'孔夫子'。"大家听了愕然,既而大笑。

言次,太阳冉冉西沉,暮色苍然了。胜芝立起身来道:"不早了,我先失陪了。"道罢,拱手别去。肇廷道:"搴如,聘珠那里,你倒底去不去?要去,是时候了。"搴如道:"可惜唐卿、珏斋,从来没开过戒。不然岂不更热闹吗?"肇廷道:"他们是道学先生,不教训你两声就彀了,你还想引诱良家子弟,该当何罪!"原来这珏斋姓何名太真,素来欢喜讲程朱之学,与唐卿至亲,意气也很相投,都不会寻花问柳,所以肇廷如此说着。当下唐卿、珏斋都笑了一笑,也起身出馆,向着搴如道:"见了雯青同年,催他早点回来,我们都等着哩。"说罢扬长而去。

肇廷、搴如两人步行,望观西直走,由关帝庙前,过黄鹂坊桥。忽然后面来了一肩轿子,两人站在一面,让他过去。谁知轿子里面,坐着一个丽人,一见肇廷、搴如,就打着苏白招呼道:"顾老爷,陆老爷,从啥地方来?谢老爷早已到倪搭,请吰笃就去罢!"说话间轿子如飞去了。两人都认得就是梁聘珠,因就湾湾曲曲,出专诸巷,穿阊门大街,走下塘,直访梁聘珠书寓。果然,山芝已在,看见顾、陆两人,连忙立起招呼。肇廷笑道:"大善士发了慈悲心,今天来救大善女的急了。"

说时,恰聘珠上来敬瓜子,搴如就低声凑近聘珠道:"耐阿急弗急?"聘珠一扭身放了盆子,一屁股就坐下道:"瞎三话四,倷弗懂个。"你道肇廷为什么叫山芝大善士?原来山芝名介福,家道尚好,喜行善举,苏州城里有谢善士之名。当时大家大笑。

搴如回过头来,见尚有一客,坐在那里,体雄伟而不高。面团圞而发亮,十分和气,一片志诚,年纪约三十许,看见顾、陆两人,连忙满脸堆笑的招呼。山芝就道:"这位是常州成木生兄,昨日方由上海到此。"彼此都见了,正欲坐定。相帮的喊道:"贝大人来了。"搴如抬头一看,原来是认得的常州贝效亭名佑曾的,曾经署过一任直隶臬司,就是火烧圆明园一役,议和里头得法,如今却不知为什么弃了官回来了,却寓居在苏州。於是大家见了,就摆起台面来,聘珠请各人叫局。搴如叫了武美仙,肇廷叫了诸桂卿,木生叫了姚韵初。山芝道:"效亭先生叫谁?"效亭道:"闻得有一位杭州来的姓褚的,叫什么爱林,就叫了他①罢。"山芝就写了。

搴如道:"说起褚爱林,有些古怪,前日有人打茶围,说他房内备着多少筝琵箫笛,夹着多少碑帖书画,上有名人珍藏的印,还有一样奇怪东西,说是一个玉印,好像是汉朝一个妃子传下来的,看来不是旧家落薄,便是个逃妾哩。"肇廷道:"莫非是赵飞燕的玉印吗?那是龚定庵先生的收藏。定公集里,还有四首诗,记载此事。"木生道:"先两天定公的儿子龚孝琪,兄弟还在上海遇见。"效亭道:"快别提这人,他是已经投降了外国人了。"山芝道:"他为什么好端端的要投降呢?总是外国人许了他重利,所以肯替他做乡导。"效亭道:"倒也不是,他是脾气古怪,议论更荒唐。他说这个天下,与其给本朝,宁可赠给西洋人,你想这是什么话?"肇廷道:"这也是定公立论太奇,所谓其父报仇,其子杀人。古人的话倒底不差的。"木生道:"这种人不除,终

---

① 编者注:文中第三人称皆保留版本原貌。

究是本朝的大害!"效亭道:"可不是么!庚申之变,亏得有贤王留守,主张大局。那时兄弟也奔走其间,朝夕与英国威妥玛磋磨,总算靠着列祖列宗的洪福,威酋答应了赔款通商,立时退兵;否则,你想京都已失守了,外省又闹着长毛,糟得不成样子,真正不堪设想!所以那时兄弟,就算受点子辛苦,看着如今大家享太平日子,想来还算值得。"山芝道:"如此说来,效翁倒是本朝的大功臣了!"效亭道:"岂敢!岂敢!"木生道:"据兄弟看来,现在的天下,虽然太平,还靠不住。外国势力,日大一日,机器日多一日,轮船铁路,电线枪炮,我国一样都没有办,那里能彀对付他!"

正说间,诸妓陆续而来,五人开怀畅饮,但觉笙清簧暖,玉笑珠香,不消备述。众人看着褚爱林面目,煞是风韵,举止亦甚大方,年纪二十余岁。问她来历,只是笑而不答,但晓得他同居姊妹,尚有一个姓汪的,皆从杭州来苏。遂相约席散,至其寓所。不一会,各妓散去,钟敲十二下,山芝、效亭、肇廷等自去访褚爱林。䌷如以将赴上海,少不得部署行李,先唤轿班,点灯伺候,别着众人回家,话且不提。

却说金殿撰请假省亲,趁①着飞似海马的轮船,到上海,住名利栈内,少不得拜会上海道县及各处显官,自然有一番应酬,请酒看戏,更有一班同乡都来探望。一日,家丁投进帖子,说冯大人来答拜。雯青看着,是"冯桂芬"三字。即忙立起身,说"有请"。家丁扬着帖子,走至门口,站在一旁,将门帘擎起。但见进来一个老者,约六十余岁光景,白须垂领,两目奕奕有神,背脊微伛,见着雯青,即呵呵作笑声。雯青赶着,抢上一步,叫声"景亭老伯",作下揖去,见礼毕,就坐,茶房送上茶来。两人先说些京中风景。景亭道:"雯青我恭喜你蜚黄腾达,现在是五洲万国交通时代,从前多少词章考据的学问,是不尽可以用世的。昔孔子翻百二十国之宝书,我看现在读书,最好能通外国语言

---

① 编者注:时为"搭乘"之意。

文字，晓得他所以富强的缘故，一切声光化电的学问，轮船枪炮的制造，一件件都要学会他，那才算得个经济！我却晓得去年三月，京里开了同文馆，考取聪俊子弟，学习推步及各国语言。论起'一物不知，儒者之耻'的道理，这是正当办法，而廷臣交章谏阻。倭良峰为一代理学名臣，而亦上一疏，有个京官钞寄我看，我实在不以为然。闻得近来同文馆学生，人人叫他洋翰林、洋举人呢。"雯青点头。景亭又道："你现在清华高贵，算得中国第一流人物，若能周知四国，通达时务，岂不更上一层呢！我现在认得一位徐雪岑先生，是学贯天人，中西合撰的大儒，一个令郎，字忠华，年纪与你不相上下，并不考究应试学问，天天是讲着西学哩。"

　　雯青方欲有言，家丁复进来道："苏州有位姓陆的来会。"景亭问是何人。雯青道："大约是搴如。"果然走进来一位少年，甚是英发。见二人，即忙见礼坐定，茶房端上茶来。彼此说了些契阔的话，无非几时动身，几时到埠，晓得搴如住在长发栈内。景亭道："二位在此甚好，闻得英领事署后园，有赛花会，照例每年四月举行，西洋各国，琪花瑶草，摆列不少，很可看看。我后日来请同去罢。"端了茶，喝著二口，起身告辞。

　　二人送景亭出房，进来重叙寒暄，谈及游玩。雯青道："静安寺、徐家汇花园，已经游过，并不见佳，不如游公家花园，你可在此用膳，膳后叫部马车同去。"搴如应允，雯青遂吩付开膳。一面关照账房，代叫皮篷马车一部。二人用膳已毕，洗脸漱口，茶房回说，马车已在门口伺候。雯青在身边取出钥匙，开了箱子，换出一身新衣服穿上，握了团扇，让搴如先出，锁了房门，嘱咐家丁及茶房几句，将钥匙交代账房，出门上了马车。那马夫抖勒缰绳，但见那匹阿剌伯黄色骏马，四蹄翻盏，如飞的望黄浦滩而去。沿著黄浦滩北直行，真个六辔在手，一尘不惊，但见黄浦内波平如镜，帆樯林立。猛然抬头，见著戈登铜像，矗立江表；再行过去，迎面一个石塔，晓得是记念碑。二人正谈论，那车忽然停住。二人下车，入园门，果然亭台清旷，花木珍奇。二人坐在一个亭子上，看著出入的短衣硬领、细腰长裙、团扇轻衫、靓妆炫服的中西士女。

正在出神，忽见对面走进一个外国人来，后头跟著一个中国人，年纪四十余岁，两眼如玛瑙一般，颔上微须，亦作黄色，也坐在亭子内。两人咭唎呱啰，说著外国话。雯青、䇹如茫然不知所谓。俄见夕阳西颓，林木掩映。二人徐步出门，招呼马车，仍沿黄浦滩，进大马路，向四马路兜个圈子。但见两旁房屋，尚在建造。正欲走麦家圈，过宝善街，忽见雯青的家丁，拿著一张请客票头，招呼道："薛大人请老爷，即在一品香第八号大餐。"雯青晓得是无锡薛淑云请客，遂也点头。䇹如自欲回栈，在棋盘街下车。

雯青一人出棋盘街，望东转湾，到一品香门前停住上楼。楼下按著电铃，侍者上来问过，领到八号。淑云已在，起身相迎。座间尚有五位，各各问讯。一位吕顺斋，甘肃遵义廪贡生，上万言书，应诏陈言，以知县发往江苏候补；那三个是崇明李台霞名葆丰；丹徒马美菽名中坚；嘉应王子度名恭宪，皆是学贯中西。还有一位无锡徐忠华，就是日间冯景亭先生所说的人。各道久仰，坐定，侍者送上菜单，众人点讫，淑云更命开著大瓶香宾酒，且饮且谈。

忽然门外一阵皮靴声音，雯青抬头一看，却是在公园内见著的一个中国人一个外国人望里面走去。淑云指著那中国人道："诸君认得此人吗？"皆道不知。淑云道："此人即龚孝琪。"顺斋道："莫非是定庵先生的儿子吗？"淑云道："正是。他本来不识英语，因为那威妥玛要读中国《汉书》，请一人去讲，无人敢去，孝琪遂挺身自荐，威酋甚为信用。听得火烧圆明园，还是他的主张哩。"美菽道："那外国人我虽不晓得名字，但认得是领事馆里人。"淑云道："那孝琪有两个妾，在上海讨的，宠夺专房，孝琪有所著作，一个磨墨，一个画红丝格，总算得清才艳福。谁知正月里那二妾忽然逃去一双，至今四处访查，杳无纵迹，岂不可笑呢。"众人正谈得高兴，忽然门外又走过一人，向著八号一张。顺斋立起来，与那人说话。这人一来，有分教：

　　裙屐招邀，江上相逢名士；

　　江湖落拓，世间自有奇人。

不知此人姓甚名谁？且听下回分解。

第三回　领事馆铺张赛花会　半敦生演说西林春

却说薛淑云请雯青在一品香大餐,正在谈著,门外走过一人,顺斋见了立起身来,与他说话。说毕,即邀他进来。众人起身让坐,动问姓名,方晓得是姓云字仁甫单名一个宏字,广东人,江苏候补同知,开通阔达,吐属不凡。席间众人议论风生,多是说著西国政治艺学,雯青在旁默听,茫无把握,暗暗惭愧。想道:"我虽中个状元,自以为名满天下,那晓得到了此地,听著许多海外学问,真是梦想没有到哩!从今看来,那科名鼎甲是靠不住的,总要学些西法,识些洋务,派入总理衙门当一个差,才能彀有出息哩。"想得出神,侍者送上补丁,没有看见;众人招呼他,方才觉著。匆匆吃毕,复用咖啡。侍者送上签字单,淑云签毕,众人起身道扰各散。

雯青坐著马车回寓,走进寓门,见无数行李,堆著一地。尚有两个好像家丁模样,打著京话,指挥众人。雯青走进账房,取了钥匙,因问这行李的主人。账房启道:"是京里下来,听得要出洋的,这都是随员呢。"雯青无话。回至房中,一宿无语。次早起来,要想设席回敬了淑云诸人。梳洗过后,更找搴如,约他同去。晚间,在一家春请了一席大餐。自后,彼此酬酢了数日,吃了几台花酒,游了一次东洋茶社,看了两次车利尼马戏。

一日,果然领事馆开赛花会,雯青、搴如坐着马车前去,仍沿黄浦滩到汉壁礼路，就是后园门口，见门外立着巡捕四人，草地停着几十辆马车，有西人上来问讯。二人照例各输了洋一元，发给凭照一纸。迤逦进门，踏着一片绿云细草，两旁矮树交叉，转过数湾，忽见洋楼高耸，四面铁窗洞开，有多少中西人，倚着眺望。楼下门口，青漆铁栏杆外，复靠着数十辆自由车。走进门来，脚下法兰西的地毯，软软的足有二寸多厚。举头一望，但见高下屏山，列着无数中外名花，诡形殊态，盛着各色磁盆，列着标帜，却因西字，不能认识。内有一花，独踞高座，花大如斗，作浅杨妃色，娇艳无比；粉须四垂如流苏，四旁绿叶，仿佛车轮大小，周围护着。那四围小花，好像承欢献媚，服从那大花的样子。问着旁人，内中有个识西字的，道是维多利亚花，以英国女皇的名字得名的。二人且看中国各花，则扬州的大红牡丹，最为出色，花瓣约有十余种，余外不过兰蕙、蔷薇、玫瑰等花罢了。尚有日本的樱花，倒是酣艳风流，独占一部。

走过屏山背后，看那左首，却是道螺旋的扶梯。二人移步走上，但见士女满座，或用着洋点，或用着咖啡，却见台霞、美菽也在，同着两个老者，与一个外国人谈天。见了雯青等，起身让坐。各各问讯，方晓得这外国人叫傅兰雅，一口好中国话。两位老者，一姓李，字任叔；一即徐雪岑。二人坐着，但听得远远风琴唱歌，歌声幽幽扬扬，随风吹来，使人意远。雪岑问着傅兰雅："今天晚上有跳舞会吗？"傅兰雅道："领事下帖请的，约一百余人，贵国人是请着上海道，制造局总办，又有杭州一位大富翁胡星岩。还有两人，说是贵国皇上钦派出洋，随着美国公使蒲安臣，前往有约各国办理交涉事件的，要定香港轮船航日本，渡太平洋，先到美国。那两人一个是道员志刚，一个是郎中孙家谷。这是贵国第一次派往各国的使臣，前日才到上海，大约六月起程。"雯青听着，暗忖：怪道刚才栈房里来许多官员，说是出洋的，心里暗自羡慕。说说谈谈，天色已晚，各自散去。

流光如水，已过端阳，雯青就同着奉如结伴回苏。衣锦还乡，原是人生第一荣耀的事,家中早已挂灯结彩,鼓吹喧阗;官场卤簿,亲朋轿马,来来往往,把一条街拥挤得似人海一般。等到雯青一到,有挨着肩攀话的,有拦着路道喜的,从未认识的故意装成热络,一向冷淡的格外要献殷勤,直将雯青当了楚霸王,团团围在垓下。好容易左冲右突,杀开一条血路,直奔上房,才算见着了老太太赵氏和夫人张氏。自然笑逐颜开,阖家欢喜。正坐定了讲些别后的事情,老家人金升进来回道:"钱老爷端敏,何老爷太真,同着常州才到的曹老爷以表,都候在外头,请老爷出去。"雯青听见曹以表和唐卿、珏斋同来,不觉喜出望外,就吩咐金升请在内书房宽坐。

原来雯青和曹以表号公坊的,是十年前患难之交,连着唐卿、珏斋,当时号称"海天四友"。——你道这个名称,因何而起?当咸丰末年,庚申之变,和议新成,廷臣合请回銮的时代,要安抚人心,就有举行顺天乡试之议。那时苏常一带,虽还在太平军掌握,正和大清军死力战争,各处缙绅士族,还是流离奔避;然科名是读书人的第二生命,一听见了开考的消息,不管多垒四郊,总想及锋一试,雯青也是其中的一个。其时正避居上海,奉了赵老太太的命,进京赴试。但最为难的,是陆路固然阻梗,轮船尚未通行,只有一种洋行运货的船,名叫甲板船,可以附带载客。雯青不知道费了多少事,才定妥了一只船。上得船来,不想就遇见了唐卿、珏斋、公坊三人。谈起来,既是同乡,又是同志,少年英俊,意气相投,一路上辛苦艰难,互相扶助,自然益发亲密,就在船上,订了金兰之契。后来到了京城,又合了几个朋友,结了一个文社,名叫含英社,专做制艺工夫,逐月按期会课。在先不过预备考试,鼓励鼓励兴会罢了。那里晓得正当大乱之后,文风凋敝,被这几个优秀青年,各逞才华,大放光彩,忽然震动了京师。一艺甫就,四处传抄,含英社的声誉,一天高似一天,公车士子,人人模仿,差不多成了一时风尚。

曹公坊在社中,尤为杰出。他的文章和别人不同,不拿时文来做时文，拿经史百家的学问，全纳入在时文里面，打破有明以来，江西派和云间派的门户，独树一帜。有时朴茂峭刻，像水心陈碑；有时宏深博大，如黄冈石台。龚和甫看了，拍案叫绝道："不想天、崇、国初的风格，复见今日！"悚惠社友，把社稿刊布。从此，《含英社稿》不胫而走，风行天下，和柳屯田的词一般，有井水处，没个不朗诵《含英社稿》的课艺，没个不知曹公坊的名字。不上几年，含英社的社友，个个飞黄腾达，入鸾掖，占鳌头，只剩曹公坊一人向隅，至今还是个国学生，也算文章憎命了！可是他素性淡泊，功名得失，毫不在意，不忍违背寡母的期望，每逢大比年头，依然逐队赴考。这回听见雯青得意回南，晓得不久就要和唐卿、珏斋一同挈眷进京，不觉动了燕游之兴，所以特地从常州赶来，借着替雯青贺喜为名，顺便约会同行，路上多些伴侣，就先访了唐卿、珏斋，一齐来看雯青。——当下雯青十分高兴的出来接见，三人都给雯青致贺。雯青谦逊了几句。钱、何两人，相离未久，公坊却好多年不见了，说了几句久别重逢的话，招呼大家坐下，书童送上茶来。

雯青留心细看公坊，只见他还是胖胖的身干，阔阔儿的脸盘，肤色红润，眉目清疏，年纪约莫三十来岁，并未留须。披着一件蔫旧白纱衫，罩上天青纱马褂，摇着脱翮雕翎扇，一手握着个白玉鼻烟壶，一坐下来不断的闻。鼻孔和上唇，全粘染着一搭一搭的虎皮斑，微笑的向雯青道："这回雯兄高发，不但替朋侪吐气，也是令桑梓生光！捷报传来，真令人喜而不寐！"雯青道："公坊兄，别挖苦我了！我们四友里头，文章学问，当然要推你做龙头，弟是燹尾。不料王前卢后，适得其反；刘蕡下第，我辈登科，厚颜者还不止弟一人呢！"就回顾唐卿道："不是弟妄下雌黄，只怕唐兄印行的《不息斋稿》，虽然风行一时，决不能望《五丁阁稿》的项背哩！"唐卿道："当今讲制义的，除了公坊的令师潘止韶先生，还有谁能和他抗衡呢？"於是大家说得高兴，就论起制义的源流,从王荆公、苏东坡起,以至江西派的章、马①、陈、艾,云间派的陈、夏、两张,一直到清朝的熊、刘、方、王,龙拏虎眷,下及咸同墨卷。

公坊道:"现在大家都喜欢骂时文,表示他是通人,做时文的叫时文鬼。其实时文也是散文的一体,何必一笔抹倒!名家稿子里,尽有说理精粹如周秦诸子,言情悱恻如魏晋小品,何让於汉策、唐诗、宋词、元曲呢!"珏斋道:"我记得道光间,梁章钜仿诗话的例,做过一部《制义丛话》,把制义的源流派别,叙述得极翔实;钱梅溪又仿《唐文粹》例,把历代的行卷房书,汇成了一百卷,名叫《经义最》,可惜不曾印行。这些人都和公坊的见解一样。"唐卿道:"制义体裁的创始,大家都说是荆公,其实是韩愈。你们不信,只把《原毁》一篇细读一下。"

一语未了,不防搴如闯了进来喊道:"你们真变了考据迷了,连敲门砖的八股,都要详征博引起来,只怕连大家议定今晚在褚爱林家公分替雯兄接风的正事倒忘怀了!"唐卿道:"啊呀,我们一见公坊,只顾讲了八股,不是搴兄来提,简直忘记得干干净净!"雯青现出诧异的神情道:"唐兄和珏兄向不吃花酒,怎么近来也学时髦?"公坊道:"起先我也这么说,后来才知道那褚爱林不是平常应征的俗妓,不但能唱大曲,会填小令,是《板桥杂记》里的人物,而且妆阁上摆满了古器古画古砚,倒是个女赏鉴家呢!所以唐兄和珏兄,都想去看看,就发起了这一局。"珏斋道:"只有我们四个人作主人,替你洗尘,不约外客,你道何如?"雯青道:"那褚爱林不就是龚孝琪的逃妾;你在上海时和我说过,她现住在三茅阁巷的吗?"搴如点头称是。雯青道:"我一准去!那么现在先请你们在我这里吃午饭,吃完了,你们先去,我等家里的客散了,随后就来。"说着,吩咐家人,另开一桌到内书房来,让

---

① 编者注:应作"罗"。罗万藻,字文止,临川人,天启七年(1627)举人,以时文名家。属江西派。

钱、何、曹、陆四人随意的吃，自己出外招呼贺客。不一会，四人吃完先走了。

　　这里雯青直到日落西山，才把那些蜂屯蚁聚的亲朋，支使出了门，坐了一肩小轿，向三茅阁巷褚爱林家而来。一下轿，看看门口，不像书寓，门上倒贴着"杭州汪公馆"五个大字的红门条。正趑趄着脚，早有个相帮似的掌灯候着，问明了，就把雯青领进大门，在夜色朦胧里，穿过一条弯弯曲曲的石径，两边还隐约看见些湖石砌的花坛，杂莳了一丛丛的灌木草花，分明像个园林。石径尽处，显出一座三间两厢的平屋，此时里面正灯烛辉煌，人声嘈杂。雯青跟着那人跨进那房中堂，屋里面高叫一声："客来！"下首门帘揭处，有一个靓妆雅服二十来岁的女子，就是褚爱林，满面含笑的迎上来。雯青瞥眼一看，暗暗吃惊，是熟识的面庞，只听爱林清脆的声音道："请金大人房里坐。"那口音益发叫雯青迷惑了。雯青一面心里暗忖，爱林在那里见过？一面已进了房。看那房里明窗净几，精雅绝伦，上面放一张花梨炕，炕上边挂一幅白描董双成像，并无题识，的是苑画。两边蟠曲玲珑的一堂树根椅几，中央一个紫榆云石面的百龄台，台上正陈列着许多铜器玉件画册等。

　　唐卿、珏斋、公坊、搴如都围着在那里一件件的摩挲。珏斋道："雯青你来看看，这里的东西都不坏！这癸颔觚，父丁爵，是商器。方鼎籀古亦佳。"唐卿道："就是汉器的柧豆，鸿嘉鼎，制作也是工细无匹。"公坊道："我倒喜欢这吴、晋、宋、梁四朝砖文拓本，多未经著录之品。"雯青约略望了一望，嘴里说着："足见主人的法眼，也是我们的眼福！"一屁股就坐在厢房里靠窗一张影木书案前的大椅里，手里拿起一个香楠匣的叶小鸾眉纹小研在那里抚摩，眼睛却只对着褚爱林呆看。

　　搴如笑道："雯兄，你看主人的风度，比你烟台的旧相识何如？"爱林嫣然笑道："陆老不要瞎说，拿我给金大人的新燕姐比，真是天比鸡矢了！金大人，对不对？"雯青顿然脸上一红，心里勃的一跳，向爱林道:"你不是傅珍珠吗?怎么会跑到苏州,叫起褚爱林来呢?"爱林道:"金大人好记性,事隔多年,我一见金大人,几乎认不真了。现在新燕姐大概是享福了?也不枉她一片苦心!"雯青忸怩道:"她到过北京一次,我那时正忙,没见她。后来她就回去,没通过音信。"爱林惊诧似的道:"金大人高中了,没讨她吗?"雯青变色道:"我们别提烟台的事,我问你怎么改名了褚爱林?怎样人家又说你在龚孝琪那里出来的呢?看着这些陈设的古董,又都是龚家的故物。"爱林凄然的挨近雯青坐下道:"好在金大人不是外人,我老实告诉你,我的确是孝琪那里出来的,不过人家说我卷逃,那才是屈天冤枉呢!实在只为了孝琪穷得不得了,忍着痛打发我们出来各逃性命。那些古董,是他送给我们的纪念品。金大人想,若是卷逃,那里敢公然陈列呢!"雯青道:"孝琪何以一贫至此?"爱林道:"这就为孝琪的脾气古怪,所以弄到如此地步。人家看着他举动阔绰,挥金如土,只当他是豪华公子;其实是个漂泊无家的浪子!他只为学问上和老太爷闹翻了,轻易不大回家。有一个哥哥,向来音信不通,老婆儿子,他又不理,一辈子就没有用过家里一个钱,一天到晚,不是打着苏白和妓女们混,就是学着蒙古唐古忒的话,和色目人去弯弓射马。用的钱,全是他好友杨墨林供应。墨林一死,幸亏又遇见了英使威妥玛,做了幕宾,又浪用了几年。近来不知为什么事,又和威妥玛翻了腔,一个钱也拿不到了,只靠卖书画古董过日子。因此,他起了个别号,叫'半伦',就说自己五伦都无,只爱着我,我是他的妾,只好算半个伦。谁知到现在,连半个伦都保不住呢!"说着眼圈儿都红了。

雯青道:"他既牺牲了一切,投了威妥玛,做了汉奸,无非为的是钱。为什么又和他翻腔呢?"爱林道:"人家骂他汉奸,他是不承认。有人恭维他是革命,他也不答应。他说他的主张烧圆明园,全是替老太爷报仇。"雯青诧异道:"他老太爷有什么仇呢?"爱林把椅子挪了一挪,和雯青耳鬓厮磨的低低说道:"我把他自己说的一段话告诉了你,就明白了。那一天,就是我出来的前一个月,那时正是家徒四壁,囊无一文,他脾气越发坏了,不是捶床拍枕,就是咒天骂地。我倒听惯了,由他闹去。忽然一到晚上,溜入书房,静悄悄的一些声息都无。我倒不放心起来,独自蹑手蹑脚的走到书房门口,偷听时,忽听里面拍的一声,随着咕噜了几句。停一会,又是哔拍两响,又唧哝了一回。这是做什么呢?我耐不住,闯进去,只见他道貌庄严的端坐在书案上,面前摊一本青格子,歪歪斜斜写着草体字的书,书旁边,供着一个已出椟的木主。他一手握了一支朱笔,一手拿了一根戒尺,正要去举起那木主,看见我进来,回着头问我道:'你来做什么?'我笑着道:'我在外边听见哔拍哔拍的声音,我不晓得你在做什么,原来在这里敲神主!这神主是谁的?好端端的为甚要敲他。'他道:'这是我老太爷的神主。'我骇然道:'老太爷的神主,怎么好打的呢?'他道:'我的老子,不同别人的老子,我的老子,是个盗窃虚名的大人物,我虽瞧他不起,但是他的香火子孙,遍地皆是,捧着他的热屁当香,学着他的丑态算媚。我现在要给他刻集子,看见里头很多不通的,欺人的,错误的,我要给他大大改削,免得贻误后学!从前他改我的文章,我挨了无数次的打,现在轮到我手里,一施一报,天道循环,我就请了他神主出来,遇着不通的敲一下,欺人的两下,错误的三下,也算小小报了我的宿仇。'我问道:'儿子怎好向父亲报仇?'他笑道:'我已给他报了大仇,开这一点子的小玩笑,他一定含笑忍受的了。'我道:'你替老太爷报了什么仇?'他很郑重的道:'你当我老子是好死的吗?他是被满洲人毒死在丹阳的,我老子和我犯了一样的病,喜欢和女人往来。他一生恋史里的人物,差不多上自王妃,下至乞丐,无奇不有。他做宗人府主事时候,管宗人府的便是明善主人,是个才华盖世的名王。明善的侧福晋,叫做太清西林春,也是个艳绝人寰的才女,闺房唱和,流布人间。明善做的词,名《西山樵唱》;太清做的词,名《东海渔歌》。韵事闲情,自命赵孟𫖯、管仲姬,不过尔尔。我老子也是明善的座中上客,酒酣耳热,虽然许题笺十索,却无从平视一回。有一天,衙中有事,明善恰到西山,我老子跟踪前往。那日,天正下着大雪,遇见明善和太清并辔从林子里出来,太清内家装束,外披着一件大红斗篷,映着雪光,红的红,白的白,艳色娇姿,把他老人家的魂摄去了。从此日夜想思,甘为情死。但使无青鸟,客少黄衫,也只好藏之中心罢了。不想孽缘凑巧,好事飞来,忽然在逛庙的时候,彼此又遇见了。我老子见明善不在,就大着胆上去,说了几句蒙古话。太清也微笑的回答。临行,太清又说了明天午后东便门外茶馆一句话。我老子猜透是约会的隐语,喜出望外。次日,不问长短,就赶到东便门外,果见离城百步,有一片破败的小茶馆,他便走进去,拣了个座头,喊茶博士泡了一壶茶,想在那里老等。谁知这茶博士拿茶壶来时,就低声问道:"尊驾是龚老爷吗?"我老子应了一声"是"。他就把我老子领到里间,早见有一个粗眉大眼,戴着毡笠赶车样儿的人坐在一张桌上,一见我老子就很足恭的请他坐。我老子问他:"你是谁?"他显出刁滑的神情道:"你老不用管,你先喝一点茶,再和你讲!"我老子正走得口渴,本想润润喉,端起茶碗来,咽都咽都的倒了大半碗。谁知这茶不喝便罢,一到肚,不觉天旋地转的一阵头晕,砰的一声倒了。'……"

爱林正说到这里,那边百灵台上钱唐卿忽然喊道:"难道龚定庵就这么糊里糊涂的给他们药死了吗?"爱林道:"不要慌,听我再说!"正是:

> 为振文风结文社,却教名士殉名姬。

欲知定庵性命如何,且听下文细表。

第四回　光明开夜馆福晋呈身　康了困名场歌郎跪月

　　话说上回褚爱林正说到定庵喝了茶博士的茶晕倒了，唐卿着慌的问，爱林叫他不要慌，说："我们老太爷的毒死，不是这一回。"正待说下去，珏斋道："唐卿，你该读过《定庵集》，据他送广西巡抚梁公序里，做宗人府主事时，是道光十六年丙申岁。到十八年，还做了一部《商周彝器文录》，补了《说文》一百四十七个古籀。我做的《说文古籀补》，就是被他触发的，如何会死呢？"公坊道："就是著名的《己亥杂诗》三百十五首，也在宗人府当差两年以后哩。"雯青道："你们不要谈考据，打断她的话头呢！爱林你快讲下去。"

　　爱林道："他说'我老子晕倒后，人事不知，等到醒来，忽觉温香扑鼻，软玉满怀，四肢无力，动弹不得。睁眼看时，黑洞洞一丝光影都没有。可晓得那所在，不是个愁惨的石牢，倒是座缥渺的仙阆，头倚绣枕，身裹锦衾，衾里面，紧贴身朝外睡着个娇小玲珑的妙人儿，只隔了薄薄一层轻绡衫裤，渗出醉人的融融暖气，透进骨髓，就大着胆，伸过手去抚摩，也不抵拦，只觉得处处都是腻不留手，那时他老人家暗忖，常听人说，京里有一种神秘的黑车，往往做宫娃贵妇的方便法门，难道西林春也玩这个把戏吗？到底被里的是不是她呢？就忍不住低低的询问了几次。谁知凭你千呼万唤，只是不应。又说了几句蒙古话，还是默然。可是一条玉臂，已渐渐伸了过来，身体也婉转的昵就，彼此都不自主的唱了一出爱情哑剧。虽然手足传情,却已心魂入化,不觉相偎相倚的沉沉睡去了。正酣适间,耳畔忽听古古的一声雄鸡,他老人家吓得直坐起来,暗道:"不好!"揉揉眼,定定神,好生奇怪,原来他还安安稳稳睡在自己家里书室中的床上。想道:"难道我做了整天的梦吗?茶馆,仙闼,锦被,美人。都是梦吗?"急得一叠连声喊人来。等到家人进来,他问自己昨天几时回来的?家人告诉他,昨天一夜在外,直到今天天一亮,明贝勒府里打发车送回来的。回来时,还是醉得人事不知,大家半扶半抱的才睡到这床上。我老子听了家人的话,才明白昨夜的事,果然是太清弄的狡狯,心里自然得意,但又不明白自己如何睡得这么死?太清如何弄他回来?心里越弄越糊涂,觉得太清又可爱,又可怕了。隔了几天,他偶然游厂甸,又遇见太清,一见面,太清就对着他含情的一笑。他留心看她那天,一个男仆都没带,只随了个小鬟,这明明是有意来找他的,但态度倒装的益发庄重。他鼓勇的走上去,还是用蒙古话,转着湾,先试探昨夜的事。太清笑而不答。后来被他问急了,才道:"假使真是我,你怎么样呢?"他答道:"那我就登仙了!但是仙女的法术太大,把人捉弄到云端里,有些害怕了!"太清笑道:"你害怕,就不来。"他也笑道:"我便死,也要来。"於是两人调笑一回,太清终究倾吐了衷情,约定了六月初九夜里,趁明善出差,在邸第花园里的光明馆相会。这一次的幽会,既然现了庄严宝相,自然分外绸缪。从此月下花前,时相来往。

'忽一天,有个老仆送来密缝小布包一个,我老子拆开看时,内有一笺,笺上写着娟秀的行书数行,认得是太清笔迹:

> 我曹事已泄,妾将被禁,君速南行,迟则祸及。附上毒药粉一小瓶,鸩人无迹,入水,色绀碧,味辛,刺鼻,慎兹色味,勿近!恐有人鸩君也。香囊一扣,佩之胸,当可以醒迷,不择迷药或迷香,此皆禁中方也。别矣,幸自爱!

'我老子看了,连夜动身回南。过了几年,倒也平安无事,戒备之心,渐渐忘了。不料那年行至丹阳，在县衙里，遇见了一个宗人府的同事，便是他当日的赌友，那人投他所好，和他摇了两夜的摊，一夜回来，觉得不适，忽想起才喝的酒味，非常刺鼻，道声不好，知道中了毒。临死，把这事详细的告诉了我，嘱我报仇。他平常虽然待我不好，到底是我父亲，我从此就和满人结了不共戴天的深仇。庚申之变，我辅佐威妥玛，原想推翻满清，手刃明善的儿孙，虽然不能全达目的，烧了颐和园，也算尽了我做儿子的一点责任。人家说我汉奸也好，说我排满也好，由他们去罢！'这一段话，是孝琪亲口对我说的，想来总是真情。若说孝琪为人，脾气虽然古怪，待人倒很义气，就是打发我们出来，固然出於没法，而且出来的不止我一人，还有个姓汪的，是他第二姑，也住在这里。他一般的给了许多东西，时常有信来问长问短。姓汪的有些私房，所以还不肯出来见客，我是没法，才替他丢脸。我原名傅珍珠，是在烟台时依着假母的姓，褚是我的真姓，爱林是小名，真名实在叫做畹香。人家倒冤枉我卷逃！金大人，你想我的命苦不苦呢？"

雯青听完这一席话，笑向大家道："俗语说得好，一张床上，说不出两样话，你们听，爱林的话，不是句句护着孝琪吗？"唐卿道："孝琪的行为，虽然不足为训，然听他的议论思想，也有独到处，这还是定庵的遗传性。"公坊道："定庵这个人，很有关於本朝学术统系的变迁，我常道本朝的学问，实在超过唐、宋、元、明，只为能把大家的思想，渐渐引到独立的正轨上去。若细讲起来，该把这二百多年，分做三个时期：第一个时期，是开创时期，就是顾、阎、惠、戴诸大儒，能提出实证的方法来读书，不论一名一物，都要有切实证据，才许你下论断，不能望文生义，就是圣经贤传，非经过他们自己的一番考验，不肯瞎崇拜；第二时期，是整理时期，就是乾嘉时毕、阮、孙、洪、钱、王、段、桂诸家，把经史诸子，校正辑补，向来不可解的古籍，都变了文从字顺；第三时期，才是研究时期，把古人已整理的书籍，进了一层，研求到意义上去，所以出了魏默深、龚定庵一班人，发生独立的思想，成了这种惊人的议论。依我看来，这还不过是思想的萌芽哩！再过几年，只怕稷下、骊山争议之风，复见今日。本朝学问的统系，可以直接周、秦，两汉且不如，何论魏晋以下！"珏斋道："就论金石，现在的考证方法，也注意到古代的社会风俗上，不专论名物字画了。"於是大家谈谈讲讲，就摆上台面来，自然请雯青坐了首席，其余依齿坐了。酒过三巡，烛经数跋，揿今吊古，赏奇析疑，醉后诙谐，成黄车之掌录；塵余咳吐，亦青琐之轶闻，直到漏尽钟鸣，方始酒阑人散。

却说公坊这次来苏，原为约着雯青、唐卿、珏斋同伴入都，次日大家见面，就把这话和雯青说明了，雯青自然极口赞成。又知道公坊是要趁便应顺天乡试的，不能迟到八月，好在自己这回请假回来，除了省亲接眷，也无别事，当下就商定了行期，各自回去料理行装，说定在上海会齐。

匆匆过了一个月，那时正是七月初旬，炎蒸已过，新凉乍生，雯青就别了老亲，带了夫人；唐卿、珏斋也各携眷属。只有公坊是一肩行李，两个书童，最为潇洒。大家到了上海，上了海轮，海程迅速，不到十天，就到了北京。

雯青、唐卿、珏斋三人，不消说，都已托人租定了寓所，大家倒都要留公坊去住。公坊弄得左右为难，索性一家都不去，反一个人住到顺治门大街的毗陵公寓里去。从此，就和雯青、唐卿、珏斋常常来往。肇廷本先在京，朋友聚在一处，着实热闹，而且这一班人，从前大半在含英社里出过风头的，这回重到首善之区，见多识广，学问就大不相同了。把"且夫、尝思"，都丢在脑后，一见面，不是谈小学经史，就是讲诗古文词；不是赏鉴板本，就是搜罗金石。雯青更加读了些徐松龛《瀛环志略》，陈资斋《海国见闻录》，魏默深《海国图志》，渐渐博通外务起来，当道都十分契重。还有同乡潘八瀛尚书宗荫、龚和甫尚书平，常常替他们延誉，同声相应，同气相求，不晓得结识了多少当世名流！隔了两年，犟如竟也中了状元，与雯青先后辉映，也挈眷北来。只有曹公坊考了两次，依然报罢。本想回南，经雯青等劝驾，索性捐了个礼部郎中，留京供职。在公坊并不贪利禄之荣，只为恋友朋之乐，金门大隐，自预雅流，鞠部看花，偶寄馨逸，清雅萧闲的日月，倒也过得快活。闲言少表。

如今且说那一年，又遇到秋试之期。那天是八月初旬，新秋天气，雯青一人闷坐书斋，一阵拂拂的金风，带着浓郁的桂花香，扑进湘帘。抬头一望，只见一丸凉月，初上柳梢。忽然想起今天是公坊进场的日子，晓得他素性落拓，不亲细务，独身作客，考具一切，只怕没人代为料理。雯青待公坊是非常热心的，便立时预备了些笔墨纸张及零星需用的东西，又嘱张夫人弄了些干点小菜，坐了车，带了亲自去看公坊，想替他整备一下。刚要到公寓门前，远远望见有一辆十三太保的快车，驾着一匹剪鬃的红色小川马，寓里飘飘洒洒跑出一个十五六岁华装夺目的少年，跳上车，放下车帘，车夫几声"得得於於"，那车子飞快的往前走了。雯青一时没看清脸庞，看去好像是个相公模样，暗想是谁叫的呢？转念道："不对，今天谁还有工夫叫条子呢！嘎，不要是景和堂花榜状元朱霞芬罢？他的名叫菱云，他的绰号却叫小表嫂，肇廷曾告诉过我，就为和公坊的关系，朋友和他开玩笑，公坊名以表，大家就叫他一声表嫂。谁知从此就叫出名了。此刻或者也是来送场的。"

雯青一头想着，一头下车往里走，长班要去通报，雯青说"不必"，说着就一径向公坊住的那三间屋里去。跨上阶沿就喊道："公坊，你倒瞒着人，在这里独乐！"公坊披着件夏布小衫，趿着鞋在卧室里懒懒散散的迎出来道："什么独乐不独乐的乱喊？"雯青笑道："才在你这里出去的是谁？"公坊哈哈一笑道："我道是什么秘事给你发觉，原来你说的是菱云！我并没瞒人。"雯青道："不瞒人，你为什么没请我去吃过一顿便饭？"公坊道："不忙，等我考完了，自然我要请你呢。"雯青笑道："到那时我是要恭贺你和小表嫂的金榜挂名，洞房花烛了。"公坊道："连小表嫂的典故，你都知道了，还冤我瞒你！不过金榜挂名是梦话，洞房花烛倒是实录，我说考完请你，就是请你吃菱云的喜酒。"雯青道："菱云已出了师吗？这个老斗是谁呢？老婆又谁给他讨的？"公坊只是微微的笑，顿了一顿道："发乎情，止乎礼，世上无伯牙，个中有红拂，行乎其所不得不行罢了。"雯青道："这么说，公坊兄就是个护花使者了，这个喜酒，我自然不客气的要吃定。现在且不说这个，明天一早，你要进场，我是特地来送你的。你向来不会管这些事，考具理好了没有？不要临时缺长少短，不如让我来替你拾掇一下，总比你两位贵童要细腻熨贴些。我内人也替你做了几样干点小菜，也带了来。"说时就喊仆人拿进一个小篮儿。

公坊再三的道谢，一面也叫小童松儿、桂儿搬了理好的一个竹考篮，一个小藤箱，送到雯青面前道："胡乱的也算理过了，请雯兄再替我检点检点罢！"雯青打开看时，见藤箱里放的是书籍和鸡鸣炉、号帘、墙围、被褥、枕垫、钉锤等；三屉榼考篮里，下层是笔墨、稿纸、挖补刀、浆糊等，中层是些精巧的细点，可口的小肴，上层都是米盐酱醋、鸡蛋等的食料，预备得整整有条，应有尽有，不觉诧异道："这是谁给你弄的？"公坊道："除了菱云，还有谁呢？他今儿个累了整一天，点心和菜，都是他在这里亲手做的。雯兄，你看他不是无事忙吗？只怕白操心，弄得还是不对罢！"雯青道："罪过！罪过！照这种抠心挖胆的待你，不想出在堂名中人，我想迦陵的紫云，灵岩的桂官，算有此香艳，决无此亲切，我倒羡你这无双艳福！便回回落第，也是情愿。"公坊笑了一笑。当下雯青仍把考具归理好了，把带来的笔墨，也加在里面。看看时候不早，怕耽搁了公坊的早睡，临行约好到末场的晚间，再来接考，就走了。

在考期里头，雯青一连数日，不曾来看公坊，偶然遇见肇廷，把在毗陵公寓遇见的事告诉了。肇廷道："霞芬是梅慧仙的弟子，也是我们苏州人，那妮子向来高着眼孔，不大理人，前月有个外来的知县，肯送千金给他师傅，要他陪睡一夜，师傅答应了，他不但不肯，反骂了那知县一顿跑掉了,因此好受师傅的责罚。后来听说有人给他脱了籍,倒想不到就是公坊。公坊名场失意,也该有个钟情的璧人,来弥他的缺陷。"於是大家又慨叹了一回。

匆匆过了中秋,雯青屈指一算,那天正是出场的末日,到了上灯时候,就来约了肇廷,同向毗陵公寓而来。到了门口并没见有前天的那辆车子,雯青低低对肇廷道:"只怕他倒没有来接罢!你看门口没有他的车。"肇廷道:"不会不来罢!"两人一递一声的说话,已走进寓门。寓里看门的知是公坊熟人,也不敢拦挡。两人刚踹上一个方方的广庭,只见一片皎洁的月光,正照在两棵高出屋檐的梧桐顶上,庭中一半似银海一般的白,一半却迷离惝恍,摇曳着桐叶的黑影。在这一搭白一搭黑的地方,当天放着一张茶几,几上供着一对红烛,一炉檀香,几前地上伏着一个人。仔细一认,看他头上梳着淌三股乌油滴水的大松辫,身穿藕粉色香云纱大衫,外罩着宝蓝韦陀银一线滚的马甲,脚蹬着一双回文嵌花绿皮薄底靴,在后影中揣摩,已有遮掩不住的一种婀娜动人姿态,此时俯伏在一个拜垫上,嘴里低低的咕哝。肇廷指着道:"咦,那不是霞郎吗?"雯青摇手道:"我们别声张,看他做什么,为甚事祷告来!"正是:

  此生欲问光明殿,一样相逢沦落人。

不知霞郎为甚祷告,且听下回分解。

第五回　开樽赖有长生库　插架难遮素女图

话说雯青看见霞芬伏在拜垫上，嘴里低低的祷告，连忙给肇廷摇手，叫他不要声张。谁知这一句话，倒惊动了霞芬，疾忙站了起来，连屋里面的书童松儿也开门出来招呼。雯青、肇廷和霞芬，本来在酬应场中认识的，肇廷尤其熟络。当下霞芬看见顾、金二人，连忙上前叫了声"金大人，顾大人"，都请了安。雯青在月光下留心看去，果然好个玉媚珠温的人物，吹弹得破的嫩脸，钩人魂魄的明眸，眉翠含颦，靥红展笑，一张小嘴，恰似新破的榴实，不觉看得心旌摇曳起来。暗想谁料到不修边幅的曹公坊，倒遇到这段奇缘，我枉道是文章魁首，这世里可有这般可意人来做我的伴侣！

雯青正在胡思乱想，肇廷早拉了霞芬的手笑问道："你志志诚诚的烧天香，替谁祷告呀？"霞芬胀红脸笑着道："不替谁祷告，中秋忘了烧月香，在这里补烧哩。"阶上站着一个小童松儿插嘴道："顾大人，不要听朱相公瞎说，他是替我们爷求高中的！他说：'举人是月宫里管的，只要吴刚老爹修桂树的玉斧砍下一枝半枝，肯赐给我们爷，我们爷就可以中举，名叫蟾宫折桂。'从我们爷一进场，他就天天到这里对月碰头，头上都碰出桂圆大的疙瘩来。顾大人不信，你验验看。"霞芬瞪了松儿一眼，一面引着顾、金两人向屋里走，一面说道："顾大人别信这小猴儿的扯谎，我们爷今天老早出场，一出场就睡，直睡到这会儿还没醒，请两位大人书房候一会儿，我去叫醒他。"肇廷嘻着嘴挨到霞芬脸上道："是几时孟光接了梁鸿案，曹老爷变了你们的？我倒还不晓得呢！"霞芬知道失口，搭讪着强辩道："我是顺着小猴儿嘴说的，顾大人又要挑眼儿了，我不开口了！"说着已进了厅来。

　　肇廷好久不来，把屋宇看了一周遭，向雯青道："你看屋里的图书字画，家伙器皿，布置得清雅整洁，不像公坊以前乱七八糟的样子了，这是霞郎的成绩。"雯青笑道："不知公坊几生修得这个贤内助呀！"霞芬只做不听见，也不进房去叫公坊，倒在那里翻抽屉。雯青道："怎么不去请你们的爷呢？"霞芬道："我要拿曹老爷的场作给两位看。"肇廷道："公坊的场作，不必看就知道是好的。"霞芬道："不怎么讲，每次场作，他自己说好，老是不中；他自己一得意，更糟了，连房都不出了。这回他却很懊恼，说做得臭不可当。我想他觉道坏，只怕倒合了那些大考官的胃口，倒大有希望哩，所以要请两位看一看。"说完话，正把手里拿着个红格文稿递到雯青手里。只听里边卧房里，公坊咳了声嗽，喊道："霞芬，你喊喊喳喳和谁说话？"霞芬道："顾大人、金大人在这里看你，来一会子了，你起来罢。"公坊道："请他们坐一坐，你进来，我有话和你说。"霞芬向金、顾两人一笑，一扭身进了房，只听一阵悉悉索索穿衣服的声音，又低低讲了一回话，霞芬笑眯眯的先出来，叫桂儿跟着一径往外去了。

　　这里公坊已换上一身新制芝麻地大牡丹花的白纱长衫，头光面滑的才走出卧房来，向金、顾两人拱拱手道："对不起，累两位久候了！"雯青道："我们正在这里拜读你的大作，奇怪得很，怎么你这回也学起烂污调来了？"公坊劈手就把雯青拿的稿子抢去，望字纸笼里一摔道："再不要提这些讨人厌的东西。我们去约唐卿、珏斋、莘如，一块儿上菱云那里去！"肇廷道："上菱云那里做什么？"雯青道："不差，前天他约定的，去吃霞芬的喜酒。"肇廷道："霞芬不是出了师吗？他自立的堂名叫什么？在那里呢？"公坊道："他自己的还没定，今天还借的景和堂梅家。"公坊一壁说,一壁已写好了三个小简,叫松儿交给长班分头去送,并吩咐雇一辆干净点儿的车来。松儿道:"不必雇,朱相公的车和牲口都留在后头车厂里给爷坐的,他自己是走了去的。"公坊点了点头,就和雯青、肇廷说:"那么我们到那边谈罢。"

於是一行人都出了寓门,来到景和堂,只见堂里敷设的花团锦簇,桂馥兰香,挂起五凤齐飞的彩绢宫灯,铺上双龙戏水的层绒地毯,饰壁的是北宋院画,插架的是宣德铜炉,一几一椅,全是紫榆木的名手雕工,中间已搬上一桌山珍海错的盛席,许多康彩乾青的细磁。霞芬进进出出,招呼得十二分殷勤。那时唐卿、珏斋也都来了,只有犁如珊珊①来迟,大家只好先坐了。霞芬照例到各人面前都敬了酒,坐在公坊下肩。肇廷提议叫条子,唐卿、珏斋也只好随和了。肇廷叫了琴香,雯青叫了秋菱,唐卿叫了怡云,珏斋叫了素云。真是翠海香天,金樽檀板,花销英气,酒被清愁;尽旅亭画壁之欢,胜板桥寻春之梦。须臾,各伶慢慢的走了,霞芬也抽空去应他的条子。

这里主客酬酢,渐渐雌黄当代人物起来。唐卿道:"古人说京师是个人海,这话是不差,任凭讲什么学问,总有同道可以访求的。"雯青道:"说的是。我想我们自从到京后,认得的人也不少了,大人先生,通人名士,都见过了,到底谁是第一流人物?今日没事,大家何妨戏为月旦!"公坊道:"那也不能一概论的,以兄弟的愚见,分门别类比较起来,挥翰临池,自然让龚和甫独步;吉金乐石,到底算潘八瀛名家;赋诗填词,文章尔雅,会稽李治民纯客,是一时之杰;博闻强识,不名一家,只有北地庄寿香芝栋为北方之英。"肇廷道:"丰润庄仑樵佑培,闽县陈森葆琛何如呢?"唐卿道:"词锋可畏,是后起的文雄;再有瑞安黄叔兰礼方,长沙王忆莪仙屺,也都是方闻君子。"公坊道:"旗人里头,总要推祝宝廷名溥的是标标的了。"唐卿道:"那是还有一个盛

---

① 编者注:同"姗姗",缓慢移动之意。

伯怡呢。"雯青道:"讲西北地理的顺德黎石农,也是个风雅总持。"珏斋道:"这些人里头,我只佩服两庄,是用世之才。庄寿香大刀阔斧,气象万千,将来可以独当一面,只嫌功名心重些;庄仑樵才大心细,有胆有勇,可以担当大事,可惜躁进些。"

四人正在评论得高兴,忽外面走进个人来,见是搴如,大家迎入。搴如道:"朝廷后日要大考了,你们知道么?"大家又惊又喜的道:"真的么?"搴如道:"今儿衙门里掌院说的,明早就要见上谕了,可怜那一班老翰林,手是生了,眼是花了,得了这个消息,个个极得屁滚尿流,琉璃厂墨浆都涨了价了,正是应着句俗语,叫'急来抱佛脚'了。"大家谈笑了一回,到底心中有事,各各辞了公坊自去。

次日果然下了一道上谕,着翰詹科道,在保和殿大考。雯青不免告诉夫人,同着料理考具。张夫人本来很贤惠很能干的,当时就替雯青置办一切,缺的添补,坏的修理,一霎时齐备了。雯青自己在书房里,选了几支用熟的紫毫,调了一壶极匀净的墨浆。原来调墨浆这件事,是清朝做翰林的绝大经济,玉堂金马,全靠着墨水翻身。墨水调得好,写的字光润圆黑,主考学台,放在荷包里;墨水调得不好,写的字便晦蒙否塞,只好一世当穷翰林,没得出头。所以翰林调墨,与宰相调羹,一样的关系重大哩。闲言少叙。

到了大考这日,雯青天不亮就赶进内城,到东华门下车,背着考具,一径上保和殿来。那时考的人,已纷纷都来了。到了殿上,自己把小小的一个三折叠的考桌支起,在殿东角向阳的地方支好了,东张西望,找着熟人,就看见唐卿、珏斋、肇廷都在西面,搴如却坐在自己这一边,桌上摊着一本白折子,一手遮着,怕被人看见的样子,低着头,在那里不知写些什么。雯青一一招呼了。忽听东首有人喊着道:"寿香先生来了,请这里坐罢!"雯青抬头一望,只见一个三寸丁的矮子,猢狲脸儿,乌油油一嘴胡子根,满头一寸来长的短头发,身上却穿着一身簇新的纱袍褂,怪模怪样,不是庄寿香是谁呢?也背着一个藤黄方考箱，就在东首，望了一望，挨着第二排，一个方面大耳很气概的少年右首，放下考具，说道："仑樵我跟你一块儿坐罢！"雯青仔细一看，方看清正是庄仑樵；挨着仑樵右首坐的，便是祝宝廷，暗想这三位宝贝，今朝聚在一块儿了。

不多会儿，钦命题下来，大家咿咿哑哑的吟哦起来，有搔头皮的，有咬指甲的，有坐着摇摆的，有走着打圈儿的，另有许多人却挤着庄寿香，问长问短，寿香手舞足蹈的讲他们听。看看太阳直过，大家差不多完了一半，只有寿香还不着一字。宝廷道："寿香前辈，你做多少了？"寿香道："文思还没来呢！"宝廷接着笑道："等老前辈文思来了，天要黑了，又跟上回考差一样，交白卷了。"雯青听着好笑，自己赶着带做带写，又停一回，听见有人交卷，抬头一看，却是庄仑樵，归着考具，得意扬扬的出去了。雯青也将完卷，只剩首赋得诗，连忙做好誊上，看一遍，自觉还好，没有毛病，便见唐卿、珏斋也都走来。犟如喊道："你们等等儿，我要挖补一个字呢！"唐卿道："我替你挖一挖好么？"犟如道："也好。"唐卿就替他补好了，雯青看着道："唐卿兄挖补手段，真是天衣无缝。"随着肇廷也走来。於是四人一同走下殿来，却见庄寿香一人背着手，在殿东台级儿上走来走去，嘴里吟哦不断，不提防雯青走过，正撞了满怀，就拉着雯青喊道："雯兄，快来欣赏小弟这篇奇文！"恰好祝宝廷也交卷下来，就向殿上指着道："寿香，你看殿上光都没了，还不去写呢！"寿香听着，顿时也急起来，对雯青等道："你们都来帮我胡弄完了罢！"大家只好自己交了卷，回上殿来，替他同格子的同格子，调墨浆的调墨浆。唐卿替他挖补，犟如替他拿蜡台，寿香半真半草的胡乱写完了，已是上灯时候。大家同出东华门，各自回家歇息去了。

过了数日放出榜来，却是庄仑樵考了一等第一名，雯青、唐卿也在一等，其余都是二等。仑樵就授了翰林院侍讲学士，雯青得了侍讲，唐卿得了侍读。寿香本已开过坊了，这回虽考得不高，倒也无荣无辱。

却说雯青升了官,自然有同乡同僚的应酬,忙了数日。这一日,略清静些,忽想到前日仑樵来贺喜,还没有去答贺,就叫套车,一径来拜仑樵。他们本是熟人,门上一直领进去,刚走至书房,见仑樵正在那里写一个好像折子的样子,见雯青来,就望抽屉里一摔,含笑相迎。彼此坐着,讲些前天考试的情形,又讲到寿香狼狈样子,说笑一回。看看已是午饭时候,仑樵道:"雯青兄,在这里便饭罢!"雯青讲得投机,就满口应承。仑樵脸上却顿了一顿,等一回,就托故走出,去叫着个管家,低低说了几句,就进来了。仑樵进来后,却见那个管家在上房走出,手里挦着一包东西出去了。雯青也不在意,只是腹中饥炎上焚,难过得很,却不见饭开上来。仑樵谈今说古,兴高彩①烈,雯青只好勉强应酬,直到将交未末申初,始见家人搬上筷碗,拿上四碗菜,四个碟子。仑樵让坐,雯青已饿极,也不客气,拿起饭来就吃,却是半冷不热的,也只好胡乱填饱就算了。

正吃得香甜时,忽听得门口大吵大闹起来,仑樵脸上忽红忽白。雯青问是何事,仑樵尚未回答,忽听外面一人高声道:"你们别拿官势吓人,别说个把穷翰林,就是中堂、王爷,吃了人家米,也得给银子!"——你道外面吵的是谁?原来仑樵欠了米店两个月米帐,没钱还他,那店伙天天来讨,总是推三宕四,那讨帐人发了极,所以就吵起来。仑樵做了开坊的大翰林,连饭米钱都还不起,说来好像荒唐,那里知道仑樵本来幼孤,父母不曾留下一点家业,小时候全靠着一个堂兄抚养,幸亏仑樵读书聪明,科名顺利,年纪轻轻,居然巴结了一个翰林,就娶了一房媳妇,奁赠丰厚。仑樵生性高傲,不愿依人篱下,想如今自己发达了,看看妻财也还过得去,就胆大谢绝了堂兄的帮助,挈眷来京,自立门户。谁知命运不佳,到京不到一年,那夫人就过去了。仑樵又不善经纪,坐吃山空,当尽卖绝,又不好吃回头草,再央求堂兄。到

---

① 编者注:同"采"。

了近来，连饭都有一顿没一顿的。自从大考升了官，不免有些外面应酬，益发支不住，说也可怜，已经吃了三天三夜白粥了。奴仆也渐渐散去，只剩一两个家乡带来的人，终日怨恨着。——这日一早起来，喝了半碗白粥，肚中实在没饱，发恨道："这瘟官做他干吗？我看如今那些京里的尚侍，外省的督抚，有多大能耐呢？不过头儿尖些，手儿长些，心儿黑些，便一个个高车大马，鼎烹肉食起来！我那一点儿不如人？就穷到如此！没顿饱饭吃，天也太不平了！"越想越恨，忽然想起前两天，有人说浙闽总督纳贿买缺一事，又有贵州巡抚侵占饷项一事，还有最赫赫的直隶总督李公许多骄奢罔上的款项，却趁着胸中一团饥火，夹着一股愤气，直冲上喉咙里来，就想趁着现在官阶，可以上折子的当儿，把这些事情，统做一个折子，着实参他们一本，出出恶气，又显得我不畏强御的胆力。便算因此革了官，那直声震天下，就不怕没人送饭来吃了，强如现在庸庸碌碌的干瘪死！主意定了，正在细细打起稿子，不想恰值雯青走来，正是午饭时候，顺口虚留了一句。谁知雯青竟要吃起来。

仑樵没奈何，拿件应用的纱袍子，叫那管家当了十来吊钱，到饭庄子买了几样菜，遮了这场面。却想不到不做脸的债主儿，竟吵到面前，顿时脸上一红道："那东西混账极了！兄弟不过一时手头不便，欠了他几个臭钱，兄弟素性不肯恃势欺人，一直把好言善语对付他，他不知好歹，倒欺上来了！好人真做不得！"说罢，高声喊着："来！来！"就只见那当袍子的管家走到，仑樵圆睁着眼道："你把那混账讨账人，给我捆起来！拿我片子送坊去，请坊里老爷好好的重办一下子，看他还敢硬讨么！"那管家有气没气慢慢的答应声着，却背脸儿冷笑。

雯青看着，不得下台，就劝仑樵道："仑樵兄，你别生气！论理这人情实可恶，谁没个手松手紧，欠几个钱打甚么紧，又不赖他，便这般放肆！都照这么着，我们京官没得日子过了，该应重办！不过兄弟想现在仑兄新得意，为这一点小事，办一个小人，人家议论不犯着。"一面就对那管家道："你出去说，叫他不许吵，庄大人为他放肆，非但不给钱，还要送坊重办哩！我如今好容易替他求免了，欠的账，叫他到我那里去取，我暂时替庄大人垫付些就得了！"那管家诺诺退下。仑樵道："雯兄，真大气量！依着兄弟，总要好好儿给他一个下马威，有钱也不给他。既然雯兄代弟垫了，改日就奉还便了！"雯青道："笑话了，这也值得说还不还！"说着，饭也吃完，那米店里人也走了，雯青作别回家，一宿无话。

次日早上起来，家人送上京报，却载着"翰林院侍讲庄佑培递封奏一件"，雯青也没很留心。又隔一日，见报上有一道长上谕，却是有人奏参浙闽总督和贵州巡抚的劣迹，还带着合肥李公，旨意很为严切，交两江总督查办。下面便是接着召见军机庄佑培。雯青方悟到这参案，就是仑樵干的，怪不得前日见他写个好像折子一样的。当下丢下报纸，就出门去了。这日会见的人，东也说仑樵，西也说仑樵，议论纷纷，哄动了满京城。顺便到珏斋那里，珏斋告诉他仑樵上那折子之后，立刻召见，上头问了两个钟头的话才下来，着实奖励了几句哩。

雯青道："仑樵的运气快来了。"这句话，原是雯青说着顽的，谁知仑樵自那日上折，得了个采，自然愈加高兴。横竖没事，今日参督抚，明日参藩臬，这回劾六部，那回劾九卿，笔下又来得，说的话锋利无比，动人听闻。枢廷里有敬王和高扬藻、龚平，暗中提倡，上头竟说一句听一句起来，半年间那一个笔头上，不知被他拨掉了多少红顶儿，满朝人人侧目，个个惊心，他到处屁也不敢放一个。就是他不在那里，也只敢密密切切的私语，好像他有耳报神似的。仑樵却也真利害，常常有人家房闱秘事，曲室秘谈，不知怎地被他囫囵囵囵的全探出来，於是愈加神鬼一样的怕他。说也奇怪，人家愈怕，仑樵却愈得意，米也不愁没了，钱也不愁少了，车马衣服也华丽了，房屋也换了高大的了。正是堂上一呼，堂下百诺，气焰薰①天，公卿倒屣，门前车马，早晚填塞，

---

① 编者注：同"熏"。

雯青有时去拜访，十回倒有九回道乏，真是今昔不同了。还有庄寿香、黄叔兰、祝宝廷、何珏斋、陈森葆一班人跟着起哄，京里叫做"清流党"的"六君子"，朝一个封奏，晚一个密折，闹得鸡犬不宁，烟云缭绕，总算得言路大开，直臣遍地，好一派圣明景象。话且不表。

却说有一日黄叔兰丁了内艰，设幕开吊。叔兰也是清流党人，京官自大学士起，那一个敢不来吊奠！衣冠车马，热闹非常！这日雯青也清早就到，同着唐卿、蓁如、公坊几个熟人，聚在一处谈天。一时间寿香、宝廷陆续都来了，大家正在遍看那些挽联挽诗，评论优劣。寿香忽然喊道："你们来看仑樵这一付，口气好阔大呀！"唐卿手里拿着个白玉烟壶，一头闻着烟，走过去抬头一望，挂在正中屏门上一付八尺来长白绫长联，唐卿就一字一句的读出来道：

　　看范孟博立朝有声，尔母曰教子若斯，我瞑目矣！
　　效张江陵夺情未忍，天下惜伊人不出，如苍生何？

唐卿看完，摇着头说："上联还好，下联太夸大了，不妥！很不妥！"宝廷也跟在唐卿背后看着，忽然叹口气道："仑樵本来闹得太不像了，这种口角，都是惹人侧目的。清流之祸，我看不远了！"正说着，忽有许多人招呼叫别声张。一会儿果然满堂肃静无哗，人丛中走出四个穿吉服的知宾，恭恭敬敬，立在厅檐下候着。雯青等看这个光景，知道不知是那个中堂来了。原来京里丧事，知宾的规矩，有一定的：王爷、中堂来吊，用四人接待；尚书、侍郎用二人；其余都是一人。现在见四人走出，所以猜是中堂。谁知远远一望，却见个明蓝顶儿，胖白脸儿，没胡子的赫赫有名的庄大人，一溜风走了进来。四个知宾，战兢兢的接待不迭。庄大人略点点头儿，只听云板三声，一直到灵前行礼去了。礼毕出堂，换了吉服。四面望了望，看见雯青诸人，都在一堆里，便走过来，作了一个总揖道："诸位恭喜，兄弟刚在里头出来，已得了各位的喜信了。"大家倒愕着不知所谓。仑樵就靴统里抽出一个小小护书，护书里拔出一张半片的白折子，递给雯青手里。雯青与诸人同看。——原来那折上写着"某日奉上谕,江西学政着金沟去;陕甘学政着钱端敏去;浙江学政着祝溥去"。其余尚有多人,多不相干,大家也不看了。仑樵又向寿香道:"你是另有一道旨意,补授了山西巡抚了。"寿香愕然道:"你别胡说,没有的事。"仑樵正色道:"这是圣上特达之知,千秋一遇,寿香兄可以大抒伟抱,仰答国恩,兄弟到不但为吾兄一人私喜,正是天下苍生的幸福哩!"寿香谦逊了一回。

仑樵道:"今日在里头,还得一个消息,越南被法兰西侵占得厉害,越南王求救於我朝,朝旨想发兵往救呢!"唐卿道:"法兰西新受了普鲁士战祸,国力还未复元,怎么到是他首先发难,想我们的属地了?情实可恶!若不借此稍示国威,以后如何驾驭群夷呢!"雯青道:"不然,法国国土,大似英吉利,百姓也非常猛鸷,数十年前有个国王叫拿破仑,各国都怕他,着实厉害。近来虽为德国所败,我们与他开衅,到底要慎重些,不要又像从前吃亏!"寿香道:"从前吃亏,都是自己不好,引虎入门,不必提了。至於庚申之变,事起仓卒,又值发逆扰乱,我们不能两顾,倒被他们得了手,因此愈加自大起来。现在事事想来要挟,我们正好趁着他们自骄自满之时,给他一个下马威,显显天朝的真威力,看他们以后再敢做夜狼吗!"仑樵拍着手道:"着啊,啊!目下我们兵力虽不充,还有几个中兴老将,如冯子材、苏元春,都是百战过来,我想法国地方,不过比中国二三省,力量到底有限,用几个能征惯战之人,死杀一场,必能大振国威,保全藩属,也叫别国不敢正视。诸位道是吗?"大家自然附和了两句。

仑樵说罢,道有事,就先去了。雯青、寿香回头过来,却不见了搴如、公坊。公坊本不喜热闹,搴如因放差没有他,没意思,先走了,也就各自散回。雯青回到家来,那报喜的早挤满一门房,"大人升官""大人高发"的乱喊。雯青自与夫人商量,一一从重发付,接着谢恩请训,一切照例的公事,还有饯行辞行的应酬,忙的可想而知。

这日离出京的日子近了,清早就出门,先到龚、潘两尚书处辞了行。从潘府出来，顺路去访曹公坊，见他正忙忙碌碌的在那里收拾归装。——原来公坊那年自以为臭不可当的文章竟被霞郎估着，居然掇了巍科。但屡踏槐黄，时嗟落叶，知道自己不是金马玉堂中人物，还是跌宕文史，啸傲烟霞，还我本来面目的好。就浩然有南行之志。这几天见几个熟人都外放了，遂决定长行，不再留恋软红了。当下见了雯青，就把这意思说明。雯青说："我们同去同来，倒也有始有终，只是丢了霞郎，如何是好？"公坊道："筵席无不散，风情留有余；果使厮守百年，到了白头相对，有何意味呢？"就拿出个手卷，上题《朱霞天半图》，请雯青留题道："叫他在龙汉劫中留一点残灰罢！"雯青便写了一首绝句，彼此说明，互不相送，就珍重而别。

雯青又到搴如、肇廷、珏斋几个好友处话别，顺路走过庄寿香门口，叫管家投个帖子，一来告辞，二来道贺。帖子进去，却见一个管家走来车旁，请个安道："这会儿主人在上房吃饭哩，早上却吩咐过，金大人来，请内书房宽坐，主人有话，要同大人说呢。"雯青听着，就下了车。这家人扬着帖子，湾湾曲曲，领雯青走到一个三开间两明一暗的书室，那书室却是外面两间很宽敞，靠南一色大玻璃和合窗，沿窗横放一只香楠马鞍式书桌，一把花梨加官椅，北面六扇纱窗，朝南一张紫檀炕床，下面对放着全堂影木嵌文石的如意椅，东壁列着四座书架，紧靠书架放着一张紫榆雕刻杨妃醉酒榻，西壁有两架文杏十景厨，厨中列着许多古玩。厨那边却是一扇角门，虚掩着，想通内室的。地下铺着五彩花毯，陈设极其华美。雯青到此，就站住了。那家人道："请大人里间坐。"说着打起里间帘子，雯青不免走了进来，看着位置，比得外间更为精致。雯青就在窗前一张小小红木书桌旁边坐下，那家人就走了。

雯青也把自己跟人，打发到外边去歇歇。等了一回，不见寿香出来，一人不免焦郁起来，随手翻着桌上书籍，见一本书目，知道还是寿香从前做学台时候的大著作。正想拿来看着消闷，忽然坠下一张白纸，上头有条标头，写着"袁尚秋讨钱冷西檄文"。看着诧异。只见上头写的道：

　　钱狗来，告尔狗！尔狗其敬听！我将刳狗腹，刽狗肠，杀狗於狗国之衢，尔狗其慎旃！

雯青看了，几乎要笑出来，晓得这事也是寿香做学台时候，幕中有个名士叫袁旭，与龚和甫的妹夫钱冷西，在寿香那里争恩夺宠闹的笑话，也就丢在一边。正等得不耐烦，要想走出去，忽听角门呀的一声开了，一阵笑话声里，就有一男一女，帖帖达达走出南窗楠木书桌边。忽又一阵脚声，一个人走回去了，一人坐在加官椅上，低低道："你别走呀，快来呢！"一人站在角门口躲脚道："死了，有人哩！"一人忽高声道："投眼珠的王八，谁叫你来！还不滚出去？"雯青一听那口音，心里倒吓一跳，贴着帘缝一张，见院子里那个接帖的家人，手里还拿着帖子，踉踉跄跄往外跑，角门边却走出个三十来岁涂脂抹粉大脚的妖娆姐儿。那人涎着脸，望那姐儿笑，又招招手儿。姐儿道："清天白日算什么呢！"那人道："我爱的就是清天白日。"姐儿瞅着一眼道："你真爱么？我知道哩，你没良心！从前一脚踢死了太太，太太临死时，对你说来，除非你一生不上床便罢，你要上床，鬼就来捉你，是不是你晚上怕太太的鬼，不敢睡罢咧？"那人顺手拥着姐儿，三脚两步，推倒在书架下的醉杨妃榻上，一面走一面说道："我就舍不得踢死你，我可也不饶你。"这句话，那姐儿从此不言语了。

　　雯青被书架遮着，看不清楚，听得却不耐烦了，心里又好气，又好笑，逼得饿不可当，几番想闯出来，到底不好意思，仿佛自己做了歹事一般，心毕卜毕卜地跳，气花也不敢往外出。忽听一阵吃吃的笑，也不辨那个。又一会儿，那姐儿出声道："我的爷，你书，招呼着，要倒！"语还未了，砌的一声，架上一大堆书，都望着榻上倒下来。正是：

　　风宪何妨充债帅，书城从古接阳台。

到底倒下来的书，压着何人，欲明这个哑谜，待我喘过气来，再和诸位讲。

第六回　献绳技谈黑旗战史　听笛声追白傅遗踪

话说雯青在寿香书室的里间，听见那姐儿上气不接下气的说了几句话，硼的一声，架上一大堆书，望榻上倒下来。在这当儿，那姐儿趁势就立起来，发恨道："你只顾自各儿乐，别人的死活，全不管了！枉道你是读书人！怎地不仁，简直是狠心短命的杀人！"说到这里，就缩住了口，嗤的一笑，扑翻身飞也似的跑进角门去了。那人一头理着书，哈哈作笑，也跟着走了。登时室中寂静。雯青得了这个当儿，恐那人又出来，到不好开交，连忙蹑手蹑脚的溜出书房，却碰着那家人。那家人满心不安，倒红着脸替主人道歉，说主人睡中觉还没醒哩，明儿个自己过来给大人请安罢。雯青一笑，点头上车。豪奴俊仆，大马高车，一阵风的回家去了。到了家，不免将刚才所见，告诉夫人，大家笑不可仰。雯青想几时见了寿香，好好的问他一问哩。想虽如此，究竟料理出京事忙，无暇及此。

过了几日，放差的人，纷纷出京，唐卿往陕甘去了，宝廷忙往浙江去了，公坊也回常州本籍，过他的隐居生活去了。雯青也带了家眷，择吉长行，到了天津。那时旗昌洋行轮船，我中国已把三百万银子去买了回来，改名招商轮船局，办理这事的，就是搴如在梁聘珠家吃酒遇见的成木生。这件事，总算我们中国在商界上第一件大纪念。这成木生现在正做津海关道，与雯青素有交情，晓得雯青出京，就替他留了一间大餐间。雯青在船上，有总办的招呼，自然格外舒服。不日就到了上海，关防在身，不敢多留，换坐江轮，到九江起岸，直抵南昌省城，接篆进署，安排妥当，自然照常的按棚开考。雯青初次衡文，又兼江西是时文出产之乡，章、罗、陈、艾，遗风未沫，雯青格外细心搜访，不敢造次。

有话即长，无话即短，不觉春来秋往，忽忽过了两年。那时正闹着法越的战事，在先秉国钧的原是敬亲王，辅佐着的便是大学士包钧，协办大学士吏部尚书高扬藻，工部尚书龚平，都是一时人望的名臣。只为广西巡抚徐延旭，云南巡抚唐炯，误信了黄桂兰、赵沃，以致山西、北宁连次失守，大损国威。太后震怒，徐、唐固然革职拿问，连敬王和包、高、龚等全班军机也因此都撤退了。军机处换了义亲王做领袖，加上大学士格拉和博，户部尚书罗文名，刑部尚书庄庆藩，工部侍郎祖锤武一班人了。边疆上主持军务的也派定了彭玉麟督办粤军，潘鼎新督办桂军，岑毓英督办滇军，三省合攻，希图规复，总算大加振作了。然自北宁失败以后，法人得步进步，海疆处处戒严，又把庄佑培放了会办福建海疆事宜，何太真放了会办北洋事宜，陈琛放了会办南洋事宜！

这一批的特简，差不多完全是清流党的人物。以文学侍从之臣，得此不次之擢，大家都很惊异。在雯青却一面庆幸着同学少年，各膺重寄，正盼他们互建奇勋，为书生吐气；一面又免不了杞人忧天，代为着急，只怕他们纸上谈兵，终无实际，使国家吃亏。谁知别人到还罢了，只有上年七月，得了马尾海军大败的消息，众口同声，有说庄仑樵降了，有说庄仑樵死了，却都不确。——原来仑樵自到福建以后，还是眼睛插在额角上，摆着红京官大名士的双料架子，把督抚不放在眼里。闽督吴景，闽抚张昭同，本是乖巧不过的人，落得把千斤重担，卸在他身上。船厂大臣又给他面和心不和，将领既不熟悉，兵士又没感情，他却忘其所以，大权独揽，只弄些小聪明，闹些空意气。那晓得法将孤拔倒老实不客气的乘他不备，在大风雨里架着大炮打来。仑樵左思右想，笔管儿虽尖，终抵不过枪杆儿的凶；崇论宏议虽多，总挡不住坚船大炮的猛，只得冒了雨，赤了脚，也顾不得兵船沉了多少艘，兵士死了多少人，暂时退了二十里，在厂后一个禅寺里躲避一下，等到四五日后调查清楚了，才把实情奏报朝廷。朝廷大怒，不久就把他革职充发了。雯青知道这事，不免生了许多感概①，在仑樵本身想，前几年何等风光，如今何等颓丧，安安稳稳的翰林不要当，偏要建什么业，立什么功，落得一场话柄！在国家方面想，人才该留心培养，不可任意摧残，明明白白是个拾遗补阙的直臣，故意舍其所长，用其所短，弄到两败俱伤。况且这一败之后，大局愈加严重，海上失了基隆，陆地陷了谅山，若不是后来庄芝栋保了张国梁的旧将冯子材出来，居然镇南关大破法军，杀了他数万人，八日中克复了五六个名城，算把法国的气焰压了下去，中国的大局，正不堪设想哩！只可惜威毅伯只知讲和，不会利用得胜的机会，把打败仗时候原定丧失权利的和约，马马虎虎逼着朝廷签定，人不知鬼不觉依然把越南暗送。总算没有另外赔款割地，已经是他折冲樽俎的大功，国人应该纪念不忘的了！

　　如今闲话少说，且说那年法越和约签定以后，国人中有些明白国势的，自然要咨嗟太息，愤恨外交的受愚；但一班醉生梦死的达官贵人，却又个个兴高采烈，歌舞升平起来。那时的江西巡抚达兴，便是其中的一个。达兴本是个纨绔官僚，全靠着祖功宗德，唾手得了这尊荣的地位，除了上谄下骄之外，只晓得提倡声技。他衙门里只要不是国忌，没一天不是锣鼓喧天，笙歌澈夜。他的小姐，姿色第一，风流第一，戏迷也是第一，当时有一个知县，姓江名以诚，伺候得这位抚台小姐最好，不惜重资，走遍天下，搜访名伶如四九旦、双麟、双凤等，聘到省城。他在衙门里，专门做抚台的戏提调，不管公事。省城中曾有嘲笑他的一副对联道：

　　　　以酒为缘，以色为缘，十二时买笑追欢，永朝永夕酣大梦；

---

① 编者注：同"感慨"，感触、感叹之意。

诚心看戏，诚意听戏，四九旦登场夺锦，双麟双凤共消魂！

也可想见一时的盛况了。

话说雯青一到江西，看着这位抚院的行动，就有些看不上眼，达抚台见雯青是个文章班首，翰苑名流，倒着实拉拢。雯青顾全同僚的面子，也只好礼尚往来，勉强敷衍。有一天，雯青刚从外府回到省城，江以诚忽来禀见。雯青知道他是抚台那里的红人，就请了进来。一见面，呈上一付红柬，说是达抚台专诚打发他送来的。雯青打开看时，却是明午抚院请他吃饭的一个请帖。雯青疑心抚院有什么喜庆事，就问道："中丞那里明天有什么事？"江知县道："并没甚事，不过是个玩意儿。"雯青道："什么玩意呢？"江知县道："是一班粤西来的跑马卖解的，里头有两个云南的苗女，走绳的技术，非常高妙，能在绳上腾踏纵跳，演出各种把戏。最奇怪的，能在绳上连舞带歌，唱一支最长的歌，名叫《花哥曲》。是一个有名人，替刘永福的姨太太做的，'花哥'就是那姨太太的小名。曲里面还包含着许多法越战争时候的秘史呢，大人倒不可不去赏鉴赏鉴！"

雯青听见是歌唱着刘永福的事，倒也动了好奇之心，当时就答应了准到。一到明天，老早的就上抚院那里来了。达抚台开了中门，很殷勤的迎接进来，先在花厅坐地。达抚台不免慰问了一番出棚巡行的辛苦，又讲了些京朝的时事，渐渐讲到本题上来了。雯青先开口道："昨天江令转达中丞盛意，邀弟同观绳戏，听说那班子非常的好，不晓得从那里来的？"达抚台笑道："无非小女孩气，央着江令到福建去聘来。那班主儿，实在是广西人，还带着两个云南的猓姑，说是黑旗军里散下来的余部，所以能唱《花哥曲》。'花哥'，就是他们的师父。"雯青道："想不到刘永福这老武夫，倒有这些风流故事！"达抚台道："这支曲子，大概是刘永福或冯子材幕中人做的，只为看那曲子内容，不但是叙述艳迹，一大半是敷张战功。据兄弟看来，只怕做曲子的另有用意罢！好在他有抄好的本子在那边场上，此时正在开演，请雯兄过去，经法眼一看,便明白了!"说着,就引着雯青迤逦到衙东花园里一座很高大的四面厅上来。

雯青到那厅上,只见中间摆上好几排椅位,两司道府及本地的巨绅,已经到了不少,看见雯青进来,都起来招呼。江知县更满面笑容,手忙脚乱的趋奉,把雯青推坐在前排中间,达抚台在旁陪着。雯青瞥眼见厅的下首里,挂着一桁珠帘,隐隐约约都是珠围翠绕的女眷,大约著名的达小姐也在里面。绳戏场设在大厅的轩廊外,用一条很粗的绳,紧紧绷着,两端拴在三叉木架上。那时早已开演。只见一个十七八岁的蛮女,面色还生得白净,眉眼也还清秀,穿着一件湖绿色密纽的小袄,扎腿小脚管的粉红裤,一对小小的金莲,头上包着一块白绸角形的头兜,手里拿着一根白线绕绞五尺来长的杆子,两头系着两个有黑穗子的小球,正在绳上忽低忽昂的走来走去,大有矫若游龙,翩若惊鸿之势。堂下胡琴声咿咿哑哑的一响,那女子一壁婀娜地走着,一壁啭着娇喉,靡曼地唱起来。那时江知县就走到雯青面前,献上一本青布面的小手折,面上粘着一条红色签纸,写着"《花哥曲》"三字,雯青一面看,一面听她很清楚的官音唱道:

我是个飞行绝迹的小猢狲,我是黑旗队里一个女领军;我在血花肉阵里过了好多岁,我是刘将军的旧情人。(一解)

刘将军,刘将军,是上思州里的出奇人!他长毛不做做强盗,出了镇南走越南。(二解)

保胜有个何大王,杀人如草乱边疆,将军出马把他斩,得了他人马,霸占了他地方。(三解)

将军如虎,儿郎如兔,来去如风雨,黑旗到处人人怕。(四解)

法国通商逼阮哥,得了西贡又要过红河;法将安邺神通大,勾结了黄崇英反了窝。在河内立起黄旗队,啸聚强徒数万多!(五解)

慌了越王阮家福，差人招降刘永福，要把黑旗扫黄旗，拜了他三宣大都督。（六解）

精的枪，快的炮，黄旗军里夹洋操，刀枪剑戟如何当得了！如何当得了！（七解）

幸有将军先预备，军中练了飞云队，空中来去若飞仙，百丈红绳走姗妹。（八解）

我是飞云队里的女队长，名叫做花哥身手强，衔枚夜走三百里，跟了将军到宣光。敌营扎在大岭的危崖上，沉沉万帐月无光。（九解）

将军忽然叫我去，微笑把我肩头抚，你若能今夜立奇功，我便和你做夫妇。（十解）

我得了这个稀奇令，要嫁英雄值得去拚性命。刀光照见羞颜红，欢欢喜喜来承认。（十一解）

大军山前四处伏，我领全队向后崖扑，三百个蛮腰六百条臂，蜿蜒银蛇云际没。（十二解）

一声呐喊火连天，山营忽现了红妆妍。鸾刀落处人头舞，枪不及肩来炮不及燃。（十三解）

将军一骑从天下，四下里雄兵围得不留罅；安邺丧命崇英逃，一战威扬初下马。（十四解）

我便做了他第二房妻，在战场上双宿又双飞，天天想去打法兰西，偏偏我的命运低，半路里犯了驸马爷黄佐炎的忌，他私通外国把越王欺！暗暗把将军排挤，不许去杀敌搴旗。（十五解）

镇守了保胜山西好几年，保障了越南固了中国的边！惹得法人真讨厌，因此上又开了这回的大战！（十六解）

战！战！战！越南大乱摇动了桂粤滇。可恶的黄佐炎，一面请天兵，一面又受法兰西的钱，六调将军，将军不受骗。（十七解）

三省督办李少荃,广东总督曾国荃。李少荃要讲和,曾国荃只主战,派了唐景崧,千里迢迢来把将军见。(十八解)

　　面献三策:上策取南交,自立为王,向中朝请封号。否则提兵打法人,做个立功异域的汉班超,总胜却死守保胜败了没收梢。(十九解)

　　将军一听大欢喜,情愿投诚向清帝,纸桥一战敌胆落,手斩了法国大将李威利。(二十解)

　　越王忽死太妃垂了帘,阮说辅政串通了黄佐炎,偷降法国把条约签,暗害将军设计险!(二十一解)

　　我有个猁狼洞里的旧夫郎,刁似狐狸狠似狼,他暗中应了黄佐炎的悬赏,扮做投效人,来进营房。(二十二解)

　　虽则是好多年的分离,乍见了不免惊奇!背着人时刻把旧情提,求我在将军处,格外提携!(二十三解)

　　将军信我,升了他营长,谁知道暗地里引进了他的羽党!有一天把我骗进了棚帐,醉得我和死人一样。(二十四解)

　　约了法军来暗袭山西,里应外合的四面火起,直杀得黑旗兵辙乱旗靡,只将军独自个走脱了单骑。(二十五解)

　　等我醒来只见战火红,为了私情受了蒙,恶奴逼得我要逃也没地缝,捆上马背便走匆匆。(二十六解)

　　走到半路来了一支兵,是冯督办,部将叫潘瀛。一阵乱杀把叛徒来杀尽,倒救了我一条性命。(二十七解)

　　问我来历我便老实说,他要通信黑旗请派人来接,我自家犯罪自家知,不愿再做英雄妾。(二十八解)

　　我害他丧失了几年来练好的精锐,我害他把一世英名坠!我害了山西北宁连连的溃,我害了唐炯徐延旭革职又问罪!(二十九解)

　　我害他受了威毅伯的奏参,若不是岑毓英,若不是彭雪

琴，权力的庇荫，军饷的担任，如何会再听宣光临洮两次的捷音！（三十解）

我无颜再踏黑旗下的营门，我愿在冯军里去冲头阵！我愿把弹雨硝烟的热血，来洗一洗我自糟蹋的瘢痕！（三十一解）

七十岁的老将冯子材，领了万众镇守镇南来，那时候马江船毁谅山失，水陆官兵处处败。（三十二解）

将军誓众筑长墙，气概俨然张国梁！后有王孝祺，前有王德榜，专候敌军来犯帐。（三十三解）

果然敌人全力来进攻，炮声隆隆弹满空；将军屹立不许动，退者手刃不旋踵！（三十四解）

忽然旗门两扇开，掀起长须大叫随我来！两子随后脚无鞋。（三十五解）

我那时走若飞猱轻过了燕，一瞥眼儿抄过阵云前。我见炮火漫天好比繁星现，我连斩炮手断了弹火的线。（三十六解）

潘瀛赤膊大辫蟠了颈，振臂一呼，十万貔貅排山地进！孝祺率众同拚命！跳的跳来滚的滚。德榜旁出神勇奋，突攻冲断了中军阵，把数万敌人杀得举手脱帽白旗耀似银，还只顾连放排枪不收刃。（三十七解）

八日夜追奔二百里，克复了文渊谅山一年来所失的地。乘胜长驱真快意，何难一战收交趾！（三十八解）

威毅伯得了这消息，不管三七二十一，草草便把和议结。（三十九解）

战罢亏了冯将军，战功叙到我女猁狼。我罪虽重大，将功赎罪或许我折准，且借饶歌唱出回心院，要向夫君乞旧恩！（四十解）

这一套《花哥曲》唱完，满厅上发出如雷价的齐声喝采，震动了空气，雪白的赏银，雨点般撒在红氍毹上，越显出红白分明。雯青等大家撒完后，也抛了二十个银饼，顿时那苗女跳下绳来，袅袅婷婷走到抚台和雯青面前，道了一声谢。雯青问她道："你这曲子真唱得好，谁教你的？"苗女道："这是一支在我们那边最通行的新曲，差不多人人会唱，况且曲里唱的就是我们做的事，那更容易会了。"达抚台道："你们真在黑旗兵里当过女兵吗？"苗女点了点头。雯青道："那么你们在花哥手下了？你们几时散出来的呢？"苗女道："就在山西打了败仗后，飞云队就溃散了。"达抚台道："现在花哥在那里呢？"苗女道："听说刘将军把她接回家去了。"雯青道："花哥的本事，比你强吗？"苗女笑道："大人们说笑话了！我们都是他教练出来的，如何能比？黑旗兵的厉害，全靠盾牌队；盾牌队的精华，又全在飞云队。花哥又是飞云队的头脑，不但我们比不上，只怕是世上无双，所以刘将军离不了她了。"

正问答间，厅上筵席恰已摆好：中间一席，上首两席，下首是女眷们，也是两席。达抚台就请雯青坐了中间一席的首坐，藩臬道府作陪。上首两席的首位，却是本地的巨绅。一时觥筹交错，谐笑自如，请君且食蛤蜊，今夕只谈风月。迨至酒半，绳戏又开，这回却与上次不同，又换了一个苗女上场，扎扮得全身似红孩儿一般。在两条绳上，串出种种把戏，有时疾走，有时缓行，有时似穿花蝴蝶，有时似倒挂鹦哥；一会竖蜻蜓，一会翻筋斗，虽然神出鬼没的搬演，把个达小姐看得忍俊不禁，竟浓装艳服的现了庄严宝相。在雯青看来，觉得没甚意味，倒把绳上的眼，不自觉的移到帘上去了。须臾席散，宾主尽欢。雯青告辞回衙，已在黄昏时候。

歇了几日，雯青便又出棚，去办九江府属的考事，几乎闹了一个多月。等到考事完竣，恰到了新秋天气，忽然想着枫叶荻花，浔江秋色，不可不去游玩一番，就约着几个幕友，买舟江上，去访白太傅琵琶亭故址。明月初上，叩舷中流，雯青正与几个幕友飞觥把盏，论古谈今，甚是高兴。忽听一阵悠悠扬扬的笛声，从风中吹过来。雯青道："奇了，深夜空江，何人有此雅兴？"就立起身，把船窗推开，只见白茫茫一片水光，荡着香炉峰影，好像要破碎的一般。幕友们道："怎地没风有浪？"雯青道："水深浪大，这是自然之理。"

停一回，雯青忽指着江面道："哪，哪，哪，那里不是一只小船，咿咿哑哑的摇过来吗？笛声就在这船上哩！"又侧着耳听了一回道："还唱哩！"说着话，那船愈靠近来，就离这船不过一箭路了。却听一人唱道：

莽乾坤，风云路遥；好江山，月明谁照？天涯携着个玉人娇小，畅好是镜波平，玉绳低，金风细，扁舟何处了？

雯青道："好曲儿，是新谱的。你们再听！"那人又唱道：

痴顽自怜，无分着官袍；琼楼玉宇，一半雨潇潇！落拓江湖，着个青衫小！灯残酒醒，只有你侬相靠，博得个白发红颜，一曲琵琶泪万条！

雯青道："听这曲儿，倒是个愤世忧时的谪宦。是谁呢？"

说着那船却慢慢地并上来，雯青看那船上，黑洞洞没有点灯，月光里看去，仿佛是两个人，一男一女。雯青想听他们再唱什么，忽听那个男的道："别唱了，怪腻烦的，你给我斟上酒罢！"雯青听这说话的是北京人，心里大疑，正委决不下，那人高吟道：

宗室八旗名士草，江山九姓美人麻。

只听那女的道："什么麻不麻？你要作死哩！"那人哈哈笑道："不借重尊容，那得这付绝对呢？"雯青听到这里，就探头出去细望。那人也推窗出来，不觉正碰个着，就高声喊道："那边船上是雯青兄吗？"雯青道："咦，奇遇！奇遇！你怎么会跑到这里来呢？"那人道："一言难尽，我们过船细谈。"说罢，雯青就教停船，那人一脚就跳了过来。这一来，有分交：

一朝解绶，心迷南国之花；

千里归装，泪洒北堂之草。

不知来者果系何人，且听下回分解。

第七回　宝玉明珠弹章成艳史　红牙檀板画舫识花魁

却说雯青正在浔阳江上，访白傅琵琶亭故址，忽然遇着一人，跳过船来，这人是谁呢？仔细一认，却的真是现任浙江学台宗室祝宝廷。宝廷好端端的做他浙江学台，为何无缘无故，跑到江西九江来？不是说梦话么！列位且休性急，听我慢慢说与你们听。原来宝廷的为人，是八面玲珑，却十分落拓，读了几句线装书，自道满洲名士，不肯人云亦云，在京里跟着庄仑樵一班人，高谭①气节，煞有锋芒。终究旗人本性是乖巧不过，他一眼看破庄仑樵风头不妙，冰山将倾，就怕自己葬在里头。不想那日忽得浙江学政之命，喜出望外，一来脱了清流党的羁绊，二来南国风光，西湖山水，是素来羡慕的。忙着出京，一到南边，果然山明川丽，如登福地洞天。你想他本是酪浆毡帐的遗传，怎禁得莼肥鲈香的供养！早则是眼也花了，心也迷了，可惜手持玉尺，身受文衡，不能寻苏小之香痕，踏青娘之艳迹罢了。

如今且说浙江杭州城，有个钱塘门，门外有个江，就叫做钱塘江。江里有一种船，叫做江山船，只在江内来往，从不到别处。如要渡江往江西，或到浙江一路，总要坐这种船。这船上都有船娘，都是十七八岁的妖娆女子，名为船户的眷属，实是客商的钩饵。老走道儿知道规矩

---

① 编者注：同"谈"。

的，高兴起来，也同苏州、无锡的花船一样，摆酒叫局，消遣客途寂寞，化①下些缠头钱就完了。若碰着公子哥儿朦懂货，那就整千整百的敲竹杠了。做这项生意的，都是江边人，只有九个姓，他姓不能去抢的，所以又叫"江山九姓船"。闲话休提。

话说宝廷这日正要到严州一路去开考，就叫了几只江山船，自己坐了一只最体面的头号大船。宝廷也不晓得这船上的故事，坐船的规例，糊糊涂涂上了船。看着那船很宽敞，一个中舱，方方一丈来大，两面短栏，一排六扇玻璃蕉叶窗，炕床桌椅，铺设得很为整齐洁净。里面三个房舱，宝廷的卧房，却做在中间一个舱，外面一个舱空着，里面一个舱，是船户的家眷住的。房舱两面，都有小门，门外是两条廊，通着后艄。上首门都关着，只剩下首出入。宝廷周围看了一遍，心中很为适意，暗忖：怪道人说"上有天堂，下有苏杭"，一只船也与北边不同，所以天随子肯浮家泛宅，原来怎地快活！那船户载着个学台大人，自然格外巴结，一回茶，一回点心，川流不断，一把一把香喷喷热手巾，接着递来，宝廷已是心满意足的了。

开了船，走不上几十里，宝廷在卧房走出来，在下首围廊里，叫管家吊起蕉叶窗，端张椅子，靠在短栏上，看江中的野景。正在心旷神怡之际，忽地里扑的一声，有一样东西，端端正正打上脸来，回头一看，恰正掉下一块橘子皮在地上。正待发作，忽见那舱房门口，坐着个十七八岁很妖娆的女子，低着头，在那里剥橘子吃哩，好像不知道打了人，只顾一块块的剥，也不抬头儿。那时天色已暮，一片落日的光彩，正反照到那女子脸上。宝廷远远望着，越显得娇滴滴，光滟滟，耀花人眼睛。也是五百年风流冤业，把那一脸天加的精致密圈儿，遮盖过了，只是越看越出神，只恨她怎不回过脸儿来。忽然心生一计，拾起那块橘皮，照着她身上打去，正打个着。宝廷想看她怎样。忽后梢有个老婆

---

① 编者注：同"花"。

子,一叠连声叫珠儿,那女子答应着,站起身来,拍着身上,临走却回过头来,向宝廷嫣然的笑了一笑,飞也似的往后梢去了。

宝廷从来眼界窄,没见过南朝佳丽,怎禁得这般挑逗,早已三魂去了两魂,只恨那婆子不得人心,劈手夺了他宝贝去。心不死,还是呆呆等着。那时正是初春时节,容易天黑,不一会,点上灯来,家人来请吃晚膳,方回中舱来,胡乱吃了些,就踅到卧房来,偷听间壁消息,却黑洞洞没有火光,也没些声儿,倒听得后梢男女笑语声,小孩啼哭声,抹骨牌声,夹着外面风声,水声;嘈嘈杂杂,闹得心烦意乱,不知怎样才好。

在床上反覆了一个更次,忽眼前一亮,见一道灯光,从间壁板缝里直射过来。宝廷心里一喜,直坐起来。忽听那婆子低低道:"那边学台大人安睡了?"那女子答着道:"早睡着哩,你看灯也灭了。"婆子道:"那大人好相貌,粉白脸儿,乌黑须儿,听说他还是当今皇帝的本家,真正的龙种哩!"那女子道:"妈呀,你不知那大人的脾气儿倒好,一点不拿皇帝势吓人。"婆子道:"怎么?你连大人的脾气都知道了?"那女子笑道:"刚才我剥橘皮,不知怎的,丢在大人脸上。他不动气,倒笑了。"婆子道:"不好哩,大人看上了你了!"那女子不言语了,就听见两人屑屑索索,脱衣上床,那女子睡处,正靠着这一边。宝廷听得准了,暗忖:可惜隔层板,不然就算同床共枕。心里胡思乱想,听那女子也叹一回气,咳一回嗽,直闹个整夜。

好容易巴到天亮,宝廷一人悄地起来,满船人都睡得寂静,只有两个水手,咿哑咿哑的在那里摇橹。宝廷借着要脸水,手里拿个脸盆,推门出来,走过那房舱门口,那小门也就轻轻开了,珠儿身穿一件紧身红棉袄,笑嘻嘻的立在门槛上。宝廷没防她出来,倒没了主意,待走不走。那珠儿笑道:"天好冷呀,大人怎不多睡一会儿?"宝廷笑道:"不知怎地,你们船上睡不稳。"说着就走近女子身边,在她肩上捏一把道:"穿的好单薄,你怎禁得这般冷!我知道你也是一夜没睡。"珠儿脸一红，推开宝廷的手低声道："大人放尊重些。"就挪嘴儿望着舱里道："别给妈见了。"宝廷道："你给我打盆脸水来。"珠儿道："放着多少家人，倒使唤我。"宝廷涎着脸道："我只爱你的水。"珠儿道："缠死人的冤家，我赏你这一遭儿。"嗤的一笑，抢着脸盆去了。宝廷回房，不一会，珠儿捧着盆脸水，冉冉的进房来。宝廷见她进来，趁她一个不防，抢上几步，把小门顺手关上。这门一关，那情形可想而知。列位，在下也不必细表。却不道正当两人难解难分之际，忽听有人喊道："做得好事！"宝廷回过头，见那老婆子圆睁着眼，把帐子揭起。宝廷吃一吓，赶着爬起来，却被婆子两手按住道："且慢，看着你猪儿生象，乌鸦出凤凰，面儿光光嘴儿亮，像个人样儿，到底是包草儿的野胚，不识羞，倒要爬在上面，欺负你老娘的血肉来！老娘不怕你是皇帝本家，学台大人，只问你做官人强奸民女，该当何罪？拚着出乖露丑，捆着你们到官里去评个理！"宝廷见不是路，只得哀求释放道："愿听妈妈处罚，只求留个体面。"珠儿也笑着，向她妈千求万求。那婆子顿了一回道："我答应了，你爹爹也不饶你们。"珠儿道："爹睡哩，只求妈遮盖则个。"婆子冷笑道："好风凉话儿！怎么容易吗？"宝廷道："任凭老妈妈分付，要怎么便怎么。"那婆子想一想道："也罢，要我不声张，除非依我三件事。"宝廷连忙应道："莫说三件，三百件都依。"老婆子道："第一件，我女儿既被你污了，不管你有太太没太太，娶我女儿要算正室。"宝廷道："依得，我们太太刚死了。"婆子又道："第二件你拿出四千银子做遮羞钱，第三件养我老夫妻一世衣食。三件依了，我放你起来，老头儿那里，我去担当。"宝廷道："件件都依，你快放手罢。"婆子道："空口白话，你们做官人，翻脸不识人，我可不上当，你须写上凭据来！"宝廷道："你放我起来才好写！"真的那婆子把手一推，宝廷几乎跌下地来，珠儿趁着空，单叉着裤，一溜烟跑回房去了。

　　宝廷慢慢穿衣起来，被婆子逼着，一件件的写了一张永远存照的婚据。婆子拿着，扬扬得意而去。这事当时虽不十分丢脸，他们在房舱闹的时候，那些水手家人，那个不听见！宝廷虽再三叮咛，那里封得住人家的嘴，早已传到师爷朋友们耳中。后来考完，回到杭州，宝廷又把珠儿接到衙门里住了，风声愈大，谁不晓得这个祝大人讨个江山船上人做老婆！有些好事的做《竹枝词》，贴黄莺语，纷纷不一，宝廷只做没听见。珠儿本是风月班头，吹弹歌唱，色色精工。宝廷着实的享些艳福，倒也乐而忘返了。

一日忽听得庄仑樵兵败充发的消息，想着自己从前也很得罪人，如今话柄落在人手，人家岂肯放松！与其被人出手，见快仇家，何如老老实实，自行检举，倒还落个玩世不恭，不失名士的体统。打定主意，就把自己狎妓旷职的缘由，详细叙述，参了一本。果然，奉旨革职。宝廷倒也落得逍遥自在，等新任一到，就带了珠儿，游了六桥、三竺，逛了雁宕、天台，再渡钱塘江到南昌，游了滕王阁，正折到九江，想看了匡庐山色，便乘轮到沪，由沪回京。不想这日携了珠儿，在浔阳江上，正"小红低唱我吹箫"的时候，忽见了雯青也在这里，宝廷喜出望外，即跳了过来。

原来宝廷的事，雯青本也知些影响，如今更详细问他，宝廷从头至尾，述了一遍。雯青听了，叹息不置，说道："英雄无奈是多情，吾辈一生，总跳不出情关情海，真个有情人，都成了眷属，功名富贵，直当狗耳！我当为宝翁浮一大白！"宝廷也高兴起来，就与幕友辈猜拳行令，直闹到月落参横，方始回船傍岸。

到得岸边，忽见一家人手持电报一封，连忙走上船来。雯青忙问是那里的？家人道："是南昌打来的。"雯青拆看，见上面写着：

"九江府转学宪金大人鉴：奉苏电，赵太夫人八月十三日
辰时疾终，速回署料理。"

雯青看完，仿佛打个焦雷，当着众人，不免就嚎啕大哭起来。宝廷同众幕友，大家劝慰，无非是"为国自重"这些套话。雯青要连夜赶回南

昌，大家拗不过，只好依从。宝廷自与雯青作别过船，流连了数日，与珠儿趁轮到沪，在沪上领略些洋场风景，就回北京做他的满洲名士去了。

话分两头。却说雯青当日赶回南昌，报了丁忧，朝廷自然另行放人接替。雯青把例行公事，料理清楚，带了家眷，星夜奔丧，回到了苏州。开丧出殡，整整闹了两个月，尽哀尽礼，自不必说。过了百日，出门谢客，还要存问故旧，拜访姻娅。富贵还乡，格外要敬恭桑梓，也是雯青一点厚道。只是从那年请假省亲以来，已经有十多年不踏故乡地了。山丘依然，老成凋谢，想着从前乡先辈冯景亭先生见面时，勉励的几句好言语，言犹在耳，而墓木已拱。自己虽因此晓得了些世界大势，交涉情形，却尚不能发抒所学，报称国家，一慰知己於地下，不觉感喟了一回。

自古道："欢娱嫌夜短，寂寞恨更长。"你想雯青是热闹场中混惯的人，顶冠束带，是他陶情的器具；拜谒宴会，是他消闲的经纶，那里耐得这寂寞来！如今守制在家，官场又不便来往，只有个老乡绅潘胜芝，寓公贝效亭，还有个大善士谢山芝，偶然来伴伴热闹，你想他苦不苦呢？正是静极思动，阴尽生阳，就只这一念无聊，勾起了三生宿业，恰正好"素幔张时风絮起，红丝牵动彩云飞"。话休烦絮。

却说雯青在家，好容易挨过了一年，这日正是清明佳节，日丽风和，姑苏城外，年年例有三节胜会，倾城士女，如痴如狂，一条十里山塘，停满了画船歌舫，真个靓妆藻野，炫服缛川，好不热闹！雯青那日独自在书房里，闷闷不乐，却来了谢山芝。雯青连忙接入。正谈间，效亭、胜芝陆续都来了。效亭道："今天阊门外好热闹呀，雯青兄怎样不想去看看，消遣些儿？"雯青道："从小玩惯了，如今想来，也乏味得很。"胜芝道："雯青，你十多年没有闹这个顽意儿了，如今莫说别的，就是上下塘的风景，也越发繁华，人也出色，几家有灯船的，妆饰得格外新奇，烹炮亦好。"山芝不待说完，就接口道："今日兄弟叫了大陈家的船，要想请雯兄同诸位去热闹一天，不知肯赏光吗？"雯青道："不过兄弟尚在服中，好像不便。"效亭向山芝作个眼色。山芝道："我们并不叫局，不过借他船坐坐舒服些，用他菜吃吃适口些，逢场作戏，这有何妨！"

　　胜芝、效亭都撺掇着，雯青想是清局，也无碍大礼，就答应了。一同下船，见船上扎着无数五色的彩球，夹着各色的鲜花，陆离光怪，纸醉金迷，舱里却坐着个袅袅婷婷花一样的人儿，抱着琵琶弹哩。效亭走下船来，就哈哈大笑道："雯兄可给我们拖下水了。"雯青正待说话，山芝忙道："别听效亭胡说！这是船主人，我们不能香火赶出和尚，不叫别个局，还是清局一样。"胜芝道："不叫局也太杀风景。雯青自己不叫，就是完名全节了，管甚别人。"雯青难却众意，想自己又不是真道学，不过为着官体，何苦弄得大家没趣，也就不言语了。於是大家高兴起来，各人都叫了一个局。

　　等局齐，就要开船，那当儿里，忽然又来了一个客，走进舱来，就招呼雯青。雯青一看，却是认得的，姓匡号次芳名朝凤，是雯青同衙门的后辈，新近告假回籍的，今日也是山芝约来。过时见名花满坐，翠绕珠围，次芳就向众人道："大家都有相好，如何老前辈一人向隅！"大家尚未回言，次芳点点头道："恶，我晓得了，老前辈是金殿大魁，必须个蕊宫榜首，方配得上。待我想一想。"说着，仰仰头，合合眼，忽拍手道："有了，有了。"众人问："是谁？"次芳道："咦，怎么这个天造地设，门当户对的女貌郎才，你们倒想不到？"众人被他闹糊涂了，雯青倒也听得呆了，在坐的妓女，也不知道他胡卢里买的甚药，正要听他下文，次芳忽望着窗外一手指着道："哪，哪，那岸上轿子里，不是坐着个新科花榜状元大郎桥巷的傅彩云走过吗？"雯青不知怎的听了"状元"二字，那头慢慢回了过去。谁知这头不回，万事全休，一回头时，却见那轿子里，正坐着个十四五岁的，不长不短，不肥不瘦的女郎：面如瓜子，脸若桃花，两条欲蹙不蹙的蛾眉，一双似开非开的凤眼,似曾相识,莫道无情,正是说不尽的体态风流,丰姿绰约。雯青一双眼睛,好像被那顶轿子抓住了,再也拉不回来,心头不觉小鹿儿撞。说也奇怪,那女郎一见雯青,半面靠着玻璃窗,目不转睛的钉在雯青身上。直至轿子走远看不见,方各罢休。

大家看出雯青神往的情形,都暗暗好笑。次芳乘他不防,拍着他肩道:"这本卷子好吗?"雯青倒唬一跳。山芝道:"远观不如近睹。"就拿一张薛涛笺写起局票来,分付船等一等开,立刻去叫彩云。雯青此时也没了主意,由他们闹,一言不发了。等了好一回,次芳就跳了出来道:"你们快来看状元夫人呀!"雯青抬头一望,只见颤巍巍袅婷婷的那人儿,已经下了轿,两手扶在一个美丽大姐肩上,慢慢的上船来了。这一来,有分教:

　　五洲持节,天家倾绣虎之才;

　　八月乘槎,海上照惊鸿之采。

不知来者是否彩云,且听下回分解。

第八回　避物议男状元偷娶女状元
　　　　借诰封小老母权充大老母

　　话说彩云扶着个大姐走上船来，次芳暗叫大家不许开口，看她走到谁边？彩云的大姐，正要问那位叫的，只说得半句，被彩云啐了一口道："蠢货。谁要你搜根问底！"说着，就撇了大姐，含笑的挨到雯青身边，一张美人椅上并肩坐下。大家哗然大笑起来。山芝道："奇了，好像是预先约定似的！"胜芝笑道："不差，多管是前生的旧约。"次芳就笑着朗吟道："身无彩凤双飞翼，心有灵犀一点通。"雯青本是花月总持，风流教主，风言俏语，从不让人，不道这回见了彩云，却心上万马千猿，又惊又喜，听了胜芝说是前生的旧约，这句话更触着心事，任人嘲笑，只是一句话挣不出。就是彩云自己，也不解何故，踏上船来，不问情由，就一直往雯青身边，如今被人说破，倒不好意思起来，只顾低着头弄手帕儿。雯青无精打采的搭赸①着，向山芝道："我们好开船了！"山芝就吩咐一面开船，一面在中舱摆起酒席来。众人见中舱忙着调排桌椅，就一拥都到头舱去了，有爬着栏干上看往来船只的，有咬着耳朵说私语的。

　　雯青也想立起来走出去，却被彩云轻轻的一拉，一扭身就往房舱里

---

① 编者注：同"搭讪"。

床沿上坐着。雯青不知不觉，也跟了进去。两人并坐在床沿上，相偎相倚，好像有无数体己话要说。只是我对着你，你对着我的痴笑。歇了半天，雯青就兜头问一句道："你知道我是谁么？"彩云怔了一怔道："我很认得你，只是想不起你姓名来。"雯青就细细告诉了他一遍。彩云想一想，说："我妈认得金大人。"雯青道："你今年多少年纪了？"彩云道："我今年十五岁。"雯青脸上呆了半响，却顺手拉了彩云的手，耳鬓撕磨的端相的不了，不知不觉两股热泪，从眼眶中直滚下来。口里念道："当时只道浑闲事，过后思量总可怜。"彩云看着，暗暗吃惊，止不住就拿着帕子替他拭着泪，说道："你怎的没来由哭起来？"口虽如此说，却自己也一阵透骨心酸，几乎也哭出来。雯青对着彩云，只是上下打量，低低念道："愁到天地翻，相看不相识。"一面道："彩云，我心里只是可怜你，你知道么？"彩云摸不着头脑，却趁势就靠在雯青身上道："你只管伤心做什么？回来等客散了，肯到我那里去坐坐么？我还有许多话要问你呢！"雯青点头。

只听外面次芳喊道："请坐罢，讲话的日子多着哩！"雯青、彩云只好走出来，见席已摆好，山芝正拿着酒壶斟酒，让效亭坐首座。效亭不肯，正与胜芝推让。后来大家公论，效亭是寓公，仍让他坐了，胜芝坐二座，雯青坐三座，次芳挨雯青坐下，山芝坐了主席。大家叫的局，也各归各座，彩云自然在雯青背后坐了。正是钏动钗飞，花香鸟语，曲翻白纻，酒卷回波。

其时船已摇到了白公堤下，真娘墓前，一带柳荫下泊着。一轮胭脂般的落日，已慢慢地沉下虎邱山下去了。船上五彩绢灯，一齐点起，照得满船如不夜城一般。大家搳拳猜谜，正闹得高兴。次芳道："今日这会，专为男女两状元作合，我倒想个新鲜酒令，好多吃两杯喜酒。"大家问是何令？次芳指着彩云道："就借着女状元的芳名，叫做彩云令。用《还魂记》曲文起句，第二句，用曲牌名，第三句，用《诗经》，依首句押韵。韵不合者罚三杯。佳妙者各贺一杯。再用唐诗一句，有

'彩云'两字相连的飞觞,照座顺数,到'彩云'二字,各饮一杯,云字接令。"大家听毕道:"好新鲜雅致的令儿!只是烦难些。"彩云道:"谁要你们称名道姓的作弄人。"次芳道:"你别管,酒令如军令,违者先罚!"彩云笑了笑,就低头不语了。次芳道:"我先说一个罢!"念道:

　　甚蟾宫贵客傍雯霄,集贤宾,河上乎逍遥。

大家都哗然道好。效亭道:"应时对景,我们各贺一杯,你再说飞觞罢!"次芳道:"彩云箫史驻。"顺着数去,恰是雯青、效亭各一杯。次芳先斟雯青一杯道:"请箫史饮个成双杯儿,添些气力,省得骑着龙背,跌下半天来。"雯青正要举杯,却被彩云劈手夺去道:"你倒高兴喝,我偏不许你喝!"次芳笑道:"嗄,一会儿就怎地肉麻!"效亭道:"别闹,人家要接令哩!"一面就念道:

　　迤逗的彩云偏,相见欢,君子万年。

大家道:"吉祥艳丽,预卜状元郎夫荣妻贵,该贺该贺!"效亭道:"快喝贺酒,我要飞觞哩!"接着就念句"学吹凤箫乘彩云"。"彩"字数到雯青,"云"字次芳。次芳道:"贺酒还没全喝,倒要喝令酒了。"大家照喝了。次芳道:"作法自毙,这回可江郎才尽了!"彩云道:"做不出,快罚酒!"次芳耸着肩道:"好了,有了。你们听听,稍顿一顿,人家就要罚酒,险呀!"雯青笑道:"你说呢!"次芳念道:

　　昨夜天香云外,谒金门,莺声哕哕。

飞觞是"断续彩云生"。效亭一杯,要青一杯,接令。山芝道:"次芳这几句话,是明明祝颂雯翁起服进京升官的预兆,快再饮贺酒一杯!"雯青道:"回回硬派我喝酒,这不是作弄人吗?"彩云低声道:"我替你喝了罢!"说着,举杯一饮而尽,大家拍掌叫好。雯青道:"你们是顽呢,还是行令?"就念道:

　　又怕为雨为云飞去了,念奴娇,与子偕老。

大家道:"白头偕老,金大人已经面许了,彩云你须记着。"彩云背着脸,不理他们。雯青笑念道:"化作彩云飞。"次芳笑道:"老前辈不放心,只要把一条软麻绳,牢牢结住裙带儿,怕她飞到那儿去!"彩云瞅了一眼。雯青道:"该山芝、效亭各饮一杯。"效亭道:"又挨到我接令。我说的是:

　　他海天秋月云端挂,归困遥,日月其迈。"

胜芝道:"你怎么说到海外去了?不怕海风吹坏了人,金大人要心痛的呢!"山芝道:"胜翁你不知道雯翁通达洋务,安知将来不奉使出洋呢?这正是佳谶。"大家催着效亭飞觞,效亭道:"唐诗上'彩云'两字连的,真说完了!"低头想了半天,忽然道:"有了,碧箫曲尽彩云动。"雯青暗数,知道又临到自己了,便不等效亭说完,就执杯在手道:"我念一句收令罢!"就一面喝酒,一面念道:

　　美夫妻图画在碧云高,最高楼,风雨潇潇。

就念飞觞道:"彩云易散玻璃薄。"应当次芳、胜芝各一杯。次芳道:"雯兄,这句气象萧飒,做收令不好,况且胜翁也没说过,请胜翁收令罢!"胜芝道:"我荒疏久了,饶恕了罢!"山芝道:"快别客气,说了好收令。"胜芝不得已,想一想念道:

　　雨迹云踪才一转,玉堂春,言笑晏晏。

又说飞觞:"桥上衣多抱彩云。"於是合席公饮了一杯。

雯青道:"我们酒也彀了,山翁赏饭罢!"次芳在身上摸出一只十二成金的打簧表,按了一按,却珰珰的敲了十下,道:"可不是,该送状元归第了,快叫开船回去,耽误了吉日良时,不是耍处。"彩云带嗔带笑的指着次芳道:"我看匡老,只有你一张嘴,能说会道,我就包在你身上,叫金大人今晚到我家里来,不来时便问你!"次芳道:"这个我敢包,不但包他来,还要包你去。"彩云道:"包我到那里去?"次芳道:"包你到圆峤巷金府上去。你放心,总不会包你到西洋外国去,吃外国火腿的。"彩云啐了一口,大家说说笑笑,饭也吃完,船也到了阊门太子码头了,各妓就纷纷散去。效亭、胜芝先上岸回家去了。

　　彩云轿子也来,那大姐就扶着彩云,走上船头。彩云忽回头叫声:

"金大人，你来，我有话给你说。"雯青走出来道："什么话？"彩云望着雯青，顿了一顿，笑道："不要说了，到家里去告诉你罢！"说着，就上轿走了。次芳道："这小妮子声价自高，今日见了老前辈，你看她一种痴情，十分流露，倒不要孤负了她。"雯青微笑，就谢了山芝，也自上岸。你想：雯青、彩云，今日相遇的情形，这晚那有不去相访的理呢！既去访了，彩云那有不留宿的理呢！红珠帐底，絮语三生；水玉帘前，相逢一笑。韦郎未老，凄迷玉箫之声；杜牧重来，绸缪紫云之梦。双心一袜，盒誓钗盟，不消细表。

却说匡次芳当日荐了彩云，见雯青十分留恋，料定当晚雯青决不能放过的。到了次日清早，一人赶到大郎桥巷，进后门来。相帮要喊客来，次芳连连摇手，自己放轻脚步，走上扶梯，推门进去，却见中间大炕床上，躺着个大姐，正在披衣坐起，看见次芳，就低声叫："匡老爷，来得怎早！"次芳连忙道："你休要声张，我向你句话，金大人在这里不在？"那大姐就挪嘴儿，对着里间笑道："正做好梦哩！"次芳就在靠窗一张书桌边坐下，那大姐起来，替次芳去倒茶，次芳瞥眼看见桌上一张桃花色诗笺，恭恭楷楷，写着四首七律诗道：

山色花光映画船，白公堤下草芊芊；
万家灯火吹箫路，五夜星辰赌酒天；
凤胫烧残春似梦，驼钩高卷月无烟；
微波渺渺尘生袜，四百桥边采石莲。

吴娘似水艳无曹，貌比红儿艺薛涛；
烧烛夜摊金叶格，定场春拥紫檀槽；
蝇头试笔蛮笺腻，鹿爪拈花羯鼓高；
忽忆灯前十年事，烟台梦影浪痕淘。

胡麻手种葛鸦儿，红豆重生认故枝；

四月横塘闻杜宇，五湖晓网荐西施；
灵箫辜负前生约，紫玉依稀入梦时；
只有伤心说不得，凭阑吹断碧参差。

龙头劈浪凤箫哀，展尽芙蓉向月开；
细雨银荷中妇镜，东风铜雀小乔台；
青衫痕渍隔年泪，绛蜡心留未死灰；
肠断江南歌《子夜》，白凫飞去又飞回。

次芳看着这几首诗，顽艳绝伦，觉得雯青寻常，没有这付笔墨。正在诧异，忽见诗尾题着"谶情生写诗彩云旧侣慧鉴"一行小字，暗忖：雯青与彩云，尚是初面，如何说是旧侣呢？难道这诗不是雯青手笔么？心里惑惑突突的摸拟，恰值那大姐端茶上来，次芳就微笑的问道："昨夜金大人是几时来的？"那大姐道："我们先生前脚到家，金大人后脚就跟了来。吃了半夜的酒，讲了一夜的话。"次芳道："你听见讲些什么呢？"大姐道："他们讲的话，我也不大懂。只听金大人说，我们先生的面貌，活脱像金大人的旧相好，又说那旧相好，为金大人死了。死的那一年，正是我们先生养的那一年。"

那大姐正一五一十的说，就听里间彩云的口声喊道："阿巧，你咭唎咕啰同谁说话哟？"阿巧向次芳伸伸舌头答道："匡老在这里寻金大人哩！"只听里面，好像两人低低私语了几句，又屑屑索索一回，彩云就云鬓蓬松，开门出来，见了次芳，就笑道："请匡老里面坐，金大人昨夜被你们灌醉了，今日正害着酒病哩。"说着，就往后间梳洗去了。

次芳一面笑，一面就走进来，看见雯青，却横躺在一张烟榻上，旁边还堆着一条锦被，见次芳来，就坐起来招呼。次芳走上去道："恭喜！恭喜！"雯青笑道："别取笑人，次兄请坐着，我想托你办一件事，不晓得你肯不肯？"次芳道："老前辈不用说了，是不是那红儿薛涛的事吗？"雯青愕然道："怎么这几首歪诗，又被你看见了？我的心事，也不能瞒你了。"次芳道："这种事，门子里都有一定规矩的，须得个行家去讲，才不致吃龟鸨的亏。我有个熟人叫戴伯孝，极能干的，让我去转托他办便了。"雯青道："只是现在热孝在身，做这件事，好像於心不安，外面议论，又可怕得很！"次芳道："那个容易，只要现在先讲妥了，做个外室，瞒着尊嫂，到服满进京，再行接回，便两全其美了。"雯青点头说："既如此，这事只有请次兄替我代托戴先生罢！兄弟昨夜未归，今日必须早些回去，安排妥密，免得人家疑心。"说着就穿衣，别了次芳，又低低托咐了几句，一径下楼走了。

次芳只好去找了戴伯孝，托他去向老鸨交涉；老鸨自然有许多做作，好说歹说，才讲明了身价一千元，又叫了彩云的生身父来。原来彩云本是安徽人，乃父是在苏州做轿班的，恐怕将来有枝节，爽性另给了那轿班二百块钱，叫他也写了一张文契。费了两日工夫，才把诸事办妥，就由戴伯孝亲来雯青处告诉明白。雯青欢喜，自不必说，从此大郎桥巷，就做了雯青的外宅，无日不来，两人打得如火的一般热。

光阴似箭，转瞬之间，雯青也满了服，几回要将此告诉张夫人，只是自己理短，总说不出口。心想不如一人先行到京，再看机会罢，就将这个办法，与彩云商量，彩云也没别话，就定见了。自己一人到京，起服销假。这日宫门召见下来，就补授了内阁学士。

雯青自出差到今，已离京五六年了，时局变更，沧桑屡改，朝中歌舞升平，而海外失地失藩，频年相属，日本灭琉球，法国取了安南，英国收了缅甸，中国一切不问，还要铺张扬厉，摆出天朝空架子。记得光绪十三年，翰林院里还有人献了一篇《平法颂》，文章辞藻，比着康熙年代的《平滇颂》，乾隆年代的《平定金川颂》，还要富丽哩。话虽如此，到底交涉了几年，这外交的事情，倒也不敢十分怠慢，那些通达洋务的人员，上头不免看重起来。恰好这年出使英、俄大臣吕萃芳，要改充英、法、义、比四国大臣；出使德、荷、奥、比四国大臣许镜澂，三年任满，要人接替，而斯时一班有名的外交好手，如上回雯青在上海认得的云仁甫,已派过了美日秘副使;李台霞已派署过德国正使,现在又有别事派出;徐忠华派充参赞;马美菽也出洋游历,吕顺斋派充日本参赞。朝廷正恐没人应选。也是雯青时来运来,又有潘八瀛、龚和甫这班大帽子,替他揄扬帮衬,声誉日高一日,廷旨就派金沟出使俄罗斯、德意志、荷兰、奥大利亚四国。旨意下来,好不荣耀!雯青赶忙修折谢恩,引见请训,拜会各国公使,一面奏调参赞、随员、翻译,就把次芳奏保了参赞,做个心腹,又想着戴伯孝凑合彩云的功劳,也保了随员,派他做了会计,且请假两月,还苏修墓,奉旨俞允。

那时同乡京官搴如也开了坊了,唐卿却从陕甘回来了。珏斋也因公在京,只有肇廷改了外官,不在那里。这班人合着轮流替雯青饯贺,这日席间,大家谈起交涉的方略,雯青发议道:"兄弟不才,谬膺使节,此去方略,还要诸君临别赠言!依兄弟愚见,第一是联络邦交,第二是调查国势。语云'知彼知己,百战百胜',我国交涉吃亏,正是不知彼耳!不知国情,固是大害;不知地理,为害尤烈!远事不必说,就是伊犁一案,彼趁着白彦虎造反,就轻轻占据了,要不是曾继湛力争,这块地面,就不知不觉的送掉了!兄弟向来留心西北地理,见那些交界地方,我们中国纪载,都模糊影响得很,俄国素怀蚕食之心,不知暗中被占了多少去了!只苦我国不知地理,哑子吃黄连,说不出的苦。兄弟这回出去,也不敢自夸替国家争回什么权利,不过这地理上头,兄弟数十年苦功,总可考究一番,叫他疆界井然,不能再施鬼蜮手段罢了!"搴如等听了,自然十分佩服。珏斋道:"可不是么?所以兄弟前回到吉林,实在没法,只好仿着马伏波的故事,立了一个三丈来高的铜柱,刻了几句铭词,老远望着,就见巍巍云表,那铜柱拓本,看着倒很古雅,明日兄弟送一分去。雯兄留着,倒可参考参考。"雯青道:"珏斋兄的铜柱铭,将来定可与《阙特勤碑》,《好太王碑》并传千古了!"当日欢饮一天。

雯青心里只记挂着彩云,忽忽已一年多不见了,忙着出京。那时上海县先期得信,赶紧打扫天后宫行辕,以备使节小驻。这日船抵金利源码头，不免有文武官员晋见许多仪节，自己复要拜会各国领事，入城答拜道县回来，恰值次芳带着戴伯孝来见，当面谢了保举。雯青把行辕一切公事，全行托付了次芳，把定出洋的公司船以及部署行李等琐事都交给戴会计。

诸事安排妥了，归心如箭，就叫心腹俊童阿福，向上海道借了一只小轮船，连夜回苏。到得家中，夫妻相见，自有一番欢庆，不消说得。坐定，说着出洋的事来，雯青笑说："这回倒要夫人辛苦一趟了！但是夫人身弱，不知禁得起波涛跋涉否？"夫人笑道："这个不消老爷耽心，辛苦不辛苦，倒在其次。闻得外国风俗，公使夫人，一样要见客赴会，握手接吻，妾身系出名门，万万弄不惯这种腔调，本来要替老爷，弄个贴身伏侍的人。"说到这里，却笑了一笑。雯青心里一跳，知道不妙。只听夫人接道："好在老爷早已讨在外头，倒也省了我许多周折。我昨日已吩咐过家人们，收拾一间新房，只等老爷回来，择吉接回。稍停两日，就叫她跟随出洋，妾身落得在家过清闲日子哩！"雯青忸怩了半天道："这事原是下官一时糊涂……"下句还未说出，夫人正色道："你别假惺惺，现在倒是择日进门是正经，你是王命在身的人，那里能尽着耽阁！"雯青得了夫人的命，就放胆，看了明日是黄道吉日，隔夜就预备了酒席，邀请亲友，来看新人。到了这日，夫人就命安排一顶彩轿，四名鼓乐手，去大郎桥巷迎接傅彩云。不一时，门前箫鼓声喧，接连鞭爆之声，人声，脚步声，但见四名轿班，披着红，簇拥一肩绿呢挖云四垂流苏的官轿，直进中堂停下。夫人早已预备两名垂鬟美婢，各执大红纱灯，将新人从彩轿中缓缓扶出，却见颤巍巍的凤冠，光耀耀的霞帔，衬着杏脸桃腮，黛眉樱口，越显得光彩射目，芬芳扑人，真不啻嫦娥离月殿，妃子降云霄矣。那时满堂亲友，杂沓争先，喝采声，诧异声，交头接耳，正议论这个妆饰越礼。忽人丛中夫人盛服走出，大家倒吃一惊。正是：

　　名花入手消魂极，艳福如君几世修。

不知夫人走出何事，且听下回分解。

第九回　遣长途医生试电术　怜香伴爱妾学洋文

却说诸亲友正交头接耳，议论彩云妆饰越礼，忽人丛中夫人盛服走出，却听她说道："诸位亲长，今日见此举动，看此妆饰，必然诧异，然愿听妾一言！此次雯青出洋，妾本该随侍同去，无奈妾身体荏弱，不能前往，今日所娶的新人，就是代妾的职分，而且公使夫人，是一国观瞻所系，草率不得，所以妾情愿从权，把诰命补服，暂时借她，将来等到覆命还朝时，少不得要一概还妾的。诸尊长以为如何？"言次，声音朗朗，大家都同声称赞。於是传齐吹手，预备祭祖。雯青与夫人在前，傅彩云在后，行礼毕，彩云叩见雯青夫妇，大家送入洞房。雯青这一喜，直喜得心花怒放，意蕊横飞，感激夫人到十二分，自己就从新房出来，应酬外客。那潘胜芝、贝效亭、谢山芝一班熟人，摆雷抬，寻唐僧，翻天覆地的闹起酒来，想要叫局，只碍着雯青如今口衔天语，身膺使旄，只好罢休。雯青陪着畅饮，到漏静更深，方始散去。雯青进来，自然假意至夫人房中，夫人却早关了门。雯青只得自回新房，与彩云叙旧。久别重逢，绸缪备至，自不消说。

正是芳时易过，倏满假期，便别了夫人，带了彩云，出了苏州城，一径到上海。其时苏沪航路，还没有通，不像现在有大东、戴生昌许多公司船，朝来暮往的便捷。雯青因是钦差大臣，上海道特地派了一只官轮来接，走了一夜，次早就抵埠头。雯青先把家眷安排上岸，自己却与一班接差的道县，酬应一番。

　　行辕中又送来几封京里书札，雯青一一检视，也有亲友寻常通贺的，也有大人先生为人说项的，还有一班名士黎石农、李纯客、袁尚秋诸人寄来的送行诗词，清词丽句，觉得美不胜收。翻到末了一封，却是庄小燕的，雯青连忙拆开，暗想此人的手笔倒要请教。——你道雯青为何见了庄小燕姓名，就如此郑重呢？这庄小燕，书中尚未出现过，不得不细表一番。原来小燕是个广东人，佐杂出身，却学富五车，文倒三峡，而且深通西学，屡次出洋，现在因交涉上的劳绩，保举到了侍郎，声名赫赫，不日又要出使美、日、比哩。雯青当时拆开一看，却是四首七律道：

　　　　诏持龙节度西溟，又捧天书问北庭；
　　　　神禹久思穷亥步，孔融真遣案丁零；
　　　　遥知汃极双旌驻，应见神洲一发青；
　　　　直待车书通绝徼，归来扈跸禅云亭。

　　　　声华藉藉侍中居，清切承明出入庐；
　　　　早擅多闻笺豹尾，亲图异物到邛虚；
　　　　工名几勒黄龙舰，国法新衔赤雀书；
　　　　争识威仪迎汉使，吹螺代鼓出穹间。

　　　　竹枝异域词重谱，敕勒风吹草又低；
　　　　候馆花开赤璎珞，周庐瓦复碧流黎；
　　　　异鱼飞出天池北，神马徕从雪岭西；
　　　　写入《夷坚支乙志》，杀青他日试标题。

　　　　不嫌夺我凤池头，谭思珠玲佐庙谋；
　　　　敕赐重臣双白璧，图开生绢九瀛洲；

茯苓赋有林牙诵,苜蓿花随驿使稠;

接伴中朝人第一,君家景伯旧风流。

雯青看罢,拍案叫绝道:"真不愧白衣名士,我辈愧死了!"遂即收好,交与管家,一面喊伺候上岸。坐着双套马车,沿途还拜各官,并德、俄诸领事,直到回天后宫行辕,已在午牌时候,早有自己的参赞、翻译、随员等等这一班人齐集着,都要谒见。手本进去,不一时,就见管家出来传话:"单请匡朝凤匡大人、戴伯孝戴老爷进去,有公事面谈,其余老爷们,一概明日再见罢。"

大家听见这话,就纷纷散了,只剩匡次芳、戴伯孝二人,低着头,跟那管家往里边去,到了客厅,雯青早在等着,见他们进来,连忙招呼道:"次兄,伯兄,这几日辛苦了!快换了便服,我们好长谈。"次芳等上前见了,早有阿福等几个俊童,上去替他们换衣服。次芳一面换,一面说道:"这是分内的事,算什么辛苦。"说着主宾坐了。雯青问起乘坐公司船。次芳道:"正要告诉老前辈,此次出洋,既先到德国,再到俄、奥诸国,自然坐德公司的船为便。前十数日德领事来招呼,本月廿二日,德公司有船名萨克森的出口,这船极大。船主名质克,晚生都已接头过了。"伯孝道:"卑职和匡参赞商量,替大人定的是头等舱,匡参赞及黄翻译、塔翻译等坐二等,其余随员学生都是三等。"雯青道:"我听说外国公司船,十分宽敞,就是二等舱,也比我们招商局船的大餐间大得多哩。其实就是我也何必一定要坐头等呢!"次芳道:"使臣为一国代表,举动攸关国体,从前使德的刘锡洪、李丰宝,使俄的嵩厚、曾继湛,使德、义、荷、奥的许镜澂,我们的前任吕萃芳,晚生查看过旧案,都是坐头等舱,不可惜小费而伤大体。"次芳说时,戴会计凑近了雯青耳旁,低声道:"好在随员等坐的是三等,都开报了二等,这里头核算过来差不多,大人乐得舒服体面。"雯青点点头。次芳顺手在靴统里,拔出一个折子,递到雯青手里道:"这是开报启程日期的折子,誊写已好,请老前辈过目后,填上日子,便可拜发了。"雯青看着，忽然面上踌躇了半响道："公司船出口是廿二，这天的日子……"这句话还没有说出，戴伯孝接口道："这不用大人费心，卑职出门就是一二百里，也要拣一个黄道吉日；况大人衔命万里，关着国家的祸福，那有轻率的道理！这日子是大人的同衙门最精河图学的余笏南检定的，恰好这日有此船出口，也是大人的洪福照临。"雯青道："原来笏南在这里，他检的日子，是一定好的，不用说了。"看看天色将晚，次芳等就退了出来，当日无话。

次日雯青不免有宴会拜客等事，又忙了数日，直到廿二日上午，方把诸事打扫完结。午后大家上了萨克森公司船，慢慢的出了吴淞口，口边俄、德各国兵轮，自然要升旗放炮的致敬。出口后，一路风平浪静，依着欧亚航路进行。彩云还是初次乘坐船，虽不颠播，终觉头眩眼花，终日的困卧。雯青没事，便请次芳来谈谈闲天，有时自己去找他们。经过热闹的香港、新加坡、锡兰诸埠头，雯青自要与本埠的领事绅商交接，彩云也常常上去游玩，不知看见多少新奇的事物，听见了多少怪异的说话，倒也不觉寂寞。不知不觉，已过了亚丁，入了红海，将近苏彝士河地方。

这日，雯青刚与彩云吃过中饭，彩云要去躺着，劝雯青去寻次芳谈天。彩云喊阿福好好伺候着，恰好阿福不在那里，雯青道："不用叫阿福。"就叫三个小童跟着，到二等舱来，听见里面人声鼎沸，不知何事。雯青叫一个小童，先上前去探看，只听里面阿福的口声，叫着这小童道："你们快来看外国人变戏法！"正喊着，雯青已到门口，向里一望，只见中间一排坐着三个中国人，都垂着头，闭着眼，似乎打盹的样子，一个中年有须的外国人，立在三人前头，矜心作意的凝神注视着，四面围着许多中西男女，仰着头望，个个面上有惊异之色。次芳及黄、塔两翻译，也在人丛里，看见雯青进来，齐来招呼。次芳道："老前辈来得正巧，快请看毕叶先生的神术！"雯青茫然不解，那个外国人早已抢上几步来，与雯青握着手，回顾次芳及两翻译道："这便是出使敝国的金大人么?"雯青听这外国人会说中国话,便回道:"不敢,在下便是金某,没有请教贵姓大名。"黄翻译道:"这位先生叫毕叶士克,是俄国有名的大博士,油画名家,精通医术,还有一样奇怪的法术,能拘摄魂魄。一经先生施术之后,这人不知不觉,一举一动,都听先生的号令,直到醒来,自己一点也不知道。昨日先生与我们谈起,现在正在这里试验哩。"一面说,一面就指着那坐的三个人道:"大人,看这三个中国工人,不是同睡去的一样吗?"雯青听了,着实称异。毕叶笑道:"这不是法术,我们西国叫做 Hypnotisme,是意大利人所发明的,仍是电学及心理学里推演出来的,没有什么稀奇。大人,你看他三人齐举左手来。"说完,又把眼光注射三人,那神情,好像法师画符念咒似的,喝一声"举左手",只见那三人的左手,如同有线牵的一般,一齐高高竖起。又道:"我叫他右手也举起!"照前一喝,果然三人的右手,也都跟着他双双并举了。於是满舱喝采拍掌之声,如雷而起。雯青、次芳及翻译、随员等,个个伸着舌头,缩不进去。毕叶连忙向众人摇手叫不许喧闹,又喊道:"诸君看,彼三人都要仰着头张着嘴伸着舌头拍着手赞叹我的神技了!"他一般的发了口令,不一时果然三人一齐拍起手来,那神气一如毕叶所说的,引得大家都大笑起来。

次芳道:"昨日先生说,能叫本人把自己隐事,自己招供,这个可以试验么?"毕叶道:"这个试验是极易的,不过未免有伤忠厚,还是不试的好。"大家都要再试。雯青就向毕叶道:"先生何妨挑一个人试试。"毕叶道:"既金公使要试,我就把这个年老的试一试。"说着就拉出三人中一个四五十岁的老者,单另坐开,毕叶施术毕,喝着叫他说,稍停一回,这老者忽然垂下头去,嘴里咕噜咕噜的说起来,起先不大清楚,忽听他道:"这个钦差大人的二夫人,我看见了好不伤心呀!他们都道钦差的二夫人标致,我想我从前那个雪姑娘,何尝不标致呢!我记得因为自己是底下人,不敢做那些。雪姑娘对我说:'如今就是武则天姑娘,也要相与两个太监,不曾听见太监为着自己是下人推脱的。听说还有拚着脑袋给朝里的老大们砍掉，讨着姑娘的快活哩。你这没用的东西，这一点儿就怕么？'我因此就依了。如今想来，这种好日子，是没有的了。"大家听着，这老者的话，愈说愈不像了，恐怕雯青多心，毕叶连忙去收了术。雯青倒毫不在意，笑着对次芳道："看不出这老头儿，倒是风流浪子，真所谓'莫道风情老无分，桃花偏照夕阳红'了。"大家和着笑了。

雯青便叫阿福来装旱烟。一个小童回道："刚才那老者说梦话的当儿，他就走了。"雯青听了无话。正看毕叶在那里古倒那三个人，一会儿，都揩揩眼睛，如梦初觉，大家问他们刚才的事，一点也不知道。毕叶对雯青及众人道："这术还可以把各人的灵魂，彼此互换，现在这几人已乏了，改日再试罢。"雯青正听着，忽觉眼前一道奇丽的光彩，从舱西犄角里一个房门旁边直射出来，定睛一看，却是一个二十来岁非常标致的女洋人，身上穿着纯黑色的衣裙，头戴织草帽，鼻架青色玻璃眼镜，虽妆饰朴素的很，而粉白的脸，金黄的发，长长的眉儿，细细的腰儿，蓝的眼，红的唇，真是说不出的一幅绝妙仕女图。半身斜倚着门，险些钩去了这金大人的魂灵。雯青不知不觉的看呆了。心想何不请毕先生，把这人试一试，倒有趣，只不好开口。想了半天，忽然心生一计，就对毕叶道："先生神术，固然奇妙极了，但兄弟尚不能无疑。这三个中国人，安见不是先生买通的呢？"毕叶听罢，面上大有怫然之色。雯青接着道："并非我不信先生，我想请先生再演一遍。"说着，便指着女洋人低声道："倘先生能借这个女洋人，一试妙技，那时兄弟真死心蹋地的佩服了。"次芳及两个翻译也附和着雯青。毕叶怫然道："这有何难！我立刻请这位姑娘，把那东边桌子上的一盆水果搬来，放在公使面前好么？"

这句话原被雯青那一句激出来的。大凡欧洲人性情是直爽不过，又多好胜，最恨人家疑心他作伪，总要明白了方肯歇手，别的都顾不得了。毕叶被雯青这一激，也不问那位姑娘是谁，就冒冒失失的就施起他的法术来。他的法术，又是百发百中，顿时见那姑娘脸上呆一呆，就袅袅婷婷的走到东边桌子上，伸出纤纤玉手，端着那盆冰梨雪藕，款步而来，端端正正的放在雯青坐的那张桌上，含笑斜睇，嫣然倾城。雯青这一乐，非同小可，比着那金殿传胪，高唱谁某的时候，还加十倍！那里知道这边施术的毕叶，这一惊，也不寻常，却比那死刑宣告牵上刑台的当儿仿佛一般，连忙摘了帽子，向满船的人致敬，先说西话，又说中国话，叮嘱大家等姑娘醒来，切不可告诉此事。大家答应了。那时船主质克，因听见喧闹的声音，也来舱查看，毕叶也给他说了。质克微笑应诺。毕叶方放了心，慢慢请那位姑娘自回房中去，把法术解了。

　　雯青诸人看见毕叶慌张情形，倒弄得莫名其妙，问他何故。毕叶吞吞吐吐道："这位姑娘，是敝国有名的人物，学问极好，通十几国的语言学，不敢渎犯的意思。"次芳道："毕叶先生知道她的名姓吗？"毕叶道："记得叫夏雅丽。"雯青道："她能说中国话么？"毕叶道："听说能作中国诗文，不但说话哩。"雯青听了，不觉大喜。原来雯青自见了这姑娘的风度，实在羡慕，不过没法亲近。今听见会说中国话，这是绝好的引线了，当时就对毕叶道："兄弟有句不知进退的话，只是不敢冒昧。"毕叶道："金大人不用客气，有话请讲！"雯青道："就是敝眷，向来愿学西文，只是没有女师傅，总觉不便。现据先生说，那贵国夏姑娘，精通语言学，还会中文，没有再巧的好机会了！现在舟中没事，正好请教。先生既然跟夏姑娘同国，不晓得肯替兄弟介绍介绍么？"毕叶想一想道："这事既蒙委托，那有不尽力的道理！不过这姑娘的脾气古怪，只好待小可探探口气，明日再行奉复罢！"当时次芳及黄、塔两翻译，又替雯青帮腔了几句，毕叶方肯着实答应，於是大家都散归。

　　雯青回房，就把毕叶奇术，告诉彩云。彩云道："这没什么奇，那些中国人，一定是他的同党，跟我们苏州的变戏法一样骗人。"雯青又把个女洋人的事情告诉她，说："这女洋人是我叫他试的，难道也是通同的么？"彩云於是也稀奇起来。雯青又把学洋文的话，从头述了一遍,彩云欢喜的了不得。原来彩云早有此意,与雯青说过几次。当晚无话。

次早,雯青刚刚起来,次芳已经候在大餐间。雯青见面,就问:"昨天的事怎么了?"次芳道:"成了,昨日老前辈去后,他就去跟这位姑娘攀谈,灌了多少米汤,后来慢慢说到正文。姑娘先不肯,毕先生再四说合,方才允了。好在这姑娘也往德国,说在德国,或许有一两个月耽阁,随后至俄。与我们的路途,到是相仿的,可以常教。不过要如夫人去就他的,每月薪水要八十马克。"雯青说:"八十马克,不贵不贵,今天就去开学么?"次芳道:"可以,他已等候多时了。"雯青道:"等小妾梳洗了就来,你去招呼一声。"次芳答应着去了。雯青进来,次芳的话,彩云早已听得明白,赶着梳好头。雯青就派阿福伺候过去,自己也来二等舱,与次芳等闲谈,正对着夏雅丽的房间。说话之间,时时偷看那边。

彩云见了那位姑娘,倒甚投契。夏雅丽叫他先学德文,因德文能通行俄、德诸国缘故。从此之后,每日早来暮归。彩云资性聪明,不到十日,语言已略能通晓。夏雅丽也甚欢喜。

一日萨克森船正过地中海,将近意大利的火山,时正清早,晓色苍然,雯青与彩云刚从床上跨下,共倚船窗,隐约西南一角,云气郁葱,岛屿环青,殿阁拥翠,奇景壮观,怡魂养性,正在流连赏玩,忽见一人推门直入,左手揽雯青之袖,右手执彩云之臂,发出一种清冽之音,说道:"我要问你们俩说话哩!如不直说,我眼睛虽认得你们,我的弹子,可不认得你们!"雯青同彩云两人抬头一看,吓得目瞪口呆,不知何意。正是:

　　一朝魂落幻人手,百丈涛翻少女风。
欲知后事如何,且听下回分解。

第十回　险语惊人新钦差胆破虚无党
　　　　清茶话旧侯夫人名噪赛工场

　　却说雯青正与彩云双双的靠在船窗，赏玩那意大利火山的景致，忽有人推门进来，把他们俩拉著问话，两人抬头一看，却就是那非常标致的女洋人夏雅丽姑娘，柳眉倒竖，凤眼圆睁。两人这一惊，非同小可，知道前数日毕叶演技的事，露了风了，只听那姑娘学着很响亮的京腔道："我要问你。我跟你们往日无仇，今日无故，赶吗你叫人戏弄我姑娘？你可打听打听看，你姑娘是大俄国轰轰烈烈的奇女子，可不比你们中国那些窝攘妇道们，凭人家糊弄着不害臊，我为的是看重你是一个公使大臣，我好意教你那女人念书，谁知道你们中国的官员，越大越不像人，简捷儿都是糊涂的蠢虫！我姑娘也不犯合你们讲什么理，今儿个就叫你知道知道姑娘的利害！"说着，伸手在袖中取出一支雪亮的小手枪。雯青被那一道的寒光一逼，倒退几步，一句话也说不出，还是彩云老当，见风头不妙，连忙上前拉住夏雅丽的臂膀道："密斯请息怒，这事不关我们老爷的事，都是贵国毕先生要显他的神通，我们老爷是看客。"雯青听了方抖声接说道："我不过多了一句嘴，请他再演，并没有指定着姑娘。"夏雅丽鼻子里哼了一声。彩云又抢说道："况老爷并不知道姑娘是谁，不比毕先生跟姑娘同国，晓得姑娘的底里，就应该慎重些。倘或毕先生不肯演，难道我们老爷好相强吗？所以这事还是毕先生的不是多哩，望密斯三思！"夏雅丽正欲开口，忽房门咿哑一响，一个短小精悍的外国人，挨身进来。雯青又吃一吓，暗忖道："完了，一个人还打发不了，又添一个出来！"彩云眼快，早认得是船主质克，连忙喊道："密斯脱质克，快来解劝解劝！"夏雅丽也立起道："密斯脱质克，你来赶么？"质克笑道："我正要请问密斯到此何干？密斯倒问起我来！密斯你为何如此执性？我昨夜如何劝你，你总是不听，闹出事来，倒都是我的不是了！我从昨夜与密斯谈天之后，一直防着你，刚刚走到你那边，见你不在，我就猜着到这里来了，所以一直赶来，果然不出所料。"夏雅丽怒颜道："难道我不该来问他么？"质克道："不怎么说，这事金大人固有不是，毕先生更属不该，但毕叶在演术的时候，也没有留意姑娘是何等人物，直到姑娘走近，看见了贵会的徽章，方始知道，已是后悔不及。至於金大人，是更加茫然了。据我的意思，现在金大人是我们两国的公使，倘逞着姑娘的意，弄出事来，为这一点小事，闹出国际问题，已属不犯着，而戕害公使，为文明公律所不许，於贵国声誉有碍，尤其不可。况现在公使在我的船上，都是我的责任，我决不容姑娘为此强硬手段。"夏雅丽道："照你说来，难道就罢了不成？"质克道："我的愚见，金公使渎犯了姑娘，自然不能太便宜他。我看现在贵党经济，十分困难，叫金公使出一宗巨款，捐入贵党，聊以示罚；在姑娘虽受些小辱，而为公家争得大利，姑娘声誉，必然大起，大家亦得安然无事，岂不两全！至毕先生是姑娘的同国，他得罪姑娘，心本不安，叫他在贵党尽些力，必然乐从的。"这番说话，质克都是操着德话，雯青是一句不懂，彩云听得明白，连忙道："质克先生的话，我们老爷一定遵依的，只求密斯应允。"

其时夏雅丽面色已和善了好些，手枪已放在旁边小几上，开口道："既然质克先生这么说，我就看着国际的名誉上，船主的权限上，便宜了他。但须告诉他，不比中国那些见钱眼开的主儿，什么大事，有了孔方，都一天云雾散了。再问他到底能捐多少呢？"质克看着彩云。彩云道:"这个一听姑娘主张。"夏雅丽拿着手枪一头往外走,一头说道:"本会新近运动一事,要用一万马克,叫他担任了就是了!"又回顾彩云道:"这事与你无干,刚才恕我冒犯,回来仍到我那里,今天要上文法了!"说着扬长而去。彩云诺诺答应。质克向着彩云道:"今天险极了!亏得时候尚早,都没有晓得,暗地了结,还算便宜。"说完自回舱面办事。

这里雯青本来吓倒在一张榻上发抖,又不解德语,见他们忽然都散了,心中又怕又疑。惊魂略定,彩云方把方才的话,从头告诉一遍,一万马克,彩云却说了一万五千。雯青方略放心,听见要拿出一万五千马克,不免又懊恼起来,与彩云商量能否请质克去说说,减少些。彩云撅着嘴道:"刚才要不是我,老爷性命都没了,这时得了命,又舍不得钱了!我劝老爷省了些精神罢!人家做一任钦差,那个不发十万八万的财,何在乎这一点儿买命钱,倒肉痛起来?"雯青无语。不一会,男女仆人都起来伺候,雯青、彩云照常梳洗完毕,雯青自有次芳及随员等相陪闲话,彩云也仍过去学洋文,早上的事,除船主及同病相怜的毕先生,同时也受了一番惊恐,其余真没一人知道。

到傍晚时候,毕叶也来雯青处,其时次芳等已经散了。毕叶就说起早上的事道,船主质克,另要谢仪,罚款则俟到德京由彩云直接交付,均已面议妥协,叫彼先来告诉雯青一声。雯青只好一一如命。彼此又说了些后悔的话。雯青又问起:"这姑娘倒底在什么会?"毕叶道:"讲起这会,话长哩,这会发源於法兰西人圣西门,乃是平等主义的极端,他的宗旨,说世人侈言平等,终是表面的话,若说内情,世界的真权利,总归富贵人得的多,贫贱人得的少,资本家占的大,劳动的人占的小,那里算得真平等!他立这会的宗旨,就要把假平等弄成一个真平等:无国家思想,无人种思想,无家族思想,无宗教思想,废币制,禁遗产,冲决种种网罗,打破种种桎梏;皇帝是仇敌,政府是盗贼,国里有事,全国人公议公办;国土是个大公园,货物是个大公司;国里的利,全国人共享共用；一万个人，合成一个灵魂，一万个灵魂，共抱一个目的；现在的政府，他一概要推翻，现在的法律，他一概要破坏，掷可惊可怖之代价，要购一完全平等的新世界。他的会派，也分着许多，最激烈的叫做'虚无党'，又叫做'无政府党'。这会起源於英、法，现在却盛行到敝国了，也因敝国的政治，实在专制，又兼我国有一班大文家，叫做赫辰及屠尔克涅夫、托尔斯泰，以冰雪聪明的文章，写雷霆精锐的思想，这种议论，就容易动人听闻了，就是王公大人，也有入会的。这会的势力，自然越发张大了。"雯青听了大惊失色道："照先生说来，简直是大逆不道，谋为不轨的叛党了！这种人要在敝国，是早已明正典刑，那里容他们如此胆大妄为呢！"

毕叶笑道："这里头有个道理，不是我糟蹋贵国，实在贵国的百姓仿佛比个人，年纪还幼小，不大懂得世事，正是扶墙摸壁的时候，他只知道自己该给皇帝管的，那里晓得天赋人权万物平等的公理呢！所以容易拿强力去逼压。若说敝国，虽说政体与贵国相仿，百姓却已开通，不甘受骗，就是刚才大人说的'大逆不道，谋为不轨'八个字，他们说起来，皇帝有'大逆不道'的罪，百姓没有的；皇帝可以'谋为不轨'，百姓不能的。为什么呢？土地是百姓的土地，政治是百姓的政治，百姓是主人翁，皇帝、政府，不过是公雇的管帐伙计罢了！这种说话，在敝国皇帝听了，也同大人一样的大怒，何尝不想杀尽拿尽，只是杀心一起，血花肉雨，此饷彼酬，赫赫有声的世界大都会圣彼德堡，方方百里地，变成皇帝百姓相杀的大战场了！"雯青越听越不懂，究竟毕叶是外国人，不敢十分批驳，不过自己咕噜道："男的还罢了，怎么女人家不谨守闺门！也出来胡闹？"毕叶连忙摇手道："大人别再惹祸了！"雯青只好闭口不语，彼此没趣散了。

斯时萨克森船尚在地中海，这日忽起了风浪，震荡得实在利害，大家困卧了数日，无事可说。直到七月十三日，船到热瓦，雯青谢了船主，换了火车，走了五日，始抵德国柏林都城。在德国自有一番迎接新使的礼节,不必细述。前任公使吕萃芳交了篆务,然后雯青率同参赞、随员等一同进署。连日往谒德国大宰相俾思麦克,适遇俾公事忙,五次方得见着,随后又拜会了各部大臣,及各国公使。

又过了几月,那时恰好西历一千八百八十八年正月里,德皇威廉第一去世,太子飞蝶丽新即了日耳曼帝位,於是雯青就趁着这个当儿,觐见了德皇及皇后维多利亚第二,呈递国书,回来与彩云讲起觐见许多仪节。彩云恃着自己在夏雅丽处学得几句德语,便撒娇撒痴要去觐见。雯青道:"这是容易,公使夫人,本来该应觐见的。不过我中国妇女素来守礼,不愿跟他们学。前几年只有个曾小侯夫人,他却倜傥得很,一到西国,居然与西人弄得来,往来联络得很热闹。他就跟着小侯,一样觐见各国皇帝。我们中国人听见了,自然要议论他,外国人却很佩服的。你要学他,不晓得你有他的本事没有?"

彩云道:"老爷你别瞧不起人!曾侯夫人也是个人,难道他有三头六臂么!"雯青道:"你倒别说大话,有件事,现在洋人说起,还赞他聪明,只怕你就干不了!"彩云道:"什么事呢?"雯青笑着说道:"你不忙,你装袋旱烟我吃,让我慢慢的讲给你听。"彩云抿着嘴道:"什么稀罕事儿!直得这么拿腔!"说着便拿一根湘妃竹牙嘴三尺来长的旱烟筒,满满的装上一袋蟠桃香烟,递给雯青。一面又回头叫小丫头道:"替老爷快倒一杯酽酽儿的清茶来!"笑眯眯的向着雯青道:"这可没得说了,快给我讲罢!"

雯青道:"你提起茶,我讲的便是一段茶的故事。当日曾侯夫人,出使英国,那时英国,刚刚起了个什么叫做'手工赛会'。这会原是英国上流妇女集合的,凡有妇女亲手制造的物件,荟萃在一处,叫人批评比赛,好的就把金钱投下,算个赏彩。到散会时,把投的金钱,大家比较,谁的金钱多,系谁是第一。却说这个侯夫人,当时结交很广,这会开的时候,英国外部,送来一角公函,请夫人赴会。曾侯便问夫人:'赴会不赴会?'夫人道:'为什么不赴?你覆函答应便了!'曾侯道:

'这不可胡闹，我们没有东西可赛，不要事到临头，拿不出手，被人耻笑，反伤国体！'夫人笑道：'你别管，我自有道理！'曾侯拗不过，只好回书答应。"

彩云道："这该应答应，叫我做侯夫人，也不肯不挣这口气。"说着，恰好丫鬟拿上一杯茶来。雯青接着一口一口的慢慢喝着，说道："你晓得她应允了，怎么样呢？却毫不在意，没一点儿准备，看看会期已到，你想曾侯心中干急不干急呢？那晓得夫人越做得没事人儿一样。这日正是开会的第一日，曾侯清早起来，却不见了夫人，知道已经赴会去了，连忙坐了马车，赶到会场，只见会场中人山人海，异常热闹。场上陈列着有锦绣的，有金银的，五光十色，目眩神迷，顿时吓得出神。四处找他夫人，一时慌了，竟找不着。只听得一片喝采声，拍掌声，从会场门首第一个桌子边发出，回头一看，却正是他夫人坐在那桌子旁边一把矮椅上，桌上却摆着十几个康熙五采的鸡缸杯，几把紫砂的龚春名壶，壶中满贮着无锡惠山的第一名泉，泉中沉着几撮武彝山的香茗，一种幽雅的古色，映着陆离的异彩，直射眼帘；一般清俊的香味，趁着氤氲的和风，直透鼻罐，许多碧眼紫髯的伟男，蜷发蜂腰的仕女，正是摩肩如云挥汗成雨的时候，烦渴的了不得，忽然一滴杨枝水，劈头洒将来，正如仙露明珠，琼浆玉液，那一个不欢喜赞叹！顿时抛掷金钱，如雨点一般。直到会散，把金钱汇算起来，侯夫人竟占了次多数。曾侯那时的得意，可想而知！觉脸上添了无数的光彩。你想侯夫人这事办得聪明不聪明？写意不写意？无怪外国人要佩服她！你要有这样本事，便不枉我带你出来走一趟了！"

彩云听着，心中暗忖，老爷这明明估量我是个小家女子，不能替他争面子，怕我闹笑话。我倒偏要显个手段，胜过侯夫人，也叫他不敢小觑。想着扭着头说道："本来我不配比侯夫人，他是金一般玉一般的尊贵，我是脚底下的泥，路旁的草也不如，那里配有她的本事，出去替老爷坍了台，倒叫老爷不放心，不如死守着这螺蛳壳公使馆，永不出头；

要不然，送了我回去，要出丑也出丑到家里去，不关老爷的体面。"雯青连忙立起来，走到彩云身旁，拍着她肩笑道："你不要多心，我何尝不许你出去呢！你要觐见，只消叫文案上备一角文书，知照外部大臣，等他择期觐见便了。"彩云见雯青答应了，方始转怒为喜，催着雯青出去办文。雯青微笑的慢慢踱出去了。正是：

初送隐娘金盒去，却看冯嫽锦车来。

欲知后事，且听下回细说。

第十一回　潘尚书提倡公羊学　黎学士狂胪老鞑文

　　上回正说彩云要觐见德皇，催着雯青去办文，知照外部。雯青自然出来与次芳商量。次芳也不便反对，就交黄翻译办了一角请觐的照例公文。谁知行文过去，恰因飞蝶丽政躬不适，一直未得回文，连雯青赴俄国的日期，都耽搁了。趁雯青、彩云在德国守候没事的时候，做书的倒抽出这点空儿，要暂时把他们搁一搁，叙叙京里一班王公大人，提倡学界的历史了。——原来犇如、唐卿、珏斋这般同乡官，自从那日饯送雯青出洋之后，不上一年，唐卿就放了湖北学政，珏斋放了河道总督，庄寿香也从山西调升湖广总督，苏州有名的几个京官也都风流云散，就是一个潘探花八瀛先生，已升授了礼部尚书，位高德邵，与常州龚状元平，现做吏部尚书的和甫先生，总算南朝两老。这位潘尚书学问渊博，性情古怪，专门提倡古学，不但喜欢讨论金石，尤喜讲《公羊春秋》的绝学，那班殿卷试帖的太史公，那里在他眼里，所以犇如虽然传了鼎甲的衣钵，沾些同乡的亲谊，又当着乡人冷落的当儿，却只照例请谒，不敢十分亲近。因此犇如那时在京，很觉清静。

　　那一年正是光绪十四年，太后下了懿旨，宣布了皇帝大婚后亲政的确期，把清漪园改建了颐和园，表示倦勤颐养，不再干政的盛意。四海臣民，同声欢庆，国家政治，既有刷新的希望；朝野思想，渐生除旧的动机。恰又遇着戊子乡试的年成，江南大主考，放了一位广东南海县的大名士，姓黎号石农名殿文，词章考据，色色精通，写得一手好北魏碑版的字体，尤精熟辽、金、元史的地理，把几部什么《元秘史》，《长春真人西游记》，《双溪醉隐集》都注遍了，要算何愿船、张月斋后，独步的人物了。当日雯青在京的时候，也常常跟他在一处，讲究西北地理的学问，江南放了这个人做主考，自然把沿着扬子江如鲫的名士，一网都打尽了。

苏州却也收着两个。你道是谁？一个姓米名继曾号筱亭，一个却姓姜名表号剑云，都列在魁卷中。当时这部闱墨出来，大家就议论纷纷，说好的道"沉博绝丽"，说坏的道"牛鬼蛇神"。搴如在寓无事，也去买一部来看看，却留心看那同乡姜剑云的，见上头有什么"黜周王鲁"呢，"张三世"呢，"正三统"呢，看了半天，一句也不懂。后头一道策文，又都是些阿萨克，阙特勤，阿模呀，斡难呀，好像《金刚经》上的咒语一般，更不消说似无目虾了，便掩卷叹了一口气道："如今这种文章，倒底算个什么东西？都被我们这位潘老头儿，闹那么'公羊母羊'引出来的！文体不正，心术就要跟着坏了！"

正独自咕哝着，一个管家跑进回道："老爷派了磨勘官了，请立刻就去！"搴如便叫套车。上车一直跑到磨勘处，与认得的同官招呼过了，便坐下读卷。忽听背后有一人说道："这回磨勘倒要留点神，别胡粘签子，回来粘差了，叫人笑话！"搴如听着那口音很熟，回头看时，却是袁尚秋，斜着眼，跷着腿，嘴里衔着京潮烟袋，与邻座一个不大熟识的，仿佛是个旗人，名叫连沅号荇仙的，在那里议论。搴如本来认得尚秋，便拱手招呼，尚秋却待理不理的，点了一点头。

搴如心里很不舒服，没奈何，只好摊出卷子来，一本一本的看。心里总想吹毛求疵，见得自己的细心，且要压倒尚秋方才那句话。忽然看到一本，面上现出喜色，便停了看，手里拿着签子要粘，嘴里不觉自言自语道："每回我粘的签子，人家总派我冤屈人，这个可给我粘着了，再不能说我粘错的了！"搴如一人唧哝着，不想被尚秋听见了，便立起伸过头来，凑着卷子道："搴如你签着什么字？"搴如就拿这本卷子挪过桌子，指给尚秋看道："你看这个荒唐不荒唐？感慨的'慨'字，会写成木字的'概'字。这个文章，一定是枪替来的，否则谬不至此！"尚秋看了不语，却对那个邻座笑了一笑，附耳低低说了两句话，依然坐下。搴如看见如此神情，明明是笑他，自己不信，难道这个还是我错，他不错吗？心里倒疑惑起来。

停一会，尚秋忽叫着那个人道："荇仙兄，上回考差时候，有个笑话儿，你知道吗？"指着搴如道："也就是这位搴兄的贵同乡。那日题目，是出的《说文解字》，他不晓得，听人说是《说文》，他便找我问道：'这题目到底出在许《说文》上的呢，还是段《说文》呢？'我那时倒没话回他，便道：'老兄且不要问，回去弄明白了《说文》是谁箸①的，再问罢！'"那邻座的旗人笑道："这人你不要笑他，他倒底还晓得《说文》，总算认得两个大字，比那一字不识，《汉书》都没有看过，倒要派人家写别字的强多着呢！"搴如一听此话，不禁脸上飞红，强着冷笑道："你们别指东说西的挖苦人，你们既讲究《说文》，这部书我也曾看过，里头最要紧，总不外声音意思两样。现在这个'慨'字，意思不是叹气吗？叹气从心里发出，自然从心旁，难道木头人会叹气的吗？这就不通极了！你们说我没有读《汉书》，我看你们看的《汉书》，决然不是原版初印，上了当了！"尚秋见搴如动了气，就不敢言语了。搴如接着道："况且我们做翰林的本分，该依着《字学举隅》写，才是遵王的道理，偏要寻这种僻字吓人，不但心术坏了，而且故违公令，不成了悖逆吗？"当时尚秋与那个旗人，都低着头看卷子，由他一人发话。

不一时，卷子看完，大家都出来了。尚秋因刚才的话，怕搴如芥蒂，特地走过来招呼道："搴兄，八瀛尚书那里，你今天去吗？"搴如

---

① 编者注：同"著"。

正收拾笔砚,听了摸不着头脑,忙应道:"去做什么?"尚秋道:"八瀛尚书没有招你吗?今天是大家公祭何邵公哟!"荤如愕然道:"何邵公是谁呀?八瀛从没提这人。喔,我晓得了,大家知道我跟他没有交情,所以公祭没有我的分儿!"尚秋忍不住笑道:"何邵公不是今人,就是注《公羊春秋》的汉何休呀!八瀛先生因於前几天钱唐卿在湖北上了一个封事,请许叔重从祀圣庙,已经部议准了,八瀛先生就想着何邵公,也是一个汉朝大儒,邀着几个同志,议论此事,顺便就在拱宸堂公祭一番,略伸敬仰的意思。荤兄你高兴同去观礼吗?"荤如向来对於这种事,不愿与闻,想回绝尚秋。转念一想,尚书处多日未去,好像过於冷落,看看时候还早,回去没事,落得借此通通殷勤,就答应了尚秋,一同出来,上车向着南城米市胡同而来。

　　到得潘府门前,见已有好几辆大鞍车停着,门前几棵大树上,系着十来匹红缨踢胸的高头大马,知有贵客到了。当时门上接了帖子,尚秋在前,荤如在后,一同进去,领到一间很幽雅的书室,满架图书,却堆得七横八竖,桌上列着无数的商彝周鼎,古色斑斓。两面墙上挂着几幅横披,题目写着《消夏六咏》,都是当时名人和八瀛尚书咏着六事的七古诗:一拓铭,二读碑,三打砖,四数钱,五洗砚,六考印,都是拿考据家的笔墨,来做的古今体诗,也是一时创格。内中李纯客、叶缘常的,最为详博,正中悬个横匾,写着很大的"龟巢"两个字,下边署款却是"成煜书",知道是满洲名士国子监祭酒成伯怡写的了。荤如看着,却不解这两字什么命意。尚秋是知道潘公好奇的性情,常时通候的书笺,还往往署着"龟白"两字,当做自己的别号哩,所以倒毫不为奇。

　　当时,尚秋、荤如走进书房,见正中炕上左边,坐着个方面大耳的长须老者,一手托着本锦面古书,低着头在那里赏鉴,远远望去,就有一种太平宰相的气概,不问而知为龚和甫尚书;右边一个胖胖儿面孔,两绺短黑胡子,八字分开,屈着腰,凑近龚尚书,同看那书,那人就是写匾的伯怡先生。下面两排椅子上，坐着两个年纪稍轻的，右面一个苍黑脸的，满脸酒肉气，神情活像山西票号里的掌柜；左边个却是短短身材，鹅蛋脸儿，唇红齿白的美少年。这两个人，尚秋却不大认识。八瀛尚书，正坐在主位上，手里拿着根长旱烟袋，一面吃烟，一面同那少年说话；看见尚秋，就把烟袋往后一丢，立了起来，后面管家没有防备，接个不牢，"拍拉"一响，倒在地上。尚书也不管，迎着尚秋道："怎么你和搴如一块儿来了？"尚秋不及回言，与搴如上去见了龚、成两老，又见了下面两位。尚秋正要问姓名，搴如招呼，指着那苍黑脸的道："这便是米筱亭兄。"又指那少年道："这是姜剑云，都是今科的新贵。"潘尚书接口道："两位都是石农的得意门生哟！"上面龚尚书也放了那本书道："现在尚秋已到，只等石农跟纯客两个，一到就可行礼了。"伯怡道："我听说还有庄小燕、段扈桥哩。"八瀛道："小燕今日会晤一个外国人，说不能来了。扈桥今日在衙门里见着，没有说定来，听说他又买着了一块张黑女的碑石，整日在那里摩挲哩，只好不等他罢！"於是大家说着，各自坐定。

尚秋正要与姜、米两人搭话，忽见院子里踱进两人，一个是衣服破烂，满面污垢，头上一只帽子，亮晶晶的都是乌油光，却又歪戴着；一个却衣饰鲜明，神情轩朗。走近一看，却认得前头是荀子佩，名春植；后头个是黄叔兰的儿子，名朝杞，号仲涛。那时子佩看见尚秋开口道："你来得好晚，公祭的仪式，我们都预备好了。"尚秋听了，方晓得他们在对面拱宸堂里铺排祭坛祭品，就答道："有劳两位了。"

龚尚书手拿着一本书道："刚才伯怡议，这部北宋本《公羊春秋何氏注》，也可以陈列祭坛，你们拿去罢！"子佩接着翻阅，尚秋、搴如也凑上看著，只见那书装潢华美，澄心堂粉画冷金笺的封面，旧宣州玉版的衬纸，上有宋五彩蜀锦的题签，写着"百宋一廛所藏，北宋小字本公羊春秋何氏注"一行，下注"千里题"三字。尚秋道："这是谁的藏本？"潘尚书道："是我新近从琉璃厂翰文斋一个老书估叫老安的手里买的。"子佩道:"老安的东西吗?那价钱必然可观了!"龚尚书道:"也不过三百金罢了。"别人听了,也还没什么奇,摹如不觉暗暗吐舌,想这么一本破书,肯出如此巨价,真是书呆子了!

尚秋又将那书看了几遍,里头有两个图章,一个是"荛圃过眼",还有一个"曾藏汪阆源家"六字。尚秋道:"既然荛翁的藏本,怎么又有汪氏图印呢?"那苍黑脸的米筱亭忙接口道:"本来荛翁的遗书,后来都归汪氏的,汪氏中落,又流落出来,於是经史都归了常熟瞿氏铁琴铜剑楼,子集都归了聊城杨氏海源阁。这书或者常熟瞿氏遗失的,也未可知。我曾经在瞿氏校过书,听瞿氏子孙说,长发乱时,曾失去旧书两厨哩。"剑云道:"筱亭这话不差,就是百宋一廛最有名的孤本《窦氏联珠集》,也从瞿氏流落出来,现在常熟赵氏了。"

尚秋道:"两位的学问,真了不得!弟前日从闱墨中拜读了大著,剑云兄於公羊学,更为精邃,可否叨教叨教?"剑云道:"那里敢说精邃,不过兄弟常有个僻见,看着这部《春秋》,是我夫子一生经济学问的大结果,起先夫子的学问,本来是从周的主义,所以说'郁郁乎文哉,我从周'。直到自卫反鲁,他的学问却大变了。他晓得周朝的制度,都是一班天子、诸侯、大夫定的,回护着自己,欺压平民,於是一变而为民为贵的主义,要自己制礼作乐起来,所以又说'行夏之时,乘殷之辂,服周之冕',改制变法,显然可见。又箸了这部《春秋》,言外见得凡做了一个人,都有干涉国家政事的权柄,不能逞着一班贵族,任意胡为的,自己先做个榜样,褒的褒,贬的贬,俨然天子刑赏的分儿,其实这刑赏的职分,原是百姓的,从来倒置惯了,夫子就拿这部《春秋》去翻了过来罢了。孟夫子说个'《春秋》,天子之事也',这句还是依着俗见说的,要照愚见说,简直道:'《春秋》,凡民之天职也!'这才是夫子做《春秋》的真命脉哩!当时做了这书,就传给了小弟子公羊高,学说一布,那些天子、诸侯的威权,顿时减了好些,小民之势力,忽然增高了。天子、诸侯那里甘心,就纷纷议论起来,所以孟子又有'知我罪我'的话。不过夫子虽有了这个学说,却是纸上空谈,不能实行,倒是现在欧洲各国,民权大张,国势蒸蒸日上,可见夫子《春秋》的宗旨,是不差的了。可惜我们中国,没有人把我夫子的《公羊》学说,实行出来。"

尚秋听罢咋舌道:"真是石破天惊的怪论!"筱亭笑着道:"尚秋兄,别听他这种胡说,我看他弄了好几年公羊学,行什么大事业出来?也不过骗个举人,与兄弟一样。什么'公羊私羊',跟从前弄咸同墨卷的,有何两样心肠?就是大公羊家汉朝董仲舒,目不窥园,做什么呢?也不过为着天人三策,要博取一个廷对第一罢了。"搴如听了剑云的话,正不舒服,忽听筱亭这论,大中下怀道:"筱亭兄的话,倒是近情着理,我看今日的典礼,只有姜、米两公,是应该祭的,真所谓知恩不忘本了!"龚和甫听了,皱着眉不语,八瀛冲口说道:"搴如你不懂这些,你别开口罢!"回头就向尚秋、筱亭道:"剑云这段议论,也不是他一个人的私见,上回有一个四川名士,姓缪号寄坪的来见,他也有这说。他说:'孔子反鲁以前,是《周礼》的学问,叫做古学;反鲁以后,是《王制》的学问,是今学,弟子中在前传授的,变了古学一派;晚年传授的,变了今学一派。六经里头,所以制度礼乐,有互相违背,绝然不同处。后儒牵强附会,费尽心思,不知都是古、今学不分明的缘故。你想古学是纯乎遵王主义,今学是全乎改制变法主义,东西背驰,那里合得拢来呢!'你们听这番议论,不是与剑云的议论,倒不谋而合的。英雄所见略同,只见这里头是有这么一个道理,不尽荒唐的!"

龚尚书道:"缪寄坪的著作,听见已刻了出来。我还听说现在广东南海县,有个姓唐的名犹辉,号叫做什么常肃,就窃取了寄坪的绪论,变本加厉,说六经全是刘歆的伪书哩!这种议论,才算奇辟。剑云的论《公羊》,正当的很,也要闻而却走,真是少见多怪了!"搴如听大家你一句我一句,暗暗挖苦他,倒弄得大大没趣。

忽听一阵脚步声,几个管家说道:"黎大人到。"就见黎公穿着半新不旧的袍褂，手捋着短须，摇摇摆摆进来，嚷道："来迟了，你们别见怪呀！"看见姜、米两人，就笑道："你们也在这里，我来的很巧了。"潘尚书笑道："怎样着，贵门生不在这里，你就来得不巧了？"石农道："再别提门生了，如今门生收不得了，门生愈好，老师愈没有日子过了。"龚、潘两尚书都一怔道："这话怎么讲？"石农道："我们坐了再说。"於是大家坐定。

石农道："我告诉你们，昨儿个，我因注释《元秘史》，要查一查徐星伯的《西域传注》，家里没有这书，就跑到李纯客那里去借。"成伯怡道："纯客不是你的老门生吗？"石农道："论学问，我原不敢当老师，只是承他情，见面总叫一声。昨天见面，也照例叫了。你道他叫了之后，接上句什么话？"龚尚书道："什么话呢？""他道：'老师近来跟师母敦伦的兴致好不好？'我当时给他蒙住了，脸上拉不下来，又不好发作，索性给他畅论一回容成之术，《素女方》呀，《医心方》呀，胡诌了一大篇。今天有个朋友告诉我，昨天人家问他，为什么忽然说起'敦伦'？他道：'石农一生学问，这"敦伦"一道，还算是他的专门，不给他讲"敦伦"，讲什么呢？'你们想：这是什么话？不活气死了人！你们说：这种门生还收得吗？"说罢，就看着姜、米二人微笑。大家听着，都大笑起来。

潘尚书忽然跳起来道："不好了，了不得了！"就连声叫："来，来！"大家倒怔着，不知何事？一会儿，一个管家走到潘尚书跟前，尚书正色问那管家道："这月里李治民李老爷的喂养费，发了没有？"那管家笑着说："不是李老爷的月敬吗？前天打发人送过去了。"潘尚书道："发了就得了。"就回过头来，向着众人笑道："要迟发一步，也要来问老夫'敦伦'了，老夫更比不得石翁年少，这个'伦'，却'敦'不起了！"众人问："什么叫喂养费？"龚尚书笑道："你们怎糊涂起来，他挖苦纯客是骡子罢了！"於是众人回味，又大笑一回。正笑着，见一个管家，送进一封信来。潘尚书接着一看，正是纯客手札，大家都聚头来看着。

　　棻如今日来得本来勉强,又听他们议论,一半不明白,一半不以为然,坐着好没趣,知道人已到齐,快要到什么何邵公那里去行礼了,看见此时,大家都拥着看李纯客的信,不留神他,就暗暗溜出。管家们问起,他对他们摇手,说去了就来,一直到门外上车回家。到了家中,他的夫人告诉他道:"你出门后,信局送来上海文报处一信,还有一个纸包,说是俄国来的东西,不知是谁的!"说罢,就把信并那包,一同送上去。棻如拆开看了,又拆了那纸包,却密密层层的包着,直到末层,方露出是一张一尺大的西法摄影。上头却是两个美丽的西洋妇人。棻如夫人看了不懂,心中不免疑惑,正要问明,忽听棻如道:"倒是一件奇闻。"正是:

　　　　方看日边德星聚,忽传海外雁书来。

欲知后事如何,且听下回分解。

第十二回　影并帝天初登布士殿　学通中外重翻交界图

却说棻如当日正接了一封俄国邮来的信件，还没拆开，先见两个西装妇女的摄影，不解缘故。他夫人倒大动疑心起来。棻如连忙把信拆开——原来这封信，还是去年腊月里，雯青初到圣彼得堡京城时所寄的。信中并无别话，就告诉棻如几时由德动身，几时到俄。又说在德京，用重价购得一幅极秘密详细的中俄交界地图，自己又重加校勘，即日付印，印好后就要打发妥员赍送来京，呈送总理衙门存档，先托棻如妥为招呼等语。辞气非常得意。直到信末，另附一纸，说明这张摄影的来由，又是件旷世希逢的佳话。你道这摄影是谁呢？列位且休性急，让俺慢慢说来。

话说雯青驻节柏林，只等彩云觐见后，就要赴俄，已经耽搁了一个多月，恰值德皇政体违和，外部总没回文，雯青心中很是焦闷。倒是彩云兴高彩烈，到处应酬，今日某公爵夫人的跳舞，明日某大臣姑娘的茶会，朝游缔尔园，夜登兰妮馆，东来西往，煞是风光。彩云容貌本好，又喜修饰，生性聪明，巧得人意，倒弄得艳名大噪起来。偌大一个柏林城，几乎没个不知道傅彩云是中国第一个美人，都要见识见识，连铁血宰相的郁亨夫人，也来往过好几次。那郁亨夫人，替彩云又介绍认得一位贵夫人，自称维亚太太，说是德国的世爵夫人，年纪不到五十许，体态虽十分端丽，神情却八面威风。那日一见彩云，就非常投契，从此也常常约会,不过约会的地方,不在花园,即在戏馆,从不叫登这夫人的邸第,夫人也没有来过。彩云有时提起登门造访的话,那太太总把别话支吾,彩云只得罢了。话且不表。

却说有一晚,彩云刚与这位太太在维良园看完了戏,独自回来,已在定更时候,坐着一辆华丽的轿式双马车,车上连一个鬘仆都不带,如飞的到了使馆门口停住,车夫拉开车门,彩云正要跨下,却见马路上有一个十七八岁的美童,飞奔的跑到车前,把肩膀凑近车门,口里还吁吁发喘。彩云就一手搭在他肩上,轻轻的跳了下来,进了馆门,就有一班管家们,都站了起来,喊道:"太太回来了,快掌灯伺候!"便有两个小童,各执一盏明角灯儿,在前引导。这当儿,那些丫鬟仆妇,也都知道了,在楼上七跌八撞的跑了下来。那时彩云已到了升高机器小屋里,那些丫鬟仆妇,都要上前搀扶,都道:"阿福哥,劳你驾了,让我们来搀着罢!"彩云冷笑了一声,自顾自仍扶着阿福。那机器就如飞的上升了。

到了楼上,彩云有气没力的,全身都靠在阿福的身上,连喘带笑的,迈到了自己卧房一张五彩洋锦的软榻上就倒下了,两颊绯晕,双眼粘饧,好像杨妃醉酒一般,歪着身,斜着眼,似笑不笑的望着阿福。阿福也笑眯眯的低着头,立在榻旁。彩云忽然把一个玉葱,咬着银牙,狠狠的直指到阿福额上,颤声道:"你这坏透顶的小子,我不想今儿个……"刚说到这里,那些丫鬟仆妇,都从扶梯上走了进来,彩云就缩住了口,马上翻过脸来道:"你们这班使坏心的娼妇,都晓得这会儿我快回来了,倒一个个躲起来,幸亏阿福是个小子,不要紧,要是大汉子,臭男人,也叫我扶着走吗?"彩云说罢,那些丫鬟仆妇,都面面相觑,不敢则声。

阿福就趁势回道:"那辆车,明天还叫他来伺候吗?"彩云道:"明天有什么事?"阿福道:"怎么太太会忘了,刚才在路上,你不是告诉我,明儿个维亚太太约游缔尔园吗?"彩云想一想道:"不差,看戏的时候，他当面约定的。"说着，把眼瞪着阿福道："可是我再不要坐轿式车了。明天早上，叫他来一辆亨斯美罢。"阿福笑道："你自各儿拉缰吗？"彩云道："谁耐烦自各儿拉，你难道折了手吗？"阿福笑了一笑，再要说话，听见房门外靴声橐橐，仆妇们忙喊道："老爷进来了。"阿福顿时失色，慌慌张张想溜，彩云故意正色高声的喊道："阿福，你别忙走呀！我还有话吩咐呢！"阿福会意，就垂着手，答应一声："着！""你告诉他，明儿早上八下钟来，别误了！"

　　这当儿，雯青一头掀着门帘，一头嘴里咕噜说："阿福老是这样冒冒失失，得风使篷的。"说着，已经踅了进来，冲着彩云道："明天你又要上那儿去了？"其时阿福得空，就挨身出房。彩云撇着嘴道："到缔尔园去，会一个外国女朋友，你问她什么？难道你嫌我多出门吗？什么又不又的！"说着，赌气就一溜风走到床后去更衣洗面了。雯青讨了没趣，低低说道："彩云，你近来真变了相了，我一句话没有说了，你就生气了！我原是好意，你可知道今天外部已有回文，叫你后天就去觐见，在沙老顿布士宫Charlotenburg，离着柏林有二三十里地呢！我怕你连日累着，想要你歇息歇息呀！"彩云听了雯青这番软话，心里想想，到底有点过意不去，又晓得觐见在即，倒又欢喜起来，就笑嘻嘻走到床面前来道："谁生气来！不过老爷也太顾怜我了！既然后天要觐见，明天早点回来，省得老爷不放心，好吗？"雯青道："这也由你罢！"说罢，彼此一笑，同入罗帏。一宵无话。

　　次日清早，雯青尚在香梦迷离之际，彩云偷偷的抽身锦被，心里盘算出去的装束，要格外新艳。忽然想起新购的一身华丽欧装，就叫小丫头取了出来，慢慢的走到梳妆台，对镜梳洗，调脂抹粉，不用细说。不一会，就拢上一束蟠云曼陀髻，系上一条跪地䌷缲裙，颈围天鹅绒的领巾，肩披紫貂欣的外套，头上戴了堆花雪羽帽，脚下踏着雕漆乌皮靴，颤巍巍胸际花球，光灎灎指头钻石，果然是蔷薇娘肖像，茶花女化身了。打扮刚完，自己把镜子照了又照，很觉得意。忽见镜子里面阿福笑嘻嘻的站在背后，低低道："车来了。"彩云嗤的一笑道："促狭鬼。倒吓人一跳！"随就把嘴儿指着床上，又附着阿福耳边，密密切切，不知吩咐了些什么话。阿福笑着点头答应，就蹑手蹑脚的下楼去了。

这里彩云收拾完备，轻轻走到床边，揭起帐子，张了一张，就回声叫小丫头搀了一径下楼。到门口上车，打发小丫头们进去，又叫马夫坐在车后，自己就跳上亨斯美，轻提玉臂，紧勒丝缰，那匹马就得得的向前去了。走了一条街，却见那边候着个西装少年，远远招手儿。彩云笑一笑，把车放慢了，那少年就飞身上车，与彩云并肩坐下，把丝缰接了过来。一扬鞭，一摇铃，风驰电卷，向马龙车水中间滚滚而去，两人左顾右盼，俨然自命一对画中人了！不多一会，到了缔尔园 Tiergarten 门前。——原来这座花园，古呢普提坊要算柏林市中第一个名胜之区，周围三四里，门前有一个新立的石柱，高三丈，周十围，顶立飞仙，金身金翅，是法、奥、丹三国战争时获得大炮铸成，号为"得胜铭"。园中马路，四通八达。雕楼杰阁，曲廊洞房，锦簇花团，云谲波诡，琪花瑶草，四时常开，珈馆酒楼，到处可坐，每日里钿车如水，裙屐如云，热闹异常。园中有座三层楼，画栋飞云，雕盘承露，尤为全园之中心点。其最上一层，有精舍四五，无不金钉衔壁，明月缀帷，榻护绣襦，地铺锦罽，为贵绅仕女登眺之所，寻常人不能攀跻。彩云每次到园，与诸贵女聚会，总在此间憩息。

这日马车进了园门，就一径到这楼下下车，阿福扶着，迤逦登楼。刚走到常坐的那一间门口，彩云一只纤趾，正要跨进，忽听咳嗽一声，抬头一看，却见屋里一个雄赳赳的日耳曼少年，金发頳颜，风采奕然，一身陆军装束，很是华丽，见了彩云，一双美而且秀的眼光，仿佛云际闪电，把彩云周身上下，打了一个圈儿。彩云猛吃一惊，连忙缩脚退出。阿福指着道："间壁有空房，我们到那里坐罢。"说罢，就掖了彩云径进那紧邻的一间精室。彩云坐下，就吩咐阿福道："你到外边去候着，等维亚太太一到，就先来招呼。"阿福答应如飞而去。

彩云独自在房，心里暗忖，那个少年，不知是谁，倒想不到外国人有如此美貌的！我们中国的潘安、宋玉，想当时就算有这样的风神，断没有这般的英武。看他神情，见了我也非常留意，可见好色之心，中外是一样的了。彩云胡思乱想了一回，觉得心神恍惚，四肢软哈哈提不起来，就和身倒在一张红绒如意榻上，星眼惺忪，似睡不睡的，正有点朦胧。忽听耳旁有许多脚步声，连忙张开眼来，却见阿福领了一个中年妇人上来。彩云忙问阿福道："这是谁？"阿福道："这位就是维亚太太打发来的。"那妇人就接嘴道："我们主人说，今天不来这里了，要请密细斯到我们家里去，主人特地叫我们来接的，马车已在外面等着，请密细斯上车罢！"彩云听了，想了一想道："太太府上，我早该去请安，就为太太的住处，不肯告诉我，就因循下来了。现在既然太太见招，我就坐我自己的车前去便了！"说着，回头叫阿福去套车。那妇人道："我们主人吩咐，请密细斯就坐我们来车；因为我们主人的住处，不肯轻易叫人知道的。"彩云道："这是什么道理？"那妇人笑道："主人如此吩咐，其中缘故，奴辈那里敢问呢？"彩云没法，只好叫阿福到身边，附耳说了两句话，阿福先去了，自己就立起身来道："我们走罢。"

那妇人在前，彩云在后，走下楼来。刚到门口，彩云还没看清那车子的大小方圆，却被那妇人猛然一推，彩云身不由主被她推进车来，车门已砰的关上了，弄得彩云迷迷糊糊，又惊又吓，只见那车里四面糊着金绒，当前一悬明镜，两旁却放着绿色的布帘，遮着玻璃，一些望不见外面，对面却笑微微坐着那妇人，开口道："密细斯休怪粗莽，这是主人怕你知道了路程，所以如此的。"彩云听了这话，更加狐疑，要问那妇人，又知道她不肯说实话的，心里不免突突跳个不住。正冥想间，那车忽然停了，车门欻的开了，那中年妇人先下车，就来搀彩云。刚跨下地，忽觉眼前一片光明，耀耀烁烁，眼睛也睁不开，好容易定睛一认，原来一辆朱轮绣毂的百宝宫车，端端正正的，停在一座十色五光的玻璃宫台阶之下。那宫却是轮奂巍峨，矗云干汉，宫外浩荡荡，一片香泥细草的广场,遍围着郁郁苍苍的树木,点缀着几处名家雕石象,放射出万条异彩的喷水池。彩云不及细看,却被那妇人不由分说就扶上台阶,曲曲折折,走到一面大镜子面前,那妇人把镜子一推,却呀的一声开了,原来是个门儿。向里一望,只见是个窈窕洞房,满室奇光异彩,也不辨是金是玉,是花是绣,但觉眼光缭乱而已。就有几个华装女子,听见门响,向外一望,问道:"来了吗?"那妇人答道:"来了。"

忽听嘤然一声,恍如凤鸣鹤唳,清越可听道:"快请进来。"那当儿,彩云已揭起了绣帏,踏上了锦毯,迎面袅袅婷婷的,来了个细腰长裙锦装玉裹的中年贵妇,不用说就是维亚太太了。见了彩云,就抢上一步,紧握住彩云的双手,回头向那些女子说道:"这就是中国第一美女,金公使的夫人傅彩云呀,你们瞧着,我常说她是亚洲的姑娄巴,支那①的马克尼,今儿个你们可开开眼儿了!"说完,就把彩云拉到了一张花磁面的圆桌上首坐下,自己朝南陪着。

彩云此时,迷迷糊糊,如在五里雾中,弄得不知所措,只是婉婉的说道:"贱妾蒲柳之姿,幸蒙太太见爱,今日登宝地,真是三生有幸了!只是太太的住处,为何如此秘密?还请明示,以启妾疑。"维亚太太笑道:"不瞒密细斯说,我平生有个癖见,以为天地间,最可宝贵的是两种人物,都是有龙跳虎踞的精神,颠乾倒坤的手段,你道是什么呢?就是权诈的英雄,与放诞的美人。英雄而不权诈,便是死英雄;美人而不放诞,就是泥美人。如今密细斯,又美丽,又风流,真当得起'放诞美人'四字。我正要你的风情韵致,泻露在我的眼前,装满在我的心里,我就怕你一晓了我的身分地位,就把你的真趣艳情拘束住了,这就大非我要见你的本心了。"彩云不听这太太的话,心里倒还有点捉摸,如今听了这番议论,更糊涂了,又问道:"到底太太的身分地位,能赐教吗?"那太太笑道:"你不用细问,到明日就会知道的。"

---

① 支那为对中国的蔑称。

说话间，有几个华装女子，来请早餐，维亚太太就邀彩云入餐室。原来餐室就在这室间壁，高华典贵，自不必说。坐定后，山珍海味，珍果醇醪，络绎不绝的上来。维亚太太殷勤劝进，彩云也只得极力周旋。酒至数巡，维亚太太立起身来，走到沿窗一座极大的风琴前，手抚玉徽，回顾彩云道："密细斯精於音律吗？"彩云连说"不懂"。那太太就引弦扬吭的唱起来。歌曰：

美人来兮亚之南，风为御兮云为骖，微波渺渺不可接，但闻空际琼瑶音。吁嗟乎彩云！

美人来兮欧之西，惊鸿照海天龙迷，瑶台绰约下仙子，握手一笑心为低。吁嗟乎彩云！

山川渺渺月浩浩，五云殿阁琉璃晓，报道青鸾海上来，汝来慰我忧心捣。吁嗟乎彩云！

劝君酒，听我歌，我歌欢乐何其多！听我歌，劝君酒，雨覆云翻在君手！愿君留影随我肩，人间天上仙乎仙！吁嗟乎彩云！

歌毕，就向彩云道："下里之音，不足动听，只是末章所请愿的，不知密细斯肯俯允吗？"彩云原不懂文墨，幸而这回歌辞，全用德语，所以彩云倒略解一二，就答道："太太如此见爱，妾非木石，那有不感激的理，只是同太太并肩拍照，蒹葭倚玉，恐折薄福，意欲告辞，改日再遵命罢！"那太太道："请密细斯放心，拍了照，我就遣车送你回去，现在写真镜已预备在草地上，我们走罢！"就亲亲热热携了彩云的手，一队高鬟窄袖的女侍，前后呵护，慢慢走出房来，就走到刚才进来看见的那片草地上，早见有一群人，簇拥着一具写真镜的匣子，离匣子三四丈地，建立一个铜盘，上面矗起一个喷水的机器，下面周围着白石砌成的小池，那水线自上垂下，在旭日光中，如万颗明珠，随风咳吐，煞是好看。

那太太就携了彩云，立在这石池旁边，只见那写真师，正在那里对镜配光。彩云瞥眼看去,那写真师好像就是在萨克森船上见的那毕叶先生,心里不免动疑。想要动问,恰好那镜子已开,自己被镜光一闪,觉得眼花缭乱了好一回。等到捉定了神,那镜匣已收起,那一群人也不知去向了,却见一辆马车停在面前。维亚太太就执了彩云的手道:"今天倒叫密细斯受惊了,车子已备好,就此请登车,我们改日再叙罢!"彩云一听送他回去,很欢喜的,也道了谢,就跨进车来。车门随手就关上了,却见车帘仍旧放着,乌洞洞闷死人。

那车一路走着,彩云一路猜想,这太太的行径,实在奇怪,倒底是何等样人?为什么不叫我知道她的底里呢?那毕叶先生,怎么也认得她,替她拍照呢?想来想去,再想不出些道理来。还在呆呆的揣摩,只见门豁然开朗,原来已到了使馆门口。彩云就自己下了车,刚要发放车夫,谁知那车夫飞身跳上高座,加紧一鞭,逃也似的直奔前路,眨眼就不见了。彩云倒吃了一惊,立在门口呆呆的望着,直到馆中看门的看见,方惊动了里边的丫鬟们,出来扶了进去。阿福也上前来探问,彩云含糊应了。后来见了雯青,也不敢把这事提及。

雯青告诉她今天外部又来招呼,说明日七点钟在沙老顿布士宫觐见,他们打发宫车来接。当晚彩云绝早就睡,只是心里有事,终夜不曾安眠。刚要睡着,却被雯青唤醒,说宫车已到,催着彩云洗梳打扮,按品大装。六点钟动身,七点钟就到了那宫前。那宫却在一座森林里面,清幽静肃,壮丽森严,警兵罗列,官员络绎。彩云一到,迎面就见一座六角的文石台,台上立着个骑马英雄的大石像,中央一条很长的甬道,两面石阑,阑外植着整整齐齐高的塔形低的钟形的常绿树,从那甬道一层高似一层,一直到大殿,殿前一排十二座穹形窗,中间是凸出的圆形屋。彩云走近圆屋,早有接引大臣,把彩云引上殿来。却见德皇峨冠华服,南面坐着,两旁拥护剑佩趋跄的勋戚大臣,气象很是堂皇。彩云随着接引官,走上前去恭恭敬敬行了鞠躬大礼,照着向来觐见的仪节,都按次行了。那德皇忽含笑的向着彩云道:"贵夫人昨朝辛苦了。"说着,手中擎着个锦匣，说道："这是皇后赐给贵夫人的，今天皇后有事，不能再与贵夫人把晤，留着这个算纪念罢！"一面说着，一面就递了下来。彩云茫然不解，又不好动问，只得糊里糊涂的接了。

这当儿，就有大臣启奏别事，彩云只得慢慢退了下来。到得车中，轮蹄转动，要紧把那锦匣打开一看，不觉大大吃惊。——原来这匣内，并非珠宝，也非财帛，倒是一张活灵活现的小影，两个羽帽迎风长裙窣地的妇人，一个是袅袅亭亭的女郎，一个是庄严璀璨的贵妇：那女郎，不用说是自己的西装小像；这个贵妇，就是昨天并肩拍照的维亚太太。心中恍然大悟道："原来维亚太太就是联邦帝国大皇帝飞蝶丽皇后，世界雄主英女皇维多利亚的长女，维多利亚第二嗄！怪不得她说，她的身分地位，能拘束我了。亏我相处了半月有零，到今朝才明白，真有眼不识泰山了！"心中就一惊一喜，七上八落起来。

那车子却已回到了自己门口，却又看见门口停着一辆轿车。彩云这两天遇着多少奇怪事情，心里真弄得恍恍惚惚，提心吊胆的，见了此车，心里又疑心道："这车不知又是谁的了？"此时丫鬟仆妇都已候在门口，都来搀扶，阿福也来车前站着。彩云就问道："老爷那里有什么客？阿福道："就是毕叶先生。"彩云听了，心里触动昨天拍照的事情，就大喜道："原来就是他？我正要见他哩！你们搀我到客厅上去！"说着，就曲折行来。刚走到厅门口，彩云望里一张，只见满桌子摊着一方一方的画图，雯青正湾着腰在那里细细赏玩，毕叶却站在桌旁。

彩云就叫"且不要声张，让我听听那东西和老爷说什么"。只听雯青道："这图上红色的界线，就是国界吗？"毕叶道："是的。"雯青道："这界线准不准呢？"毕叶道："这地图的可贵，就在这上头。画这图的人，是个地学名家，又是奉着政府的命令画的，那有不准之理！"雯青道："既是政府的东西，他怎么能卖掉呢？"毕叶道："这是当时的稿本，清本已被政府收藏国库，秘密万分，却不晓留着这稿子在外。这人如今穷了，流落在这里，所以肯卖。"雯青道："但是要一千金磅，未免太贵了！"毕叶道："他说，他卖掉这个，对着本国政府，担了泄漏秘密的罪，一千磅价值，还是不得已呢！我看大人得了此图，大可重新把他好好的翻印，送呈贵国政府，这整理疆界的功劳，是不小哩，何在这点儿小费呢！"彩云听到这里，心想道："好呀，这东西倒瞒着我，又来弄老爷的钱了！我可不放他！"想着把帘子一掀，就飘然的走了进去。正是：

羡煞紫云傍霄汉，全凭红线界华戎。

不知彩云见了毕叶，问他什么话来。且听下回分解。

第十三回　误下第迁怒座中宾　考中书互争门下士

话说雯青正与毕叶在客厅上讲论中俄交界图的价值，彩云就掀帘进来，身上还穿着一身觐见的盛服。雯青就吃了一惊，正要开口，毕叶早抢上前来，与彩云相见，恭恭敬敬的道："密细斯觐见回来了，今天见着皇后陛下，自然益发要好了，赏赐了什么东西，可以叫我们广广眼界吗？"彩云略弯了弯腰，招呼毕叶坐下，自己也坐在桌旁道："妾正要请教先生一件事哪！昨天妾在维亚太太家里，拍照的时候，仿佛看见那写真师的面貌，和先生一样，匆匆忙忙，不敢认真，到底是先生不是？"毕叶怔了怔道："什么维亚太太？小可却不认得。小可一到这里，就蒙维多利亚皇后，赏识了小可的油画，昨天专诚宣召进宫，就为替密细斯拍照，皇后命小可，把昨天的照片放大，照样油画。听宫人们说，皇后和密细斯非常的亲密，所以要常留这个小影在日耳曼帝国哩，怎么密细斯倒说在维亚太太家碰见小可呢？"彩云笑道："原来先生也不知底细，妾与维多利亚皇后，虽然交好了一个多月，一向只知道她叫维亚太太，是个爵夫人罢咧，直到今天觐见了，才知道她就是皇后陛下哩！真算一桩奇闻！"

且说雯青见彩云突然进来，心中已是诧异，如今听两人你言我语，一句也不懂，就忍不住问彩云："怎么你会认识这里的皇后呢？"彩云就把如何在郁亨夫人家，认得维亚太太；如何常常往来；如何昨天约去游园；如何拍照；直到现在觐见德皇，赐了锦匣，自己到车子里开看，方知维亚就是维多利亚皇后的托名，前前后后得意扬扬的细述了一遍，就把那照片递给雯青。雯青看了，自然欢喜，就向着毕叶道："别尽讲这个了！毕叶先生，我们讲正事罢！那图价到底还请减些！"毕叶还未回答，彩云就抢说道："不差，我正要问老爷，这几张破烂纸，画得糊糊涂涂的，有什么好看，值得化多少金子去买他！老爷你别上了当！"雯青笑道："彩云，你尽管聪明，这事你可不懂了！我好容易托了这位先生，弄到了这幅中俄地图。我得了这图，一来可以整理整理国界，叫外人不能占踞我国的寸土尺地，也不枉皇上差我出洋一番；二来我数十年心血做成的一部《元史补证》，从此都有了确实证据，成了千秋不刊之业，就是回京见了中国著名的西北地理学家黎石农，他必然也要佩服我了！这图的好处，正多着哩，不过这先生定要一千磅，那不免太贵了！"彩云道："老爷别吹谤，你一天到晚，抱了几本破书，嘴里咕唎咕噜，说些不中不外的不知什么话，又是对音哩，三合音哩，四合音哩，闹得烟雾腾腾，叫人头疼，倒把正经公事搁着，三天不管，四天不理，不要说国里的寸土尺地，我看人家把你身体抬了去，你还摸不着头脑哩！我不懂，你就算弄明白了元朝的地名，难道算替清朝开了疆拓了地吗？依我说，还是省几个钱，落得自己享用，这些不值一钱的破烂纸，惹我性起，一撕两半，什么一千磅二千磅呀！"雯青听了彩云的话，倒着急起来，怕她真做出来，连忙拦道："你休要胡闹，你快进去换衣服罢！"彩云见雯青执意要买那地图，倒赶她动身，就骨都着嘴，赌气扶着丫鬟走了。

这里毕叶笑道："大人这一来不情极了！你们中国人常说千金买笑，大人何妨千磅买笑呢！"雯青笑了一笑。毕叶又接着说道："既这么着，看大人分上，在下替敝友减了二百磅，就是八百磅罢！"雯青道："现在这里诸事已毕，明后天我们就要动身赴贵国了，这价银，你今天就领了去，省得周折，不过要烦你到戴随员那里走一遭。"说着，就到书桌上写了一纸取银凭证，交给毕叶。毕叶就别了雯青，来找戴随员把凭证交了，戴随员自然按数照付。正要付给时候，忽见阿福急急忙忙从楼上走来，见了戴随员，低低的附耳说了几句，戴随员点头，随即拉毕叶到没人处，也附耳说了几句。毕叶笑道："贵国采办委员，这九五扣的规矩，是逃不了的，何况……"说到这里，顿住了，又道："小可早已预备，请照扣便了。"当时戴随员就照付了一张银行支票，毕叶收着，就与戴随员作别，出使馆而去。这里，雯青、彩云，就忙忙碌碌，料理动身的事。

这日正是十一月初五日。雯青就带了彩云及参赞、翻译等，登火车赴俄。其时天气寒冽，风雪载途，在德界内，尚常见崇楼杰阁，沃野森林，可以赏眺赏眺。到次日，一入俄界，则遍地沙漠，雪厚尺余，如在冰天雪窖中矣。走了三日夜，始到俄都圣彼得堡，宏敞雄壮，比德京又是一番气象。雯青到后，就到昔而格斯街中国使馆三层洋楼里，安顿眷属，於是拜会了首相吉尔斯及诸大臣，接着觐见俄帝，足足乱了半个月。诸事稍有头绪，那日无事，就写了一封信，把自己购图及彩云拍照的两件得意事，详详细细，告诉了荦如。又把那新购的地图，就托次芳去找印书局，用五彩刷印，因为地图自己还要校勘校勘，连印刷，至快要两三个月，就先把信发了。这信就是那日荦如在潘府回来时候接着的。

当时，荦如把信看完，连说："奇闻！"他夫人问他，荦如照信演了一遍。正说得高兴，只见荦如一个着身管家，上来回道："明天是朝廷放会试总裁房官的日子，老爷派谁去听宣？"荦如想一想道："就派你去罢，比他们总要紧些！"那管家诺诺退出，当日无话。次日天还没亮，那管家就回来了。荦如急忙起来，管家老远就喊道："米市胡同潘大人放了。"荦如接过单子，见正总裁是大学士高扬藻号理惺，副总裁就是潘尚书和工部右侍郎缪仲恩号绶山的，也是江苏人，还有个旗人。荦如不甚在意。其余房官，袁尚秋、黄仲涛、荀子佩那班名士，都在里头。同乡熟人，却有个姓尹名宗汤号震生也派在内。只有搴如向隅。不免没精打采的，丢下单子，仍自回房高卧去了。按下不表。

且说潘尚书本是名流宗匠，文学斗山，这日得了总裁之命，夹袋中许多人物，可以脱颖而出，欢喜自不待言。尚书暗忖这回伙伴中，余人都不怕他们，就是高中堂和平谨慎，过主故常，不能容奇伟之士，总要用心对付他，叫他为我使不为我敌才好。当下匆忙料理，不到未刻，直径进闱，三位大总裁，都已到齐，大家在聚奎堂挨次坐下，潘尚书先开口道："这回应举的，很多知名之士，大家阅卷，倒要格外用心点儿，一来不负朝廷委托，二来休让石农独霸，夸张他的江南名榜。"高中堂道："老夫荒疏已久，老眼昏花，恐屈真才，全仗诸位相助！但依愚见看来，暗中摸索，只能凭文去取，那里管得他名士不名士呢！况且名士虚声，有名无实的多哩！"缪侍郎道："现在文章巨眼，天下都推龚、潘，然兄弟常见和甫先生，每阅一文，反来覆去，至少看十来遍，还要请人复看；瀛翁却只要随手乱翻，从没有首尾看完过，怎么就知好歹呢？"潘尚书笑道："文章望气而知，何必寻行数墨呢！"大家议论一会，各自散归房内。

过了数日，头场已过，朱卷快要进来，各房官正在预备阅卷，忽然潘尚书来请衮尚秋，大家不知何事。尚秋进去一句钟工夫，方始出来，大家都问什么事。尚秋就在袖中取出一本小册子，递给子佩，仲涛、震生都凑来看。子佩打开第一页，只见上面写道：

　　章骞号直蜚，南通州；

　　闻鼎儒号韵高，江西；

　　姜表号剑云，江苏；

　　米继曾号筱亭，江苏；

　　苏胥号郑龛，福建；

　　吕成泽号沐庵，江西；

　　杨遂号淑乔，四川；

易鞠号缘常，江苏；

庄可权号立人，直隶；

缪平号奇坪，四川。

子佩看完这一页，就把册子合上，笑道："原来是花名册，八瀛先生怎么吩咐的呢？"尚秋道："这册子上拢共六十二人，都是当世名人，要请各位按着省分去搜罗的。章、闻两位，尤须留心。"子佩道："那位直蜇先生，但闻其名，却不大认得。韵高原是熟人，真算得奇材异能了。兄弟告诉你们一件事，还是在他未中以前，有一会在国子监录科，我们有个同乡，给他联号，也不知道他是谁，只见他进来手里就拿着三四本卷子，已经觉得诧异。一坐下来，提起笔如飞的只是写，好像抄旧作似的，那同乡只完得一篇四书文，他拿来的一叠卷子都写好了。忽然停笔，想了想道：'啊呀，三代叫什么名字呢？'我们那同乡，本是讲程朱学的，就勃然起来，高声道：'先生既是名教中人，怎么连三代都忘了？'他笑着低声道：'这原是替朋友做的。'那同乡见他如此敏捷，忍不住要请教他的大作了。拜读一遍，真大大吃惊，原来四篇很发皇的时文，四道极翔实的策问，於是就拍案叫绝起来。谁知韵高却从从容容笑道：'先生谬赞不敢当，那里及先生的大著朴实说理呢！'那同乡道：'先生并未见过拙作，怎么知道好呢？这才是谬赞哩！'他道：'先生大著，早已熟读，如不信，请念给先生听，看差不差！'说罢，就把那同乡的一篇考作，从头至尾，滔滔滚滚念了一遍，不少一字。你们想这种记性，就是张松复生，也不过如此罢！"

震生道："你们说的不是闻韵高吗？我倒还晓得他一件故事哩！他有个闺中谈禅的密友，却是个刎颈至交的娇妻。那位至交，也是当今赫赫有名的直臣，就为妄劾大臣，丢了官儿，自己一气，削发为僧，浪迹四海，把夫人托给韵高照管。不料一年之后，那夫人倒写了一封六朝文体的绝交书，寄与所天，也遁迹空门去了。这可见韵高的辩才无碍，说得顽石点头了。"大家听了这话，都面面相觑。尚秋道："这是传闻的话，恐未必确罢！"

仲涛道："那章直蜚是在高丽办事大臣吴长卿那里当幕友的，后来长卿死了，不但身后萧条，还有一笔大亏空，这报销就是直蜚替他办的。还有人议论办这报销，直蜚很对不起长卿呢。"震生道："我听说直蜚还坐过监呢！这坐监的原因，就为直蜚进学时，冒了如皋籍，认了一个如皋人同姓的做父亲，屡次向直蜚敲竹杠，直蜚不理会。谁知他竟硬认做真子，勾通知县办了忤逆，革去秀才，关在监里。幸亏通州孙知州访明实情，那时令尊叔兰先生督学江苏，才替他昭雪开复的哩。仲涛回去一问令尊，就知道了。"

原来尹震生是江苏常州府人，现官翰林院编修，记名御史，为人戆直敢任事，最恨名士，且喜修仪容，车马服御，华贵整肃，远远望去，俨然是个旗下贵族。当下说了这套话，就暗想道，这班有文无行的名士，要到我手中，休想轻轻放过。大家正谈得没有收场，恰好内监试送进朱卷来，於是各官分头阅卷去了。不在话下。

且说有一天，子佩忽然看着一本卷子，是江苏籍贯的，三篇制义，高华典实，饶有国初刘、熊风味；经义亦原原本本，家法井然；策问十事对九，详博异常，就大喜道："这本卷子，一定是章直蜚的了。"连忙邀了尚秋、仲涛来看。大家都道无疑的，快些加上极华的荐批，送到潘尚书那里，大有夺元之望。子佩自然欢喜，就亲自袖了卷子，来到潘尚书处。刚走到尚书卧室廊下，管家进去通报，子佩在帘缝里一张，不觉吃了一惊。只见靠窗朝南一张方桌上，点着一对斤通的大红蜡，火光照得满室通明，当中一个香炉，尚书衣冠肃肃，两手捧着一炷清香，对着桌上一大堆的卷子，嘴里哝哝不知祷告些什么。祷告完了，好像眼睛边有些泪痕，把手揸了一揸，却志志诚诚的磕了三个大头，然后起来。那管家方敢上前通报。尚书连忙叫请，子佩进去。尚书就道："这会你们把好卷子都送到我这里来，实在拥挤得了不得了，不知道屈了多少好手！老夫弄得没有法儿，只好赔着一付老泪，磕着几个响头，就算尽了一点爱士心了。"说罢，指着桌上的卷子笑道："这一堆都是可怜虫！"

子佩道："章直蜚的卷子，门生今天倒找着了。"尚书很惊喜道："在那儿呢？"子佩连忙在袖中取出。尚书一手抢去，大略翻了一翻，拍手道："'踏破铁鞋无觅处，得来全不费工夫'，可惜会元已经被高中堂定去，只索给他争一争了！"说毕，就叫管家伺候，带了卷子，去见高中堂，叫子佩就在这里等等儿。去了没多大的工夫，尚书手舞足蹈的回来道："好了，定了。"子佩道："怎么定的？"尚书道："高中堂先不肯换，给我说急了，他倒发怒，竟把先定元的那一本撤了，说让他下科再中元罢！这人真晦气，我也管不得了！"子佩就很欢喜的出来，告诉大家，都给他道贺。只有震生暗笑他们呆气，自己想江西闻韵高的卷子，光罢给我打掉了。

光阴容易，转瞬就是填榜的日子，各位总裁房考，衣冠齐楚，会集至公堂，一面拆封唱名，一面填榜，从第六名起，直填到榜尾。其中知名之士，如姜表、米继曾、吕成泽、易鞠、杨遂诸人，倒也中了不少。只有章直蜚、闻韵高两人，毫无影踪。潘尚书心里还不十分着急，认定会元定是直蜚、韵高，或也在魁卷中。直到上灯时候，至公堂上，点了万支红蜡，千盏纱灯，火光烛天，明如白昼，大家高高兴兴，闹起五魁来。潘尚书拉长耳朵，只等第一名唱出来，必定是江苏章骞。谁知那唱名的偏偏不得人心，朗朗的喊了姓刘名毅起来。尚书气得须都竖了。子佩却去拣了那本撤掉的元卷，拆开弥封一看，可不是呢！倒明明写着章骞的大名。这一来真叫尚书公好似哑子吃黄连了。填完了榜，大家各散，尚书也垂头丧气的，自归府第去了。

接着朝考殿试之后，诸新贵都来谒见，几乎把潘府的门限都踏破了。尚书礼贤下士，个个接见，只有会元公来了十多次，总以闭门羹相待。会元公益发疑惧，倒来得更勤了。此时已在六月初旬天气，这日尚书南斋入值回来，门上禀报："钱端敏大人从湖北任满回京，在外求见。"尚书听了大喜，连声叫"请！"门上又回道："还有新科会元刘。"

尚书就瞪着眼道："什么留不留？我偏不留他，该怎么样呢！"那门上不敢再说，就退下去了。

原来唐卿督学湖北，三年任满，告假回籍，在苏州耽搁了数月，新近到京。潘公原是师门，所以先来谒见。当时和会元公刘毅同在客厅等候。刘公把尚书不见的话，告诉唐卿，请其缓颊，唐卿点头。恰好门上来请，唐卿就跟了进来，一进书室，就向尚书行礼，尚书连忙扶住，笑道："贤弟三载贤劳，尊容真清减了好些了！汉上友人都道，贤弟提倡古学，扫除积弊，今之纪、阮也！"唐卿道："门生不过遵守师训，不敢陨越耳！然所收的都是小草细材，不足称道，那里及老师这回东南竹箭，西北琨瑶，一网打尽呢！"尚书摇首道："贤弟别挖苦了。这回章直蜚、闻韵高都没有中，骊珠已失，所得都是鳞爪罢了！最可恨的，老夫衡文十多次，不想倒上了毗陵伧夫的当。"唐卿道："老师倒别这么说，门生从南边来，听说这位刘君，也很有文名的，况且这回元作，外间人人说好，只怕直蜚倒做不出哩！门生想朝廷快要考中书了，章、闻二公，既有异才，终究是老师药笼中物，何必介介呢，倒是这位会元公，屡次登门，老师总要见见他才好。"尚书笑道："贤弟原来替会元做说客的，看你分上，我到客厅上去见一见就是了，你可别走。"说罢，扬长而去。

且说那会元公正在老等，忽见潘公出来，面容很是严厉，只得战战兢兢铺上红毡，着着实实磕了三个头起来，尚书略招一招手，那会元公斜签着身体，眼对鼻子，半屁股搭在炕上，尚书开口道："你的文章，做得很好，是自己做的吗？"会元公涨红了脸，答应个"是"。尚书笑道："好个揣摩家，我很佩服你！"说着，就端茶碗。那会元只得站起来，退缩着走。冷不防走到台级儿上，一滑脚，恰正好四脚朝天，做了个状元及第。尚书看着，就哈哈笑了两声，洒着手，不管他，进去了。不说这里会元公爬起，匆匆上车，再说唐卿在书室门口，张见这个情形，不免好笑，接着尚书进来，倒不便提及。尚书又问了些湖北情形，及庄寿香的政策，唐卿也谈了些朝政，也就告辞出来，再到龚和甫及搴如等熟人那里去了。

话说搴如自从唐卿来京，添了熟人，夹着那班同乡新贵姜剑云、米筱亭、易缘常等，轮流宴会，忙忙碌碌，看看已到初秋，那一天，忽然来了一位姓黄的远客，搴如请了进来，原来就是黄翻译。因为母病，从俄国回来的。雯青托他把新印的中俄交界图带来，搴如当下打开一看，是十二幅五彩的地图，当中一条界线，却是大红色画的，极为清楚。搴如想现在总理衙门，自己却无熟人，常听说庄小燕侍郎和唐卿极为要好，此事不如托了唐卿罢，就写了一封信，打发人送到内城去。不一会，那人回来说："钱大人今天和余同余中堂、龚平龚大人，派了考中书的阅卷大臣，已经入闱去了。信却留在那里。"搴如只得罢了。

过了三四日，这一天，搴如正要出门，家人送上一封信。搴如见是唐卿的，拆开一看，只见写道：

  前日辱教，适有校文之役，阙然久不报，歉甚！顷小燕、沪桥、韵高诸君，在荒斋小酌，祈纤驾过我，且商界图事也！

末写"知名不具"四字。搴如阅毕，就叫套车，一径进城，到钱府而来。到了钱府，门公就领到花厅，看见厅上早有三位贵客，一个虎额燕额，粗腰长干，气概昂藏的是庄小燕；一个短胖身材，紫圆脸盘，举动脱略的是段沪桥，都是搴如认得的。还有个胖白脸儿，魁梧奇伟的，搴如不识得，唐卿正在那里给他说话。只听唐卿道："这么说起来，余中堂在贤弟面前，倒很居功哩！"说到这里，却见搴如走来，连忙起来招呼送茶，搴如也与大家相见了。正要请教那位姓名，唐卿就引见道："这位就是这回考中书第一的闻韵高兄。"搴如不免道了久仰，大家坐下，沪桥就向韵高道："我倒要请教余中堂怎么居功呢！"韵高道："他说兄弟的卷子，龚老夫子和钱夫子，都很不愿意，全是他力争来的。"

唐卿哈哈笑道："贤弟的卷子，原在余中堂手里，他因为你头篇里用了句《史记·殷本纪》素王九主之事，他不懂，来问我，我才得见这本卷子。我一见就决定是贤弟的手笔,就去告诉龚老夫子,於是约着到他那里去公保,要取作压卷。谁知他嫌你文体不正,不肯答应。龚老夫子给他力争,几乎吵翻了,还是我再四劝和,又偷偷儿告诉他,决定是贤弟的。自己门生,何苦一定给他辞掉这个第一呢!他才活动了。直到拆出弥封,见了名字,倒又欢喜起来,连忙驾起老花眼镜,仔细看了又看,迷花着眼道:'果然是闻鼎儒!果然是闻鼎儒!'这回儿倒要居功,你说好笑不好笑呢?"

小燕道:"你们别笑他,近来余中堂很肯拉拢名士哩!前日山东大名士汪莲孙,上了个请重修《四库全书》的折子,他也答应代递了,不是奇事吗?"大家正说得热闹,忽然外边如飞的走进个美少年来,嘴里嚷道:"晦气,晦气!"唐卿倒吃了一惊,大家连忙立起来。正是:

  相公争欲探骊颔,名士居然占凤头。

不知来者何人,嚷的何事。且听下回分解。

第十四回　两首新诗是谪官月老　一声小调显命妇风仪

　　话说外边忽然走进个少年，嘴里嚷道："晦气！"大家站起来一看，原来是姜剑云，看他余怒未息，惊心不定，嘴里却说不出话来。看官，你道为何？说来很觉可笑，原来剑云和米筱亭，乡会两次同年，又在长元吴会馆同住了好几个月，交情自然很好了。朝殿等第，又都很高标，都用了庶常，不用说都要接眷来京，另觅寓宅。两个人的际遇，好像一样；两个人的处境，却大大不同。剑云是寒士生涯，租定了西斜街一所小小四合房子，夫妻团聚，却俨然鸿案鹿车。筱亭是豪华公子，虽在苏州胡同觅得很宽绰的宅门子，倒似槛鸾笈凤。你道为何？

　　如今且说筱亭的夫人，是扬州傅容傅状元的女儿，容貌虽说不得美丽，却气概丰富，倜傥不群，有巾帼须眉之号；但是性情傲不过，眼孔大不过，差不多的男子，不值他眼角一睐；又是得了状元的遗传性，科名的迷信，非常浓厚。她这脑质，若经生理学家解剖出来，必然和车渠一样的颜色。自从嫁了筱亭，常常不称心，一则嫌筱亭相貌不俊雅，再则筱亭不曾入学中举，不管你学富五车，文倒三峡，总逃不了臭监生的徽号，因此就有轻视丈夫之意，起先不过口角嘲笑，后来慢慢的竟要扑作教刑起来。筱亭碍着丈人面皮，凡事总让她几分，谁知习惯成自然，胁肩谄笑，竟好像变了男子对妇人的天职了。筱亭屡困场屋，曾想改捐外官，被夫人得知，大哭大闹道："傅氏门中，那里有监生姑爷，面皮都给你削完了！告诉你，不中还我一个状元，仔细你的臭皮！"弄得筱亭没路可投，只得专心黄榜。如今果然乡会联捷，列职清班，旁人都替他欢喜，这回必邀玉皇上赏了，谁知筱亭自从晓得家眷将要到京，倒似起了心事一般，知道这回没有占得鳌头，终难免夫鸭矢。

这日正在预备的夫人房户内，亲手拿了鸡毛帚，细细拂拭灰尘，忽然听见院子里夫人陪嫁乔妈的声音，就走进房，给老爷请安道喜道："太太带着两位少爷两位小姐都到了，现在傅宅。"筱亭不知不觉，手里鸡毛帚，就掉在地上，道："我去，我就去。"乔妈道："太太吩咐，请老爷别出门，太太就回来。"筱亭道："我就不出门，我在家等。"不一会，外边家人起来道："太太到了。"筱亭跟着乔妈，三脚两步的出来，只听得院子外很高的声音道："你们这班没规没矩的奴才，谁家太太们下车，脚凳儿也不知道预备！我可不比老爷好伺候，你们若有三条腿儿，尽懒！"说着，一班丫鬟仆妇，簇拥着，太太朝珠补褂，一手搭着乔妈，一手搀着小女儿凤儿，跨上垂花门的台阶儿来，劈面撞着筱亭道："你大喜呀，你这回儿，不比从前了，也做了绿豆官儿了，怎样还不摆出点儿主子架子，倒弄得屋无主，扫帚颠倒竖呀！"筱亭道："原是只等太太整顿。"大家一窝风进了上房。

原来那上房，是五开间两厢房抄手回廊很宽大的，左边两间，筱亭自己住着，右边是替太太预备的，外间做坐起，里间做卧室，铺陈得很是齐整。当下就在右边的外间坐了。太太一头宽衣服，一头说道："你们小孩儿们，怎么不去见爹呀？也道个喜！"於是长长短短四个小孩，都给筱亭请安。筱亭抚弄了小孩一会，看太太还欢喜，心里倒放点儿心。

少顷，开上中饭，夫妻对坐吃饭，太太很赞厨子的手段好。筱亭道："这是晓得太太喜欢吃扬州菜，专诚到扬州去弄来的。"太太忽然道："呀，我忘问了，那厨子有胡子没有？"筱亭倒怔住，不敢开口。乔妈插嘴道："刚才到厨房里，看见仿佛有几根儿。"太太立刻把嘴里含的一口汤包肚吐了出来道:"我最恨厨子有胡子,十个厨子烧菜,九个要先尝尝味儿,给有胡子的尝过了,那简直儿是清炖胡子汤了,不呕死,也要疑心死!"说罢,又干呕了一回,把筷碗一推不吃了。筱亭道:"这个容易,回来开晚饭,叫厨子剃胡子伺候。"太太听了,不发一语。

筱亭怕太太不高兴,有搭没搭的说道:"刚才太太在那边,岳父说起我的考事没有?"太太冷冷的道:"谁提你来!"筱亭笑道:"太太常常望我中状元,不想倒真中了半天的状元。"筱亭说这句话,原想太太要问,谁知太太却不问,脸色慢慢变了,筱亭只管续说道:"向例阅卷王大臣,定了名次,把前十名,进呈御览,叫做十本头,这回十本头进去的时候,明明我的卷子第一,不知怎的发出换了第十,别的名次都没动,就掉转了我一本。有人说是上头看时叠错的,那些阅卷的,只好将错就错。太太,你想,晦气不晦气呢?"太太听完这话,脸上更不自然了,道:"哼,你倒好!挖苦了我还不算,又要冤着我,当我三岁孩子都不如!"说罢,忽然呜呜咽咽的哭起来,连哭带说道:"你说得我要没胡子的厨子伺候,这是话还是屁?我是红顶子堆里养出来的,仙鹤锦鸡怀里抱大的,这会儿,背上给你驼上一只短尾巴的小鸟儿,看了就触眼睛!算我晦气,嫁了个不济的阘茸货,堂堂二品大员的女儿,连窑姐儿傅彩云都巴结不上,可气不可气!你不来安慰安慰我就彀了,倒还花言巧语,在我手里弄乖巧儿!我只晓得三年的状元,那儿有半天的状元!这明明看我妇道家好欺负,你这会儿不过刚得一点甜头儿,就不放我在眼里了!以后的日子,我还能过么?不如今儿个两命一拚,都死了,倒干净。"说罢,自己把头发一拉,蓬着头,就撞到筱亭怀里,一路直顶到墙脚边。筱亭只说道:"太太息怒,下官该死!"

乔妈看闹得不成样儿,死命来拉开。筱亭趁势要跪下,不提防被太太一个巴掌,倒退了好几步。乔妈道:"怎么老爷连老规矩都忘了?"筱亭道:"只求太太留个体面,让下官跪在后院里罢!"太太只坐着哭,不理他。筱亭一步挨一步，走向房后小天井的台阶上，朝里跪着，太太方住了哭，自己和衣睡在床上去了。筱亭不得太太的吩咐，那里敢自己起来，外面仆人仆妇，又闹着搬运行李，收拾房间，竟把老爷的去向忘了，可怜筱亭整整露宿了一夜。好容易巴到天明，心想："今日是岳丈的生日，不去拜寿，他还能体谅我的，倒是钱唐卿老师请我吃早饭，我岂可不理他呢！"正在着急，却见女儿凤儿走来，筱亭就把好话哄骗她，叫她到对过房里去拿笔墨信笺来，又叮嘱她别给妈见了。那凤儿年纪不过十二岁，倒生得千伶百俐，果然不一会，人不知鬼不觉的都拿了来。筱亭非常快活，就靠着窗槛，当书桌儿，写了一封求救的信，给丈人傅容，叫他来劝劝女儿，就叫凤儿偷偷送出去了。

却说太太闹了一天，夜间也没睡好，一闪醒来，连忙起来梳妆洗脸，已是日高三丈，吩咐套车，要到娘家去拜寿。忽见凤儿在院子外跑进来喊道："妈，看外公的信哟！"太太道："拿来。"就在凤儿手里劈手抢下，看了两行，忽回顾乔妈道："这会儿老爷在那里呢？"凤儿抢说道："爹还好好儿的跪在后院里呢！"乔妈道："太太，恕他这一遭罢。"太太哈哈笑道："咦，奇了！谁叫他真跪来！都是你们捣鬼！凤儿，你还不快去请爷出来，告诉他外公生日，光罢又忘了！"凤儿得命，如飞而去。不一会，筱亭扶着凤儿一搭一跷走出来。太太见了道："老爷，你腿怎么样了？"筱亭笑道："不知怎的扭了筋。太太，今儿岳父的大庆，亏你提我，不然，又要失礼了。"太太笑着。

那当儿，一个家人进来回有客。筱亭巴不得这一声，就叫"快请"，自己拔脚就跑，一径走到客厅去了。太太一看，这行径不对，家人不说客人的姓名，主人又如此慌张，料道有些蹊跷，就对凤儿道："你跟爹出去，看给谁说话，来告诉我！"凤儿欢欢喜喜而去，去了半刻工夫，凤儿又是笑，又是跳，进来说道："妈，外头有个齐整客人，倒好像上海看见的小旦似的。"太太想道，不好，怪不得他这等失魂落魄。不觉怒从心起，恶向胆生，顾不得什么，一口气赶到客厅，在门口一张，果然是个唇红齿白面娇目秀的少年，正在那里给筱亭低低说话。太太看得准了，顺手拉根门闩，帘子一掀，喊道："好，好，相公都跑到我家里来了！"就是一门闩，望着两人打去。那少年连忙把头一低，肩一闪，居然避过，筱亭肩上却早打着，喊道："嗄，太太别胡闹。这是我，这是我。……"太太高声道："是你的兔儿，我还不知道吗！"不由分说，揪住筱亭辫子，拖羊拉猪似的，出厅门去了。这里那个少年不防备吃了这一大吓，还呆呆的站在壁角里，有两个管家，连忙招呼道："姜大人，还不趁空儿走，等什么呢？"

原来那少年正是姜剑云，正来约筱亭一同赴唐卿的席的，不想遭此横祸。当下剑云被管家提醒了，就一溜烟径赴唐卿那里来，心里说不出的懊恼，不觉说了"晦气"两字来。大家问得急了，剑云自悔失言，反涨红了脸。沪桥笑道："好兄弟，谁委屈了你？告诉哥哥，给你报仇雪恨！"小燕正色道："别闹！"唐卿催促道："且说！"韵高道："你不是去约筱亭吗？"剑云道："可不是！谁知筱亭夫人，竟是个雌虎！"因把在筱亭客厅上的事情，说了一遍。大家哄堂大笑。

小燕道："你们别笑筱亭，当今惧内，就是阔相。赫赫中兴名臣威毅伯，就是惧内的领袖哩！"奉如也插嘴道："不差，不多几日，我还听人说威毅伯为了招庄仑樵做女婿，老夫妻很闹口舌哩！"沪桥道："闹口舌是好看话，还怕要给筱亭一样挨打哩！"韵高道："诸位别说闲话，快请燕公讲威毅伯的新闻！"小燕道："自从庄仑樵马江败了，革职充发到黑龙江，算来已经七八年了，只为威毅伯倒常常念道，说他是个奇才。今年恰遇着皇上大婚的庆典，威毅伯就替他缴了台费，赎了回来。仑樵就住在威毅伯幕中，掌管紧要文件，威毅伯十分信用。"奉如道："仑樵从前不是参过威毅伯骄奢罔上的吗？怎么这会儿，倒肯提拔呢？"剑云道："重公义，轻私怨，原是大臣的本分哟！"唐卿笑道："非也，这便是英雄笼络人心的作用，别给威毅伯瞒了！"说着，招呼众人道："筱亭既然不能来，我们坐了再谈罢！"於是唐卿就领着众人到对面花厅上来。家人递上酒杯，唐卿依次送酒，自然小燕坐了首席，沪桥、韵高、犇如、剑云各各就坐。

大家追问小燕道："仑樵留在幕中，怎么样呢？"小燕道："你们知道威毅伯有个小姑娘吗？年纪不过二十岁，却是貌比威、施，才同班、左，贤如鲍、孟，巧夺灵、芸，威毅伯爱之如明珠，左右不离。仑樵常听人传说，却从没见过，心里总想瞻仰瞻仰。"犇如道："仑樵起此不良之心，不该！不该！"小燕道："有一天，威毅伯有点感冒，忽然要请仑樵进去，商量一件公事。仑樵见召，就一径到上房而来，刚一脚跨进房门，忽觉眼前一亮，心头一跳，却见威毅伯床前，立着个不长不短不肥不瘦的小姑娘，眉长而略弯，目秀而不媚，鼻悬玉准，齿列贝编，仑樵来不及缩脚，早被威毅伯望见，喊道：'贤弟进来，不妨事，这是小女呀，——你来见见庄世兄！'那小姑娘红了脸，含羞答答的向仑樵福了福，就转身如飞的逃进里间去了。仑樵还礼不迭。威毅伯笑道：'这痴妮子，被老夫惯坏了，真缠磨死人！'仑樵就坐在床边，一面和威毅伯谈公事，瞥目见桌子上一本锦面的书，上写着'绿窗绣草'，下面题着'祖玄女史弄笔'，仑樵趁威毅伯一个眼不见，轻轻拖了过来，翻了几张，见字迹娟秀，诗意清新，知道是小姑娘的手笔，心里羡慕不已，忽忽见二首七律，题是《基隆》。你想仑樵此时，岂有不触目惊心的呢！"

唐卿道："这两首诗，倒不好措词，多半要骂仑樵了。"小燕道："倒不然，他诗开头道：

　　基隆南望泪潸潸，闻道元戎匹马还！"
沪桥拍掌笑道："一起便得势，忧国之心，盎然言表。"小燕续念道：

　　一战岂容轻大计，四边从此失天关！
剑云道："责备严禁，的是史笔！"小燕又念道：

　　焚车我自宽房琯，乘障谁教使狄山，
　　宵旰甘泉犹望捷，群公何以慰龙颜。

大家齐声叫好。小燕道:"第二首还要出色哩!道:

痛哭陈词动圣明,长孺长揖傲公卿;
论材宰相笼中物,杀贼书生纸上兵。
宣室不妨留贾席,越台何事请终缨!
豸冠寂寞犀渠尽,功罪千秋付史评。"

韵高道:"听这两首诗意,情词悱恻,议论和平,这小姑娘倒是仑樵的知己。"

小燕道:"可不是吗?当下仑樵看完了,不觉两股热泪,骨碌碌的落了下来。威毅伯在床上看见了,就笑道:'这是小女涂鸦之作,贤弟休要见笑!'仑樵直立起来正色道:'女公子天授奇才,须眉愧色,金楼夫人,采薇女史,不足道也!'威毅伯笑道:'只是小儿女有点子小聪明,就要高着眼孔,这结亲一事,老夫倒着实为难,托贤弟替老夫留意留意!'仑樵道:'相女配夫,真是天下第一件难事!何况女公子这样才貌呢!门生倒要请教老师,要如何格式,才肯给呢?'威毅伯哈哈笑道:'只要和贤弟一样,老夫就心满意足了。'仑樵怔了一怔道:'适才拜读女公子题为《基隆》的两首七律,实是门生知己,选婿一事,分该尽力,只可怕难乎其人!'威毅伯点了一点头,忽然很注意的看了他几眼。仑樵知道威毅伯有些意思,恐怕久了要变,一出来,马上托人去求婚。威毅伯竟一口应承了。"

韵高道:"从来文字姻缘,感召最深;磁电相交,虽死不悔,流俗人那里知道!"唐卿道:"我倒可惜仑樵的官,从此永远不能开复了!"大家愕然。唐卿说:"现在敢替仑樵说话,就是威毅伯,如今变了翁婿,不能不避这点嫌疑。你们想,谁敢给他出力呢!"说罢,就向小燕道:"你再讲呢!"小燕道:"那日仑樵说定了婚姻,自然欢喜,谁知这个消息,传到里面,伯夫人戟手指着威毅伯骂道:'你这老糊涂虫,自己如花似玉的女儿,高不成,低不就,千拣万拣,这会儿倒要给一个四十来岁的囚犯!你糊涂,我可明白。休想!'威毅伯陪笑道:'太太,你别看轻仑樵，他的才干，要胜我十倍！我这位子，将来就是他的。我女儿不也是个伯夫人吗？'伯夫人道：'呸！我没有见过囚犯伯爵，你要当真，我给你拚老命！'说罢哭起来。威毅伯弄得没法，这位小姑娘听两老为她呕气，闹得大了，就忍不住来劝伯夫人道：'妈别要气苦，爹爹已经把女儿许给了姓庄的，那儿能再改悔呢！就是女儿也不肯改悔！况且爹爹眼力，必然不差的。"嫁鸡随鸡，嫁狗逐狗"。决不怨爹妈的。'伯夫人见女儿肯了，也只得罢了。如今听说结了亲，诗酒唱随，百般恩爱，仑樵倒着实在那里享艳福哩！你们想，要不是这位小姑娘明达，威毅伯光罢要大受房中的压制哩！"

唐卿道："人事变迁，真不可测！当日仑樵和祝宝廷上折的当儿，何等气焰，如今虽说安神闺房，陶情诗酒，也是英雄末路了！"沪桥道："仑樵还算有后福哩！可怜祝宝翁自从那年回京之后，珠儿水土不服，一病就死了。宝翁更觉牢骚不平，佯狂玩世，常常独自逛逛琉璃厂，游游陶然亭，吃醉酒，就在街上睡一夜。几月前，不知那一家门口，早晨开门来，见阶上躺着一人，仔细一认，却是祝大人，连忙扶起，送他回去，就此受了风寒，得病呜呼了。可叹不可叹呢？"於是大家又感慨了一回。看看席已将终，都向唐卿请饭。饭毕，家人献上清茗，唐卿趁这当儿，就把輂如托的交界图递给小燕，又把雯青托在总理衙门存档的话，说了一遍。小燕满口应承。於是大家作谢散归。輂如归家，自然写封详信，去回覆雯青，不在话下。

且说雯青自从打发黄翻译赍图回京之后，幸值国家闲暇，交涉无多，虽然远涉旁庭，却似幽栖绿野，倒落得逍遥快活。没事时，便领着次芳等，游游蜡人馆，逛逛万生院，坐泥瓦江冰床，赏阿尔亚园之亭榭，入巴立帅场观剧，看萄蕾塔跳舞；略识兵操，偶来机厂，足备日记材料罢了。雯青还珍惜光阴，自己倒定了功课。每日温习《元史》，考究地理，就是宴会间，遇着了俄廷诸大臣中，有讲究历史地理学的，常常虚心博访。大家也都知道这位使臣是欢喜讲究蒙古朝政的故事。有一日，首相吉尔斯，忽然遣人送来古书一巨册，信一函。雯青叫塔翻译将信译出，原来吉尔斯晓得雯青爱读蒙古史，特为将其家传钞本波斯人拉施故所著的《蒙古全史》，送给雯青，雯青忙叫作书道谢。后来看看那书，装潢得极为盛丽，翻出来却一字不识。塔翻译道："这是阿剌伯文，使馆译员，没人认得。"雯青只得罢了。

过了数日，恰好毕叶也从德国回来，来见雯青，偶然谈到这书。毕叶说："这书有俄人贝勒津译本，小可那里倒有，还有多桑书，讷萨怖书，都记元朝遗事。小可回去，一同送给大人，倒可参考参考。"雯青大喜。等到毕叶送来，就叫翻译官译了出来，雯青细细校阅，其中很足补正史传，从此就杜门谢客，左椠右铅，於俎豆折冲之中，成竹素馨香之业，在中国外交官内，真要算独一的人物了。

只是雯青这里，正膨胀好古的热心，不道彩云那边，倒伸出外交的敏腕。却是为何？请先说彩云的卧房：原来就在这三层楼中层的东首，一溜儿三大间，每间朝南，都是描金的玻璃门，开出门来，就是洋台，洋台正靠着昔而格斯大街。这三间屋，中间是彩云的卧房，里面都敷设着紫檀花梨的家具，蜀锦淞绣的帐褥；右首一间，是彩云梳妆之所；左首一间，却是餐室。这两间，全摆着西洋上等的木器，挂着欧洲名人的油画，华丽富贵，虽比不得隋炀帝的迷楼，也可算武媚娘的镜殿了！每日彩云在梳妆室梳妆完毕，差不多总在午饭时候，就走到餐室，陪雯青吃了早饭，雯青自去下层书室里，做他的《元史补正》，凭着彩云在楼上翻江倒海，撩云拨雨，都不见不闻了。

也是天缘凑巧，合当有事。这日彩云送了雯青下楼之后，一个人没事，叫小丫头把一座小小风琴，抬到洋台上。抚弄一回，静悄悄的觉得没趣，心想怎么这时候阿福还不来呢，手里拿着根金水烟袋，只管一筒一筒的抽，樱桃口里喷出很浓郁的青烟，一双如水的眼光，只对着马路上东张西望，忽见东面远远来了个年轻貌美的外国人，心里当是阿福改装，跺脚道："这小猴子，又闹这个玩意儿了！"一语未了，只见那少年面上很惊喜的，慢慢踅到使馆门口立定了，抬起头来，呆呆的望着彩云。彩云仔细一看，倒吃一惊，那个面貌好熟，那里是阿福！只见他站了一会，好像觉得彩云也在那里看他，就走到人堆里一混不见了。

彩云正疑疑惑惑的怔着，忽觉脸上冰冷一来，不知谁的手把自己两眼蒙住了，背后吃吃的笑。彩云顺手死命的一撒道："该死的，做什么！"阿福笑道："我在这里看缔尔园楼上的一只呆鸟飞到俄国来了。"彩云听了，心里一跳，方想起那日所见陆军装束的美少年，就是他。就向阿福啐了一口道："别胡说，这会儿闷得很，有什么玩儿的？"阿福指着洋琴道："太太唱小调儿，我来弹琴，好吗？"彩云笑道："唱什么调呢？"阿福道："《鲜花调》。"彩云道："太老了。"阿福道："《四季想思》罢！"彩云道："叫我想谁？"阿福道："《打茶会》，倒有趣。"彩云道："呸，你发了昏！"阿福笑道："还是《十八摸》，又新鲜，又活动。"说着，就把中国的工尺按上风琴弹起来，彩云笑一笑，背着脸，曼声细调的唱起来。顿时引得街上来往的人，挤满使馆的门口，都来听中国公使夫人的雅调了。

彩云正唱得高兴，忽然看见那个少年，又在人堆里挤过来。彩云一低头，不提防头上晶亮的一件东西，骨碌碌直向街心落下，说声"不好"，阿福就丢下洋琴，飞身下楼去了。正是：

  紫凤放娇遗楚佩，赤龙狂舞过蛮楼。

不知彩云落下何物。且听下回分解。

第十五回　瓦德西将军私来大好日
　　　　　斯拉夫民族死争自由天

　　话说彩云只顾看人堆里挤出那个少年，探头出去，冷不防头上插的一对白金底儿八宝攒珠钻石莲蓬簪，无心的滑脱出来，直向人堆里落去，叫声："啊呀，阿福你瞧，我头上掉了什么？"阿福丢了风琴，凑近彩云椅背，端相道："没少什么。嗄，新买的钻石簪少了一支，快让我下去找来！"说罢，一扭身往楼下跑。刚走到楼下夹弄，不提防一个老家人，手里托着个洋纸金边封儿，正往办事房而来，低着头往前走，却被阿福撞个满怀，一手拉住阿福喝道："慌慌张张干什么来？眼珠子都不生，撞你老子！"阿福抬头见是雯青的老家人金升，就一撒手道："快别拉我，太太叫我有事呢！"金升马上瞪着眼道："撞了人，还是你有理！小杂种，谁是太太？有什么说得响的事儿，你们打量我不知道吗？一天到晚，黏股糖似的，不分上下，搅在一块儿，坐马车，看夜戏，游花园，顽儿也不拣个地方儿，也不论个时候儿，青天白日，仗着老爷不管事，在楼上什么花样不干出来！这会儿爽性唱起来了，引得闲人挤了满街，中国人的脸，给你们丢完了！"嘴里咕嘟个不了。

　　阿福只装个不听见，箭也似的往外跑。跑到门口，只见街上看的人都散了，街心里立个巡捕，台级上三四个小幺儿，在那里搂着玩呢。看见阿福出来，一哄儿都上来，一个说："阿福哥，你许我的小表链儿，怎么样了？"一个说："不差，我要的蜜蜡烟嘴儿，快拿来！"又有一个大一点儿的笑道："别给他要，你们不想想，他敢赖我们东西吗！"阿福把他们一推，几步跨下台级儿道："谁赖你们！太太丢了根钻石簪儿在这儿，快帮我来找，找着了，一并有赏。"几个小幺儿听了，忙着下来，说在那儿呢？阿福道："总不离这块地方。"於是分头满街的找，东摆摆，西摸摸，阿福也四下里留心的看，那儿有簪的影儿！

正在没法时，街东头儿，匡次芳和塔翻译两个人说着话，慢慢儿的走回来，问什么事。阿福说明丢了簪儿。次芳笑了笑道："我们出去的时候，满挤了一街的人，谁拣了去了？赶快去寻找！"塔翻译道："东西值钱不值钱呢？"阿福道："新买的呢，一对儿要一千两哩，怎么不值钱！"次芳向塔翻译伸伸五指头笑着道："就是这话儿了！"塔翻译也笑了道："快报捕呀！"阿福道："到那儿去报呢？"塔翻译指着那巡捕道："那不是吗？"次芳笑道："他不会外国话，你给他报一下罢！"於是塔翻译就走过去，给那巡捕咭唎咕噜说了半天方回来，说巡捕答应给查了，可是要看样儿呢。阿福道："有，有，我去拿！"就飞身上楼了。

这里次芳和塔翻译，就一径进了使馆门，过了夹弄，东首第一个门进去，就是办事房。好几个随员，在那里写字，见两人进来，就说大人有事，在书房等两位去商量呢。两人同路出了办事房，望西面行来。过了客厅，里间正是雯青常坐的书室。塔翻译先掀帘进去，只见雯青静悄悄的，正在那里把施特拉《蒙古史》校《元史·太祖本纪》哩，见两人，连忙站起道："今儿俄礼部送来一角公文，不知是什么事？"说着把那个金边白封儿，递给塔翻译。塔翻译拆开看了一回，点头道："不差，今天是华历二月初三，恰是俄历二月初七。从初七起到十一，是耶稣遭难复生之期，俄国叫做大好日，家家结彩悬旗，唱歌酣饮，俄皇借此佳节，择俄历初九日，在温宫开大跳舞会，请各国公使夫妇同去赴会，这分就是礼部备的请帖，届时礼部大臣，还要自己来请呢！"次芳道："好了，我们又要开眼儿了！"

雯青道："刚才倒吓我一跳，当是什么交涉的难题目来了！前天英国使臣告诉我，俄国铁路已接至海参崴，其意专在朝鲜及东三省，豫定将来进兵之路，劝我们设法抵抗。我想此时有什么法子呢？只好由他罢了！"次芳道："现在中俄邦交很好，且德相俾思麦，正欲挑俄、奥开衅，俄、奥龃龉，必无暇及我，英使怕俄人想他的印度，所以恐吓我们，别上他当！"塔翻译道："次芳的话不差，昨日报上说，俄铁路将渡暗木河，进窥印度，英人甚恐，就是这话了。"两人又说了些外面热闹的话，却不敢提丢钗的事。见雯青无话，只得辞了出来。这里雯青还是笔不停披的校他的《元史》，直到吃晚饭时，方上楼来，把俄皇请赴跳舞会的事，告诉彩云，原想叫她欢喜，那知彩云正为失了宝簪，心中不自在，推说这两日身上不好，不高兴去。雯青只得罢了。不在话下。

单说这日，到了俄历二月初九日，正是华历二月初五日，晴曦高涌，积雪乍消，淡云融融，和风拂拂，仿佛天公解意，助人高兴的样子，真个九逵无禁，锦彩交飞，万户初开，歌钟互答，说不尽的男欢女悦，巷舞衢谣，各国使馆，无不升旗悬彩，共贺嘉辰。那时候，吉尔斯街中国使馆门口，左右挂着五爪金龙的红色大旗，楼前横插双头猛鹫的五彩绣旗，楼上楼下，挂满了山水人物的细巧绢灯，花团锦簇，不及细表，街上却静悄悄的人来人往，有两个带刀的马上巡兵，街东走到街西，在那里弹压闲人，不许声闹。

不一会，忽见街西面来了五对高帽乌衣的马队，如风的卷到使馆门口，勒住马缰，整整齐齐，分列两旁。接着就是十名步行卫兵，一色金边大红长袍，金边饺形黑绒帽，威风凛凛，一步一步掌着军乐而来，挨着马队站住了。随后来了两辆平顶箱式四轮四马车，四马车后随着一辆朱轮华毂，四面玻璃，百道金穗的彩车，驾着六匹阿剌伯大马，身披缨络，尾结花球。两个御夫，戴着金带乌绒帽，雄纠纠，气昂昂，扬鞭直驰到使馆门口停住了。只见馆中出来两个红缨帽青色褂的家人，把车门开了，说声"请"，车中走出身躯伟岸髭须蓬松的俄国礼部大臣来，身上穿着满绣金花的青毡褂，胸前横着狮头嵌宝的宝星，光耀耀款步进去。约摸进去了一点钟光景，忽听大门开处，嘻嘻哈哈一阵人声，礼部大臣掖着雯青朝衣朝帽，锦绣飞扬，次芳等也朝珠补褂，衣冠济楚，一阵风的哄出门来。雯青与礼部大臣，对坐了六马宫车，车后带了阿福等四个俊童，次芳、塔翻译等，各坐了四马车。护卫的马步各兵，吹起军乐，按队前驱，轮蹄交错，云烟缭绕，缓缓的向中央大道驰去。

此时使馆中悄无人声，只剩彩云没有同去，却穿着一身极灿烂的西装，一人靠在洋台上，眼看雯青等去远了，心中闷闷不乐。原来彩云今日不去赴会，一则为了查考失簪，巡捕约着今日回音；二则趁馆中人走空，好与阿福恣情取乐。这是他的一点私心，谁知不做美的雯青，偏生点名儿，派着阿福跟去。彩云又不好怎样，此时到落得孤另另看着人家风光热闹，又悔又恨，靠着栏上，看了一回来往的车马，觉得没意思，一会骂丫头瞎眼，装烟烟嘴儿碰了牙了，一会又骂老妈儿都死绝了，一个个赶骚去。有一个小丫头，想讨好儿，巴巴的倒碗茶来，彩云就手咂一口，急了，烫着唇，伸手一巴掌道："该死的，烫你娘！"那丫头倒退了几步，一滑手，那杯茶，全个儿淋淋漓漓，都泼在彩云新衣上了。彩云也不抖搂衣上的水，端坐着，笑嘻嘻的道："你走近点儿，我不吃你的呀！"那丫头刚走一步，彩云下死劲一拉，顺手头上拔下一个金耳挖，照准她手背上乱戳，鲜血直冒。

彩云还不消气，正要找寻东西再打，瞥见房门外一个人影一闪。彩云忙喊道："谁？鬼鬼祟祟的吓人！"那人就走进来，手里拿着一封书子道："不知谁给谁一封外国信，巴巴儿打发人送来，说给你瞧，你自会知道。"彩云抬头，见是金升，就道："你放下罢！"回头对那小丫头道："你不去拿，难道还要下帖子请吗？"那小丫头哭着，一步一跷，拿过来递给彩云。金升也咕噜着下楼去了。彩云正摸不着头脑，不敢就拆，等金升去远了，连忙拆开一看，原来并不是正经信札，一张白纸歪歪斜斜写着一行道："俄罗斯大好日，日耳曼拾簪人，将於午后一句钟,持簪访遗簪人於支那公使馆,愿遗簪人勿出,此约!"彩云看完,又惊又喜,喜的是宝簪有了着落,惊的是如此贵重东西,拾着了不藏起,或卖了,发一注财,倒肯送还,还要自己当面交还,不知安着什么主意!又不知拾着的是何等人物?回来真来了,见他好,不见他好?

正独自盘算个不了,只听餐室里的大钟,铛铛的敲起来,细数,恰是十二下,见一个老妈上来问道:"午饭还是开在大餐间吗?"彩云道:"这还用问吗?"那老妈去了一回,又来请吃饭。彩云把那信插入衣袋里,袅袅婷婷,走进大餐间,就坐在常日坐的一张镜面香楠洋式的小圆桌上,桌上铺着白绵提花毯子,列着六样精致家常菜,都盛着金花雪地的小碗。两边老妈、丫鬟,轮流伺候。不一会,彩云吃完饭,左边两个老妈递手巾,右边两个丫鬟送漱盂。漱盥已毕,又有丫鬟送上一杯咖啡茶,彩云一手执着玻璃杯,就慢慢立起来,仍想走到洋台上去。忽听楼下街上一片叫嚷的声音。彩云三脚两步,跨到阑干边,朝下一望,不知为什么,街心里围着一大堆人。再看时,只见两个巡捕,拉住一个体面少年,一个握了手,一个揪住衣服要搜。那少年只把手一扬,肩一掀,两个巡捕,一个东,一个西,两边儿抛球似的直滚去,只见少年仰着脸,竖着眉,喝道:"好,好,不生眼的东西!敢把我当贼拿?叫你认得德国人,不是好欺负的!来呀,走了不是人!"彩云此时方看清那少年,就是在缔尔园遇见前天楼下听唱那个俊人儿,不觉心头突突地跳,想道,难道那簪儿,倒是他拾了?忽听那跌倒的巡捕,气呼呼的爬起赶来,嘴里喊道:"你还想赖吗?几天儿在这里穿梭似的来往,我就犯疑,这会儿,鬼使神差,活该败露!爽性明公正气的把簪儿拿出手来,还亏你一头走一头子细看呢!怕我看不见了真赃!这会儿,给我捉住了,倒赖着打人,我偏要捉了你走!"说着,很命扑去,那少年不慌不忙,只用一只手,趁他扑进,就在肩上一抓,好似老鹰抓小鸡似的,提了起来,往人堆外一掷,早是一个朝天馄饨,手足乱划起来。看的人喝声采。那一个巡捕见来势利害,于于的吹起叫子来,四面巡捕听见了,都拢上来,足有十来个人。

彩云看得呆了,忽想这么些人,那少年如何吃得了!怕他吃亏,须得我去排解才好。不知不觉放下了玻璃杯,飞也似的跑下楼来,走到门口。众多家人小厮,见她慌慌张张的往外跑,不解缘故,又不敢问,都悄悄的在后跟着。彩云回头喝道:"你们别来,你们不会说外国话,不中用!"说着,就推门出去,只见十几个巡捕,还是远远的打圈儿,围着那少年,却不敢近。那少年立在中间,手里举着晶光奕奕的东西,喊道:"东西在这里,可是不给你们,你们不怕死的就来!哼,也没见不分青红皂白,就把人当贼!"刚说这话,抬头忽见彩云,脸上倒一红,就把簪儿指着彩云道:"簪主来认了,你们问问,看我偷了没有?"那被打的巡捕,原是常在使馆门口承值的,认得公使夫人,就抢上来,指着少年,告诉彩云:"簪儿是他拾的。刚才明明拿在手里走,被我见了,他倒打起人来。"彩云就笑道:"这事都是我不好,怨不得各位闹差了!"说着,笑指那少年道:"那簪儿倒是我这位认得的朋友拾的,他早有信给我,我一时糊涂,忘了招呼你们。这会子,倒教各位辛苦了,又几乎伤了和气!"彩云一头说,就手在口袋里,掏出十来个卢布,递给巡捕道:"这不算什么,请各位喝一杯淡酒罢!"那些巡捕见失主不理论,又有了钱,就谢了各归地段去了,看的人也渐渐散了。

原来那少年,一见彩云出来,就喜出望外。此时见众人散尽,就嘻嘻笑着,向彩云走来,嘴里咕噜道:"好笑这班贱奴,得了钱,就没了气了,倒活像个支那人!不枉称做邻国!"话一脱口,忽想现对着支那人,如何就说他不好,真平常说惯了,倒不好意思起来。连忙向彩云脱帽致礼,笑道:"今天要不是太太,可吃大亏了!真是小子的缘分不浅!"彩云听他道着中国不好,倒也有点生气,低了头,淡淡的答道:"说什么话来!就怕我也脱不了支那气味,倒污了先生清操!"那少年倒局促起来道:"小子该死!小子说的是下等支那人,太太别多心。"彩云嫣然一笑道:"别胡扯,你说人家,干我什么!请里边坐罢!这里不是说话的地方。"说着,就让少年进客厅。

一路走来,彩云觉得意乱心迷,不知所为。要说什么,又说不出什么,只是怔看那少年,见少年穿着深灰色细毡大袄,水墨色大呢背褂,乳貂爪泥的衣领,金鹅绒头的手套,金钮璀璨,硬领雪清,越显得气雄而秀,神清而腴。一进门,两手只向衣袋里掏。彩云当是要取出宝簪来还她,等到取出来一看,倒是张金边白地的名刺,恭恭敬敬递来道:"小子冒昧,敢给太太换个名刺。"彩云听了,由不得就接了,只见刺上写着"德意志大帝国陆军中尉瓦德西"。彩云反覆看了几遍,笑道:"原来是瓦德西将军,倒失敬了!我们连今天,已经见了三次面了,从来不知道谁是谁,不想靠了一支宝簪,倒拜识了大名,这还不是奇遇吗?"瓦德西也笑道:"太太倒还记得敝国缔尔园的事吗?小可就从那一天见了太太的面儿,就晓得了太太的名儿,偏生缘浅,太太就离了敝国到俄国来了。好容易小可在敝国皇上那里,讨了个游历的差使,赶到这里,又不敢冒昧来见。巧了这支簪儿,好像知道小可的心似的。那一天,正听太太的妙音,他就不偏不倚,掉在小可手掌之中,今儿又眼见公使赴会去了,太太倒在家,所以小可就放胆来了。这不但是奇遇,真要算奇缘了!"彩云笑道:"我不管别的,我只问我的宝簪在那儿呢?这会儿也该见赐了!"瓦德西哈哈道:"好性急的太太!人家老远的跑了来,一句话没说,你倒忍心就说这话!"彩云忍不住噗的一笑道:"你不还宝簪,干什么来?"瓦德西忙道:"是,不差,来还宝簪。别忙,宝簪在这里。"一头说,一头就在里衣袋里,掏出一只陆离光采的小手箱来,放在桌上,就推到彩云身边道:"原物奉还,请收好罢!"彩云吃一吓。只见那手箱,虽不过一寸来高,七八分厚,赤金底儿,四面嵌满的都是猫儿眼,祖母绿,七星线的宝石,盖上雕刻着一个带刀的将军,骑着匹高头大马,雄武气概,那相貌活脱一个瓦德西。

彩云一面赏玩,爱不忍释,一面就道:"这是那里说起!倒费……"刚说到此,彩云的手,忽然触动匣上一个金星纽的活机,那匣盖豁然自开了。彩云只觉眼前一亮，那里有什么钻石簪，倒是一对精光四射的钻石戒指，那钻石足有五六克勒，似天上晓星般大。彩云看了，目不能视，口不能言，瓦德西却坐在彩云对面，嬉着嘴，只是笑，也不开口。彩云正不得主意，忽听街上蹄声得得，轮声隆隆，好像有许多车来，到门就不响了。接着就听见门口叫嚷。彩云这一惊不小，连忙夺了宝石箱，向怀里藏道："不好了，我们老爷回来了。"瓦德西倒淡然的道："不妨，说我是拾簪的来还簪就完了。"

彩云终不放心，放轻脚步，掀幔出来一张，劈头就见金升领了个外国人往里跑。彩云缩身不及，忽那外国人喊道："太太，我来报一件奇闻，令业师夏雅丽姑娘，谋刺俄皇不成被捕了。"彩云方抬头，认得是毕叶，听了不禁骇然道："毕叶先生，你说什么？"毕叶正欲回答，幔子里瓦德西忽的也钻出来道："什么夏雅丽被捕呀？毕叶先生快说！"彩云不防瓦德西出来，十分吃吓。只听毕叶道："咦，瓦德西先生怎么也在这里！"瓦德西忙道："你别问这个，快告诉我夏姑娘的事要紧！"毕叶笑道："我们到里边再说！"彩云只得领了两人进来，大家坐定。毕叶刚要开谈，不料外边又嚷起来。毕叶道："大约金公使回来了。"彩云侧耳一听，果然门外无数的靴声橐橐，中有雯青的脚声，不觉心里七上八下，再捺不住，只望着瓦德西发怔。忽然得了一计，就拉着毕叶低声道："先生，我求你一件事，回来老爷进来问起瓦将军，你只说是你的朋友。"毕叶笑了一笑。

说时迟，那时快，只见雯青已领着参赞、随员、翻译等，翎顶辉煌的陆续进来。一见毕叶，就赶忙上来握手道："想不到先生在这里。"一回头，见着瓦德西，呆了呆，问毕叶道："这位是谁？"毕叶笑道："这位是敝友德国瓦德西中尉，久慕大人清望，同来瞻仰的。"说着，就领见了。雯青也握了握手，就招呼在靠东首一张长桌上坐了。黑压压团团坐了一桌子的人。雯青、彩云也对面坐在两头。彩云偷眼，瞥见阿福站在雯青背后，一眼注定了瓦德西，又溜着彩云；彩云一个没意思，搭讪着问雯青道:"老爷怎么老早就回来了?不是说开夜宴吗?"雯青道:"怎么你们还不知道?事情闹大了,开得成夜宴倒好了!今天俄皇险些儿送了性命哩!"回头就向毕叶及瓦德西道:"两位总该知道些影响了?"毕叶道:"不详细。"雯青又向着彩云道:"最奇怪的,倒是个女子。刚才俄皇正赴跳舞会,已经出宫,半路上忽然自己身边,跳出个侍女,一手紧紧拉住了御袖,一手拿着个爆炸弹,要俄皇立刻答应一句话,不然,就把炸药炸死俄皇。后来亏了几个近卫兵有本事,死命把炸弹夺了下来,才把她捉住。如今发到裁判所讯问去了。你们想险不险?俄皇受此大惊,那里能再赴会呢!所以大家也散了。"毕叶道:"大人知道这女子是谁?就是夏雅丽!"雯青吃惊道:"原来是她?"说时觑着彩云道:"怪道我们一年多不见她,原来混进宫去了。倒底不是好货,怎么想杀起皇帝来!这也太无理了!倒底逃不了天诛,免不了国法,真何苦来!"

毕叶听罢,就向瓦德西道:"我们何妨赶到裁判所去听听,看政府怎么样办法?"瓦德西正想脱身,就道:"很好!我坐你车去。"两人就起来向雯青告辞。雯青虚留了一句,也就起身相送,彩云也跟了出来,直看雯青送出大门。彩云方欲回身,忽听外头嚷道:"夏雅丽来了!"

正是:

  苦向异洲挑司马,忽从女界见荆卿。

不知来者果是夏雅丽?且听下回分解。

第十六回　席上逼婚女豪使酒　镜边语影侠客窥楼

话说彩云正要回楼，外边忽嚷"夏雅丽来了"，彩云道是真的，飞步来看，却见瓦、毕两人，都站在车旁，没有上去。雯青也在台阶儿上，仰着头，张望东边来的一群人。直到行至近边，方看清是一队背枪露刃的哥萨克兵，静悄悄的巡哨而过，那里有夏雅丽的影儿。原来这队兵，是俄皇派出来搜查余党的，大家误会押解夏雅丽来了，所以嚷起来。其实夏雅丽是秘密重犯，信息未露之前，早迅雷不及的押赴裁判所去，那里肯轻易张扬呢！此时大家知道弄错，倒笑了。雯青送了瓦、毕两人上车，自与彩云进去易衣歇息不提。

这里瓦、毕两人，渐渐离了公使馆，毕叶对瓦德西道："我们到底到那里去呢？"瓦德西道："不是要到裁判所去看审吗？"毕叶笑道："你傻了，谁真去看审呢？吾原为你们俩鬼头鬼脑，怪可怜的，特为借此救你出来，你到还在那里做梦哩！快请我到那里去喝杯酒，告诉你们俩的故事儿吾听，是正经！"瓦德西道："原来如此，倒承你的照顾了！你别忙，我自然要告诉你的。倒是夏雅丽与我有一面缘，我真想去看看，行不行呢？"毕叶道："我国这种国事犯，政府非常秘密，吾那里虽有熟人，看你分上去碰一碰罢！"就吩咐车夫一径向裁判所行去。

不说二人去裁判所看审，如今要把夏雅丽的根原，细表一表。原来夏雅丽姓游爱珊，俄国闵司克州人，世界有名虚无党女杰海富孟的异母妹，父名司爱生，本犹太种人，移居圣彼得堡，为人鄙吝顽固，发妻欧氏，生海富孟早死，续娶斐氏，生夏雅丽。夏雅丽生而娟好，为父母所钟爱。及稍长，貌益娇，面形椭圆若瓜瓤，色若雨中海棠，娇红欲滴。眼波澄碧，齿光砑珠，发作浅金色，蓬松披成削肩上，俯仰如画，顾盼欲飞，虽然些子年纪，看见的人，那一个不魂夺神与！但是貌妍心冷，性却温善，常恨俄国腐败政治。又惯闻阿姊海富孟哲学议论，就有舍身救国的大志，却为父母管束甚严，不敢妄为。那时海富孟已由家庭专制手段，逼嫁了科罗特揩齐，所幸科氏也是虚无党员，倒是一对儿同命鸳鸯，奔走党事。夏雅丽常瞒着父母，从阿姊夫妻受学，海富孟见夏雅丽敏慧勇决，也肯竭力教导。科氏又教她击刺的法术。直到一千八百八十一年三月，海富孟随着苏菲亚趁观兵式的机会，炸死俄皇亚历山大。海氏科氏，同时被捕於泰来西那街爆药制造所，受死刑。那时夏雅丽已经十六岁了，见阿姊惨死，又见鲜黎亚博、苏菲亚都遭惨杀，痛不欲生，常切齿道："我必报此仇"。司爱生一听这话，怕他出去闯祸，从此倒加防范起来，无事不准出门。夏雅丽自由之身，顿时变了锦妆玉裹的天囚了，还亏得斐氏溺爱，有时瞒着司爱生，领她出去走走。

事有凑巧，一日，在某爵家宴会，忽在座间，遇见了枢密顾问官美礼斯克罘的姑娘鲁翠，这鲁翠姑娘，也是恨政府压制，愿牺牲富贵，投身革命党的奇女子。彼此接谈，自然情投意合。鲁翠力劝她入党，夏雅丽本有此志，岂有不愿！况且鲁翠是贵族闺秀，司爱生等也愿攀附，夏雅丽与她来往，绝不疑心，所以夏雅丽竟得列名虚无党中最有名的察科威团，常与党员私自来往。来往久了，党员中人物，已渐渐熟识，其中与夏姑娘最投契的两个人，一个叫克兰斯，一叫波儿麻，都是少年英雄。克兰斯与姑娘更为莫逆，党人常比他们做苏菲亚、鲜黎亚博。虽说血风肉雨的精神，断无惜玉怜香的心绪，然雄姿慧质，目与神交，也非一日了。

那知好事多魔，情澜忽起。这日夏雅丽正与克兰斯散步泥瓦江边，无意中遇见了母亲的表侄加克奈夫,一时不及回避,只好上去招呼了。谁知这加克奈夫,本是尼科奈夫的儿子。尼科奈夫是个农夫,就因一千八百六十六年,告发莫斯科亚特俱乐部实行委员加来科梭谋杀皇帝事件,在夏园亲手捕杀加来科梭,救了俄皇,俄皇赏他列在贵族。尼科奈夫就皇然自大起来,俄皇又派他儿子做了宪兵中佐,正是炙手可热的时候,司爱生羡慕他父子富贵,又带些裙带亲,自然格外巴结。加克奈夫也看中了表姊的美貌,常常来溜搭,无奈夏雅丽见他貌粗性鄙,总不理他。任凭父母夸张他的敌国家私,薰天气焰,只是漠然。加克奈夫也久怀怨恨了。恰好这日遇见夏姑娘与克兰斯携手同游,禁不住动了醋火,就赶到司爱生家,一五一十的告诉了,还说克兰斯是个叛党,不但有累家声,还怕招惹大祸。司爱生是暴厉性子,自然大怒,立刻叫回夏姑娘,大骂无耻婢,惹祸胚,就叫关在一间空房内,永远不许出来。你想夏姑娘是雄武活泼的人,那里耐得这幽囚的苦呢!倒是母亲斐氏不忍起来,瞒了司爱生放了出来,又不敢公然出现。恰好斐氏有个亲戚在中国上海道胜银行管事,所以叫夏姑娘立刻逃避到中国来。一住三年,学会了些中国的语言文字,直到司爱生死了,斐氏方写信来招她回国。夏姑娘回国时,恰也坐了萨克森船,所以得与雯青相遇,倒做了彩云德语的导师,也是想不到的奇遇了。这都是夏姑娘未遇雯青以前的历史。现在既要说她的事情,不得不把根原表明。

且说夏雅丽虽在中国三年,本党里有名的人,如女员鲁翠,男员波儿麻、克兰斯诸人,常有信息来往,未动身的前数日,还接到克兰斯的一封信,告诉她党中近来经济困难,自己赴德运动,住在德京凯赛好富馆 Kaiserhof 中层第二百十三号云云,所以夏姑娘那日一到柏林,就带了行李,雇了马车,径赴凯赛好富馆来,心里非常快活。一则好友契阔,会面在即;一则正得了雯青一万马克,供献党中,绝好一分土仪。心里正在忖度,马车已停在大旅馆门口,就有接客的人,接了行李。姑娘就问:"中层二百十三号左近有空房吗?"那接客的忙道:"有,有,二百十四号就空着。"

姑娘盼咐把行李搬进去，自己却急急忙忙直向二百十三号而来。正推门进去，可巧克兰斯送客出来，一见姑娘，抢一步，执了姑娘的手，瞪了半天，方道："咦，你真来了！我做梦也想不到你真会回来！"说着话，手只管紧紧的握住，眼眶里倒索索的滚下泪来。夏雅丽嫣然笑道："克兰斯，别这么着，我们正要替国民出身血汗，生离死别的日子多着呢，那有闲工夫伤心！快别这么着，快把近来我们党里的情形，告诉我要紧。"说到这里，抬起头来，方看见克兰斯背后，站着个英风飒爽的少年，忙缩住了口。克兰斯赶忙招呼道："我送了这位朋友出去，再来给姑娘细谈。"谁知那少年倒一眼钉住了姑娘呆了，听了克兰斯的话，方醒过来，一个没意思走了。克兰斯折回来，方告诉姑娘："这位是瓦德西中尉，很热心的助着我运动哩。"姑娘道："说的是，前月接到你信，知道党中经济很缺，到底怎么样呢？"克兰斯叹道："一言难尽，自从新皇执政，我党大举两次，一次卡米匿桥下的隧道，一次温宫后街的地雷，虽都无成效，却消费了无数金钱，历年运动来的资本，已倾囊倒箧了。敷衍到现在，再敷衍不下去了。倘没巨资接济，不但不能办一事，连党中秘密活版部，爆药制造所，通券局，赤十字会，……一切机关，都要溃败。姑娘有何妙策？"

夏姑娘低头半晌道："我还当是小有缺乏。照这么说来，不是万把马克可以济事的了！"克兰斯道："要真有万把马克，也好济济急。"夏雅丽不等说完，就道："那倒有。"克兰斯忙问："在那里？"夏姑娘因把讹诈中国公使的事说了一遍，克兰斯倒笑了，就问："款子已交割吗？"夏姑娘道："已约定由公使夫人亲手交来，决不误的。"於是姑娘又问了回鲁翠、波儿麻的纵迹，克兰斯一一告诉了她。克兰斯也问起姑娘避出的原由，姑娘把加克奈夫构陷的事说了。克兰斯道："原来就是他干的！姑娘，你知道吗？尼科奈夫倒便宜他，不多几日好死了！加来科梭的冤仇，竟没有报成，加克奈夫倒升了宪兵大尉，你想可气不可气呢！嗐，这死囚的脑袋，早晚总逃不了我们手里！"夏雅丽愕然道："怎么尼科奈夫倒是我们的仇家？"克兰斯拍案道："可不是，他全靠破坏了亚特革命团富贵的，这会儿加克奈夫还了得，家里放着好几百万家私，还要鱼肉平民哩！"夏雅丽又怔了怔道："加克奈夫真是个大富翁吗？"克兰斯道："他不富谁富？"夏雅丽点点头儿。看官们，要知道两人虽是旧交，从前私下往来，何曾畅聚过一日！此时素心相对，无忌无拘，一个是珠光剑气的青年，一个是侠骨柔肠的妙女，我歌汝和，意浃情酣，直谈到烛跋更深，克兰斯送了夏姑娘归房，自己方就枕歇息。

从此夏姑娘就住在凯赛好富馆，日间除替彩云教德语外，或助克兰斯同出运动，或与克兰斯剪烛谈心，快活光阴，忽忽过了两月，雯青许的款子，已经交清，那时彩云也没闲工夫常常来学德语了。夏雅丽看着柏林无事可为，一天忽向克兰斯要了一张照片；又隔了一天，并没告知克兰斯，清早独自搭着火车飘然回国去了。直到克兰斯梦醒起床，穿好衣服，走过去看她，但见空屋无人，留些残纸零墨罢了，倒吃一惊。然人已远去，无可如何，只得叹息一回，自去办事。

单说夏姑娘那日偷偷儿出了柏林，径趁圣彼得堡火车进发。姑娘在上海早得了领事的旅行券，一路直行无碍。到第三日傍晚，已到首都，姑娘下车，急忙回家，拜见亲母斐氏，母女相见，又喜又悲。斐氏告诉她父亲病死情形，夏姑娘天性中人，不免大哭一场。接着亲友访问，鲁翠姑娘同着波儿麻，也来相会。见面时，无非谈些党中拮据情形，知道姑娘由柏林来，自然要问起克兰斯运动的消息。夏姑娘就把克兰斯现有好友瓦德西助着各处设法的话说了。鲁翠说了几句盼望勉励的话头，然后别去。

夏姑娘回得房来，正给斐氏在那里闲谈，斐氏又提起加克奈夫，夸张他的势派，意思要引动姑娘。姑娘听着，只是垂头不语，不防头一阵鞑鞑的皮靴声，从门外传进来，随后就是嬉嬉的笑声。这笑声里，就夹着狗嗥一般的怪叫声："妹妹回来了，怎么信儿都不给我一个呢？"夏姑娘吓一跳，猛抬头，只见一个短短儿的身材，黑黑儿的皮色，乱蓬蓬一团毛草，光闪闪两盏灯笼，真是眼中出火，笑里藏刀，摇摇摆摆的走进来，不是加克奈夫是谁呢！斐氏见了，笑嘻嘻立起来道："你倒还想来，别给我花马吊嘴的，妹妹记着前事，正在这里恨你呢！"加克奈夫哈哈道："屈天冤枉，不知那个天杀的移尸图害，这会儿，我也不敢在妹妹跟前辩，只有负荆请罪，求妹妹从此宽恕就完了！"说着，两腿已跨进房来，把帽子往桌子上一丢，伸出蒲扇来大的手，要来给夏姑娘拉，姑娘缩个不迭，脸色都变了。加克奈夫涎着脸道："好妹妹，咱们拉个手儿！"斐氏笑道："人家孩子面重，你别拉拉扯扯，臊了她，我可不依！"

夏姑娘先本着了恼，自己已经很很的压下去，这回听了斐氏的话，低头想了一想，忽然桃腮上泛起浅玫瑰色，秋波横溢，柳叶斜飘，在椅上欹的站起来道："娘也说这种话！我从来不知道什么臊不臊，拉个手儿，算得了什么！高兴拉，来，咱们拉！"就把一只粉嫩的手，使劲儿去拉加克奈夫的黑手。加克奈夫倒啊呀起来道："妹妹，轻点儿！"夏姑娘道："你不知道吗？拉手有规矩儿的，越重越要好。"说完，嗤的一笑，三脚两步走到斐氏面前，滚在怀里，指着加克笑道："娘，你瞧！他是个脓包儿，一捏都禁不起，倒配做将军！"

原来加克往日见姑娘总是冷冷的脸儿，淡淡的神儿，不道今儿，忽变了样儿，一双半嗔半喜的眼儿，几句若远若近的话儿，加克虽然是风月场中的魔儿，也弄得没了话儿，只嘻着嘴笑道："妹妹倒底出了一趟门，大变了样儿了！"夏姑娘含怒道："变好了呢，还是变歹？你说！"斐氏笑搂住姑娘的脖子道："痴儿，你今儿个怎么尽给你表兄拌嘴，不想想人家为好来看你，这会儿天晚了，该请你表兄吃晚饭才对！"加克连忙抢着说道："姑娘，今天妹妹快活，肯多骂我两句，就是我的福气了！快别提晚饭，我晚上还得到皇上那里有事哪。"夏姑娘笑道："娘，你听！他又把皇帝杠出来，吓唬我们娘儿俩，老实告诉你，你没事，我也不高兴请。谁家坐客不请行客，倒叫行客先请的！"加克听了，拍手道："不错，我忘死了！今天该替妹妹接风！"说着，就一叠连声叫伺候人，到家里唤厨子带酒菜到这里来。斐氏道："啊呀，天主！不当家花拉的倒费你，快别听这痴孩子的话。"夏姑娘睬了他娘半天道："咦！娘也奇了。怎么只许我请他，不许他请我的？他有的是造孽钱，不费他费谁？娘，你别管，他不给我要好，不请，我也不希罕；给我要要好，他拿来，我就吃，娘也跟着我吃，横竖不要你老人家掏腰儿还席，瞎费心干吗！"加克道："是呀，我请！我死了也要请！"姑娘笑道："死的日子有呢，这会儿别死呀死呀怪叫！"加克忙自己掌着嘴道："不识好歹的东西，你倒叫妹妹心疼。"夏姑娘戟手指着道："不要脸的，谁心疼你来。"加克此时，看着姑娘娇憨的样儿，又听着姑娘锋利的话儿，半冷半热，若讽若嘲，倒弄得近又不敢，远又不舍，不知怎样才好。

不一会，天也黑了，厨夫也带酒菜来了，加克就邀斐氏母女，同入餐室。原来这餐室，就在卧室外面，虽不甚宽敞，却也地铺锦罽，壁列电灯，花气袭人，镜光交影。东首挂着加特厘簪花小像，西方撑起姑娄巴多舞剑古图，煞是热闹。大家进门，斐氏还要客气，却被夏姑娘两手按在客位，自己也皇然不让坐了。加克真的坐了主位。侍者送上香宾，白兰地各种瓶酒，加克满斟了杯香宾酒，双手捧给姑娘道："敬替妹妹洗尘！"姑娘劈手夺了，直送斐氏道："这杯给娘喝，你另给我斟来！"加克只得恭恭敬敬又斟了一杯。姑娘接着，扬着杯道："既承主人美意，娘，咱们干一杯！"说完一饮而尽。加克微笑，又挨着姑娘斟道："妹妹喝个成双杯儿！"夏姑娘一扬眉道："喝呀！"接来喝一半，就手向加克嘴边一灌道："要成双，大家成双。"加克不防着，不及张口禽受，淋淋漓漓倒了一脸一身。此时夏姑娘几杯酒落肚，脸上红红儿的，更觉意兴飞扬起来，脱了外衣，着身穿件粉荷色的小衣，酥胸微露，雪腕全陈，臂上几个镯子，玎玎珰珰的厮打，把加克骂一会，笑一会，任意戏弄。斐氏看着女儿此时的样儿，也揣摩不透，当是女儿看中了加克，倒也喜欢，就借了更衣走出来，好让他们叙叙私情。

果然加克见斐氏走开，心里大喜，就涎着脸，慢慢挨到姑娘身边，欲言不言了半响。夏姑娘正色道："你来干什么？"加克笑嬉嬉道："我有一句不知进退的话要……"姑娘不等他说完，跳起来指着加克道："别给我蝎蝎螫螫的，那些个狼心猪肺狗肚肠，打量咱们照不透吗？从前在我爹那里调三窝四，甜言蜜语，难道是真看得起咱们吗？真爱上我吗？呸！今儿个推开窗户说亮话，就不过看上我长得俊点儿，打算弄到手，做个会说话的玩意儿罢了！姑娘从前是高傲性子，眼里那里放得下去！如今姑娘可看透了，天下爱情，原不过尔尔，嫁个把人，算不了事。可是姑娘不高兴，凭你王孙公子，英雄豪杰，休想我点点头儿！要高兴起来，牛也罢，马也罢，狗也罢，我跟着就走。"加克听了，眉花眼笑道："这么说，姑娘今儿肯嫁狗了！"夏姑娘冷笑道："不肯，我就说，可是告诉你，要依我三件！"加克道："都依，都依！"姑娘道："一件，姑娘急性，一刻不等两时，要办就办；二件，不许声张，除了我们娘儿俩，还有牧师证人几个人外，有一个知道了，我就不嫁；三件，到了你家，什么事都归我管，不许你牙缝高低一点儿。三件依得，我就嫁，有一不字儿拉个倒！"加克哈哈笑道："什么依不依，妹妹说的话儿，就是我的心愿。"

两人正说得热闹，谁知斐氏却在门外都听饱了，见女儿肯嫁加克，正合了素日的盼望，走进来，对着加克道："恭喜你，我女儿答应了！可别忘了老身！但是老身只有一个女儿，也不肯太草草的，马上办起来，也得一月半月，那儿能就办呢！头一件，我就不依。"夏姑娘立刻变了脸道："我不肯嫁，你们天天劝，这会儿，我肯嫁了，你们倒又不依起来。不依也好，我也不依，告诉你们罢，我的话说完了，我的兴也尽了，人也乏了，我可要去睡觉了。"说罢，一扭身，自顾自回房，砰的一声，把门关了。

这里加克奈夫与斐氏纳罕了半天，加克老婆心切，想不到第一回来，就得了采，也虑不到别的，倒怕中变，就劝斐氏全依了姑娘主意。过了两日，说也奇怪，果然斐氏领着夏姑娘，自赴礼拜堂，与加克结了亲，签了结婚簿。从此夏雅丽就与加克夫妇同居。加克奈夫要接斐氏来家，姑娘不许，只好仍住旧屋。加克新婚燕尔，自然千依百顺，姑娘倒也克勤妇职，贤声四布。加克愈加敬爱。差不多加克家里的全权，都在姑娘掌握中了。

自古道："鼓钟於宫，声闻於外。"又道："若要人不知，除非己莫为。"何况一嫁一娶，偌大的事，虽姑娘嘱咐不许声张，那里瞒得过人呢！自从加克娶了姑娘，人人都道彩凤随鸦，不免纷纷议论，一传十，十传百，就传到了鲁翠、波儿麻等一班党人耳中，先都不信，以为夏姑娘与克兰斯有生死之约，那里肯背盟倒嫁党中仇人呢！后来鲁翠亲自来寻姑娘，谁知竟闭门不纳，只见了斐氏，方知人言不虚，不免大家痛骂夏雅丽起来。

这日党人正在秘密会所，决议此事如何处置，可巧克兰斯从德国回来，也来赴会。一进门，别的都没有听见，只听会堂上一片声说，"夏雅丽嫁了"五个字，直打入耳鼓来。克兰斯飞步上前，喘吁吁还未说话，鲁翠一见他来，就迎上喊道："克兰斯君，你知道吗？你的夏雅丽嫁了！嫁了加克奈夫了。"克兰斯一听这话，但觉耳边霹雳一声，眼底金星四爆，心中不知道是盐是醋是糖是姜，一古脑儿都倒翻了，只喊一声"贱婢！杀！杀！"往后便倒，口淌白沫。大家慌了手脚。鲁翠忙道："这是急痛攻心，只要扶他坐起，自然会醒的。"波儿麻连忙上来扶起，坐在一张大椅里，果然不一会醒了，恶的吐出一口浓痰，就跳起来要刀。波儿麻道："要刀做什么！"克兰斯道："你们别管，给我刀，杀给你们看！"鲁翠道："克兰斯君别忙，你不去杀她，我们怕她泄漏党中秘密，也放不过她。可是我想，夏雅丽学问见识本事，都不是寻常女流，这回变得太奇突，凡奇突的事，倒不可造次，还是等你好一点，晚上偷偷儿去探一回。倘或真是背盟从仇，就顺手一刀了账，岂不省事呢!"克兰斯道:"还等什么好不好,今晚就去!"於是大家议定各散。

鲁翠临走,回顾克兰斯道:"明天我们听信儿。"克兰斯答应,也一路回家,不免想着向来夏姑娘待他的情义,为他离乡背井,绝无怨言。这回在柏林时候,饭余灯背,送抱推襟,一种密切的意思,真是笔不能写,口不能言,如何回来不到一月,就一变至此呢!况且加克奈夫,又是她素来厌恨的,上回谈起他名氏,还骂他哩!如何倒嫁他?难道有什么不得已吗?一回又猜想她临行替他要小照儿的厚情,一回又揣摸她不别而行的深意,这一刻时中,一寸心里,好似万马奔驰,千猿腾跃,忽然心酸泪落,忽然切齿横刀,翻来覆去,不觉更深,就在胸前掏出表来一看,已是十二点钟。惊道:"是时候了!"赶忙换了一身纯黑衣裤,腰间插了一把党中常用的百毒纯钢小尖刀,扎缚停当,把房中的电灯旋灭了,轻轻推门到院子里,耸身一纵,跳出墙外。

那时正是十月下旬,没有月亮的日子,一路虽有路灯,却仍觉黑暗似墨,细雾如尘,一片白茫茫不辨人影,只有几个巡捕,稀稀落落的在街上站着。克兰斯靠着身体灵便,竟闪闪烁烁的被他混过几条街去,看看已到了加克奈夫的宅子前头,幸亏那里到没有巡捕,黑魆魆地挨身摸来,只见四围都是四尺来高的短墙,上排列着铁蒺藜碎玻璃片。克兰斯睁眼打量一回,估摸自己还跳得过去,紧把刀子插插好,猛然施出一个燕子翻身势,往上一掠。忽听玎珰一声,一个身子,随着几片碎玻璃,直滚下去,看时,自己早倒在一棵大树底下。爬起来,转出树后,原来在一片草地上,当中有条马车进出的平路。克兰斯就依着这条路走去,只见前面十来棵郁郁苍苍的不知什么大树,围着一座巍巍的高楼,楼的下层,乌黑黑无一点火光,只有中层东首一间,还点着电灯,窗里透出光来,照在树上,却见一个人影,在那里一闪一闪的动。克兰斯暗想:这定是加克奈夫的卧房了。可是这样高楼,怎么上去呢?仰面忽见那几棵大树,树杈儿正紧靠二层的洋台,不觉大喜。一伸手,抱定树身,好比白猿采果似的,旋转而上。到了树顶,把身子使劲一摇,那树叉直摆过来，花拉一响，好像树叉儿断了一般。谁知克兰斯就趁这一摆，一脚已钩定了洋台上的阑干，倒垂莲似的反卷上去，却安安稳稳站在洋台上了。侧耳听了一听，毫无声音，就轻轻的走到那有灯光的窗口，向里一望，恰好窗帘还没放，看个完完全全。只见房内当地一张铁床，帐子已垂垂放着，房中寂无人声，就是靠窗摆着个镜桌，当桌悬着一盏莲花式的电灯，灯下却袅袅婷婷立着个美人儿。呀，那不是夏雅丽吗？只见她手里拿着个小照儿，看看小照，又看看镜子里的影儿，眼眶里骨溜溜的滚下泪来。克兰斯看到这里，忽然心里捺不住的热火，喷了出来，拔出腰里的毒刀，直砍进来。正是：

　　棘枳何堪留凤采，宝刀直欲溅鸳红。

不知夏雅丽性命如何。且看下回。

第十七回　辞鸳侣女杰赴刑台　递鱼书航师尝禁脔

话说克兰斯看见夏雅丽对着个小照垂泪，一时也想不到查看查看小照是谁的，只觉得夏雅丽果然丧心事仇，按不住心头火起。瞥见眼前的两扇着地长窗是虚掩着，就趁着怒气，不顾性命，扬刀挨入。忽然天昏地暗的一来，灯灭了，刀却砍个空，使力过猛，几乎身随刀倒。克兰斯吃一惊，暗道："人呢？"回身瞎摸了一阵，可巧摸着镜桌上那个小照儿，顺手揣在怀里，心想夏雅丽逃了，加克奈夫可在，还不杀了他走！刚要向前，忽听楼下喊道："主人回来了！"随着辚辚的马车声，却是在草地上往外走的。克兰斯知道刚才匆忙，没有听他进来。忽想道，不好，这贼不在床上，他这一回来，叫起人，我怕走不了，不如还到那大树上躲一躲再说。打定主意，急忙走出洋台，跳上阑干，伸手攀住树叉儿，一脚挂在空中，一脚还蹬在阑干上。忽听楼底下砌的一声是枪，就有人没命的叫声："啊呀！好，你杀我！"又是一声，可不像枪，仿佛一样很沉的东西，倒在窗格边。克兰斯这一惊，出於意外，那时他的两脚还空挂着，手一松，几乎倒撞下来，忙钻到树叶密的去处蹲着。只听墙外急急忙忙跑回两个人，远远的连声喊道："怎么了？什么响？"屋里也有好几个人喊道："枪声，谁放枪？"这当儿，进来的两人里头，有一个拿着一盏电光车灯，已走到楼前，照得楼前雪亮。克兰斯眼快，早看见廊下地上，一个汉子仰面横躺着，动也不动。只听一人颤声喊道:"可了不得,杀了人!""谁呢?""主人!"这当儿,里面一哄,正跑出几个披衣拖鞋的男女来,听是主人,就七张八嘴的大乱起来。

克兰斯在树上听得清楚,知加克奈夫被杀,心里倒也一快。但不免暗暗骇异,倒底是谁杀的?这当儿,见楼下人越聚越多,忽然想到自己绝了去路,若被他们捉住,这杀人的事,一定是我了。正盘算逃走的法子,忽然眼前欻的一亮,满树通明,却正是上中层的电灯都开了。灯光下,就见夏雅丽散了头发,仓仓皇皇跑到洋台上,爬在阑干上,朗朗的喊道:"倒底你们看是主人不是呢?"众人严声道:"怎么不是呢!"又有一个人道:"才从宫里承值回来,在这里下车的。下了车,我们就拉车出园,走不到一箭地,忽听见枪声,赶回来,就这么着了。"夏雅丽跺脚道:"枪倒底中在那里?要紧不要紧?快抬上来!一面去请医生,一面快搜凶手呢!一眨眼的事,总不离这园子,逃不了,怎么你们都昏死了!"一句话提醒,大众道:"枪中了脑瓜儿,脑浆出来,气都没了,人是不中用了,倒是搜凶手是真的。"克兰斯一听这话,倒慌了,心里正恨夏雅丽,忽听下面有人喊道:"咦,你们瞧!那树叉里,不是一团黑影吗?"楼上夏雅丽听了,一抬头,好像真吃一吓的样子道:"怎么?真有了人!"连忙改口道:"可不是凶手在这里!快多来几个人逮住他,楼下也防着点儿,别放走了!"就听人声嘈杂的拥上五六个人来。克兰斯知不能免,正是人急智生,一眼见这高楼,是四面洋台,都围着大树,又欺着夏雅丽虽有本事,终是个妇人,仍从树上用力一跳,跳上洋台,想往后楼跑。这当儿,夏雅丽正在叫人上楼,忽见一个人陡然跳来,倒退了几步,灯光下,看清是克兰斯,脸上倒变了颜色,说不出话来。却只把手往后楼指着。克兰斯此时也顾不得什么,飞奔后楼,果见靠阑干与前楼一样的大树。正纵身上树,只听夏雅丽在那里乱喊道:"凶手跳进我房里去了,你们快进去捉,不怕他飞了去。"只听一群人,乱哄哄都到了屋里。

这里克兰斯却从从容容的爬过大树,接着一溜平屋,在平屋搭了脚,恰好跳上后墙,飞身下去,正是大道。幸喜没个人影儿,就一口气的跑回家去,仍从短墙奋身进去,人不知鬼不觉的到了自己屋里,此时方算得了性命。喘息一回,定了定神,觉得方才事,真如梦里一般,由不得想起夏雅丽手指后楼的神情,并假说凶手进房的话儿:明明暗中救我,难道她还没有忘记我吗?既然不忘记我,就不该嫁加克奈夫!既嫁了加克奈夫,又不该二心於我!这女子的人格,就可想了!又想着:自己要杀加克奈夫,倒被人家先杀了去,这人的本事,在我之上,倒要留心访访才好。一头心里猜想,一头脱去那身黑衣,想要上床歇息,不防衣袋中掉下一片东西,拾起来看时,倒吃一惊,原来就是自己在凯赛好富馆赠夏雅丽的小照,上面添写一行字道:"斯拉夫苦女子夏雅丽心嫁夫察科威团实行委员克兰斯君小影。"克兰斯看了,方明白夏雅丽对他垂泪的意思,也不免一阵心酸,掉下泪来,叹道:"夏雅丽!夏雅丽!你白爱我了!也白救了我的性命!叫我怎么能赦你这反覆无常的罪呢!"说罢,就把那照儿插在床前桌上照架里,回头见窗帘上渐渐发出鱼肚白色,知道天明了,连忙上床,人已倦极,不免沉沉睡去。

正酣睡间,忽听耳边有人喊道:"干得好事,捉你的人到了,还睡吗!"克兰斯睁眼见是波麻儿,忙坐起来道:"你好早呀,没的大惊小怪,谁干了什么?"波麻儿道:"八点钟还早吗?鲁翠姑娘找你来了,快出去。"克兰斯连忙整衣出来,瞥眼看着鲁翠华装盛服,秀采飞扬,明睐修眉,丰颐高准,比到夏雅丽,另有一种华贵端凝气象。一见克兰斯,就含笑道:"昨儿晚上辛苦了,我们该替加来科梭代致谢忱。怎么夏雅丽到免了?"波麻儿笑道:"总是克君多情,杀不下去,倒留了祸根了。"克兰斯惊道:"怎么着?她告了我吗?"鲁翠摇头道:"没有,她告的是不知姓名人,深夜入室,趁加克奈夫温宫夜值出来,枪毙廊下。凶手在逃。俄皇知道,早疑心了虚无党,已派侦探四出,倒严厉得很。克君还是小心为是。"克兰斯笑道:"姑娘真胡闹!小心什么?那里是我杀的!"鲁翠倒诧异道:"难道你昨晚没有去吗?"克兰斯道:

"怎么不去？可没有杀人！"波麻儿道："不是你杀是谁呢？"克兰斯道："别忙，我告诉你们！"就把昨夜所遇的事，从头至尾说了一遍。只把照片一事瞒起。两人听了，都称奇道异。波麻儿跳起来道："克君，你倒被夏雅丽救坏了！不然倒是现成的好名儿！"

鲁翠正低头沉思，忽被他一吓，忙道："波君别嚷，怕隔墙有耳。"顿一顿，又道："据我看，这事夏雅丽大有可疑。第一为什么要灭灯，再者既然疑心克君是凶手，怎么倒放走了，不要倒就是她杀的呢！"克兰斯道："断乎不会，她要杀他，为什么嫁他呢？"鲁翠道："不许她辱身赴义吗？"克兰斯连连摇头道："不像，杀一加克奈夫，法子多得很，为什么定要嫁了，才能下手呢！况且看她得了凶信，神气仓皇得很哩！"鲁翠也点点头道："我们再去探听探听看。克君既然在夏雅丽面前露了眼，还是避避的好，请到我们家里去住几时罢！"克兰斯就答应了。当时吩咐了家人几句话，就跟了鲁翠回家。从此鲁翠、波麻儿诸人替他在外哨探，克兰斯倒安安稳稳住在美礼斯克罘邸第。

先几个月，风声很紧，后来慢慢懈怠，竟无声无臭起来。看官你道为何？原来俄国那班警察侦探，虽很有手段，可是历年被虚无党杀怕了，只看一千八百八十一年三月以后，半年间，竟杀了宪兵长官、警察长、侦探等十三人，所以事情关着虚无党，大家就要缩手。这案俄皇虽屡下严旨，无奈这些人都不肯出力，且加克氏支族无人，原告不来催紧，自然冰雪解散了。克兰斯在美礼家，消息最灵，探知内情，就放心回了家。

日月如梭，忽忽冬尽春来，这日正是俄历二月初九，俄皇在温宫开跳舞会的大好日，却不道也是虚无党在首都民意俱乐部开协议会的秘密期，那时俄国各党势力，要推民意党察科威团算最盛，土地自由党，拿鲁脱尼团次之。这日就举了民意党做会首。此外，哥卫格团，奥能伯加团，马黎可夫团，波兰俄罗斯俱乐部，夺尔格圣俱乐部，纷纷的都派代表列席，黑压压挤满了一堂。正是龙拿虎掷，燕叱莺嗔，天地无声，风云异色的时候，民意女员鲁翠，曳长裾，围貂尾，站立发言台上，桃脸含秋，蛾眉凝翠的宣告近来党中经济缺乏，团力涣散，必须重加联络，大事运动，方足再谋大举。这几句话，原算表明今日集会之想，还要畅发议论，忽见波麻儿，连跌带撞远远的跑来，喊道："可了不得。今儿个又出了第二个苏菲亚了！本党宫内侦探员，有秘密报告在此！"大众听了愕然。

鲁翠就在台上，接了波麻儿拿来的一张纸，约略看了看，脸上十分惊异。大众都问何事，鲁翠就当众宣诵道：

> 本日皇帝在温宫宴各国公使，开大跳舞会，车驾定午刻临场，方出内宫门，突有一女子，从侍女队跃出，左手持炸弹，右手打揕帝胸，叱曰："咄，尔速答我，能实行一千八百八一年二月十二日民意党上书要求之大赦国事犯、召集国会两大条件否？不应则炸尔！"帝出不意，不知所云，连呼卫士安在。卫士见弹股栗，莫敢前，相持间，女子举弹欲掷，帝以两手死抱之，其时适文部大臣波别士立女子后，呼曰："陛下莫释手！"即拔卫士佩刀，猝砍女子臂，臂断，血溢，女子踣，帝犹死持弹不敢释。卫士前擒女子，女子犹蹶起，抠一卫士目，乃被捕。送裁判所。烈哉，此女！惜未知名。探明再报！民意党秘密侦探员报告。

鲁翠诵毕。众人都失色，齐声道："这女子是谁！可惜不知姓名。"这一片惊天动地的可惜声里，猛可的飘来一句极凄楚的说话道："众位，这就是我的夏雅丽姑娘呀！"大家倒吃一惊。抬头一看，原来是克兰斯满面泪痕的站在鲁翠面前。鲁翠道："克君，怎见得就是她？"克兰斯道："不瞒姑娘说，昨晚她还到过小可家里，可怜小可竟没见面说句话儿。"鲁翠道："既到你家，怎么不见呢？"克兰斯道："她来，我那里知道呢！直到今早起来，忽见桌上安放的一个小照儿不见了，倒换上了一个夏姑娘的小照。我觉得诧异，正拿起来，谁知道照后还夹着一封密信。看了这信,方晓得姑娘一生的苦心,我党大事的关系,都在这三寸的小照上。我正拿了来,要给姑娘商量救她的法子,谁知已闹到如此了。"说罢就在怀里掏出一个小封儿,一张照片,送给鲁翠。

鲁翠不暇看小照,先抽出信来,看了不过两三行,点点头道:"原来他嫁加克奈夫,全为党中的大计,嗄!我们倒错怪她了!唉,放着心爱的人,生生割断,倒嫁一个不相干的蠢人,真正苦了她了!"说着又看,忽然吃惊道:"怎么加克奈夫倒就是她杀的?谁猜得到呢!"此时克兰斯只管淌泪,波麻儿及众人听了鲁翠的话,都面面相觑道:"加氏倒底是谁杀的?"鲁翠道:"就是夏雅丽杀的。"波麻儿道:"奇了,嫁他又杀他,这什么道理?"鲁翠道:"就为我党经济问题。她杀了他,好倾他的家,供给党用呀。"众人道:"从前楷爱团波尔佩,也嫁给一个老富人,毒杀富人,取了财产;夏姑娘想就是这主意了。"波麻儿道:"有多少呢?如今在那里?"鲁翠看着信道:"真不少哩,八千万卢布哩!"又指着照片叹道:"这就是八千万卢布的支证书。这姑娘真布置得妥当!这些银子,都分存在瑞士、法兰西各银行,都给总理说明是暂存的,全凭这照片收支,叫我们得信就去领取,迟恐有变。"鲁翠说到这里,忽愕然道:"她为什么化了一万卢布,贿买一个宫中侍女的缺呢?"克兰斯含泪道:"这就是今天的事情了。姑娘,你不见她,早把老娘斐氏搬到瑞士亲戚家去,那个炸弹,还是加氏从前在亚突俱乐部搜来的。她一见,就预先藏着,可见死志早决的了。"鲁翠放了信,也落泪道:"她替党中得了这么大资本,功劳也真不小,难道我们听她给这些暴君污吏宰杀吗?"众人齐声道:"这必要设法救的。"鲁翠道:"妾意一面遣人持照到各行取银,一面想法到裁判所去听审。这两件事,最要紧,谁愿去?"於是波麻儿担了领银的责任,克兰斯愿去听审,各自分头前往。

话分两头。却说克兰斯一径出来,汗淋淋的赶到裁判所,抬头一看,署前立着多少卫兵,防卫得严密非常,闲人一个不许乱闯,克兰斯正在为难，忽见署中走出两个人来，一个老者，一个少者，正要上车。克兰斯连忙要避，那少年忽然唤道："克君，你也来了。"克兰斯吃一惊，定睛一认，却是瓦德西，只得上前相见。瓦德西就招呼了毕叶，并告诉他也来听审的。谁知今日不比往常，毕君署中有熟人，也不放进去，真没有法了！瓦德西当时就拉了克兰斯，同到他家。克兰斯此时也无计可施，只得跟着他们同走。瓦德西留住克兰斯、毕叶在家吃夜饭，三人正在商议，忽然毕叶得了裁判所朋友的密信，夏雅丽已判定死刑，俄皇怕有他变，傍晚时已登绞台绞死了。克兰斯得了这信，咬牙切齿，痛骂民贼，立刻要去报仇雪恨，还是瓦德西劝住了，只得垂头丧气，别了毕、瓦两人，赶归秘密会所，报告凶信。

其时鲁翠诸人还在会商援救各法，猝闻这信，真是晴天霹雳，人人裂目，个个椎心。鲁翠更觉得义愤填膺，长悲缠骨，连哭带咽，演说了一番。过了几日，又开了个大追悼会，倒把党中气焰，提高了百倍。直到波麻儿回来，党中又积储了无数资本，自然党势益发盛大了。到底歇了数年，到一千九百零一年三月二十二日，克兰斯狙击了文部大臣波别士，也算报了砍臂之仇。鲁翠姑娘，也在一千九百零四年五月十日，把爆药弹掷皇帝尼古拉士，不成被缚。临刑时道："我把一个爆烈弹，换万民自由，死怕什么！"这都是夏姑娘一死的余烈哩。此是后话，不必多述。

如今再说瓦德西那日送了克兰斯去后，几次去看彩云，却总被门上阻当。后来彩云约会在叶尔丹园，方得相会。从此就买嘱了管园人，每逢彩云到园，管园人就去通信。如此习以为常，一月中总要见面好几次，情长日短，倏忽又是几月。那时正是溽暑初过，新凉乍生，薄袖轻衫，易生情兴，瓦德西徘徊旅馆，静待好音。谁知日复一日，消息杳然，闷极无聊，只好坐在躺椅中，把日报消遣。忽见紧要新闻栏内，载一条云："清国俄、德、奥、荷公使金沟三年任满，现在清廷已另派许镜澂，前来接替，不日到俄"云云。瓦德西看到这里，不觉呆了，因想怪道彩云这礼拜不来相约，原来快要回国了。转念道："既然快要相离，更应该会得勤些，才见得要好！"瓦德西手里拿了张报纸，呆呆忖度个不了，忽然侍者送上一个电报道："这是贵国使馆里送来的。"瓦德西连忙拆看，却是本国陆军大将打给他的，有紧要公事，令其即日回国，词意很是严厉，知道不能耽搁的，就叹口气道："这真巧了，难道一面缘都没了？"丢下电报，走到卧室里，换了套出门衣服，径赴叶尔丹园而来，意思想去碰碰，或者得见，也未可定。谁知到园问问管园的，说好久没有来过。等了一天，也是枉然。瓦德西没法，只好写了一封信，交给管园的，叮嘱等中国公使夫人来时手交，自己硬了心肠，匆匆回寓，料理行装。第二日一早，趁了火车，回德国去了，不提。

单说彩云正与瓦德西打得火热，那里分拆得开，知道雯青任期将满，早就撺掇雯青，在北京托了奉如，运动连任。谁知竟不能成。这日雯青忽接了许镜澂的电信，已经到了柏林，三日内就要到俄。雯青进来告诉彩云，叫他赶紧收拾行李。彩云听了这信，仿佛打个焦雷，恨不立刻去见瓦德西，诉诉离情。无奈被雯青终日逼紧着拾掇，而且这事，连阿福都瞒起的，不提什么。阿福尚在那里寻瑕索瘢，风言醋语，所以连通信的人都没有，只好肚里叫苦罢了。直到雯青交卸了篆务，一切行李都已上了火车站，叫阿福押去，雯青又被毕叶请去吃早饭钱别，彩云得了这个巧当儿，求一个小幺儿，许了他钱，去雇了一辆买卖车，独自赶往叶尔丹园，满拟遇见瓦德西，说些体己话儿，洒些知心泪，也不枉相识一场。谁知一进园，正要去寻管园的，他倒早迎上来，笑嘻嘻拿着一封信道："太太贵忙呀！这是瓦德西先生留下的信儿，你瞧罢！"彩云怔一怔，忙接了，只见纸上写着道：

  彩云夫人爱鉴：昨读日报，知锦车行迈，正尔神伤；不意鄙人，亦牵王事，束装待发。呜呼！我两人何缘悭耶？十旬之爱，尽於浃辰，别泪盈怀，无地可洒，期於叶尔丹园丛薄间，作末日之握，乃夕阳无限，而谷音寂然，林鸟有情，送我哀响。仆今去矣，卿亦长辞！海涛万里，相思百年，落月屋梁，再见以梦，亚鸿有便，惠我好音！

末署，"爱友瓦德西拜上"。彩云就把信插入衣袋里，笑问那管园的道："瓦德西先生多咱给你这信的？他说什么没有？"管园的道："他前天给我的，倒没说别的，就恨太太不来。"彩云点点头，含着一包眼泪，慢慢上车，径叫向火车站而来。

到得车站，恰好见雯青刚上火车，俄国首相兼外部大臣吉尔斯，德、奥、荷三国公使，画师毕叶，还有中国后任公使许镜澂奏留的翻译、随员等，闹哄哄多少人，都来送行。雯青正应酬得汗流浃背，那里有工夫留心彩云的事情，只有阿福此时，看见彩云坐了一辆买卖车，如飞从东驰来，心里就诧异，连忙迎上来，望了几望彩云的眼睛，对彩云微微一笑。彩云倒转了头，也不理他，自顾已到停车场，自然有老妈、丫鬟等扶着上车了。不一会，汽笛一声，一股浓烟，直从烟突喷出，那火车就慢慢行动，停车场上送的人，有拱手的，有脱帽的，有扬巾的，一片平安祝颂声里，就风驰电卷，离了圣彼得堡而去。

三日到了柏林。雯青把例行公事完了，就赴马赛。可巧前次坐来的萨克森船，於八月十六日，开往中国上海，仍是戴会计去讲定妥了。十五日夜饭后，大家登了舟，雯青、彩云仍坐了头等舱。部署粗定，那船主质克笑着走进舱来，向雯青、彩云道："我们真算有缘了！来去都坐了小可的船。"雯青不会说外国话，只好彩云应酬了一会，质克方去了，开了船。质克非常招呼，自己有时也来走走，彩云也常到船顶去散步乘凉，偶然就在质克屋里坐坐。原来彩云自离了俄都，想着未给瓦德西作别，心中总觉不安，有时拿出信来看看，未免对月伤怀，临风洒泪。自己德话虽会说，却不会写，连回信都难寄一封，更觉闷闷不乐。质克连日看出彩云不乐，虽不解缘故，倒常常想法骗她快活。彩云很感激他，按下不表。

且说阿福自从那日见了瓦德西后，就动了疑，不过究竟主仆名分，不好十分露相，只把语言试探而已。有一晚，萨克森船正在地中海驶行，一更初定，明月中天，船上乘客，大半归房就寝，满船静悄悄的，但闻鼻息呼声。阿福一人睡在舱中，反覆不安，心里觉得躁烦，就起来，披了一件小罗衫走出来，从扶梯上爬到船顶，却见顶上寂无人声，照着一片白迷蒙的月色，凉风飒飒，冷露玲玲，爽快异常。阿福就靠在帆桅上，赏玩海中夜景。正在得趣，忽觉眼前黑魆魆的好像一个人影，直掠烟突而过，心里一惊，连忙蹑手蹑脚跟上去，远远见相离一箭之地，果真有个人，飞快的冲着船首走去，那身量窈窕，像个女子后影，可辨不清是中是西。阿福方要定睛认认，只听船长小室的门，砰的一声，那女影就不见了。阿福心想，原来这船长是有家眷的，我左右空着，何妨去偷看看他们做什么。想着，就溜到那屋旁，只见这屋，两面都有一尺来大小的玻璃推窗，红色毡帘正钩起。阿福向里一张，只见室内漆黑无光，就在漏进去一点月光里头，隐约见那女子背坐在一张蓝绒靠背上，质克正站起，一手要旋电灯的活机，那女子连连摇手，说了几句咭唎咕噜的话。质克只涎笑，抠着身，手掏衣袋里，掏出个仿佛是信的小封儿，远远托着说话，大约叫那女子看。那女子瞥然伸手来夺。质克趁势，拉住那女子的手，凑在耳边，低低的说。那女子斜钉了质克一眼，就回过脸来，急忙探头向门外一张，顺手却把帘子欻的拉上，阿福在这当儿帘缝里，正给那女子打个照面，不觉啊呀一声道："可了不得了！"正是：

　　前身应是琐首佛，半夜犹张素女图。

欲知阿福因何发喊。且听下回分解。

第十八回　游草地商量请客单　借花园开设谭瀛会

话说阿福在帘缝里看去，迷迷糊糊，活像是那一个人，心里一急，几乎啊呀的喊出来。忽然转念一想，质克这东西，凶狠异常，不要自己吃不了兜着走。侧耳听时，那屋是西洋柳条板实拼的，屋里做事，外面声息不漏。阿福没法，待要抽门，却听得对面鞑鞑的脚声。探头一望，不提防碧沈沈两只琉璃眼，乱蓬蓬一身花点毛，倒是一条二尺来高的哈吧狗，摇头摆尾，急腾腾地向船头上赶着一只锦毛狮子母狗去了。阿福啐了一口，暗道："畜生也欺负人起来！"说罢，垂头丧气的，正在一头心里盘算，一头踅回扶梯边来，瞥然又见一个人影，在眼角里一闪。急急忙忙，绕着船左舷，抢前几步，下梯去了。

阿福倒怔了怔，心想他们干事怎么这么快！自己无计思量，也就下楼归舱安歇。气一回，恨一回，反覆了一夜，到天亮倒落聪了，朦胧中忽然人声鼎沸，惊醒起来，却听在二等舱里，是个苏州人口音。细听正是匡次芳带出来的一个家人，高声道："哼，外国人！船主！外国人买几个铜钱介？船主生几个头几只臂膊介？勤现世，吾朵问问俚，昨伲夜里做个啥事体嗄？侬拉舱面浪，听子一夜朵！侬弄坏子俚大餐间一只玻璃杯，俚倒勿答应，个末俚弄坏子伲公使夫人，倒弗翻淘。"这家人说到这里，就听见有个外国人，不晓得咕唎咕噜，又嚷些什么。随后便是次芳喝道："混帐东西！金大人来了！还敢胡说！给我滚出去！"只听那家人一头走，一头还在咕噜道："里势个事体，本来金大人该应管管哉！"阿福听了这些话，心里诧异，想昨夜同在舱面，怎么我没有碰见呢？后来听见主人也出来，晓得事情越发闹大了，连忙穿好衣服走出来。只见大家都在二等舱里，次芳正在给质克做手势陪不是。

雯青却在舱门口，呆着脸站着。彩云不敢进来，也在舱外远远探头探脑，看见阿福，就招手儿。阿福走上去道："倒底怎么回事呢？"彩云道："谁知道！这天杀的，打碎了人家的一只杯子，人家骂他，要他赔，他就无法无天起来。"阿福冷笑道："没缝的蛋儿苍蝇也不钻，倒是如今弄得老爷都知道，我倒在这里发愁。"彩云别转脸，正要回答，雯青却气愤愤的走回来。阿福连忙站开。雯青眼钉着彩云道："你还出来赶什么？"彩云听了这话头儿，一扭身，飞奔的往头等舱而去。雯青也随后跟来。彩云一进舱，倒下吊床，双手捧着脸，呜呜咽咽大哭起来。雯青道："咦，怎么倒你哭了！"彩云咽着道："怎么叫我不哭呢！我是没有老爷的苦人呀，尽叫人家欺负的！"雯青愕然道："这，这是什么话？"彩云接着道："我那里还有老爷呢！别人家老爷，总护着自己身边人，就是做了丑事，还要顾着向日恩情，一床锦被，遮盖遮盖，况且没有巴柄的事儿，给一个低三下四的奴才，含血喷人，自己倒站着听风凉话儿！没事人儿一大堆，不发一句话，就算你明白不相信，人家看你这样儿，只说你老爷也信了。我这冤枉，那里再洗得清呢！"

原来雯青刚才一起床，就去看次芳。可巧碰下这事，听了那家人的话，气极了，没有思前想后，一盆之火走来，想把彩云往大海一丢，方雪此耻。及至走进来，不防兜头给彩云一哭，见了那娇模样，已是软了五分；又听见这一番话，说得有理，自己想想，也实在没有凭据，那怒气自然又平了三分，就道："你不做歹事，人家怎么凭空说你呢？"彩云在床上连连蹬足哭道："这都是老爷害我的！学什么劳什子的外国话！学了话，不叫给外国人应酬，也还罢了，偏偏这回老爷卸了任，把好一点的翻译，都奏留给后任了。一下船，逼着我做通事，因此认得了质克,人家早就动了疑。昨天我自己又不小心,为了请质克代写一封柏林女朋友的送行回信,晚上到他房里去过一趟,那里想得到闹出这个乱儿来呢!"说着欸的翻身,在枕边掏出一封西文的信,往雯青怀里一掷道:"你不信,你瞧!这书信还在这里呢!"彩云掷出了信,更加号啕起来,口口声声要寻死。雯青虽不认得西文,见她堂皇冠冕,掷出信来,知道不是说谎了。听她哭得凄惨,不要说一团疑云,自然飞到爪洼园去,倒更起了怜惜之心,只得安慰道:"既然你自己相信,对得起我,也就罢了,我也从此不提。你也不必哭了。"彩云只管撒娇撒痴的痛哭,说:"人家坏了我名节,你倒肯罢了!"雯青没法,只好许他到中国后,送办那家人,方才收旗息鼓。

外面质克吵闹一回,幸亏次芳再四调停,也算无事了。阿福先见雯青动怒,也怕寻根问底,早就暗暗跟了进来,听了一回,知道没下文,自然放心去了。从此海程迅速,倒甚平安,所过埠头,无非循例应酬,毫无新闻趣事可记,按下慢表。

如今且说离上海五六里地方,有一座出名的大花园,叫做味莼园。这座花园,坐落不多,四面围着嫩绿的大草地,草地中间,矗立一座巍焕的跳舞厅,大家都叫他做安垲第,原是中国士女,会集茗话之所。这日正在深秋天气,节近重阳,草作金色,枫吐火光,秋花乱开,梧叶飘堕,佳人油碧,公子丝鞭,拾翠寻芳,歌来舞往,非常热闹。其时又当夕阳衔山,一片血色般的晚霞,斜照在草地上,迎着这片光中,却有个骨秀神腴、光风霁月的老者,一手捋着淡淡的黄须,缓步行来。背后随着个中年人,也是眉目英挺,气概端凝,胸罗匡济之才,面盎诗书之泽。一壁闲谈,一壁走的齐向那大洋房前进。那老者忽然叹道:"若非老夫微疴淹滞,此时早已在伦敦、巴黎间,呼吸西洋自由空气了!"那中年笑道:"我们此时若在西洋,这谈瀛胜会,那得举发!大人的清羔,正天所以留大人为群英之总持也!可见盍簪之聚,亦非偶然。"那老者道:"我兄奖饰过当,老夫岂敢!但难得此时群贤毕集,不能无此盛举，以志一时之奇遇。前日托兄所拟的客单，不知已拟好吗？"那中年说："职道已将现在这里的人，大略拟就，不知有无挂漏，请大人过目！"说着，就赶忙在靴统里抽出一个梅红全帖，双手递给老者。

那老者揭开一看，只见那帖上写道：

本月重九日，敬借味莼园，开谈瀛会。凡我同人，或持旄历聘，或凭轼偶游，足迹曾及他洲，壮游逾乎重译者，皆得来预斯会。借他山攻错之资，集世界交通之益，翘盼旌旄，勿吝金玉！敬列台衔於左：

记名道日本出使大臣吕大人，印苍舒，号顺斋；

前充德国正使李大人，印丰宝，号台霞；

直隶候补道前充美、日、秘出使大臣云大人，印宏，号仁甫；

湖北候补道铁厂总办前充德国参赞徐大人，印英，号忠华；

直隶候补道招商局总办前奉旨游历法国马大人，印中坚，号美菽；

现任常镇道前奉旨游历英国柴大人，印觚，号韵甫；

大理寺正堂前充英、法出使大臣俞大人，印耿，号西塘；

分省补用道前奉旨游历各国现充英、法、义、比四国参赞王大人，印恭，号子度。

下面另写一行"愚弟薛辅仁顿首拜订"。

看官，你们道这老者是谁？原来就是无锡薛淑云。还是去年七月，奉了出使英、法、义、比四国之命，谁知淑云奉命之后，一病经年，至今尚未放洋，月内方才来沪，驻节天后宫，还须调养多时，再行启程。那个中年人，就是雯青那年与云仁甫同见的王子度，原是这回淑云奏调他做参赞，一同出洋的。这两人都是当世通才，深知世界大势，气味甚是相投。当时在沪无事，恰值几个旧友，如吕顺斋从日本任满归朝，徐忠华为办铁料来沪,美菽仁甫则本寓此间,淑云素性好客,来此地聚着许多高朋,因与子度商量,拟邀曾经出洋者,作一盛会,借此聚集冠裳,兼可研究世局。其时恰好京卿俞西塘,有奉旨查办事件;常镇道柴韵甫,有与上海道会商事件,这两人也是一时有名人物,不期而遇,都聚在一处,所以子度一并延请了。闲话少说。

话说当时淑云看了客单,微笑道:"大约不过这几个人罢了,就少了雯青和次芳两个!听说也快回国,不知他们赶得上吗?"子度一面接过客单,一面答道:"昨天知道雯青夫人,已经到这里来迎接了。上海道已把洋务局预备出来,专候使节。大约今明必到。"言次,两人已踏上了那大洋房的平台。正要进门,忽然门外风驰电卷的来了两辆华丽马车,后面尘头起处,跟着四匹高头大马,马上跨着戴红缨帽的四个俊僮。那车一到洋房门口,停住了,就有一群老妈丫头,开了车门,扶出两位佳人,一个是中年的贵妇,一个是姣小的雏姬,都是珠围翠绕,粉滴脂酥,款步进门而来。淑云、子度倒站着看呆了,子度低低向淑云说道:"那年轻的,不是雯青的如夫人吗?大约那中年的,就是正太太了。"淑云点头道:"不差,大约雯青已到了,我们客单上,快添上罢!我想我先回去拜他一趟,后日好相见。你在这里给园主人把后天的事情说定,叫他把东边老园的花厅,借给我们做会所就得了。"子度答应,自去寻找园主人。这里淑云见雯青的家眷,许多人簇拥着上楼,拣定座儿,自去啜茗,淑云也无心细看,连忙叫着管家伺候,匆匆上车回去拜客不提。

原来雯青还是昨日上午抵埠的,被脚靴手版,胶扰了一日,直到上灯时,方领了彩云,进了洋务局公馆,知道夫人在此,连忙接来,夫妻团聚,畅话离情,快活自不必说。到了次日,雯青叫张夫人领着彩云各处去游玩,自己也出门拜访友好,直闹到天黑方归。正在上房,一面叫彩云伺候更衣,一面与夫人谈天,细问今日游玩的景致。张夫人一一的诉说。那当儿,金升拿着个帖子,上来回道:"刚才薛大人自己来过,请大人后日到味莼园一聚,万勿推辞。临走留下一个帖子。"雯青就在金升手里,看了一看,微笑道:"原来这班人都在这里,倒也难得!"又向金升道,"你去外头招呼匡大人一声,说我去的,叫匡大人也去,不可辜负了薛大人一片雅意。"金升诺诺答应下去。当日无话。

单说这日重阳佳节,雯青在洋务局吃了早饭,约着次芳坐车直到味莼园。到得园门,把车拉进老园洋房停着,只见门口已停满了五六辆轿车,阶上站着无数红缨青褂的家人。雯青、次芳一同下车,就有家人进去通报,淑云满面笑容的把雯青、次芳迎接进去。此时花厅上,早是冠裳济楚,坐着无数客人,见雯青进来,都站起来让坐。雯青周围一看,只见顺斋、台霞、仁甫、美菽、忠华、子度一班熟人,都在那里。雯青一一寒暄了几句,方才告坐。淑云先开口向雯青道:"我们还是那年在一家春一叙,一别十年,不想又在这里相会。最难得的,仍是原班,不弱一个!不过绿鬓少年,都换了华颠老子了。"说罢,拈须微笑。子度道:"记得那年全安栈相见的时候,正是雯兄大魁天下衣锦荣归的当儿,少年富贵,真使弟辈艳羡无穷。"

雯青道:"少年陈迹,令人汗颜,小弟只记得那年畅闻高论,所谈西国政治艺术,天惊石破,推崇备至,私心窃以为过当!如今靠着国家洪福,周游各国,方信诸君言之不谬。可惜小弟学浅才疏,不能替国家宣扬令德,那里及淑翁博闻多识,中外仰望,又有子度兄相助为理,此次出洋,必能争回多少利权,增重多少国体。弟辈惟有拭目相望耳!"淑云、子度谦逊了一回。台霞道:"那时中国风气未开,有人讨论西学,就是汉奸。雯兄,你还记得吗?郭筠仙侍郎,喜谈洋务,几乎被乡人驱逐;曾劼刚袭侯,学了洋文,他的夫人喜欢弹弹洋琴,人家就说他吃教的。这些粗俗的事情,尚且如此,政治艺术,不要说雯兄疑心,便是弟辈,也不能十分坚信。"美菽道:"如今大家眼光,比从前又换一点儿了,听说俞西塘京卿,在家饮食起居,都依洋派,公子小姐,出门常穿西装,在京里应酬场中,到也没有听见人家议论他,岂不奇怪!"

大家听了，正要动问，只见一个家人手持红帖，匆忙进来通报道："俞大人到！"雯青一眼看去，只见走进一个四十多岁的体面人来，细长干儿，椭圆脸儿，雪白的皮色，乌油油两绺微须，蓝顶花翎，满面风芒的，就给淑云作下揖去，口里连说迟到。淑云正在送茶，后面家人又领进一位粗眉大眼挺腰凸肚的客人，淑云顺手也送了茶，就招呼雯青道："这位就是柴韵甫观察，新从常镇道任所到此。我们此会，借重不少哩！"韵甫忙说不敢，就给大家相见。淑云见客已到齐，忙叫家人摆起酒来，送酒定座，忙了一回，於是各各归坐，举杯道谢之后，大家就纵饮畅谈起来。

　　雯青向顺斋道："听说东瀛从前崇尚汉学，遗籍甚多，往往有中土失传之本，而彼国尚有流传。弟在海外，就知阁下搜辑甚多，正有功艺林之作也。"顺斋道："经生结习，没有什么关系的。要比到子度兄所作的《日本国志》，把岛国的政治风俗，网罗无遗，正是周鼎康瓠，不可同语了！"子度道："日本自明治变法，三十年来，进步之速，可惊可愕。弟的这书，也不过断烂朝报，一篇陈帐，不适用的了。"西塘道："日本近来注意朝鲜，到是一件极可虑的事。即如那年朝鲜李昰应之乱，日本已遣外务卿井上馨率兵前往，幸亏我兵先到半日，得以和平了事，否则朝鲜早变了琉球之续了。"子度微笑，指着淑云、顺斋道："这事都亏了两位赞助之功。"淑云道："岂敢！小弟不过上书庄制军，请其先发海军往救，不必转商总理衙门，致稽时日罢了。至这事成功的枢纽……"说到这里，向着顺斋道："究竟还靠顺斋在东京，探得确信，急递密电，所以制军得豫为之备，迅速成功哩。"美菽道："可惜后来伊藤博文到津，何太真受了北洋之命，与彼立了攻守同盟的条约。我恐朝鲜将来有事。中日两国，必然难免争端罢！"

　　雯青道："朝鲜一地，不但日本眈眈虎视，即俄国蓄意，亦非一日了。"淑云道："不差，小弟闻得吾兄这回回国，俄皇有临别之言，不晓得究竟如何说法？"雯青道："我兄消息好灵！此事确是有的，就是兄弟这次回国时，到俄宫辞别，俄皇特为免冠握手，对兄弟道：'近来外人都道朕欲和贵国为难，且有吞并朝鲜的意思，这种议论，都是西边大国造出来离间我们邦交的。其实中俄交谊，在各国之先，朕那里肯废弃呢！况且我国新灭了波兰，又割了瑞典、芬兰，还有图尔齐斯坦各部，朕日夜兢兢，方要绥和斯地，万不愿生事境外的。至於东境铁路，原为运输海参威、珲春商货起见，更没别意。又有人说我国海军，被英国截住君士但丁峡，没了屯泊所，所以要从事朝鲜，这话更不然了。近年我已在黑海旁边，得了停泊善澳，北边又有煤矿，又在库页岛得了海口两处，皆风静水暖，矿苗丰富的；再者俄与丹马婚姻之国，倘要济师，丹马海峡，也可借道，何必要朝鲜呢！贵大人归国，可将此意，劝告政府，务敦睦谊。'这都是俄皇亲口对弟说的。至於其说是否发於至诚，弟却不敢妄断，只好据以直告罢了。"淑云道："现在各国内力充满，譬如一杯满水，不能不溢於外，侵略政策，出自天然，俄皇的话，就算是真心，那里强得过天运呢！孙子曰：'毋恃人之不来，恃我有以待之！'为今之计，我国只有力图自强，方足自存在这种大战国世界哩！"

雯青道："当今自强之道，究以何者为先？淑翁留心有素，必能发抒宏议。"淑云道："富强大计，条目繁多，弟辈蠡测，那里能尽！只就职分所当尽者，即如现在交涉里头，有两件必须力争的，第一件，该把我国列入公法之内，凡事不至十分吃亏；第二件，南洋各埠，都该添设领事，使侨民有所依归。这两事，虽然看似寻常，却与大局很有关系。弟从前曾有论著，这回出去，决计要实行的了。"次芳道："淑翁所论，自是外交急务。若论内政，愚意当以练兵为第一，练兵之中，尤以练海军为最要。近日北洋海军，经威毅伯极意经营，丁雨汀尽心操演，将来必能收效的。但今闻海军衙门军需要款，常有移作别用的。一国命脉所系，岂容儿戏呢？真不可解了！"忠华道："练兵固不可缓，然依弟愚见，如以化学比例，兵事尚是混合体，决非原质。历观各国立国,各有原质,如英国的原质是商,德国的原质是工,美国的原质是农。农工商三样,实是国家的命脉。各依其国的风俗,性情,政策因而有所注重。我国倘要自强,必当使商有新思想,工有新技术,农有新树艺,方有振兴的希望哩!"仁甫道:"实业战争,原比兵力战争更烈,忠华兄真探本之论!小弟这回游历英、美,留心工商界,觉得现在有两件怪物,其力足以灭国殄种,我国所必当预防的,一是银行,一是铁路。银行非钱铺可比,经其规制,一国金钱的势力,听其弛张了;铁路亦非驿站可比,入其范围,一国交通的机关,受其节制了。我国若不先自下手,自办银行,自筑铁路,必被外人先我着鞭,倒是心腹大患哩!"

台霞道:"西国富强的本原,据兄弟愚见,却不尽在这些治兵、制器、惠工、通商诸事上头哩!第一在政体。西人视国家为百姓的公产,不是朝廷的世业,一切政事,内有上下议院,外有地方自治,人人有议政的权柄,自然人人有爱国的思想了。第二在教育,各国学堂林立,百姓读书,归国家管理,无论何人,不准不读书,西人叫做强逼教育。通国无不识字的百姓,即贩夫走卒,也都通晓天下大势,民智日进,国力自然日大了。又不禁党会,增大他的团结力;不讳权利,养成他的竞争心,尊信义,重廉耻,还是余事哩。我国现在事事要仿效西法,徒然用心那些机器艺术的形迹,是不中用的。"

西塘道:"政体一层,我国数千年来,都是皇上一人独断的,一时恐难改变。只有教育一事,万不可缓。现在我国四万万人,读书识字的,还不到一万万,大半痴愚无知,无怪他们要叫我们做半开化国了。现在朝廷如肯废了科举,大开学堂,十年之后,必然收效。不过弟意,现办学堂,这些专门高等的,倒可从缓,只有普通小学堂,最是要紧;因为小学堂,是专教成好百姓的,只要有了好百姓,就不怕他没有好国家了。"韵甫道:"办学堂,开民智,固然是要紧,但也有一层流弊,该慎之於始。兄弟从前到过各国学堂,常听见那些学生,终日在那里讲究什么卢梭的《民约论》,孟德斯鸠的《法律魂》,满口里无非'革命''流血''平权''自由'的话，我国如果要开学堂，先要把这种书禁绝，不许学生寓目才好；否则开了学堂，不是造就人材，倒造就叛逆了。"美菽道："要说到这个流弊，如今还早哩！现在我国民智不开，固然在上的人，教育无方，然也是我国文字太深，且与语言分途的缘故，那里能给言文一致的国度比较呢！兄弟的意思，现在必须另造一种通行文字，给白话一样的方好。还有一事，各国提倡文学，最重小说、戏曲，因为百姓容易受他的感化；如今我国的小说、戏曲，太不讲究了，佳人才子，千篇一律，固然毫无道理；否则开口便是骊山老母，齐天大圣，闭口又是白玉堂，黄天霸，一派妖乱迷信的话，布满在下等人心里，北几省此风更甚，倒也是开化的一件大大可虑的事哩！"

当时味莼园席上的人，你一句，我一句，正在兴高彩烈，议论天下大势的时候，忽见走进一个家人，站在雯青身边，低低的回道："太太打发人来，说京里有紧要电报到来，请老爷即刻回去。"大家都吃了一惊，方隔断了话头。雯青心里有事，坐不住，只好起身告辞。正是：

　　海客高谭惊四座，京华芳讯报三迁。

欲知后事，且听下回。

第十九回　淋漓数行墨五陵未死健儿心
　　　　　的烁三明珠一笑来觞名士寿

　　上回叙的是薛淑云在味莼园开谭瀛会,大家正在高谈阔论,忽因雯青家中接到了京电,不知甚事,雯青不及终席,就道谢兴辞,赶回洋务局公馆,却见夫人满面笑容的,接出中堂道:"恭喜老爷。"雯青倒愕然道:"喜从何来?"张夫人笑道:"别忙,横竖跑不了,你且换了衣服。彩云,烦你把刚才陆大人打来的电报,拿给老爷看。"那个当儿,阿福站在雯青面前,脱帽换靴,彩云爬在张夫人椅子背上,怔怔的听着。猛听得夫人呼唤,忙道:"太太,搁在那里呢?"夫人道:"刚在屋里书桌儿上给你同看的,怎么忘了?"彩云一笑,扭身进去。这里张夫人看着阿福给雯青升冠卸褂,解带脱靴,换好便衣,靠窗坐着,阿福自出宅门。彩云恰好手拿个红字白封儿,跨出房来。雯青忙伸手来接。彩云偏一缩手,递给张夫人道:"太太看,这个是不是?"夫人点头,顺手递在雯青手里,雯青抽出,只见电文道:

　　　　上海斜桥洋务局出使大人金鉴:燕得内信,兄派总署,谕
　　　　行发,嘱速来。莘庚。

　　雯青看完道:"这倒想不到的,既然小燕传出来的消息,必是确的,只好明后日动身了。"夫人道:"小燕是谁?"雯青道:"就是庄焕英侍郎,从前中俄交界图,我也托他呈递的。这人非常能干,东西两

宫，都喜欢他，连内监们也没个说他不好，所以上头的举动，他总比人家先晓得一点。他来招呼我，足见要好，倒不可辜负。夫人你可领着彩云，把行李赶紧拾掇起来，我们后日准走。"张夫人答应了，自去收拾。雯青也出门至各处辞行。恰值淑云、子度，也定明日放洋，忠华回湖北，韵甫回镇江，当晚韵甫作主人，还在密采里吃了一顿，欢聚至更深而散。明日各奔前程。

话分两头，如今且把各人按下，单说雯青带着全眷并次芳等，乘轮赴津。到津后，直托次芳护着家眷船，由水路进发，自己特向威毅伯处，借了一辆骡车，带着老仆金升及两个俊童，轻车简从，先从旱路进京。此时正是秋末冬初，川原萧索，凉风飒飒，黄沙漫漫，这日走到河西务地方，一个铜盆大的落日，只留得半个在地平线上，颜色恰似初开的淡红西瓜一般，回光反照，在几家野店的屋脊上，煞是好看。原来那地方，正是河西务的大镇，一条很长的街，街上也有个小小巡检衙门，衙两旁，客店甚多。雯青车子一进市口，就有许多店伙迎上来，要揽这个好买卖，老远的喊道："我们那儿屋子干净，坑①儿大，吃喝好，伺候又周到，请老爷试试就知道。"鹅呛鸭嘴的不了。

雯青忙叫金升飞马前去，看定回报。谁知一去多时，绝无信息。雯青性急，叫赶上前去，拣大店落宿。过了几个店门，都不合意，将近市梢，有一个大店，门前竹竿子，远远挑出一扇青边白地的毡帘，两扇破落大门半开着，门上贴着一副半拉下的褪红纸门对，写的是：

三千上客纷纷至，

百万财源滚滚来。

望进去，一片挺大的围场，正中三开间，一溜上屋，两旁边还有多少厢房，场中却已停着好几辆客车。雯青看这店还宽厂，就叫把车赶进去，一进门，还没下车，就听金升高声丧气，倒在那里给一个胖白面的少年

---

① 编者注：同"炕"。

人吵驾。少年背后,还站着个四五十岁,紫膛脸色,板刷般的乌须,眼上架着乌油油的头号墨晶镜,口衔京潮烟袋,一个官儿模样的人。阶前伺候多少家人。只听金升道:"那儿跑出这种不讲理的少爷大人们,仗着谁的大腰子,动不动就捆人!你也不看看我姓金的,捆得捆不得?这回儿你们敢捆,请捆!"

那少年一听,双脚乱跳道:"好,好,好撒野!你就是王府的包衣,今天我偏捆了再说!来,给我捆起这个没王法的忘八!"这一声号令,阶下那班如狼如虎的健仆,个个摩拳擦掌,只待动手,斜刺里那个紫膛脸的倒走出来拦住,对金升道:"你也太不晓事了!我却不怪你,大约你还才进京,不知利害。我教你个乖,这位是当今户部侍郎总理衙门大臣庄焕英庄大人的少大人,这回替他老大人给老佛爷和佛爷办洋货进去的。这位庄大人,仿佛是皇帝的好朋友,太后的老总管,说句把话,比什么也灵。你别靠着你主人,有一个什么官儿仗腰子,就是斗大的红顶儿,只要给庄大人轻轻一拨,保管骨碌碌的滚下来,你明白点儿,我劝你走罢!"

雯青听到这里,忍不住欻的跳下车来,喝金升道:"休得无礼!"就走上几步,给那少年作揖道:"足下休作这老奴的准,大概他今天喝醉了!既然这屋子是足下先来,那有迁让的理!况刚才听那位说,足下是小燕兄的世兄,兄弟给小燕数十年交好,足下出门,方且该诸事照应,倒争夺起屋子来,笑话,笑话!"说罢,就回头问着那些站着的店伙道:"这里两厢有空屋没有?要没有,我们好找别家。"店伙连忙应着:"有,东厢空着。"雯青向金升道:"把行李搬往东厢,不许多事。"此时那少年见雯青气概堂皇,说话又来得正大,知道不是寻常过客,到反过脸,很足恭的还了一揖,问道:"不敢动问尊驾高姓大名?"雯青笑道:"不敢,在下就是金雯青。"那少年忽然脸上一红道:"呀,可了不得,早知是金老伯,就是尊价逼人太甚,也不该给他争执了!可恨他终究没提个金字,如今老伯只好宽恕小侄无知冒犯,请里边去坐罢,小侄情愿奉让正屋。"

雯青口说不必，却大踏步走进中堂，昂然上坐。那少年只好下首陪着。紫膛脸的坐在旁边。雯青道："世兄大名，不是一个'南'字，雅篆叫做稚燕吗？这是兄弟常听令尊说的。"那庄稚燕只好应了个"是"。雯青又指着那紫膛脸的道："倒是这位，没有请教。"那个紫膛脸的半天没有他插嘴处，但是看看庄稚燕如此奉承，早忖是个大来头，今忽然问到，就恭恭敬敬站着道："职道鱼邦礼，号阳伯，山东济南府人。因引见进京，在沪上遇见稚燕兄，相约着同行的。"雯青点点头。庄稚燕又几回请雯青把行李搬来，雯青连说不必。

却说这中堂正对着那个围场，四扇大窗洞开，场上的事，一目了然，雯青嘴说不必的时候，两只眼却只看着金升等搬运行李下车。还没卸下，忽听门外一阵鸾铃，玱玱的自远而近，不一会，就见一头纯黑色的高头大骡，如风的卷进店来。骡上骑着一位六尺来高的身材，红颜白发，大眼长眉，一部雪一般的长须，头戴编蒲遮日帽，身穿乌绒阔镶的乐亭布袍，外罩一件韦陀金边巴图鲁夹砍肩，脚蹬一双绿皮盖板快靴，一手背着个小包儿，一手提着丝缰，直闯到东厢边，下了骡，把骡系在一棵树上，好像定下似的，不问长短，走进东厢，拉着一把椅子，就靠门坐下，高声叫："伙计，你把这头骡好生喂着，委屈了，可问你！"那伙计连声应着。待走，老者又喊道："回来，回来！"伙计只得垂手站定。老者道："回头带了开水来，打脸水，沏茶，别忘了！"那伙计又站了一回，见他无话，方走了。

金升正待把行李搬进厢房，见了这个情形，忙拉住了店主人，瞪着眼问道："你说东厢空着，怎么又留别人？"那店主人赔着笑道："这事只好求二爷包荒些，东厢不是王老爹来，原空着在那里。谁知他老偏又来到。不瞒二爷说，别人早赶了。这位王老爹，又是城里半壁街上有名的大刀王二，是个好汉，江湖上谁敢得罪他！所以只好求二爷回回贵上，咱们商量个好法子才是。"一句话没了，金升跺脚喊道："我不知道什么'王二王三',我只要屋子!"

　　场上吵嚷,雯青、稚燕,都听得清清楚楚。雯青正要开口,却见稚燕走到台阶上喊道:"你们嚷什么,把金大人的行李,搬进这屋里来就得了!"回过头来,向着阶上几个家人道:"你们别闲看,快去帮个忙儿!"众家人得了这一声,就一哄上去,不由金升作主,七手八脚把东西都搬进来。店家看有了住处,慢慢就溜开。金升拿铺盖铺在东首屋里炕上,嘴里还只管咕噜,雯青只做不见不闻,由他们去闹。直到拾掇停当,方站起来向稚燕道:"承世兄不弃,我们做一夜邻居罢!"稚燕道:"老伯肯容小侄奉陪,已是三生之幸了!"雯青道了"岂敢",就拱手道:"大家各便罢!"说完,两个俊童,就打起帘子。雯青进了东屋,看金升部署了一回。

　　那时天色已黑,屋里乌洞洞,伸手不见五指,金升在网篮内翻出洋蜡台,将要点上,雯青摇手道:"且慢",一边说,一边就掀帘出来。只见对面房静悄悄的下着帘子,帘内灯烛辉煌。雯青忙走上几步,伏在帘缝边一张,只见庄、鱼两人,盘腿对坐在炕上,当中摆着个炕几,几上堆满了无数的真珠盘金表,钻石镶嵌小八音琴,还有各种西洋精巧玩意儿,映着炕上两枝红色宫烛,越显得五色迷离,宝光闪烁。几尽头却横着一只香楠雕花画匣,匣旁卷着一个玉䦆锦签的大手卷。只见稚燕却只顾把那些玩意一样一样给阳伯看,阳伯笑道:"这种东西,难道也是进贡的吗?"稚燕正色道:"你别小看了这个,我们老人家一点尽忠报国的意思,全靠他哩!"阳伯怔了怔。稚燕忙接说道:"这个不怪你不懂,近来小主人,很愿意维新,极喜欢西法,所以连这些新样的小东西,都爱得了不得。不过这个意思,外人还没有知道,我们老人家,给总管连公公是拜把子,是他通的信。每回上里头去,总带一两样在袖子里,奏对得高兴,就进呈了。阳伯,你别当他是玩意!我们老人家的苦心,要借这种小东西,引起上头推行新政的心思。"阳伯点头领会,顺手又把那手卷,慢慢摊出来,一面看,一面说道:"就是这一样东西,送给尊大人，不太菲吗!"稚燕哈哈笑道："你真不知道我们老爷子的脾气了！他一生饱学，却没有巴结上一个正途功名，心里常常不平，只要碰着正途上的名公巨卿，他事事偏要争胜。这会儿，他见潘八瀛搜罗商彝周鼎，龚和甫收藏宋椠元钞，他就立了一个愿，专收王石谷的画，先把书斋的名儿，叫做了'百石斋'，见得不到百幅不歇手，如今已有了九十九幅了，只少一幅。老爷子说，这一幅，必要巨轴精品，好做个压卷。"说着，手指那画卷道："你看这幅《长江万里图》，又浓厚，又超脱，真是石谷四十岁后得意之作，老爷子见了，必然喜出望外，你求的事情，不要说个把海关道，只怕再大一点也行。"说到这里，又拍着阳伯的肩道："老阳，你可要好好谢我！刚才从上海赶来的那个画主儿，一个是寡妇，一个是小孩子，要不是我用绝情手段，硬把他们关到河西务巡检司的衙门里，你那里能安稳得这幅画呢！"阳伯道："我倒想不到这个妇人跟那孩子，这么泼赖，为了这画儿，不怕老远的赶来，看刚才那样儿，真要给兄弟拚命了。"稚燕道："你也别怪她，据你说，这妇人的丈夫，也是个名秀才，叫做张古董，为了这幅画，把家产都给了人，因此贫病死了。临死叮嘱子孙穷死不准卖，如今你骗了他来，只说看看就还，谁知你给她一卷走了，怎么叫她不给你拚命呢！"阳伯听了，笑了一笑。

　　此时帘内的人，一递一句说得高兴。谁知帘外的人，一言半语也听得清楚。雯青心里暗道："原来他们在那里做伤天害理的事情！怪道不肯留我同住。"想想有些不耐烦，正想回身，忽见西面壁上，一片雪白的灯光影里，欻的现出一个黑人影子，仿佛手里还拿把刀，一闪就闪上梁去了。雯青倒吓一跳，恰要抬头细看，只见窗外围场中，飞快的跑进几个人来，嘴里嚷道："好奇怪，巡检衙门里关的一男一女都跑掉了。"雯青见有人来，就轻轻溜回东屋，忙叫小童点起蜡来，摊着书看，耳朵却听外面，只听许多人直嚷到中堂。庄、鱼两人听了，直跳起来，问怎么跑的，就有一个人回道："恰才有个管家，拿了金沟金大人的片子，跑来见我们本官,说金大人给那两人熟识,劝他几句话,必然肯听。金大人已给两位大人说明,特为叫小的来面见她们,哄她们回南的。本官信了,就请那管家进班房去。一进去半个时辰,再不出来,本官动疑,立刻打发我们去看,谁知早走得无影无踪了。门却没开,只开了一扇凉楄子。两个看班房的人,昏迷在地。本官已先派人去追,特叫小的来报知。"

雯青听得用了自己片子,倒也吃惊,忙跑出来,问那人道:"你看见那管家什么样子?"那人道:"是个老头儿。"庄、鱼两人听了,倒面面相视了一回。雯青忙叫金升跟两个童儿上来,叫那人相是不是。那人一见摇头道:"不是,不是,那个是长白胡子的。"庄、鱼两人都道:"奇了,谁敢冒充金老伯的管家,还有那个片子,怎么会到他手里呢?"雯青冷笑道:"拿张片子有什么奇,比片子再贵重点儿的东西,他要拿就拿。不瞒二位说,刚才兄弟在屋里,没点灯,靠窗坐着,眼角边忽然飞过一个人影,直钻进你们屋里去。兄弟正要叫,你们就闹起跑了人了。依兄弟看来,跑了人还不要紧,倒怕屋里东西,有什么走失。"

一语提醒两人,鱼阳伯拔脚就走,才打起帘儿,就忘命的喊道:"炕几上的画儿,连匣子都那里去了!"稚燕、雯青也跟着进来,帮他四面搜寻,那有一点影儿!忽听稚燕指着墙上叫道:"这几行字儿是谁写的?刚刚还是雪白的墙。"雯青就踱过来仰头一看,见几笔歪歪斜斜的行书,虽然粗率,倒有点倔强之态。雯青就一句一句的照读道:

> 王二王二,杀人如儿戏;空际纵横一把刀,专削人间不平气!有图曰《长江》,王二挟之飞出窗;还之孤儿寡妇手,看彼笑脸开双双!笑脸双开,王二快哉,回鞭直指长安道,半壁街上秋风哀!

三个人都看呆了!门口许多人,也探头探脑的诧异。阳伯拍着腿道:"这强盗好大胆,他放了人,抢了东西,还敢称名道姓的吓唬我!我今夜拿不住他算铲头!"稚燕道:"不但说姓名,连面貌都给你认清了。"

阳伯喊道："谁见狗面？"稚燕道："你不记得给金老伯抢东厢房那个骑黑骡儿的老头儿吗？今儿的事，不是他是谁？"阳伯听了，欻然站起来往外跑道："不差，我们往东厢去拿这忘八！"稚燕冷笑道："早哩，人家还睡着等你捆呢！"阳伯不信，叫人去看，果然回说，一间空房，骡子也没了。稚燕道："那个人既有本事，衙门里骗走人，又会在我们人堆里取东西，那就是个了不得的。你一时那里去找寻？我看今夜只好别闹了，到明日再商量吧罢。"说完，就冲着雯青道："老伯说是不是？"雯青自然附和了。阳伯只得低头无语。稚燕就硬作主，把巡检衙门报信人打发了，大家各散，当夜无话。

　　雯青一睒醒来，已是"鸡声茅店，人迹板桥"的时候，侧耳一听，只有四壁虫声唧唧，间壁房里，静悄悄地。雯青忙叫金升问时，谁知庄、鱼两人，赶三更天，早是人马翻腾的走了。雯青赶忙起来，盥潄，叫起车夫，驾好牲口，装齐行李，也自长行。

　　看官，且莫问雯青，只说庄、鱼两人，这晚走得怎早？原来鱼阳伯失去了这一分重赂，心里好似已经革了官一般，在炕上反覆不眠，意思倒疑是雯青的手脚。稚燕道："你有的是钱，只要你肯拿出来，东海龙王，也叫他搬了家，虾兵蟹将怕什么！"又说了些京里走门路的法子，把阳伯说得火拉拉的，等不到天亮，就催着稚燕赶路。一路鞭骡喝马，次日就进了京城，阳伯自找大客店落宿，稚燕径进内城，到锡蜡胡同本宅下车，知道父亲总理衙门散值初回，正歇中觉，自己把行李部署一回，还没了，早有人来叫。稚燕整衣上去，见小燕已换便衣，危坐在大洋圈椅里，看门簿上的来客，一个门公站在身旁。稚燕来了，那门公方托着门簿自去。小燕问了些置办的洋货，稚燕一一回答了，顺便告诉小燕有幅王石谷的长江图，本来有个候补道鱼邦礼，要送给父亲的，可惜半路被人抢去了。小燕道："谁敢抢去？"稚燕因把路上盗图的事，说了一遍，却描头画角，都推在雯青身上。小燕道："雯青给我至好，何况这回派入总署，还是我的力量多哩，怎么倒忘恩反噬？可恨！可恨！

叫他等着罢！"稚燕冷笑道："他还说爹爹许多话哩！"

小燕作色道："这会儿且不用提他，我还有要事吩咐你哩！你赶快出城，给我上韩家潭余庆堂菱云那里去一趟，叫他今儿午后，到后载门成大人花园里伺候李老爷，说我吩咐的。别误了！"稚燕怔着道："李老爷是谁？大人自己不叫，怎么倒替人家叫？"小燕笑道："这不怪你要不懂了！姓李的就是李纯客，他是个当今老名士，年纪是三朝耆硕，文章为四海宗师，如今要收罗名士，收罗了他，就是擒贼擒王之意。这个老头儿相貌清癯，脾气古怪，谁不合了他意，不论在大廷广坐，也不管是名公巨卿，顿时瞪起一双谷秋眼，竖起三根晓星须，肆口谩骂，不留余地。其实性情直率，不过是个老孩儿，晓得底细的常常当面戏弄他，他也不知道。他喜欢闹闹相公，又不肯出钱。只说相公都是爱慕文名，自来昵就的。那里知道几个有名的，如素云是袁尚秋替他招呼，怡云是成伯怡代为道地，老先生还自鸣得意，说是风尘知己哩。就是这个菱云，他最爱慕的，所以常常暗地贴钱给他，今儿个是他的生日，成伯怡祭酒，在他的云卧园，大集诸名士，替他做寿。大约那素云、怡云必然到的，你快去招呼菱云早些前去。"

稚燕道："这位老先生，有什么权势？爹爹这样奉承他呢！"小燕哈哈笑道："他的权势大着哩！你不知道，君相的斧钺，威行百年；文人的笔墨，威行千年，我们的是非生死，将来全靠这班人的笔头上定的。况且朝廷不日要考御史，听说潘、龚两尚书，都要劝纯客去考。纯客一到台谏，必然是个铁中铮铮，我们要想在这个所在，做点事业，台谏的声气，总要联络通灵方好，岂可不烧烧冷灶呢！你别再烦絮！快些赶你的正经罢！我还要先到他家里去访问一趟哩。"说着，就叫套车伺候。稚燕只得退出，自去招呼菱云。

却说小燕便服轻车，叫车夫径到城南保安寺街而来，那时秋高气和，尘软蹄轻，不一会，已到了门口，把车停在门前两棵大榆树荫下，家人方要通报，小燕摇手说不必，自己轻跳下车，正跨进门，瞥见门上

新贴一幅淡红朱砂笺的门对,写得英秀瘦削,历落倾斜的两行字道:

  保安寺街,藏书十万卷;

  户部员外,补阙一千年。

小燕一笑。进门一个影壁,绕影壁而东,朝北三间倒厅,沿倒厅廊下一直进去,一个秋叶式的洞门,洞门里面,方方一个小院落,庭前一架紫藤,绿叶森森,满院种着木芙蓉,红艳娇酣,正是开花时候。三间静室垂着湘帘,悄无人声。那当儿,恰好一阵微风,小燕觉得正在帘缝里透出一股药烟,清香沁鼻。掀帘进去,却见一个椎结小童,正拿着把破蒲扇,在中堂东壁边煮药哩。见小燕进来,正要立起,只听房里高吟道:"淡墨罗巾灯畔字,小风铃佩梦中人!"

小燕一脚跨进去笑道:"梦中人是谁呢?"一面说,一面看,只见纯客穿着件半旧熟罗半截衫,踏着草鞋,本来好好儿一手捋着短须,坐在一张旧竹榻上看书,看见小燕进来,连忙和身倒下,伏在一部破书上发喘,颤声道:"呀,怎么小燕翁来了!老夫病体竟不能起迓!怎好?"小燕道:"纯老清恙,几时起的?"怎么兄弟连影儿也不知。"纯客道:"就是诸公定议替老夫做寿那天起的,可见老夫福薄,不克当诸公盛意。云卧园一集,只怕今天去不成了。"小燕道:"风寒小疾,服药后,当可小痊。还望先生速驾,以慰诸君渴望!"小燕说话时,却把眼偷瞧,只见榻上枕边,拖出一幅长笺,满纸都是些抬头,那抬头却奇怪,不是阁下台端,也非长者左右,一叠连三全是"妄人"两字。小燕觉得诧异,想要留心看他一两行,忽听秋叶门外,有两个人一路谈话,一路蹑手蹑脚的进来。那时纯客正要开口,只听竹帘子拍的一声。正是:

  十丈红尘埋侠骨,一帘秋色养诗魂。

不知来者何人。且听下回分解。

第二十回　一纸书送却八百里　三寸舌压倒第一人

原来进来的却非别人，就是袁尚秋和荀子佩。两人掀帘进来，一见纯客，都怔着道："寿翁真又病了吗？"纯客道："怎么你们连病都不许生了？岂有此理！"尚秋见小燕在坐，连忙招呼道："小燕先生，几时来的？我进来时竟没有见。"小燕道："也才来。"又给子佩相见了。尚秋道："纯老的病，兄弟是知道的。"纯客正色道："你知道早哩！"尚秋带笑吟哦道："吾夫子之病，贫也！非病也！欲救贫病，除非炭敬。炭敬来飨，祝彼三湘！三湘伊何？维此寿香。"纯客鼻子里抽了一丝冷气道："寿香？还提他吗？亦曰妄人而已矣！"就蹶然站起来，拈须高吟道："厚禄故人书断绝，含饥稚子色凄凉。"子佩道："纯老仔细，莫要忘了病体，跌了不是耍处。"纯客连忙坐下，叫童儿快端药碗来。尚秋道："子佩好不知趣！纯老那里有病！"说着，踱出中间，喊道："纯老，且出来，兄弟这里有封书子，请你看！"纯客笑道："偏是这个歪眼儿多歪事，又要牵率老夫，看什么信来！"一边说，就走出来。

小燕暗暗地看他，虽短短身材，棱棱骨格，而神宇清严，步履轻矫，方知道刚才病是装的，就低问子佩道："今天云卧园一局，到底去得成吗？"子佩笑道："此老脾气如此，不是人家再三劝驾，那里肯就去呢？其实心里要去得很哩！"小燕口里应酬子佩，耳朵却听外边，只听得尚秋低低的两句话，什么因为先生诞日，愿以二千金为寿，又是什么信是托他门生四川杨淑乔寄来的。小燕正要摸拟是谁的,忽听纯客笑着进来道:"我道是什么书记翩翩应阮才,却原来是庄寿香的一封蜡蹋八行。"这当儿,恰好童子递上药来,一手却夹着个同心方胜儿。纯客道:"药不吃了,你手里拿得什么?"童子道:"说是成大人云卧园来催请的。"纯客忙取来拆开,原来是一首《菩萨蛮》词:

凉风偷解芙蓉结,红似君颜色;只见此花开,迟君君未来。　　三珠圆颗颗,玉树蟠桃果;莫使久凭阑,鸾飞怯羽单。

素

恃爱菱云叩速。

怡

纯老寿翁高轩,飞临云卧园,勿使停琴伫盼,六眼穿也。

纯客看完笑道:"这个捉刀人却不恶,倒捉弄得老夫秋兴勃生了!"尚秋道:"本来时已过午,云卧园诸君等得久了,我们去休!"纯客连声道:"去休!去休!"小燕、子佩大家趁此都立起来,纯客却换了一套白夹衫,黑纱马褂,手执一柄自己写画的白绢团扇,倒显得红颜白发,风致萧然。同着众人出来上车,径向成伯怡云卧园而来。

原来这个云卧园,在后载门内,不是寻常园林,其地毗连一座王府,外面看着,一边是宫阙巍峨,一边是水木明瑟,庄严野逸,各擅其胜。伯怡本属王孙,又是名士,住了这个名园,更是水石为缘,缟纻无间;春秋佳日,悬榻留宾;偶然兴到,随地谈宴,一觞一咏,恒亘昏旦;一官苜蓿,度外置之。世人都比他做神仙中人,这便是成伯怡云卧园的一段历史。闲话休提。

且说纯客、小燕、尚秋、子佩四人,一同到了云卧园门外,尚秋先跳下车,来扶纯客,纯客推开道:"让老夫自走。别劳驾了!"原来纯客还是初次到园,不免想赏玩一番。当时抬起头来,只见两边蹲着一对崆峒白石巨眼狮,当中六扇铜绿色云梦竹丝门,钉着一色镔铁兽环,门楼上虬栋虹梁，夭矫入汉，正中横着盘龙金字匾额，大书"云卧园"三字。"云"字上顶着"御赐"两个小金字。纯客道："壮丽哉，王居也！黄冠草服，那里配进去呢！"小燕笑道："惟贤者而后乐此。"说话时，就有两个家人接了帖子，请个安道："主人和众位大人候久了。"说着就扬帖前导，直进门来。门内就是一个方方的广庭，庭中满地都是合抱粗的奇松怪柏，龙干撑云，翠涛泻玉，叶空中漏下的日光，都染成深绿色；松林尽处，一带粉垣，天然界限，恰把全园遮断。粉垣当中，一个大大的月洞门，尚秋领着纯客诸人，就从此门进去。纯客道："这里惜无宏景高楼，消受这一片涛声。"言犹未了，已到了一座金碧辉煌的牌楼之下，楼额上写着"五云深处"四个擘窠大字，进了牌楼，一条五色碎石砌成的长堤，夹堤垂杨漾绿，芙蓉绽红，还夹杂无数蜀葵海棠，秋色缤纷。两边碧渠如镜，掩映生姿；破茨残荷，余香犹在，正是波澄风定的时候。忽听滩头拍拍的几声，一群鸳鸯鹭鹚，鼓翼惊飞。纯客道："谁在那里打鸭惊鸳？"尚秋指着池那边道："你们瞧，扈桥双桨乱划，载着个美人儿来了！"

大家一看，果然见一只瓜皮艇，舱内坐着个粉妆玉琢的少年，面不粉而白，唇不朱而红，横波欲春，瓠犀微露，身穿香云衫，手摇白月扇，映着斜阳淡影，真似天半朱霞。扈桥却手忙脚乱，把桨划来划去，蹲在船头上，朗吟道："携着个小云郎，五湖飘泊。"纯客瞅着眼道："哪，那舱里坐着的不是菱云吗？"说是迟，那是快，扈桥已携了菱云跳上岸，与众人相见，笑道："纯老且莫妒忌，此曲只应天上有，人间那得紫云回！"说罢，把菱云一推道："去罢！"菱云忙笑着上前给纯客、小燕大家都请了安。小燕道："谁叫你来的？"菱云抿嘴笑道："李老爷的千春，我们怎会忘了？还用叫吗！"纯客笑了笑，大家一同前行。走完了这长堤，翼然露出个六角亭，四面五色玻璃窗，面面吊起。

纯客正要跨进，只听一人曼声细咏，纯客叫大家且住，只听念道：

生小瑶官住，是何人移来江上，画阑低护！水佩风裳映空碧，只怕夜凉难舞！但愁倚，湘帘无绪。太液朝霞和梦远，更微波，隔断鸳鸯语！抱幽恨，恨谁诉？　　湖山几点伤心处。看微微残照，萧萧秋雨。忍教重认前身影，负了一汀鸥鹭！休提起洛川湘浦！十里晓风香不断，正月明寒泻金盘露。问甚日？凌波去。

纯客向尚秋道："这《金缕曲》，题目好似盆荷，寄托倒还深远。"尚秋正要答言，忽听亭内又一人道："你这词的寓意，我倒猜着了。这个鸳鸯，莫非是天上碧桃，日边红杏吗？金盘泻露，引用得也还恰当，可恨那露气太寒凉些。什么水殿瑶宫，直是金笼玉笈罢了！"那一人道："可不是！况且我的感慨，更与众不同，马季长虽薄劣，谁能不替绛帐中人一泄愤愤呢！"纯客听到这里，就突然闯进喊道："好大胆！巷议者诛，亭议者族，你们不怕吗？"你道那吟咏的是谁？原来就是闻韵高，科头箕踞，两眼朝天，横在一张醉翁椅上，旁边靠着张花梨圆桌，站着的是米筱亭，正握着枝提笔，满蘸墨水，写一幅什么横额哩。当时听纯客如此说，都站起来笑了。

纯客忙挡住道："吟诗的尽着吟，写字的只管写，我们还要过那边见主人哩！"说话未了，忽然微风中吹来一阵笑语声，一个说："我投了个双骁，比你的贯耳高得多哩！"一个道："让我再投个双贯耳你看。"小燕道："咦，谁在那里投壶？"筱亭道："除了剑云，谁高兴干那个！"扈桥就飞步抢上去道："我倒没玩过这个，且去看来。"纯客自给菱云一路谈心，也跟下亭子来。一下亭，只见一条曲折长廊，东西蜿蜒，一眼望不见底儿。西首一带，全是翠色粘天的竹林，远远望进去，露出几处台榭，甚是窈窕。这当儿，那前导的管家，却趋向东首，渡过了一条小小红桥，进了一重垂花门，原来里面藏着三间小花厅，厅前小庭中，堆着高高低低的太湖山石，玲珑绉透，磊砢峥嵘，石气扑人，云根掩土。廊底下，果然见姜剑云卷起双袖，叉着手半靠在阑干上，看着一个十五六岁的活泼少年，手执一枝竹箭，离着个有耳的铜瓶五步地，直躬敛容的立着，正要投哩。恰好扈桥喘吁吁的跑来喊道："好呀，你们做这样雅戏，也不叫我玩玩！"说着，就在那少年手里夺了竹箭，顺手一掷，早抛出五六丈之外。此时纯客及众人已进来，见了哄然大笑。纯客道："蠢儿！这个把戏，那里是粗心浮气弄得来的！"一面说话，一面看那少年，见他英秀扑人，锋芒四射，倒吃一惊，想要动问，尚秋、子佩已先问剑云道："这位是谁？"剑云笑道："我真忘了，这位是福州林敦古兄，榜名是个'勋'字。文忠族孙，新科的解元。文章学问，很可以的。因久慕纯老大名，渴愿一见，所以今天跟着兄弟同来的。"说罢，就招呼敦古，见了纯客和众人。

纯客赞叹了一回，方要移步，忽回头却见那厅里边一间，一张百灵台上，钱唐卿坐在上首，右手拿着根长旱烟筒，左手托一本书在那里看，说道："你这书把板本学的掌故，搜罗得翔实极了！弟意此书，既仿宋诗纪事诗之例，就可叫作《藏书纪事诗》，你说好吗？"纯客方知上首还有人哩。看时，却是个黑瘦老者，危然端坐，仿佛老僧入定一样。原来是潘八瀛尚书的得意门生，现在做他西席的易缘常。小燕要去招呼，纯客忙说不必惊动他们，大家就走出那厅。又过了几处廊榭，方到了一座宏大的四面厅前。周围还绕游廊，前后簇拥花木，里里外外，堆满了光怪陆离的菊花山，都盛着五彩细磁古盆，湘帘高卷，锦幔重敷，古鼎龙涎，镜屏凤纽，真个光摇金碧，气荡云霞，当时那管家把纯客等领进厅来，只见成伯怡破巾旧服，含笑相迎，见小燕、尚秋、子佩等道："原来你们都在一块儿，倒叫人好等！"纯客尚未开口，只听东壁藤榻上一人高声道："我们等等，倒也罢了，只被怡云、素云两个小燕子，聒噪得耳根不清。这会儿没法子，赶到后面下棋去了。"纯客寻声看去，原来是黎石农，手里正拿着本古碑，递给一个圆脸微须，气概粗率的老者。纯客认得是山东名士汪莲孙，就上去相见。一面就对石农道："不瞒老师说，门生旧疾又发，几乎不能来，所以迟到了，幸老师恕罪！"石农笑道："快别老师门生的挖苦人了！只要不考问着我'敦伦'就毂了。"大家听了,哄堂笑起来。那当儿,后面三云琼枝照耀的都出来请安。外面各客也慢慢都聚到厅上。

伯怡见客到齐,就叫在后面摆起两桌席来。伯怡按着客单定坐。东首一席,请李纯客首座,袁尚秋、荀子佩、姜剑云、米筱亭、林敦古依次坐着,菱云、怡云、素云却都坐在纯客两旁,共是九位。西首一席,黎石农首座,庄小燕、钱唐卿、汪莲孙、易缘常、段扈桥、闻韵高依次坐着,伯怡坐了主位,共是八位。此时在座的共是十七人,都是台阁名贤,文章巨伯,主贤宾乐,酒旨肴甘,觥筹杂陈,履趾交错,也算极一时之盛了。三云引箫倚笛,各奏雅调,菱云唱《豪宴》,怡云唱《赏荷》,素云唱《小宴》,真是酒被闲愁,花消英气,纯客怕他们劳乏,各侑了一觥,叫不必唱了。

伯怡道:"今日为纯老祝寿,必须畅饮!兄弟倒有一法消酒,不知诸位以为若何?"大家忙问何法。伯怡道:"今日寿筵前,了无献纳,不免令寿翁齿冷。弟意请诸公各将家藏珍物,编成柏梁体诗一句,以当蟠桃之献,失韵或虚报者罚,佳者各贺一觥,惟首两句笼罩全篇,末句总结大意,不必言之有物。这三句,只好奉烦三云的了。其余抽签为次,不可搀越。"大家都道新鲜有趣。伯怡就叫取了酒筹,编好号码,请诸人各各抽定。

恰好石农抽了第一。正要说,纯客道:"不是要叫三云先说吗?我派菱云先说首句,怡云说第二句,素云说末句罢。"菱云道:"我不会做诗,诸位爷休笑!我说是'云卧园中开琼筵'。"怡云想想道:"群仙来寿南极仙。"伯怡道:"神完气足,真笼罩得住,该贺。如今要石农说了。"大家饮了贺酒。石农道:"我爱我的《西岳华山碑》,我说,'华山碑石垂千年'。"唐卿道:"《华山碑》世间只传三本,君得其一,那得不算伟宝!——第二就挨到我了,我所藏宋元刻中,只有十三行本《周官》好些,'《周官》精椠北宋镌',用得吗?"缘常道:"纸如玉版,字若银钩,眉端有荛翁小章,这书的是百宋一廛精品。"小燕笑道:"别议论人家,你自己该说了!"缘常道:"寒士青毡,那有长物!只有平生夙好隋唐经幢石榻,倒收得四五百通了。我就说'经幢千亿求之虔'。"小燕道:"我的百石斋,要搬出来了。"就吟道:"耕烟百幅飞云烟。"莲孙接吟道:"《然脂》残稿留金荃。"剑云笑道:"你还提起那王士禄的《然脂集》稿本哩!吾先在琉璃厂见过,知道此书,当时只刻过叙录,《四库》箸录在存目内,现在这书,朱墨烂然,的是原本,原来给你抢了去!"莲孙道:"你别说闲话,交了白卷,小心罚酒!"剑云道:"不妨事,吾有十幅马湘兰救驾。"就举杯说道:"马湘画兰风骨妍。"扈桥抢说道:"汉碑秦石罗我前。"筱亭道:"人家收榻本,叫做黑老虎,你专收石头,只好叫石老虎了。"扈桥道:"做石老虎还好,就不要做石龟,千年万载,驮着石老虎,压得不得翻身哩。"韵高道:"筱亭收藏极富,必有佳句。"筱亭道:"吾虽略有些东西,却说不出那一样是心爱的。"剑云笑道:"你现在手中拿个宝物,怎不献来?"

大家忙问甚物,筱亭只得递给纯客。纯客一看,原来是个玛瑙烟壶儿,却是奇怪,当中隐隐露出一泓清溪,水藻横斜,水底伏着个绿毛茸茸的小龟,神情活现。纯客一面看,一面笑道:"吾倒替筱亭做了一句,'绿毛龟伏玛瑙泉'。倒是自己一无长物怎好?"子佩道:"纯老的日记,四十年未断,就是一件大古董。"纯客道:"既如此,老夫要狂言了!"念道:"日记百年万口传。"韵高道:"我也要效颦纯老,把自己著作充数。说一句'续南北史艺文篇'。"子佩道:"我只有部《陈茂碑》,是旧榻本,只好说'陈茂古碑我宝旃'。"伯怡道:"我家异宝,要推董小宛的小像,就说'影梅庵主来翩翩'罢。如今只有林敦古兄,还未请教了!"

敦古沉思,尚未出口,剑云笑道:"我替你一句罢!虽非一件古物,却是一段奇闻。"众人道:"快请教!"剑云道:"黑头宰相命宫填。"大家愕然不解。敦古道:"剑云别胡说!"剑云道:"这有什么要紧！"就对众人道："我们来这里之先，去访余笏南，笏南自命相术是不凡的。他一见敦古，大为惊异，说敦古的相是奇格，贵便贵到极处，十九岁必登相位，操大权。凶便凶到极处，二十岁横祸飞灾，弄到死无葬身之地。你们想本朝的宰相，就是军机大臣，做到军机的，谁不是头童齿豁？那有少年当国的理！这不是奇谈吗？"

大家正在吐舌称异，忽走进个家人，手拿红帖，向伯怡回道："出洋回来的金沟金大人在外拜会，请不请呢？"伯怡道："听说雯青未到京，就得了总署，此时才到，必然忙碌！倒老远的奔来，怎好不请！"纯客道："雯青是熟人，何妨入座！"唐卿就叫在小燕之下，自己之上，添个座头。不一会，只见雯青衣冠整齐，缓步进来，先给伯怡行了礼，与众人也一一相见，脸上很露惊异色，就问伯怡道："今天何事？群贤必集呢！"伯怡道："纯老生日，大家公祝。雯兄不嫌残杯冷炙，就请入座。"石农、小燕都站起让座。雯青忙走至东席，应酬了纯客几句，又与石农、小燕谦逊一回，方坐在唐卿之上。

小燕道："今早小儿到京，提说在河西务相遇，兄弟就晓得今天必到的了。敢问雯兄，多时税驾的？"雯青道："今儿卯刻就进城了。"因又谢小燕电报招呼的厚意。唐卿问打算几时覆命？雯青道："明早宫门请安，下来就到衙门。"说着就向小燕道："兄弟初次进总署，一切还求指教！"小燕道："明日自当奉陪，我们搭着雯兄这样好伙计，公事好办得多哩！"於是大家从新畅饮起来，伯怡也告诉了雯青柏梁体的酒令，雯青道："兄弟海外初归，荒古已久，只好就新刻交界图说一句，'长图万里瓯脱坚'罢。"众人齐声道好，各贺一杯。

纯客道："大家都已说遍，老夫也醉了。素云说一句收令罢！"素云涨红脸，想了半天，就低念道："共祝我公寿乔佺。"伯怡喝声采道："真亏他收煞个住！大众该贺个双杯！"众人自然喝了。那时纯客朱颜酡然，大有醉态，自扶着菱云，到外间竹榻上，躺着闲话，大家又与雯青谈了些海外的事情，彼酬此酢，不觉日红西斜，酒阑兴尽，诸客中有醉眠的，也有逃席的，纷纷散去。雯青见天晚，也辞谢了伯怡径自归家。纯客这日直弄得大醉而归，倒真个病了数日。后来病好，做了一篇《花部三珠赞》，顽艳绝伦，旗亭传为佳话。这是后话，不提。

且说雯青到京，就住了纱帽胡同一所很宽大的宅门子，原是犖如替他预先租定的。雯青连日召见，到衙门，甚为忙碌。接着次芳护着家眷到来，又部署一番。诸事粗定，从此雯青每日总到总署，勤慎从公，署中有事，总与小燕商办，见他外情通达，才识明敏，更觉投契。两人此往彼来，非常热络。有一回小燕派办陵工，出京了半个多月，所有衙中例行公事，向来都是小燕一手办的，小燕出差，雯青见各堂官都不问津，就叫司官取上来，逐件照办。直到小燕回来，就问司官道："我出去了这些时，公事想来压积得不少了？"司官道："都办得了，一件没积起来。"小燕脸上一惊道："谁办的。"司官道："金大人逐日批阅的。"小燕不语，顿了顿，笑向雯青道："吾兄真天才也！"雯青倒谦逊了几句，也不在意。

又过了数日，这天雯青衙门回来，正要歇中觉，忽觉一阵头晕恶心。彩云道："老爷每天此时已睡中觉了，今天怕是晚了，还是躺会儿看。"雯青依言躺下。谁知这一躺，把路上的风霜，到京的劳顿，一齐发出来了。壮热不退，淹缠床褥，足足病了一个多月，才算回头。只好请了两个月的病假，在家养病。

却说那日雯青还是第一天下床，可以在房内走走，正与张夫人、彩云闲话家常，金升进来说："钱大人要拜会。"张夫人道："你没告诉他老爷病还没好吗？"金升道："怎么不说，他说有要紧话，必要面谈，老爷不能出来，就在上房坐便了。"雯青道："唐卿是至好，就请里边来罢！"於是张夫人、彩云都避开了，金升就领着唐卿大摇大摆的进来。雯青靠在张杨妃榻上，请唐卿就坐靠窗的大椅上。唐卿道："雯兄虽大病了一场，脸色倒还依旧，不过清减了些。"雯青叹道："人到中年，真经不起风浪的了！"唐卿道："你的风浪，现在正大得很哩！要经得起，才是英雄的气度哩。"雯青愕然道："我出了什么事吗？"唐卿道："可不是吗？.你且不要着急！我今天是龚尚书那里得的消息，事情却从你那幅交界图惹出来的。西北地理，我却不大明白，据说回疆边外，有地名帕米尔，山势回环，发脉葱岭，虽土多硗薄无著名部落，然高原绵亘，有居高临下之势，西接俄疆，南邻英属阿富汗，东中两路，则服中国，近来俄人逐渐侵入，英人起了忌心，不多几时，送了个秘密节略，及地图一纸给总署，其意要中国收回帕境，隔阂俄人。总署就商之俄使，请划清界址。俄使说，向来以郎库郎里湖为界的，然查验旧图及英图，却大不然，已占去地七八百里了，总署力驳其误，俄使当堂把吾兄刻的交界图呈出，说这是你们公使自己划的，必然不会错的。当时大家细看，竟瞠目不能答一语。现在各堂部为难得很。潘、龚两尚书，却都竭力想替你弥缝，谁知昨日又有个御史，把这事揭参了，说得很凶险哩。上头震怒，幸亏龚尚书善言解说，才把折子留中了。据兄弟看来，吾兄快些发一信给许祝云，一信给薛淑云，在两国政府运动，做个釜底抽薪之法，才有用哩。所以兄弟管不得我兄病体，急急赶来，给你商量的。"

这一席话，不觉把雯青说得呆了半晌，方挣出一句道："这从何说起呢？"唐卿就附耳低低道："你道俄公使的交界图，是那里来的？"雯青道："我那里知道！"唐卿笑道："就是你送给小燕的那一本儿。那个御史，听说也是小燕的把兄弟哩！"雯青吃一惊道："小燕给我有什么冤仇呢？"唐卿道："宦海茫茫，谁摸得清底里呢！雯兄，你讲了半天话也乏了，我要走了，那个信倒是要紧的，别耽迟就是了。"说罢起身就走。

唐卿去后，张夫人及彩云都在后房出来，看见雯青面色，气得铁青，张夫人劝了一番，无非叫他病后保重的意思，那时已到了向来雯青睡中觉的时候，雯青心里烦恼，就叫张夫人、彩云都出房去，说："让我躺躺养神。"大家自然一哄散了。雯青独自躺在床上，思前想后，悔一回,错刻了地图;恨一回,误认了匪人,反来覆去,那里睡得着!只听壁上挂钟针走的悉悉瑟瑟,下下打到心坎里;又听得窗外雀儿打架,喧噪得耳根出火,一个头儿不知怎地,总着不牢枕。没奈何,只好端坐床当中,学着老僧打坐模样。好容易心气好像落平些,忽然又听见外房仿佛两个老鼠,只管唧唧吱吱的怪叫,顿时心火涌起,欸的跳下床来,踏着拖鞋,直闯出房门来。谁知不出来倒也罢了,这一出来,只听雯青狂叫道:"好呀,好!这个世界,我还能住下吗?"说罢身子往后一仰,倒栽葱的直躺下地去,眼翻手撒,不省人事。正是:

  北海酒尊逢客举,茂陵病骨望秋惊。

不知雯青因何惊倒。且听下回分解。

第二十一回　背履历库丁蒙廷辱　通苞苴衣匠弄神通

　　话说上回回末，正叙雯青闯出外房，忽然狂叫一声，栽倒在地，不省人事，想读书的读到这里，必道是篇终特起奇峰，要惹起读者急观下文的观念，这原是文人的狡狯，小说家常例，无足为怪。但在下这部《孽海花》，却不同别的小说，空中楼阁，可以随意起灭，逞笔翻腾，一句假不来，一语谎不得，只能将文机御事实，不能把事实起文情，所以当日雯青的忽然栽倒，其中自有一段天理人情，不得不栽倒的缘故，玄妙机关，做书的此时也不便道破，只好就事直叙下去，看是如何。闲言少表。

　　且说雯青一交倒栽下去，一头正碰在内房门上，崩的一声，震得顶格上蓬尘都索索的落下来。当那儿，恰好彩云在外房醉妃榻上听见了，早吓得魂飞天外，连忙慢慢地爬起来。这真是妇人家的苦处，要急急不来，裹了脚，又要系带；系了带，还要扣钮；理理发，刷刷鬓，乱了好一会子，又望外张了张，老妈、丫头，可巧一个影儿都没有，这才三脚两步，抢到雯青栽倒的地方，只见雯青还是口开眼直，面色铁青。彩云只得蹲身下去，一手轻轻把雯青的头抱起，就势坐在门限上，一手替他在背上捶拍，嘴里颤声叫道："老爷醒来！老爷快醒来！"拍叫了好一会子，才见雯青眼儿动了，嘴儿闭了，脸儿转了白了，哑的一声，淋淋漓漓喷了彩云一袖子都是粘痰。彩云不敢怠慢，只顾揉胸捶背，却见雯青两眼恶狠狠的钉着彩云,还说不出话来,勉强挣起一手,抖索索的指着窗外。

彩云正没摆布,忽听得外边嘻嘻哈哈来了一群老妈、丫头。彩云忙喊道:"你们快些来,老爷跌了交,快来帮我扶一扶!"两个老妈,一个丫头,见此光景,倒吃了一惊,也不解是何缘故,只得七手八脚拥上前来。彩云捧定了头颈,老妈托了腰,丫头抱了脚,安安稳稳抬到房里床上。彩云随手垫好了枕头,盖好了被窝,披严了,就吩咐老婆子不许声张,且去弄碗热热儿的茶来。老妈答应出去,彩云先放下帐子,自己挨身坐在床沿上,伸进头来,想再给雯青揉拍,谁知雯青原是气急攻心,一时昏绝,揉拍一会,早已醒得清清楚楚。彩云伸进手去,还未着身,却被雯青用力一推,就叹口气道:"免劳罢,我今儿个认得你了!"彩云知道雯青正在气头上,不是三言两语解释得开,也就低头不语,气花也不透。

满房静悄悄地,只有帐中的微叹声和帐外小丫头的呼吸声,一递一答。老妈捧进茶来,也不敢声喊,轻轻走到床边,递给彩云。彩云接了,双手捧进帐中凑到雯青唇边,低声下气的道:"老爷,喝点热……"这话未了,不防雯青伸手一拦,彩云一个手松,连碗带茶热腾腾地全泼在褥子上。彩云趁势一扭身,鼻子里哼哼的冷笑了几声,抢起空杯,就望桌子上一摔。雯青见彩云倒也生了气,就忍不住也冷笑道:"奇了,到这会儿,你还使性给谁看!你的破绽,今儿全落在我眼里,难道你还有理吗!"雯青说罢这话,只把眼儿觑定彩云,看她怎么样。谁知彩云倒毫不怕惧,只管仰着脸剔牙儿,笑微微的道:"话可不差,我的破绽老爷今天都知道了,我是没有话说的了。可是我倒要问声老爷,我倒底算老爷的正妻呢,还是姨娘?"雯青道:"正妻便怎么样?"彩云忙接口道:"我是正妻,今天出了你的丑,坏了你的门风,叫你从此做不成人,说不响话,那也没有别的,就请你赐一把刀,赏一条绳,杀呀,勒呀,但凭老爷处置,我死不绉眉。"雯青道:"姨娘呢?"彩云摇着头道:"那可又是一说，你们看着姨娘，本不过是个玩意儿，好的时，抱在怀里，放在膝上，宝呀贝呀的捧；一不好，赶出的，发配的，送人的，道儿多着呢！就讲我，算你待我好点儿，我的性情，你该知道了；我的出身，你该明白了。当初讨我时候，就没有指望我什么三从四德、三贞九烈，这会儿做出点儿不如你意的事情，也没什么稀罕，你要顾着后半世快乐，留个贴心伏侍的人，离不了我！那翻江倒海，只好凭我去干！要不然，看我伺候你几年的情分，放我一条生路，我不过坏了自己罢了，没干碍你金大人什么事。这么说，我就不必死，也不犯着死，若说要我改邪归正，阿呀！江山可改，本性难移。老实说，只怕你也没有叫我死心塌地守着你的本事嗄！"说罢了，只是嬉嬉的笑。

雯青初不料彩云说出这套泼辣的话，句句刺心，字字见血，心里热一阵冷一阵，面上红一回白一回，正盘算回答的话，忽听丫头喊道："太太来了。"帘子响处，张夫人就跨进房来，嘴里说道："怎么，老爷跌了？"彩云忙站起迎接。张夫人就掀起帐子问道："跌坏了吗？"雯青道："没有什么，不过失脚跌一下，你怎么知道的？"张夫人道："刚才门上来回，匡次芳要来见你，说是他新任放了日本出使大臣，国书已领，立刻就要回南，预备放洋，特地来辞行的。我想次芳是你至好，想请他到里头来，正要来问你一声，老妈们来说，你跌坏了。我吓得了不得，就叫他们回绝了，自己一径来此。"雯青道："原来次芳得了日本钦差，倒也罢了，这事是谁进来回的？"张夫人道："金升。"雯青道："看见阿福没有？"张夫人笑道："阿福肯管这些事，那倒好了。"雯青点点头："这小仔学坏了，用不得了。"於是夫妻两人，你言我语，无非又谈些家常，不必多述。

如今且说钱唐卿从雯青处出来，因想潘尚书连日请假，未知是否真病，不如出城去看看，一来探病，二来商量雯青的事情，回城时再到龚尚书那里坐坐，也不为晚。主意打定，就吩咐车夫向南城而来。不多一会到了潘府门前，亲随递进帖儿，就见一个老家人走到车旁，回道：

"家主大前儿衙门回来，忽得了病，三日连烧不退，医生说是伤寒重症，这会儿里头正乱着哩，只好挡大人驾了。"唐卿愕然道："这样重吗？我简直不知道，那么碍不碍呢？"老家人绉了眉道："难说，难说，肝风都动了！"唐卿道："既这么着，我也不便惊动了。"便叫改辕回城，顺道去谒龚老。

一路行来，唐卿在车中无事，想着潘尚书，是当代宗师，万流景仰的，倘有不测，关系非轻哩。因潘尚书病在垂危，又想到朝中诸大老没有个担当大事的人物，从前经过大难的老敬王爷，又不能出来，其余旗人养尊处优，更不必说了。就是汉人里头，除了潘公，枢廷只有高理惺，部臣只有龚和甫，是肯任事的正人。但高中堂意气用事，见理不明；龚尚书世故太深，遇事寡断；他如吏部尚书锺祖武貌恭心险；协揆余同，外正内贪，都是乱国有余，治国不足的人。若说我们同班里，自然要算庄焕英，是独一的奇材了。余外余雄义、缪仲恩、俞书屏、吕旦闻，这些人不过备员画诺罢了。摆着那些七零八落的人才，要支撑这个内忧外患的天下，越想越觉危险。而且近来贿赂章闻，苞苴不绝。里头呢，亲近弄臣，移天换日；外头呢，少年王公，颠波作浪，不晓得要闹成什么世界哩！可惜庄仑樵一班清流党，如今摈斥的摈斥，老死的老死了。若然他们在此，断不会无忌惮到这步田地！唐卿想到这里，又不免提起从前庄寿香、何珏斋、顾肇廷一班旧友来，当时盛会，何等热闹，如今寿香抚楚，珏斋抚粤，肇廷陈臬於闽，各守封疆，虽道身荣名显，然要再求昔日盍簪之盛，不可得的了！

原来从南城到龚尚书府第，两边距离，差不多有七八里，唐卿一头走，只管一路想，忘其所以，倒也不觉路远。忽然抬起头来，方晓得已到龚府前了，只见门口先停着一辆华焕的大安车，驾着高头黑骡儿，两匹跟马，一色乌光可鉴！两个俊仆，站在车旁，扶下一个红顶花翎紫脸乌髭的官儿，看他下车累赘，知道新从外来的，端相面貌，似乎也认得，不过想不起是谁。见他一下来，径到门房，拉着一个门公，戚戚嗾嗾，不知叨登些什么，说完后，四面张一张，偷偷儿递过一个又大又沉的红封儿，那门公倒毫不在意的接了。正要说话，回头忽见唐卿的亲随，连忙丢下那官儿，抢步到唐卿车旁道："主人刚下来，还没见客哩，大人要见，就请进去。"

唐卿点头下车，随着那门公，曲曲折折，领进一座小小花园里。只见那园里，竹声松影，幽邃无尘，从一条石径，穿到一间四面玻璃的花厅上，看那花厅庭中，左边一座茅亭，笼着两只雪袂玄裳的仙鹤，正在那里刷翎理翮；右边一只大绿瓷缸，满满的清泉，养着一对玉身红眼的小龟，也在那里呷波唼藻。厅内插架牙签，叉竿锦轴，陈设得精雅绝伦。唐卿步进厅来，那门公说声："请大人且坐一坐。"说罢转身去了，磨撑了好半天，才听见靴声橐橐，自远而近，接着连声叹息，很懊恼的说道："你们难道不知道我得了潘大人的信儿，心里正不耐烦！谁愿意见生客！"一人答道："小的知道，原不敢回，无奈他给钱大人一块儿来，不好请一个，挡一个。"就听见低低的吩咐道："见了钱大人再说罢！"说话时，已到廊下。

唐卿远远望见龚尚书，便衣朱履，缓步而来，连忙抢出门来，叫声"老师"，作下揖去。龚尚书还礼不迭，招着手道："呵呀，老弟！快请里头坐，你打那儿来？伯瀛的事，知道没有？"唐卿愕然道："潘老夫子怎么了？"尚书道："老友长别了，才来报哩！"唐卿道："这从那里说起！门生刚从那里来，只知病重，还没出事哩。"言次，宾主坐定，各各悲叹了一回。尚书又问起雯青的病情。唐卿道："病是好了，就为帕米尔一事，着急得很，知道老师替他弥缝，万分感激哩。"因把刚才商量致书薛淑云、许祝云的话，告诉了一遍。尚书道："这事只要许祝云在俄尽力伸辩，又得淑云在英暗为声援，拚着国家吃些小亏，没有不了的事。现在国家又派出工部郎中杨谊柱，号叫越常的，专管帕米尔勘界事务，不日就要前往。好在越常给袁尚秋是至好，可以托他通融通融，更妥当了。"唐卿道："全仗老师维持！否则这一纸地图，竟要断送雯青了！"尚书道："老夫听说，这幅地图，雯青出了重价，在一外国人手里买来的，即便印刷呈送，未免卤莽。雯青一生精研西北地理，不料得此结果，真是可叹！但平心而论，总是书生无心之过罢了。可笑那班小人，抓住人家一点差处，便想兴波作浪。其实只为雯青人品还算清正些，就容不住他了。咳，宦海崄巇！老弟，我与你都不能无戒心了！"

唐卿道："老师的话，正是当今确论。门生听说，近来显要，颇有外开门户，内事逢迎的人物。最奇怪的，竟有人到上海采办东西洋奇巧玩具，运进京来，专备召对时候，或揣在怀里，或藏在袖中，随便进呈；又有外来官员，带着十万二十万银子，特来找寻门路的。市上有两句童谣道：

若要顶儿红，麻加剌庙拜公公；

若要通王府，后门洞里估衣铺。

老师听见过吗？"尚书道："有这事吗？麻加剌庙，想就是东华门内的古庙，那个地方，本来是内监聚集之所。估衣铺，又是什么讲究呢？"唐卿道："如今后门估衣铺的势派大着哩！有什么富兴呀，聚兴呀，掌柜的都半是蓝顶花翎，华车宝马，专包揽王府四季衣服，出入邸第，消息比咱们还灵呢！"

尚书听到这里，忽然想起一件事似的，凑近唐卿低低道："老弟说到这里，我倒想起一件可喜的事告诉你呢！足见当今皇上的英明，可以一息外面浮言了。"唐卿道："什么事呢？"尚书道："你看见今天宫门抄上，载有东边道余敏，不胜监司之任，著降三级调用的一条旨意吗？"唐卿道："看可看见，正不明白为何有这严旨呢？"尚书道："别忙，我且把今早的事情告诉你：今天户部值日，我老早就到六部朝房里，天才亮，刚望见五凤楼上的玻璃瓦，亮晶晶映出太阳光来，从午门起到乾清门，一路白石桥栏，绿云草地，还是滑鞑鞑湿汪汪带着晓露哩。这当儿里，军机起儿下来了，叫到外起儿，知道头一个，就是东边道余敏。此人我本不认得,可有点风闻,所以倒留神看着。晓色朦胧里头,只见他顶红翎翠,面方耳阔,昂昂的在廊下走过来,前后左右,簇拥着多少苏拉小监蜂围蝶绕的一大围,吵吵嚷嚷,有的说:'余大人,您来了,今儿头一起,就叫您!佛爷的恩典大着哩!说不定几天儿,咱们就要伺候您陛见呢!'有人说:'余大人,您别忘了我!连大叔面前,烦您提拔提拔,您的话,比符还灵呢!'看这余敏,一面给这些苏拉小监应酬,一面历历碌碌碰上那些内务府的人员,随路请安,风风芒芒的进去,赶进去了不上一个钟头,忽然的就出来了。出来时的样儿,可大变了,帽儿歪斜,翎儿搭拉,满脸光油油尽是汗,两手替换的揩抹,低着头有气没气的一个人只望前走。苏拉也不跟了,小监也不见了,只听他走过处,背后就有多少人比手划脚低低讲道:'余敏上去碰了,大碰了。'我看着情形诧异,正在不解,没多会儿,就有人传说,已经下了这道降调的上谕了。"

唐卿道:"这倒希罕,老师知道他碰的缘故吗?"尚书挪一挪身体,靠紧炕几,差不多附着唐卿的耳边低声道:"当时大家也摸不透,知道的又不肯说,后来找着一个小内监,常来送上头节赏的,是个傻小仔,他倒说得详细。"唐卿道:"他怎么说呢?"尚书道:"他说,这位余大人是总管连公公的好朋友,听说这个缺,就是连公公替他谋干的。知道今天召见,是个紧要关头,他老人家,特地扔了园里的差使,自己跑来招呼一切,仪制说话,都是连公公亲口教导过的,刚才在这里走过时候,就是在连公公屋里讲习仪制出来,从这里一直上去,到了养心殿,揭起毡帘,踏上了天颜咫尺的地方,那余大人就按着向来召对的规矩,摘帽,碰头,请了老佛爷的圣安,又请了佛爷的圣安,端端正正,把一手戴好帽儿,跪上离军机垫一二尺远的窝儿。这余大人心里很得意,没有拉什么礼,失什么仪,还了旗下的门面,总该讨上头的好,可以闹个召对称旨的荣耀了。正在眼对着鼻子,静听上头的问话,预备对付,谁知这回佛爷,只略问了几句照例的话,兜头倒问道:'你读过书没有?'

那余大人出其不意,只得勉勉强强答道:'读过。'佛爷道:'你既读过书,那总会写字的了。'余大人怔了一怔,低低答应个'会'字,这当儿里,忽然御案上,拍的掷下两件东西来,就听佛爷吩咐道:'你把自己履历写上来。'余大人睁眼一看,原来是纸笔,不偏不倚,掉在他跪的地方,头里余大人应对时候,口齿清楚,气度从容,着实来得,就从奉了写履历的旨意,好像得了斩绞的处分似的,顿时面白目瞪,拾了笔,铺上纸,俄延了好一会,只看他鼻尖上的汗珠儿,一滴一滴的滚下,却不见他纸头上的黑道儿,一画一画的现出,足足挨了两三分钟光景。佛爷道:'你既写不出汉字,我们国书,总没有忘罢?就写国书也好!'可怜余大人自出娘胎,没有见过字的面儿,拿着枝笔,还仿佛外国人吃中国饭,一把抓的捏着筷儿,横竖不得劲儿,那里晓得什么汉字国书呢?这么着,佛爷就冷笑了两声,很严厉的喝道:'下去罢,还当你的库丁去罢!'余大人正急得没洞可钻,得这一声,就爬着谢了恩,抱头鼠窜的逃了下来。"

　　唐卿听到这里,十分诧异道:"这余敏真好大胆!一字不识,就想欺蒙朝廷,滥充要职,仅与降调,还是圣恩浩大哩!不过圣上叫他去当库丁,又是什么道理呢?"龚尚书笑道:"我先也不懂,后来才知,这余敏原是三库上银库里的库丁出身。老弟,你也当过三库差使,这库丁的历史,大概知道的罢!"唐卿道:"那倒不详细,只知道那些库丁,谋干库缺,没一个不是贝子、贝勒,给他们递条子说人情的。那库缺有多大好处?值得那些大帽子起哄,正是不解?"龚尚书道:"说来可笑也可气!那班王公贵人,虽然身居显爵,却都没有恒产的,国家各省收来的库帑,仿佛就是他们世传的田庄。这些库丁,就是他们田庄的仔种,荐成了一个库丁,那就是田庄里下了仔种了,下得一粒好仔种,十万百万的收成,年年享用,怎么不叫他们不起哄呢!"唐卿道:"一样库丁,怎么还有好歹呢?"尚书道:"库丁的等级多着哩!寻常库丁,不过逐日夹带些出来,是有限的。总要升到了秤长,这才大权在握,一出一入操纵自如哩！"唐卿道："那些王公们，既靠着国库做家产，自然要拼命的去谋干了。这库丁替人作嫁，辛辛苦苦，冒着这么大的险，又图什么呢？"尚书道："当库丁的，都是著名混混儿，他们认定一两个王公做靠主，谋得了库缺，库里偷盗出来的赃银，就把六成献给靠主，余下四成，还要分给他们同党的兄弟们，若然分拆不公，尽有满载归来，半路上要劫去的哩。"唐卿道："库上盘查很严，常见库丁进库，都把自己衣服，剥得精光，换穿库衣，那衣裤是单层粗布制的，紧紧裹在身上，那里能夹带东西呢？"

尚书笑道："大凡防弊的章程愈严密，那作弊的法子愈巧妙，这是一定的公理。库丁既知道库衣万难夹带，千思万想，就把身上的粪门，制造成一个绝妙的藏金窟了。但听说造成这窟，也须投名师，下苦工，一二年方能应用。头等金窟，有容得了三百纹银的，各省银式不同，元宝元丝都不很合式，最好是江西省解来的，全是椭圆式，蒙上薄布，涂满白蜡，尽多装得下。然出库时候，照章要拍手跳出库门，一不留神，就要脱颖而出。他们有个口号，就叫做'下蛋'。库丁一下蛋，斩绞流徒，就难说了。老弟，你想可笑不可笑？可恨不可恨呢？"唐卿道："有这等事，难道那余敏，真是这个出身吗？"尚书道："可不是？他就当了三年秤长，爬起了百万家私，捐了个户部郎中，后来不知道怎么样的改了道员，这东边道一出缺，忽然放了他，原是很诧异的。到底狗苟蝇营，依然逃不了圣明烛照，这不是一件极可喜的事吗？"唐卿正想发议，忽瞥眼望见刚才那门公手里，拿着一个手本，一晃晃的站在廊下窗口，尚书也常常回头去看他。唐卿知道有客等见，不便久谈，只得起身告辞。尚书还虚留了一句，然后殷勤送出大门。

不言唐卿出了龚府，去托袁尚秋疏通杨越常的事，且说龚尚书送客进来，那门公便一径扬帖前导，直向外花厅走去。尚书且走且问道："谁陪着客呢？不是大少爷吗？"门公道："不，大少爷早出门了！"这话未了，尚书已到花厅廊下，忽觉眼前晃亮，就望见玻璃里，炕床下首,坐着个美少年:头戴一顶双嵌线乌绒红结西瓜帽,上面钉着颗水银青光精圆大额珠,下面托着块五色猫儿眼,背后拖着根乌如漆光如镜三股大松辫,身上穿件雨过天青大牡丹漳绒马褂,腰下也挂着许多佩带,却被阑干遮住,没有看清。但觉绣采辉煌,宝光闪烁罢了。尚书暗忖,这是谁?如此华焕,还当就是来客呢!却不防那门公就指着道:"哪,那不是我们珠官儿陪着吗?"尚书这一抬眼,才认清是自己的侄孙儿。一面就跨进厅来,那少年见了,急忙迎出,在旁边垂着手站了一站,趁尚书上前见客时候,就慢慢溜出厅来,在廊下一面走,一面低低咕哝道:"好没来由!给这没字碑,搅这半天儿,晦气!"说着,潇潇洒洒一溜烟的去了。

这里尚书所见的客,你道是谁?原来就是上回雯青在客寓遇见的鱼阳伯。这鱼阳伯,原是山东一个土财主,捐了个道员,在南京候补了多年,黑透了顶,没得过一个红点儿,这回特地带了好几万银子,跟着庄稚燕进京,原想打干个出路,吐吐气,扬扬眉的,谁知庄稚燕,在路上说得这也是门,那也是户,好像可以马到功成,弄得阳伯心痒难搔。自从一到了京,东也不通,西也不就,终究变了空中捞月,等得阳伯心焦欲死。有时催催稚燕,倒被稚燕抢白几句,说他外行,连钻门路的四得字诀都不懂。阳伯诧异,问:"什么叫四得字诀,我真不明白。"稚燕哈哈笑道:"你瞧,我说你是个外教,没有冤你罢!如今教你这个乖!这四得字诀,是走门路的宝筏,钻狗洞的灵符,不可不学的。就叫做时候耐得,银钱舍得,闲气吃得,脸皮没得。你第一个时候就耐不得,还成得了事吗?"阳伯没法,只好耐心等去。后来打听得上海道快要出缺,这缺是四海闻名的美缺,靠着海关银两存息,一年少说有一百多万的余润,俗话说得好"吃了河豚,百样无味"。若是做了上海道,也是百官无味的了。你想阳伯如何不馋涎直流呢!只好婉言托稚燕想法,不敢十分催迫。

事有凑巧,也是他命中注定,有做几日空名上海道的福分。这日阳伯没事，为了想做件时行衣服，去到后门估衣铺，找一个聚兴号的郭掌柜。这郭掌柜，虽是个裁缝，却是个出入宫禁交通王公的大人物，当日给阳伯谈到了官经，问阳伯为何不去谋干上海道。阳伯告诉他无路可走。郭掌柜跳起来道："我这儿倒放着一条挺好的路，你老要走不走？""你快说！"郭掌柜指手画脚道："这会儿讲走门路，正大光明大道儿，自然要让连公公，那是老牌子。其次却还有个新出道人家不大知道的。"说到这里，就附着阳伯耳边低低道："闻太史，不是当今皇妃的师傅吗？他可是小号的老主顾。你老若要找他，我给你拉个纤，包你如意。"阳伯正在筹画无路，听了这话，那有个不欢喜的道理！当时就重重拜托他，还许了他事成后的谢仪。从此，那郭掌柜就竭力的替他奔走说合，虽阳伯并未见着什么闻太史的面，两边说话，须靠着郭掌柜一人传递，不上十天，居然把事情讲到了九分九，只等纶音一下，便可走马上任了。阳伯满心欢喜，自不待言。每日里，只拣那些枢廷台阁六部九卿要路人的府第前，奔来奔去，都预备到任后交涉的地步。所以这日，特地送了一分重门包，定要谒见龚尚书，也只为此。如今且说他谒见龚尚书，原不过通常的酬对，并无特别的干求。宾主坐定，尚书寒暄了几句，阳伯趋奉了几句，重要公案，已算了结。尚书正要端茶送客，忽见廊下走进一个十六七岁的俊仆，匆匆忙忙，走到阳伯身旁，凑到耳边，说了几句话，手中暗暗递过一个小缄。阳伯疾忙接了，塞入袖中，顿时脸色大变，现出失张失智的样儿，连尚书端茶都没看见。直到廊下伺候人，狂喊一声"送客"，阳伯倒大吃一惊，吓醒过来。正是：

　　仓圣无灵头抢地，钱神大力手通天。

不知阳伯因何吃惊，且听下回分解。

第二十二回　隔墙有耳都院会名花
　　　　　　宦海回头小侯惊异梦

话说阳伯正在龚府，忽听那进来的俊仆几句附耳之谈，顿时惊惶失措，匆匆告辞出来。你道为何？原来那俊仆是阳伯朝夕不离的宠童，叫做鱼兴，阳伯这回到京，住在前门外西河沿大街兴胜客店里，每日阳伯出门拜客，总留鱼兴看寓。如今忽然追踪而来，阳伯料有要事，一看见心里就突突的跳，又被鱼兴冒冒失失的道："前儿的事情，变了卦了，郭掌柜此时在东交民巷番菜馆，立候主人去商量！他怕主人不就去，还捎带一封信在这里。"阳伯不等他说完，忙接了信，恨不立刻拆开，碍着龚尚书在前，好容易端茶送客看上车，一样一样礼节挨完，先打发鱼兴仍旧回店，自己跳上车来，外面车夫砰然动着轮，里面阳伯就嗤的撕了封，只见一张五云红笺上写道：

　　前日议定暂挪永丰庄一款，今日接头，该庄忽有翻悔之意，在先该庄原想等余观察还款接济，不想余出事故，款子付出难收，该庄周转不灵，恐要失约，今又知有一小爵爷，来京带进无数巨款，往寻车字头，可怕可怕！望速来密商，至荷至要！

末署"云泥"两字。阳伯一面看，车子一面只管走，径向东交民巷前进。

且说这东交民巷,原是各国使馆聚集之所,巷内洋房洋行最多,甚是热闹。这番菜馆,也就是使馆内厨夫开设,专为进出使馆的外国人预备的。也可饮食,也可住宿,本是很正当的旅馆。后来有几个酒醉的外国人,偶然看中了邻近小家女子,起了狎侮之心,馆内无知仆欧,媚外凑趣,设计招徕,从此卖酒之家,变为藏花之坞了。都中那班浮薄官儿,轻狂浪子,都要效尤,也有借为秘密集会所的,也有当做公共寻欢场的,凡进此馆,只要化京钱十二吊,交给仆欧,顷刻间缠头钱去,卖笑人来,比妓馆娼楼,还要灵便,就不能指揭姓名,拣择妍丑罢了。那馆房屋的建筑法,是一座中西合璧的五幢两层楼,楼下中间一大间,大小纵横,排许多食桌,桌上硝瓶瑠盏,银匙钢叉,摆得异常整齐;东西两间,连着厢房,与中间只隔一层软壁,对面开着风门,门上嵌着一块一尺见方的玻璃;东边一间,铺设得尤为华丽,地盖红毹,窗围锦幕,画屏重叠,花气氤氲,靠后壁朝南,设着一张短阑矮脚的双眠大铁床,烟罗汽褥,备极妖艳。最奇怪的,这铁床背后,却开着一扇秘密便门,一出门来,就是一条曲折的小弄,由这弄中直通大街,原为那些狎客淫娃,做个意外遁避之所。其余楼上,还有多少洞房幽室,不及细表。

如今且说阳伯的大安车,走到馆门停住,阳伯原是馆里的熟客,常常来厮混的,当时忙跳下车,吩咐车夫,暂时把车卸了,把牲口去喂养,打发仆人自去吃饭。自己却不走正路,翻身往后便走,走过了好几家门首,才露出一个狭弄口,弄口堆满垃圾,弄内地势低洼,阳伯挨身跨下,依着走惯的道儿弯弯曲曲的摸进去,看看那便门将近,三脚两步赶到,把手轻轻一按,那门恰好虚掩,人不知鬼不觉的开了。阳伯一喜,一脚踏上,刚伸进头,忽听里面床边有妇女嘤咛声。

阳伯吃一吓,忙缩住脚,侧耳听去,那口音是个很熟的窑姐儿,逼着嗓子怪叫道:"老点儿碍什么?就是你那几位姨太太,我也不怕!我怕的倒是你们那位姑太太!"只听这话还没说了,忽有个老头儿涎皮癞脸的接腔道:"咦,嫁出的女儿泼出的水,你倒怕了她!我告诉你说,一个女娘们,只要得夫心,得了夫心,谁也不怕。不用远比,只看如今宫里的贤妃,得了万岁爷天宠,不管余道台有多大手段,多高靠山,只要他召幸时候,一言半语,整颗儿的大红顶儿,骨碌碌在他舌头尖上牙齿缝里滚下来了,就是老佛爷也没奈何他。这消息还是今儿我们姑爷在闻韵高那儿听来的。你说利害不利害?势派不势派呢?"听那窑姐儿冷笑一声道:"吓,你别老不害臊!鸡矢给天比了!你难道忘了上半年你引了你们姑爷来这里一趟,给你那姑太太知道了,特为拣你生日那一天,宾客盈门时候,她驾着大安车赶上你门来,把牲口卸了,停在你门口儿,多少人请她可不下来,端坐在车厢里,对着门,当着进进出出的客人,口口声声骂你,直骂到日落西山。他老人家乏了,套上骡儿,转头就走,你缩在里边,哼也没有哼一声儿,这才算势派哩!只怕你的红顶儿,真在他牙缝里打磨盘呢!老实告你说罢,别花言巧语了,也别胡吹乱溔了,要我上你家里去老虎头上抓毛儿,我不干!你若不嫌屈尊,还是赶天天都察院下来,到这儿溜搭溜搭,我给你解闷儿就得了。"

那老头儿很很叹了一口气,还要说下去,忽听厢房门外,一阵子嘻嘻哈哈的笑语声,帖帖鞑鞑的脚步声,接着咿哑一响,好像有人推门儿似的。阳伯正跨在便门限上,听了,心里一慌,想跑,还没动脚,忽见黑蓬松一大团,从里面直钻出来,避个不迭,正给阳伯撞个对面。阳伯圆睁两眼,刚要唤道"该",缩个不迭,却几乎请下安去。又一转念,大人们最忌讳的是怕人知道的事情被人撞见了,连忙别转头,闪过身体,只做不认得,让他过去。那人一手掩着脸,一手把袖儿握着嘴上的胡子,忘命似的往小弄里逃个不迭。

阳伯看他去远,这才跨进便门。不提防一进门,劈脸就伸过一只纤纤玉手来,把阳伯胸前衣服抓住道:"傅大人,你跑什么!又不是姑太太来了,你怕谁呀?"阳伯仔细一听,原来就是他的老相好,这里有名的姐儿小玉的口音,不禁嗤的一笑道:"乖姐儿,你的爸爸才是傅大人呢!"小玉啐了一口,拉了阳伯的手,还没有接腔,房里面倒有人接了话儿道:"你们找爸爸,爸爸在这儿呢。"小玉倒吓一跳,忙抢进房来道:"呸,我道是谁?原来是郭爷!巧极了!连您也上这儿来了!"阳伯故意绉绉眉,手指着郭掌柜道:"不巧极了,老郭,你千不来,万不来,单拣人家要紧的时候,你可来了!"郭掌柜哈哈笑道:"我真该死,我只记着我的要紧,可把你们俩的要紧倒忘了!"阳伯道:"你别拉我,我有什么要紧?你吓跑了总宪大人,明儿个都察院踏门拿人,那才是要紧呢!"小玉瞪了阳伯一眼,走过来,爬在郭掌柜肩膀上道:"郭爷,你别听他,尽撒谎!"郭掌柜伸伸舌头道:"才打这屋里飞跑出去的就是……"小玉不等郭掌柜说出口,伸手握住他的嘴道:"你敢说!"郭掌柜笑道:"我不,我不说。"就问阳伯道:"那么你跟他一块儿来的吗?大概没有接到我的信罢!"阳伯道:"还提信呢!都是你这封信,把我叫进来,把他赶出去,两下里不提防,好好儿碰了一个头,你瞧,这儿不是个大疙瘩吗?这会儿还疼呢!"说着话,伸过头来给郭掌柜看,郭掌柜一面瞅着他左额上,果然紫光油油的高起一块,一面冲着玻璃风门外,带笑带指的低低道:"哪,都是这班公子哥儿,闹烘烘拥进来,我在外间坐不住,这才撞进来,闹出这个乱子。鱼大人,那倒对不住您了!"

阳伯摇摇手道:"你别砢了!小玉,你来,我们看一看外边儿,都是些谁呀?"说罢,拉了小玉,耳鬓撕磨的凑近那风门玻璃上张望,只见中间一张大餐长桌上,团团围坐着五个少年。两边儿多少仆欧们手忙脚乱的伺候,也有铺台单插瓶花的,也有摆刀叉洗杯盘的,各人身边都站着一个戴红缨帽儿的小跟班儿,递烟袋,拧手巾,乱个不了。阳伯先看主位上的少年,面前铺上一张白纸,口衔雪茄,手拿着笔,低着头,在那里开菜单儿,忽然抬起头来,招呼左右两座道:"胜佛先生和凤孙兄,你们两位都是外来的新客,请先想菜呀!"阳伯这才看清那主位的脸儿,原来不是别人,就是庄稚燕。再看左座那一个,生得方面大耳,气概堂皇,衣服虽也华贵,却都是宽袍大袖,南边样儿。右边的,是瘦长脸儿，高鼻子，骨秀神清，举止豪宕，虽然默默的坐着，自有一种上下千古的气概。两道如炬的目光，不知被他抹杀了多少眼前人物，身上服装，却穿得很朴雅的。这两个阳伯却不认得，下来，挨着这瘦长脸儿来，是曾侯爷敬华，对面儿坐着的，却就是在龚尚书府上陪阳伯谈天的珠公子。只听右座那一个道："稚燕，你又来了！这有什么麻烦，胡乱点几样就得了！"右座淡淡的道："兄弟还要赴杨淑乔、林敦古两兄的预约，恐怕不能久坐，随便吃一样汤就行了！"言下，仿佛显出厌倦的脸色。

稚燕一面点菜，一面又问道："既到了这里，那十二吊头，总得花罢！"珠公子皱着眉道："你们还闹这玩意儿呢？我可不敢奉陪！"敬华笑道："我倒要叫，我可不叫别人！"稚燕道："得了，不用说了，我把小玉让给你就是了！"说罢，就吩咐仆欧去叫小玉。胜佛推说就要走，不肯叫局，稚燕也不勉强，只给凤孙叫了一人，连自己共是三人。仆欧连声"着"，答应下去。阳伯在里面听得清楚，忙推着小玉道："侯爷叫你了，还不出去！"小玉笑道："那有那么容易！今儿老妈儿都没带，只好回去一趟再来。"阳伯随手就指着那桌上两个不认得的问小玉道："那两个是谁，你认识么？"小玉道："你不认识么？那个胖脸儿，听说姓章，也是一个爵爷，从杭州来的；一个瘦长脸，是戴制台的公子，是个古怪的阔少爷，还有人说他是革命党。这些话，都是庄制台的少爷庄立人告诉我的，不晓得是确不确。他们都是新到京的。"两人正说话，恰好有个仆欧推门进来，招呼小玉上座儿。小玉站起身，抖搂了衣服，凑近那仆欧耳旁道："你出去，别说我在这里，我回家一趟，换换衣服就来。"回头给阳伯、郭掌柜点点头道："鱼大人，我走了，回头你再来叫啊！郭爷，你得闲儿，到我们那儿去坐坐。"赶说话当儿，早已转入床后，一溜烟的出便门去了。

这里阳伯顺便就叫仆欧点菜，先给郭掌柜点了蕃茄牛尾汤，炸板鱼，牛排，出骨鹌鹑，加利鸡饭，勃朗补丁，共是六样。自己也点了葱头汤,煨黄鱼,牛舌,通心粉雀肉,香蕉补丁五样。仆欧拿了菜单,打上号码,自去叫菜。这里两人方谈起正事来。郭掌柜先开口道:"刚才我仿佛听见小玉给你说什么姓章的,那个人你知道吗?"阳伯道:"我不知道,就听见庄稚燕叫他凤孙。"郭掌柜道:"他就是前任山东抚台章一豪的公子,如今新袭了爵,到里头想法子来的。我才信上说的就是他。"阳伯道:"那怕什么?他既走了那一边儿,如今余道台才闹了乱子,走道儿总有点不得劲,这个机会,我们正好下手呢!"郭掌柜道:"话是不差,可就坏在余道台这件事。余道台的银子,原说定先付一半,还有一半,也是永丰庄垫付的,出了一张见缺即付的支票。谁晓得赶放的明文一见,果然就收了去了。如今出了这意外的事,如何收得回来呢!他的款子,收不回来不要紧,倒是咱们的款子,可有点儿付不出去了!我想你在先自己付的十二万正款,固然要紧,就是这永丰庄担承的六万,虽说是小费,里头帮忙的人大家分的,可比正款还要紧些呢!要有什么三差五错,那事情就难说了!我瞅着永丰的当手,着急得很,我倒也替你担忧,所以特地赶来,给你商量个办法。"阳伯呆了呆,皱着眉道:"兄弟原只带了十二万银子进京,后来添出六万,力量本来就不济的了。亏了永丰庄肯担承这宗款子,虽觉得累点儿,那么树上开花,到底儿总有结果。兄弟才敢劐出做这件事。如今照你这么说,有点儿靠不住了,叫兄弟一时那儿去弄这么大的款?可怎么好呢!"郭掌柜道:"你好好儿想想,总有法子的。"

阳伯踌躇了半天,忽然站起来,正对着郭掌柜,兜头唱了一个大喏道:"兄弟才短,实在想不出法子来。兄弟的第一妙法,只有'一总费心'四个字儿,还求你给我想法儿罢!"郭掌柜还礼不迭道:"你别这么喉急,你且坐下,我给你说!"阳伯又作了一揖,方肯坐了。郭掌柜慢慢道:"法子是有一个,俗语道'巧媳妇做不出无米饭',不过又要你破费一点儿才行。"阳伯跳起来道:"老郭,你别这么婆婆妈妈的绕湾儿说话,这会儿只要你有法子,你要什么就什么!"郭掌柜道:"那个是我要呢？咱们毂交情，给你办事，一个大都不要，这才是真朋友。只等将来，你上了任，我跟你上南边去玩儿一趟，闲着没事，你派我做个账房，消遣消遣，那就是你的好处了。"阳伯道："那好办，你快说，有什么好法子呢？"郭掌柜道："别忙，你瞧菜来了！咱们先吃菜，慢慢儿的讲。"阳伯一抬头，果然仆欧托着两盘汤，几块面包来。安放好了，阳伯又叫仆欧开了一瓶香宾。

郭掌柜一头啖着面包，喝着汤，一头说道："你别看永丰庄怎么大场面，一天到晚，整千整万的出入，实在也不过东拉西扯，撑着个空架子罢了！遇着一点儿风浪，就挡不住。本来呢，他的架子空也罢，实也罢，不与我们相干，如今他既给我们办了事，答应了这么大的款子，他的架子撑得满，我们的事情就办得完全；倘或他有点破绽，不但他的架子撑不成，只怕连我们的架子都要坍了。这会儿，也没有别的法子，只有大家伙儿帮着他，把这个架子扶稳了才对。要扶稳这个架子，也不是空口说白话做得了的，要紧的就是银子，但是这银子，从那儿来呢？"阳伯道："说得是，银子那儿来呢？"郭掌柜道："哈哈，说也不信，天下事真有凑巧，也是你老的运气来了！这会儿天津镇台，不是有个鲁通一鲁军门吗？这个人，你总该知道罢！"阳伯想了想道："不差，那是淮军里头有名的老将啊！"郭掌柜笑道："那里是淮军里头有名的老将！光是财神手下出色的健将罢！他当了几十年的老营务，别的都不知道，只知道他撑了好几百万的家财。他的主意可很高，有的银子，都存给外国银行里，什么汇丰呀，道胜呀，我们中国号家钱庄，休想摸着他一个边儿。可奇怪，到了今年，忽然变了卦了，要想把银子匀点出来，分存京津各号，特地派他的总管鲁升，带了银子，进京看看风色。这位鲁总管，可巧是我的好朋友，昨日他自己上门来找我，我想这是个好主儿，好好儿恭维他一下。后来讲到存银的事情，我就把永丰荐给他。他说：'来招揽这买卖的可不少，我们都没答应呢！你不知道我们那里有个老规矩，不论那家，要是成交，我们朋友，都是加一扣头，只要肯出扣头就行。'今天我把这话告诉永丰,谁晓得永丰的当手,倒给我装假,出扣头的存银他不要。我想这事,永丰的关系原小,我们的关系倒大,这扣头不如你暂时先垫一下子,事情就成了。这事一成,永丰就流通了,我们的付款也就有着了。就有一百个章爵爷,那上海道也不怕跑到那儿去了。你看怎么着?使得吗?"阳伯道:"他带多少银子来呢?存给永丰多少呢?"郭掌柜道:"他带着五六十万呢!我们只要他十万,多也不犯着,你说好不好?"阳伯顿时得意起来道:"好好,再好没有了,事不宜迟,这儿吃完,你就去找那总管说定了,要银子,你到永丰庄,在我旅用的折子上取就得了。"

两人胡乱把点菜吃完,叫仆欧来算了账,正要站起,郭掌柜忽然咦了一声道:"怎么外边已经散了?"阳伯侧耳一听,果然鸦雀无声,伛身凑近风窗向外一望,只见那大餐桌上,还排列着多少咖啡空杯,座位上却没个人影儿。阳伯随手拉开风门道:"我们就打前面走罢!"於是阳伯前行,郭掌柜后跟,闯出厅来,一直的往外跑。不提防一阵喊喊喳喳说话声音,发出在那厅东墙角边一张小炕床上,瞥眼看见有两个人头接头的紧靠着炕几,一个仿佛是庄稚燕,那一个就是小玉说的章凤孙,见那凤孙手里颤索索的拿着一张纸片儿,递与稚燕。阳伯恐被瞧破,不敢细看,别转头,给郭掌柜一溜烟的溜出那番菜馆来,各自登车,分头干事去了。

如今且按下阳伯,只说那番菜馆外厅上庄稚燕给章凤孙,偷偷摸摸守着黑厅干什么事呢?原来事有凑巧,两间房里的人,做了一条路上的事,那边鱼阳伯与郭掌柜磨拳擦掌的时候,正这边庄稚燕替章凤孙钻天打洞的当儿。看官须知道这章凤孙,是中兴名将前任山东巡抚章一豪的公子,单名一个"谊"字,章一豪在山东任时,早就给他弄了个记名特用道,前年章一豪死了,朝廷眷念功臣,又加恤典,把他原有的一等轻车都尉,改袭了子爵,这章凤孙年不满三十,做了爵爷,已是心满意足,倒也没有别的妄想了。这回三年服满,进京谢恩,因为与庄稚燕是世交兄弟，一到京，就住在他家里，只晓得寻花夕醉，挟弹晨游，过着快乐光阴，当不住稚燕是宦海的神龙，官场的怪杰，看见凤孙门阀又高，资财又广，是个好吃的果儿，一听见上海道出缺的机会，就一心一意调唆凤孙去走连公公的门路。可巧连公公为了余敏的事失败了，撇着一肚子闷气，没得出处，正想在这上海道上找个好主儿，争回这口气来，所以稚燕去一说，就满口担承。彼此讲定了数目，约了日期，就趁稚燕在番菜馆请客这一天，等待客散了，在黑影里开办交涉。却不防冤家路窄，倒被阳伯偷看了去。闲话少表。

当时稚燕乖觉，劈手把凤孙手里拿的纸片夺过来折好，急忙藏在里衣袋里。凤孙道："这是整整十二万的汇票，全数儿交给你了。可是我要问你一句，倒底靠得住靠不住？"稚燕不理他，只望着外面挪嘴儿，半晌又望外张了一张，方低低说道："你放心，我连夜给你办去，有什么差错，你问我，好不好？"凤孙道："那么我先回去，在家里等回音。"稚燕点点头，正要说话，蓦地走进一个仆欧说道："曾侯爷打发管家来说，各位爷都在小玉家里打茶围，请这里两位大人就去。"凤孙一头掀帘望外走，一头说道："我不去了，你若也不去，替我写个条儿道谢罢！"说毕，自管自的上车回家去了。

不说这里稚燕写谢信，算菜账，尽他做主人的义务，单讲凤孙独自归来，失张失智的走进自己房中，把贴身伏侍的两个家人，打发开了，亲自把房门关上，在枕边慢慢摸出一只紫楠雕花小手箱，只见那箱里头放着个金漆小佛龛，佛龛里坐着一尊羊脂白玉的观世音。你道凤孙百忙里，拿出这个做什么呢？原来凤孙虽说是世间纨裤，却有些佛地根芽，平生别的都不信，只崇拜白衣观世音，所以特地请上等玉工，雕成这尊玉佛，不论到那里，都要带着他走。不论有何事都要望着他求。只见当时凤孙取了出来，恭恭敬敬，双手捧到靠窗方桌上，居中供了，再从箱里搬出一只宣德铜炉，炷上一枝西藏线香，一本《大悲神咒》，一串菩提念珠，都摆在那玉佛面前，布置好了，自己方退下两步，整一整冠，拍去了衣上尘土，合掌跪在当地里，望上说道："弟子章谊，一心敬礼观世音菩萨"，说罢，匍匐下去，叨叨絮絮了好一会，好像醮台里拜表的法师一般。口中念念有词，足足默祷了半个钟头，方才立起，转身坐在一张大躺椅上，提起念珠，摊开神咒，正想虔诵经文，却不知怎的心上总是七上八下，一会儿神飞色舞，一会儿肉跳心惊，对着经文，一句也念不下去。看看桌上一盏半明不灭的灯儿，被炉里的烟气，一股一股的冲上去，那灯光只是碧沉沉地。侧耳听着窗外静悄悄的没些声息，知道稚燕还没回来。凤孙没法，只得垂头闭目，养了一回神，才觉心地清净点儿。忽听门外帖帖达达飞也似的一阵脚步声，随即发一声狂喊道："凤孙，怎么样？你不信，如今果真放了上海道了！你拿什么谢我？"这话未了，就砰的一响，踢开门，钻将进来。凤孙抬头一看，正是稚燕，心里一慌，倒说不出话来。正是：

  富贵百年忙里过，功名一例梦中求。

欲知凤孙得着上海道，倒底是真是假。且听下回分解。

第二十三回　天威不测蜚语中词臣
　　　　　隐恨难平违心驱俊仆

却说凤孙忽听稚燕一路喊将进来，只说他放了上海道，一时心慌，倒说不出话来，呆呆地半晌方道："你别大惊小怪的吓我，说正经，连公公那里，端的怎样？"稚燕道："谁吓你？你不信，看这个！"说着，就怀里掏出个黄面泥板的小本儿。凤孙见是京报，接来只一揭，第一行就写着"苏松太兵备道着章义补授"。凤孙还道是自己眼花，忙把大号墨晶镜，望鼻梁上一推，揉一揉眼皮，凑着纸细认，果然仍是"苏松太兵备道着章义补授"十一个字。

心中一喜，不免颂了一声佛号，正要向那玉琢观音顶礼一番，却恍恍惚惚就不见了稚燕。抬起头来，却只见左右两旁站着六七个红缨青褂短靴长带的家人，一个托着顶帽，一个捧着翎盒，提着朝珠的，抱着护书的，有替他披褂的，有代他束带的，有一个豁琅琅的摇着静鞭，有一个就向上请了个安，报道："外面伺候已齐，请爵爷立刻上任！"真个是前呼后拥，呵幺喝六，把个朦懂小爵爷，七手八脚的送出门来。只见门外齐臻臻的排列着红呢伞，金字牌，旗锣轿马，一队一队长蛇似的立等在当街，只等凤孙掀帘进轿。只听如雷价一声呵殿，那一溜排衙，顿时蜿蜿蜒蜒的向前走动。走去的道儿，也辨不清是东是西，只觉得先走的倒都是平如砥，直如绳的通衢广陌，一片太阳光，照着马蹄蹴起的香尘，一闪一闪的发出金光，谁知后来忽然转了一个湾，就走进了一条羊肠小径。又走了一程，益发不像，索性只容得一人一骑慢慢的挨上去了，而且曲曲折折，高高低低，一边是恶木凶林，一边是危崖乱石。凤孙见了这些凶险景象，心中疑惑，暗忖道：我如今到底往那里去呢？记得出门时，有人请我上任，怎么倒走到这荒山野径来呢？原来此时凤孙早觉得自己身体不在轿中，就是刚才所见的仪仗从人，一霎时也都随着荒烟蔓草，消灭得无影无踪，连放上海道的事情也都忘了一半。独自一个，在这七高八低的小路上，一脚绊一脚的望前走去。

正走间，忽然眼前一黑，一阵寒风拂上面来，疾忙抬头一看，只见一座郁郁苍苍的高冈横在面前。凤孙暗喜道："好了，如今找着了正路了！"正想寻个上去的路径，才想走近前来，却见那冈子前面，蹲着一对巨大的狮子，张了磨牙吮血的大口，睁了奔霆掣电的双瞳，竖起长鬣，舒开铁爪，只待吃人，在云烟缥渺中也看不清是真是假。再望进去，隐隐约约显出画栋雕梁，长廊石舫，丹楼映日，香阁排云，山径中还时见白鹤文鹿，彩凤金牛，游行自在；但气象虽然庄严，总带些阴森肃杀的样子，好像几百年前的古堡，恐怕冒昧进去，倒要碰着些吃人的虎豹豺狼，迷人的山精木怪，反为不美。凤孙踌躇了一回，忽听各郎各郎一阵马官，铃声，从自己路上飞来，就见一匹跳涧爬山的骏马，驮着个扬翎蠹顶的贵官，挺着腰，仰着脸儿，得意扬扬的，只顾往前窜。凤孙看着那贵官的面貌，好像在那里见过的，不等他近前，连忙迎上去，拦着马头施礼道："老兄想也是上冈去的？兄弟正为摸不着头路不敢上去。如今老兄来了，是极好了，总求您携带携带。"那贵官听了，哈哈的笑道："你要想上那冈子么？你莫非是疯子罢！那道儿谁不知道？如今是走不得的了！你要走道儿，还是跟着我上东边儿去。"说着话，就把鞭儿向东一指，凤孙忙依着他鞭的去向只一望，果然显出一条不广不狭的小径，看那里边，倒是暖日融融，香尘细细，夹岸桃花，烂如云锦，那径口却有一棵夭矫不群的海楠，卓立在万木之上。下面一层层排列着七八棵大树,大约是檀槐杨柳灵杏棠杞等类,无不蟠干梢云,浓阴垂盖,的是一条好路,倒把凤孙看得呆了。正想细问情由,不道那贵官就匆匆的向着凤孙拱了拱手道:"兄弟先偏了!"说罢,提起马头,四蹄翻盏的走进那东路去了。凤孙这一急,非同小可,拔起脚要追,忽听一阵悠悠扬扬的歌声,从西边一条道儿上梨花林吹来,歌道:

  东边一条路,西边一条路;西边梨花东边桃,白的云来红的雨,红白争娇,雨落云飘,东海龙女,偷了千年桃,西池王母,怒挖明珠苗;造化小儿折了腰,君欲东行,休行,我道不如西边儿平!

凤孙寻着歌声,回身西望,才看见径对着东路那一条道儿上,处处夹着梨树,开的花,如云如雪,一白无际,把天上地下罩得密密层层,风也不通。凤孙正在忖量,那歌声倒越唱越近了,就见有八九个野童儿,头戴遮日帽,身穿背心衣,脚踏无底靴,面上乌墨涂得黑一搭白一搭,一面拍着手,一头唱着歌,穿出梨花林来。一见凤孙,齐连连招手道:"来,来,快上西边儿来!"凤孙被这些童儿一唱一招,心里倒没了主意,立在那可东可西的高冈面前,东一张,西一张,发恨道:"照这样儿,不如回去罢!"一语未了,不提防西边树林里,陡起了一阵撼天震地的狂风,飞沙走石,直向东边路上刮刺刺的卷去。一会价,就日澹云凄,神号鬼哭起来,远远望去,那先去的骑马官儿,早被风刮得帽飞靴落,人仰马翻,万树桃花,也吹得七零八落,连路口七八株大树,用尽了撑霆喝月的力量,终不敌排山倒海的神威,只抵抗了三分钟工夫,唏唎嗵喇倒断了六株。连那海楠和几株可称梁栋之材的都连根带上,飞入云霄,不知飘到那里去了。这当儿,只听那梨花林边,一个大孩子,领了八九个狂童,欢呼雷动,摇头顿足的喊道:"好了!好了!倒了!倒了!"谁知这些童儿不喊犹可,这一喊,顿时把几个乌嘴油脸的小孩,变了一群青面獠牙的妖怪,有的摇着驱山铎,有的拿着迷魂幡,背了骊山老母的剑,佩了九天玄女的符,踏了哪吒太子的风火轮,使了齐天大圣的金箍棒,张着嘴,瞪着眼,耀武扬威,如潮似海的直向凤孙身边扑来。凤孙这一吓,直吓得魂魄飞散,尿屁滚流,不觉狂叫一声:"救苦救难观世音菩萨!"

正危急间,忽听面前有人喊道:"凤孙休慌,我在这里。"凤孙迷离中抬头一看,仿佛立在面前是一个浑身白衣的老妇人,心里只当是观音显圣来救他的,忙又叫道:"菩萨救命呀!"只听那人笑道:"什么菩萨?菩萨坐在桌儿上呢!"凤孙被这话一提,心里倒清爽了一半,重又定睛细认了一认,呸!那里是南海白衣观世音,倒是个北京纨裤庄稚燕,嬉着嘴立在他面前,看看自己身体,还坐在佛桌旁的一张大椅上,炉里供的藏香只烧了一寸,高冈飞了,梨花林桃花径迷了,童儿妖怪灭了,窗外半钩斜月,床前一粒残灯,静悄悄一些风声也没有,方晓得刚才闹轰轰的倒是一场大梦。想起刚才自己狼狈的神情,对着稚燕倒有些惶愧,把白日托他到连公公那里谋干的事倒忘怀了,只顾有要没紧的道:"你在那儿乐?这早晚才回来!"

稚燕道:"阿呀呀,这个人可疯了!人家为你的事,脚不着地,跑了一整夜,你倒还乐呀乐呀的挖苦人!"凤孙听了这话,才把番菜馆里,递给他汇票,托他到连公公那里讨准信的一总事,都想起来,不觉心里勃的一跳,忙问道:"事情办妥了没有?"稚燕笑道:"好风凉话儿!天下那儿有这么容易的事儿!我从番菜馆里出来,曾敬华那里这么热闹的窝儿,我也不敢蹿,一口气跑上连公公家里,只道约会的事,不会脱卯儿的,谁知道还是扑了一个空。老等了半天,不见回来,问着他们,敢情为了预备老佛爷万寿的事情,内务府来请了去商量,说不定多早才回家呢。我想横竖事儿早说妥了,只要这边票儿交出去,自然那边官儿送上来,不怕他有红孩儿来抢了唐僧人参果去,你说对不对?"凤孙一听"红孩儿"三个字,不觉把梦中境界,直提起来,一面顺口说道:"这么说,那汇票你仍旧带回来了?"一面呆呆的只管想那梦儿,从那一群小孩变了妖怪,扑上身来想起,直想到自己放了上海道,稚燕踢门狂喊,看看稚燕此时的形状,宛然梦里。忽然暗暗吃惊道:不好了,我上了小人的当了!照梦详来,小孩者,小人也,变了妖怪,扑上身来,明明说这班小人在那里变着法儿的捉弄我。小径者,小路也,已经有人比我走在头里,我是没路可走的了。若然硬要走,必然惹起风波。想到这里,猛的又想起梦醒时候,看见一个白衣老妇,不觉恍然大悟道:这是我一向虔诚供奉了观音,今日特地来托梦点醒我的。罢了!罢了!上海道我决计不要了,倒是十二万的一张汇票,总要想法儿骗回到手才好。

想了一想,就接着说道:"既然你带回来,很好,那票儿本来差着,你给我改正了再拿去!"稚燕愕然道:"那儿的事?数目对了就得了。"凤孙道:"你不用管,你拿出来,看我改正,你就知道了。"稚燕似信不信的,本不愿意掏出来,倒底碍着凤孙是物主儿,不好十分揞着不放,只得慢慢地从靴页里抽出,挪到灯边远远的一照道:"没有错呀!"一语未了,不防被凤孙劈手夺去,就往自己衣袋里一塞。稚燕倒吃了个惊道:"这怎么说?咦,改也不改,索性收起来了!"凤孙笑道:"不瞒稚兄说,票子是没有错,倒是兄弟的主意打错了,如今想过来,不干这事了。稚兄高兴,倒是稚兄去顶替了罢!兄弟是情愿留着这宗银子,去孝敬韩家潭口袋底的哥儿姐儿的了。"稚燕跳起来道:"岂有此理!你这话倒底是真话是梦话?你要想想,这上海道的缺,是不容易谋的!连公公的路,是不容易走的!我给你闹神闹鬼,跑了半个多月,这才摸着点边儿,你倒好意思,轻轻松松说不要了。我可没脸去回覆人家,你倒把不要的道理说给我听听!"凤孙仍笑嬉嬉的道:"回覆不回覆,横竖没有我的事,我是打定主意不要的了。"那当儿,一个是斩钉截铁的咬定不要了,一个是面红颈赤的死问他为何不要呢,一个笑迷迷只管赖皮,一个急吁吁无非撒泼。

正闹得没得开交,忽听砰的一声,房门开处,走进一个家人,手里拿着一封电报,走到凤孙身旁道:"这是南边发来给章大人的。"说着伸手递给凤孙,就回身走了。凤孙忙接来一望,知道是从杭州家里打来的,就吃了一吓。拆开看了看,不觉说声"侥幸",就手递给稚燕道:"如今不用争吵了,我丁了艰了!"稚燕看着,方晓得凤孙的继母病故,一封报丧的电报。到此地位,也没得说了,把刚才的一团怒火,霎时消灭,倒只好敷衍了几句安慰的套话,问他几时动身。凤孙道:"这里的事情,料理清楚,也得六七天。"当时彼此没兴,各自安歇去了。

从此凤孙每日忙忙碌碌,预备回南的事。到了第五日,就看见京报上,果然上海道放了鱼邦礼,外面就沸沸扬扬议论起来。有的说姓鱼的托了后门估衣铺,走王府的门路的;有的说姓鱼的认得了皇妃的亲戚,在皇上御前保举的。凤孙听了这些话,倒也如风过耳,毫不在意,只管把自己的事,尽着赶办,又歇了一两天,就掩旗息鼓的回南奔丧去了。

单说稚燕替凤孙白忙了半个多月,得了这个结果,大为扫兴。他本意原想做鱼阳伯的引线的,后来看看鱼阳伯的门第资财气概,都不如章凤孙,所以倒过头来,就搁起阳伯,全力注在凤孙身上。谁知如今阳伯果真得了上海道,自己的好窝儿,反给估衣铺里的郭掌柜占了去,你想他心里怎么不又悔又恨呢!连公公那里,又不敢去回覆,只好私下告诉他父亲转说,还求他想个法儿,出出这口恶气。

一日清早,稚燕还没起来,家人来回:"老爷上头下来,有事请少爷即刻就去。"稚燕慌忙披衣出房,不及梳洗,一径奔到小燕平常退朝坐起的一间书房内,掀帘进去,满屋静悄悄的,只见两三个家人垂手侍立。小燕正在那里低着头,写一封书信,看见稚燕走来,略一抬眼道:"你且坐着,让我把高丽商务总办方安堂的一封要紧信写了再说。"稚燕只得在旁坐了,偷看那封信上写的,全是高丽东学党谋乱的事情。——原来那东学党是高丽国的守旧党,向来专与开化党为仇,他的党魁叫崔时亨,自号纬大夫的,忽然现在在全罗道的古阜地方起事,有众五六万,首蒙白巾,手执黄旗,倡言要驱逐倭夷,扫除权贵,高丽君臣,惶急万状,要借中国护商的靖远兵船,前去助剿。那时驻扎高丽的商务总办,就是方安堂官印叫代胜的,不敢擅主,发电到总理衙门请示。小燕昨日已经会商王大臣,发了许借的回电,现在所写的,不过要他留心观察,随时禀报罢了。稚燕看着信,随口道:"原来高丽反起了乱事了!"

小燕道:"这回比甲申年金玉均、洪英植的乱事,更要利害,恐怕要求中朝发兵赴援哩!"说着,那信已写好,搁在一边,笑嘻嘻道:"叫你不为别的,你知道今天上头出了一件奇事吗?鱼邦礼革职了,到连累金贵妃、宝贵妃都革了妃号,降做贵人。宝贵妃还脱衣受了七十廷杖。两妃的哥哥致敏,贬谪到边远地方,老佛爷怒的了不得。听说还牵涉到闻韵高太史,只为他是两妃的师傅。幸亏他闻风远避,总算免了。"稚燕半惊半喜的道:"爹爹知道这事怎么发作的呢?"小燕道:"我也摸不清,不知道老佛爷听了谁的话,忽然从园里回来,一径就到皇妃宫中,拿出一个小拜匣,里头都是些没用的字纸,不知道老佛爷为什么就天威不测起来,只说金、宝两贵妃,近来习尚浮华,屡有乞请,所以立刻下了这道严旨。"

稚燕立起来仰着头道:"原来也有今日!论理这会儿事情闹得也太不像了,总得这位老圣人出来整顿整顿!"说着话,一抬头,忽见一个眉清目秀初交二十岁的俊童,站在他父亲身旁,穿着娃儿脸万字绉纱袍,罩着美人蕉团花绒马褂,额上根青,鬓边发黑,差不多的相公还比不上他娇艳,心想我家从没有过这样俊俏童儿。忽然想起来道:"呀,这是金雯青那里的阿福,怎么到了我家来呢!"稚燕正在上下打量,早被小燕看见,因笑道:"这是雯青那里有名的人儿,你从前给他同路进京,大概总认得罢!如今他在雯青那里歇了出来,还没投着主儿呢!求我赏饭,我可用不着,只好留着等机会荐出去罢!"小燕一面说,一面阿福红着脸,就走到稚燕跟前,请了一个安。小燕忽然向稚燕道:"不差,你给我上金雯青那里去走一趟罢!这几天听说他病又重了,我也没工夫去看他,你替我去走走,礼到就得了。"当时稚燕答应下来,自去预备出门，按下慢表。

如今先要把阿福如何歇出，雯青如何病重的细情，叙述一番，免得读书的说我抛荒本题。原来雯青那日，看张夫人出房后，就叫小丫头把帐子放了，自把被窝蒙了头，只管装睡，并不瞅睬彩云。彩云见雯青颜色不好，也不敢上来兜搭，自在外房，呆呆地坐着嗑瓜子儿。房里冷清清的无事可说。我却先要说张夫人那日在房时，听了雯青的口气，看了彩云的神情，早就把那事儿瞧破了几分，后来回到自己房中，不消说有那班献殷勤的婆儿姐儿，半真半假的传说，张夫人心里更明白了，料想雯青这回必然要扬铃捣鼓的大闹，所以张夫人身虽在这边，心却在那边，常常听候消息。

谁知道直候到二更以后，雯青那边总是寂无人声，张夫人倒诧异起来。暗道：难道就这么罢了不成？忽一念转到雯青新病初愈，感了气，不要有什么反覆吗？想到这里，倒不放心起来。那时更深人静，万籁无声，房里也空空洞洞的，老妈儿都去歇息了，小丫头都躲在灯背黑影里去打盹儿。张夫人只得独自个蹑手蹑脚，穿过外套房，来到堂屋。各处灯都灭了，黑设设的好不怕人！张夫人正有些胆怯，想缩回来，却望见雯青那边厢房里，一点灯光，窗帘上映出三四个长长短短的人影。接着一阵喊喊促促的讲话声音，知道那边老妈、丫头，还没睡哩。张夫人趁势三脚两步，跨进雯青外房，径到房门口。正要揭起软帘，忽听雯青床上悉悉索索的响，响过处，就听雯青低低儿的叫了"彩云、彩云"两声，并没人答应。

张夫人忖道："且慢，他们要说话了，我且站着听一听。"这当儿，张夫人靠在门匡上，从帘缝里张进去，只见靠床一张鸳鸯戏水的镜台上，摆着一盏二龙抢珠的洋灯，罩着个碧玻璃的灯罩儿，发出光来，映得粉壁锦帷，都变了绿沉沉地。那时见雯青一手慢慢的钩起一角帐儿，伸出头来，脸上似笑不笑的，睨着靠西壁一张如意软云榻，只管发怔。张夫人连忙随着雯青的眼光看去，原来彩云正卸了晚妆，和衣睡着在那里，身上穿着件同心珠扣水红小紧身儿，单叉着一条合欢粉荷洒花裤，一搦柳腰，两钩莲瓣，头上枕着个湖绿卐纹小洋枕，一挽半散不散的青丝，斜拖枕畔，一手托着香腮，一手掩着酥胸，眉儿蹙着，眼儿闭着，颊上酒窝儿还揾着点泪痕，真有说不出画不像的一种妖艳，连张夫人见了，心里也不觉动了一动。

忽听雯青叹了口气，微微的拍着床道："嗐，那世里的冤家！我拼着做……"说到此咽住了，顿了顿道："我死也不舍她的呀！"说话时，雯青就挣身坐起，喘吁吁披上衣服，套上袜儿，好容易把腿挪下床沿，趿着鞋儿，摇摇摆摆的直晃到那榻儿上，挨着彩云身体倒下。好一会，颤声推着彩云道："你倒底怎么样呢？你知道我的心为你都使碎了！你只管装睡，给谁呕气呢？"原来彩云本未睡着，只为雯青不理她，摸不透雯青是何主意，自己怀着鬼胎，只好装睡。后来听见雯青几句情急话，又力疾起来反凑她，不免心肠一软，觉得自己行为太对不住他，一阵心酸，趁着此时雯青一推，就把双手捧了脸，钻到雯青腋下，一言不发，到呜呜咽咽，哭个不了。

雯青道："这算什么呢？这件事你到底叫我怎么样办嗄？有这会儿哭的工夫，刚才为什么拿那些没天理的话来顶撞我呢！"说着，也垂下泪来。彩云听了，益发把头贴紧在雯青怀里，哽噎着道："我只当你从此再不近我身的了，我也拼着把你一天到晚千怜万惜的身儿，由你去割也罢，勒也罢，你就弄死我，我也不敢怨你，我只怨着我死了，再没一个知心着意的人服伺你了！我只恨我一时糊涂，上了人家的当，只当嬉皮赖脸一会儿不要紧，谁知倒害了你一生一世受苦了！这会儿后悔也来不及了！"雯青睨定彩云，紧紧的拉了她手，一手不知不觉的替她拭泪道："你真后悔了么？你要真悔，我就不恨你了。谁没有一时的过失，我倒恨我自己用了这种没良心的人来害你了。这会儿没有别的，好在这事只有你知我知，过几天儿，借着一件事，把那个人打发了就完了。可是你心里要明白，你负了我，我还是这么呕心挖胆的爱你，往后你也该体谅我一点儿了!"

　　彩云听了这些话,索性撒娇起来,一条粉臂钩住雯青的脖子,仰着脸,三分像哭,二分像笑的道:"我的爷,你算白疼了我了!你还不知道你那人的脾气儿,从小只爱玩儿。这会儿闷在家里,自各儿也保不定一时高兴,给人家说着笑着,又该叫你犯疑了!我想倒不如死了,好叫你放心。"雯青道:"死呀活的做什么!在家腻烦了,听戏也罢,逛庙也罢,我不来管你就是了。"雯青说了这话,忽然牙儿作对的打了几个寒噤。彩云道:"你怎么了?你瞧!我一不管,你就招了凉了。本来天气怪冷的,你怎么皮袍儿也不披一件就下床来呢!"雯青笑道:"就是怕冷,今儿个你肯给我先暖一暖被窝儿吗?"说时,又凑到彩云耳边,低低的不知讲些什么。只见彩云笑了笑,一面连连摇着头坐起来,一面挽上头发道:"算了罢,你别作死了!"那当儿,张夫人看了彩云一派狂样儿,雯青一味没气性,倒撇了一肚子的没好气,不耐烦再听那间壁戏了,只得迈步回房,自去安歇。晚景无话。

　　从此一连三日,雯青病已渐愈,每日起来,只在房中与彩云说说笑笑,倒无一毫别的动静。直到第四天早上,张夫人还没起来,就听见雯青出了房门,到外书房会客去了。等到张夫人起来,正在外套房,靠着窗,朝外梳妆,忽见一个小丫头慌慌张张,飞也似的在院子里跑进来。张夫人喝住道:"大惊小怪做什么!"那小丫头道:"老爷在外书房发脾气哩,连阿福哥都打了嘴巴赶出去了。"张夫人道:"知道为什么呢?"小丫头道:"听说阿福拿一个西瓜水的料烟壶儿递给老爷,不知怎么的,说老爷没接好,掉在地上打破了,阿福只道老爷还是往常的好性儿,正弯了腰,低头拾那碎片儿,嘴里倒咕噜道,怪可惜的一个好壶儿。这话未了,不防拍的一响,脸上早着了一个嘴巴。阿福吃一吓,抬起头来,又是一下。这才看见老爷抖索索的指着他骂道:'没良心的忘八羔!白养活你这么大,不想我心爱的东西,都送在你手里,我再留你,那就不用想有完全的东西了!'阿福吃了打,倒还嘴强说:'老爷自不防备,砸了倒怪我!'老爷越发拍桌的动怒,立刻要送坊办,还是金升伯伯求下来。这会儿卷铺盖去了。"张夫人听了,情知是那事儿发作了,倒淡淡的道:"走了就完了,嚷什么的!"只管梳洗,也不去管他。一时间,就听雯青出门拜客去了。正是:

宦海波涛蹲百怪,情天云雨证三生。

不知雯青赶去阿福,后事如何。且听下回分解。

第二十四回　愤舆论学士修文　救藩邦名流主战

话说雯青赶出了阿福，自以为去了个花城的强敌，爱河的毒龙，从此彩云必能回首面内，委心帖耳的了，衽席之间，不用力征经营，倒也是一桩快心的事，这日出去，倒安心乐意的办他的官事了。先到龚尚书那里，谢他泊米尔一事维持之恩，又到钱唐卿处，商量写着薛、许两钦差的信，到了第二日，就销假到衙，照常办事。光阴荏苒，倏忽又过了几月。那时泊米尔的事情，杨谊柱也查覆进来，知道国界之误，已经几十年，并不始於雯青；又有薛淑云、许祝云在外边，给英、俄两政府交涉了一番，终究靠着英国的势力，把国界重新画定，雯青的事，从此也就平静了。

却说有一天，雯青到了总署，也是冤家路窄，不知有一件什么事，给庄小燕忽然意见不合争论起来，争到后来，小燕就对雯青道："雯兄久不来了，不怪於这里公事，有些隔膜了；大凡交涉的事，是瞬息千变的，只看雯兄养疴一个月，国家已经蹙地八百里了。这件事，光雯兄就没有知道罢？"雯青一听这话，分明讥诮他，不觉红了脸，一语答不出来。

少时，小燕道："我们别尽论国事了，我倒要请教雯兄一个典故。李玉溪道'梁家宅里秦宫入'，兄弟记得秦宫是被梁大将军赶出西第来的，这个入字，好像改做出字的妥当。雯兄，你看如何？"说完，只管望着雯青笑。雯青到此，真有些耐不得了，待要发作，又怕蜂蛋有毒，惹出祸来，只好纳着头，生生的咽了下来。坐了一会，倒底儿坐不住，不免站起来拱了拱手道："我先走了。"说罢回身就往外走，昏昏沉沉，忘了招呼从人。

刚从办事处，走到大堂廊下，忽听有两三个赶车儿的聚在堂下台阶儿上，密密切切说话，一个仿佛是庄小燕的车夫，一个就是自己的车夫。只听自己那车夫道："别再说我们那位姨太太了，真个像馋嘴猫儿似的，贪多嚼不烂，才扔下一个小仔，倒又刮上一个戏子了！"那个车夫问道："又是谁呢？"一个低低的说道："也是有名的角儿，好像叫做孙三儿的。我们那位大人，不晓得前世作了什么孽，碰上这位姨太太。这会儿，天天儿赶着堂会戏，当着千人万人面前，一个在台上，一个在台下，丢眉弄眼，穿梭似的来去，这才叫现世报呢！"这些车夫，原是无意闲谈，不料一句一句都被雯青听得齐全，此时恍如一个霹雳，从青天里打入顶门，顿时眼前火爆，耳内雷鸣，心里又恨、又悔、又羞、又愤，迷迷糊糊欸的一步跨出门来，睁着眼喝道："你们嚷什么？快给我套车儿回家去！"那班赶车的，本没防雯青此时散衙，倒都吃了一惊。幸亏那一辆油绿围红拖泥的大安车，驾着匹菊花青的高背骡儿，好好儿停在当院里没有卸，五六个前顶后跟的家人，也都闻声赶来。那当儿，赶车的预备了车踏凳，要扶雯青上车，不想雯青只把手在车沿儿上一搭，倏的钻进了车箱，嘴里连喊着"走！走！"不一时，蹄翻轮动，出了衙门，几十只马蹄踩得烟尘堆乱，直向纱帽胡同而来。

才到门口，雯青一言不发，跳下车来，铁青着脸，直瞪着眼，一口气只望上房跑。几个家人在背后手忙脚乱的还跟不上。金升手里抱着门簿函牍，正想回事，看这光景，倒不敢，缩了回来。雯青一到上房，堂屋里老妈、丫头，正乱糟糟嚷做一团，看见主人连跌带撞的进来，背后有个家人只管给他们摇手儿，一个个都吓得往四下里躲着。雯青却一概没有看见，只望着彩云的房门，认了一认，揭起毡帘，直抢入去。

那当儿，彩云恰从城外湖南会馆看了堂会戏回来，卸了浓妆，脱了艳服，正在梳妆台上，支起了金粉镜，重添眉翠，再整鬓云，听见雯青掀帘夯进房来，手里只管调匀脂粉，要往脸上扑，嘴里说道："今儿回来多早呀！别有什么不？"说到这里，才回过头来，忽见雯青已撞到了上回并枕谈心的那张如意软云榻边，却是气色青白，神情恍惚，睁着眼愕愕的直钉在自己身上，顿了半响，才说道："你好！你骗得我好呀！"彩云摸不着头脑，心里一跳，脸上一红，倒也怔住了。正想听雯青的下文，打算支架的话，忽见雯青说罢这两句话，身体一晃，两手一撒，便要往前磕来。彩云是吃过吓来的人，见势不好，说声："怎么了，老爷？"抢步过来，拦腰一抱，脱了官帽，禁不住雯青体重，骨碌碌倒金山摧玉柱的两个人一齐滚在榻上。等到那班跟进来的家人，从外套房赶来，雯青早已直挺挺躺好在榻上。彩云喘吁吁腾出身来，在那里老爷老爷的推叫。谁知雯青此时索性闭了眼，呼呼的鼾声大作起来。彩云轻轻摸着雯青头上，原来火辣辣热得烫手，倒也急得哭起来。问着家人们道："这是怎么说的？早起好好儿出去，这会儿倒底儿打那儿回来？成了这个样儿呢！"家人们笑着道："老爷今儿的病，多管有些古怪，在衙门里给庄大人谈公事，还是有说有笑的，就从衙内出来，不晓得半路上，听了些什么话，顿时变了，叫奴才们那儿知道呢！"

　　正说着，只见张夫人也皱着眉，颤巍巍的走进来，问着彩云道："老爷呢？怎么又病了！我真不懂你们是怎么样的了！"彩云低头不语，只好跟着张夫人走到雯青身边，低低道："老爷发烧哩！"随口又把刚才进房的情形，说了几句。张夫人就坐在榻边儿上，把雯青推了几推，叫了两声，只是不应。张夫人道："看样儿，来势不轻呢！难道由着病人睡在榻上不成！总得想法儿挪到床上去才对！"彩云道："太太说得是！可是老爷总喊不醒，怎么好呢！"正为难间，忽听雯青嗽了一声，一翻身就硬挣着要抬起头来。睁开眼，一见彩云，就目不转睛的看她，看得彩云吃吓，不免倒退了几步。忽见雯青手指着墙上挂的一幅德将毛奇的画像道："哪，哪，哪，你们看一个雄赳赳的外国人，头顶铜兜，身挂勋章，他多管是来抢我彩云的呀！"张夫人忙上前扶了雯青的头，凑着雯青道："老爷醒醒，我扶你上床去，睡在家里，那儿有外国人！"雯青点点头道："好了，太太来了！我把彩云托给你，你给我好好收管住了，别给那些贼人拐了去！"张夫人一面吺吺的答应，一面就趁势托了雯青颈脖，坐了起来，忙给彩云招手道："你来，你先把老爷的腿挪下榻来，然后我抱着左臂，你扶着右臂，好歹弄到床上去。"彩云正听着雯青的话，有些胆怯，忽听张夫人又叫她，磨撑了一会，没奈何，只得硬着头皮走上来，帮着张夫人半拖半抱，把雯青扶下地来，站直了，卸去袍褂，慢慢地一步晃一步的，迈到了床边儿上。

此时雯青并不直视彩云，倒伸着头东张西望，好像要找一件东西似的。一时间眼光溜到床前镜台上，摆设的一只八音琴，就看住了。原来那八音琴，与寻常不同，是雯青从德国带回来的，外面看着，是一只火轮船的雏形，里面机括，却包合着无数音谱，开了机关，放在水面上，就会一面启轮，一面奏乐的。不想雯青怔了一会，喊道："啊呀，不好了！萨克森船上的质克，驾着大火轮，又要来给彩云寄什么信了！太太，这个外国人贼头鬼脑，我总疑着他。我告你，防着点儿，别叫他上我门！"雯青这句话，把张夫人倒蒙住了，顺口道："你放心，有我呢，谁敢来！"彩云却一阵心慌，一松手，几乎把雯青放了一交。张夫人看了彩云一眼道："你怎么的？"於是妻妾两人，轻轻的把雯青放平在床上，垫平了枕，盖严了被。张夫人已经累得面红气促，斜靠在床阑上。彩云刚刚跨下床来，忽见雯青脸色一红，双眉直竖，满面怒容，两只手只管望空乱抓。张夫人倒吃了一吓道："老爷要拿什么？"雯青睁着眼道："阿福这狗才，今儿我抓住了，一定要打死他！"张夫人道："你怎么忘了？阿福早给你赶出去了！"雯青道："我明明看见他笑嬉嬉，手里还拿了彩云的一支钻石莲蓬簪，一闪就闪到床背后去了。"张夫人道："没有的事，那簪儿好好儿插在彩云头上呢。"雯青道："太太你那里知道？那簪儿是一对儿呢，花了五千马克，在德国买来的。你不见如今只剩了一支了吗？这一支，保不定明儿还要落到戏子手里去呢！"说罢，嗐了一声。

张夫人听到这些话，无言可答，就揭起了半角帐儿，望着彩云。只见彩云倒躲在墙边一张躺椅上，低头弄着手帕儿。张夫人不免有气，就喊道："彩云！你听老爷尽说胡话，我又搅不清你们那些故事儿，还是你来对答两句，倒怕要清醒些哩！"彩云半抬身挪步前行，说道："老爷今天七搭八搭，不知道说些什么，别说太太不懂，连我也不明白，倒怪怕的。"说时已到床前，钻进帐来，刚与雯青打个照面。谁知这个照面不打，倒也罢了，这一照面，顿时雯青鼻扇唇动，一手颤索索拉了张夫人的袖，一手指着彩云道："这是谁？"张夫人道："是彩云呀！怎么也不认得了？"雯青咽着嗓子道："你别冤我，那里是彩云？这个人明明是赠我盘费进京赶考的那个烟台妓女梁新燕，我不该中了状元，就背了旧约，送她五百银子，赶走她的。"说到此，咽住了，倒只管紧靠了张夫人道："你救我呀！我当时只为了怕人耻笑，想不到她竟会吊死，她是来报仇！"一言未了，眼睛往上一翻，两脚往下一伸，一口气接不上，就厥了过去。张夫人和彩云一见这光景，顿时吓做一团，满房的老妈、丫头，也都乌飞鹊乱起来，喊的喊，拍的拍，握头发的，掐人中的，闹了一个时辰，才算回了过来，寒热越发重了，神智越发昏了，直到天黑，也没有清楚一刻。张夫人知道这病利害，忙叫金升拿片子去请陆大人来看脉。

原来搴如这几年，在京没事，倒很研究了些医学，读几句《汤头歌诀》，看两卷《本草从新》，有时碰上些儿不死不活的病症，也要开个把半凉半热的方儿，虽不能说卢、扁重生，和、缓再世，倒也平正通达，死不担差，所以满京城的王公大人，都相信他，不称他名殿撰，倒叫他名太医了。就是雯青家里，一年到头，上下多少人，七病八痛，都是他包圆儿的，何况此时是雯青自己生病呢！本是个管鲍旧交，又结了朱陈新好，一得了信息，不用说车不俟驾的奔来，听几句张夫人说来的病源，看一回雯青发现的气色，一切脉，就摇头说不好，这是伤寒重症，还夹着气郁房劳，倒有些棘手。少不得尽着平生的本事，连底儿掏摸出来，足足磋磨了一个更次，才把那张方儿的君臣佐使配搭好了，交给张夫人，再三嘱咐，必要浓煎多服。䇿如自以为用了背城借一的力量，必然有旋乾转坤的功劳，谁知一帖不灵，两帖更凶，到了第三日，爽性药都不能吃了。等到小燕叫稚燕来看雯青，却已到了香迷铜雀，雨送文鸳的时候。

　　那时雯青的至好龚和甫、钱唐卿，都聚在那里，帮着䇿如，商量医药。稚燕走进来，彼此见了，稚燕就顺口荐了个外国医生，和甫、唐卿，倒都极口赞成，劝䇿如立刻去延请。䇿如摇着头道："我记得从前曾小侯信奉西医，后来生了伤寒症，发热时候，西医叫预备五六个冰桶围绕他，还搁一块冰在胸口，要赶退他的热，谁知热可退了，气却断了。这事我可不敢作主。请不请，去问雯青夫人罢！"和甫、唐卿，还想说话，忽听见里面一片哭声，沸腾起来，却把个文园病渴的马相如，竟做了玉楼赴召的李长吉了。稚燕趁着他们扰乱的时候，也就溜之大吉。倒是龚和甫、钱唐卿，究竟与雯青道义之交，肝胆相托，竟与䇿如同做了托孤寄命的至友，每日从公之余，彼来此往，帮着䇿如料理雯青的后事，一面劝慰张夫人，安顿彩云，一面发电苏州，去叫雯青的长子金继元到京，奔丧成服。后来发讣开丧，倒也异常热闹。

　　开丧之后，过了些时，龚和甫、钱唐卿正和䇿如商量，想劝张夫人全家回南。还未议决，谁知那时中国外交上恰正起了一个绝大的风波，龚、钱两人，也就无暇来管这些事了。就是做书的也顾不得来叙这些事了。——你道那风波是怎么起的？原来就为朝鲜东学党的乱事闹得大起来，果然朝王到我国来请兵救援，我国因朝鲜是数百年极恭顺的藩属，况甲申年金玉均、洪英植的乱事，也靠着天兵，戡平祸乱的。这回来请兵，也就按着故事，叫北洋大臣威毅伯先派了总兵鲁通一统了盛军马步三千,提督言紫朝领了淮军一千五百人,前去救援。不料日本听见我国派兵,借口那回天津的攻守同盟条约,也派大鸟介圭带兵径赴汉城。后来党匪略平,我国请其撤兵,日本不但不撤兵,反不认朝鲜为我国藩属,又约我国协力干预他的内政。我国严词驳斥了几回,日本就日日遣兵调将,势将与我国决裂。那时威毅伯虽然续派了马裕坤带了毅军,左伯圭统了奉军,由陆路渡鸭绿江到平壤设防,还是老成持重,不肯轻启兵端,请了英、俄、法、德各国出来,竭力调停,口舌焦敝,函电交驰,别的不论,只看北洋总督署给北京总理衙门往来的电报,少说一日中也有百来封。不料议论愈多,要挟愈甚,要害坐失,兵气不扬,这个风声,传到京来,人人义愤填胸,个个忠肝裂血,朝励枕戈之志,野闻同袍之歌,不论茶坊酒肆,巷尾街头,一片声的喊道:"战呀!开战呀!给倭子开战呀!"

谁知就在这一片轰轰烈烈的开战声中,倒有两个潇潇洒洒的出奇人物,冒了炎风烈日,带了砚匣笔床,特地跑到后载门外的十刹海荷花荡畔,一座酒楼上,凭阑寄傲,把盏论文。你道奇也不奇?那当儿,一轮日大如盘,万顷花开似锦,隐隐约约的是西山岚翠,缥缥渺渺的是紫禁风烟,都趁着一阵薰风,向那酒楼扑来。看那酒楼,却开着六扇玻璃文窗,护着一桁冰纹画槛,靠那槛边,摆着个湘妃竹的小桌儿,桌上罗列些瓜果蔬菜,茶具酒壶,破砚残笺,断墨秃笔,也七横八竖的,抛在一旁。桌左边坐着个丰肌雄干,眉目开张,岸然不愧伟丈夫,却赤着膊,将辫子盘在头顶,打着一个椎结。右边那个,却是气凝骨重,顾视清高,眉宇之间,盎然秋色,身穿紫葛衫,手摇雕翎扇。你道这两个人到底是谁?原来倒是书中极熟的人儿,左边的就是有名太史闻韵高,右边的却是新点状元章直蜚。两人酒酣耳热,接膝谈心,把个看花饮酒的游观场,当了运筹决策的机密室了。只见闻韵高眉一扬,鼻一掀,一手拿着一海碗的酒,望喉中直倒,一手把桌儿一拍,含胡的道:"大事去了,大事去了!听说朝王虏了,朝妃囚了,牙山开了战了!威毅伯还在梦里，要等英、俄公使调停的消息哩！照这样因循坐误，无怪有名的御史韩以高约会了全台，在宣武门外松筠庵开会，提议参劾哩！前儿庄焕英爽性领了日本公使小村寿太郎觐见起来，当着皇上，说了多少放肆的话，我倒不责备庄焕英那班媚外的人，我就不懂我们那位龚老师，身为辅弼，听见这些事，也不阻当，也没决断！我昨日谒见时，空费了无数的唇舌，难道老夫子心中，'和战'两字，还没有拿稳吗？"章直蜚仰头微笑道："大概摸着些边儿了，拿稳我还不敢说。我问你，昨儿你倒底说了些什么？"

韵高道："你问我说的吗？我说日本想给我国开战并非临时起意的，其中倒有四个原因：甲申一回，李应昰被我国虏来，日本不能得志，这是想雪旧怨的原因；朝鲜通商，中国掌了海关，日廷无利可图，这是想夺实利的原因；前者王太妃薨逝，我朝遣使致唁，朝鲜执礼甚恭，日使相形见绌，这是想争虚文的原因；金玉均久受日本庇护，今死在中华，又戮了尸，大削日本的体面，这是想洗前羞的原因。攒积这四原因，酝酿了数十年，到了今日，不过借着朝鲜的内乱，中国的派兵，做个题目，发泄出来。饿虎思斗，夜狼自雄，我国若不大张挞伐，一奋神威，靠着各国的空文劝阻，他那里肯甘心就范呢！多一日迟疑，便失一天机会，不要弄到他倒着着争先，我竟步步落后，那时悔之晚矣！我说的，就是这些话，你看怎么样？"

直蜚点点头道："你的议论，透辟极了，我也想我国自法越战争以来，究竟镇南的小胜，不敌马尾的大败，国威久替，外侮丛生，我倒常怕英、俄、法、德各大国，不论那一国来尝试尝试，都是不了的。不料如今首先发难的，倒是区区岛国，虽说几年来变法自强，蒸蒸日上，到底幅员不广，财力无多，他既要来螳臂当车，我何妨去全狮搏兔，给他一个下马威，也可发表我国的兵力，叫别国从此不敢正视。这是对外的情形，固利於速战。何况中国正办海军。上回南北会操时候，威毅伯的奏报，也算得铺张扬厉了，但只是操演的虚文，并未经战斗的实验。即旗绿淮湘，陆路各军，自从平了发逆，也闲散久了，恐承平无事，士不知兵，正好趁着这番大战他一场，借硝烟弹雨之场，寓秋狝春苗之意，一旦烽烟有警，鼙鼓不惊。这是对内说，也不可不开战了。我今早就把这两层意思，在龚老师处递了一个手折，不瞒你说，老师现在是排斥众议，力持主战的了。听说高理惺中堂、钱唐卿侍郎，亦都持战论。你看不日就有宣战的明文了。你有条陈，快些趁此时上罢！"

韵高忙站起来，满满的斟了一大杯酒道："得此喜信，胜听挞音，当浮一大白！"于是一口气喝了酒，抓了一把鲜莲子过了口，朗吟道："东海湄，扶桑涘，欲往从之多蛇豕！乘风破浪从此始。"直蜚道："壮哉，韵高！你竟想投笔从戎吗？"韵高笑道："非也，我今天做了一篇请征倭的折子，想立刻递奏的，恐怕单衔独奏，太觉势孤，特地请你到这里来，商酌商酌，会衔同奏何如？"说着就从桌上乱纸堆中，抽出一个折稿子，递给直蜚。直蜚一眼就见上面贴着一条红签儿，写着事由道："奏为请饬海军，速整舰队游弋日本洋，择要施攻，以张国威而伸天讨事。"直蜚看了一遍，拍案道："此上策也！不入虎穴，焉得虎子？就怕海军提督胆小如鼠，到弄得画虎不成反类狗耳！"说着，就从衣袋里掏出一张白纸条儿，给韵高看道："你只看威毅伯寄丁雨汀的电报，真叫人又好气又好笑哩！"韵高接着看时，只见纸上写着道：

  复丁提督：牙山并不在汉口内口，汝地图未看明，大队到彼，倭未必即开仗！夜间若不酣睡，彼未必即能暗算，所谓人有七分怕鬼也。言紫朝在牙，尚能自固，暂用不着汝大队去；将来俄拟派兵船，届时或令汝随同观战，稍壮胆气。

韵高看罢，大笑道："这必然是威毅伯檄调海军赴朝鲜海面，为牙山接应，丁雨汀不敢出头，反饰词慎防日军暗袭，电商北洋，所以威毅伯有这复电，也算得善戏谑兮的了！传之千古，倒是一则绝好笑史；不过我想把国家数万里海权，付之若辈庸奴，一旦偾事，威毅伯的任用匪人，也就罪无可逭了。"直蜚道："我听说湘抚何太真，前日致书北洋，慷慨请行，愿分战舰队一队，身任司令，要仿杜元凯楼船直下江南故事。威毅伯得书，哈哈大笑，致之不覆。我看何珏斋虽系书生，然气旺胆壮，大有口吞东海之概，真派他统率海军，或者能建奇功，也未可知。"

两人一面饮酒议论，一面把那征倭的疏稿，反反覆覆看了几遍，直蜚提起笔来，斟酌了几个字，署好了衔名，说道："我想先带这疏稿，送给龚老师看了，再递何如?"韵高想了想，还未回答，忽听楼梯上一阵脚步声，随后就见一个人，满头是汗，气吁吁的掀帘进来，向着直蜚道："老爷原来在这里，即刻龚大人打发人来，告诉老爷，说日本给我国已经开战了，载兵去的英国高升轮船，已经击沉了，牙山大营也打了败仗了，龚大人和高扬藻高尚书忧急得了不得，现在都在龚府，说有要事要请老爷去商量哩。"两人听了都吃了一惊，连忙收起了折稿，付了酒钱，一同跑下楼来，跳上车儿，直向龚尚书府第而来。正是：

半夜文星惊黯淡，一轮旭日照元黄。

不知龚尚书来招章直蜚有何要事。且听下回分解。

第二十五回　疑梦疑真司农访鹤　七擒七纵巡抚吹牛

话说章直蜚和闻韵高两人出了十刹海酒楼，同上了车，一路向东城而来，才过了东单牌楼，下了甬道，正想进二条胡同的口子，韵高的车走的快，忽望见口子边，团团围着一群人，都仰着头向墙上看，只认做官厅的告示，不经意的微微回着头，陡觉得那告示有些特别，不是楷书，是隶书，忙叫赶车儿勒住车缰，定睛一认，只见那纸上横写着四个大字：

　　失鹤零丁

而且写得奇古朴茂，不是龚尚书，谁写得出这一笔好字！疾忙跳下车来，恰好直蜚的车也赶到。直蜚半揭着车帘喊道："韵高兄，你下车做什么？"韵高招手道："你快下来，看龚老夫子的妙文！"真的直蜚也下了车，两人一同挤到人堆里，抬头细看那墙上的白纸，写着道：

　　敬白诸君行路者：敢告我昨得奇梦，梦见东天起长虹，长虹绕屋变黑蛇，口吞我鹤甘如蔗，醒来风狂吼猛虎，鹤篱吹倒鹤飞去，失鹤应梦疑不祥，凝望辽东心惨伤！诸君如能代寻访，访着我当赠金偿！请为诸君说鹤状：我鹤翩跹白逾雪，玄裳丹顶脚三节。请复重陈其身躯：比天鹅略大，比驼鸟不如，立时连头三尺余。请复重陈其神气：昂头侧目睨云际，俯视群鸡如蚂蚁，九皋清唳触天忌。诸君如能还我鹤，白金十两无扣剥，倘若知风报信者，半数相酬休嫌薄。

韵高道："好一篇模仿后汉戴文让的《失父零丁》！不但字写得好，文章也做得古拙有趣。"直蜚道："龚老夫子不常写隶书，写出来倒是梁鹄派的纵姿崛强，不似中郎派的雍容俯仰，真是字如其人。"韵高叹道："当此内忧外患，接踵而来，老夫子系天下人望，我倒可惜他多此一段闲情逸致！"两人你一句我一句的议论着，不自觉的已走进胡同口。韵高道："我们索性步行罢！"不一会，已到了龚府前，家人投了帖，早有个老门公把两人一直领到花园里。

直蜚留心看那园庭里的鹤亭，是新近修编，扩大了好些，亭里却剩下一只孤鹤，那四面厅上，窗槅全行卸去，挂了四扇晶莹夺目的穿珠帘，映着晚霞，一闪一闪的晕成虹彩。龚尚书已笑着迎上来道："韵高也同来，好极了！你们在那里碰见的？我和理惺中堂正有事和两位商量哩！"那时望见高理惺丰颐广颡，飘着花白的修髯，身穿葛纱淡黄袍，腰系汉玉带钩，挂着刻丝佩件，正在西首一张桌上，坐着吃点心，也半抠身的招呼着，问吃过点心没有？直蜚道："门生和韵高兄都在十刹海酒楼上痛饮过了，韵高有一个请海军游弋日本洋的折稿，和门生商量会衔同递，恰遇着龚老师派人来邀，晓得老师也在这里，所以拉了韵高一块儿来。门生想日本既已毁船接仗，是衅非我开，朝廷为什么还不下宣战的诏书呢？"

龚尚书道："我和高中堂自奉派会议朝鲜交涉事后，天天到军机处，今天小燕报告了牙山炮毁运船的消息，我和高中堂都主张明发宣战谕旨，却被景亲王和祖苏山挡住，说威毅伯有电，要等英使欧格纳调停的回信，这有什么法子呢！"韵高愤然道："这一次大局，全坏在威毅伯倚仗外人，名为持重，实是失机。外人各有所为，那里靠得住呢！"高中堂道："贤弟所论，我们何尝不知！但目前朝政，迥不如十年前了！外有枢臣把持，内有权珰播弄，威毅伯又刚愎骄纵如此，而且宫闱内讧，日甚一日，这回我和龚尚书奉派会议，太后还传谕，叫我们整顿精神，不要再像前次办理失当。咳！我看这回的军事，一定要糟。不是我迷信灾祥，你想，二月初一日中的黄晕，前日打坏宫门的大风，雨中下降的沙弹，陶然亭的地鸣，若汇集了编起《五行志》来，都是非常的灾异，把人事天变，参合起来，只怕国运要从此大变。"

龚尚书忽然蹙着眉头叹道："被理翁一提，我倒想起前天的奇梦来了！我从八瀛故后，本做过一个很古怪的梦，梦见一个白须老人，在一座石楼梯上，领我走下一道很深的地道，地道尽处，豁然开朗，倒进了一间似庙宇式的正殿，看那正殿里，居中挂着一盏琉璃长明灯，上面供着个高大的朱漆神龛，龛里塑着三尊神像。中坐的是面目轩露，头戴幞头，身穿仿佛武梁祠画像的古衣服，左手里握着个大龟，面目活像八瀛；上首一个，披着一件袈裟似的长衣，身傍站着一只白鹤；下首一个，怀中抱一个猴子，满身花绣，可不是我们穿的蟒袍，却都把红巾蒙了脸，看不清楚。我问白须老人：'这是什么神像？'那老人只对我笑，老不开口。我做这梦时，只当是思念故友，偶然凑合，谁知一梦再梦，不知做了多少次，总是一般。这已经觳希奇了！不想前天，我又做了个更奇的梦，我入梦时，好像正当午后，一轮斜日，沉在惨澹的暮云里，忽见东天，又升起一个光轮，红得和晓日一般，倏忽间，那光轮中，发出一声怪响，顿时化成数百丈长虹，长蛇似的围绕了我屋宇。我吃一吓，定睛细认，那里是长虹，红的忽变了黑，长虹变了大蟒，屋宇变了那三尊神像的正殿，那大蟒伸进头来，张开大口，把那上首神像身边的白鹤，生生吞下肚去。我狂喊一声，猛的醒来，才知是一场午梦，耳中只听得排山倒海的风声，园中树木的摧折声，门窗砰砯的开关声。恰好我的侄孙弓夫和珠哥儿，他们父子俩踉跄的奔进来，嘴里喊着：'今天好大风，把鹤亭吹坏，一只鹤向南飞去了！'我听了这话，心里觉得梦兆不祥，也和理翁的见解一样，大有风声鹤唳，草木皆兵之感。后来弓夫见我不快，只道是为了失鹤，就说：'飞去的鹤，大概不会过远，我们何妨出个招贴，悬赏访求。'我便不由自主的提起笔来，仿戴良《失父零丁》，做了一篇《失鹤零丁》，写了几张八分书的零丁，叫拿去贴在街头巷口。贤弟们在路上，大概总看见过罢？贤弟们要知道，这篇小品文字，虽是戏墨，却不是蒙庄的《逍遥游》，倒是韩非的《孤愤》!"

直蜚正色道："两位老师误了！两位老师是朝廷柱石，苍生霖雨，现在一个谈灾变，一个说梦占，这些颓唐愤慨的议论，该是不得志的文士，在草庐吟啸中发的，身为台辅，手执斧柯，像两位老师一样，怎么好说这样咨嗟叹息的风凉话呢！依门生愚见，国事越是艰难，越要打起全副精神，挽救这个危局。第一不讲空言，要定办法。"高中堂笑道："贤弟责备得不错，但一说到办法，就是难乎其难。韵高请饬海军游弋日本洋，这到底是空谈还是办法呢？"韵高道："门生这个折稿，是未闻牙山消息以前做的，现在本不适用了。目前替两位老师画策，门生倒有几个扼要的办法。"

龚尚书道："我们请两位来，为的是要商定一个入手的办法。"韵高道："门生的办法，一、宣示宗旨：照眼下形势，没有讲和的余地了，只有赶速明降宣战谕旨，布告中外，不要再上威毅伯的当。二、更定首辅：近来枢府疲玩已极，若仍靠着景王和祖苏山的阿私固宠，庄庆藩的龙钟衰迈，格拉和博的颠顶庸懦，如何能应付这种非常之事？不如仍请敬王出来，做个领袖，两位老师，也该当仁不让，恢复光绪十年前的局面。三、慎选主帅：前敌陆军鲁、言、马、左，各自为主，差不多有将无帅，必须另简资深望重的宿将，如刘益焜、刘瞻民等。海军提督丁雨汀，坐视牙危，畏葸纵敌，极应查办更换。"直蜚抢说道："门生还要参加些意见：此时最要的内政，还有停止万寿的点景，驱除弄权的内监，调和两宫的意见。军事方面，不要专靠淮军，该参用湘军的将领。陆军统帅，最好就派刘益焜；海军必要个有胆识不怕死的人，何太真既然自告奋勇，何妨利用他的朝气；彭刚直初出来时，并非水师出身，也是个倔强书呆。……"

正说到这里，家人通报钱大人端敏来见。龚尚书刚说声"请"，唐卿已抢步上厅,见了龚尚书和高中堂,又和章、闻二人彼此招呼了,就坐下便开口道:"刚才接到珏斋由湘来电,听见牙山消息,愤激得了不得,情愿牺牲生命,坚请分统海军舰队,直捣东京。倘这层做不到,便自率湘军出关,独当陆路,恐怕枢廷有意阻挠,托我求中堂和老师玉成其志,否则他便自己北来。现在电奏还没发,专候覆电。我知道中堂也在这里,所以特地赶来相商。"

龚尚书微笑道:"珏斋可称戆冠一时。直蜚正在这里保他统率海军,不想他已急不可待了!"高中堂道:"威毅伯始终回护丁雨汀,枢廷也非常左袒,海军换人,目前万办不到。"龚尚书道:"接统海军虽然一时办不到,唐卿可以先复一电,阻他北来。电奏请他尽管发,他这一片舍易就难,忠诚勇敢的心肠,实在令人敬佩,无论如何,我们定要叫他不虚所望,理翁以为如何?"高中堂点头称是。当时大家又把刚才商量的话,一一告诉了唐卿,唐卿也很赞成闻、章的办法。彼此再细细计议了一番,总算把应付时局的大纲决定了,唐卿也就在龚尚书那里拟好了覆电,叫人送到电局拍发。谈了一回闲话,各自散了。

你道珏斋为何安安稳稳的抚台不要做,要告奋勇,去打仗呢?虽出於书生投笔从戎的素志,然在发端的时候,还有一段小小的考古轶史,可以顺便说一下。——珏斋本是光绪初元清流党里一个重要人物,和庄仑樵、庄寿香、祝宝廷辈,都是人间麟凤,台阁鹰鹯。珏斋尤其生就一付绝顶聪明的头脑,带些好高务远的性情,恨不得把古往今来名人的学问事业,被他一个人做尽了才称心。金石书画,固是他的生平嗜好,也是他的独擅胜场,但他那里肯这么小就呢!讲心性,说知行,自命陆、王不及;补大籀,考古器,居然薛、阮复生!山西办赈,郑州治河,鸿儒变了名臣;吉林划界,北洋佐军,翰苑遂兼戎幕。本来法越启衅时节,京朝士大夫,企慕曾、左功业,人人欢喜纸上谈兵,成了一时风尚,珏斋尤为高兴,朝廷也很信任文臣,所以庄仑樵派了帮办福建海疆事宜,珏斋也派了帮办北洋事宜。后来仑樵失败,受了严谴,珏斋却只出使了一次朝鲜，办结了甲申金玉均一案，又曾同威毅伯和日本伊藤博文定了出兵朝鲜彼此知会的条约，总算一帆风顺，文武全才的金字招牌，还高高挂着，做了几章《孙子十家疏》，刻了一篇《枪炮准头说》，天下仰望丰采的，谁不道是江左夷吾，东山谢傅呢！直到放了湘抚，一到任，便勤政爱民，孜孜不倦，一方面提倡风雅，幕府中罗致了不少的名下士，就是同乡中稍有一才一艺的，如编修汪子昇，中书洪英石，河南知县鲁师耆，连著画家廉菉夫，骨董掮客余汉青，都追随而来，跻跻跄跄，极一时之盛。一方面联络湘军宿将，如韦广涛、季九光等，又引俞虎丞做了心腹，预备一朝边陲有事，替国家出一身汗血，仿裴岑纪功，窦宪勒铭的故事，使威扬域外，功盖曾、胡，这才志得意满哩。

恰好中日交涉事起，北洋着着退让，舆论激昂，有一天，公余无事，珏斋正邀集了幕中同乡，在衙斋小宴，浏览了一回书画，摩挲了几件鼎彝，忽然论到日本、朝鲜的事，珏斋道："那年天津定约，我也是全权大臣之一，条约只有三款，第二款两国派兵交互知会这一条，如今想来，真是大错特错！若没这条，此时日本如何能借口派兵呢！我既经参与，不曾纠正，真是件疚心的事！如果日本和我们真的开衅，我只有投袂而起，效死疆场，赎我的前愆了！"汪子昇道："老帅的话，不免自责过严了！日本此时的蛮横，实是看破了我国国势的衰落，朝政的纷歧，起了轻侮之意，便想借此机会，一试他新军的战术。兵的派不派，全不系乎条约的有无，就算条约有关，定约究是威毅伯的主裁，老帅何独任其咎！兵凶战危，未可轻以身试！"洪英石、鲁师耆也附和着说了几句不犯着出位冒险的话。珏斋哈哈大笑道："你们倒这样替我胆小！那么叫我一辈子埋在书画骨董里，不许苏州再出个陆伯言吗？"

正说得高兴，忽见余汉青手里捧着个古锦的小方匣，得意扬扬的走进来，嘴里喊道："我今天替老帅找到一件宝贝，不但东西真，而且兆头好，老帅要看，必要先喝了一杯贺酒。"珏斋笑道："你别先吹，只怕是马蹄烧饼印的古钱，我可不是潘八瀛，不上你骨董鬼的当，看了再说。"汉青道:"冤屈死人了!这是个流传有绪的真汉印,是人家祖传不肯出卖的,我好容易托了许多人,出了二百两湘平银,才挖了出来。还有附着一本名人题识的册页,明天再补送来。老帅你自己瞧罢。"说时双手递上去。珏斋接了,揭开盖来,只见一个一寸见方,背上镂着个伏虎纽的汉铜印,制作极精。翻过正面,刻着"度辽将军"四个奇古的缪篆,不觉喜形於色,忙擎起一杯才斟满的酒,一饮而尽,拍着桌子道:"此印正合孤意!度者,古通渡,要渡非舰不可,我意决矣!"连喊"快拿纸笔来",倒弄得大家相顾诧异。家人送上一枝蘸满墨水的笔,珏斋提笔,在纸上挥洒自如的写了一百多字,大家方看清是打给北洋威毅伯的电报,大意主张和日本开战,自己愿分领海军一舰队以充前驱。写完,加上"速发"两字,随手交给家人送电报处去发了,大家便不敢再劝。这便是珏斋请告奋勇最初的动机。

不想这个电报发去后,好像石沉大海,消息杳然,倒是两国交涉破裂的消息,一天紧似一天。高升运船击沉了,牙山不守,成欢打败,不好的警信,雪片似的飞来,统帅言紫朝还在那里捏报胜仗,邀朝廷二万两的奖赏,将弁数十人的奖叙。珏斋不禁义愤填膺,自己办了个长电奏,力请宣战,并自请帮办海军,兼募湘勇,水陆并进,身临前敌,立待要发,被鲁师昬拦住,劝他先电唐卿,一探龚、高两尚书的意旨如何,再发也不为迟。珏斋听了有理,所以有唐卿这番的洽商。唐卿的电复,差不多当夜就接到,珏斋看了,很觉满意,把电奏又修改了些,添保了几个湘军宿将韦广涛、季九光、柳书元等,索性把俞虎丞也加入了。发电后,就唤了俞虎丞来,限他一个月内,募足湘勇八营做亲军,又吩咐修整枪械,劝速操练,又把生平得意的《枪炮准头练习法》,印刷了数千本,发给各营将领实习,又召集了司道府县,筹议服装饷糈,并结束许多未了的公事,足足忙了一个多月。

那时,与日本宣战的明谕,早发布了,日公使匡次芳也下旗回国了,陆军方面,言、鲁、马、左四路人马,在平壤和日军第一次正式开战，被日军杀得辙乱旗靡，只有左伯圭在玄武门死守血战，中弹阵亡；海军方面，丁雨汀领了定远、镇远、致远十一舰，和日海军十二舰在大东沟大战，又被日军打得落花流水，沉了五舰，只有致远管带邓士昶血战弹尽，猛扑敌舰，误中鱼雷，投海而死。朝旨把言、鲁逮问，丁雨汀革职戴罪自效，威毅伯也拔去三眼花翎，褫去黄马褂，起用了老敬王会办军务，添派宋钦领毅军，刘成佑领铭军，依唐阿领镇边军，都命开赴九连城，大局颇有岌岌可危的现象。

同时珏斋也叠奉电旨，申饬他的率请帮办海军，却准他募足湘军二十营，除俞虎丞八营本属亲军外，韦广涛六营，柳书元六营，也都归节制，命他即日准备，开赴关外。好在珏斋布置早已就绪，军士操演亦渐纯熟，一奉旨意，一面饬令俞虎丞星夜整装，逐批开拔，一面自己把抚署的事部署停当，便带了一班亲信的幕僚，随后启行，先到天津。一来和威毅伯商购精枪快炮，二来和户部筹拨饷款。谁知到了天津，发生了许多困难，定购的枪炮，一时也到不了手。光阴如驶，忙忙碌碌中，不觉徊翔了三个多月，时局益发不堪了。自九连城挫败后，日兵长驱直入，连破了凤凰、岫严，直到海城，旅顺、威海卫也相继失守，弄得陵寝震惊，畿辅摇动。天颜有喜的老佛爷，也变了低眉入定的法相，只得把六旬庆典，停止了点景；把老敬王派在军务处，节制各路兵马，兼领军机；把枢廷里庄庆藩、格拉和博两中堂开去，补上龚平、高扬藻，又添上一个广东巡抚耿义；把刘益焜派了钦差大臣节制关内外防剿各军，珏斋和宋钦派了帮办，而且下了严旨，催促开拔。

在这种人心皇皇的时候，珏斋却好整以暇，大有轻裘缓带的气象，只把军队移驻山海关，还是老等他未到的枪炮。一直到开了年，正月元宵后，才浩浩荡荡的出了关门，直抵田庄台，进逼海城。

一到之后，便择了一所大庙宇，做了大营。只为那庙门前，有一片百来亩的大广场，很可做打靶操演之用，合了珏斋之意。跟去的一班幕僚，看看珏斋这种从容不迫的态度，看他每天一早，总领着他新练专门打靶的护勇三百人,他称做虎贲营的,逐日认真习练准头,打完靶后,随后便会客办公。吃过午饭,不是邀了廉箓夫、余汉青几个清客,画山水,拓金石,便是一到晚上,关起门来,秉烛观书。大家都疑惑起来。汪子昇尤其替他耽忧,想劝谏几句,老没得到机会。

却说那天,正是刚到田庄台的第一个早晨,晓色朦胧,鸟声初噪,子昇还在睡眼惺忪,寒恋重衾的时候,忽然一个弁兵推门进来喊道:"大帅就要上操场,大人们,都到那边候着,我们洪大人先去,叫我招呼汪大人马上去!"说完,那弁兵就走了。子昇连忙起来,盥漱好,穿上衣冠,迤逦走将出来,一路朔风扑面,凝霜满阶,好不凄冷!看看庙内外进进出出的人,已经不少,门口有两个红漆木架,上首架上,插着一面随风飞舞的帅字大纛旗,下首竖起一扇五六尺高白地黑字的木牌,牌上写着"投诚免死牌"五个大字,是方棱出角的北魏书法。抬起头来,又见门右粉墙上,贴着一张很大的告示,写来伸掌躺脚,是仿黄山谷体的,都是珏斋的亲笔。走近细看那告示时,只见上面先写一行全衔,全衔下却写着道:

为出示晓谕事:本大臣恭奉简命,统率湘军,训练三月,现由山海关拔队东征,不久当与日本决一胜负。本大臣讲求枪炮准头,十五六年,所练兵勇,均以精枪快炮为前队,堂堂之阵,正正之旗,能进不能退,能胜不能败,日本以久顿之兵,岂能当此生力军乎!惟本大臣率仁义之师,素以不嗜杀人为贵,念尔日本人民,迫於将令,暴师在外,拚千万人之性命,以博大鸟圭介之喜快,本大臣欲救两国人民之命,自当剀切晓谕,两军交战之后,凡尔日本兵官,逃生无路,但见本大臣所设投诚免死牌,即缴出刀枪,跪伏牌下,本大臣专派妥员,收尔入营,一日两餐,与中国人民,一律看待。事平之后,送尔归国。本大臣出此告示,天神共鉴,决不食言。若竟执迷死拒,与本大臣接战三次,胜负不难立见。迨至该兵三战三北之时，本大臣自有七纵七擒之计，请鉴前车，毋贻后悔！切切特示！

子昇一口气把告示读完，正在那里赞叹他的文章，纳罕他的举动，忽听里面一片声的嚷着大帅出来了，就见珏斋头戴珊瑚顶的貂皮帽，身穿曲襟蓝绸獭袖青狐皮箭衣，罩上天青绸天马出风马褂，腰垂两条白缎忠孝带，仰着头，缓步出来，前面走着几个戈什哈，廉菉夫和余汉青左右夹侍，后边跟着一群护兵，蜂拥般的出庙。子昇只好上前参谒，跟着同到前面操场，只见场上，远远立着一个红心枪靶，虎贲三百人，都穿了一色的号衣，肩上捎着有刺刀的快枪，在晓日里耀得寒光凛凛，一字儿两边分开；还有各色翎顶的文武官员，也班分左右。子昇见英石、师召已经先到，就挤入他们班里。

那时珏斋一人站在中央，高声道："我们今天是到前敌的第一日，说不定一两天里就要决战，趁着这打靶的闲暇，本帅有几句话和大家讲讲。你们看本帅在湘出发时候，勇往直前，性急如火，一比从天津到这里，这三个多月的从容不迫，迟迟我行，我想一定许多人要怀疑不解。大家要知道，这不是本帅的先勇后怯，这正是儒将异乎武夫的所在。本帅在先的意思，何尝不想杀敌致果，气吞东海呢！后来在操兵之余，专读《孙子兵法》，读到第三卷《谋攻篇》，颇有心得，澈悟孙子所说不战而屈人之兵的道理，完全和孟子仁者无敌的精神是一贯的，所以我的用兵，更上了一层，仰体天地好生之德，不愿多杀人为战功，只要有确实把握的三大捷，约毙日兵三五千人，就可借军威以行仁政，使日人不战自溃。今天发布的告示和免死牌，就是这个战略的发端。但你们一定要问本帅大捷的把握在那里呢？本帅不是故作惊人的话，就在这场上打靶的三百虎贲身上，本帅练成这虎贲营，已经用去一二万元的赏金。这打靶的规则，立着五百步的小靶，每人各打五枪，五枪都中红心，叫做全红，便赏银八两；近来每天赏银多至一千余串，一勇有得银二三十两的，可见全红的越多了。这种精技，西人偶然也有，决没有多至数百人；便和泰西各国交绥，他们也要退避三舍，何况区区日本！所以本帅只看技术的成否，不管出战的迟速；枪炮的精良，湘勇的勇壮，还是其次。胜仗搁在荷包里，何必急急呢！到了现在，可已到了炉火纯青的气候，正是弟兄们各显身手的时期，本帅希望弟兄们牢牢记着的训词，只有'不怕死，不想逃'六个大字，不但恢复辽东，日本人也不足平了。本帅的话，也说完了。我们还是来打一次练习的靶，仍旧是本帅自己先试，以后便要实行了。"说罢，叫拿枪来。戈什献上一支德国五响的新式快枪，珏斋手托了枪，埋好脚步，侧着头，挤紧眼，瞄好准头，一缕白烟起处，硼然一声，一颗弹丸呼的恰从红心里穿过，烟还未散，第二声又响，一连五响，都中在原洞里。合场欢呼，唱着新编的凯旋歌，奏起军乐。

大家都严肃地站得齐齐的，只有廉蒉夫跨出了班，左手拿着一张白纸，右手握了一根烧残的细柳条，在那里东抹西涂。珏斋回顾他道："蒉夫你做什么？"蒉夫道："我想今天的胜举，不可无图以纪之，我在这里起一幅《田庄打靶图》的稿子，将来流传下去，画史上也好添一段英雄佳话。"珏斋道："这也算个新式的雅歌投壶罢！"说罢，仰面而笑，就在这笑声里，俞虎丞忽在人丛里挤了出来，向珏斋行了个军礼，呈上一个电报信儿。珏斋拆开看时，原来是个廷寄。看罢，叹了一口气。正是：

半日偷闲谈异梦，一封传电警雄心。

不知廷寄说的何事。且待下回细说。

第二十六回　主妇索书房中飞赤凤
　　　　　　天家脱辐被底卧乌龙

话说珏斋在田庄台大营操场上，演习打靶，自己连中五枪，正在唱凯歌，留图画，志得意满的当儿，忽然接到一个廷寄，拆开看时，方知道他被御史参了三款，第一款逗遛不进，第二滥用军饷，第三虐待兵士。枢廷传谕，着他明白回奏。看完，叹了一口气道："悠悠之口不谅人只，能不使英雄短气！"就手递给子昇道："贤弟替我去办个电奏罢！第一款的理由，我刚才已经说明；第二款大约就指打靶赏号而言；只有第三，适得其反，真叫人无从索解，尽贤弟去斟酌措词就是了。龚尚书和唐卿处，该另办一电，把这里的情形，尽量详告，好在唐卿新派了总理衙门大臣，也管得着这些事了，让他们奏对时，有个准备。"子昇唯唯的答应了。

我且暂不表珏斋在这里的操练军士，预备迎战，再说唐卿那日在龚尚书那里发了珏斋复电，大家散后，正想回家，再给珏斋写一封详信，报告情形，走到中途，忽见自己一个亲随，骑马迎来，情知家里有事，忙远远的问什么事，那家人道："金太太派金升来请老爷，说有要事商量，立刻就去，陆大人已在那里候着。"唐卿心里很觉诧异，吩咐不必回家，拨转马头，径向纱帽胡同而来。进了金宅，只见雯青的嗣子金继元，早在倒厅门口迎候，嘴里说着："请世伯里面坐，陆姻伯早来了。"

唐卿跨进门来,一见搴如就问道:"雯青夫人邀我们什么事?"搴如笑道:"左不过的那些雯青留下的罪孽罢咧!"

道言未了,只听家人喊着太太出来了,毡帘一揭,张夫人全身缟素的走进来,向钱、陆两人叩了个头,请两人上炕坐,自己靠门坐着,含泪说道:"今天请两位伯伯来,并无别事,为的就是彩云。这些原是家务小事,两位伯伯都是忙人,本来不敢惊动,无奈妾身向来懦弱,继元又是小辈,真弄得没有办法。两位伯伯是雯青的至交,所以特地请过来,替我出个主意。"唐卿道:"嫂嫂且别说客气话,彩云倒底怎样呢?"张夫人道:"彩云的行为脾气,两位是都知道的,自从雯青去世,我早就知道是一件难了的事,在七里,看她倒很悲伤,哭着时,口口声声说要守,我倒放些心了。谁晓得一终了七,她的原形渐渐显了,常常不告诉我,出去玩耍。后来索性天天看戏,深更半夜的回来,不干不净的风声又刮到我耳边来。我老记着雯青临终托我收管的话,不免说她几句。她就不三不四给我瞎吵。近来越闹越不成话,不客气要求我放她出去了。二位伯伯想,热辣辣不满百天的新丧,怎么能把死者心爱的人让她出这门呢!不要说旁人背后要议论我,就是我自问良心,如何对得起雯青呢!可是不放她出去,她又闹得你天翻地覆,鸡犬不宁,真叫我左右为难。"说着声音都变了哽噎了。搴如一听这话,气得跳起来道:"岂有此理!嫂嫂本来太好说话!照这种没天良的行径,你该拿出做太太的身分来,把家法责打了再和她讲话!"唐卿忙拦住道:"搴如你且不用先怒,这不是蛮干得来的事,嫂嫂请我们来,是要给她想个两全的办法,不是请我们来代行家长职权的。依我说,……"

正要说下去,忽见彩云倏的进了厅来,身穿珠边滚鱼肚白洋纱衫,缕空衬白挖云玄色明绸裙,梳着个乌光如镜的风凉髻,不戴首饰,也不涂脂粉,打扮得越是素靓,越显出风神绝世。一进门,就站在张夫人身旁朗朗的道:"陆大人说我没天良,其实我正为了天良发现,才一点不装假,老老实实求太太放我走!我说这句话,仿佛有意和陆大人别扭似的，其实不相干，陆大人千万别多心！老爷一向待我的恩义，我是个人，岂有不知？半路里丢我死了，十多年的情分，怎么说不悲伤呢！刚才太太说在七里悲伤，愿意守，这都是真话，也是真情。在那时候，我何尝不想给老爷挣口气，图一个好名儿呢！可是天生就我这一付爱热闹寻快活的坏脾气，事到临头，自各儿也做不了主。老爷在的时候，我尽管不好，我一颗心，还给老爷的柔情蜜意，管束住了不少；现在没人能管我，我自各儿又管不了，若硬把我留在这里，保不定要闹出不好听的笑话，到那一步田地，我更要对不住老爷了！再者我的手头散漫惯的，从小没学过做人家的道理，到了老爷这里，又由着我的性儿，成千累万的花，如今老爷一死，进款是少了，太太纵然贤惠，我怎么能随随便便的要？但是我阔绰的手，一时缩不回，只怕老爷留下来这点子死产业，供给不上我的挥霍。所以我澈底一想，与其装着假幌子糊弄下去，结果还是替老爷伤体面，害子孙，不如直捷了当，让我走路，好歹死活，不干姓金的事，至多我一个人背着个没天良的罪名，我觉得天良上倒安稳得多呢。趁今天太太、少爷和老爷的好友，都在这里，我把心里的话全都说明了，我是斩钉截铁的走定的了。要不然，就请你们把我弄死，倒也爽快。"彩云这一套话把满厅的人说得都怔住了，张夫人只顾拿绢子擦着眼泪，却并不惊异，倒把犇如气得胡须倒竖，紫胀了脸，一句话都说不出。

　　唐卿瞧着张夫人的态度，早猜透了几分，怕犇如发呆，就向彩云道："姨娘的话，倒很直爽，你既然不愿意守，那是谁也不能强你。不过今天你们太太为你请了我们来，你既照直说，我们也不能不照直给你说几句话。你要出去是可以的，但是要依我们三件事：第一不能在北京走，得回南后，才许走。只为现在满城里传遍你和孙三儿的事，不管他是诳是真，你在这里一走，便坐实了，你要给老爷留面子，这里熟人太多，你不能给他丢这个脸；第二这时候不能去，该满了一年才去，你既然晓得老爷待你的恩义，你也承认和老爷有多年的情分，这一点短孝，你总得给他戴满了；第三你不肯挥霍老爷留下的遗产，这是你的好心。现在答应你出去，那么除了老爷从前已经给你的，自然你带去，其余不能再向太太、少爷要求什么。这三件，你如依得，我就替你求太太，放你出去。"

彩云听着唐卿的话，来得利害，句句和自己的话，针锋相对，暗忖只有答应了再说。便道："钱大人的话，都是我心里要说的话，不要说三件，再多些我都依。"唐卿回头望着张夫人道："嫂嫂怎么样？我劝嫂嫂看她年轻可怜，答应了她罢！"张夫人道："这也叫做没法，只好如此。"犖如道："答应尽管答应，可是在这一年内，姨娘不能再在外胡闹，在家瞎吵，要好好儿守孝伴灵，伺候太太。"彩云道："这个请陆大人放心，我再吵闹，好在陆大人会请太太拿家法来责打的。"说着冷笑一声，一扭身就走出去了。

犖如看彩云走后，向唐卿伸伸舌头道："好利害的家伙！这种人，放在家里，如何得了！我也劝嫂嫂越早打发越好！"张夫人道："我何尝不知道呢！就怕不清楚的人，反要说我不明大体。"唐卿道："好在今天许她走，都是我和犖如作的主，谁还能说嫂嫂什么话！就是一年的限期，也不过说说罢了，可是我再有一句要紧话告诉嫂嫂，府上万不能在京耽搁了。固然中日开战，这种世乱荒荒，雯青的灵柩，该早些回南安葬，再晚下去，只怕海道不通。就是彩云，也该离开北京，免得再闹笑话。"犖如也极端赞成。於是就和张夫人同继元商定了尽十天里出京回南，所有扶柩出城以及轮船定舱等事，都由犖如、唐卿两人分别妥托城门上和津海关道成木生招呼，自然十分周到。

张夫人天天忙着收拾行李，彩云倒也规规矩矩的帮着料理，一步也不曾出门。到了临动身的上一晚，张夫人已经累了一整天，想着明天还要一早上路，一吃完夜饭，即便进房睡了。睡到中间，忽然想着日里继元的话，雯青有一部《元史补证》的手稿，是他一生的心血，一向搁在彩云房里，叮嘱我去收回放好，省得糟蹋．便叫一个老妈子向彩云去要。谁知不要倒平安无事，这一要，不多会儿，外边闹得沸反盈天，一片声的喊着："捉贼，捉贼！"张夫人正想起来，只见彩云身上只穿一件浅绯色的小紧身，头发蓬松，两手捧着一包东西，索索的抖个不住，走到床面前，把包递给张夫人道："太太要的是不是这个？太太自己去瞧罢！啊呀呀！今天真把我吓死了！"说着话，和身倒在床面前一张安乐椅里，两手揿住胸口吁吁的喘。张夫人一面打开包看着，一面问道："到底怎么会事？吓得那样儿！"彩云颤声答道："太太打发人来的时候，我已经关上门睡了，在睡梦中听见敲门，知道太太房里的人，爬起来，半天找不着火柴匣子，摸黑儿的去开门，进来的老妈才把话说明了，我正待点着支洋烛去找，那老妈忽然狂喊一声，吓得我洋烛都掉在地下，眼犄角里仿佛看见一个黑人，向房门外直撺。那老妈就一头追，一头喊捉贼，奔出去了。我还不敢动，怕还有第二个。按定了神，勉勉强强的找着了，自己送过来。"张夫人包好书，说道："书倒不差，现在贼捉到了没有呢？"彩云还未回答，那老妈倒走回来，接口道："那里去捉呢？我亲眼看他在姨太的床背后冲出，挨近我身，我一把揪住他衣襟，被他用力洒脱，我一路追，一路喊，等到更夫、打杂儿的到来，他早一纵跳上了房，瓦都没响一声，逃得无影无踪了。"

张夫人道："彩云，这贼既然藏在你床背后，你回去看看，走失什么没有？"彩云道声："啊呀，我真吓昏了！太太不提，我还在这里写意呢！"说时，慌慌张张的奔回自己房里去，不到三分钟工夫，彩云在那边房里果真大哭大跳起来，喊着她的首饰箱丢了，丢了首饰箱，就是丢了她的命。张夫人只得叫老妈子过去，劝她不要闹，东西已失，夜静更深，闹也无益，等明天动身时候，陆、钱两大人都要来送，托他们报坊追查便了。彩云也渐渐地安静下去。一宿无话。

果然，奉如、唐卿，都一早来送，张夫人把昨夜的事说了，彩云又说了些恳求报坊追查的话，唐卿笑着答应，并向彩云要了失单。那时门外卤簿和车马都已齐备，於是仪仗引着雯青的灵柩先行，眷属行李后随,奉如、唐卿都一直送到二闸上船才回。张夫人护了灵柩,领了继元、彩云,从北通州水路到津;到津后,自有津海关道成木生来招待登轮,一路平安回南,不必细说。

如今再说唐卿自送雯青夫人回南之后,不多几天,就奉了著在总理各国事务衙门行走的谕旨,从此每天要上两处衙门,上头又常叫起儿,高中堂、龚尚书新进军机,遇着军国要事,每要请去商量,回得家来,又总是宾客盈门,大有日不暇给的气象。连素爱摩挲的宋元精椠,黄顾校文,也只好似苟束袜材,暂置高阁。在自身上看起来,也算得富贵场中的骄子,政治界里的巨灵了。但是国事日糟一日,战局是愈弄愈僵。从他受事到今,两三个月里,水陆处处失败,关隘节节陷落,反觉得忧心如捣,寝馈不安。

这日刚在为国焦劳的时候,门上来报闻韵高闻大人要见。唐卿疾忙请进,寒暄了几句,韵高说有机密的话,请屏退仆从。唐卿倒吓了一跳,挥去左右。韵高低声道:"目前朝政,快有个非常大变,老师知道吗?"唐卿道:"怎么变动?"韵高道:"就是我们常怕今上做唐中宗,这件事要实行了。"唐卿道:"何以见得?"韵高道:"金、宝两妃的贬谪,老师是知道的了,今天早上,又把宝妃名下的太监高万枝,发交内务府扑杀,太后原拟是要明发谕旨审问的,还是龚老师恐兴大狱,有碍国体,再三求了,才换了这个办法。这不是废立的发端吗?"唐卿道:"这还是两宫的冲突,说不到废立上去。"韵高道:"还有一事,就是这回耿义的入军机,原是太后的特简,只为耿义祝嘏来京,骗了他属吏造币厅总办三万个新铸银圆,托连公公献给太后,说给老佛爷预备万寿时赏赐用的。太后见银色新,花样巧,赏收了,所以有这个特简。不知是谁,把这话告诉了今上,太后和今上商量时,今上说耿义是个贪鄙小人,不可用。太后定要用,今上垂泪道:'这是亲爷爷逼臣儿做亡国之君了!'太后大怒,亲手打了皇上两个嘴巴,牙齿也打掉了。皇上就病不临朝了好久。恰好太后的幸臣西安将军永潞也来京祝嘏,太后就把废立的事，和他商量。永潞说：'只怕疆臣不伏。'这是最近的事。由此看来，主意是早经决定，不过不敢昧然宣布罢了。"唐卿道："两宫失和的原因，我也略有所闻了。"——且慢，唐卿如何晓得失和的原因呢？失和的原因，倒底是什么呢？我且把唐卿和韵高的谈话搁一搁，说一段帝王的婚姻史罢！原来清帝的母亲，是太后的胞妹，清后的母亲，也是太后的胞妹，结这重亲的意思，全为了亲上加亲，要叫爱新觉罗的血统里，永远混着那拉氏的血统，这是太后的目的。在清帝初登基时，一直到大婚前，太后虽然严厉，待皇帝倒很仁慈的。皇后因为亲戚关系，常在宫里充官眷，太后也很宠遇。其实早有配给皇帝的意思，不过皇帝不知道罢了。那时他他拉氏，也有两个女儿在宫中，就是金妃、宝妃。宫里唤金妃做大妞儿，宝妃做二妞儿，都生得清丽文秀。二妞儿更是出色，活泼机警，能诗会画，清帝很喜欢她，常常瞒着太后，和她亲近。二妞儿是个千伶百俐的人，岂有不懂清帝的意思呢！世上只有恋爱是没阶级的，也是大无畏的，尽管清帝的尊贵，太后的威严，不自禁的眉目往来，语言试探，彼此都有了心了。可是清帝虽有这个心，向来怕惧太后，不敢说一句话。

　　一天，清帝在乐寿堂侍奉太后看完奏章后，走出寝宫，恰遇见二妞儿，那天穿了一件粉荷绣袍，衬着嫩白的脸，澄碧的眼，越显娇媚，正捧着物件，经过厅堂，不觉看出神了。二妞儿也怔着，大家站定，相视一笑。不想太后此时正身穿了海青色满绣仙鹤大袍，外罩紫色珠缨披肩，头上戴一支银镂珠穿的鹤簪，大袍钮扣上还挂着一串梅花式的珠练，颤巍巍的也走出来，看见了，清帝慌得给逃的一样跑了，太后立刻叫二妞儿进了寝宫，屏退宫眷。二妞儿吓得浑身抖战，不晓得有什么祸事，看看太后面上，却并无怒容，只听太后问道："刚才皇帝站着和你干吗？"二妞儿嗫嚅道："没有什么。"太后答道："你不要欺蒙我，当我是傻子！"二妞儿忙跪下去，碰着头道："臣妾不敢。"太后道："只怕皇上宠爱了你罢。"二妞儿红了脸道："臣妾不知道。"太后道："那么你爱皇帝不爱呢?"二妞儿连连的碰头,只是不开口。太后哈哈笑道:"那么我叫你们称心,好不好?"二妞儿俯伏着低声奏道:"这是佛爷的天恩。"太后道:"算了,起来罢!"这么着,太后就上朝堂见大臣去了。二妞儿听了太后这一番话,认以为真,晓得清帝快要大婚,皇后还未册定,自己倒大有希望,暗暗欣幸。既存了这个心,和清帝自然要格外亲密,趁没人时,见了清帝,清帝问起那天的事,曾否受太后责罚,便含羞答答的把实话奏明了,清帝也自喜欢。

歇了不多几天,太后忽然传出懿旨来,择定明晨寅正,册定皇后,宣召王大臣提早在排云殿伺候。清帝在玉澜堂得了这个消息,心里不觉突突的跳个不住,不知太后意中到底选中了那一个?是不是二妞儿?对二妞儿说的话,是假是真?七上八落了一夜。一交寅初,便打发心腹太监前去听宣。正是等人心慌,心里越急,时间走得越慢,看看东窗已渗进淡白的晓色,才听院里橐橐的脚步声。那听宣的太监,兴兴头头的奔进来,就跪下碰头,喊着替万岁爷贺喜。清帝在床上坐起来着急道:"你胡嚷些什么?皇后定的是谁呀?"太监道:"叶赫那拉氏。"这一句话,好像一个霹雳,把清帝震呆了,手里正拿着一顶帽子,恨恨的往地上一扔道:"她也配吗!"太监见皇帝震怒,不敢往下说。停了一会,清帝忽然想起喊道:"还有妃嫔呢?你怎么不奏?"太监道:"妃是大妞儿封了金贵妃,嫔是二妞儿封了宝贵妃。"清帝心里略略安慰了一点,总算没有全落空。不过记挂着二妞儿一定在那儿不快活了,微微叹口气道:"这也是她的命运罢!皇帝有什么用处!碰到自己的婚姻,一般做了命运的奴隶。"

原来皇后虽是清帝的姨表姊妹,也常住宫中,但相貌平常,为人长厚老实,一心向着太后,不大理会清帝。清帝不但是不欢喜,而且有些厌恶,如今倒做了皇后。清帝心中,自然一百个不高兴。然既出太后作主,没法挽回,当时只好撅了一肚子的委曲,照例上去向太后谢了恩,太后还说了许多勉励的话,皇后和妃嫔,倒都各归府第,专候大婚的典礼。

自册定了皇后，只隔了一个月，正是那年的二月里，春气氤氲万象和乐的时候，清帝便结了婚，亲了政，太后非常快慰，天天在园里唱戏，又手编了几出宗教神怪戏，造了个机关活动的戏台，天精从上降，鬼怪由地出，亲自教导太监们搬演，又常常自扮了观音，叫妃嫔福晋扮了龙女、善财、善男女等，连公公扮了韦驮，坐了小火轮，在昆明湖中游戏，真是说不尽的天家富贵，上界风流。

正在皆大欢喜间，忽然太后密召了清帝的本生父贤亲王来宫。那天龙颜很为不快，告诉贤王："皇帝自从大婚后，没临幸过皇后宫一次，倒是金、宝二妃非常宠幸，这是任性妄为，不合祖制的，朕劝了几次，总是不听。"当下就很严厉的责成贤王，务劝皇帝同皇后和睦。贤王领了严旨，知道是个难题。这天正是早朝时候，军机退了班，太后独召贤王，谈了一回国政，太后推说要更衣，转入屏后，领着宫眷们回宫去了。此时朝堂里，只有清帝和贤王两人，贤王还是直挺挺的跪在御案前。清帝忽觉心不安，在宝座上下来，直趋王前，恭恭敬敬请了个双腿安，吓得贤王汗流浃背，连连碰头，请清帝归座。清帝没法，也只好坐下。贤王奏道："请皇上以后，不可如此，这是国家体制，孝亲事小，渎国事大，请皇上三思！"当时又把和皇后不睦的事，恳切劝谏了一番。清帝凄然道："连房帷的事，朕都没有主权吗？但既连累皇父为难，朕可勉如所请，今夜便临幸宜芸馆便了。"清帝说罢，便也退了朝。

再说那个皇后，正位中宫以来，几同虚设，不要说羊车不至，凤枕常孤，连清帝的天颜，除在太后那里偶然望见，永无接近的机缘。纵然身贵齐天，常是愁深似海。不想那晚，忽有个宫娥来报道："万岁爷来了！"皇后这一喜，非同小可，当下跪接进宫，小心承值，百样逢迎。清帝总是淡淡的，一连住了三天，到第四天早朝出去，就不来了。皇后等到鼍楼三鼓，鸾鞭不鸣，知道今夜是无望的了。正卸了晚妆，命宫娥们整理衾枕，猛见被窝好好的敷着，中央鼓起一块，好像一个小孩睡在里面，心中暗暗纳罕。忙叫宫娥揭起看时，不觉吓了一大跳。你道是什么？原来被里睡着一只赤条条的白哈叭狗，浑身不留一根绒毛，却洗剥得干干净净，血丝都没有，但是死的，不是活的。这明明是有意做的把戏。宫娥都面面相觑，惊呆了。

皇后看了，顿时大怒道："这是谁做的魇魅？暗害朕的？怪不得万岁爷平白地给朕不和了。这个狠毒的贼，反正出不了你们这一堆人！"满房的宫娥都跪下来，喊冤枉，内中有一个年纪大些的道："请皇后详察，奴婢们，谁长着三个头，六个臂，敢犯这种弥天大罪！奴婢想，今天早上，万岁爷和皇后起了身，被窝都叠起过了，后来万岁不是说头晕，叫皇后和奴婢们都出寝宫，让万岁静养一会吗？等到万岁爷出去坐朝，皇后也上太后那里去了，奴婢们没有进寝宫来重敷衾褥，这是奴婢们的罪该万死！"说罢叩头出血。谁知皇后一听这些话，眉头一蹙，脸色铁青，一阵痉挛，牙关咬紧，在龙椅里晕厥过去了。正是：

　　风花未脱沾泥相，婚媾终成误国因。

未知皇后因何晕厥，被里的白狗是谁弄的玩意。等下回评说。

第二十七回　秋狩记遗闻白妖转劫
　　　　　　春帆开协议黑眚临头

　　话说皇后听了那宫娥的一番话，虽不曾明说，但言外便见得这件事，不是万岁爷，没有第二个人敢干的。一时又气，又怒，又恨，又羞，又怨，说不出的百千烦恼，直攻心窝。一口气转不过来，不知不觉的闷倒了。大家慌做一团，七手八脚的捶拍叫唤，全不中用。皇后梳头房太监小德张在外头得了消息，飞也似奔来，忙喊道："你们快去皇后的百宝架里，取那瓶龙脑香来。"一面喊，一面就在龙床前的一张朱红雕漆抽屉桌上，捧出一个嵌宝五彩镂花景泰香炉，先焚着了些水沉香，然后把宫娥们拿来的龙脑香末儿，撒些在上面。一霎时，在袅袅的青烟里，扬起一股红色的烟缕，顿时满房氤氲地布散了一种说不出的奇香。小德张两手抖抖的捧了那香炉，移到皇后坐的那张大椅旁边一个矮凳上，再看皇后时，直视的眼光，慢慢放下来，脸上也微微泛红晕了，喉间咽咽嘟嘟的响，眼泪漉漉的流下来，忽然嗯的一声，口中吐出一块顽痰，头只往前倒。宫娥忙在后面扶着。小德张跪着，揭起衣襟，承受了皇后的吐。皇后这才放声哭了出来，大家都说："好了，好了。"皇后足足哭了一刻多钟，欸地洒脱宫娥们，很有力的站了起来，一直往外跑，宫娥们拉也拉不住，只认皇后发了疯。

　　小德张早猜透了皇后的意思，三脚两步，抄过皇后前面，拦路跪伏着，奏道："奴才大胆劝陛下一句话，刚才宫娥们说万岁爷早上玩的把戏，不怪陛下要生气！但据奴才愚见，陛下倒不可趁了一时之气，连夜去惊动老佛爷。"皇后道："照你说，难道就罢了不成？"小德张道："万岁爷是个长厚人，决想不出这种刁钻古怪的主意，这件事一定是和陛下有仇的人唆使的。"皇后道："宫里谁和我有仇呢？"小德张道："奴才本不该胡说，只为天恩高厚，心里有话，也不敢隐瞒。陛下该知道宝妃和万岁爷在大婚前的故事了！陛下得了正宫，宝妃对着陛下，自然不会有好感情。万岁爷不来正宫还好，这几天来了，那里会安稳呢！这件事十份倒有九份是她的主意。"皇后被小德张这几句话，触动心事，顿时脸上飞起一朵红云，咬着银牙道："这贱丫头一向自命不凡地霸占着皇帝，不放朕在眼里，朕没和她计较，她倒敢向朕作祟！得好好儿处置她一下子才好！你有法子吗？你说！"小德张道："奴才的法子，就叫做即以其人之道还治其人之身，请陛下就把那小白狗，装在礼盒里，打发人送到宝妃那里，传命说是皇后的赏赐。这个滑稽的办法，一则万岁爷来侮辱陛下，陛下把他转敬了宝妃，表示不承受的意思，二则也可试出这事是不是宝妃的使坏。若然於她无关，她岂肯平白地受这羞辱？不和陛下吵闹？若受了不声不响，那就是贼人心虚，和自己承认了一样。"皇后点头道："咱们就这么干，那么你明天好好给我办去！"小德张诺诺连声的起来，皇后也领着宫娥们自回寝宫去安息不提。

如今且说清帝这回的临幸宜芸馆，原是敷衍他父王的敦劝，万分勉强。住了两夜，实在冷冰冰没甚动弹。照宫里的老规矩，皇帝和后妃交欢，有敬事房太监专司其事，凡皇帝临幸皇后的次日，敬事房太监必要跪在帝前请训，如皇帝曾与皇后行房，须告以行房的时间，太监就记在册上，某年月日某时，皇帝幸某皇后。若没事，则说"去"。在园里虽说比宫里自由一点，然请训的事，仍要举行。清帝这回在皇后那里出来，敬事房太监永禄请训了两次，清帝都说个"去"字。在第二次说"去"的时候，永禄就碰头。清帝诧异道："你做什么？"永禄奏道：

"这册子，老佛爷天天要吊去查看的。现在万岁爷两夜在皇后宫里，册子上两夜空白，奴才怕老佛爷又要动怒，求万岁爷详察！"清帝听了，变色道："你管我的事！"永禄道："不是奴才敢管万岁爷的事，这是老佛爷的懿旨。"清帝本已撇着一肚子的恶气，听见这话，又抬出懿旨来压他，不觉勃然大怒，也不开口，就在御座上伸腿把永禄重重的踢了一脚。永禄一壁抱头往外逃，一壁嘴里还是咕噜。

也是事有凑巧，那时恰有个小太监领着玉澜堂里喂养的一只小袖狗，摇头摆尾的进来，这只袖狗，生得精致乖巧，清帝没事时，常常放在膝上抚弄。此时那狗一进门，畜生那里晓得人的喜怒不测，还和平时一样，纵身往清帝膝上一跳。清帝正在有火没发处，嘴里骂一声，"逆畜"，顺手抓起那狗来，向地上用力只一甩，这种狗是最娇嫩不过，经不起摧残，一着地，哀号一声，滚了几滚，四脚一伸死了。清帝看见那狗的死，心中也有些可惜，但已经死了，也是没法。忽然眉头一皱，触动了他半孩气的计较来，叫小太监来嘱咐了一番，自己当晚还到皇后宫里，早晨临走时候，就闹了这个小玩意，算借着死袖狗的尸，稍出些苦皇帝的气罢了。

次日，上半天，忙忙碌碌的过了，到了晚饭时，太监们已知道清帝今夜不会再到皇后那里，就把妃嫔的绿头签，放在银盘里，顶着跪献。清帝把宝妃的签翻转了，吩咐立刻宣召。原来园里的仪制，和宫里不同，用不着太监驼送，也用不着脱衣裹氅，不到一刻钟，太监领着宝妃袅袅婷婷的来了。宝妃行过了礼，站在案旁，一面帮着传递汤点，一面睨了清帝，只是抿着嘴笑，倒把清帝的脸都睨得红了，腼腆着问道："你什么事这样乐？"宝妃道："我看万岁爷尝了时鲜，所以替万岁爷乐！"清帝见案上食品虽列了三长行，数去倒有百来件，无一时鲜品，且稍远的多恶臭不堪，晓得宝妃含着醋意了，便叹口气道："别说乐，倒惹了一肚子的气！你何苦再带酸味儿！这里反正没外人，你坐着陪我吃罢！"说时，小太监捧了个坐凳来，放在清帝的横头。

宝妃坐着笑道："一气就气了三天，万岁爷倒唱了一出三气周瑜。"清帝道："你还是不信？你也学着老佛爷一样，天天去查敬事房的册子好了。"宝妃诧异道："怎么老佛爷来查咱们的帐呢？"清帝面现惊恐的样子，四面望了一望，叫小太监们都出去，说御膳的事，有妃子在这里伺候，用不着你们。几个小太监奉谕，都退了出去。清帝方把昨天敬事房太监永禄的事和今早闹的玩意儿，一五一十告诉了宝妃。宝妃道："老佛爷实在太操心了！面子上算归了政，底子里那一件事肯让万岁爷作一点主儿呢！现在索性管到咱们床上来了！这实在难怪万岁爷要生气！但这一下子的闹，只怕闯祸不小，皇后如何肯干休呢？老佛爷一定护着皇后，不知要和万岁爷闹到什么地步，大家都不得安生了！"

清帝发恨道："我看唐朝武则天的淫凶，也不过如此，她特地叫缪素筠画了一幅《金轮皇帝衮冕临朝图》，挂在寝宫里，这是明明有意对我示威的。"宝妃道："武则天相传是锁骨菩萨转世，所以做出这一番惊天动地的事业，我们老佛爷，也是有来历的，万岁爷晓得这一段故事吗？"清帝道："我倒不晓得，难道你晓得吗？"宝妃道："那还是老佛爷初选进宫来时一件奇异的传说。寇连材在昌平州时，听见一个告退的老太监说的。寇太监又私下和我名下的高万枝说了，因此我也晓得了些。"清帝道："怎么传说呢？你何妨说给我知。"宝妃道："他们说宣宗皇帝每年秋天，照例要到热河打围，有一次，宣宗正率领了一班阿哥王公们去打围，走到半路，忽然有一只很大的白狐，伸着前腿，俯伏当地，拦住御骑的前进。宣宗拉了宝弓，拔一枝箭，正待要射，那时文宗皇帝还在青宫，一同扈跸前去，就启奏道：'这是陛下圣德广敷，百兽效顺，所以使修炼通灵的千年老狐，也来接驾。乞免其一死！'宣宗笑了一笑，就收了弓，掉起马头，绕着湾儿走过去了。谁知道猎罢回銮，走到原处，那白狐调转头来，依然迎着御马俯伏。那时宣宗正在弓燥手柔的时候，不禁拉起弓来，就是一箭，仍旧把他射死。过了十多年，到了文宗皇帝手里，遇着选绣女的那年，内务府呈进绣女的花名册，那绣女花名册，照例要把绣女的姓名，旗色，生年月日，详细记载，文宗翻到老佛爷的一页，只见上面写着'那拉氏，正黄旗，名翠，年若干岁，道光十四年十月初十日生'。看到生年月日上，忽然触着什么事似的，回顾一个管起居注的老太监道：'那年这个日子，记得过一件很稀罕的事，你给我去查一下子！'那老太监领命，把那年的起居注册子翻出来，恰就是射死白狐的那个日子。文宗皇帝笑道：'难道这女子倒是老狐转世！'当时就把老佛爷发到园明圆桐荫深处承值去了。老佛爷生长南边，会唱各种小调，恰遇文宗游园时听见了，立时召见，命在廊阑上唱了一曲。次日，就把老佛爷调充压帐宫娥。不久因深夜进茶得幸，生了同治皇上，封了懿贵妃了。这些话，都是内监们私下互相传说，还加上许多无稽的议论，有的说老佛爷是来给文宗报恩；有的说是来报一箭之仇，要扰乱江山；有的说是特为讨了人身，来享世间福乐，补偿他千年的苦修。话多着呢。"

清帝冷笑道："那儿是报恩！简直说是扰乱江山，报仇享福，就得了！"宝妃道："老佛爷倒也罢了，最可恶的是连总管仗着老佛爷的势，胆大妄为，什么事都敢干！白云观就是他纳贿的机关，高道士就是他作恶的心腹，京外的官员，那个不趋之若鹜呢！近来更上一层了！把他妹子引进宫来，老佛爷宠得了不得，称呼她做大姑娘，现在和老佛爷并吃并坐的，只有女画师缪太太和大姑娘两个人。前天万岁爷的圣母贤亲王福晋进来，忽然赐坐，福晋因为是非常恩宠，皇悚不敢就坐，老佛爷道：'这个恩典，并不为的是你，只为大姑娘脚小，站不动，你不坐，她如何好坐！'这几句话，把圣母几乎气死。照这样儿做下去，魏忠贤和奉圣夫人的旧戏，很容易的重演，这一层，倒要请万岁爷预防的！"清帝绉着眉道："我有什么法子防呢？"宝妃道："这全在乎平时召见臣工时，识拔几个公忠体国的大臣，遇事密商，补苴万一。无事时固可借以潜移默化，一遇紧要，便可锄奸摘伏。依臣愚见，大学士高扬藻和尚书龚平，侍郎钱端敏常璘，侍读学士闻鼎儒，都是忠於陛下有力量的人，陛下该相机授以实权。此外新进之士，有奇才异能的，亦应时时破格录用，结合士心。里面敬王爷的大公主，耿直严正，老佛爷倒怕她几分，陛下也要格外的和她亲热。总之要自成一种势力，才是万全之计。陛下待臣妾厚，故敢冒死的说。"清帝道："你说的全是赤心向朕的话，这会儿，满宫里，除了你一人，还有谁真心忠朕呢？"说着放下筷碗说，"我不吃了。"一面把小手巾揩着泪痕。

宝妃见清帝这样，也不自觉的泪珠扑索索的坠下来，投在清帝怀里，两臂绕了清帝的脖子道："这倒是臣妾的不是，惹起陛下的伤心。干脆的说一句，老佛爷和万岁爷打吵子，大婚后才起的。不是为了万岁爷爱臣妾不爱皇后吗？依这么说，害陛下的，不是别人，就是臣妾，请陛下顾全大局，舍了臣妾罢！"清帝紧紧的抱着温存道："我宁死也舍不了你，决不做硬心肠的李三郎。"宝妃道："就怕万岁爷到那时自己也做不了主。"清帝道："我只有依着你才说的主意，慢慢地做去，不收回政权，连爱妃都保不住，还成个男子汉吗？"说罢，拂衣起立道："我们不要谈这些话罢！"宝妃忙出去招呼小内监来撤了筵席。彼此又絮絮情话了一会。正是三日之别，如隔三秋；一夕之欢，愿闰一纪。天帷眤就，揽留仙以龙拿；钿合承恩，寓脱簪於鸡旦；情长夜短，春透梦酣，一觉醒来，已是丑末寅初，宝妃急忙忙的起床，穿好衣服，把头发掠了一掠，就先回自己的住屋去了。

清帝消停了几分钟，也就起来，盥漱完了，吃了些早点，照着平时请安的时候，带了两个太监，迤逦来到乐寿堂。刚走到廊下，只见一片清晨的太阳光，照在黄缎的窗帘上，气象很是严肃，静悄悄的没一点声息，只有太后爱的一只叭儿黑狗，叫做海獭的，躺在门槛外，呼呼的打鼾。宫眷里景王的女儿四格格和太后的侄媳袁大奶奶，在那里逗着铜架上的五彩鹦哥。缪太太坐在廊阑上，仰着头正看天上的行云，一见清帝走来，大家一面照例的请安，一面各现着惊异的脸色。大姑娘却浓装艳抹，体态轻盈的靠在寝宫门口，仿佛在那里偷听什么似的。见了清帝，一面屈了屈膝，一面打起帘子让清帝进去。清帝一脚跨进宫门，抬头一看，倒吃了一惊，只见太后满面怒容，脸色似岩石一般的冷酷，端坐在宝座上。皇后斜倚在太后的宝座旁，头枕着一个膀子呜咽的哭。宝妃眼看鼻子，身体抖抖的跪在太后面前。金妃和许多宫眷宫娥都站在窗口，面面相觑的不则一声。

太后望见清帝进门，就冷冷的道："皇帝来了！我正要请教皇帝！我那一点儿待亏了你？你事事来反对我！听了人家的唆掇，胆敢来欺负我！"清帝忙跪下道："臣儿那儿敢反对亲爷爷，'欺负'两字更当不起！谁又生了三头六臂敢唆掇臣儿！求亲爷爷息怒。"太后鼻子里哼了一声道："朕是瞎了眼，抬举你这没良心的做皇帝，把自己的侄女儿，配你这风吹得倒的人做皇后，那些儿配不上你！你倒听了长舌妇的枕边话，想出法儿欺负她！昨天玩的好把戏，那简直儿是骂了！她是我的侄女儿，你骂她，就是骂我！"回顾皇后道："我已叫腾出一间屋子，你来跟我住，世上快活事多着呢，何必跟人家去争这个病虫呢！"说时怒气冲冲的拉了皇后往外就走，道："你跟我挑屋子去！"又对皇帝和宝妃道："别假惺惺了！除了眼中钉，尽着你们去乐罢！"一壁说着，一壁领了皇后宫眷，也不管清帝和宝妃跪着，自管自蜂拥般出去了。

这里清帝和宝妃，见太后如此的盛怒，也不敢说什么，等太后出了门，各自站了起来。清帝问宝妃："这倒底是怎么一回事呢？"宝妃道："臣在万岁爷那里回宫时，宫娥们就告诉说：'刚才皇后的太监小德张，传皇后的谕，赏给一盒礼物。'臣打开来一看，原来就是那只死狗。臣猜皇后的意思，一定把这件事，错疑到臣身上了，正想到皇后那里去辩明，谁知老佛爷已经来传了。一见面，就不由分说的痛骂，硬派是臣给万岁爷出的主意，臣从没见过老佛爷这样的发火，知道说也无益，只好跪着忍受。那当儿，万岁爷就进来了，这一场大闹，本来是意中的，不过万岁爷的一时孩子气，把臣妾葬送在里头就是了。"

清帝正欲有言，宝妃瞥见窗外廊下，有几个太监在那里探头探脑，宝妃就催着道："万岁爷快上朝堂去罢，时候不早，只怕王公大臣都在那里候着了！"清帝点点头，没趣搭拉的上朝去了。宝妃想了一想，这回如不去见一见太后，以后更难相处，只好硬着头皮，老着脸子，追踪前往，不管太后的款待如何，照旧的殷勤伺候。

　　这些事，都是大婚以后，第二年的故事。从这次一闹后，清帝去请安时，总是给他一个不理。这样过了三四个月，以后外面虽算和蔼了一点，但心里已筑成很深的沟堑，又忽把皇帝的寝宫和后妃的住屋，中间造了一座墙，无论皇帝到后妃那里，或后妃到皇帝寝宫，必要经过太后寝宫的廊下。这就是严重监督金、宝二妃的举动。直到余敏的事闹出来，连公公在太后前，完全推在宝妃的身上，又加上许多美言，更触了太后的忌；然而这件事，清帝办得非常正大，太后又不好说甚，心里却益发愤恨，只向宝妃去寻瑕索瘢。不想鱼阳伯的上海道，外间传言说是宝妃的关节，那时清帝和嫔妃都在禁城，忽一天，太后突然回宫，搜出了闻鼎儒给二妃一封没名姓的请托信，就一口咬定是罪案的凭据，立刻把宝妃廷杖，金、宝二妃都降了贵人。二妃名下的太监，扑杀的扑杀，驱逐的驱逐，从此不准清帝再召幸二妃了。你想清帝以九五之尊，受此家庭惨变，如何能低头默受呢？这便是两宫失和的原因。

　　本来闻韵高是金、宝两宫的师傅，自然知道宫闱的事，比别人详细。龚尚书在毓庆宫讲书时候，清帝每遇太后虐待，也要向师傅哭诉。这两人都和唐卿往来最密，此时谈论到此，所以唐卿也略知大概。当下唐卿接着说道："两宫失和的事，我也略知一二，但讲到废立，当此战祸方殷，大局濒危之际，我料太后虽有成竹，决不敢冒昧举行，这是贤弟关心太切，所以有此杞人之忧。如不放心，好在刘益焜现在北京，贤弟可去谒见，秘密告知，嘱他防范。我再去和高、龚两尚书密商，借翊卫畿辅为名，把淮军夙将倪巩廷调进关来。这人忠诚勇敢，可以防制非常。又函托署江督庄寿香把冯子材一军留驻淮徐。经这一番布置，使西边有所顾忌，也可有备无患了。"韵高附掌称善。

唐卿道："据我看来，目前切要之图，还在战局的糜烂。贤弟，你也是主战派中有力的一人，对於目前的事，不能不负些责任。你看，上月刘公岛的陷落，数年来全力经营的海军，完全覆没，丁雨汀服毒自尽了，从此山东文登、宁海一带，也被日军占领。海盖方面，说也羞人，宋钦领了十万雄兵，攻打海城日兵六千人，五次不能下，现在只靠珏斋所率的湘军六万人，还未一试。前天他有信来，为了台谏的参案，很觉灰心，又道伊唐阿忽然借口救辽，率军宵遁，军心颇被摇动。他虽然还是口出大言，我却很替他十分担忧。至於议和一层，到了如此地步，自然不能不认他是个急救的方策。但小燕和召廉村徒然奉了全权的使命，还被日本挑剔国书上的字句，拒绝了，白走一趟。其实不客气说，这个全权大臣，非威毅伯去不可。非威毅伯带了赔款割地的权柄去不可！这还成个平等国的议和吗？就是城下之盟罢了！丧失的巨大，可想而知。这几天威毅伯已奉谕开复了一切处分，派了头等全权大臣，正在和敬王、祖荪山等计议和议的方针，高中堂和龚尚书都不愿参预，那还不是掩耳盗铃的态度吗？我想，最好珏斋能在这时候挣一口气，打一个大胜仗，给法越战争时候的冯子材一样，和议也好讲得多哩。"

韵高道："门生听说江苏同乡今天在江苏会馆公宴威毅伯的参赞马美菽、乌赤云，老师是不是主人？"唐卿道："我也是主人，正待要去。美菽本是熟人，他的《文通》一书也曾读过，乌君听说是粤中的名士，不但是外交能手，而且深通西方理学，倒不可不去谈谈，看他们对於时局，有什么意见。"韵高知道唐卿尚须赴宴，也不便多谈，就此告辞出来。

唐卿送客后，看看时候不早，连忙换了一套宴客的礼服，吩咐套车，直向米市胡同江苏会馆而来。到得馆中，同乡京官，都朝珠补褂，跻跻跄跄的挤满了馆里的东花厅，陆奉如、章直蜚、米筱亭、易缘常、尹震生、龚弓夫，这一班人也都到了。唐卿一一招呼了。不一会，长班引进两位特客来，第一个是神清骨秀，气概昂藏，上唇翘起两簇乌须，唐卿认得就是马美菽；第二个却生得方面大耳，神情肃穆，须髯丰满，大概是乌赤云了。同乡本已推定唐卿做主人的领袖，於是送了茶，寒暄了几句，马上就请到大厅上，斟酒坐定。

套礼已毕，大家慢慢谈声渐终，唐卿便先开口道："这几天中堂为国宣劳，政躬想必健适，行旌何日徂东？全国正深翘企！"美菽道："战局日危，迟留一日，即多一日损失，中堂也迫不及待，已定明日请训后，即便启行。"直蜚道："言和是全国臣民所耻，中堂冒不韪而独行其是，足见首辅孤忠。但究竟开议后，有无把握，不致断送国脉？"赤云道："孙子曰：'知彼知己，百战百胜。'中堂何尝不主战！不过战必量力，中堂知己力不足，人力有余，不敢附和一般不明内容而自大轻敌者，轻言开战。现时战的效验，已大张晓喻了，中堂以国为重，决不负气。但事势到此，只好尽力做去，做一分是一分，讲不到有把握没把握的话了。"

弓夫道："海军是中堂精心编练，会操覆奏，颇自夸张。前敌各军，亦多淮军精锐，何以大东遇敌，一蹶不振；平壤交绥，望风而靡？中堂武勋盖代，身总师干，国力之足不足，似应稍负责任！"美菽笑道："弓夫兄，你不是局外人，海军经费，每年曾否移作别用？中堂曾否声明不敷展布？此次失败，与机械不具，有无关系？其他军事上，是否毫无掣肘？弓夫兄回去一问令叔祖，当可了然。但现在当局，自应各负各责，中堂也并不诿卸。"

震生忽愤愤插言道："我不是袒护中堂，前几个月，大家发狂似的主战，现在战败了，又动辄痛骂中堂。我独以为这回致败的原因，不在天津，全在京师，中堂思深虑远，承平之日，何尝不建议整饬武备，无奈封章一到，几乎无一事不遭总署及户部的驳斥，直到高升击沉，中堂还请拨巨帑购械和倡议买进南美洲铁甲船一大队，又不批准。有人说，蕞尔日本，北洋的预备已足破敌，他说这话，大概已忘却了历年自己驳斥的案子了！诸位想，中堂的被骂，冤不冤呢？"

筱亭见大家越说越到争论上去，大非敬客之道，就出来调解其间道:"往事何必重提,各负各责,自是美菽先生的名论。以后还望中堂忍辱负重,化险为夷,两公左辅右弼,折冲御侮,是此次中堂一行,实中国四万万人所托命,敢敬一觥,为中国前途祝福!为中堂及二公祝福!"筱亭说罢,立起来满饮了一杯,大家也都饮了一杯。美菽和赤云也就趁势告辞,离了江苏馆,到别处去了。这里同乡京官也各自散归。

话分两头。我现在把京朝的事,暂且慢说,要叙叙威毅伯议和一边的事了。且说马乌两参赞到各处酬应了一番,回到东城贤良寺威毅伯的行辕,已在黄昏时候,门口伺候的人们,看见两人,忙迎上来道:"中堂才回来,便找两位大人说话。"两人听了,先回住屋,换上便衣,来到威毅伯的办公室,只见威毅伯很威严的端坐在公事桌上,左手捋着下颔的白须,两只奕奕的眼光,射在几张电报纸上,望见两人进来,微微的动了一动头,举着右手仿佛表示请坐的样子,两人便在那文案两头分坐了。威毅伯一壁不断的翻阅文件,一壁说道:"今天在敬王那里,把一切话都说明了,请他第一不要拿法越的议和来比较,这次的议和,就算有结果,一定要受万人唾骂;但我为扶危定倾起见,决不学京朝名流,只顾迎合舆论,博一时的好名誉,不问大计的安危。这一层要请王爷注意!又把要带荫白大儿做参赞的事,请他代奏,敬王倒很明白爽快,都答应了。明天我们一准出京,你们可发一电给罗道积丞、曾守润孙,赶紧把放洋的船预备好,到津一径下船,不再耽搁了。"赤云道:"我们国书的款式,转托美使田贝去电给伊藤是否满意,尚未得复,应否等一等?"威毅伯道:"复电才来,伊藤转呈日皇,非常满意。日皇现在广岛,已派定内阁总理伊藤博文,外务大臣陆奥宗光为全权大臣,在马关开议,并先期到彼相候。"美菽道:"职道正欲回明中堂,适间得到福参赞世德的来电,我们的船,已雇了公义、生义两艘。何时启碇?悉听中堂的命令。"

威毅伯忽面现惊奇的样子道:"这是个匿名信,奇怪极了!"两人都站起凑上来看,见一张青格子的白绵纸上写着几句是通非通的汉文,信封上却写明是"日本郡马县邑乐郡大岛村小山"发的。信文道：

"支那全权大使殿，汝记得小山清之介乎？清之介死，汝乃可独生乎？明治二十八年二月十一日预告。"

马、乌二人猜想了半天，想不出一个道理来。威毅伯掀髯微笑道："这又是日本浪人的鬼祟！七十老翁，死生早置度外，由他去罢！我们干我们的。"随手就把他撩下了。一宿匆匆过去。次日，威毅伯果然在皇上、皇太后那里请训下来，随即率同马、乌等一班随员乘了专轮回津。到津后，也不停留，自己和大公子，美国前国务卿福世德，马美菽，乌赤云等坐了公义船，其余罗积丞、曾润孙一班随员、翻译等坐了生义船，那天正是光绪二十一年二月二十日，在风雪漫天之际，战云四逼之中，鼓轮而东，海程不到三天，二十三的清晨，已到了马关。日本外务省派员登舟敬迓，并说明伊藤、陆奥两大臣均已在此恭候，会议场所，择定春帆楼，另外备有大使的行馆。威毅伯当日便派公子荫白同着福参赞先行登岸，会了伊藤、陆奥两全权，约定会议的时间。第二天，就交换了国书，移入行馆。第三天，正式开议，威毅伯先提出停战的要求。不料伊藤竟严酷的要挟，非将天津、大沽、山海关三处准由日军暂驻，作为抵押，不允停战。威毅伯屡次力争，竟不让步。

这日正二十八日四点钟光景，在第三次后议散后，威毅伯积着满腔愤怒，从春帆楼出来，想到甲申年伊藤在天津定约的时候，自己何等的骄横，现在又何等的屈辱！恰好调换了一个地位。一路的想，猛抬头，忽见一轮落日，已照在自己行馆的门口，满含了惨淡的色彩，不觉发了一声长叹。叹声未毕，人丛里忽然挤出一个少年，向轿边直扑上来，崩的一声，四围人声鼎沸起来，轿子也停下来了，觉得面上有些异样，伸手一摸，全是湿血，方知自己中了枪了。正是：

问谁当道狐狸在？何事惊人霹雳飞。

不知威毅伯性命如何，且听下回分解。

第二十八回　棣萼双绝武士道舍生
　　　　　　霹雳一声革命团特起

话说上回说到威毅伯正从春帆楼会议出来，刚刚走近行馆门口，忽被人丛中一个少年，打了一枪。此时大家急要知道的，第一是威毅伯中枪后的性命如何？第二是放枪谋刺的是谁？第三是谋刺的目的为了什么？我现在却先向看官们告一个罪，要把这三个重要问题暂时都搁一搁，去叙一件很遥远海边山岛里田庄人家的事情。

且说那一家人家，本是从祖父以来，一向是种田的。直传到这一代，是兄弟两个，曾经在小学校里读过几年书，父母现都亡故了。这兄弟俩，在这村里，要算个特色的人，大家很恭维的各送他们一个雅绰，大的叫"大痴"，二的叫"狂二"，只为他们性情虽完全相反，却各有各的特性。哥哥是很聪明，可惜聪明过了界，一言一动，不免有些疯颠了。不过不是直率的疯颠，是带些乖觉的疯颠。他自己常说："我的脑子里是全空虚的，只等着人家的好主义，就抓来发狂似的干。"兄弟是很愚笨，然而愚笨透了顶，一言一动，倒变成了骄矜了。不过不是豪迈的骄矜，是一种褊急的骄矜。他自己也常说："我的眼光是一直线，只看前面的，两旁和后方，都悍然不屑一顾了。"他们兄弟俩，各依着天赋的特性，各自向极端方面去发展，然却有一点是完全一致，就为他们是海边人，在惊涛骇浪里生长的，都是胆大而不怕死。就是讲到兄弟俩的嗜好，也不一样，前一个是好酒，倒是醉乡里的优秀分子。后一个是好赌，成了赌经上的忠实宗徒，你想他们各具天才，各怀野心，几亩祖传下来的薄田，那个放在眼里？自然地荒废了。他们既不种田，自然就性之所近，各寻职业。大的先做村里酒吧间跳舞厅里的狂舞配角，后来到京城帝国大戏院里，充了一名狂剧俳优。小的先在邻村赌场上做帮闲，不久，他哥哥把他荐到京城里一家轮盘赌场上做个管事。

说了半天，这兄弟俩究是谁呢？原来哥哥叫做小山清之介，弟弟叫做小山六之介，是日本郡马县邑乐郡大岛村人氏。他们俩虽然在东京都觅得了些小事，然比到在大岛村出发的时候，大家满怀着希望，气概却不同了。自从第一步踏上了社会的战线，只觉得面前跌脚绊手的布满了敌军，第二步再也跨不出。每月赚到的工资，连喝酒和赌钱的欲望，都不能满足，不觉彼此全有些垂头丧气的失望了。况且清之介近来又受了性欲上重大的打击，他独身住在戏院的宿舍里，有一回，在大醉后失了本性的时候，糊糊涂涂和一个宿舍里的下女花子有了染。那花子是个粗蠢的女子，而且有遗传的恶疾，清之介并不是不知道。但花子自己说已经医好了。清之介受了酒力的煽发，性欲的冲动，不管三七二十一的干了一次，等到酒醒，已是悔之无及。不久，传染病的症象，渐渐地显现，也渐渐地增剧，清之介着急，瞒了人请医生去诊治几次，化去不少的冤钱，只是终於无效。他生活上本觉着困难，如今又添了病痛，不免怨着天道的不公，更把花子的乘机诱惑，恨得牙痒痒的。偏偏不知趣的花子，还要来和他歪缠，益发挑起他的怒火。每回不是一飞脚，便是一巴掌，弄得花子也莫明其妙。

有一夜，在三更人静时，他在床上呻吟着病苦的刺激，辗转睡不稳，忽然恶狠狠起了一念，想道："我原是清洁的身体，为什么沾染了污瘢？舒泰的精神，为什么纠缠了痛苦？现在人家还不知道，一知道了，不但要被人讥笑，还要受人憎厌。现在我还没有爱恋，若真有了爱恋，不但没人肯爱我，连我也不忍爱人家，叫人受骗。这么说，我一生的荣誉幸福，都被花子一手断送了。在花子呢，不过图逞淫荡的肉欲，冀希无餍的金钱，害到我如此。我一世聪明，倒钻了蠢奴的圈套，全部人格，却受了贱婢的蹂躏。想起来，好不恨呀！花子简直是我唯一的仇人！我既是个汉子，如何不报此仇？报仇只有杀！"想罢，在地铺上倏的坐起来，在桌子上摸着了演剧时常用的小佩刀，也没换衣服，在黑暗中轻轻开了房门，一路扶墙挨壁下了楼，他是知道下女室的所在，刚跣着光脚，趁着窗外射进来的月光，认准了花子卧房的门，一手耀着明晃晃的刀光，一手去推，门恰虚掩着，清之介咬了一咬牙，正待搉进去，忽然一阵凛冽的寒风扑上面来，吹得清之介毛发竦然。昂着火热的头，慢慢低了下来；竖着执刀的手，徐徐垂了下来，惊醒似的道："我在这里做什么？杀人吗？杀人，是个罪；杀人的人，是个凶手。那么，花子到底该杀不该杀呢？她不过受了生理上性的使命，不自觉的成就了这个行为，并不是他的意志。遗传的病，是她祖父留下的种子，她也是被害人，不是故意下毒害人。至於图快乐，想金钱，这是人类普遍的自私心，若把这个来做花子的罪案，那么全世界人没一个不该杀！花子不是耶稣，不能独自强逼她替全人类受惨刑！花子没有可杀的罪，在我更没有杀她的理。我为什么要酒醉呢？冲动呢？明知故犯的去冒险呢？无爱恋而对女性纵欲，便是蹂躏女权，传染就是报应！人家先向你报了仇，你如何再有向人报仇的权？"清之介想到这里，只好没精打采的倒拖了佩刀，踅回自己房里，把刀一丢，倒在地铺上，把被窝蒙了头，心上好像火一般的烧炙，知道仇是报不成，恨是消不了，看着人生真要不得，自己这样的人生更是要不得！病痛的袭击，没处逃避；经济的压迫，没法推开；讥笑的耻辱，无从洗涤；憎厌的丑恶，无可遮盖。想来想去，很坚决的下了结论：自己只有一条路可走，只有一个法子可以解脱一切的苦。什么路？什么法子？就是自杀！那么马上就下手吗？他想：还不能，只因他和兄弟六之介是很友爱的，还想见他一面，嘱咐他几句话，等到明晚再干还不迟。

当夜清之介搅扰了一整夜,没有合过眼,好容易巴到天明,慌忙起来盥洗了,就奔到六之介的寓所。那时六之介还没起,被他闯进去叫了起来,六之介倒吃惊似的问道:"哥哥,只怕天不早了罢?我真睡糊涂了!"说着看了看手表道:"呀,还不到七点钟呢!哥哥,什么事?老早的跑来!"忽然映着斜射的太阳光,见清之介死白的脸色,蹙着眉,垂着头,有气没力的倒在一张藤躺椅上,只不开口。心里吓了一跳,连连问道:"你怎么?你怎么?"清之介没见兄弟之前,预备了许多话要说,谁知一见面,喉间好像有什么梗住似的,一句话也挣不出来。等了好半天,被六之介逼得无可如何,才吞吞吐吐把昨夜的事说了出来。原定的计划,想把自杀一节瞒过,谁知临说时,舌头不听你意志的使唤,顺着口全淌了出来。六之介听完,立刻板了脸,发表他的意见道:"死倒没有什么关系,不过哥哥这自杀的目的,做兄弟的实在不懂!怕人家讥笑吗?我眼睛里就没有看见过什么人家。怕人憎厌我吗?我先憎厌别人的亲近我!怕痛苦吗?这一点病的痛苦都熬不住,如何算得武士道的日本人!自杀是我赞美的,像哥哥这样的自杀,是盲目的自杀,否则便是疯狂的自杀。我的眼,只看前面,前面有路走,还有很阔大的路,我决不自杀。"清之介被六之介这一套的演说倒堵住了口。当下六之介拉了他哥哥同到一家咖啡馆里,吃了早餐,后来又送他回戏院,劝慰了一番,晚间又陪他同睡,监视着。直到清之介说明不再起自杀的念头,六之介方放心回了自己的寓。

过了些时,六之介不见哥哥来,终有些牵挂,偷个空儿,又到戏院宿舍里来,探望他哥哥。谁知一到宿舍里卧房前,只见房门紧闭,推了几遍,没人应,叫个仆欧来问时,说小山先生请假回大岛村去已经五六天了。六之介听了惊疑,暗忖哥哥决不会回家,难道真做出来,这倒是我误了事了。转一念想,下女花子,虽则哥哥恨她,哥哥的真去向,只怕她倒知些影响,回头就向仆欧道:"这里有个下女花子,可能叫她来问一下?"仆欧微笑答道:"先生倒问起花子?可巧花子在小山先生走后第二天，也歇了出去，不知去向了。"说时咬着唇，露出含有恶意的笑容。这一来，倒把六之介提到混水里，再也摸不清路头，知道在这里也无益，出来顺便到戏院里打听管事人和他的同事，大家只知道他正式请假。不过有几个说，他请假之前，觉得样子是很慌忙的，也问不出个道理来。六之介回家，忙写了一封给大岛村亲戚的信，一面又到各酒吧间咖啡馆妓馆去查访，整整闹了一星期，一点踪迹也无。六之介弄得没法摆布，寻访的念头，渐渐淡了。

那时日本海军，正在大同沟战胜了中国海军，举国若狂，庆祝凯胜，东京的市民，尤其高兴得手舞足蹈，轮盘赌场里，赌客来得如潮如海，成日成夜，整千累万的输赢，生意越好，事务越忙，意气越高，连六之介向前的眼光里，觉得自己矮小的身量，也顿时暗涨一篙，平升三级，只想做东亚的大国民，把哥哥的失踪，早撇在九霄云外。那天在赌场里整奔忙了一夜，两眼装在额上的踱回寓所，已在早晨七点钟，只见门口站着个女房东，手里捏着一封信，见他来，老远的喊道："好了，先生回来了，这里有一封信，刚才有个刺骚胡子的怪人，特地送来，说是从支那带回，只为等先生不及，托我代收转交。"六之介听了有点惊异，不等他说完就取了过来，瞥眼望见那写的字，好像是哥哥的笔迹，心里倒勃的一跳。看那封面上写着道：

  东京，下谷区，龙泉寺町四百十三番地

  小山六之介君   样

        小山清之介，自支那，天津。

六之介看见的确是他哥哥的信，而且是亲笔，不觉喜出望外，慌忙撕开看时，上面写的道：

  我的挚爱的弟弟，我想你接到这封信时，一定非常的欢喜而惊奇，你欢喜的，是可以相信我没有去实行疯狂的自杀；你惊奇的，是半月来一个不知去向的亲人，忽然知道了他确实的去向。但是我这次要写信给你，还不仅是为了这两个简单的目的，我这回从自杀的主意里，忽地变成了旅行支那的主意。这里面的起因和经过，决定和实现，待我来从头至尾的报告给你：自从那天承你的提醒，又受你的看护，我顿然把盲目或疯狂的自杀断了念。不过这个人生，我还是觉得倦厌；这个世界，我还是不能安居，自杀的基本论据，始终没有变动，仅把不择手段的自杀，换个有价值的自杀，却只好等着机会，选着题目。不想第二天，恰在我们的戏院里，排演一出悲剧，剧名叫《谍牺》，是表现一个爱国男子，在两国战争时，化装混入敌国一个要人家里；那要人的女儿，本是他的情人，靠着她探得敌军战略上的秘密，报告本国，因此转败为胜。后来终於秘密泄漏，男人被敌国斩杀，连情人都受了死刑。我看了这本戏，大大的澈悟。我本是个富於模仿性的人，况在自己不毛的脑田里，把别人栽培好的作物，整个移植过来，做自己人生的收获，又是件最聪明的事。我想如今我们正和支那开战，听说我国男女，去做间谍的也不少，我何妨学那爱国少年，拼着一条命去侦探一两件重大的秘密，做成了，固然是无比的光荣，做不成也达了解脱的目的。当下想定主意，就投参谋部陈明志愿，恰值参谋部正有一种计画，要盗窃一二处险要的地图，我去得正好，经部里考验合格，我就秘密受了这个重要的使命，人不知鬼不觉的离了东京，来到这里。我走时，别的没有牵挂，就是害你吃惊不小，这是我的罪过。我现在正在进行我的任务，成功不成功，是命运的事；勉力不勉力，是我的事。不成便是死，成是我的目的，死也是我的目的。我只有勉力，勉力即达目的。我却有最后一句话要告诉你，死以前的事，是我的事；我的事是舍生。死以后的事，是你的事；你的事是复仇。我希望你替我复仇，这才不愧武士道的国民！这封信，关系军机，不便付邮，幸亏我国一个大侠天弢龙伯正要回国，他是个忠实男子，不会泄漏，我便托付了他，携带给你。并祝你的健康！

你的可怜的哥哥清之介白。

六之介看完了信，心中又喜又急，喜的是哥哥总算有了下落，急的是做敌国的侦探，又是盗窃险要的地图，何等危险的事，一定凶多吉少。自肚里想：人家叫哥哥"大痴"，这些行径，只怕真有些痴。好好生活不要过，为了一个下女要自杀；自杀不成功，又千方百计去找死法；既去找死，那么死是你自愿的，人家杀你，正如了你愿，该感谢，为什么要报仇？强逼着替你报仇，益发可笑！难道报仇是件好玩的事吗？况且花子的同时失踪，更是奇事。哥哥是恨花子的，决不会带了走；花子不是跟哥哥，又到那里去呢？这真是个打不破的哑谜！忽然又想到天弩龙伯，是主张扶助支那革命的奇人，可惜迟来一步，没有见识见识怎样一个人物，不晓得有再见的机会没有？若然打听得到他的住址，一定要去谢谢他。六之介心里乱七八糟的想了一阵，到底也没有理出个头绪来，只得把信收起，自顾自去歇他的午觉。

从此胸口总仿佛压着一块大石，拨不开来，时时留心看看报纸，打听打听中国的消息，却从来没有关涉他哥哥的事。只有战胜的捷报，连珠炮价传来；欢呼的声浪，溢涨全国，好似火山爆裂一般，岛根都隆隆地震动了。不多时，天险的旅顺，都攻破了，威海也占领了，刘公岛一役，索性把中国的海军全都毁灭了。骄傲性成的六之介，此时他的心理上，以为从此可以口吞渤海，脚踢神州，"大和魂"要来代替神明胄了，连哥哥的性命，也被这权威呵护，决无妨碍。忽然听见美国出来调停，他就破口大骂。后来日政府拒绝了庄、召两公使，他的愤气又平了一点。不想不久，日政府竟承认了威毅伯的全权大使，直把他气得三尸出窍，六魄飞天，终日在家里椎壁拍几的骂政府浑蛋。

正骂得高兴哩，房门呀的开了，女房东拿了张卡片道："前天送信来的那怪人要见先生。"六之介知道是天弩龙伯，忙说请，只见一个伟大躯干的人，乱髯戟张，目光电闪，蓬发阔面，胆鼻剑眉，身穿和服，洒洒落落的跨了进来，便道："前日没缘见面，今天又冒昧来打你的搅。"六之介一壁招呼坐地，一壁道："早想到府，谢先生带信的高义，苦在不知住址，倒耽误了。今天反蒙枉顾，又惭愧，又欢喜。"天弢龙伯道："我向不会说客气话，没事也不会来找先生，先生晓得令兄的消息吗？"六之介道："从先生带信后，直到如今，没接过哥哥只字。"天弢龙伯惨然道："怎么能写字？令兄早被清国威毅伯杀了！"六之介突受这句话的猛击，直立了起来道："这话可真？"天弢龙伯道："令兄虽被杀，却替国家立了大功。"六之介被天性所激，眼眶里的泪，似泉一般直流，哽噎道："杀了，怎么还立功呢？"天弢龙伯道："先生且休悲愤，这件事，政府至今还守秘密，我却全知道。我把这事的根底细细告诉你。令兄是受了参谋部的秘密委任，去偷盗支那海军根据地旅顺、威海、刘公岛三处设备详图的。我替令兄传信时，还没知道内容，但知道是我国的军事侦探罢了。直到女谍花子回国，才把令兄盗得的地图带了回来。令兄殉国的惨史，也哄动了政府。"六之介诧异道："是帝国戏院里的下女花子吗？怎么也做了间谍？哥哥既已被杀，怎么还盗得地图？带回来的，怎么倒是花子呢？"

天弢龙伯道："这事说来很奇，据花子说，她在戏院里，早和令兄发生关系，后来不知为什么，令兄和她闹翻了。令兄因为悔恨，才发狠去冒侦探的大险。花子知道他的意思，有时去劝慰，令兄不是骂便是打，但花子一点不怨，反处处留心令兄的动作。令兄充侦探的事，竟被她探明白了，所以令兄动身到支那，她也暗地跟去。在先，令兄一点不知道，到了天津，还是她自己投到，跪在令兄身边，说明她的跟来，并不来求爱，是来求死。不愿做同情，只愿做同志。凡可以帮助的，水里火里都去。令兄只得容受了。后来令兄做的事，她都预闻。令兄先探明了这些地图，共有两份，一份存在威毅伯衙门里，一份却在丁雨汀公馆。督署禁卫森严，无隙可乘，只好决定向丁公馆下手。令兄又打听得这些图，向来放在签押房公事桌抽屉里，丁雨汀出门后，签押房牢牢锁闭，家里的一切钥匙，却都交给一个最信任的老总管丁成掌管，丁成就住在那签押房的耳房里，监守着。那耳房的院子，只隔一座墙，外面便是马路横头的荒僻死弄，这种情形，令兄都记在肚里，可还没有入脚处。恰好令兄有两种特长，便是他成功之母：一是在戏院里学会了很纯熟的支那话，一是欢喜喝酒。不想丁成也是个酒鬼，没一天不到三不管一爿小酒店里去买醉。令兄晓得了，就借这一点做了两人认识的媒介，渐渐地交谈了，渐渐地合伙了。不上十天，成了酒友，不但天天替他会钞付帐，而且时时给他送东送西，做得十分的殷勤亲密。丁成虽是个算小爱恭维的人，倒也有些过意不去。有一天，忽然来约他道：'我有一坛"女儿红"，今晚为你开了，请你到公馆来，在我房间里，咱们较一较酒量，喝个畅。'令兄暗忖机会来了，当下满口应承。临赴约之前，却私下嘱咐花子，三更时分，叫她到死弄里去等，彼此掷石子为号，便来接受盗到的东西，立刻拿回寓所。令兄那夜在丁公馆里，果真把丁成灌得烂醉，果真在他身上偷到钥匙，开了签押房和抽屉，果真把地图盗到了手，包好结上一块石头，丢出墙外，果真花子接到，拿回了寓，令兄还在丁公馆里，和丁成同榻宿了一宵，平平安安的回来。令兄看着这一套图，虽然盗出来，但尺寸很大，纸张又硬又厚，总分图不下三十张，路上如何藏匿，决逃不过侦查的眼目。苦思力索了半天，想出一个办法，先尽着两日夜的工夫，把最薄的软绵纸套画了三件总图，郑重交给花子，嘱她另找个地方去住，把图纸缝在衣裤里，等自己走后两三天再走，自己没事，多一副本也好；若出了事，还有这第二次的希望，自己决带全份的正图，定做了一只夹底木箱，把图放在夹层里，外面却装了一箱书。计议已定，令兄第三天在天津出发。可怜就在这一天，在轮船码头竟被稽查员查获，送到督署，立刻枪毙了。倒是花子有智有勇，听见了令兄的消息，他一点不胆怯，把三张副图，裁分为六，用极薄的橡皮包成六个大丸子，再用线穿了，临上船时，生生的都吞下肚去，线头含在嘴里,路上碰到几次检查,都被她逃过。靠着牛乳汤水,维持生命,千辛万苦竟把地图带回国来。这回旅顺、威海的容易得手,虽说支那守将的无能,几张地图的助力,也就不小。不过花子经医生把地图取出后,胃肠受伤,至今病倒医院,性命只在呼吸之间了。六之介先生,你想,令兄的不负国,花子的不负友,真是一时无两,我怕你不知道,所以今天特来报告你。"

六之介忽然瞪着眼,握着拳狂呼道:"可恨!可恨!必报此仇!花子不负友,我也决不负兄!"天弢龙伯道:"你恨的是威毅伯吗?他就在这几天要到马关了!这是我们国际上的大计,你要报仇,却不可在这些时期去胡做。"六之介默然。天弢龙伯又劝慰了几句,也便飘然而去。

且说六之介本恨威毅伯的讲和,阻碍了大和魂的发展,如今又悲痛哥哥的被杀,感动花子的义气,他想花子还能死守哥哥托付的遗命,他倒不能恪遵哥哥的预嘱,那还成个人吗?他的眼光是一直线的,现在他只看见前面晃着报仇两个大字,其余一概不屑顾了。当时就写了一封汉文的简单警告,径寄威毅伯,就算他的哀的美敦书了。从此就天天只盼望威毅伯的速来,打听他的到达日期。后来听见他果真到了,并且在春帆楼开议,就决意去暗杀。在神奈川县横滨街上金丸谦次郎店里,买了一支五响短枪,并买了弹子,在东京起早,赶到赤间关。恰遇威毅伯从春帆楼会议回来,刚走到外滨町,被六之介在轿前五尺许,硼的一枪,竟把威毅伯打伤了。幸亏弹子打破眼镜,中了左颧,深入左目下。当时警察一面驱逐路人,让轿子抬近行馆,一面追捕刺客,把六之介获住。

威毅伯进了卧室,因流血过多,晕了过去,随即两医官赶来诊视,知道伤不致命,连忙用了止血药,将伤处包裹。威毅伯已清醒过来。伊藤、陆奥两大臣得了消息,慌忙亲来慰问谢罪,地方文武官员也来得络绎不绝。第二天,日皇派遣医官两员并皇后手制裹伤绷带,降谕存问,且把山口县知事和警察长都革了职,也算闹得满城风雨了。其实威毅伯受伤后，弹子虽未取出，病势倒日有起色，和议的进行，也并未停止，日本恐挑起世界的罪责，气焰倒因此减了不少，竟无条件的允了停战。威毅伯虽耗了一袍袖的老血，和议的速度，却添了满锅炉的猛火，只再议了两次，马关条约的大纲，差不多快都议定了。

这日，正是山口地方裁判所判决小山六之介的谋刺罪案，参观的人非常拥挤，马美菽和乌赤云在行馆没事，也相约而往，看他如何判决。刚听到堂上书记宣读判词，由死刑减一等办以无期徒刑这一句的时候，乌赤云忽见人丛中一个虬髯乱发的日本大汉身旁，坐着个年轻英发的中国人，好生面善，一时想不起是谁。那人被乌赤云一看，面上似露惊疑之色，拉了那大汉匆匆的就走了。赤云恍然回顾美菽道："才走出去的中国人你看见吗？"美菽看了看道："我不认得，是谁呢？"赤云道："这就是陈千秋，是有名的革命党，支那青年会的成员。昨天我还接到广东同乡的信，说近来青年会很是活动，只怕不日就要起事哩。现在陈千秋又到日本来，其中必有缘故。"两人正要立起，忽见行馆里的随员罗积丞奔来喊道："中堂请赤云兄速回，说两广总督李大先生有急电，要和赤云兄商量哩。"赤云向美菽道："只怕是革命党起事了。"正是：

输他海国风云壮，还我轩皇土地来。

不知两广总督的急电，到底发生了甚事。下回再说。

第二十九回　龙吟虎啸跳出人豪　燕语莺啼惊逢逋客

却说乌赤云正和马美菽在山口县裁判所听审刺客，行馆随员罗积丞传了威毅伯的谕，来请赤云回馆，商量两广督署来的急电。你道这急电为的是件什么事？原来此时两广总督就是威毅伯的哥哥李大先生，新近接到了两江总督的密电，在上海破获了青年会运广的大批军火，军火虽然全数扣留，运军火的人，却都在逃。探得内中有个重要人犯陈千秋即陈青，是青年会里的首领，或言先已回广，或言由日本浪人天弢龙伯保护，逃往日本，难保不潜回本国，图谋大举。电中请其防范，并转请威毅伯在日密探党人内容。大先生得了此电，很为着急，在省城里叠派干员侦查，虽有些风言雾语，到底探不出个实在，所以打了一个万急电，托威毅伯顺便侦探；如能运动日政府将陈千秋逮捕，尤为满意。当时威毅伯恰和荫白大公子在那里修改第五次会议问答节略的稿子，预备电致军机和总署，做确定条约的张本。看见了大先生这个电，他是不相信中国有这些事发生的，就捋着胡子笑道："你们大伯伯又在那里瞎耽心了！这种都是穷极无聊的文丐，没把鼻的炒蛋，怕他们做什么！我们的兵，虽然打不了外国人，杀家里个把毛贼，还是不费吹灰之力。但大伯伯既然当一件事来托我，也得敷衍他一下。不过我不大明白，这些事怎么办呢？"荫白道："这是广东的事，青年会的总机关，也在广东，只有广东人知道底细。父亲何妨去请赤云来商量商量。"威毅伯点点头，所以就叫罗积丞来请赤云。

当下赤云来见威毅伯，威毅伯把电报给他看了。赤云一壁看一壁笑着道："无巧不成书！说到曹操，曹操就到，职道才和美菽在裁判所里，遇见陈千秋，正和美菽讲哩。这个人，职道从小认识的，是个极聪明的少年，可惜做了革命党。"荫白道："那么这人的确在日本了！我国正好设法逮捕。"赤云道："这个谈何容易！我们固然没有逮捕之权，国事犯日本又定照公法保护，况且还有天弢龙伯自命侠客的做他的护身符！"荫白道："我们可以把他骗到行馆里来，私下监禁，带回去。"威毅伯道："使不得，使不得，现在和议的事，一发千钧，在他国内，私行捕禁，虽说行馆有治外法权，万一漏了些消息，连累和议，不是玩的！"赤云道："中堂所见极是，还是让职道去探听些党人的举动，照实电复就是了。"议定了这事，威毅伯仍注意到节略稿子，赤云便告退出来，自去想法侦查不题。

却说吾人以肉眼对着社会，好像一个混沌世界，熙熙攘攘，不知为着何事，这般忙碌。记得从前不晓得那一个皇帝南巡时节，在金山上，望着扬子江心多少船，问个和尚，共是几船？和尚回说，只有两船。一为名，一为利。我想这个和尚，一定是个肉眼，人类自有灵魂，即有感觉；自有社会，即有历史，那历史上的方面最多，有名誉的，有痛苦的；名誉的历史，自然兴兴头头，夸着说着，虽传下几千年，祖宗的名誉，子孙还不会忘记；即如吾们老祖黄帝，当日战胜蚩尤，驱除苗族的伟绩，岂不是永远记念呢！至那痛苦的历史，当时接触灵魂，没有一个不感觉，张拳怒目，誓报国仇。就是过了几百年，隔了几百代，总有一班人牢牢记着，不能甘心的。

我常常听见故老传闻，那日满洲入关之始，亡国遗民，起兵抗拒的，原也不少，只是东起西灭，运命不长，后来只剩个郑成功，占领厦门，叫做思明州，到底立脚不住，逃往台湾。其时成功年老，晓得后世子孙，也不能保住这一寸山河，不如下了一粒民族的种子，使他数百年后，慢慢膨胀起来。列位想这种子，是什么东西？原来就是秘密会社。成功立的秘密会社，起先叫做"天地会"，后来分做两派，一派叫做三合会，起点於福建，盛行於广东，而膨胀於暹罗、新嘉坡、新旧金山、檀岛；一派叫做哥老会，起点於湖南，而蔓延於长江上下游。两派总叫做洪帮，取太祖洪武的意思，那三合亦取着洪字偏旁三点的意思。恰好那时北部，同时起了八卦教，在理会，大刀、小刀会等名目，只是各派内力不足，不敢轻动。直到西历一千七百六十七年间，川楚一面，蠢动了数十年，就叫川楚教匪。教匪平而三合会始出现於世界。膨胀到一千八百五十年间，金田革命，而洪秀全、杨秀清遂起立了太平天国，占了十二行省。那时政府，就利用着同类相残的政策，就引起哥老会党，去扑灭那三合会。这也是成功当时万万料不到此的。哥老会既扑灭了三合会，顿时安富尊荣，不知出了多少公侯将相，所以两江总督一缺，就是哥老会用着几十万头颅血肉，去购定的衣食饭碗。凡是会员做了总督，一年总要贴出几十万银子，孝敬旧时的兄弟们；不然，他们就要不依哩。然而因此以后，三合会与哥老会结成个不世之仇，他们会党之人，出来也不立标帜，医卜星相江湖卖技之流，赶车行船驿夫走卒之辈，烟灯饭馆药堂质铺等地，挂单云游衲僧贫道之亚，无一不是。劈面相逢，也有些子仪式，几句口号，肉眼看来，毫不觉得，他们甘心做叛徒逆党，情愿去破家毁产，名在那里？利在那里？奔波往来，为着何事？不过老祖传下这一点民族主义，各处运动，不肯叫他埋没永不发现罢了。如此看来，吾人天天所遇的人，难保无英雄、帝王、侠客、大盗在内，要在放出慧眼看去，或能见得一二分，也未可知。

　　方三合、哥老同类相残的时候，欧洲大西洋内，流出两股暗潮，一股沿阿非利加洲大西洋，折好望角，直渡印度洋，以向广东；一股沿阿美利加南角，直渡太平洋，以向香港、上海。这两股潮流，就是载着革命主义，那广东地方，受着这潮流的影响最大，於是三合会残党内，跳出了多少少年英雄，立时组成一个支那青年会，发表宗旨，就是民族共和主义。虽然实力未充,比不得玛志尼的少年意大利,济格士奇的俄罗斯革命团,却是比着前朝的几社、复社,现在上海的教育会,实在强多!该党会员,时时在各处侦察动静,调查实情,即如此时赤云在山口县裁判所内看见的陈千秋,此人就是青年会会员。

如今且说那陈千秋在未逃到日本之先,曾经在会中担任了调查江浙内情,联络各处党会的责任,来到上海地方,心里总想物色几个伟大人物,替会里扩张些权力。谁知四下里物色遍了,遇着的,倒大多数是醉生梦死花天酒地的浪子,不然便是胆小怕事买进卖出的商人。再进一步,是王紫诠派向太平天国献计的斗方名士,或是蔡尔康派替广学会宣传的救国学说,又在应酬场中,遇见同乡里大家推崇的维新外交家王子度,也只主张废科举,兴学堂。众人惊诧的改制新教王唐猷辉,不过说到开国会,定宪法,都是些扶墙摸壁的政论,没一个挥戈回日的奇才。正自纳闷。

忽一日,走过虹口一条马路上,一座巍焕的洋房前,门上横着一块白漆匾额,上写"常磐馆"三个黑字,心里顿时记起这旅馆里,很多日本的浪人寄寓,他有个旧友叫做曾根的,是馆中的老旅客,暗忖自己反正没事,何妨访访他,也许得些机会。想罢,就到那旅馆里,找着一个仆欧似的同乡人,在怀里掏出卡片,说明要看曾根君。那仆欧笑了笑道:"先生来得巧,曾根先生才和一个朋友在外边回来,请你等一等,我去回。"不一会仆欧出来,道声请,千秋就跟他进了一个陈设得古雅幽静的小客厅上,却不是东洋式的,一个瘦长条子上唇堆着两簇小胡子的人,站起身来,张着滴溜溜转动的小眼,微笑地和他握手道:"陈先生久违了!想不到你会到这里,我还冒昧介绍一位同志,是热心扶助贵国改革的侠士南万里君,也是天羽龙伯的好友。先生该知道些吧!"

千秋一面口里连说"久仰久仰",一面抢上客座和那人去拉手,只见那人生得黑苍苍的马脸,一部乌大胡,身干虽不高大,气概倒很豪迈。回顾曾根道:"这位就是你常说起的青年会干事陈青君吗?"曾根道:"可不是?上回天弢龙伯住在这馆里时,就要我介绍,可惜没会到。今天有缘遇见先生,也是一样。你把这回去湖南的事可以说下去,好在陈先生不是外人。"千秋道:"天弢龙伯君,我虽没会过,他的令兄宫畸豹二郎,是我的好友,他主张亚洲革命,先从中国革起,中国一克复,然后印度可兴,暹罗、安南可振,菲律宾、埃及可救,实是东亚黄种的明灯。可惜死了。天弢龙伯君还是继续他未竟之志,正是我们最忠恳的同志。不知南万里君这次湖南之行得到了什么成绩?极愿请教!"

南万里道:"我这回的来贵国,目的专在联合各种秘密党会,湖南是哥老会老巢,我这回去结识了他的大头目毕嘉铭,陈说利害,把他感化了,又解释了和三合会的世仇。正要想到贵省去,只为这次出发,我和天弢龙伯是分任南北,他到北方,我到南方,贵会是南方一个有力的革命团,今天遇见阁下,岂不是天假之缘吗?请先生将贵会的宗旨人物,详细赐教,并求一封介绍书,以便前往联合。"千秋听了,非常欢喜,就把青年会的主义组织和中坚分子,倾筐倒箧的告诉了他。并依他的要求,写了一封切实的信。声气相通,山钟互应,自然谈得十分痛快。

直到日暮,方告别出来,刚刚到得寓所,忽接到本部密电,连忙照通信暗码译出来,上写着:

上海某处陈千秋鉴:星加坡裘叔远助本会德国新式洋枪一千杆,连子,在上海瑞记洋行交付。设法运广。汶密。

千秋看毕,将电文烧了,就赶到瑞记军装帐房,知道果有此事。那帐房细细问明来历,千秋一一回答妥当,就领见了大班,告诉他裘叔远已经托他安置在公司船上,只要请千秋押往。千秋与大班诸事谈妥,打算明日坐公司船回广东。

恰从洋行内走出来,忽见门外站着两个雄壮大汉,年纪都不过三十许,两目灼灼,望着千秋,形状可怕得很。千秋连忙低着头,只顾往前走,已经走了一里路光景,回头一看,那两人仍旧在后头跟着走,一直送到千秋寓所,在人丛里一混,忽然不见了。千秋甚是疑惑。在寓吃了晚饭,看着钟上正是六点,走出寓来,要想到虹口去访一个英国的朋友,刚走到外白渡桥,在桥上慢慢的徘徊,看黄浦江的景致。正是明月在地,清风拂衣,觉得身上异常凉爽,心上十分快活。

恰赏玩间,忽然背后飞跑的来了一人,把他臂膀一拉道:"你是陈千秋吗?"千秋抬头一看,仿佛是巡捕的装束,就说:"是陈千秋,便怎么样?"那人道:"你自己犯了弥天大罪,私买军火,谋为不轨,还想赖么?警署奉了道台的照会,叫我来捉你。"千秋匆忙间,也不辨真假,被那人拉下桥来,早有一辆马车等在那里,就把千秋推入车箱,那人也上了车,随手将玻璃门带上,四面围着黑色帘子,黑洞洞不见一物,正如牢狱一般。马夫拉动缰绳,一会儿风驰电卷,把一个青年会会员陈千秋,不知赶到那里去了。

谁知这里白渡桥陈千秋被捕之夜,却正是那边广东省青年会开会之时。话说广东城内国民街上,有一所高大房屋,里头崇楼杰阁,好像三四进,这晚上坐着几十位青年志士,点着保险洋灯,听得壁上钟鸣铛铛敲九下,人丛里走出一人,但见跑到当中的一张百灵台后,向众点头,便开口道:

我热心共和,投身革命的诸君听者!诸君晓得现在欧洲各国,是经着革命一次,国权发达一次的了!诸君亦晓得现在中国是少不得革命的了!但是不能用着从前野蛮的革命,无知识的革命。从前的革命,扑了专制政府,又添一个专制政府;现在的革命,要组织我黄帝子孙民族共和的政府。今日查一查会册,好在我们同志,亦已不少,现在要分做两部:一部出洋游学,须备他日建立新政之用;一部分往内地,招集同志,以为扩张势力,他日实行破坏旧政府之用。夏间派往各处调查运动员,除南洋、广西、檀岛、新金山的,已经回来了,惟江浙两省的调查员陈千秋,尚未到来。前日有电信,说不日当到。待到本部,大家决议方针。我想……

刚说到这里,忽然外面走进一位眉宇轩爽神情活泼的伟大人物,众皆喊道:"孙君来说!孙君来说!"那孙君一头走,一头说,就发出洪亮之口音道:"上海有要电来!上海有要电来!"

你道这说的是谁呢?原来此人姓孙,名汶,号一仙,广东香山县人。先世业农。一仙还在香山种过田地,既而弃农学商,复想到商业也不中用,遂到香港去读书。天生异禀,不数年,英语汉籍,无不通晓,且又学得专门医学。他的宗旨,本来主张耶教的博爱平等,加以日在香港,接近西洋社会,呼吸自由空气,俯瞰民族帝国主义的潮流,因是养成一种共和革命思想,而且不尚空言,最爱实行的。那青年会组织之始,筹画之力,算他为最多呢。他年纪不过二十左右,面目英秀,辩才无碍,穿着一身黑呢衣服,脑后还拖根辫子。当时走进来,只见会场中,一片欢迎拍掌之声,如雷而起。演台上走下来的,正是副议长杨云衢君,两边却坐着四位评议员,左边二位,却是欧世杰,何大雄;右边也是二位,是张怀民,史坚如。还有常议员、稽察员、干事员、侦探员、司机员,个个精神焕发,神采飞扬,气吞全球,目无此虏。

一仙步上演台,高声道:"诸君静听上海陈千秋之要电!"说罢,会众忽然静肃,鸦雀无声,但听一仙朗诵电文道:

> 午电悉。军火妥,明日装德公司船,秋亲运归。再顷访友过白渡桥,忽来警察装之一人,传警署命,以私运军火捕秋。……

会众听到此句,人人相顾错愕,杨云衢却满面狐疑,目不旁瞬,耳不旁听,只抬头望着一仙;史坚如更自怒目切齿,顿时如玉之娇面,发出如霞之血色。一仙笑一笑,续念道:

> ……推秋入一黑暗之马车,狂奔二三里,抵一旷野中高大洋房,昏夜不辨何地。下车入门,置秋於接待所,灯光下,走

出一雄壮大汉。秋狂惑不解。大汉笑曰："捕君诳耳！我乃哥老会头目毕嘉铭是也。"

一仙读至此，顿一顿，向众人道："诸君试猜一猜，哥老会劫去陈君，是何主义？"欧世杰、何大雄一齐说道："莫非要劫夺新办的军火吗？"一仙道："非也，此事有绝大关系哩！"又念道：

尾君非一日，知君确系青年会会员，今日又从瑞记军装处出，故以私运军火伪为捕君之警察也者，实欲要君介绍於会长孙一仙君，为哥老、三合两会媾和之媒介。哥老、三合，本出一源，中以太平革命之役，顿起衅端，现在黄族濒危，外忧内患，岂可同室操戈，自相残杀乎？自今伊始，三会联盟，齐心同德，汉土或有光复之一日乎？愿君速电会长，我辈当率江上健儿，共隶於青年会会长孙君五色旗之下，誓死不贰。秋得此意外之大助力，欣喜欲狂，特电贺我黄帝子孙万岁！青年会万岁！青年会会长孙君万岁！

一仙将电文诵毕道："哥老会既悔罪而愿投於我青年会民族共和之大革命团，我愿我会友忘旧恶，释前嫌，以至公至大之心欢迎之。想三合会会长梁君，当亦表同情。诸君以为如何？"众人方转惊为喜的时候，听见此议，皆拍掌赞成。

忽右边座中一十四岁的美少年史坚如，一跃离座，向孙君发议道："时哉不可失！愿会长速电陈君，令其要结哥老会，克日举事於长江！一面遣员约定三合会，及三洲田虎门，博罗城诸同志，同时并起。坚如愿以一粒爆裂药和着一腔热血，抛掷於广东总督之头上。霹雳一声，四方响应，正我汉族如荼如火之国民，执龙旗而跳上舞台之日也。愿会长速发电！"一仙道："壮哉！轰轰烈烈革命军之勇少年！"杨云衢道："愿少安勿躁！且待千秋军火到此，一探彼会之内情，如有实际，再谋举事。一面暗中关会三合会，彼此呼应，庶不至轻率偾事。"一仙道："沉毅哉！老谋深算革命军之军事家！"欧世杰道："本会经济问题，近甚窘迫，宜遣员往南洋各岛募集，再求星加坡裘叔远臂助。内地则南关陈龙，桂林超兰生，皆肯破家效命，为革命军大资本家，毋使临渴而掘井，功败垂成！"一仙道："周至哉！绸缪惨澹之革命军理财家！哈！哈！本会有如许英雄崛起，怪杰来归，羽翼成矣！股肱张矣！洋洋中土，何患不雄飞於二十世纪哉！自今日始，改青年会曰兴中会。革命谋画，俟千秋一到，次第布置何如？"众皆鼓掌狂呼道："兴中会万岁！兴中会民族共和万岁！"一仙当时，看看钟上，已指十一下，知道时候晚了，即忙摇铃散会。自己也就下台出去，各自散归，专候千秋回到本部，再议大计。

过了五六日，毫无消息，会友每日到香港探听，德公司船来了好几只，却没千秋的影。大家都慌了。发电往询，又恐走漏消息，只好又耐了两日，依然石沉大海。

这日，一仙开了个临时议会，筹议此事。有的说应该派一侦探员前往的，有的说还是打电报给那边会里人问信的，有的说不要紧，总是为着别事未了，不日就可到的。议论纷纷。一仙却一言不发，知道这事有些古怪。难道哥老会有什么变动吗？细想又决无是事。正在摸不着头，忽见门上通报道："有一位外国人在门外要求见。"众皆面面相觑。一仙道："有名片没有？"门上道："他说姓摩尔肯。"一仙道："快请进来！"少间走进一个英国人来，却是一身教士装束，面上似有慌张之色，一见众人，即忙摘帽致礼。一仙上前，与他握手道："密斯脱摩尔肯，从那里来？"那人答道："顷从上海到此，我要问句话，贵会会友陈千秋回来了没有？"一仙一愣道："正是至今还没到，密斯脱从上海来，总知道些消息。"摩尔肯愕然道："真没有到么？奇了，难道走上天了？"一仙道："密斯脱在上海，会见没有呢？"摩尔肯道："见过好几次，就为那日约定了夜饭后七点钟到敝寓来谈天，直等到大亮，没有来。次日去访，寓主说，昨天夜饭后，出门了，没有回寓。后来又歇两天，去问问，还是没有回来，行李一件都没有来拿，我就有点诧异。四处暗暗打听，连个影儿都没有。我想一定是本部有了什么要事回去了，所以赶着搭船来此，问个底细。谁知也没回来。不是奇事么？"一仙道："最怪的是他已有电报说五月初十日，搭德公司船回本部的。"摩尔肯忽拍案道："坏了！初十日出口的德公司船么？听说那船上被税关搜出无数洋枪子药，公司里大班，都因此要上公堂哩。不过听说运军火的人，一个没有捉得，都在逃了。这军火是贵会的么？"於是大家听了，大惊失色。

一仙叹口气道："这也天意了！"停一回道："这事必然还有别的情节，要不然，千秋总有密电来招呼的，本意必须有一个机警谨慎的人，去走一趟，探探千秋的实在消息才好。"当时座中杨云衢起立说道："不才愿往。"摩尔肯道："税关因那日军火的事情，盘查得很紧，倒要小心。"云衢笑道："世界那里有贪生怕死的革命男儿！管他紧不紧，干甚事！"摩尔肯笑向一仙道："观杨君勇往之概，可见近日贵会，团结力益发大了！兄弟在英国也组立了一个团体，名曰'中友会'，英文便是 Friend of China Society，设本部於伦敦，支部於各国，遍播民党种子於地球世界。将来贵会如有大举，我们同志必能挺身来助。"一仙道了谢。杨云衢自去收拾行李，到香港趁轮船赴上海去了。一仙与摩尔肯也各自散去。

话分两头。且说杨云衢在海中走不上六日，便到了上海，那时青年会上海支部的总干事，姓陆名崇湉①，号皓冬，是个意志坚强的志士，和云衢是一人之交。云衢一上岸，就去找他，便寄宿在他家里。皓冬是电报局翻译生，外面消息，本甚灵通，只有对於陈千秋的踪迹，一点影响都探不出。自从云衢到后，自然格外替他奔走，一连十余日，毫无进步，云衢闷闷不乐。皓东怕他闷出病来，有一晚，高高兴兴的闯进他房里道："云衢，你不要尽在这里纳闷了，我们今夜去乐一下子罢！你知

---

① 编者注：陆中桂，号皓东，本书中化名为陆崇湉，号皓冬。后文中也作皓东，为保持版本原貌，不作更改。

道状元夫人傅彩云吗？"云衢道："就是和德国皇后拍照的傅彩云吗？怎么样？"皓冬道："他在金家出来了，改名曹梦兰，在燕庆里挂了牌子了。我昨天在应酬场中，叫了他一个局，今夜定下一台酒，特地请你去玩玩。"说着不管云衢肯不肯，拉了就走，门口早备下马车，一鞭得得，不一会，到了燕庆里，登了彩云妆阁。

此时彩云早已堂差出外，家中只有几时髦大姐，在那里七手八脚的支应不开。三间楼面，都挤得满满的客，连亭子间都有客占了，只替皓冬留得一间客堂房间。一个大姐阿毛笑眯眯的说道："陆大少，今天实在对不起，回来大小姐自己来多坐一会儿赔补罢！"皓冬一笑，也不在意。云衢却留心看那房间，敷设得又华丽，又文雅，一色柚木锦面的大橱椅，一张雕镂褂络的金铜床，壁挂名家的油画，地铺俄国的彩毡，又看到上首正房间里，已摆好了一席酒，许多客已团团的坐着，都是气概昂藏，谈吐风雅。

忽然飘来一阵广东口音，云衢倒注意起来。忽听一个老者道："东也要找陈千秋，西也要找陈千秋，再想不到他会逃到日本来！再想不到人家正找他，我们恰遇着他。"又一个道："遇见也拿不到，他还是和天弢龙伯天天在一起，计议革命的事。"老者道："就是拿得到，我也不愿拿。拿了一个，还有别个，中什么用呢！"云衢听了，喜得手舞足蹈起来，推推皓冬低声道："踏破铁鞋无觅处，得来全不费工夫！"皓冬道："这一班是什么人呢？让我来探问一下。"说着就向那边房里窗口站着的阿毛，招了招手。阿毛连忙掀帘进来。正是：

　　拿云攫去无双士，堕溷重看第一花。

不知阿毛说出那边房里的客究是何人，且听下回分解。

第三十回　白水滩名伶掷帽　青阳港好鸟离笼

上回书里，正说兴中会党员陆皓冬，请他党友杨云衢，到燕庆里新挂牌子改名曹梦兰的傅彩云家，去吃酒解闷。在间壁房间里，一班广东阔客口中得到了陈千秋在日本的消息，皓冬要向大姐阿毛问那班人的来历。我想读书的看到这里，一定说我叙事脱了笋了，彩云跟了张夫人出京，路上如何情形，没有叙过。而且彩云曾经斩钉截铁的说定守一年的孝，怎么没有满期，一踏上南边的地，好像等不及的就走马上章台呢？这里头，到底怎么一会事呢？请读书的恕我一张嘴，说不了两头话。既然大家性急，只好先把彩云的事，从头细说。

原来彩云在雯青未死时，早和有名武生孙三儿钩搭上手，算顶了阿福的缺。他们的结识，是在宣武门外的文昌馆里。那天是内务府红郎中官庆家的寿事，堂会戏唱得非常热闹，只为官庆原是个纨袴班头，最喜欢听戏，他的姑娘，叫做五姐儿，虽然容貌平常，却是风流放诞，常常假扮了男装，上馆子，逛戏园，京师里出名的女戏迷，所以那一回的堂会，差不多把满京城的名角都叫齐了，孙三儿自然也在其列。雯青是翰院名流，向来瞧不起官庆的，只是彩云和五姐儿气味相投，往来很密，这日官家如此热闹的场面，不用说老早的鱼轩莅止了。彩云和五姐儿还有几个内城里有体面的堂客，占了一座楼厢，一壁听着戏曲，一壁纵情谈笑，有的批评生角旦角相貌打扮的优劣，有的考究胡子青衣唱工做工的好坏，倒也议论风生，兴高采烈。看到得意时，和爷儿们一般，在怀里掏出红封，叫丫鬟们向戏台上抛掷。台上就有人打千谢赏，嘴里还喊着谢某太太或某姑娘的赏！有些得窍一点的优伶，竟亲自上楼来叩谢。这班堂客，居然言来语去的搭讪。彩云看了这般行径，心里暗想，我在京堂会戏虽然看得多，看旗人堂会戏却还是第一遭，不想有这般兴趣，比起巴黎、柏林的跳舞会和茶会，自由快乐，也不相上下了！

正是人逢乐事，光阴如驶，彩云看了十多出戏，天已渐渐的黑了，彩云心里有些忐忑不安，恐怕回去得晚，雯青又要噜苏。不是彩云胆小谨慎，只因自从阿福的事，雯青把柔情战胜了她，终究人是有天良的，纵然乐事赏心，到底牵肠挂肚，当下站了起来，向五妞儿告辞。五妞儿把她一拉，往椅子上只一揿，笑着道："金太太，您忙什么？别提走的话，我们的好戏，还没登场呢！"彩云道："今儿的戏，已觳觫了，还有什么好戏呢？"五妞儿道："孙三儿的《白水滩》，您不知道吗？快上场了！您听完他这出拿手戏再走不迟。"彩云听了这几句话，也是孽缘前定，身不由主的软软儿坐住了。

一霎时，锣鼓喧天，池子里一片叫好声里，上场门绣帘一掀，孙三儿扮着十一郎，头戴范阳卷檐白缘毡笠子，身穿攒珠满镶净色银战袍，一根两头垂穗雪线编成的白蜡杆儿，当了扁担，抗着行囊，放在双肩上，在万盏明灯下，映出他红白分明又威又俊的椭圆脸，一双旋转不定神光四射的吊梢眼，高鼻长眉，丹唇白齿，真是女娘们一向意想里酝酿着的年少英雄，忽然活现在舞台上，高视阔步的向你走来。这一来，把个风流透顶的傅彩云直看得眼花撩乱，心头捺不住突突的跳，连阿福的伶俐，瓦德西的英武，都压下去了。彩云这边如此的出神，谁知那边孙三儿一出台，瞥眼瞟见彩云，虽不认得是谁家宅眷，也似张君瑞遇见莺莺，魂灵儿飞去半天，不住的把眼光向楼厢上睃，不期然而然的两条阴阳电，几次三番的要合成交流，爆出火星来。可是三儿那场戏文，不但没有脱卯，反而越发卖力，刚刚演到紧要的打棍前面，跳下山来，嘴里说着"忍气吞声是君子,见死不救是小人"两句,说完后,将头上戴的圆笠,向后一丢,不知道有心还是无意,用力太大,那圆笠子好像有眼似的滴溜溜飞出舞台,不偏不倚,恰好落在彩云怀里。那时楼上楼下一阵鼓噪,像吃喝,又像欢呼,主人官庆有些下不来,大声叫戏提调去责问掌班,那里晓得彩云倒坦然无事,顺手把那笠儿丢还戏台上,向三儿嫣然一笑。三儿劈手接着,红着脸,对彩云请了个安。此时满园里千万只眼,全忘了看戏文,倒在那里看他们串的真戏了。

官庆却打发一个家人上来,给彩云道歉,还说,耽一会儿戏完了要重处孙三儿。彩云忙道:"请你们老爷千万别难为他们,这是无心失手,又没碰我什么。"五妞儿笑着道:"可不是,金太太是在龙宫月殿里翻过身来的人,不像那些南豆腐的娘儿们遮遮掩掩的,你瞧,他多么大方!我们谁都赶不上!你告诉爷,不用问了!等这出完了,叫孙三儿亲自上楼来,给金太太赔个礼就得了!"回过头,眯缝着眼,向彩云道:"是不是?"彩云只点着头,那家人诺诺连声的去了。不一会,真的那家人领了孙三儿跑到边厢阑干外,靠近彩云,笑迷迷的又请了一个安,嘴里说道:"谢太太恕我失礼!"彩云只少得没有去搀扶,半抬身,眼斜瞅着道:"这算得什么!"两人见面,表面上,彼此只说了一句话,但四目相视,你来我往,不知传递了多少说不出的衷肠。这一段便是彩云和孙三儿初次结识的历史。

后来渐渐热络,每逢堂会,或在财神馆,或在天和馆,或在贵家的宅门子里,彩云先还随着五妞儿各处的闯,和三儿也到处厮混,越混越密切,竟如胶如漆起来,便瞒了五妞儿,买通了自己的赶车儿的贵儿,就在东交民巷的番菜馆里幽会了几次。还不痛快,索性两下私租了杨梅竹斜街一所小四合房子,做了私宅。在雯青未病以前,两人正打得火一般的热,以致风声四布,竟传到雯青耳中,把一个名闻中外的状元郎,生生气死。

等到雯青一死,孙三儿心里暗喜,以为从此彩云就是他的专利品了。他料想金家决不能容彩云，彩云也决不会在金家守节，只要等遮掩世人眼目的七七四十九天，或一百天过了，彩云一定要跳出樊笼，另寻主顾。这个主顾，除了他，还有谁呢？第一使他欢喜的，彩云固然是人才出众，而且做了廿多年得宠的姨太太，一任公使夫人，听得手头着实有些积蓄，单讲珠宝金钻，也彀一生吃着不尽了。他现在只盼彩云见面，放出他征服女娘们的看家本事来迷惑，他又深知道彩云虽则一生宠擅专房，心上时常不足，只为没有做着大老母，仿佛做官的捐班出身，那怕做到督抚，还要去羡慕正途的穷翰林一样。他就想利用彩云这一个弱点，把自己实在已娶过亲的事瞒起，只说讨他做正妻，拼着自己再低头服小些，做足五字诀里的小字工夫，使彩云觉得他知趣而又好打发，不怕她不上钩。一上了钩，就由得他摆布了。到那其间，不是人财两得吗？孙三儿想到这里，禁不住心花怒放，忽然一个转念，口对口自语道："且慢，别瞎得意！彩云不是个雏儿，是个精灵古怪，见过大世面的女光棍！做个把戏子的大老母，就骗得动他的心吗？况金雯青也是风流班首，难道不会对她陪小心说矮话吗？她还是馋嘴猫儿似的东偷西摸。现在看着，好像她很迷恋我，老实说，也不过像公子哥儿嫖姑娘一样，吃着碗里瞧着碟里，把我当做家常例饭的消闲果子吧咧！我若要真做服帖他，只有在枕席上力征经营，这是她对我惟一满意的原因。我还是在这件事上去下死工夫。"三儿顿了顿，又沉思了一回，笑着点头道："有了，山珍海味，来得容易吃得多，尽你爱吃，也会厌烦；等到一厌烦，那就没救了。我既要弄他到手，说不得，只好趁她紧急的当口，使些刁计的了。"这些都是孙三儿得了雯青死信后，心上的一番算盘。

若说到彩云这一边呢，在雯青新丧之际，目睹病中几番含胡的嘱咐，回想多年宠爱的恩情，明明雯青为自己而死，自己实在对不起雯青，人非木石，岂能漠然！所以倒也哀痛异常，因哀生悔，在守七时期，把孙三儿差不多淡忘了。但彩云终究不是安分的人，第一他从来没有一个人独睡过，这回居然规规矩矩守了五十多天的孤寂，在她已是石破天惊的苦节了。日月一天一天的走，悲痛也一点一点的减，先觉得每夜回到空房，四壁阴森，一灯低黯，有些儿胆怯；渐感到一人坐守长夜，拥衾对影，倚枕听更，有些儿愁烦；到后来，只要一听到鼠子厮叫，猫儿打架，便禁不住动心。自己很知道自己，这种孤苦的生活，万不能熬守长久，与其顾惜场面，硬充好汉，到临了弄的一蹋糊涂，还不如一老一实，揭破真情，自寻生路。她想：就是雯青在天之灵，也会原谅她的苦衷。所以不守节，去自由，在她是天经地义的办法，不必迟疑的；所难的，是得到自由后，她的生活，该如何安顿？再嫁呢，还是住家？还是索性大张旗鼓的重理旧业？这倒是个大问题，费了她好久的考量。她也想到若再嫁人，再要像雯青一样的丈夫，才貌双全，风流富贵，而且性情温厚，凡百随顺，只怕世界上找不到第二个了。那么去嫁孙三儿吗？那如何使得！这种人，不过是一时解闷的玩意儿，只可我玩他，不可被他玩了去。况且一嫁人，就不得自由，何苦脱了一个不自由，再找一个不自由呢？住家呢，那就得自立门户，固然支撑的经费，不易持久，自己一点儿小积蓄，不彀自己的挥霍，况一挂上人家的假招牌，便有许多面子来拘束你，使你不得不藏头露尾；寻欢取乐，如何能称心适意！她澈底的想来想去，终究决定了公开的去重理旧业。等到这个主意一定，她便野心勃发，不顾一切的立地进行。她进行的步骤，第一要脱离金家的关系，第二要脱离金家后过渡时期的安排。要脱离金家，当然要把不能守节的态度，逐渐充分的表现，使金家难堪；要过渡时期的安排，先得找一个临时心腹的忠奴，外间供他驱使，暗中做他保护。为这两种步骤上，他不能不伸出他敏巧的纤腕，顺手牵羊的来利用孙三儿了。闲话少说。

却说那一天，正是雯青终七后十天上，张夫人照例的借了城外的法源寺替雯青化库诵经，领了继元和彩云同去，在寺中忙了整一天。等到纸宅冥器焚化，佛事完毕后，大家都上车回家，彩云那天坐的车，便是她向来坐的那一辆极华美的大安车,驾着一匹菊花青的高头大骡,赶车的是他的心腹贵儿,出来时他本带着个小丫头,却老早先打发了回家。此时他故意落后,等张夫人和少爷的车先开走了,他才慢吞吞的出寺上车。贵儿是个很乖觉的小子,伺候彩云上车后,放了车帘,站在身旁问道:"太太好久没出门了,这儿离杨梅竹斜街,没多远儿,太太去散散心罢?"彩云笑道:"小油嘴儿,你怎么知道我要上那儿去呢?你这一向见过他没有?"贵儿道:"不遇见,我也不说了。昨天三爷还请我喝了四两白干儿,说了一大堆的话。他正掂记着你呢!"彩云道:"别胡说了!我就依你上那儿去。"贵儿一笑,口中就得儿得儿赶着车前进,不一会,到了他们私宅门口,彩云下了车,吩咐贵儿把车子寄了厂,马上去知照孙三儿快来。

彩云走进一家高台级黑漆双扇大门的小宅门子,早有看守的一对男女,男的叫赵大,女的就是赵大家的,在门房里接了出来,扶了彩云向左转湾进了六扇绿色侧墙门,穿过倒厅小院,跨入垂花门,门内便是一座三间两厢的小院落,虽然小小结构,却也布置得极其精致,东首便是卧房,地敷氍毹,屏围纱绣,一色朱红细工雕漆的桌椅,一张金匡镜面宫式的踏步床,衬着蚊帐窗帘,几毯门幕,全用雪白的纱绸,越显得光色迷离,荡人心魄。这是彩云独出心裁敷设的。当下一进房来,便坐在床前一张小圆矮椅上,赵家的忙着去预备茶水,捧上一只粉定茶杯,杯内满承着绿沉沉新泡的碧螺春,彩云一壁接在手里喝着,一壁向赵家的问道:"我一个多月不来,三爷到这儿来过没有?"赵家的道:"三爷差不多还是天天来,有时和朋友在这儿喝酒,唱曲,赌牌,有时就住下了。"彩云道:"他给你们说些什么来?"赵家的道:"他尽发愁,不大说话。说起话来,老是愁着太太在家里逼闷出病来。"彩云点点头儿。

此时彩云被满房火一般的颜色,挑动了她久郁的情焰,只巴着三儿立刻飞到面前。正盼哩,忽听院中脚步响,见贵儿一人来了。彩云忙问道:"怎样没有一块儿来?你瞧见了没有呢?"贵儿道:"瞧是瞧见了,他也急得什么似的，想会你。巧了景王府里堂会戏，贞贝子贞大爷一定要叫他和敷二爷合串《五杰村》，十二道金牌似的把他吊了去。他托我转告您，戏唱完了就来，请您耐心等一等。"彩云听了，心上十分的不快，但也没有法儿，就此回去，也不甘心，只好叫贵儿且出去候着，自己懒懒的仍旧坐下，和赵家的七搭八扯的胡讲了一会，觉得不耐烦，爽性躺在床上养神。静极而倦，蒙眬睡去。

　　等到醒来，见房中已点上灯，忙叫赵家的问什么时候？赵家的道："已经晚饭时候了，晚饭已给太太预备着，要开不要开？"彩云觉得有些饥饿，就叫开上来，没情没绪吃了一顿哑饭。又等了两个钟头，还是杳无消息，真有些耐不住了，忽见贵儿奔也似的进来道："三爷打发人来了，说今夜不得出城，请太太不要等了，明天再会吧。"这个消息，真似一盆冷水，直浇到彩云心里。当下鼻子里哼了一声道："明天再会，说得好风凉的话儿！管他呢！我们走我们的！"说着，气愤愤的叫贵儿套车，一径回家。

　　到得家里，已在二更时候，明知张夫人还没睡，她也不去，自管自径到自己房里，把衣服脱下一撂，小丫头接也接不及，撒得一地，倒在床上就睡。其实那里睡得着，嘴里虽怨恨三儿，一颗心却不由自主的只想三儿好处，多么勇猛，多么伶俐，又多么熨贴，满拟今天和他取乐一天，填补一月以来的苦况，千不巧，万不巧，碰上王府的堂会，害我白等了一天。可是越等不着他，心里越要他，越爱他，有什么办法呢！如此翻来覆去，直想了一夜，等天一亮，偷偷儿叫贵儿先去约定了。梳洗完了，照例到张夫人那里去照面。

　　那天，张夫人颜色自然不会好看，问她昨天到了那里，这样回来的晚。她随便捏了几句在那里听戏的谎话。张夫人却正颜厉色的教训起来，说："现在比不得老爷在的时节，可以由着你的性儿闹，你既要守节，就该循规蹈矩，岂可百天未满，整夜在外，成何体统！"彩云不等张夫人说完，别转脸冷笑道："什么叫做体统？动不动就抬出体统来吓唬人！你们做大老母的有体统，尽管开口体统，闭口体统，我们既做了小老母，早就失了体统，那儿轮得到我们讲体统呢！你们怕失体统，那么老实不客气的放我出去就得了！否则除非把你的诰封借给我不还。"说着仰了头转背自回卧房。张夫人陡受了这意外的顶撞，气得一佛出世，二佛涅槃。彩云也不管，回到房里。

贵儿已经回来，告诉她三儿约好在私宅等候。彩云饭也不吃，人也不带，竟自上车，直向杨梅竹斜街而来。到得门口，三儿早已纱衫团扇，玉琢粉装，倚门等待。一见面，便亲手拿了车踏凳，扶了彩云下车，一路走一路说道："昨儿个真把人掯死了！明知您空等了一天，一定要骂我，可是这班王爷阿哥儿们死钉住了人不放，只顾寻他们的乐，不管人家的死活，这只好求您饶我该死了！"彩云洒脱了他手向前跑，含着半恼恨的眼光回瞪着三儿道："算了罢，别给我猫儿哭耗子似的，知道你昨儿玩的是什么把戏呢！除了我这傻子，谁上你这当！"三儿追上一步挨着喊道："屈天冤枉，造诳的，害疔疮！"说着话，已进了房，两人坐在中央放的一张雕漆百龄小圆桌上，一般的四个鼓墩，都罩着银地红花的锦垫，桌上摆着一盘精巧糖果，一双康熙五彩的茶缸。赵家的上来伺候了一回，彩云吩咐她去休息，也退出去了。

房中只剩他们俩面对面，彼此久别重逢，自不免诉说了些别后相思之苦。三儿看了彩云半晌道："你现在打算怎么样。难道真的替老金守节吗？我想你不会那么傻罢！"彩云道："说的是，我正为难哩！我是个孤拐儿，自己又没有见识，心口自商量，谁给我出主意呢？"三儿涎着脸道："难道我不是你的体己人吗？"彩云道："那么你为什么不替我想个主意呢？"三儿暗忖那话儿来了，但是我不可卤莽，便把心事露出，火候还没有熟呢，回说道："我很知道你的心，照良心说，你自然愿意守；但是实际上，你就是愿守，金家人未必容你守，守下去，没得好收场，所以我替你想，除了出来，没有你的活路。"彩云道："出来了，怎么样呢？"三儿道："像你这样儿身份，再落烟花，实在有一点不犯着了。而且金家就算许你出来,不见得许你做生意。论正理,自然该好好儿再嫁一个人。不过吃了河豚,百样无味,你嫁过了金状元,只怕合得上你胃口的丈夫就难找了。"彩云忽低下头去,拿帕子只揾着脸,哽噎的道:"谁还要我这苦命的人呢?若是有人真心爱我,肯体贴我的痴心,不把人一夜一夜的向冰缸里搁,倒满不在乎状元不状元,我都肯跟他走。"三儿听了这些话,忙走过来,一手替她拭泪,一手搂着她道:"这都是我不好,倒提起你心事来了,快不要哭,我们到床上去躺会子罢!"此时彩云不由自主的两条玉臂钩住了三儿项脖,三儿轻轻地抱起彩云,迈到床心,双双倒在枕上。

正当春云初展,渐入佳境之际,赵家的突然闯进房来喊道:"三爷,外边儿有客立等会你。"三儿倏的坐起来,向彩云道:"让我去看一看是谁再来!"彩云没防到这阵横风,恨得牙痒痒的,在三儿臂上狠狠的咬了一口,用力一推道:"去罢,我认得你了!"三儿趁势儿嘻皮赖脸的往外跑,彩云赌气一翻身,朝里床睡了。原想不过一时的扫兴,谁知越等越没有消息,心里有些着慌,一叠连声喊赵家的。赵家的带笑走到床边道:"太太并没睡着嗄?我倒不敢惊动。天下真有不讲理的人!三爷又给景王府派人邀了去了,真和提犯人一般的,连三爷要到里面来说一声都不准,我眼睁睁看他拉了走。"

这几句话,把彩云可听呆了,心里又气又诧异,暗想怎么会两天出来,恰巧碰上两天都有堂会。三儿尽管红,从前没有这么忙过,不要三儿有了别的花样罢?要是这样,还是趁早和他一刀两段的好,省得牵肠挂肚不爽快。沉思了一回,哝哝独语道:"不会,不会,昨天赵家的不是说我不出来时,他差不多天天来的吗?若然他有了别人,那有工夫光顾这空屋子呢?就是他刚才对我的神情,并不冷淡,这是在我老练的眼光下逃不了的。也许事有凑巧,正遇到他真的忙。"忽又悟到什么似的道:"不对,不对,这里是我们的秘密小房子,谁都不知道的。景王府里派的人,怎么会跑到这里来邀了?这明明是假的。是三儿的捣鬼。但他捣这个鬼什么用意呢？既不是为别人，那定在我身上。噢，我明白了，该死的小王八，他准看透了我贪恋他的一点，想借此做服我，叫我看得见，吃不着，吊得我胃口火热辣辣的，不怕我不自投罗网。吓，好利害的家伙！这两天，我已经被他弄得昏头昏脑了，可是我傅彩云也不是窝攮货，今儿个既猜破了你的鬼计，也要叫你认识认识我的手段。"

彩云想到这里，倒笑逐颜开的坐了起来，立刻叫贵儿套车回家。一路上心里盘算："三儿弄这种手腕，虽则可恶，然目的不过要我真心嫁他，并无恶意。若然我设法报复，揭破机关，原不是件难事，不过结果倒弄得大家没趣，这又何苦来呢。我现在既要跳出金门，外面正要个连手，不如将计就计，假装上钩，他为自己利益起见，必然出死力相助。等到我立定了脚，嫁他不嫁他，权还在我，怕什么呢。"这个主意，是彩云最后的决定，一路心上的轮和车上的轮一般的旋转，不觉已到了家门。谁知一进门，恰碰上张夫人为他的事，正请了钱唐卿、陆犇如在那里商量，他在窗外听得不耐烦，爽性趁此机会，直闯进去，把出去的问题直捷痛快的解决了。

上面所叙的事，都是在未解决以前彩云在外放浪的内容，解决以后，彩云既当众声明，不再出门，他倒很守信义，并不学时髦派的言行相违。不过叫贵儿暗中通知了孙三儿，若要见面，除非他肯冒险一试武生的好身手，夜间从屋上来。这也是彩云作难三儿的一种策略。三儿也晓得彩云的用意，竟不顾死活的，先约定时刻，在三更人定后，真做了黄衫客从檐而下。彩云倒出於意外，自然惊喜欲狂，不觉绸缪备至。三儿乘机把愿娶她做正妻的话说了。彩云要求他只要肯同到南边，凡事任凭处置。三儿也答应了。从此夜来明去，幽会了好几次。那夜彩云正为密运首饰箱出去，约得时间早了一点，以致被张夫人的老妈撞破，闹了一个贼案。这些情节，我已经在二十六回里叙过，这里不过补叙些事情的根原，不必絮烦。

幸亏第二天，彩云就跟了张夫人和金继元护了雯青灵柩，由水路出京,这案子自然不去深究了。孙三儿也在此时,从旱路到津。等到张夫人等在津,把雯青的柩,由津海关道成木生招呼,安排在招商局最新下水的新铭船上,家眷包了三个头等舱,平平安安的出海,孙三儿早坐了怡和公司的船,先到上海,替彩云暗中布置一切去了。

  这边张夫人和彩云等坐的新铭船,在海中走了五天,那天午后,进了吴淞口,直抵金利源码头,码头上扎起了素彩松枝,排列了旗锣牌伞,道县官员的公祭,招商局的路祭,虽比不上生前的煊赫排衙,却还留些子身后的风光余韵。只为那时招商局的总办,便是过肇廷,是雯青的至交,先本是台湾的臬台,因蒿目时艰,急流勇退,威毅伯笃念故旧,派了这个清闲的差使。听见雯青灵柩南归,知照了当地官厅,顾全了一时场面,也是惺惺惜惺惺,略尽友谊的意思。当下张夫人不愿在沪耽搁,已先嘱家里雇好两只大船在苏州河候着,由轮船上将灵柩运到大船上,人也跟了上去,招商局派了一只小火轮来拖带,那时彩云向张夫人要求另雇一只小船,附拖在后,张夫人也马马虎虎的应允了。等到灵柩安顿妥贴,吊送亲友齐散,即便鼓轮开行。刚刚走过青阳港,已在二更以后,大家都沉沉的睡熟了,忽然后面船上人声鼎沸起来,把张夫人惊醒,只听后面船上高叫停轮,嚷着姨太太的小船没有了,姨太太的小船不知到那里去了。正是:

    但愿有情成眷属,却看出岫便行云。

第三十一回　抟云搓雨弄神女阴符
　　　　　瞒凤栖鸾惹英雌决斗

　　话说张夫人正在睡梦之中，忽听后面船上高叫停轮，嚷着姨太太的小船不见了。你想，张夫人是何等明亮的人，彩云一路的行径，他早已看得像玻璃一般的透澈，等到彩云要求另坐一船，拖在后面，心里更清楚了。如今果然半途解缆，这明明是预定的布置，他也落得趁势落篷，省了许多周折。当下继元过船来，请示办法，张夫人吩咐尽管照旧开轮，大家也都心照不宣了，不一时，机轮鼓动，连夜前进，次早到了苏州。有一班官场亲友，前来祭吊，开丧出殡，又热闹了十多日。从此红颜轩冕，变成黄土松楸，一棺附身，万事都已，这便是富贵风流的金雯青，一场幻梦的结局。按下不题。

　　如今且说彩云怎么会半路脱逃呢？这原是彩云在北京临行时和孙三儿预定的计画。当时孙三儿答应了彩云同到南边，顺便在上海搭班唱戏；彩云也许了一出金门，便明公正气的嫁他。两人定议后，彩云便叫三儿赶先出京，替他租定一所小洋房，地点要僻静一点，买些灵巧雅致的中西器具，雇好使唤的仆役，等自己一到上海就有安身之所。他料定在上海总有一两天耽搁，趁此机会，溜之大吉，不料张夫人到上海后，一天也不耽搁，船过船的就走，在大众面前，穿麻戴孝的护送灵柩，没有法儿可以脱得了身。幸亏彩云心灵手敏，立刻变了计，也靠着他带出来的心腹车夫贵儿，给约在码头等候的三儿通了信，就另雇了一只串通好的拖船，好在彩云身边的老妈、丫头都是一条藤儿，爽性把三儿藏在船中。开船时掩人眼目的同开，一到更深人静，老早就解了缆，等着大家叫喊起来，其实已离开了十多里路了。这便叫做钱可通神。当下一解缆，调转船头，恰遇顺风，拉起满篷向上海直驶，差不多同轮船一样的快，后面也一点没有追寻的紧信，大家都放了心了。

　　彩云是跳出了金枷玉锁，去换新鲜的生活，不用说是快活；三儿是把名震世界的美人，据为己有，新近又搭上了夏氏兄弟的班，每月包银，也彀了旅居的浇裹，不用说也是快活。船靠了码头，不用说三儿早准备了一辆扎彩的双马车，十名鲜衣的军乐队，来迎接新夫人；不用说新租定的静安寺路虞园近旁一所清幽精雅的小别墅内，灯彩辉煌，音乐响亮；不用说彩云一到，一般拜堂祭祖，坐床撒帐，行了正式大礼。不用说三儿同班的子弟们，夏氏三兄弟同着向菊笑、萧紫荷、筱莲笙等，都来参观大典，一哄的聚在洞房里，喝著，唱著，闹著，直闹得把彩云的鞋也硬脱了下来做鞋杯，三儿只得逃避了，彩云倒有些窘急，还是向菊笑做好人，抢回来，还给他。当下彩云很感念他一种包围下的解救，对他微笑地道了谢。当晚直闹到天亮，方始散去。彩云虽说过惯放浪的生活，然终没有跳出高贵温文的空气圈里，这种粗犷而带流氓式的放浪，在他还是第一次经历呢，却并不觉得讨厌，反觉新鲜有兴。从此彩云就和三儿双宿双栖在新居里度他们优伶社会的生涯。三儿每天除了夜晚登坛唱戏，不是伴著彩云出门游玩，就是引著子弟们在家里弹丝品竹，喝酒赌钱。彩云毫不避嫌，搅在一起，倒和这班戏子厮混得熟了。向菊笑最会献小殷勤，和彩云买俏调情，自然一天比一天亲热了。

　　自古道快活光阴容易过，糊涂的光阴，尤其容易，不知不觉离了金门，跟了孙三儿，已经两个月了。有一天，正是夏天的晚上，三儿出了门，彩云新浴初罢，晚妆已竟，独自觉得无聊，靠在阳台上乘凉闲眺。忽听东面邻家车马喧阗，人声嘈杂，抬头一望，只见满屋里电灯和保险灯相间着开得雪亮，客厅上坐满了衣冠齐楚的宾客，大餐间里摆满了鲜花，排列了金银器皿，刀叉碗碟，知道是开筵宴客。原来这家乡邻，是个比他们局面阔大的一所有庭园的住宅，和他们紧紧相靠只隔一道短墙。那家人家，非常奇怪，男主人是个很俊伟倜傥的中国人，三十来岁年纪，雪白的长方脸，清疏的八字须，像个阔绰的绅士。女主人却是个外国人，生得肌肤富丽，褐发碧眼，三十已过的人，还是风姿婀娜，家常西装打扮时，不失为西方美人，可是出门起来，偏欢喜朝珠补褂，梳上个船形长髻，拖一根孔雀小翎，弄得奇形怪状，惹起彩云注意来，曾经留心打听过，知道是福建人姓陈，北洋海军的官员，娶的是法国太太。往常彩云出来乘凉时，总见他们俩口子一块儿坐着说笑，近几天来，只剩那老爷独自了，而且满面含愁，仿佛有心事的样子。有一天，忽然把目光注视了他半响，向他微微的一笑，要想说话似的，彩云慌忙避了进来。昨天早上，索性和贵儿在门口搭话起来，不知怎地被他晓得了彩云的来历，托贵儿探问肯不肯接见像他一样的人。彩云生性本喜拈花惹草，听了贵儿的传话，面子上虽说了几声诧异，心里却暗自得意。

　　正在盘算和猜想间，那晚忽见间壁如此兴高彩烈的盛会，使他顿起了一种莫名其妙的感触，益发看得关心了。那晚的女主人，似乎不在家，男主人也没到过阳台上，只在楼下殷勤招待宾客，忙了一阵，就见那庭园中旋风也似的涌进两乘四角流苏黑蝶堆花蓝呢轿。轿帘打起，走出两个艳臻臻颤巍巍的妙人儿，前一个是长身玉立，浓眉大眼，认得是林黛玉；后一个是丰容盛鬋，光采照人，便是金小宝。娘姨大姐，簇拥着进去了。后来又轮蹄碌碌的来了一辆钢丝皮篷车，一直冲到阶前，却载了个娇如没骨弱不胜衣的陆兰芬。陆陆续续花翠琴坐了自拉缰的亨斯美，张书玉坐了橡皮轮的轿式马车，还有诗妓李蘋香，花榜状元林绛雪等，都花枝招展，姗姗其来。一时粉白黛绿，燕语莺啼，顿把餐室客厅，化做碧城锦谷。一群客人，也如醉如狂，有哗笑的，有打闹的，有拇战的，有耳语的，歌唱声，丝竹声，热闹繁华，好像另是一个世界。

那边的喧哗，越显得这边的寂寞，愣愣的倒把彩云看呆了。突然惊醒似的自言自语道："我真发昏死了！我这么一个人，难不成就这样冷冷清清守着孙三儿胡拢一辈子吗？我真嫁了戏子，不要被天下人笑歪了嘴！怪不得连隔壁姓陈的都要来哨探我的出处。我赶快的打主意，但是怎么办呢？一面要防范金家的干涉，一边又要断绝三儿的纠缠。"低头沉思了一会，蹙着眉道："非找几个上海有势力的人保护一下，撑不起这个……"一语未了，忽然背后有人在他肩上一拍道："为什么不和我商量呢？"

　　彩云大吃一惊，回过头来一看，原来是向菊笑立在他背后，嘻开嘴笑。彩云手揿住胸口，瞪了他一眼道："该死的，吓死人了！怎么不唱戏？这早晚，跑到这儿来！"向菊笑涎着脸伏在他椅背上道："我特地为了你，今晚推托嗓子哑，请了两天假，跑来瞧你，不想倒吓着了你，求你别怪。"彩云道："你多恁来的？"菊笑道："我早就来了。"彩云道："那么我的话，你全听见了？"菊笑道："差不多。"彩云道："你知道我为的是谁？"菊笑踌躇道："为谁吗？"彩云披了嘴道："没良心的，全为的是你！你不知道吗？老实和你说，我和三儿过得好好儿的日子，犯不上起这些念头，就为心里爱上你，面子上碍着他，不能称我的心，要称我的心，除非自立门户。你要真心和我好，快些给我想法子。你要我和你商量，除了你，我本就没有第二个人好商量。"菊笑忸怩地拉了彩云的手，低着头，顿了顿道："你这话是真吗？你要我想法子，法子是多着呢！找几个保护人，我也现成。我可不是三岁小孩子，不能叫我见了舔不着的糖就跑，我也不是不信你，请你原谅我真爱你，给我一点实惠的保证，死也甘心！"说话时，直扑上来，把彩云紧紧抱住不放。彩云看他情急，嗤的一笑，轻轻推开了他的手道："急什么！锅里馒头嘴边食，有你的总是你的。我又不是不肯，今儿个太晚了，倘或冷不防他回来，倒不好，赶明天早一点来，我准不哄你。你先把法子告诉我，找谁去保护？怎么样安排？我们规规矩矩大家商量一下子。"

菊笑情知性急不来，只好讪讪的去斜靠在东首的铁阑干上，努着嘴向间壁道："你要寻保护人，恰好今天保护人就摆在你眼前，那不是上海著名的四庭柱都聚在一桌上吗？"彩云诧异的问道："什么叫做四庭柱？四庭柱在那里？"菊笑道："第一个就是你们的乡邻，姓陈，名叫骥东，因为他做了许多外国文的书，又住过外国不少时候，这里各国领事佩服他的才情，他说的话，差不多说一句听一句，所以人家叫他领事馆的庭柱。"彩云道："还有三个呢？"菊笑指着主人上首坐的一个四方脸，没髭须，衣服穿得挺挺脱脱像旗人一般的道："这就是会审公堂的正谳官宝子固，赫赫有名租界上的活阎罗，人家都叫他做新衙门的庭柱。还有在主人下首的那一位，黑苍苍的脸色，唇上翘起几根淡须，瘦瘦儿，神气有些呆头呆脑的，是广东古冥鸿，也是有名的外国才子，读尽了外国书，做得外国人都做不出的外国文章，字林西报馆请他做了编辑员，别的报馆也欢迎他，这叫做外国报馆的庭柱。又对着我们坐在中间的那个年轻的小胖子，打扮华丽，意气飞扬，是上海滩上有名的金逊卿，绰号金狮子，专门在堂子里称王道霸，龟儿鸨妇，没个不怕他，这便是堂子里的庭柱。今天不晓得什么事，恰好把四庭柱配了四金刚，都在一起，也是你的天缘凑巧，只要他们出来帮你一下，你还怕什么？"彩云道："你且别吹膀，我一个都不认得，怎么会来帮我呢？"菊笑笑道："这还不容易！你不认识，我可都认识，只要你不要过桥抽板，我马上去找他们，一定有个办法，明天来回复你。"彩云欣然道："那么一准请你就去，我不是那样人，你放心。"说着就催菊笑走，菊笑又和彩云歪缠了半天，彩云只好稍微给了些甜头，才把他打发了。

等到三儿回家，彩云一点不露痕迹的敷衍了一夜。次日饭后，三儿怕彩云在家厌倦，约他去逛虞园，彩云情不可却，故意装得很高兴的直玩到日落西山，方出园门。三儿自去戏园，叫彩云独自回去。彩云一到家里，提早洗了浴，重新对镜整妆，只梳了一条淌三股的朴辫，穿上肉色紧身汗裤，套了玉雪的长丝袜，披着法国式的蔷薇色半臂，把丫鬟仆妇都打发开了,一人懒懒地斜卧在卧房里一张凉榻上,手里摇着一柄小蒲扇,眼睛半开半闭的候着菊笑。满房静悄悄的,忽听挂钟铛铛的敲了六下,心里便有些烦闷起来。一会儿猜想菊笑接洽的结果,一会儿又模拟菊笑狂热的神情,不知不觉情思迷离,梦魂颠倒,竟沉沉睡去。朦胧间,仿佛菊笑一声不响的闪了进来,像猫儿戏蝶一般,擒擒纵纵的把自己搏弄,但觉轻飘飘的身体,在绵软的虚空里,一点没撑拒的气力;又似乎菊笑变了一条灵幻的金蛇,温腻的潜势力,蜿蜒地把自己灌顶醍醐似的软化了全身,要动也动不得。忽然又见菊笑成了一只脱链的猕猴,在自己前后左右,只管跳跃,再也捉摸不着,心里一急,顿时吓醒过来。睁眼一看,可不是呢?自己早在菊笑怀中,和他搂抱的睡着。

彩云佯嗔的瞅着他道:"你要的,我都依了你,该心满意足了。我要的,你一句还没有给我说呢!"菊笑道:"你的事我也都给你办妥了。昨天在这儿出去,我就上隔壁去,他们看见我去,都很诧异。我先把宝大人约了出来,一五一十的把你的事告诉了。他一听你出来,欢喜得了不得,什么事他都一力担当,叫你尽管放胆做事,挂牌的那天,他来吃开台酒,替你做场面。说不定,一两天,他还要来看你呢!谁知我们这些话,都被金狮子偷听了去,又转告诉了陈大人。金狮子没说什么,陈大人在我临走时,却很热心的偷偷儿向我说,他很关心你,一定出力帮忙,等你正式挂牌后,他要天天来和你谈心呢!我想你的事,有三个庭柱给你支撑,还怕什么!现在只要商量租定房子和脱离老三的方法了。"彩云道:"租房子的事,就托你办。"菊笑道:"今天我已经看了一所房子,在燕庆里,是三楼三底,前后厢房带亭子间,倒很宽敞合用的,得空你自己去看一回。"彩云正要说话,忽听贵儿在外间咳嗽一声。彩云知道有事,便问道:"贵儿,什么事?"贵儿道:"外边有个姓宝的客人,说太太知道的,要见太太。"彩云随口答道:"请他楼上外间坐。"菊笑发起极来道:"你怎么一请就请到楼上!我在这里,怎么样呢?"彩云钩住了菊笑的项脖,面对面热辣辣的送了一个口亲道:

"好人，我总归是你的人。我们既要仗着人家的势力，来圆全我们的快乐，怎么第一次就冷了人家的心呢？只好委屈你避一避罢！"菊笑被彩云这一阵迷惑，早弄得神摇魂荡，不能自主，勉强说道："那么让我就在房里躲一躲。"彩云一手掠着蓬松的云鬟，一手徐徐的撑起娇躯笑着道："我知道你不放心，不过怕我和人家去好。你真疯了！我和他初见面，有什么关系呢？不过你们男人家妒忌心是没有理讲的，在我是虚情假意，你听了一样的难过。我舍不得你受冤枉的难过，所以我宁可求你走远一点儿倒干净。"一壁说一壁挽了菊笑的手，拉到他卧房后的小楼梯口道："你在这里下去，不会遇见人，咱们明天再见罢！"菊笑不知不觉好像受了催眠术一般一步一步的走出去了。

且说彩云趱回卧房，心想这回正式悬牌，第一怕的是金家来搅他的局，但是金家的势力，无论如何的大，总跳不出新衙门。这么说，他的生死关头，全捏在宝子固的手里，他只有放出全身本事，笼络住了他再说。想罢走到穿衣镜前，把弄乱的鬓发重新刷了一回，也不去开箱另换衣裤，就手拣了一件本色玻璃纱的浴衣，裹在身上，雪肤皓腕，隐现在一朵飘渺的白云中，绝妙的一幅杨妃出浴图，自己看了，也觉可爱。一挪步，轻轻地拽开房门，就袅袅婷婷的走了出来，向宝子固嫣然一笑，莺声呖呖的叫了一声宝大人。宝子固虽是个花丛宿将，却从没见过这样赤裸的装束，妖艳的姿态，顿时把一只看花的老眼，仿佛突然遇见了四射的太阳光，耀得睁不开了，痴立着只管呆看。彩云羞答答的别转了头笑着道："宝大人您瞧得人怪臊的。您怎么不请坐呀！您来的当儿，巧了我在那儿洗澡，急得什么似的，连衣裤都没有穿好，就冒冒失失跑出来了，求您恕我失礼，倒亵渎了您了。"

宝子固这才坐定了，捉准了神，徐徐的说道："我仰慕你十多年，今天一见面，真是名不虚传。昨天的话，菊笑大概都给您说过了罢？你只管放心。"彩云挨着子固身旁坐下道："我和宝大人面都没有见过，那世里结下的缘分，就承您这样的怜爱我，搭救我，还要自各儿老远的跑来看我,我真不晓得怎么报答您才好呢!"子固道:"你嫁孙三儿,本来太自糟蹋了,大家听了都不服气。我今天的来,不是光来看你,为的就虑到你不容易摆脱他的牢笼。"子固说到这里,四面望了一望。彩云道:"宝大人尽管说,这里都是我心腹。"子固低声接说道:"陈大人倒替你出了一个主意。他恰好有一所新空下来的房子,在虹口,本来他一个英国夫人住的,今天回国去了。我们商量,暂时把你就接到那里去住,先走出了姓孙的门,才好出手出脚的做事。你说好不好?"彩云本在那里为难这事,听了这话正中下怀,很喜欢的道:"那是再好也没有了。"子固附耳又道:"既然你愿意这么办,事不宜迟,那么马上就趁了我马车走,行不行呢?那一边什么都现成的。"彩云想了一想道:"也只有这么给他冷不防的一走,省了多少噜苏,咱们马上走。"子固道:"你的东西怎么样呢?"彩云道:"我只带一个首饰箱和随身的小衣包,其余一概不带,连下人都瞒了,只说和您去听戏的就得了。那么请您在这里等一等,让我去归着归着就走。"说罢,丢下子固,匆匆的进了房去,不到十分钟,见彩云换了一身时髦的中装,笑嘻嘻提了一个小包儿,对子固道:"宝大人你今天不做官,倒做了犯人了!"子固诧异道:"怎么我是犯人?"彩云笑道:"这难道不算拐逃吗?"子固也忍不住笑起来。

　　正说笑间,忽然一个丫鬟推开门,向彩云招手。彩云慌忙走出去,只见贵儿走来,给他低低道:"又来了一个客,说姓金,要见太太。"彩云知道是金狮子,又是个不好得罪的人,他又摸不清楚他和宝子固是不是一路,心想两雄不并立,还是不叫他们见面的好,攒出自己多费一点精神,哄他们人人满意,甘心做他裙带下的忠奴。当下暗嘱贵儿请他在客厅上坐,自己回到房里向子固道:"讨人厌的来了个三儿的朋友,要见我说几句话,没有法儿,只好请您耐心等一会儿,我去支使他走了,我们才好走。"子固簇着眉道:"这怎么好呢?那么你赶快去打发他走!"子固眼睁睁看彩云扶着丫鬟下楼去了。

这一回，可不比上一次来得爽快了，一个人闷坐在屋里，左等也不来，右等也不来。一阵微风中，飘来笑语的声音，侧耳再听，寂静了半天，忽又听见断续的呢喃细语，掏出时计看时，已经快到了九下钟了。心里正在烦闷，房门呀的一声，彩云闪了进来，喘吁吁地道："您等得不耐烦了罢！真缠死人，好容易把他哄跑，我们现在可以走了。"子固在灯下瞥见彩云两颊绯红，云鬟不整，平添了几多春色，心里暗暗惊异。彩云拿了那小包，催着子固动身，一路走着一路吩咐丫鬟仆妇们好生照顾家里，一到门口，跳上子固的马车。轮蹄得得，不一会，已经到了虹口靶子路一座美丽的洋房门前停下。

　　子固扶他下车，轻按门铃，便有老仆开了门，彩云跟进门来。过了一片小草地，跨上一个高台阶，子固领了他各处看了一看，都铺设的整齐洁净，文雅精工。来到楼上，一间卧室，一间起坐，器具帷幕，色色华美，的确是外国妇女的闺阁。还留着一个女仆，两个仆欧，可供使用。

　　彩云看了，心里非常愉快，又非常疑怪，忽然问着子固道："你刚才说这房子是陈骥东的英国夫人住的，陈骥东怎么有了法国夫人，又有英国夫人呢？外国人不是不许一个男人讨两个老婆的吗？为什么放着这样好的住宅不住，倒回了国呢？"子固笑道："这话长哩，险些儿弄出人命来！陈骥东就为这事，这两天正在那里伤心。我们都是替他调停这公案的人，所以前天他请酒酬谢。

　　"我从头至尾的告诉你罢！原来陈骥东是福建船厂学堂出身，在法国留学多年。他在留学时代，已经才情横溢，中外兼通，成了个倜傥不群的青年，就有一个美丽的女学生，名叫佛伦西的，和他发生了恋爱，结为夫妇，这就是现在的法国夫人。学成回国后，威毅伯赏识了他，留在幕府里，办理海军事务，又常常差他出洋，接洽外交，四五年间，就保到了镇台的地位。可是骥东官职虽是武夫，性情却完全文士，恃才傲物，落拓不羁。中国的诗词，固然挥洒自如，法文的作品，更是出色。

他做了许多小说、戏剧,在巴黎风行一时,中国人看得他一钱不值,法国文坛上,却很露惊奇的眼光,料不到中国也有这样的人物。尤其是一班时髦女子,差不多都像文君的慕相如,俞姑的爱若士,他一到来,到处蜂围蝶绕,他也乐得来者不拒。

"有一次,威毅伯叫他带了三十万银子到伦敦去买一艘兵轮,他心里不赞成,不但没有给他去购买船只,反把这笔款子,一古脑儿胡花在巴黎伦敦的交际社会里,做了一部名叫做《我国》的书,专门传宣中国文化,他自己以为比购买铁甲船有用的多。结果又被一个英国女子叫玛德的爱上了,有人说是商人的姑娘,有人说是歌女,压根儿还是迷惑了他的虚名,明知他有老婆,情愿跟他一块儿回国。威毅伯知道了,勃然大怒,说他贻误军机,定要军法从事,后来亏得乌赤云、马美菽几个同事,替他求情,方才免了。骥东从此在北洋站不住,只好带了两个娇妻,到上海隐居来了。但骥东的娶英女玛德,始终瞒着法国夫人,到了上海,还是分居,一个住在静安寺,一个就住在这里;骥东夜里总在静安寺,白天多在虹口。法国夫人只道他丈夫沾染中国名士结习,问柳寻花逢场作戏,不算什么事;别人知道是性命交关的事,又谁敢多嘴?倒放骥东兼收并蓄,西食东眠,安享一年多的艳福了。

"不想前礼拜一的早上,骥东已到了这里,玛德也起了床,正在水晶帘下看梳头的时候,法国夫人欻地一阵风似的卷上楼来。玛德要避也来不及,骥东站在房门口,若迎若拒的不知所为。法国夫人倒很大方的坐在骥东先坐的椅里,对玛德凝视半晌道:'果然很美,不怪骥东要迷了!姑娘不必害怕,我今天是来请教几句话的,先请教姑娘什么名字?'玛德抖声答道:'我叫玛德。'法国夫人道:'贵国是否英国?'道:'是的。'法国夫人指着骥东道:'你是不是爱这个人?'玛德微微点了一点头。法国夫人正色道:'现在我要告诉你了,我叫佛伦西,是法国人。你爱的陈骥东是我的丈夫,我也爱他,那么我们俩合爱一个人了。你要是中国人,向来猫猫虎虎的,我原可以恕你,可惜你是英国人,和我站在一条人权法律保护之下,我虽不能除灭你心的自由,但爱的世界里,我和你两人里面,总多余了一个。现在只有一个法子,就是除去一个!'说罢,在衣袋里掏出两支雪亮的白郎宁,自己拿了一支,一支放在桌上,推到玛德面前,很温和的说道:'我们俩谁该爱骥东,凭他来解决罢!密斯玛德,请你自卫!'说着已一手举起了手枪,瞄准玛德,只待要搬机。说是迟,那是快,骥东横身一跳,隔在两女的中间,喊道:'你们要打,先打死我!'法国夫人机械地立时把枪口向了地道:'你别着急,死的不一定是他,我们终要解决,你挡着什么用呢?'玛德也哭喊道:'你别挡,我愿意死!'正闹得不得了,可巧古冥鸿和金逊卿有事来访骥东,仆欧们告知了,两人连忙奔上楼来,好容易把玛德拉到别一间屋里。玛德只是哭,佛伦西只是要决斗,骥东只是哀恳。古、金两人刚要向佛伦西劝解,佛伦西倏的站起来,发狂似的往外跑,大家追出来,他已自驾了亨斯美飞也似的向前路奔去。"

子固讲到这里,彩云急问道:"他奔到那里去?难道寻死吗?"子固笑道:"那里是寻死。"刚说到这里,听得楼下门铃丁铃铃的响起来,两人倒吃了一吓。正是:

  皆大欢喜锁骨佛,为难左右跪池郎。

不知如此深更半天,敲门的果是何人。且听下回分解。

第三十二回　艳帜重张悬牌燕庆里
　　　　　　　义旗不振弃甲鸡隆山

　　话说宝子固正和彩云讲到法国夫人自拉了亨斯美狂奔的话，忽听门铃乱响，两人都吃了一惊。子固怕的是三儿得信赶来，彩云知道不是三儿，却当是菊笑暗地跟踪而至，方各怀着鬼胎，想根问间，只听下面大门的开关声，接着一阵楼梯上历碌的脚步声，谈话声。一到房门口，就有人带著笑的高声喊道："好个阎罗包老，拐了美人偷跑，现在我陈大爷到了，捉奸捉双，看你从那里逃！"宝子固在里面哈哈一笑的应道："不要紧，我有的是朋友会调停，只要把美人送回大英，随他天大的事情也告不成。"就在这一阵笑语声中，有一个长身鹤立的人，肩披熟罗衫，手摇白团扇，翘起八字须，眯了一线眼，两脸绯红，醉态可掬，七跌八撞的冲进房来道："子固不要胡扯，我只问你把你的美人，我的芳邻，藏到那里去了？"子固笑道："不要慌，还你的好乡邻。"回过头来向彩云道："这便是刚才和你谈的那个英、法两夫人决斗抢夺的陈骥东。"又向骥东道："这便是你从前的乡邻，现在的房客，大名鼎鼎的傅彩云。我来给你们俩介绍了罢！"骥东啐了一口道："嘎，多肉麻的话！好像傅彩云，只有你一个人配认识。我们做了半年多乡邻，一天里在露台上见两三回的时候也有，还用得著你来介绍吗？"彩云微微的一笑道："可不是，不但陈大人我们见的熟了，连陈大人的太太，也差不多天天见面。"子固道："你该谢谢这位太太哩！"彩云道："呀，我真忘死了！陈大人帮我的忙，替我想法，容我到这里住，我该谢陈大人是真的。"骥东道："这算不了什么，何消谢得！"子固拍著手道："着啊，何消谢得！若不是法国太太逼走了玛德姑娘，骥东那里有空房子给你住呢！你不是该谢太太吗？"骥东道："子固尽在那里胡说八道，你别听他的鬼话！"

彩云道："刚才宝大人正告诉我法国太太和英国太太吵翻的事呢！后来法国太太自拉了亨斯美，上那儿去了呢？就请陈大人讲给我听罢。"骥东听到这里，脸上立时罩上一层愁云，懒懒的道："还提他做什么，左不过到活阎罗那里去告我的状罢咧！这件事，总是我的罪过，害了我可怜的玛德。你要知道这段历史，有玛德临行时，留给我的一封信，一看便知道了。"骥东正去床面前镜台抽屉里，寻出一个小小洋信封的时候，一个仆欧上来，报告晚餐已备好了。骥东道："下去用了晚餐再看罢。"三人一起下楼，来到大餐间。只见那大餐间里，围满火红的壁衣，映着海绿的电灯，越显出碧沉沉幽静的境界。子固瞥眼望见餐桌上，只放着两付食具，忙问道："骥东你怎么不吃了？"骥东道："我今天在密采里请几个瑞记朋友，为的是谢他们密派商轮到台南救了刘永福军门出险，已吃的醉饱了，你们请用罢。"

彩云此时，一心只想看玛德的信，向骥东手里要了过来，一面吃着，一面读著。但见写的很沉痛的文章，很娟秀的字迹道：

  骥东我爱：我们从此永诀了！我们俩的结合，本是一种热情的结合，在相爱的开始，你是迷惑，差不多全忘了既往；我是痴狂，毫没有顾虑到未来。你爱了我这了解你的女子，存心决非欺骗；我爱了你那有妻的男子，根本便是牺牲。所以我和你两人间的连属，是超道德和超法律的，彼此都是意志的自动，一点不生怨和悔的问题。我随你来华，同居了一年多，也享了些人生的快乐，感了些共鸣的交响，这便是我该感谢你赐我的幸福了。前日你夫人的突然而来，破了我们的秘密，固然是我们的不幸，然当你夫人实弹举枪时，我极愿意无抵抗的死在他一击之下，解除了我们难解的纠纷。不料被你横身救护，使你夫人和我的目的，两都不达，顿把你夫人向我决斗的意思，变了对你控诉，一直就跑到新衙门告状去了。幸亏宝澂官是你的朋友，当场拦住，不曾到堂宣布，把你夫人请到他公馆中，再三劝解，总算保全了你的名誉。可是你夫人提出的条件，要他不告，除非我和你脱离关系，立刻离华回国。宝子固明知这个刻酷的条件，你断然不肯答应，反瞒了你，等你走后，私下来和我商量。骥东我爱，你想罢，他们为了你社会声望计，为了你家庭幸福计，苦苦的要求我成全你。他们对你的热忱，实在可感，不过太苦了我了！骥东我爱，咳，罢了，罢了！我既为了你，肯牺牲身分，为了你，并肯牺牲生命，如今索性连我的爱恋，我的快乐，一起为你牺牲了罢！子固代我定了轮船，我便在今晨上了船了。骥东我爱，从此长别了！恕我临行时，竟未向你告别，相见无益，徒多一番伤心，不如免了罢！身虽回英，心常在沪，愿你夫妇白头永好，不必再念海外三岛间的薄命人了。

玛德留书。

彩云看完了信，向骥东道："你这位英国夫人，实在太好说话了，叫我做了他，他要决斗，我便给他拼个死活，他要告状，我也和他见个输赢；就算官司输了，我也不能甘心情愿输给他整个儿的丈夫。"

骥东叹一口气道："英国女子，性质大半高傲，玛德何尝是个好打发的人？这回的忽然隐忍退让，真出我意料之外，但决不是他的怯懦。他不惜破坏了自己来成全我，这完全受了小仲马《茶花女》剧本的影响。想起来，不但我把爱情误了他，还中了我文学的毒哩！怎叫我不终身抱恨呢！"彩云道："那么你怎么放他走的呢？他一走之后，难道就这么死活不管他了？陈大人你也太没良心了！"骥东还没回答，子固抢说道："这个你倒不要怪陈大人，都是我和金逊卿、古冥鸿几个朋友，替陈大人澈底打算，只好硬劝玛德吃些亏，解救这一个结，难得玛德深明大义，竟毫不为难的答应了。所以自始至终，把陈大人瞒在鼓里，直到开了船，方才宣布出来。陈大人除了哭一场，也没有别的法儿了。至於玛德的生活费，是每月由陈大人津贴二十金磅，直到他改嫁为止，不嫁便永远照贴。这都是当时讲明白的。现在陈大人如有良心，依然可以和他通信；将来有机会时，依然可以团聚。在我们朋友们，替他处理这件为难的公案，总算十分圆满了。"

骥东站起身来，向沙发上一躺，道："子固，算我感激你们的盛情就是了，求你别再提这事罢！到底彩云正式悬牌的事，你们商量过没有？我想，最要紧的是解决三儿的问题，这件事，只好你去办的了。"子固道："这事包在我身上，明天就叫人去和他开谈判，料他也不敢不依。"彩云道："此外就是租房子，铺房间，雇用大姐相帮，这些不相干的小事，我自己来张罗，不敢再烦两位了。"骥东道："这些也好叫菊笑来帮帮你的忙，让我去暗地通知他一声便了。"彩云听了骥东的话，正中下怀，自然十分的欢喜称谢。子固虽然有些不愿菊笑的参加，但也不便反对骥东的提议，也就含胡道好。

当下骥东在沙发上起来，掏出时计来一看，道声："啊哟，已经十一点钟了，时候不早，我要回去，明天再来和你们道喜罢！"说着对彩云一笑。彩云也笑了一笑，道："我也不敢多留，害陈大人回去受罚。"子固道："骥兄先走一步，我稍坐一会儿，也就要走。"子固说这话时，骥东早已头也不回，扬长出门而去，一到门外，跳上马车，吩咐马夫，一径回静安寺路公馆。骥东和他夫人，表面上虽已恢复和平，心里自然存了芥蒂，夫妇分居了好久了。当骥东到家的时候，他夫人已经息灯安寝，骥东独睡一室，对此茫茫长夜，未免百端交集，在转辗不眠间，倒听见了隔壁三儿家，终夜人声不绝，明知是寻觅彩云，心中暗暗好笑。

次日，一早起来，打发人去把菊笑叫来，告诉了一切，又嘱咐了一番，菊笑自然奉令惟谨的和彩云接头办理。子固也把孙三儿一面安排得妥妥贴贴，所有彩云的东西，一概要回，不少一件。不到三天，彩云就择定了吉日良时，搬进燕庆里。子固作主，改换新名，去了原来养母的姓，改从自己的姓，叫了曹梦兰，定制了一块朱字铜牌，插了金花，挂上彩球，高高挂在门口。第一天的开台酒，当然子固来报效了双双台，叫了两班灯担堂名，请了三四十位客人，把上海滩有名的人物，差不多一网打尽，做了一个群英大会。从此芳名大震，哄动一时，窟号销金，城开不夜，说不尽的繁华热闹。曹梦兰三字，比四金刚还要响亮，和琴楼梦的女主人花翠琴齐名，当时号称哼哈二将。闲言少表。

却说那一天，骥东正为了随侍威毅伯到马关办理中日和议的两个同僚，乌赤云和马美菽，新从天津请假回南，到了上海，骥东替他们接风，就借曹梦兰妆阁，备了一席盛筵，邀请子固、冥鸿、逊卿，又加上一个招商局总办，从台湾回来的顾肇廷做陪客。骥东这一局，一来是替梦兰捧场，了却护花的心愿，二来那天所请的特客，都是刎颈旧交，济时人杰，所以老早就到；就是赤云、美菽一班客人，因为知道曹梦兰便是傅彩云的化身，人人怀着先睹为快的念头，不到天黑，陆陆续续的全来了。梦兰本是交际场中的女王，来做姊妹花中的翘楚，不用说灵心四照，妙舌连环，周旋得春风满座。等到华灯初上，豪宴甫开，骥东招呼诸人就座，梦兰亲手执了一把写生镂银壶，遍斟座客。赤云坐了首席，美菽第二，其余肇廷、子固、冥鸿、逊卿，依次坐定。梦兰告了一个罪，自己出外应征去了。这里诸客叫的条子，大概不外林、陆、金、张四金刚，翁梅倩、胡宝玉等一群时髦倌人，翠暖红酣，花团锦簇，不必细表。

当下骥东先发议道："我们今日这个盛会，列座的都是名流，侑酒的尽属名花，女主人又是中外驰名的美人，我要把《清平调》的'名花倾国两相欢'，改做'倾城名士两相欢'了。"大家拍手道好。子固道:"骥兄固然改得好,但我的意思,这一句该注重在一个'欢'字,倾城名士,两两相遇,虽然是件韵事,倘使相遇在烽火连天之下,便不欢乐了。今天的所以相欢,为的是战祸已消,和议新结;照这样说来,岂不是全亏了威毅伯春帆楼五次的磋商,两公在下关密勿的赞助,方换到这一晌之欢。我们该给赤兄、美兄公敬一杯,以表感谢。"逊卿道:"在烟台和日使伊东已正治,交换和约,是赤翁去的,这是和议的成功,赤翁该敬个双杯。"

赤云捋须微笑道:"诸位快不要过奖,大家能骂得含蓄一点,就十分的叨惰了。这回议和的事,本是定做去串吃力不讨好的戏文。在威毅伯的鞠躬尽瘁,忍辱负重,不论从前交涉上的功罪如何,我们就事论事,这一付不要性命并不顾名誉的牺牲精神,真叫人不能不钦服。但是议约的结果,总是赔款割地,大损国威。自奉三品以上官公议和战的朝命,反对的封章电奏,不下百十通;台湾臣民,争得最为激烈。尤其奇怪的,连老成持重的江督刘焜益,也说战而不胜,尚可设法撑持。鄂督庄寿香极端反对割地,洋洋洒洒上了一篇理有三不可势有六不能的鸿文,还要请将威毅伯拿交刑部治罪哩!我们这班附和的人,在衮衮诸公心目中,只怕寸磔不足蔽辜呢!"

美菽道:"其实我们何尝有什么成见,还毂不上像荫白副使一般,有一个日本姨太太,人家可以说他是东洋驸马。自从刘公岛海军覆没后,很希望主战派推戴的湘军,在陆路上得个胜仗,稍挽危局,无奈这位自命知兵的何太真,只在田庄台挂了一面受降的大言牌,等到依唐阿一逃,营口一失,想不到纶巾羽扇的风流,脱不了弃甲曳兵的故套,狂奔了一夜,败退石家站,从此湘军也绝了望了。危急到如此地步,除了议和,还有甚办法?然都中一班名流,如章直蜇、闻鼎儒辈,还在松筠庵大集议,植髭奋鬣,飞短流长,攻击威毅伯,奏参他十可杀的罪状呢!"肇廷道:"何太真轻敌取败,完全中了书毒,其事可笑,其心可哀,我辈似不宜苛责。我最不解的,庄寿香号称名臣,听说在和议开始时,他主张把台湾赠英。政府竟密电翁养鱼使臣,通款英廷,幸亏英相罗士勃雷婉言谢绝,否则一个女儿受了两家茶,不特破坏垂成的和局,而且丧失大信,国将不国,这才是糊涂到底呢!"

冥鸿插嘴道:"割台原是不得已之举,台民不甘臣日,公车上书反抗,列名的千数百人。在籍主事邱逢甲,创议建立台湾民主国,誓众新竹,宣布独立。我还记得他们第一个电奏,只有十六个字道'台湾士民,义不臣倭,愿为岛国,永戴圣清'。这是一时公愤中当然有的事。可恨唐景崧①身为疆吏,何至不明利害!竟昧然徇台民之情,凭众抗旨,直受伯理玺天德印信,建蓝地黄虎的国旗,用永清元年的年号,开议院,设部署,行使钞币,俨然以海外扶余自命。既做此非常举动,却又无丝毫预备,不及十日,外兵未至,内乱先起,贻害台疆,腾笑海外!真是画虎不成,应了他的旗谶了!就是大家崇拜的刘永福,在台南继起,困守了三个多月,至今铺张战绩,还有人替刘大将军草平倭露布的呢!没一个不说得他来像生龙活虎,牛鬼蛇神。其实都是主战派的造言生事,凭空结撰,守台的结果,不过牺牲了几个敢死义民,糟蹋了一般无辜百姓,等到计穷身竭,也是一逃了事罢了。"

骥东听到这里,勃然作色道:"冥鸿兄,你这些都是成败论人的话,实在不敢奉教!割让台湾一事,在威毅伯为全局安危策万全,忍痛承诺,国人自应予以谅解;在唐、刘替民族存亡争一线,仗义挥戈,我们何忍不表同情!我并不是为了曾替薇卿运动外交上的承认,代渊亭营救战败后的出险,私交上有心袒护,只凭我良心评判,觉得甲午战史中,这两人虽都失败,还不失为有血气的国民。我比较他人,知道些内幕,诸位今天如不厌烦,我倒可以详告。"赤云、美菽齐声道:"台事传闻异辞,我们如坠五里雾中,骥兄既经参预大计,必明真相,愿闻其详。"

---

① 编者注:唐景崧,本书后文多化名为唐景崧,此处保持版本原貌。

骥东道:"现在大家说到唐景崧七天的大总统,谁不笑他虎头蛇尾,唱了一出滑稽剧,其实正是一部民族灭亡的伤心史,说来好不凄惶。当割台约定,朝命景崧率军民离台内渡的时候,全台震动,万众一心,誓不屈服,明知无济,愿以死抗。邱逢时、林朝栋二三人登台一呼,宣言自主,赞成者万人,立即雕成台湾民主国大总统印绶,鼓吹前导,民众后拥,一路哭送抚署。这正是民族根本精神的表现。景崧受了这种精神的激荡,一时义愤勃发,便不顾利害,朝服出堂,先望阙叩了九个头,然后北面受任。这时节的景崧,未尝不是个赴义扶危的豪杰,再想不到变起仓皇,一蹶不振。议论他的,不说他文吏不知军机,便说他卤莽漫无布置,实际都是隔靴搔痒的话。他的失败,并不失败在外患,却失败在内变;内变的主动,便是他的宠将李文魁①;李文魁的所以内变,原因还是发生在女祸。

"原来景崧从法越罢战后,因招降黑旗兵的功劳,由吏部主事外放了台湾道,不到一年,升了藩司,在宦途上总算一帆风顺的了。景崧却自命知兵,不甘做庸碌官僚,只想建些英雄事业,所以最喜欢招罗些江湖无赖,做他的扈从。内中有两个是他最赏识的,一个姓方,名德义;还有一个,便是李文魁。方德义本是哥老会的会员,在湘军里充过管带,年纪不过三十来岁,为人勇敢忠直,相貌也魁梧奇伟。李文魁不过一个直隶的游匪,混在淮军里做了几年营混子,只为他诡计多端,生相凶恶,大家送他绰号,叫做李鬼子。两人多有些膂力,景崧在越南替徐延旭护军时,收抚来充自己心腹的。后来景崧和刘永福、丁槐合攻宣光,两人都很出力,景崧把方德义保了守备,文魁只授了把总,文魁因此心上不愤,常常和德义发生冲突。等到景崧到了台湾,两人自然跟去,各派差使,又为了差使的好坏,意见越闹越深。文魁是个有心计的人,那时驻台提督杨岐珍,统带的又都是淮军,被文奎暗中勾结,结识

---

① 编者注:李文魁,本书中多化名为李文奎,此处保持版本原貌。

了不少党羽,势力渐渐扩大起来。景菘一升抚台,便马马虎虎委了德义武巡捕,文奎亲兵管带,文奎更加不服。

"景菘知道了,心里想代为调和,又要深结文奎的心,正没有方法。也是合当有事,一日方在内衙闲坐,妻妾子女,围聚谈天,忽见他已出嫁的大女儿余姑太,身边站著一个美貌丫鬟,名唤银荷。那银荷,本是景菘向来注意,款待得和群婢不同,合衙人都戏唤他做候补姨太太,其实景菘倒并没自己享用的意思,他想把他来做钩饵,在紧急时,钓取将士们死力的。那时,他既代召廉村接了巡抚印,已移刘永福军去守台南,自任守台北。日本军舰有来攻文良港消息,正在用人之际,也是利用银荷的好时机,不觉就动了把银荷许配文奎的心。当下出去,立刻把文奎叫到签押房,私下把亲事当面说定,勉励了一番,又吩咐以后不许再和德义结仇。在景菘自以为操纵得法,总可得到两人的同心协力,谁知事实恰与思想相反,只为德义同文奎,平常都算景菘的心腹,一般穿房入户,一般看中了银荷,彼此都要向他献些小殷勤,不过因为景菘的态度不明,大家不敢十分放肆罢了。如今,景菘忽然把银荷赏配了文奎,文奎狼子野心,未必能知恩敛迹,这个消息,一传到德义耳中,好似打了个焦雷。最奇怪的,连银荷也哭泣了数天。

"不久,景菘的中军黄翼德出差到广东募兵,就派德义署了中军。文奎恃宠骄纵,往往不服从他的命令,德义真有些耐不得了。有一次竟查到文奎在外结党招摇的事,拿到了啗血的盟书,不客气的揭禀景菘。景菘见事情闹的实了,只得从宽发落,把文奎斥革驱逐了。文奎大恨,暗暗先将他的党羽,布满城中和抚署内外,日夜图谋,报仇雪恨。恰好独立宣布,景菘命女婿余鋆保护家眷行李,乘轮内渡,银荷当然随行。文魁知道了,那里肯依,立时集合了同党,商议定计,一来抢回银荷,二来趁此机会,反戈抚署,把景菘连德义一并戕杀,投效日军献功。这是文魁原定的办法。当时文魁率领了党徒三百多人,在城外要道分散埋伏下了,等到余鋆等一行人走近的当儿,呼哨一声,无数涂花脸的强徒,蜂拥四出。余鋆见不是头,忙叫护送的一队抚标兵,排开了放枪抵御,自己弹压着轿夫,抬着女眷们飞奔的逃回。抚标兵究竟寡不敌众,死的死,逃的逃,差不多全打散了,幸亏余鋆已进了城,将近抚署。

"那时德义正在署中,闻知有变,急急奔出。正要严令闭门,余鋆已押了眷轿,踉跄而入,前后枪声,随着似连珠般的轰发,门前已开了火了。德义还未举步,不提防文奎手持大扑刀①,突门冲进,正是仇人相见,分外眼明,兜头一刀斫下,血肉淋漓,飞去了半个头颅。德义狂叫一声,返奔了十余步,倒在大堂阶下。人声枪声鼎沸中,忽然眷轿里跳出一人,扑在德义血泊的尸身上,号咷痛哭,原来便是银荷。文奎提刀赶到,看见了倒怔住了。忽然暖阁门砰酬的大开,景菘昂然的走了出来。那时大堂外的甬道上,立满了叛徒,人人怒容满面,个个杀气冲天。文奎两眼只注射染血的刀锋上,忽然尸旁的哭声停了,银荷倏的站了起来,突然拉住了文奎的右臂喊道:'你看见了吗?我们的恩主唐抚台出来了!'如疯狗一般的文奎,被银荷这句话一提,仿佛梦中惊醒似的,文奎的刀锋慢慢的朝了下。景菘已走到他面前,很从容的问道:'李文奎,你来做什么?'文魁低了头,垂了手,忸怩似的道:'来保护大帅。'景菘道:'好!'手执一支令箭,递给文魁,吩咐道:'我正要添募新兵,你认得的兄弟们很多,限你两天招足六营,派你做统领,星夜开拔,赴狮球岭驻扎。'文魁叩头受命。各统领闻警来救,景菘托言叛徒已散,都抚慰遣归。另行出示,缉拿戕官凶犯。

"一天大祸,无形消弥,也亏了景菘应变的急智,而银荷的寥寥数语,魔力更大。景菘正待另眼相看,不想隔了一夜,银荷竟在署中投缳自尽。大家也猜不透他死的缘故,有人说他,和方德义早发生了关系,这回见德义惨死,誓不独生,这也是情理中或有之事。但银荷的死,看似平常,其实却有关台湾的存亡,景菘的成败。为什么呢?就为李文魁

---

① 编者注:即朴刀。刀身狭长有短木柄的大刀。

的肯服从命令，募兵赴防，目的还在欲得银荷，一听见银荷死信，便绝了希望，还疑心景崧藏匿起来，假造死信哄他，所以又生了叛心，想驱逐景崧，去迎降日军。等到日军攻破鸡隆的这一日，三貂岭正在危急，文魁在狮球岭领了他的大队，挟了快枪，驰回城中，直入抚署，向景崧大呼道：'狮球岭破在旦夕了，职已计穷力竭，请大帅亲往督战罢！'景崧见前后左右，狞目张牙，环侍的都是他的党徒，自己亲兵，反而瑟缩退后，知道事不可为，强自镇摄，举案上令箭掷下，拍案道：'什么话！速去传令，敢退后的，军法从事！'说罢，拂袖而入，叹道：'文魁误我，我误台民！'就在此时，景崧带印潜登了英国商轮，内渡回国，署中竟没一个人知道，连文魁都瞒过了。这样说来，景崧守台的失败，原因全在李文魁的内变。这种内变，事生肘腋，无从预防，固不关於军略，也无所施其才能，只好委之於命了。我们责备景崧，说他用人不当，他固无辞。若把他助无告御外侮的一片苦心，一笔抹杀，倒责他违旨失信，这变了日本人的论调了，我是极端反对的！"

肇廷举起一大杯酒，一口吸尽道："骥兄快人，这段议论，一泄我数月以来的闷气，当浮一大白！就是刘永福的事，前天有个从台湾回来的友人，谈起来，也和传闻的不同。今天索性把台湾的事，谈个痛快罢！"大家都说道："那更好了，快说，快说！"正是：

华筵会合皆名宿，孤岛兴亡属女戎。

不知肇廷说出如何的不同。且听下回分解。

第三十三回　保残疆血战台南府　谋革命举义广东城

话说肇廷提起了刘永福守台南的事，大家知道他离开台湾还不甚久，从那边内渡的熟人又多，听到的一定比别人要真确，都催著他讲。肇廷道："刘永福虽然现在已一败涂地，听说没多时，才给德国人营救了出险，但外面议论，还是沸沸扬扬，有赞的，有骂的。赞他说的神出鬼没，成了《封神榜》上的姜子牙；骂他的又看做抗旨害民，像是《平台记》里的朱一桂。其实这些都是挟持成见的话，平心而论，刘永福固然不是什么天神天将，也决不会谋反叛逆，不过是个有些胆略有些经验的老军务吧了。他的死抗日军，并不想建什么功，立什么业，并且也不是和威毅伯有意别扭着闹法越战争时被排斥的旧意见。他明知道马关议约时，威毅伯曾经向伊藤博文声明过，如果日本去收台，台民反抗，自己不能负责。现在台民真的反抗了。自从台北一陷，邱逢时、林朝栋这班士绅，率领了全台民众，慷慨激昂的把总统印绶硬献给他。你们想，刘永福是和外国人打过死仗的老将，岂有不晓得四无援助的孤岛，怎抗得过乘胜长驱的日军呢！无如他被全台的公愤，逼迫得没有回旋余地，只好挺身而出，作孤注一掷了；只看他不就总统任，仍用帮办名义，担任防守，足见他不得已的态度了。老实说，就是大家喧传刘大将军在安平炮台上，亲手开炮，打退日本的海军，这才是笑话呢！要晓得台南海上，常有极利害的风暴，在四五月里起的，土人叫做台风，比着英法海峡上的雪风,还要凶恶。那一次,日舰来犯安平,恰恰遇到这危险的风暴,永福在炮台上只发了三炮,日舰就不还炮的从容退去,那全靠着台风的威力,何尝是黑旗的本领呢?讲到永福手下的将领,也只有杨紫云、吴彭年、袁锡清三四个人,肯出些死力,其余都是不中用的。所以据愚见看来,对於刘永福,我们不必给他捧场,也不忍加以攻击,我们认他是个有志未成的老将罢了。我现在要讲的,是台湾民族的一部惨史。虽然后来依然葬送在一班无耻的土人手里,然内中却出了几个为种族牺牲死抗强权的志士。"合座都鼓着掌道:"有这等奇事,愿闻,愿闻!"

那当儿,席面上,刚刚上到鱼翅,梦兰出堂唱尚未回来,娘姨、大姐满张罗的斟酒,各人叫的林、陆、金、张四金刚等几个名妓,都还花枝招展的坐在肩下。肇廷道:"自从永福击退了日舰后,台民自然益发兴高彩烈,不到十日,投军效命的,已有万余人。永福趁这机会,把防务严密部署了一番,又将民团编成二十营,选定台民中著名勇士二人分统了。一个最勇敢的叫徐骧,生得矮小精悍,膂力过人,跳山越涧,如履平地,不论生番和土人,都有些怕他。一个林义成,原是福州人,从他祖上落籍在嘉义县,是个魁伟的丈夫,和徐骧是师兄弟,本事也相仿;把这两个人统率民团,自然是永福的善於驾驭。还有一个,叫做刘通华,是朱一桂部将刘国基的子孙,在当地也有些势力,和徐、林两人,常在一起,台人称做台南三虎。不过刘通华生得鼠头獐目,心计很深,远不如徐、林两人的豪侠。徐骧因为是自己的同道,也把他引荐给永福,做了自己部下的帮统。编派已定,徐、林两人日夜操练兵马,甫有头绪,那时日军大队已猛攻新竹,守将杨紫云,抵抗月余,大小二十余战,势危请援。徐骧和林义成都奉了永福命令,星夜开赴前敌,刚走过太甲溪,半路遇见吴彭年,方知道赴援不及,新竹已失,杨紫云阵亡。日军乘胜长驱,势不可当,於是大家商定,只好退守太甲溪。

"且说那太甲溪,原是一个临河依山的要隘,沿着溪河的左岸还留下旧时的砖垒，山巅上可以安置炮位。当下徐骧、林义成领着民团，帮同吴彭年，把队伍分扎在岸旁和山上，专候日兵来攻。那天正是布置好了防务的临晚，一轮火红的落日，已渐渐没入树一般粗的高竹林后面，在竹罅里散出万道紫光，返照在正在埋锅造饭的野营和沿河的古垒上，映得满地都成了血色。夏天炙蒸已过，吹来的湿风，还是热烘烘的，就在这惨澹的暮霭里，有两个少年在砖垒上面，肩并肩的靠在古垒的炮堵子上低低讲话。两人头上都绕着黑布，身上穿着黑布短衣，黑缠腰，腰带上，左挂马枪，右插标枪，两腿满缠着一色的布，脚蹬草鞋。一个长不满五尺，面似干柴一般的瘦，两眼炯炯有威；一个是个梢长大汉，圆而黑的一张巨脸。那瘦小的不用说是徐骧，长大的便是林义成。那时徐骧眼望著对岸，愤愤的道：'他妈的！那矮鬼的枪炮真利害，凭你多大本领，皮肉总挡不住子弹。我们总得想一个巧妙的法子，不管他成不成，杀他一个痛快，也是好的！'林义成道：'说的是！有什么法子呢？'徐骧沉吟了一回道：'大冈山上的女武师郑姑姑，不是你晓得的吗？拳脚固然练得不坏，又会一手好标枪，懂得兵法，有神出鬼没的手段，番人没个不畏服，奉他做女神圣。我想，若能请他出来帮助我们，或者有些办法。'林义成扬了一扬眉，望着徐骧道：'他肯出来吗？你该知道郑姑姑是郑芝龙的子孙，世代传着仇满的祖训，他们宁可和生番打交道，怎肯出来帮助官军呢！'徐骧摇头道：'老林，你差了！我们现在和满清政府，有什么关系呢？他们早把我们和死狗一般的丢了！我们目前和日本打仗，原是台湾人自争种族的存亡，胜固可贺，败也留些悲壮的纪念，下后来复仇的种子。况且这回日军到处，不但掳掠，而且任意奸淫，台中妇女，全做了异族纵欲的机械。郑姑姑也是个女子，就这一点讲，他也一定肯挺身而出。'林义成道：'就算他肯，谁去请呢？'徐骧指着自己道：'是我。'

"林义成正要说话，忽听背后一人喊道：'团长你敢吗？'两人却吃了一吓，回过头来，见是自己的帮统刘通华，满脸毛茸茸未剃的胡子，两条板刷般的眉毛下，露出狡猾的笑容。徐骧怒道：'为什么我不敢！'刘通华道：'郑姑姑住在二鲲身大冈山铁猫栫龙耳瓮旁边，从这里去，路程不过十来里，可是要经过几处危险的山洞溪涧。瘴气毒蛇，不算一回事，最凶险的是那猴闷溪。那是两个山岬中间的急流溪，在两崖巅冲下像银龙般的一大条瀑布。凡到大冈山的，必要越过这溪，除了番人，任你好汉，都要淌下海去。团长你敢冒这个险吗？'徐骧道：'什么险不险，去的，就敢！'通华道：'敢去我也不赞成。台湾的男子汉都死绝了，要请一个半人半鬼的女妖去杀敌，说也羞人！'义成冷笑道：'老刘不必说了。你不过为了从前迷恋郑姑姑的美貌，想吃天鹅肉，吃不到，倒受了他一标枪，记着旧仇来反对，这又何苦呢！'通华道：'我是好意相劝，反惹你们许多话。'徐骧瞪起眼，手按枪靶喝道：'今天我是团长，你敢反抗我的命令吗？再说，看枪！'通华连连冷笑了几声，转背扬长的去了。这里徐骧被刘通华几句话一激，倒下了决心，一声不响，涨紫了露骨的脸，一口气奔下垒来，跑到一座较高的营帐前，系着一匹青鬃大马的一棵椰子树旁，自己解下缰绳，取了鞭子，翻身跨上鞍鞒。义成连忙追上来问道：'你就这么去吗？还是我跟着你同走罢！'徐骧回头答道：'再不去，被老刘也笑死！你还是照顾这里的防务，也许矮子今天就来，去不得，去不得！吴统领那里，你给我代禀一声。明天这时，我一定回来，再见罢！'说着把鞭一扬，在万灶炊烟中，早飞上山坡，向峰密深处，疾驰而去。

"林义成到底有些不放心，疾忙回到自己营中，嘱咐几句他的副手，拉了一匹马，依著徐骧去的路，加紧了马力，追上去。翻了几个山头，穿了几处山洞，越过了几条溪涧，天色已黑了下来。在微茫月光里，只看见些洪荒的古树，蟠屈的粗藤，除了自己外，再找不到一人一骑，暗暗诧异道：'难道他不走这条路吗？'正勒住马探望间，一阵风忽地送来一声悠扬的马嘶，踏紧了镫，耸身随了声音来处望去，只见一匹马恰系在溪边一株半倒的怪树下，鞍鞯完全，却不见人到。义成有些慌了，想上前去察看，忽听硼的一声，是马枪的爆响。一瞥眼里，溪下现出徐骧的身量，一手插好了枪，一手拉缰，跳上马背，只一提，那马似生了翅膀似的飞过溪流去了。义成才记起这溪是有名多蛇的，溪那边，便是鸦猴林，鸦猴林的尽头，就是猴闷溪，那是土人和生番的界线。义成一边想，一边催马前进。到的溪边，在月光下，依稀看见浅滩上，蠕动着通身花斑的几堆闪光，忙下了鞍，牵了马，涉水过溪，方见清溪流里横着两条比人腿还粗的花蛇，尾稍向上开着，红色的尖瓣和花一般。靠左一条是中标枪死的，右面一条是马枪打死的。看那样儿，方想到刚才徐骧被这些畜生袭击的危险，亏得他开了路，自己倒安然的渡过溪来。看着溪那边，是一座深密的大树林，在夏夜浓荫下，简直成了无边的黑海，全靠了叶孔枝缝中筛簌下一些淡白月影，照见前面弯曲林径里忽隐忽现的徐骧背影。义成遥远的紧跟着前进，两人骑行的距离，虽隔着半里多，却是一般的速度。过了一会儿，树林尽处，豁然开朗。面前突起了冲天高的一个危崖，耳边听见溯湃的水声，在云月朦胧里，瞥见从天泻下一条挟着万星跳跃的银河，义成认得这就是最可怕的猴闷溪了。

"忽见徐骧一出了林，纵马直上那陡绝的坂路。义成怕他觉得，只好在后缓缓的跟上去，过了危坂，显出一块较平坦的坡地，见那坡地罩出的高崖下，有几间像船一般狭长的板屋。屋檐离地不过四五尺高，门柱上仿佛现出五采的画，屋前种着七八株椰树，屋后围着竹林，那竹子都和斗一样的粗，数十丈的高，确是番人的住宅。看见徐骧到了椰树前，就跳下马来，系好马，去那矮屋前敲门。只听那屋前的竹窗洞里一个干哑的人声问道：'谁？半夜打门！狗贼吗？看箭！'言未了，绷的一响，一根没翎毛尖长的箭，向徐骧射来，幸亏徐骧避得快，没射着，就喊道：'我是老徐！'咿哑的一扇板门开了，走出一个矮老人来，草缚着头上半截的披发，一张人腊的脸藏在一大簇刺猬的粗毛里，露着一口漆黑的染齿，两耳垂著两个大木环，赤了脚，裸着刺花的上半身，腰里围了一幅布,把编藤束得紧紧的。一见徐骧,现出凶狡的笑容道:'原来你,我只当来了一个红毛鬼。'徐骧也笑道:'我不是红毛鬼,我是想杀黄毛小鬼的钟馗。'老人道:'我们山里,只有红花的大蛇,没有黄毛的小鬼,你深夜来做什么。'徐骤道:'小鬼要来,尽你有大蛇也挡不住,我特地来请一位杀鬼的帮手。'老人道:'谁?'徐骧道:'你们的郑姑姑。你们往常找郑姑姑,必要经过猴闷溪,怎样越过,你们肯帮我吗?'老人像怪鸟一样的笑了一声,道:'小鬼是要仙女来杀的,我们一定帮你。'说着把手向屋里一招,出来了一对十五六岁的一男一女,赤条条的一丝不挂,头上都戴满了花草,两臂刺着青色的红毛文。女的胸悬贝壳,手带铜镯,右手挽着男的臂,左手托着猪腰似的果肉,自己咬了一口,喂到男的嘴边。一壁嬉笑,一壁跳跃的出来,看见徐骧,诧异似的眼望老人傻看。老人向徐骧道:'这就是我的女儿和他自己招来的丈夫。你瞧,这对呆鸟,只晓得自己对吃橡果,也不分敬些客。可是你不要看轻他们,能帮你过溪的只有他们俩。'徐骧莫名其妙的听着那老番很高兴的讲,随后又很高兴的吩咐那两孩子领客人过溪。於是两个孩子和猴子般向前窜,老番也拉了徐骧一同往高崖下瀑布冲激的斜坡奔去。

"义成看到这里,正想举步再跟,忽见木屋的侧壁上,细碎的月光中,闪过一个很长的黑影,好像是个人影转过屋后不见了。心里好生奇怪,不由自主的抄到竹林里,又寻不到一些踪迹。暗忖道:'难不成这里有鬼?'回过脸来,恰对着那屋后的一个大窗洞,向里一望,大吃一惊,只见一片月光,正斜照在沿窗悬挂着的一排七八个人头上,都是瞪着无光的大眼,龇露着黑或白的齿,脸皮也有金箔色的,也有银色的,惨赖的怕人。义成被这一吓,不拣方向的乱跑,一跑就跑出竹林以外,恰遇到岩石的缺口处。在依稀斜月中,望见下面奔雷似的大溪河,溪河这边,站着老番和徐骧。看那老番,正望着怒瀑的两岬间,指指点点的给徐骧讲话。义成随着他手指地方看去,忽见崖顶上,仿佛天河决了口倒下的洪涛里，翻滚着两个赤条条的孩子。再细认时，方辨明有一条饭碗粗的长藤，中段暗结在瀑布下两岬夹缝的深谷里，两端却生根似的各牢系在两岸的土中。此时正被两孩解放了谷中的结，趁势同秋千一样向冲激的水空里直荡进去，简直是天盖下挂着一座穿云的水晶壶，跳跃着一对戏水的金鱼。一瞬目间，两孩已离开了瀑流，缘着藤直滑到溪岸，只听溪边徐骧拍着掌欢呼道：'妙啊！好一双绝技的弄潮儿！奇啊！好一条自然秘藏的飞桥。'说着话，抢上几步，纵身只一跃，两臂早挽上了悬藤，全身悬垂在空，手和臂变了肉翅，一屈一伸，一路飞行而进，恰钻入了雪崩的洪水圈里。倏地豁剌一声，徐骧全体随了一边脱栓的老藤，突落下沸成危潭的涡旋里，被几个狂浪打击，卷入溪中不可控制的急湍，向下海直淌，但见水花飞溅了几阵，一些人影也找不到了。老番站在岸边，张手顿足，嘴里狂喊道：'怎么千年的古藤，今天会拔了根，送了老徐的性命！你俩到底怎么弄的？'两孩也喊道：'太奇怪了！这棵藤根，本长在我们屋后竹林外的石壁上，若不是有人安心把刀斧斫断，任什么都拔不了根！'老番道：'是呀，一定有歹人暗算！我们已没法救老徐的命，只有赶快去杀那害人贼，替他报仇！'一声呼啸，三人一齐向崖上跑。义成正着急他同伴遇险，想跳下崖去营救，忽听到这几句话，顿悟自己犯了嫌疑，一落番人手里，定遭惨杀。三十六着，走为上着，只好不顾一切，逃出竹林，飞身上马，没命的向来路狂奔。

　　"奔毂了一两个钟头，不知越过了多少深林巨壑，估量着离猴闷溪已远，心头略略安定，刚放松缰绳，忽地望见远远月光中，闪电般飞过一个骑影，等到再定睛时，已转入山弯里不见了。义成十分惊诧，料定就是害徐骧的人，不觉怒从心起，加紧一鞭，追寻前去。正追得紧时，风中传来隆隆的炮声，又一阵阵连珠似的枪声，越走越听得清楚，义成猛吃一惊。抬头远望，已见天空中偶然飞起的弹火，疾忙催马向火发处驰去，又走了半个钟头，才现出一个平坦宽广的坂路，上面屯聚着一堆堆的人马营帐，旗帜刀枪，认得是吴统领的队伍。那坂路上面，恰当着两座高峰夹峙的隘口,那隘口边,已临时把沙土筑成了一条城堡般的防障,吴统领正指挥许多兵士轮流着抵御下面猛攻的敌军。义成赶到,下马上前谒见。吴彭年一望是他,就喊道:'你和徐骧到那里去了?日军偷渡了太甲溪半夜来攻,你们的队伍先自溃退,牵动了全军,我们当然也抵当不住,直退到这凹底山的隘口,好容易才扎住了。你们民团,被日军追逼到东面的密菁中,至今不知下落。咦!怎么你只剩一人,徐骧呢?'义成知道自己坏了事,很惭愧的把徐骧去寻郑姑姑和自己跟踪目睹的事,详细说了一遍。吴彭年惊道:'啊哟!这样说来,徐骧是被人害死了!害死他的,一定是刘通华!'义成问道:'统领怎么知道是他害的?'吴彭年道:'刘通华早已不知去向了!如今事已如此,说也无益,由他去罢,还是请你振作精神,帮助我一同防守要紧。'义成到此地步,既悲伤徐骧的惨死,又悔恨自己的失机,心里十分的难过,现在看见吴统领不但不斥责他,反奖励他,岂有不感激效命的呢!虽然敌人炮火连天,我军死伤山积,义成竟奋不顾身,日夜不懈的足足帮着守御了三天。

"到第四天的清晓,日军忽然停止了攻击。义成随著吴彭年在大帐里休憩,计议些防务。忽见几个兵士,捉住了一个番女,嚷着奸细,簇拥进帐来,请统领审问。谁知那番女一踏进帐门,望见吴、林二人,就高声说道:'我不是奸细,也不是番女!我是从间道来报告秘密军情的。请统领屏退从人,如不相信,尽可叫兵士们先搜我身上,有无军器,或者留林义士在这里护卫,都听统领的便。'吴、林二人听了,暗暗纳罕。当时照例搜检了一通,真的身无寸铁,吴统领立刻喝退了护卫,只叫义成执枪侍立。那番女忽地转身向外,拔除了头上满插的花草,卸下了耳边悬垂的木环,扯掉了肩头抖张的鸟翅,拉去了项下联络的贝壳,等到回过脸来,倏变成了一个垂辫丰艳的美貌少女。义成先惊叫道:'你是郑姑姑!怎会跑到这里?'言犹未了,把吴彭年也惊得呆了。

"郑姑姑微笑从容说道：'我自有我的跑法，林义士不必考问。我现在来报告的，是我预定的破敌奇计。'吴彭年诧问道：'你有奇计吗？'郑姑姑把眉一扬道：'原也算不了奇，不过老套罢了。我从前夜在大冈山，领了百十个壮健些的番女，一同下来，刚到傀儡内山的郎娇社，就遇到民团溃兵窜过，向着山后卑南觅逃走。日军见穷山深菁，不敢穷追，便在社内扎住了，幸我先到一步，把带来的番女，都暗暗安顿在番众家里。我只留了老妇二人，小番女一人，认做亲属，也占住了一座番屋。日兵一到，在休战时间，第一件事，当然是搜寻妇女取乐，补偿他们血战之苦。番女中稍有姿色的，全被掳去，注目到我的格外的多。正谋劫夺，忽然闯进一个会说中国话的青年军官，自称炮兵队长，相貌魁梧，态度温雅，不愧武士道风。进得门来，便把老妇少女支使出去，亲手关上了门，转身挨我身旁坐下，很婉转的和我搭话。我先垂着头，佯羞不答，也不峻拒，他有些迷惑了，絮絮叨叨，说了许多求爱的软话。我故意斜看了他一眼，低低说道："像将军这般英雄年少，我在中国，还没有遇见过，若能正式娶我，我岂有不愿。"队长道："令娘真好眼力，我恰正没有娶妻。"说罢，就拉我就抱，将施无礼。我却徐徐把他推开，带着嘲弄的样子和他说："那有堂堂大国男儿，想做苟合之事！"他倒窘了，问我该怎么办呢？我说："我们既是正式婚嫁，难道不用媒证？"他说："一时那里去找？"我问："围绕在门外的那些人是谁？"他说："是同伍。"我道："何妨请他们进来，做我们的媒证。"那队长见我说得诚恳，很欢喜的答应，竟招众人进门，宣布了大意。大家都欢呼赞成，并且要求我立刻成婚。我推托嫁衣未备，便做和服，至快也得三天。这么着，磋商的结果，定了后天下午成婚。我又要他当夜在我家里开一个大宴会，他允许我请到同僚里许多重要官佐，替我装场面，内中我知道就有这里的炮队长和机关枪队长。这些都是昨夜约定的话。老实说，我早准备下虎阱龙窝，就打算在这筵席上关门杀贼。可恨那些小鬼，一向看匾了中国人，这回也叫他们尝尝老娘的辣手，可见汉族还有人在,不是个个像辽东将帅的阘茸。我探知统领被困在此,所以特地偷空从小路冒险而来,通知一声,请你们记好,在后天夜饭后,见东南角上,流星起时,尽管放队猛攻,做我声援,必可获胜。'郑姑姑说完这一席话,吴、林二人都咋舌惊叹。还没有等到林义成告诉他徐骧往访被害的话,一眨眼早把原来的番装,重新扎扮停当,上前一把拉了义成说道:'我不能久留在此,请义士伴送出营,只须说明是旧识的番女,免得大家疑心。其余的事,请统领依著我的话做就得了。'当下吴彭年惟有唯唯听命,义成也一一照了他的话,恭恭敬敬送到营外山角一座树林边,看他跨上骑来的一匹骏马,丝鞭一动,就风驰电掣的卷入林云深处不见了。

"话分两头。如今且说郑姑姑久住番中,熟悉路径,随你日光不照处,也能循藤跳石,如履平地。不一刻,已赶回了郎娇社自己家里,招集了他的心腹女门徒,有替他裁缝的,有替他烹调的,有替他奔走的。备了十坛美酒,十桌筵席,又请了许多同社的番女,那队长见他这样的高兴忙碌,居然深信不疑。到了结婚那一天,家中挂灯结彩,小番女打着铜鼓,吹着口琴,当做音乐,满屋陈列着四季锦边莲等各种花卉。日到中天时候,一排军乐队和一班肩褙辉煌袖章璀粲的军官,簇拥了扬扬得意的队长进门。推了两位年长的做了证婚人,郑姑姑穿了极美丽的日本礼服,就在大厅上举行了半中半日式的结婚典礼。黄昏将近,厅上已排开了十个盛筵,筵上鲜果罗列,最可口的是味敌荔枝的檨果,其他如波罗蜜、梨仔茇、王梨、芭蕉果、椰子、槟榔、甘马弼等,不计其数。肴馔中,有奇异的海味,泥鳅、乌鱼之外,又有蚊港的蟳虾,坑子口的蚶蛾和蚝螺,样样投合日人的口味。络绎左右的,又都是些野趣横生的年轻番女。那些日军官刚离了硝烟弹雨之中,倏进了酒绿灯红之境,没一个不兴高采烈,猜忌全忘。队长则美人在抱,目眩魂消,不知不觉的和大家狂饮大嚼起来。酒过数巡,陡见满堂的灯烛,逐渐熄灭,伺候的番女,逐渐减退,大家觉得有些诧异,互相诘问。人人都道腹痛如裂,正要质问郑姑姑,郑姑姑出其不意,已袖出匕首,直洞队长之胸,立时倒地,拔出刀来,顺手又杀一人。其余番女各持兵器,从暗中窜出,逢人便斫,日人都徒手袒露,无可抵御。众人想夺门而走,谁知前后门都落了大闩,锁上铁锁,日人无奈,只好应用他国粹的柔术来抵敌。郑姑姑率领了一大队亲练的蛮学生,刀劈枪挑,杀人真如刈草,一刹那间,死尸枕籍满庭,即不受刀枪刺死的,也都中毒死了。这一场恶战,大约来赴宴的百余人,没有一个幸免。

"那时忽听西北方凹底山边枪炮声一阵紧似一阵,郑姑姑知道他放射流星的效力,吴彭年军队已响应了。门外知风的日兵,也围得铁桶般的剧烈撞击。郑姑姑忙收拾了屋内和场上纵横倒毙的日人身上许多枪弹,分配给众番女,高声喊道:'我们的死期到了!一样的死,与其在此等死,不如冲出去战死!'大家同声附和。郑姑姑举起一块大石,打破边墙,率领了众番妇,长枪短铳,和着铁镖弩箭,一窝风的向日兵聚集处杀去。日兵正集中在攻门,没有堤防到一大群见人即噬的雌狼,在外面反攻,一时措手不及,等到转身抵御,已经成了肉搏的形势,火器失了效用,虽然杀伤了不少番女,究竟大和魂的勇猛,敌不住傀儡番的矫捷,还有郎娇社全社的番壮,一齐舞动蛮器,旋风似的卷来,只好往下直退。退到太甲溪相近,恰遇到吴彭年和林义成也率了大队,在凹底山冲下,郑姑姑和吴彭年合在一处,奋勇追奔。日兵本备下渡溪的船只,一到溪边,都争先上船,慌乱之际,落水和中弹的不计其数。数百只船舰,正载着逃军,荡到中流,岸上的追兵和船中的败兵还不断的矢弹横飞。忽地上流头顺着风淌下无数兵船,枪炮纷来,向日船中腰轰击,顿时把日船打得东飘西荡,不成行列。吴、林等在火把光中看时,只见来船船头上站着个伟丈夫,不是别人,正是徐骧。全军中人人惊喜狂喊,都说是徐义士显灵助战,立时增加百倍的勇气,没个人不冒死向前,竟夺得许多渡船,把日军一直驱迫到海边,方始收兵回来。

"等到吴、林两人渡过太甲溪,忽不见了郑姑姑,番女们都四处奔驰的寻觅他们的贤师。吴、林两人忽在太甲溪的一个小湾水滩上，瞥见郑姑姑满身血污的横躺在砂土上，旁边坐着在那里掩面号哭的，正是大家认为已死的徐骧。义成跳上去问道：'咦！徐统带你怎么没有死，倒在这里，郑姑姑怎么反死了呢？'徐骧呜咽道：'我在猴闷溪断了藤，抓住了藤没脱手，幸遇到郑姑姑巡山看见，他救了我的性命，并且许我下山，设谋杀敌。谁知他的计成了功，他可在争渡时，胸腹中了敌人的两弹，我竟眼睁睁看他死去，没法救活，这未免太惨伤了！'於是大家才明白这次战胜的首功，全是郑姑姑一人，大家都洒泪赞叹。不用说，第二天，就举行了一个盛大的丧仪，全军替他缟素一天，把他葬在大冈山的龙耳瓮。这个捷报，申报到刘永福那里，自然更增了徐骧和吴彭年的信用。虽然后来还是刘通华怀恨背叛，到了七月中，利用大帮土匪，造了大营哗溃的谣言，吓跑了新楚军统领李惟义，牵动前敌，袁锡清战死。日军仍袭据了太甲溪，进攻彰化，刘通华又导匪暗袭八卦山，破了彰化，吴彭年也殉了难。日军连陷云林、苗栗二县，进逼嘉义，当时和日军对垒的，只剩徐骧和林义成两人，还屡次设伏打败日人。然日军大集，用全力攻台南，徐骧和林义成，相继中炮而亡。从此刘永福孤立无援，兵尽饷绝，只得逃登德国商轮，弃台内渡了。但至今谈到太甲溪一战，还算替中国民族吐一口气，在甲午战争史上最光荣的一页哩！不过大家不大知道罢了。"

　　肇廷讲完这一大篇的历史，赤云先叹了一口气道："龚瑟人《尊隐》上说的话，真不差，凡在朝的人，恹恹无生气，在野自多任侠敢死之士，不但台湾的义民，即如我们在日本遇到和羿天龙伯在一起的陈千秋，也是一个奇怪的人。"被赤云这句话一提，合座的话机，就转到陈千秋身上去了，又谁料知己倾谈，忘了隔墙有耳，全灌进了杨云衢的耳中。正和皓东在动问那大姐阿毛，忽然相帮送上皓东家里来的一个广东急电，拆封一看，知道是党里的商业隐语密电，皓东是电报生，当然一目了然。电文道：

大事准备已齐，不日在省起事，盼速来协谋。

当下递给云衢看了，两人正格外的高兴，倏地帘子一掀，一阵莺声呖呖的喊道："你们鬼鬼祟祟的干得好事！"两人猛吃一惊。正是：

　　血雨四天倾玉手，风雷八表动娇喉。

不知来者何人，下回再来交代。

第三十四回　双门底是烈士殉身处
　　　　　万木堂作素王改制谈

上回掀帘进门来的，不是别人，当然是主人曹梦兰。那时，梦兰出局回家，先应酬了正房间里的一班阔客，挨次来到堂楼，皓东等方始放了心。恰好皓东邀请的几个同乡陪客，也陆续而来。这台花酒，本是皓东替云衢解闷而设，如今陈千秋的行踪已在无意中探得，又接到了党中要电，醉翁之意不在酒，但既已到来，也只好招呼摆起台面，照例的欢呼畅饮，征歌召花，热闹了一场。梦兰也竭力招呼，知道杨、陆两人，都不大会讲上海白，就把英语来对答，倒也说得清脆悠扬，娓娓动听，顿使杨、陆两志士，在刹那间浑忘了血花弹雨的前途。等到席散，两人匆匆回寓。

云衢固然为了责任所在，急欲返粤；皓东一般的义愤勃勃，情愿同行。两人商议定了，皓东把沪上的党务和私事料理清楚，就於八月十四日，和云衢同上了怡和公司的出口船，向南洋进发。那晚，正是中秋佳节，一轮分外皎洁的圆月，涌上涛头，仿佛要荡涤世间的腥秽，皓东和云衢餐后无事，都攀登甲板，凭阑赏月。两人四顾无人，渐渐密谈起来。皓东道："来电说，准备已齐，不知到底准备了些什么？"云衢道："你是乾亨行会议里参预大计的一人，主张用青天白日国旗的是你，主张先袭取广州也是你，你是个重要党员，怎么你猜不到如何准备？"皓东道:"我到上海后,只管些交际和宣传事务,怎及你在香港总揽一切财政和接应的任务,知道的多!革命的第一要着,是在财政,我们会长在檀香山也没有募到许多钱,我倒很不解这次起事的钱,从那里来。"云衢道:"别的我不晓得,我离开广东前,就是党员黄永襄捐助了苏杭街一座大楼房,变价得了八千元,后来或者又有增加。"皓东道:"军火也是准备中的要事,上次被扣后,现在不知在那里购运?"云衢道:"这件事,香港日本领事暗中很帮忙罢!况且陈千秋现在日本,他本来和日本一班志士犮天龙伯父子,还有曾根,都是通同一气,购运当然有路。我这回特地来沪,跟寻陈千秋,也为了这事的关系重大。"皓东道:"革命事业,决不能专靠拿笔杆儿的人物。从前三会联盟,党势扩大了不少,其实不但秘密会党,就是绿林中,也不少可用之才,这回不知道曾否罗致一二?"云衢道:"这层早已想到,现在党中已和北江的大炮梁,香山隆都的李杞、侯艾存,接洽联络。关于这些,党员郑良士十分出力。恰好遇到粤督谈钟灵裁汰绿营的机会,军心摇动,前任水师统带程奎光,就利用了去运动城中防营和水师,大半就绪了。所以就事势上讲,举事倒有九分的把握,只等金钱和军火罢了。"皓东道:"我听说我们会长,和谈督结交得很好,这话确不确?"云衢笑道:"这是孙先生扮的滑稽剧。一则靠他的外科医学,虽然为葡医妒忌,葡领禁止他在澳门行医,并封闭了他开设的药店,然上流人都异常信任,当道也一般欢迎;二则借振兴农业为名,创办农学会,立了两个机关,一在双门底王家祠云岗别墅,一在东门外咸虾栏张公馆,就用这两种名义结纳官绅,出入衙署。谈督也震於虚声,另眼款接,农学会中,还有不少政界要人,列名赞助,再想不到那两处都是革命重要机关,你想那些官僚糊涂不糊涂!孙先生的行动,滑稽不滑稽!"

皓东正想再开口。忽听有一阵清朗激越的吟诗声,飞出他们的背后,吟道:

云冥冥兮天压水,黄祖小儿挺剑起。大笑语黄祖,如汝差可喜。丈夫岂窳偷生，固当伏剑断头死；生亦我所欲，死亦贵其所。邺城有人怒目视，如此头颅不敢取。乃汝黄祖真英雄，尊酒相仇意气何栩栩！蜮者谁？彼魏武！虎者谁？汝黄祖。与其死於蜮，孰若死於虎！

两人都吃了一惊，听那声音是从离他们很近的对过船舷上发出，却被大烟囱和网具遮蔽，看不见人影，细辨诗调和口音，是个湘人。他们面面相觑了一晌，疑心刚才的密谈，被那人偷听了去，有意吟这几句诗来揶揄他们的。此时，再听，就悄无声息了。皓东忽地眉头一绉，英俊的脸色，涨满了血潮，一手在衣袋里，掏出一支防身的小手枪，拔步往前就冲。云衢抢上去，拉住他，低问道："你做什么？"皓东着急道："你不要拉我，宁我负人，毋人负我，我今天只好学曹孟德！"云衢道："枪声一发，惊动大众，事机更显露了，如何使得！"皓东道："打什么紧！我打死了他，就往海中一跳，使大家认做仇杀就完了，结果不过牺牲我一个人，於大局无关。"说完，把手用力一摔，终被他挣脱，在中间网具上，直跳过去。谁知跳过这边一望，只有铺满在甲板上，霜雪般的月光，冷静得鬼也找不到一个，那里有人？皓东心里诧异，一壁四处搜寻，一壁低喊道："活见鬼哩！"云衢那时也在船头上绕了过来道："皓兄不必找了，你跳过来时，我瞥见月下一个影子掠过前面，下舱去了。这样看来，我们的机密，的确给他听去。不过这个人，机警得出人意表，决不是平常人，我们倒要留心访察，好在有他的湖南口音，可以做标准，探访明白，再作商量，千万不要造次！"皓东听了，哭丧着脸，也只好懒洋洋的随着云衢一同归舱。

次早，云衢先醒，第一灌进他耳鼓的，就是几声湖南口音，不觉提起了注意。好在他睡的是下铺，一骨碌爬起来，拉开门向外一望，只见同舱对面十号房门，门口正站着一个广额丰颐长身玉立的人，飞扬名俊的神气里，带一些狂傲高贵的意味，刚打着他半杂湘音的官话，吩咐他身旁侍立的管家道："你拿我的片子送到对过六号房间里二位西装先生,你对他说,我要去拜访谈谈。"那管家答应了,忙走过来,把片子交给也站到门外的云衢。云衢拿起来一看,只见上面写着:"戴同时,号胜佛,湖南浏阳人。"云衢知道他是当代知名之士,也是热心改革政治人物,一壁向管家道:"就请过来。"一壁唤醒睡在上铺上的皓东。皓东睡眼朦胧爬起来,莫名其妙的招待来客。那时戴胜佛已一脚跨进了房门,微笑的说道:"昨夜太惊动了,不该,不该!但是我先要声明一句,我辈都是同志,虽然主张各异,救国之心,总是殊途而同归。兄等秘密的谈话,我就全听见了,决不会泄漏一句,请只管放心。"皓东听了这一套话,这才明白来客就是昨天甲板上吟诗自己要去杀他的人。现在倒被他一种忼爽诚恳的气概笼罩住了,固然起不了什么激烈的心思,就是云衢也觉来得突兀,心里只有惊奇佩服,先开口答道:"既蒙先生引为同志,许守秘密,我们实在荣幸得很。但先生又说,主张各异,究竟先生的主张和我们不同在那里?倒要请教。"胜佛道:"兄等首领孙先生兴中会的宗旨,我们大概都晓得些。下手方策,就是排满;政治归宿,就是民主。但照愚见看来,似乎太急进了。从世界革命的演进史讲,政治进化,都有一定程序,先立宪而后民主,已成了普遍的公例。大政治家孟德斯鸠的《法意》,就是主张立宪政体的,就拿事实来讲,英国的虚君位制度,日本的万世一系法规,都能发扬国权,力致富强。这便是立宪政体的效果。至於种族问题,在我以为无甚关系,我们中国,虽然常受外族侵夺,然我们族性里,实在含有一种不可思议的潜在力,结果,外族决不能控制我们,往往反受了我们的同化。你看如今满洲人的风俗和性质,那一样不和我们一样?再也没有鞑靼人一些气味了。"

皓东道:"足下的见解差了。兄弟从前也这样主张过,所以曾经和孙先生去游说威毅伯变法自强,后来孙先生澈底觉悟,知道是不可能的。立宪政体,在他国还可以做,中国则不可。第一要知道国家就是一个完整民族的大团集,依着相同的气候,人情,风俗,习惯,自然地结合；这个结合的表演，就是国性，从这个国性里才产生出宪法。现在我们国家在异族人的掌握中，奴役了我们二百多年，在他们心目中，贱视我们当做劣种，卑视我们当做财产，何尝和他们的人一样看待？宪法的精神，全在人民获得自由平等，他们肯和我们平等吗？他们肯许我们自由吗？譬如一个恶霸或强盗，霸占了我们的房屋财产，弄得我们乱七八糟，一朝自己想整理起来，我们请那个恶霸去做总管，天下那里有这种笨人呢！至於政治进行的程序，本来没有一定，目的就在去恶从善，方法总求适合国情。我们既认民主政体，是适合国情的政体，我们就该奋勇直前，何必绕着湾儿走远道呢？"

胜佛忙插言道："皓兄既说到适合国情，这个合不合，倒是一个很有研究的问题。我觉得国人尊君亲上的思想，牢据在一般人的脑海里，比种族思想强得多，假如忽地主张推翻君主，反对的定是多而且烈。不如立宪政体，大可趁现在和日本战败后，人人觉悟自危的当儿，引诱他去上路；也叫一班自命每饭不忘的士大夫，还有个存身之地，可以减少许多反动的力量。"云衢接着道："先生只怕还没透澈罢！我国人是生就的固定性，最怕的是变动，只要是变，任什么多要反对的。改造民主，固然要反对；就是主张立宪，一般也要反对。我们革命，本来预备牺牲，一样的牺牲，与其做委屈的牺牲，宁可直捷了当的做一次澈底的牺牲。我们本还没敢请教先生这回到粤的目的，照先生这样热心爱国，我们是很钦佩的，何不帮助我们去一同举事？"

云衢说到这里，皓东睃了他一眼。胜佛笑着说道："不瞒两位说，我这回到粤，是专诚到万木草堂，去访一位做《孔子改制考》大名鼎鼎的唐常肃先生。我在北京本和闻鼎儒、章骞等想发起一个自强学会，想请唐先生去主持一切，而且督促他政治上的进行。至於兄等这回的大举，精神上，我们当然表同情，遇到可以援助的机会，也无不尽力。两位见到孙先生时，请代达我的敬意罢！"於是大家渐渐脱离了政见的舌战，倒讲了许多时事和学问，说得很是投机。皓东的敏锐活泼，和胜佛的豪迈灵警,两雄相遇,尤其沉瀣一气,一路上你来我往,倒安慰了不少长途的寂寞。没多几天,船抵了广州埠,大家上岸,珍重道别。胜佛口里祝颂他们的成功,心里着实替他们担心。

　　话分两头。如今且说胜佛足迹遍天下,却没到过广东。如今为了崇拜唐常肃的缘故,想捧他做改革派的首领,秘密来此,先托他的门人梁超如作书介绍。一上岸,就问明了长兴里万木草堂唐常肃讲学的地方,就一径前去,一路上听见不少杰格钩辀的语调,看见许多丰富奇瑰的地方色采,不必细表。忽到了一个幽旷所在,四面围绕满了郁葱的树木,树木里榕和桂为最多,在萧疏秋色里,飘来浓郁的天香。两扇铜环黑漆洞开着的墙门,在深深的绿阴中涌现出来。门口早有无数上流人在那里进进出出,胜佛忙上前去投刺,并且说明来意。一个很伶俐像很忙碌的门公接了片子,端相了一回,带笑说道:"我们老爷此时恰在万木堂上讲孔夫子呢!他讲得正高兴,差不多和耶稣会里教士们讲道理一样,讲得津津有味,你看,来听讲的人这么热闹。先生来得也算巧,也算不巧了!"胜佛诧问道:"怎么又巧又不巧呢?"门公笑道:"我们老爷,大家都叫他清朝孔夫子,他今天讲的题目,就是讲孔夫子道理里的真道理,所以格外重要。从来没有讲过,在大众面前开讲,今天还是第一遭,先生刚刚来碰上,那不是巧吗?可是我们老爷定的学规,大概也是孔夫子当日的学规罢!他老人家一上了讲座,在讲的时候,就是当今万岁爷来,也不接驾的,先生老远奔来,只好委屈在听讲席上,等候一下。"

　　胜佛听着,倒也笑了。当下就随着那门公,蜿蜒走着一条长廊,长廊尽处,巍然显出一座很宏厂的堂楼。迎面就望见楼檐下,两楹间,悬着一块黑漆绿字的大匾额,上面是唐先生自写的"万木草堂"四个飞舞倔强的大字。堂中间,设起一个一丈见方三四尺高的讲台,台中间,摆上一把太师椅,一张半桌。台下,紧靠台,横放着一张长方桌,两头坐着两个书记。外面是排满了一层层听讲席,此时已人头如浪般波动,差不多快满座了。唐先生方站在台上，兴高彩烈，指天划地的在那里开始他的雄辩。

那门公把胜佛领进堂来，替他找到一个坐位，听众的眼光，都惊异地注射到这个生客。那门公和台边并坐着两少年，低低交换了几句话，见那两少年仿佛得了喜信似的，慌忙站起向胜佛这边来招呼。唐先生在台上，眼光里也表示一种欢迎。第一个相貌丰腴的先向胜佛拱手道："想不到先生到得怎快，使我们来不及来迎驾。"第二个瘦长的随着道："超如没告诉我们先生动身日期和坐的船名，倒累我们老师盼念了好久。"胜佛谦逊了几句，动问两少年的姓名。前一个说姓徐名勉，后一个说，姓麦名化蒙，这两个都是唐门高弟，胜佛本来知道的，不免说了些久慕套话，大家仍旧各归了原位。那时唐先生在讲台上，正说到紧要关头，高声的喊道：

我们浑浑沌沌崇奉了孔子二千多年，谁不晓得孔子的大道在六经，又谁不晓得孔子的微言大义在《春秋》呢！但据现在一万八千余字的《春秋》看来，都是些会盟征伐的记载，看不出一些道理，类乎如今的《京报汇编》。孟子转述孔子的话："《春秋》，天子之事也。"这个事在那里？又道："其事则齐桓晋文，其文则史，其义则丘窃取之矣。"这个义又在那里！又说："知我者，其惟《春秋》乎！罪我者，其惟《春秋》乎！"这种关系的重大，又在那里？真令人莫名其妙！无怪朱子疑心他不可解，王安石蔑视他为断烂朝报，要束诸高阁了。那么孔子真欺骗我们吗？孟子也盲从瞎说吗？这断乎不是。我敢大胆地正告诸君，《春秋》不同他经，《春秋》不是空言，是孔子昭垂万世的功业。他本身是个平民，托王於鲁。自端门虹降，就成了素王受命的符瑞；借隐公元年，做了新文王的新元纪，实行他改制创教之权。生在乱世，立了三世之法，分别做据乱世，升平世，太平世。三朝三世中，又各具三世，三重而为八十一世，示现因时改制，各得其宜，演种种法，一以教权范围旧世新世。《公羊》《穀梁》所传笔削之义，如用夏时乘殷辂服周冕等主张，都是些治据乱世的法。至於升平、太平二世的法，那便是《春秋》新王行仁大宪章，合鬼神山川公侯庶人昆虫草木全统於他的教，大小精粗，六通四辟，无乎不在。所以孔子不是说教的先师，是继统的圣王；《春秋》不是一家的学说，是万世的宪法。他的伟大基础，就立在这一点改制垂教的伟绩上。

我说这套话，诸位定要想到《春秋》一万八千字的经文里，没有提过像这样的一个字，必然疑心是后人捏造，或是我的夸诞。其实这个黑幕，从秦汉以来，老子、韩非刑名法术君尊臣卑之说，深中人心。新莽时，刘歆又创造伪经，改《国语》做《左传》，攻击《公》《穀》，贾逵、郑玄等，竭力赞助。晋后，伪古文经大行，《公》《穀》被摈，把千年以来学人的眼，都蒙蔽了，不但诸位哩！若照卢仝和孙明复的主张，独抱遗经究终始，那么《春秋》简直是一种帐簿式的记事，没甚深意，只为他们所抱的是古《鲁史》，并没抱着孔子的遗经。

我们第一要晓得《春秋》要分文、事和义三样。孔子明明自己说过："其事则齐桓晋文，其文则史，其义则丘窃取之。"孔子作《春秋》的目的，不重在事和文，独重在义。这个义在那里？《公羊》说："制《春秋》之义，以俟后圣。"汉人引用，廷议断狱。《汉书》上常大书特书道："《春秋》大一统大居正"；"《春秋》之义，王者无外"；"《春秋》之义，大夫无遂事"；"《春秋》之义，子以母贵，母以子贵"；"《春秋》之义，不以父命辞王父命，不以家事辞王事。"像这样的，指不胜屈，明明是传文，然都郑重地称为《春秋》，可见所称的《春秋》，别有一书，不是现在共尊的《春秋》经文。

第二要晓得《春秋》的义，传在口说。《汉·艺文志》说，《春秋》贬损大人，"不可书见，口授弟子"；刘歆《移太常博士文》，也道"信口说而背传记"；许慎亦称"师师口口相传"。只因孔子改制所托，升平、太平并陈，有非常怪论，故口授而不能写出，七十子传於后学。直到汉时，全国诵讲，都是些口说罢了。

第三要晓得这些口说还分两种。一种像汉世廷臣，断事折狱，动引《春秋》之义，奉为宪法遵行，那些都是成文宪法，就是《公》《穀》上所传，在孔门叫做大义，都属治据乱世的宪法。不过孔子是匹夫制宪，贬天子，刺诸侯，所以不能著於竹帛，只好借口说传授，便是后来董仲舒、何休的陈口说，那些都是不成文宪法，在孔门叫做微言，大概全属於升平世、太平世的宪法。那么这些不在《公》《穀》所传的《春秋》义，附丽在什么地方呢？我考《公羊》"曹世子来朝"，《传》："《春秋》有讥父老子代从政者，不知其在曹欤在齐欤？"这几句话，非常奇特，《传》上大书特书，称做《春秋》的，明明不把现有一万八千文字的《春秋》当《春秋》，确乎别有所传的《春秋》，"讥父老子代从政"七字，今本经文所无；而且今本经文，全是记事，无发义，体裁也不同。这样看来，便可推知《春秋》真有口传别本，专发义的。孟子所指"其义则丘窃取之"，《公羊》所说，"制《春秋》之义"，都是指此。并可推知孔子虽明定此义，以为发之空言，不如托之行事之博深切明，故分缀各义，附入《春秋》史文，特笔削一下，做成符号。然口传既久，渐有误乱，故《公羊》先师，对於本条，已忘记附缀的史文；该附在"曹世子来朝"条，还该在

"齐世子光会於打①"条，只好疑以传疑了。

第四就要晓得《春秋》确有四本。我从《公羊传》，庄七年经文，"夜中星陨如雨"，《公羊传》，"《不修春秋》曰：雨星不及地尺而复。君子修之曰：星陨如雨"。《不修春秋》，就是《鲁春秋》；君子修之，就是孔子笔削的《春秋》。因此可以证知《不修春秋》，《公羊》先师，还亲见过他的本子，曾和笔削的《春秋》，两两对校过。凡《公羊》有名无名，或详或略，有日月，无日月，何以书，何以不书等等，都从《不修春秋》上校对知道。那么连笔削的《春秋》，成文的已有两本。其他口说的《春秋》大义，《公》《榖》所传的是一本；口说的《春秋》微言，七十子直传至董仲舒和何休，又是一本。其实四本里面，口说的微言一本，最能表现《春秋》改制创教的精神。

请诸位把我今天提出的四要点，去详细研究一下，向来对於《春秋》的疑点，一切都可迎刃而解。只要不被刘歆伪经所蛊惑，不受伪古文学家的欺蒙，确信孔子《春秋》的真义，决不在一万八千余字的经文，并不在《公》《榖》两家的笔削大义，而反在董仲舒、何休所传的秘密口说，这样一经了澈，不但素王因时立法的宪治，重放光明，便是我辈通经致用的趋向，也可以确立基础了。

当时唐先生演讲完了，台下听众倒也整齐严肃，一个都不敢叫嚣纷乱，挨次的退下堂去，足见长兴学规的气象，或者有些仿佛杏坛。胜佛还是初次见到这现代圣人的面，见他身中，面白，无须，圆圆的脸盘，两目炯炯有光，於盎然春气里，时时流露不可一世的精神，在台上整刷了一下衣服，从容不迫的迈下台来。早有徐勉、麦化蒙两大弟子，疾趋

---

① 编者注：据《春秋》，实为"柤"。柤，春秋时楚地名。

而进，在步踏旁报告胜佛的来谒，一面由徐勉递上卡片。其实唐先生早在台上料知，一看卡片，立时显露惊喜的样子，抢步下台，直奔胜佛座次，胜佛起迎不迭，被唐常肃早紧拉住了手，哈哈大笑道："多年神交，今天竟先辱临草堂，直是梦想不到。刚才鄙人的胡言乱道，先生休要见笑，反劳久待，抱歉得很！"

胜佛答道："振聋发聩，开二千年久埋的宝藏，素王法治，继统有人。我辈系门墙外的人，得闻非常教义，该敬谢先生的宽容，何反道歉？"常肃道："上次超如寄来大作《仁学》初稿，拜读一过，冶宗教、科学、哲学於一炉，提出仁字为学术主脑，把以太来解释仁的体用变化，把代数来演绎仁的事象错综，对於内学相宗各法门，尤能贯澈始终，真是无坚不破，无微不发，中国自周秦以后，思想独立的伟大作品，要算先生这一部是第一部书了。"胜佛道："这种萌芽时代浅薄的思想，不足挂齿，请先生不要过誉。我现在急欲告诉先生的，是我这次从北京来南，受着几个热心同志的委托，特来敦促先生早日出山。希望先生本《春秋》之义，不徒托之空言，该建诸实事，还有许多预备组织事，要请先生指示主持哩！"

常肃道："我们要谈的话多着呢，我们到里面内书室里去谈吧，而且那里已代先生粗备了卧具。"於是徐、麦二人就来招呼前导，唐常肃在后陪着，领到了一间很幽雅的小书室里，布置得异常精美安适。两人就在那里上天下地的纵谈起来，徐、麦两高弟也出入轮替来照顾。

当夜不免要尽地主之义，替胜佛开宴洗尘。席间胜佛既尝到些响螺、干翅、蛇酒、蚝油南天的异味，又介绍见了常肃的胞弟常博，认识了几个唐门有名弟子陈万春、欧矩甲、龙子积、罗伯约等。从此往来酬酢，热闹了好几天；有暇时，便研究学问，讨论讨论政治。彼此都意气相投，脱略形迹。胜佛知道了常肃不但是个模圣范贤的儒生，还是个富机智、善权变、能屈能伸的政治家；常肃也了解胜佛不是个缒幽凿险的空想人，倒是个任侠仗义的血性男子。不知不觉在万木草堂里流连了二十多天，看着已到了满城风雨的时季，胜佛提议和常肃同行。后来决定过重九节后，胜佛先行，常肃随后就到北京。

到了重九，常肃又替胜佛饯行，痛饮了一夜。次日胜佛病酒，起的很晚，正在自己屋里料理行装，常肃面现惊异之色走进来，喊道："胜佛，你倒睡得安稳，外面闹得翻天覆地了！"胜佛诧问道："什么事？"常肃道："革命党今天起事，被谈钟灵预先得信，破获了！"胜佛注意的问道："谁革命？怎么起得这么突然，破坏得又这样容易呢？"常肃道："革命的自然是孙汶。我只晓得香港来的保安轮船到埠时，被南海县李征庸率兵在码头搜截，捕获了丘四、朱贵全等四十余人。又派缉捕委员李家焯到双门底王家祠和咸虾栏张公馆两个农学会里，捉了许多党人，搜到了许多军器、军衣、铁釜等物。现在外面还在缇骑四出，徐、麦两人正出去打听哩！"

胜佛心里著急，冲口的问道："陆皓东被捉吗？"常肃道："不知道。陆皓东是谁？你认得吗？"胜佛道："也是我才认识的。"方在滔滔地把轮船上遇见杨、陆两人的事，向常肃诉说。徐勉外面回来道："这回革命的事，几乎成功。真是谈督的官运亨通，阴差阳错里倒被他糊里糊涂的扑灭了。我有一个亲戚，也是党里有关系的人，他说得很详细。这次的首领，当然是孙汶，其余重要人物，如杨云衢、郑良士、黄永襄、陆皓东、谢赞泰、尤烈、朱淇等，都在里面。这回的布置很周密，总分两大任务，孙汶总管广州方面军事运动，杨云衢担任香港方面接应及财政上的调度。军事上，由郑良士结合了许多党会和附近绿林，由程奎光运动了城内防营和水师，集合起来，至少有三四千人。接应上，云衢购定小火轮两艘，用木桶装载短枪，充作士敏土瞒报税关。在省河南北，分设小机关数十处，以备临时呼应集合。先由朱淇撰讨满檄文，何启律师和英人邓勤起草对外宣言，约期重九日发难，等轮船到埠时，用刀劈开木桶，取出军械，首向城内重要衙署进攻。同时埋伏水上和附城各处的会党，分为北口、顺德、香山、潮州、惠州大队，分路响应。更令陈清率领炸弹队在各要区施放，以壮声势。预定以红带为号，口号是除暴安良四字。那里晓得这样严密的设备，偏偏被自己的党员走漏了消息。那天，便是初八日，孙汶在一家绅士人家赴宴，忽见他的身旁，有好几个兵勇轮流来往，情知不妙，反装得没事人一般，笑对座客道：'这些人，是来逮捕我的吗？'依然高谈阔论，旁若无人。等到饭罢回寓，兵勇们只见他进去，没有见他出来。那时杨云衢在港，又因布置不及，延期了两天，恰恰给予了官厅一个预备的机会，立即调到驻长洲的营勇一千五百人做防卫。海关上也截住了党军私运的军械。今早由南海县在埠头搜捕了丘四等一干党人，其余一哄而散。又起得七箱洋枪。原报告人李家焯在双门底农会里捉住了党人陆皓东、程耀臣等五人。"

胜佛顿足道："陆皓东真被捕了，可惜！可惜！到底是那个党员走漏的消息呢？陆皓东捉到后，如何处置呢？"徐勉道："那个走漏消息，至今还没明白。不过据原报告委员李家焯说，是党员自首的。"胜佛拍案道："这种买友党员，可杀！可杀！"言犹未了，麦化蒙从外跳了进来，怒吽吽的道："陆皓东、丘四、朱贵全已在校场斩首了，程奎光在营务处把军棍打死了。陆皓东的供辞，非常慷慨动人，临刑时，神气也从容得很，这种人真是可敬！又谁知害他的就是自己党友朱淇，首告党中秘密，这种人真是可恨！"胜佛听到这里，又愤又痛，发狂似的直往外奔。常肃追上去，嘴里喊着："胜佛，你做什么？"正是：

　　直向光明无反趾，推翻笔削逞雄心。

胜佛奔出，是何用意，下回再说。

第三十五回　燕市挥金豪公子无心结死士
　　　　　　辽天跃马老英雄仗义送孤臣

　　且说常肃追上去，一把抓住了胜佛道："你做什么？凡是一个团体，这些叛党买友的把戏，历史上数见不鲜，何况朱淇自首，倒底怎么一会事，还没十分证明。我们只管我们的事罢！"胜佛原是一时激於义愤，没加思索的动作，听见唐先生这般说，大家慨叹一番，只索罢休。胜佛因省城还未解严，多留了一天。次日，就别过常肃，离开广州，途中不敢逗留，赶着未封河前，到了北京。胜佛和湖北制台庄寿香的儿子庄立人，名叫可权的，本是至交，上回来京，就下榻在立人寓所。这回为了奔走国事而来，当然一客不烦二主，不必胜佛通信关照，自有闻韵高、杨淑乔、林敦古一班同志预告立人，早已扫径而待。到京的第一天，便由韵高邀了立人、淑乔、敦古，又添上庄小燕、段扈桥、余仁寿、刘光地、梁超如等，主客凑了十人，都是当代维新人物，在虎坊桥韵高的新寓斋，替胜佛洗尘。原来韵高本常借住在金、宝二妃的哥哥礼部侍郎支绥家里，有时在栖凤楼他的谈禅女友程夫人宅中勾留。近来因为宝妃的事，犯了嫌疑，支绥已外放出去，所以只好寻了这个寓所暂住，今天还是第一天宴客。

　　当下席间，胜佛把在万木草堂和常肃讨论的事，连带革命党在广州的失败，一起报告了。韵高也滔滔地讲到最近的朝政："西后虽然退居颐和园，面子上不干涉朝政，但内有连公公，外有永潞、耿义，暗做羽翼。授了永潞直隶总督、北洋大臣，在天津设了练兵处，保定立了陆军大学；保方代胜升了兵部侍郎，做了练兵处的督办，专练新军，名为健军；更在京师神机营之外，添募了虎神营，名为翊卫畿辅，实则拥护牝朝，差不多全国的兵权，都在他掌握里。皇上虽有变政的心，可惜孤立无援，偶在西后前陈说几句，没一次不碰顶子，倒弄得两宫意见越深。在帝党一面的人物，又都是些老成持重的守旧大臣，不敢造作非常。所以我们要救国，只有先救皇上；要救皇上，只有集合一个新而有力的大团体，辅佐他清君侧，振乾纲。我竭力主张组织自强学会，请唐先生来主持，也就为此。照皇上的智识度量，别的我不敢保，我们赞襄他造成一个虚君位的立宪国家，免得革命流血，重演法国惨剧，这是做得到的。"

小燕道："韵高兄的高见，我是很赞同的。不过要创立整个的新政治，非用澈底的新人物不可，像我们这种在宫廷里旅进旅退惯的角色，尽管卖力唱做，掀帘出场，决不足震动观众的耳目。所以这出新剧，除了唐常肃，谁都不配做主角。所难的唐先生位卑职小，倘这回进京来，要叫他接近天颜，就是一件不合例的难题。而且一个小小主事，突然召见，定要惹起后党疑心，尤其不妥。我想司马相如借狗监而进身，论世者不以为辱，况欲举大事者何恤小辱，似乎唐先生应采用这种秘密手腕，做活动政治的入手方法，不识唐先生肯做不肯？"

超如微笑道："不入虎穴，焉得虎子！佛不入地狱，谁入地狱？本师只求救国，决不计较这些，只是没有门径也难。"扈桥道："门径有何难哉！你们知道东华门内马加剌庙的历史吗？"韵高把桌子一拍道："著呀！我知道，那是帝党太监的秘密集会所，为头的是奏事处太监寇连才，这人很忠心今上，常常代抱不平，我认得他。"敦古举起杯来向众人道："有这样好的机缘，我们该浮一大白，预祝唐先生的成功。唐先生不肯做，我们也要逼著他去结合。"大家哄堂附和，都喊著："该逼他做，该逼他做！"席上自从这番提议后，益发兴高彩烈，仿佛变法已告成功，在那里大开功臣宴似的，真是飞觞惊日月，借箸动风雷，直吃到牙镜沉光，铜壶歇漏，方罢宴各自回家。

且说胜佛第二天起来，就听见外间一片谑浪笑傲声里，还混杂着吟哦声，心里好生诧异。原来胜佛住的本是立人的书斋，三大间的平房，立人把上首一间，陈设得最华美的让给他住，当中满摆着欧风的各色沙发和福端椅等，是立人起居处，也就是他的安乐窝。胜佛和立人，虽然交谊很深，但性情各异；立人尽管也是个名士，不免带三分公子气。胜佛最不满意的，为他有两种癖好：第一喜欢蓄俊童，随侍左右的都是些十五六岁的雏儿，打扮得花枝招展，乍一望，定要错认做成群的莺燕；高兴起来，简直不分主仆，打情骂俏的搅做一团。第二喜欢养名马，所以他的马号特别大。不管是青海的，张家口外的，四川的，甚至於阿拉伯的，不惜重价买来，买到后，立刻分了颜色毛片，替他们题上一个赤电、紫骝等名儿；有两匹最得意的，一名惊帆驶，一名望云骓。总数不下二十余匹。春暖风和，常常驰骋康衢，或到白云观去比试，大有太原公子，不可一世气象。

胜佛现在惊异的，不是笑语声，倒是吟哦声，因为这种拈断髭须的音调，在这个书斋里，不容易听到的。胜佛正想着，立人已笑嘻嘻的跨进房来，喊道："胜佛兄，你睡毂了罢！你一到京，就被他们讲变法，变得头脑都涨破了。今天我想给你换换口味，约几个洒脱些的朋友，在口袋底小玉家里去乐一天。恰好你的诗友，程叔宽同苏郑盦，都来瞧你，我已约好了，他们都在外边等你呢。"胜佛忙道："啊哟，真对不起！我出来了。"一语未了，已见一个瘦长条子，龙长脸儿，满肚子的天人策，阴符经，全堆积在脸上，那是苏胥；一个半干削瓜面容，蜜蜡颜色，澄清的眼光，小巧的嘴，三分名士气倒占了七分学究风，那便是程二铭。两人都是胜佛诗中畏友，当下一齐拥进来。

胜佛欢喜不迭的一壁招呼，一壁搭话道："我想不到两位大诗人，会一块儿来。叔宽本在吏部当差，没什么奇；怎么郑盦好好在广西，也会跑来呢？"郑盦道："不瞒老兄说，我是为了宦海灰心，边防棘手，想在实业上下些种子，特地来此，寻些机缘。"叔宽道："不谈这些闲话。我且问你，我寄给新刻的《沧卧阁诗集》，收到没有？连一封回信都不给人，岂有此理！"胜佛很谦恭的答道："我接到你大集时，恰遇到我要上广东去，不及奉答，抱歉得很，但却已细细拜读过了。叔兄的大才，弟也不敢乱下批评，只觉得清淳幽远，如入邃谷回溪，景光倏忽。在近代诗家里，确是独创，推崇你的，或说追蹑草堂，或云继绳随州，弟独不敢附和，总带着宋人的色采。"郑盦道："现代的诗，除了李纯老的《白华绛跗阁》，由温、李而上溯杜陵，不愧为一代词宗，其余便是王子度的《人境庐》，纵然气象万千，然辞语太没范围，不免鱼龙曼衍；袁尚秋的《安舫簃》自我作古，戞戞独造，也有求生求新的迹象，那一个不是宋诗呢？那也是承了乾嘉极盛之后，不得不另辟蹊径，一唱百和，自然的成了一时风气了。"胜佛道："郑盦兄承认乾嘉诗风之盛，弟不敢承教。弟以为乾嘉各种学问，都是超绝千古，惟独无诗；乾嘉的诗人，只有黄仲则一人吧了。北江、芳茂辈，固然是学人的绪余，便是袁、蒋、舒、王，那里比得上岭南、江左、曝书、精华呢！"

立人听他们谈诗不已，有些不耐烦了，插口道："诸位不必在这里尽着论诗了，何妨把论坛乔迁到小玉家中，他那边固然窗明几净，比我这里精雅，而且还有两位三唐正统的诗王，早端坐在宝座上，等你们去朝参哩！外边马车都准备好，请就此走罢！"胜佛等三人齐声问道："那诗王是谁？你说明了才好走。"立人笑道："当今称得起诗王的，除了万范水、叶笑庵还有谁！"郑盦哈哈大笑道："我道是谁，原来是他俩，的确是诗国里的名王；一个是宝笏下藏着脂粉合，一个是冕旒中露出白鼻子。好，我们快去肉袒献俘罢！要不然，尊大人就要骂我们白盲不识宝货了。"说着这话，连叔宽、胜佛也都跟着笑了。

立人气愤愤立起身来，一壁领着三人向外走，一壁咕噜着道："谁断得定谁是王，谁是寇！今天姑且去舌战一场，看看你们的成败。"说是迟,那是快,已望见大门外,排列着一辆红拖泥大安车,一辆绿拖泥的小安车。请胜佛上了大安车,郑盦、叔宽坐了自己坐来的小安车。立人立刻跳上一辆墨绿色锦缎围子,镶着韦陀金一线滚边,嵌着十来块小玻璃格子的,北京人叫做十三太保的车子,驾着一匹高头大骡,七八个华服的俊童,骑着各色的马,一阵喧哗中,动轮奋鬣,电掣雷轰般卷起十丈软红,齐向口袋底而来。

原来那时京师的风气,还是盛行男妓,名为相公。士大夫憪於狎妓饮酒的官箴,帽影鞭丝,常出没於韩家潭畔。至於妓女,只有那三等茶室,上流人不能去;还没有南方书寓变相的清吟小班,有之,就从口袋底儿起。那妓院,共有妓女四五人,小玉是此中的翘楚,有许多阔老名流,迷恋着他,替他捧场,上回书里已经叙述过了。到了现在声名越大,场面越阔,缠头一掷,动辄万千,车马盈门,不间寒暑。而且这所妓院,本是旧家府第改的,并排两所五开间两层的大四合式房屋,庭院清旷,轩窗宏丽。小玉占住的,是上首第一进,尤其布置得堂皇富丽,几等王宫。可是豪富到了极颠,危险因此暗伏,北京号称人海,鱼龙混杂,混混儿的派别,不知有多少,看见小玉多金,大家都想染指;又利用那班揸鼻子的嫖客们,力不胜鸡,胆小如鼠,只要略施小计,无不如愿大来。所以近来流浪花丛的,至少要聘请几个保镖,立人既是个中人,当然不能例外。闲言少表。

且说小玉屋里,在立人等未到之先,已有三个客,据坐在右首的像书室般敷设的房里。满房是一色用旧大理石雕嵌文梓的器具,随处摆上火逼的碧桃、山茶、牡丹等香色俱备的鲜花,当中供着一座很大的古铜薰笼,四扇阮元就石纹自然形成的山水画题句的嵌云石屏。三人恰在屏下,围绕着薰笼,屋主人小玉打扮得花枝招展的在一旁殷勤招待。三人一壁烘火,一壁很激昂的在那里互相嘲笑。一个方面大耳,肤色雪白,虽在中年,还想得到他少年时的神俊,先带笑开口道:"范水,你不要尽摆出正则词人每饭不忘的腔调,这哄谁呢!明明是《金荃集》的侧艳诗，偏要说香草美人的寄托；显然是《会真记》纪梦一类的偷情诗，却要说怀忠不谅，托讽悟君。我试问你那首沉浸浓郁的《彩云曲》，是不是妒羡雯青，骚情勃发？读过你范水判牍的，遇到关着奸情案件的批判，你格外来得风趣横生，这是为着什么来？"范水把三指拈着清瘦的尖下颏上，一蓑稀疏的短须，带着调皮的神气道："陶令《闲情赋》、欧公《江西月》，大贤何尝没绮语？只要不失温柔敦厚的诗教罢了！难道定要像你桀纣式的诗王，只俯伏在琴梦楼一个女将军的神旗下，余下的便一任你鞭鸾笞凤吗！可惜我没有在大集上，添上两个好诗题，一个《简内子背花重放感赋》，一个《题姬人雪中裸卧图》，倒是一段诗人风流佳话。"旁边一个三十来岁没留须的半少年，穿了一身很时髦的衣帽，面貌清腴，气象华贵，一望就猜得到是旗下贵人，当下听了，非常惊诧的问道："范公要添这两题目，倒底包孕什么事儿？"范水笑道："这样风趣横生的事，只有请笑庵自讲最妙。"

笑庵想接嘴，外面一片脚步声，接着一阵笑声，立人老远的喊道："呀，原来你也先到了！伯黻，这件事，笑庵自己和亲供一般的全告诉了小玉，不必他讲，叫小玉替他讲得了。"小玉涨红了脸，发极道："庄大人，看你不出，倒会搭桥。我怎么会晓得？怎么能讲？"立人随手招呼胜佛、郑龛、叔宽进门和这里三人见面，随口道："小玉，你别急！等会儿，我来讲给大家听。"说着话，就把伯黻介绍给胜佛、郑龛、叔宽，都是没见过面的，便道："这位便是'宗室八旗名士草'诗人祝宝廷先生的世兄富伯黻兄，单名一个寿字，是新创知耻学会的会长。曾有一篇《告八旗子弟书》，传诵的两句名论，是'民权兴而大族之祸烈，戎祸兴而大族更烈'，是个当今志士，也是个诗人。"胜佛道："我还记得宝廷先生自劾回京时，曾有两句哄动京华的诗句，家大人常吟咏的。诗云：'微臣好色诚天性，只爱风流不爱官。'真是不可一世的奇士！有此父，斯有此子，今天真幸会了。"

伯黻道："诸君不要谬奖，我是一心只想听笑庵的故事，立人快讲罢!"立人笑道:"真的几乎忘了。笑庵,我是秉笔直书,悬之国门,不能增损一字。"笑庵道:"放屁!本来历史是最不可靠的东西,奉敕编纂的史官,不过是顶冠束带的抄胥;藏诸名山的史家,也都是借孝堂哭自己的造谎人。何况区区的小事,由你们胡说好了。"

立人道:"你们看着笑庵外貌像个温雅书生,谁也想不到他的脾气,倒是个凶残的恶霸!偏偏不公的天,配给他一位美貌柔顺的夫人,反引起了他多疑善妒的恶习性来。他名为爱护妻子,实在简直把他囚禁起来,一年到头,不许见一个人,也不许出一次门。偶然放他回娘家一次,便是他的皇恩大赦。然而先要把轿子的四面,用黑布蒙得紧腾腾地,轿夫抬到娘家后,放在厅上,可不许夫人就出轿;有四个跟轿的女仆,慢慢把轿子抬到内堂,才能抛头露面。而且当夜就得回来,稍迟了约定的钟点,就闹得你家宅翻腾。这已经不近人情了!有一次,冬天,下雪的天气,一个他的姨娘,不知什么事触怒了他,毒打了一顿,还不算数,把那姨娘,剥得赤条条地,丢在雪地里。眼看快冻死了,他的夫人,看不过,暗地瞒了他,搭救了进来,恰被他查穿,他并不再去寻姨娘,反把夫人硬拉了出来,脱去上衣,揿在板凳上,自己动手,在粉嫩雪白的玉背上,抽了一百皮鞭。这一来,把他最贤惠的夫人受不住这淫威了,和他拼死闹到了分离,回住娘家。他也就在这个时候,讨了名妓花翠琴。说也奇怪,真是一物一制,自从花翠琴嫁来后,竟把他这百炼钢,化为绕指柔了,只怕花翠琴就是天天赏他一百皮鞭,他也绵羊般低头忍受了。范水先生,这些故事,都是你诗里的好材料,你为什么不在《彩云曲》后,赓续一篇《琴楼歌》呢?"那当儿,立人讲得有些手舞足蹈起来。范水是本来晓得的,伯黻也有些风闻,倒把郑盦和叔宽听得呆了。

小玉袅袅婷婷的走近立人,在他肩上轻拍了一下,睨视娇笑着道:"喂,庄大人你说话溜了缰了,且不说你全不问叶大人脸上的红和白,你连各位肚子里的饥和饱,都不管;酒席也不叫摆,条子也不写一张,难道今天请各位来,专听你讲故事不成!"立人跳起来,自己只把拳凿着头，喊道："该死，该死！不是小玉提醒我，我连做主人的义务，全忘怀了。小玉，快摆起酒来，拿局票来让我写！"小玉笑嘻嘻的满张罗，娘姨七手八脚照顾抬面。小玉自己献上局票盘，立人一面问着各人应叫的堂唱名儿照写；一面向笑庵道歉，揭露了他的秘密。笑庵啐了他一口道："亏你说这种丑话！若然我厌恶那些话，听了会生气，老实说，你敢这般肆无忌惮吗？一人自然有一人的脾气，有好的，定有坏的；没有坏的，除非是伪君子，那就比坏的更坏了。大家如能个个像我，坦白地公开了自己的坏处，政治上，用不着阴谋诡计；战争上，用不着权谋策略；外交上，用不着折冲欺诈，《阴符七术》可以烧，《风后握奇》可以废，《政书》可以不作，世界就太平了。"胜佛拍案叫绝道："不是快人，焉得快语！我从此认得笑庵，不是饭颗山头，穷愁潦倒的诗人，倒是瑶台桃树下，玩世不恭的奇士了。"

一语未了，抬起头来，忽见立人身畔，站在桌子角上的小玉，吓得面如土色，一双迷花的小眼，睁得大大的，注定了窗外。大家没留意，胜佛也吃了一惊，随着他的眼光，刚瞟到门口，只见毡帘一掀，已跨进一个六尺来长，红颜白发，一部银髯的老头儿，直向立人处走来。满房人都出乎意外，被他一种严重的气色，压迫住了，都石像似的开不出口。小玉早颤抖的躲到壁角里去了。立人是胆粗气壮的豪公子，突然见这个生人，进来得奇怪，知道不妙，然不肯示弱，当下丢了笔，瞪着那老者道："咦，你是谁？怎么这般无礼的闯到我这里来！你认得我是谁吗？"那老头儿微笑了一笑，很恭敬的向立人打了一个千道："谁不认得你是庄制台的公子庄少大人！今天打听到您在这里玩，老汉约了弟兄们特地赶来伺候您的。"立人扮着很严厉的样子道："你既然知道我的名儿，你要来见我，你怎么不和我带来的标师们接一个头呢！"老头儿冷笑了一声道："您要问他们吗？脓包，中什么用！听见老汉一到，逃得影儿也没一个。"

胜佛听到这里，忽然心上触着一个人，忙奔过来，拉住那老头儿的手,哈哈笑喊道:"你莫非是京师大侠大刀王二吗?我和立人念道了你多少年,不想厮会在这里,这多侥幸的事!立人,我和你该合献三千金,为壮士寿。"那老头儿反惊得倒退了几步,喊道:"我不是王二,我是不爱虚名只爱钱。老汉还不识这位大人是谁?既蒙这样豪爽的爱结交,老汉也就不客气的谢赏。"说罢,就向胜佛请了一个安。胜佛忙扶住了道:"我是谈胜佛,专爱结识江湖奇士。这一点儿算什么?"老头儿道:"原来是谭三公子,怪不得江湖上都爱重你好名儿。"立人被胜佛这么一揽,真弄得莫名其妙,瞪着眼只望胜佛,又看看那老头儿,只见还是威风凛凛的矗立不动,满座宾客,早已溜的溜,躲的躲,房中严静地只剩了四个人,忍不住的问道:"我和谈大人已经答应送给你三千金,那么你老人家也可以自便了。"那老人装了一个笑脸道:"刚才谈少大人说的三千金,是专赏给我的,众弟兄还没有发付,他们辛苦一场,难道好叫他们空手而回吗?"立人这回也爽快起来了,忙接口道:"好了,好了!我再给他们两千,归你去分派罢。"那老汉还是兀立不走。

胜佛倒也诧异起来,分外和气的说道:"壮士还有话说吗?要说,请说。"老头儿嘲讽似开口道:"两位少大人,倒底还是书呆子,这笔款子,难道好叫老汉上门请领吗?两位这般的仗义疏财,老汉在贵家子弟中,还是第一次领教呢!那么索性请再爽利一点,当场现付罢!省得弟兄们在外边啰唣,惊动大家!"立人顿时发起极来道:"我们身边怎么会带这许多款子,小玉又垫不起,这怎么办呢?"回过头来向着胜佛和屋角里正在牙齿打架的小玉道:"是不是?我们既出口了,其实断不会失信。"那老儿道:"我们也知道两位身边不会有现款,好在有的是票号钱庄,没法儿,只好劳动那一位大驾走一趟了。"立人道:"只怕我们赶车儿的一时叫不齐。"老头儿道:"不妨事,我早预备下一辆快车,候在门口,老汉伺候了一块去走一遭。"立人和胜佛都惊讶这老头儿布置得太周密了。胜佛就站起来,拉了立人道:"咱们跟他去。那么上那一家去呢?"立人此时只答了一句:"到蔚长厚去取。"身不由主的跟着那老人同到门口，果然见一辆很华美的小快车，驾着一头菊花青骡子，旁边还系着一匹黑骡儿。只见那屋子四围的街路上，东一簇，西一群，来来往往，满是些不三不四的人，明明是那话儿了。

那老头子一到门外，便满面春风的来招呼立人、胜佛上车，自己也跨上黑骡，鞭丝一扬，蹄声得得的引导他们前进。胜佛在车箱里和跨在车沿上的立人搭话，胜佛道："今天的事，全是我干的。这笔款子，你不愿出，算我的帐，将来划还你。"立人摇着头道："你真说笑话了！我们的交情，还计较这些。倒是今天这件事，来得太奇怪，怕生出别的岔子，化几个钱满不在乎。"胜佛道："你放心。你瞧那老儿，多气魄，多豪爽，多周密，我猜准他一定是大刀王二。我们既然想在政治上做点事业，这些江湖上的英雄，也该结识几个，将来自有用处，这些钱，断不会白扔掉的。"两人谈谈讲讲，不多会儿，车子已停在蔚长厚门前。

立人等跳下车来，那老头子已恭恭敬敬的等候在下马石边，低声道："老汉不便进去，请两位取了出来，就在这里交付。"立人点头会意，立刻进去开了两张票子，开好了就出来，把一张三千的亲手递给老头子，一张两千的托他去分配。那老儿又谢了，随口道："老汉今天才知道两位都不是寻常纨裤，谈少大人尤其使我钦佩得五体投地。不瞒两位说，老汉平生，最喜欢劫富济贫，抑强扶弱，打抱不平，只要意气相投的朋友，赴汤蹈火，全不顾的。今天既和两位在无意中结了，以后老汉身体性命，全个儿奉赠给你们，有什么使唤，尽管来叫我。不过我还有一个不知进退的请求，明天早上，我们在西山碧云寺有一个聚会，请两位务要光临。"胜佛道："我第一要问明的你到底是不是王二？再者，我还有叨教的话，何妨再到口袋底去细谈一回。"老头子笑道："我是谁，明天到碧云寺，便见分晓，何必急急呢！口袋底请两位不用再去了，我已吩咐了赶车的径送两位回府。老汉自去料理那边的事，众弟兄还等着我呢！"说完一席话，两手一拱，跳上骡背，疾驰而去。这里立人和胜佛只得依了他话，回得家来，商量明天赴会的事。胜佛坚决主张要去，立人拗不过，只得依了。

到了次日，胜佛天一亮就起来，叫醒立人，跨了两匹骏马，一个扈从也不带。刚刚在许多梢云蔽日的古桧下落马，一进头门，那老头子已迎候出来。一领就领到了大殿东首的一间客厅上，齐齐整整的，排开了六桌筵席。席面上已坐满了奇形怪状，肥的，瘠的，贫的，富的，华绚的，褴褛的，丑怪的，文雅的，一大堆人，看见胜佛、立人进来，都站起来拍掌狂呼的欢迎。那老人很殷勤的请胜佛和立人分了东西，各坐了最高的坐位，自己却坐了中间一个最低的主位。筵席非常丰盛，侍席的人，遍斟了一巡酒，那老者才举起杯来，朗朗的说道："老汉王二，今天请各位到这里来，有两个原因，一是欢迎会，二是告别筵。欢迎会，就为我们昨天结交了谈胜佛、庄立人两位先生，都是当今不易得的豪杰，能替国家出力的伟人。我们弟兄，原该择主而事，得了这两位做我们的主人，我们就该替他效死。从今日起，凡我同会的人，都是谈、庄两先生的人，无论叫我们做什么事，到什么地方，都不问生死的服从。而且明里暗里，随时随处，每日轮班保护，这就是欢迎会的意思。第二是因为当今第一忠臣，参威毅伯、连公公的韩惟荩侍御，奉上旨充发张家口。他是个寒士，又结了许多有势力的仇家，若无人帮助保护前去，路上一定要被人暗害。这种人，是国家的元气，做大臣的榜样。我听见人说，他折子里，有几句话说到皇太后的道：'皇太后既归政皇上矣，若犹遇事牵制，将何以上对祖宗，下对天下臣民！'你们看，多么胆大，多么忠心！我因钦敬他的为人，已答应他亲身护送，又约了几个弟兄，替他押运行李。择定后日启程，顺便给诸位告别。"说罢，把斟满的一杯酒，向四周招呼。满厅掌声雷动中，忽然从外面气急败坏，奔进一个人来，大家面色都吓变了。正是：

  提挈玉龙为君死，驰驱紫塞为谁来。

欲知来者是何人，为何事，且听下文。

续孽海花

前　序

　　清季自光绪庚子之役以后，舆论发舒，小说家亦应时竞起，大抵以政界或社会为对象，若吴趼人、李伯元、刘铁云之伦，家张一帜，各负盛名。其间曾孟朴氏以"孽海花"出而与世相见，借名妓赛金花（傅彩云）为线索，演晚清史迹，妙於描摩，尤为个中翘楚。盖师友渊源，家世雅故，习知同光京朝风气，名人性行。而藻思健笔，复能就各种资料，善於运化，用使形形色色，点染如意，所写朝士之情态及谈吐，历历如绘，生动逼真，读之觉老辈风流，去人未远，斯其最难能可贵者，并时诸家，实无其俦也。

　　曾氏於此书甚自意，入民国后，续有所作，并对旧作加以修改。（前成二十四回，后续十一回，共三十五回，合印本则止於三十回。）其说明此书内容之组织（见"修改后要说的几句话"——民国十七年作）云。

　　　　……我的确把数十年来所见所闻的零星掌故，集中了拉扯着穿在女主人公的一条线上，表现我的想像。……我的结构和《儒林外史》等……虽然同是聊缀多数短篇成长篇的方式，然组织法彼此截然不同，譬如穿珠，《儒林外史》等是直穿的，拿着一根线，穿一颗算一颗，一直穿到底，是一根珠练，我是蟠曲回旋着穿的，时接时放，东交西错，不离中心，是一朵珠花。譬如植物学里说的花序。《儒林外史》等是上升花序或下降花序，从头开去，谢了一朵，再开一朵，开到末一朵为止。我是伞形花序，从中心干部一层一层的推展出各种形色来，互相连结，开成一朵球一般的大花。《儒林外史》等是谈话式，谈乙事不管甲事，就渡到丙事，又把乙事丢了，可以随便进止；我是波澜有起伏，前后有照应，有擒纵，有顺逆，不过不是整个不可分的组织，却不能说他没有复杂的结构。

又说明此书之意义同（上）云：

> 我这书的意义，畏庐先生说：……彩云是此书主中之宾；但说彩云定为书中主人翁，误矣。这几句话，开门见山，不能不说他是我书的知言者；……他说到这书的内容，也只提出了鼓荡民气和描写名士狂态两点，这两点，在这书里固然注意到，然不过附带的意义，并不是他的主干，这书主干的意义，只为我看着这三十年是我中国由旧到新的一个大转关，一方面文化的推移，一方面政治的变动，可惊可喜的现象，都在这一时期内飞也似的进行。我就想把这些现象，合拢了他的侧影或远景和相连系的一些细事，收摄在我笔头的摄影机上，叫他自然一幕一幕的展现，印象上不啻目击了大事的全景一般。……全书叙写的精神里，都自勉的含蓄着这两种意义。

自道如是，言之固非夸也。描写名士狂态，虽云附带而非主干，而此点在书中实为极精采之处。

余夙嗜读此书，把卷醰然，而惜曾氏既逝，难乎为继，乃有张燕谷先生，承死友之遗志，赓续撰述，又成三十回，（自第三十一回续起，至第六十回为止。）体裁仿原书，内容亦颇相亚，为之一快！

张君江南名宿，文彩斐然，科第起家久官郎署，晚清旧事，多所见闻。且与曾氏生同里闬，订交最早，原书旨趣，体会有素，故曾氏在世时即以续编相㪅诿。余得其稿，读而善之，谓可与原书并传。因为介绍登入《中和月刊》，由第二卷第一期为始，期登一回，逐回披露，而张君遽归道山，未及见其竣事也。

友人酷嗜此书。不鄙余之固陋属为重加校订印行，以餍时人之望，且征序於余。余既与此书有一段文字因缘，谊不可辞。窃谓为名小说作续编，欲其完全如出一手，事固大难。盖笔致，思力，见解，非能尽同。能於同一体裁之下，大致相称，而各展其长。成一家言，斯亦可矣。当曾氏以此相属，张君尝以"我那里有你的华美的文笔，那里有你的熟练的技术，这是万万不敢的"之语而辞谢。(见《续孽海花·楔子》。)其自视欿然，正见郑重其事，殆亦以不易完全如出一手为虑耳。洎曾氏云亡，继其遗志，奋笔为之，则良能自展其长，蔚然可观，佳处亦足颉颃前书。同工异曲，其是之谓乎。曾氏语张君以"现在能续此书者，我友中只有你一人"(同上) 张君於此，可称无负也。

其自述（同上）云：

独坐沈吟。不禁把四五十年前的事，一幕一幕的如电影般开起来。几上适有东亚病夫修改后之三十回本《孽海花》一册。展开一看，好像我心中电影的脚本，因此想到东亚病夫嘱我续编之语，不觉黯然。且他平日与我所谈及之遗闻轶事尚多，均未编入。当即取《真美善》中所续之三十一至三十五回寻出来一读。其於六君子之被杀，沈北山之参三凶，义和团之大乱，陕西回銮后之朝政，直至光宣间之宫闱秘密，辛亥革命之北京情形，皆不及叙出。鄙人当时则身在北京，亲所见闻。若说轶事遗闻，七十老翁之脑中很像万国储蓄会的存款很多，若一一写出来，也可以继续东亚病夫未了之志。……那时适有友人来谈，极力怂恿我续下去。我道："臣今年已七十矣，恐怕不能罢。"他说："吾乡钱蒙叟八十岁时尚著《楞严蒙钞》，难道你就没有这勇气么。……修史都是记国家重要的事，至於那胜流侠客、名士倾城，其片言只语，朋辈流传，风流隽妙，刺心荡魄，倘不为之记出，也就如玉树长埋，一抔黄土，不太辜负了当时的朋友么。"我听了不觉悚然。客既去，将三十回以后的五回，重看了一过，觉得其中事迹，如赛金花并未与孙三结过婚，大刀王二向戴胜佛、庄立人借钱，也与王二的人格不合。我就从现行的三十回后续起，以期文字一贯。至於东亚病夫所续的五回，不妨并行不悖。好在事实各可独立，只要无负书中旧友，东亚病夫天上有灵，当亦为掀髯一笑哩。

盖亦颇踌躇满志。其不由第三十六回续起，而舍曾氏所续之最后五回，更从第三十一回著笔，自抒所见，亦即自展其长，别谋文字上之一贯，与原续五回并存不悖，固含有自成一家之言之意，正不必以与前书完全如出一手为祈向也。张君所写戊戌政变、庚子之役中人物、轶事，多有史料价值，颇可与史籍相表里。沈北山（鹏）事迹，知之最详，写来尤为委曲尽致，多为世所未悉，亦一特色。（第五十五回开始写沈有云："作者与他是总角之交，他的一生历史，都在眼中。……自问可作北山的行述。"）惜张君所欲写之陕西回銮后之朝政以迄辛亥革命之北京情形，未及写出，辛丑和局甫竣，即又戛然而止耳。

曾张作风不尽同。张君既言无曾氏华美之文笔与熟练之技术，又云："……不过没有东亚病夫的笔尖，能生出奇丽万态的花朵罢了。"（见《续孽海花·楔子》）读《续孽海花》者亦或谓其笔端稍近平衍，未若前书之纵横奇肆，然张君实自有其写状甚工处。试举一例，如第五十一回（《颐和园垂帘重训政》）之写"尹震生（宗扬）"见"王武揆"云：

尹震生接了华中堂的信，马上将他和龙大典联名缮写好的奏折，填好了日子带着；骑了马赶出西直门，望海淀而来。他一路想，今天晚上到何处去呢？他自己想，这个折子上去，太后一定喜欢，我的前程未可限量。他就想着军机大臣王武揆也是后党,且跟他有些亲戚关系,今天顺便去告诉他一声。一来表示我的线索灵通,二来微露交情深厚,他一定留我。晚上到连总管那儿,请他派一个军机处苏拉引着去,省得多费周折。他经过王大军机的寓处,就教家人投帖请见,那王宅门公,见是都老爷,只好进去回。那王大军机连忙说:"请",尹震生进去到了客厅,王大军机即从里头出来,分宾主坐下。王大军机明知他必有要事,但他是个著名圆滑的人。……他见了面,不绝口的敷衍,一派毫不相干的言语,绝不问及来意,尹震生熬不住了,等他谈论少停,说道:"今天宗扬来见中堂,是要递一封奏。"王大军机道:"近来言路广开,政府也很盼望各位有所建白,不过我备员枢垣,是不便先与闻的。"震生道:"现在一班自命新党的,搅乱朝纲,宗扬是想请太后回宫,重行训政,才可挽回。所以先来请示。"王大军机听了,他就假装着耳聋,说道:"请太后回宫,天气还不十分凉,在颐和园里也还方便,大内的房子不十分合适,就是西苑里,到九月里回去也不晚。"震生接着道:"宗扬的意思,想请太后重行出来训政。"王大军机道:"现在皇上办什么事都上去请示的,差不多跟从前一个样。"他不等他再说话,就举手摸了一摸茶碗,立起来道:"本来我们是亲戚,今儿晚上应当留你吃饭,你现在既有这篇大文章,我不便留你了。"家人们外面已喊着送客,震生只得出来。王大军机特别送到门外,震生再四推辞,王大军机一定要送,直到看上了马,转身回来,走到上房院子中,他老人家口中吟哦道:"瓦罐不离井上破,将军难免阵前亡。"一面说一面进上房去了。

深具绘声绘影之妙。此中有人,呼之欲出矣。(王入阁在戊戌政变以后,称"中堂"嫌稍早。惟无关宏旨,小说家不可过拘。)其他描写之善,或酣畅,或工致,读者可自得之,无待备举。

余校录此书，略事理订，或於文字上谋其圆适，或於事实上正其违迕，或节其冗沓，或去其泰甚，随宜斟酌，量加点窜。然亦不敢过於吹求，多所更动，寸心得失，来者难诬，期无负於张君，无负於读者而已。

此书以史事为背景，同於前书，惟作小说固与修史不同，而别有一种文艺上之境界。曾氏谓"叙写的精神"以"印象上不啻目击了大事的全景一般"自勉，张君盖犹此志，均能予读者以全景之印象。对於所写种种事迹，则每以小说家之能事，就临文之便，施以离合变化，俾克引人入胜，虽大端期其语不离宗，而小节不妨有所出入。读者於此，不宜过泥。要在认清读小说与读史有异，（字字核实，良史所难，况小说乎？）领略其大意，欣赏其艺术，而不将其舛误处据为典要，（舛误或有意或无意，有意谓变通假借，渲染生色。无意则谓本未深求，成不经意之失，有意者无论矣；无意者，如曾氏前书中即亦不乏。）斯为善读矣。管见所及，并缀言之。

后　序

　　《续孽海花》一书与续《红楼梦》不同。《红楼梦》是凌空之作，意尽而止，续其书者，无非凭各人之见仁见智，从反面正面自抒胸中所欲言。与《红楼梦》本身是不相关的。至於《孽海花》这部书，明明以光绪初年至甲午间之朝局为背景，为主题，是确实不可移易的事。那么就非一直写到戊戌庚子或者竟至辛亥，（因为身历光绪一朝前后都有关系的人很多，而且从光绪初元以至辛亥，一幕一幕都互相连锁，非至辛亥不能结束，辛亥以后，这才完全换了一班人一种局面。）不能算是完璧。所以《续孽海花》一书实在不可少。但续这部书有许多难处。第一，前书可以拿一个傅彩云作主脚，而显出结构上的精采。其原因是光绪初年以至庚寅辛卯间的朝局始终是清流的朝局。有清流便有金雯青，有金雯青便有傅彩云，在文章技术上容易对付。但是甲午以后的事，不是这样简单，叙述起来，恐怕头绪太多，成为演义体而不是小说，尤其与前部书不成一个系统。第二，前书以美人名士侠客三种人为著意刻画的对象。好像山水画中一个和尚一个樵夫，自然合拍，使人感觉一种幽雅的韵味。后来便没有这种值得刻画与刻画而能发生美感的人了。第三，前书所写的人物，情景处处逼真，因为作者与这些人这些事耳目接近的原故。后书范围太广，若都能那样如身历其境，实在太不容易。这不能纯靠天才，没有资格见过这些世面的人是办不到的。

张君这部书，对於以上这些难处，虽然不能完全解决。我们敢说他已经想到，而极力在那里注意，决不是率尔操觚的。可是他详於戊戌而略於庚子，有点草草终卷的样子。这不能不说是一件憾事。文章憎命，墓有宿草，看到这里，对於这位老宿，更不禁满腔无尽的怀仰之私了。

张君将这部原稿交到鄙人这儿，已经是景迫桑榆，非常困顿的时候。洋洋三十回的巨帙，我固然非常惭愧，实在没有功夫去替他细加磨勘，而就匆匆在期刊发表。但即使我有功夫，我也知道张君决无此精力再与我尊酒论文，细细商榷。所以其中留了许多罅隙无法弥补。其中最缺少检点的，就是语句很多不合当时口吻。这本是做小说最应当严格注意的一件事。一种人是一种人的口吻。一时代的人是一时代的口吻。光绪年间的人，口中决不能说出民国以后方才流行的名词。这个毛病，几乎触目皆是。从书的结构上说，原不相干。可是使看书的人得一个不快的感想。这是只可请读者原谅的。就是曾氏民国以后续撰的《孽海花》，也有这个毛病。这是因为民国以后吾国语言习惯的变化太大了。与光绪中的语言已经大大不同。若要认真追溯起来，使其口吻逼肖，本也不甚容易。同时还要唤起读者注意的，就是著者虽然好像对於传述对话的技巧推板一点，其实有许多地方仍是非常生动的。此外稍微有一点记述不合体制的地方，本来却可以不必挑剔，不过前书既然好像样样在行（固然也有不在行的地方。）续书也不应该不考究一点。例如叙宫中的事，颇有显然不合当时情势的。著者大约一卧沧江之后，记不起青琐朝班的事了。凡是我所知道的，便随笔替他补救一点，不知道的，也就只好不管。至於人名一层，前书的体例，多取原名音义相近的字颠倒用之，原是存忠厚之意。续书却不免疏忽，时而变名，时而用真名。即所用变名前后也每每不一致。在读者也明知就是这一个人，而且其中公是公非也没有什么恩怨，不过体例总应该画一，凡是看出来的都替他改正了。

友人徐一士君，於近代掌故如数家珍，久已知名於海内。尤其对於校勘，一字不苟，其忠诚是我所极端敬服，而也是著述界所全信得过的。我徼幸能与之朝夕同笔砚，所以拜托他细看了一遍，他看出来的毛病颇不少。可是他异常矜慎，不自满假，并不肯轻易动笔来改。（自然有的地方改也不甚容易。）所以除了大错之外。其余小疵也就不甚吹求。

纵然有上面所说的这些，但是这么大的著作，今天就能觳拿出来出版，我敢说究竟是张君这样老辈作事，替我们后人省力终为不少。即以误字而论，我终年与编校为缘，从没看见误字如此之少的。可是我们在付印之前细校，在排印中再三校，在初印完成又校，总希望文从字顺，不使有毫发憾。这又是徐君辛勤助我的地方。

我为什么热心於这部书呢？

甲午、戊戌、庚子、辛亥四次重要关头，都在我的一生经历了，垂老而逢此地变天荒之世，抚今追昔，履霜坚冰，然后知光绪朝史事之关系重要。中国自宋以后，是士大夫的政治。士大夫政治可以说误尽苍生。但是没有士大夫呢，更不知今日成何世界矣。即以光绪朝中而论，自相残害破坏的是士大夫，议论纷纭以致国是不定的也是士大夫。然而试想光绪初元清流的纠弹权贵，抨击奄竖，扶植纲纪。排斥佞谀，是何等义正词严，凛凛有生气。尽管动机不尽纯洁，尽管直言不被采纳。然而这种气概，是叫人有所忌惮的。国本所以不动摇，就靠在此。君主之威虽然无所不极，小人之倾害亦无所不至。终觉得士大夫的公论不能轻易抹杀，士大夫的身分不能轻易摧残。不料戊戌一举，把三百年不杀士的成宪打破。就满清一姓来说，是不惜与全体士大夫为仇，这个仇结得太深，再无法修好的了，就国事来说，是把障遏小人的壁垒打破了。大凡人在政治组织中，必须有所畏。畏公论，畏国法，这是最好的。总不能告诉人公论不必畏、国法不必畏。戊戌是使人不畏公论，庚子更使人不畏国法。不得已倒有一样，就是怕洋人。到了不畏自己的公论国法，而畏外国人，请问怎样立国呢。（清季各小说所描画的都可以看出庚子以后的变态心理。）辛亥以后，一切的改革总不能抓住中心。虽然若干地方有些进步，总抵不过破坏之多而且大。这就是由於戊戌庚子所受的创太巨痛太深了。我并不是说士大夫政治恢复起来就好了。宋以来的士大夫政治，到今日大约也就结束住了。正如封建政治到秦而结束一样。但是今后的方向，应该极力将士大夫政治的坏处洗刷净尽，而将其中好处维持培植起来，以为立国之大本。

我们所要看的不是一朝的史事，而是这三十年中的国民心理的变迁。这便要从社会各方面来看，而亟须要一部好的小说了。《孽海花》是一部好书，续书比起前书来，当然还差一点，然后以之为椎轮大辂之始。或者后人可以有一部空前的成功作品，亦未可知。

我觉得中国的小说与历史犯著同样的毛病。总是记言的太多，记动的太少。很少人能在琐屑的地方显出社会制度，因而在这种地方反映人民心理。日本岛崎氏的《夜明前》一书，（今由华北编馆馆刊译出登载，译本改名《黎明之前》。）描写明治维新前后的变迁，就是这种。

颇有人劝我试作一部描写庚子以后的小说，以补张君此书的缺陷。以我见闻之陋，文笔之拙，断断是不能胜任的，何敢举鼎绝膑。此书刊行以后，或者有人同情於我的话，荟萃前人的成就而镕铸以成一部新的伟著，那是我所愿拭目以俟的。

前序意有未尽，於是再写此篇作为后序。

谈孽海花

《孽海花》作於清光绪季叶，金松岑（笔名爱自由者）发其端，而曾孟朴（笔名东亚病夫）以精心结撰之，将晚清史事，收入毫端，以家世及交游之关系，於个中人物，当时事迹，多能稔知而了解，取傅彩云作线索，贯串一切，虽若为傅彩云作传，而趣旨所在，固不限乎此。命意取材，均有独到之处，文笔与认识，相得益彰，故能左右逢原，挥洒自如。并时其他小说，罕有与之类似者。书中尤见长处，如写同光京朝老辈之形形色色，栩栩欲活，读之如亲接其声音笑貌，一时风会，於斯足征焉，其才洵弗易及已。

《孽海花》之在清季，以二十四回而止。民国以后，曾氏加以订改，并续撰十一回，为三十五回，重出单行本，为三十回。其下五回，仅见诸所办《真美善》杂志。

关於本书，曾氏之自道：如"修改后要说的几句话"（民国十七年一月作）云："这书主干的意义，只为我看着这三十年，是我中国由旧到新的一个大转关，一方面文化的推移，一方面政治的变动，可惊可喜的现象，都在这一时期内飞也似的进行。我就想把这些现象，合拢了他的侧影或远景和相连系的一些细事，收摄在我笔头的摄影机上，叫他自然地一幕一幕的展现，印象上不啻目击了大事的全景一般。例如这书写政治，写到清室的亡，全注重在德宗和太后的失和，所以写皇家的婚姻史,写鱼阳伯余敏的的买官,东西宫争权的事,都是后来'戊戌政变''庚子拳乱'的根原。写雅聚园、含英社、谈瀛会、卧云园、强学会、苏报社,都是一时文化过程中的足印。全书叙写的精神里,都自勉的含蓄着这两种意义。"观此:可於此书之堪称独树一帜者,思过半矣。(以孝钦后与珍妃事为东西宫争权,下字欠酌,二人不能并称东西宫也。)其於此文中述时人之品评暨其自解,亦深可注意。据云:"我说这书实在是个幸运儿,一出版后,意外的得了社会上大多数的欢迎,再版至十五次,行销不下五万部,赞扬的赞扬,考证的考证,模仿的,继续的,不知糟了多少笔墨,祸了多少枣梨,而尤以老友畏庐先生最先为逾量的推许。……他先并不知道是我作的,……我真是惭愧得狠!但是现在我先要说明组织,我却记到了《新青年》杂志里钱玄同和胡适之两先生对於《孽海花》辩论的两封信来:记得钱先生曾谬以第一流小说见许,而胡先生反对,以为只算第二流,……原文不记得,这是概括的大意。——他反对的理由有二:(一)因为这书是集合了许多短篇故事联缀而成的长篇小说,和《儒林外史》《官场现形记》是一样的格局,并无预定的结构;(二)又为了书中叙及烟台孽报一段,含有迷信意味,仍是老新党口吻,这两点,胡先生批评得狠合理,也狠忠实。对於第一点,恰正搔着我痒处,我的确把数十年来所见所闻的零星掌故,集中了拉扯着穿在女主人公的一条线上,表现我的想像,被胡先生瞥眼捉住,不容你躲闪,这足见他老人家读书和别人不同,焉得不佩服!但他说我的结构和《儒林外史》等一样,这句话我却不敢承认,只为虽然同是联缀多数短篇成长篇的方式,然组织法彼此截然不同。譬如穿珠,《儒林外史》等是直穿的,拿着一根线,穿一颗算一颗,一直穿到底,是一根珠练。我是蟠曲回旋着穿的,时收时放,东交西错,不离中心,是一朵珠花。譬如植物学里说的花序,《儒林外史》等是上升花序或下降花序,从头开去,谢了一朵,再开一朵,开到末一朵为止。我是伞形花序,从中心干部一层一层的推展出各种形色来,互相连结,开成一朵球一般的大花。《儒林外史》等是谈话式,谈乙事不管甲事,就渡到丙事,又把乙事丢了,可以随便进止;我是波澜有起伏,前后有照应,有擒纵,有顺逆,不过不是整个不可分的组织,却不能说他没有复杂的结构。至第二点是对於金君原稿一篇骈文而发的,我以为小说中对於这种含有神秘的事,是常有的,希腊的三部曲末一部完全讲的是报应,固不必说;浪漫派中如梅黎曼的短篇,尤多不可思议的想像。如《威尼斯铜像》一篇,因误放指环於铜像指端,至惹起铜像的恋妒,挤死新郎於结婚床上,近代象征主义的作品,迷离神怪的描写,更数见不鲜,似不能概斥他做迷信,只要作品的精神上,并非真有引起此种观念的印感就是了,所以当时我也没有改去。不想因此倒赚得了胡先生一个"老新党"的封号。大概那时胡先生正在高唱新文化的当儿,狠兴奋地自命为新党,还没想到后来有新新党出来,自己也做了老新党,受国故派的欢迎他回去呢!若论我这书的意义,畏庐先生说:"《孽海花》非小说也。"又道:"彩云是此书主中之宾,但就彩云定为书中主人翁,误矣。"这几句话,开门见山,不能不说他不是我书的知音者。但是"非小说也"一语,意在极力推许,可惜倒暴露了林先生⋯⋯不曾晓得小说在世界文学里的价值和地位。⋯⋯其实我这书的成功,称他作小说,还有些自惭形秽呢!他说到这书的内容,也只提出了'鼓荡民气'和'描写名士狂态'两点,这两点在这书里固然曾注意到,然不过附带的意义,并不是他的主干。"说得亲切而醒豁,凡读《孽海花》者,得此一番叙述,固大有裨於对本书之了解也。关於结构,其以穿珠及花序为喻,尤见取譬之工妙。傅彩云在书中之地位,虽若主人,实则借作线索之用,读者於此不可不辨。曾氏以重视小说,故於《孽海花》极致力,不同率尔操觚。

曾氏述及钱玄同、胡适之之语,亦颇有关系,事在民国六年。胡氏《文学改良刍议》提倡白话文学有云:"吾每谓今日之文学,其足与世界'第一流'文学比较而无愧色者,独有白话小说(我佛山人、南亭亭长、洪都百炼生三人而已）一项。此无他故，以此种小说皆不事摹仿古人，（三人皆得力於《儒林外史》《水浒》《石头记》。然非摹仿之作也。）而惟实写今日社会之情状，故能成真正文学。"钱氏与人书，论及此节，谓"弟以为旧小说之有价值者，不过施耐庵之《水浒》，曹雪芹之《红楼梦》，吴敬梓之《儒林外史》，李伯元之《官场现形记》，吴趼人之《二十年目睹之怪现状》，曾孟朴之《孽海花》六书耳。……刘铁云之《老残游记》，胡先生亦颇推许，吾则以为其书中惟写毓贤残民以逞一段为佳。其他所论，大抵皆老新党头脑不甚清晰之见解。黄龙子论'北拳南革'一段，信口胡柴，尤足令人忍俊不禁。"胡氏答钱谓："钱先生谓《水浒》《红楼梦》《儒林外史》《官场现形记》《孽海花》《二十年目睹之怪现状》六书为小说之有价值者，盖皆就内容立论耳，适以为论文学者固当注意其内容，然亦不当忽略其文学的结构，结构不能离内容而存在，然内容得美好的结构乃益可贵。……适以为《官场现形记》《文明小史》《老残游记》《孽海花》《二十年怪现状》诸书，皆为《儒林外史》之产儿，其体裁皆为不连属的种种事实勉强牵合而成，合之而至无穷之长，分之可成无数短篇写生小说，此类之书以体裁论之，实不为全德。……《孽海花》一书，适以为但可居第二流，不当与钱先生所举他五书同列，此书写近年史事，何尝不佳；然布局太牵强，材料太多，但适於札记之体（如近人《春冰室野乘》之类）。而不得为佳小说也。其中记彩云为某妓后身，生年恰当某妓死时，又颈有红丝，为前生缢死之证云云，皆属迷信无稽之谈。钱先生所谓'老新党头脑不甚清晰之见解'者是也。适以为以小说论，《孽海花》尚远不如《品花宝鉴》，《品花宝鉴》为乾嘉时京师之'《儒林外史》'，其历史的价值甚可宝贵。……鄙意以为吾国第一流小说，古人惟《水浒》《西游》《儒林外史》《红楼梦》四部，今人惟李伯元、吴趼人两家，其他皆第二流以下耳。"以此与曾氏所自称者合看，可知责备处不尽允洽也。惟《孽海花》为政治历史小说，体於写实为近，与曾氏所举外国浪漫、象征诸类小说有异。其涉及神秘、迷信处，实不免近乎蛇足。就中国小说言，亦嫌落套耳。至胡氏以《孽海花》与《品花宝鉴》相拟，似未可一概而论。两书著重之点不同也。若云历史的价值，《孽海花》何尝无之乎。

以上粗述关於《孽海花》之概略，意有未尽，稍迟拟更一谈。

张君之作，系自第三十一回续起，说见所为《楔子》。张君谓："若说轶事遗闻，七十老翁之脑中，很像万国储蓄会的存款很多，若一一写出来，也可以继续东亚病夫未了之志，不过没有东亚病夫的笔尖，能生出奇丽万态的花朵罢了。"各人笔调，原难尽同，张君老於文事，多习旧闻，此作承死友之志业，类皆言之有物，持之有故，写状亦生动有致，足成一家之言，与曾作可并传於世。读过《孽海花》者，固不可不更读此《续孽海花》也。（清季《孽海花》中辍后，尝有陆士谔之续本，多失曾氏原意，文笔亦少精采，出版后未为世重，久已若存若亡矣。）

拙轩

楔　子

民国二十三年暮秋，那一日，听得东亚病夫已经回来了，好多年不见面的老友，急于要去畅谈一回，时正旁①晚，坐了人力车，到了虚霩园后门，推门进去，只见亭台依旧，风景不殊，池中荷叶披离，岸畔柳条摇曳，确已是深秋光景了。不禁回想到君表先生建筑斯园，我与东亚病夫，皆是白夹青衫，翩翩少年，无日不到斯园。当时汪柳门、吴清卿等诸名士，时时由苏来常，诗酒流连，吟余醉后，碎玉零玑，文璧绮窗，墨痕狼藉。匆匆四十余年，已觉不堪回首了。

正在徘徊感怆之时，只见那竹篱丛树之中，闪出一个人影来，头带（戴）一个棕笠，遮蔽了面孔，穿了一件黧旧的秋罗夹衫，口里说道："老友，多时不见了！"我仔细一看，不觉吃惊。只见他面目清癯，已经留了苍白的疏髯，不过他欢迎故人的一种神情依然不改。他手中拿了一柄小小的花锄，含笑说道："老友！我正在种花哩！我今年从日本、法兰西各国托寄了各种花子、花苗，现在正忙着插莳种植，明年你可以来欣赏了。"我就笑说道："你的种花，好似培植国民，明年就可以考验你培植的效果了。不过培植花草，一年就有效验；培植国民，至少须有数十年。所以古人说：'十年树木，百年树人。'不晓得世上也有预

---

① 编者注：同"傍"。

备那树人计划的人么?"他叹了一口气道:"现在种花的,大都用坑火马粪迫成的唐花,不过供一时的赏玩罢了。"我道:"吾国国民受了五千年的文化,因被专制政体消铄了,没有能开出好花来,只要好好的培植了。佛说:'众生本性,决不消灭。'将来国民性觉悟了,自会发达哩!"他说道:"众生有佛性,本性永不灭。瞿昙决无诳语,我的种花,今年不好,明年改变,已变换了不知多少。自佛眼观之,地球上兴亡强弱,也和花开的好歹一样,不过如戏剧的换幕,世人见了印度的衰弱,就说佛教为亡国的宗教,真不值世尊一笑哩!"我说:"如来一弹指,即越百万阿僧祇劫,他看数百年的历史,真如一出的短剧。你的《孽海花》,不也是一剧中的片段么?现在你在《真美善》中继续发表数回以后,续下去还有多少呢?"他怆然手掐须髯,叹道:"你看我身体精神,还能觳续下去么?我的病相续不断,加以心境不佳,烦恼日积,那里有心想做下去呢?我看你年纪虽比我稍大,精神却比我好得多。《孽海花》宗旨,在记述清末民初的轶史,你的见闻,与我相等,那时候许多局中的人,你也大半熟悉,现在能续此书者,我友中只有你一人。虽是小说,将来可以矫正许多传闻异辞的。"我道:"我那里有你的华美的文笔!那里有你的熟练的技术!这是万万不敢的。"他就一笑道:"这也要看机缘了!"我道:"你又要来说佛学了!"他就脱了棕笠,放了花锄,邀我上楼坐了一回。那时黄谦斋也来了。谈了一晌,已是黄昏时候,我就回家了。后来虽然也见了几回,没有如此畅谈过。不久就永诀了。我与他自幼订交,至临殁之事实,曾作哀辞一通。

籀斋先生哀辞

　　余弱冠与孟朴游,君先人君表先生,方筑虚霩园,疏水叠石,峙楼迤廊,余常与君随而观之。一夕,与君泛舟池中,余堕水,君惊而出之。握手狂笑,赋诗而散。余与君入都,与黄谦斋、徐少逵诸友游江亭,各题小诗于壁,托名女郎,后流传为《江亭女儿诗》,颇多和者。君於春闱,屡以回避不与试。丁酉,余与君从张德彝、世增读英、法文,旋以事归,又延日人金井秋苹读日文。余无恒,无所成,而君习法文不少间,卒通之。嗣创设《小说林》,风行海上,多君译述之作。君与徐念慈、殷潜溪及余,创立中西学社于塔前别峰庵,即今日之塔前小学也。社中无经费,是时米业有所谓"塔志"捐者,每岁入七八千元,为修志修塔之费。君与余年少气锐,以邑志非急需,塔尤虚诬,请於长吏,拨入学校。邑中巨绅,以为向无敢干涉者,执不可。省中派员查询,君与余面折委员及各绅,均无辞而阴阻之。迨长沙张文达师督学务闻之,饬督抚批准,乃定。常熟建学之有经费自此始。戊戌政变,踪迹少疏,然君在南与经元善电谏废立,沈北山在北疏劾三凶,书牍往来,精神契合,我二人未尝不默相慰也。改朔后,君为省议员,持论岳岳,大江南北,贤豪从之者如归。嗣任江南沙田官产总局、财政厅长,数年中不过一二面,而我友黄谦斋,常在君左右。谦斋告余曰,君在沙田局,有友辇金数十万,属君处分某处沙田。君严拒之不为动。其任财政厅,有戚闻君欲在上海觅屋,即代赁巨舍,几榻帘箪,精丽瑰奇,促君视之。君以为侈,告以己所献,不需一钱,则大惊,立毁屋约,命仆舁还其器具。其人嗫嚅不敢出一语,廉洁如此。而尤有益於地方者,则於齐卢战后,某师长拥众数万无所归,欲属於江南,君告於当局曰:"留之易,遣之难。姑不问利害,常年馈饷,江南民力竭矣!"乃止。又有欲办亩捐者,君曰:"浙之杭、嘉、湖,苏之苏、松、太,承宋贾似道官田之害毒深矣!民将不堪。"后张宗昌来,卒行之。敛臣之言,至今为梗。君於学无所不窥,少时著《后汉艺文志》《昙花梦曲》,而尤以小说《孽海花》驰名。精研法文,后喜译嚣俄之作。余笑语之曰:"今世群以新文学重君，然余以为君之得力处，仍基础於旧学，故发此新采耳！"君笑而颔之。去年，君因病回里，余访君虚霩，以余年稍长於君，语君曰："我死君为我传。"君亦笑应之。不意君先我而逝，反使我执笔以诔君也。君文学政事，荦荦大者，载在人口，不复述。述我二人自幼至老之踪迹，以抒余哀。辞曰："吁嗟我友兮！胡至於斯？吾闻君殁兮，日已西驰！含泪升堂兮，寂寞灵帷！搴幕谛视兮，无改丰姿！卧灵床而犹视兮，俨苍苍之须眉！怆悲呼而不应兮，急痛泪之双垂！念少日之相聚兮，常携手而徘徊。时上下其论议兮，喜心印之同规，迫役形而分驰兮，若劳燕之差池！幸书问之往来兮，辄神合而形离！感日月之易迈兮，循鬓发而同衰；君息影於家巷兮，常携筇而相随；骋雄辩於文史兮，慰十载之相思！傍畦圃以徜徉兮，纷花木之离披！君戴笠而荷锄兮，或艾草而结篱；指紫白以相示兮，若哲理之分治。君云花之一世兮，历四序而终及，人以三十年为一世兮，子与余已六十。较花已为二世兮，如宿根之复植，余笑言以相答兮，人花同归於枯槁，彼时日之舒促兮，惟人心之自造。一弹指之与亿劫兮，何长短之足道！君微笑而语予兮，予犹未忘夫惟识；抑暮年之逃禅兮，皆文字之徽缠。脱羁绁以自证兮，实言思之道绝！忆斯语之未几兮，倏溘然而长息！缅遗音而深念兮，何哀思之无极！羡君乘化而归尽兮，殆逍遥於乐国。"

今年阴历大除夕，阴云四合，窗外竹林中，萧萧的雪珠，打在竹叶上，既不像风声的摩戛，又不像雨声的滴沥，说不出一种凄惋萧飒的感触。邻家的爆竹，也寂然无声。书几上家人点了一对守岁烛，烛上结了两个灯花，好像钱牧斋红豆村庄所生狠大的红豆。灿烂照耀，来慰我七十老人的孤寂。独坐沈吟，不禁把四五十年前的事，一幕一幕的如电影般开起来了。几上适有东亚病夫修改后之三十回本《孽海花》一册，展开一看，好像我心中电影的脚本，因此想到东亚病夫嘱我续编之语，不觉黯然。且他平日与我所谈及之遗闻轶事尚多，均未编入，当即取《真美善》中所续之三十一至三十五回，寻出来一读，其於六君子之被杀，沈北山之参三凶，义和团之大乱，陕西回銮后之朝政，直至光宣间之宫闱秘密，辛亥革命之北京情形，皆不及叙出。鄙人当时则身在北京，亲自见闻，若说轶事遗闻，七十老翁之脑中，狠像万国储蓄会的存款很多，若一一写出来，也可以继续东亚病夫未了之志。不过没有东亚病夫的笔尖，能生出奇丽万态的花朵罢了，那时适有友人来谈，极力怂恿我续下去。我道："臣今年已七十矣！恐怕不能罢！"他说："吾乡钱蒙叟八十岁时，尚著《楞严蒙钞》，难道你就没有这勇气么？况且近来所出的笔记小说，述及清季的朝野轶闻，往往错误百出，后来读者，恐怕以误传误，埋没了许多实迹。古来国亡修史，是一个重大的责任；不过修史，都是记国家重要的事，至于那胜流侠客，名士倾城，其片言只语，朋辈流传，风流隽妙，刺心荡魄，倘不为之记出，也就如玉树长埋，一抔黄土，不太辜负了当时的朋友么？"予听了不觉悚然！客既去，将三十回以后的五回，重看了一过，觉得其中事迹，如赛金花并未与孙三结过婚，大刀王二向戴胜佛、庄立人借钱，也与王二的人格不合。我就从现行的三十回后续起，以期文字一贯。至于东亚病夫所续的五回，不妨并行不悖，好在事实各可独立，只要无负书中旧友，东亚病夫天上有灵，当亦为掀髯一笑哩！正是：

　　　　笔愧续貂丁子尾，录哀化鹤癸辛年。

读者不弃。请看正文！

第三十一回　送丧车神龙惊破壁　开赈会彩凤悔随鸦

话说金府运送灵柩回苏船只，由上海用小轮拖着，过了青阳港，约在二更天时候，忽大船上嚷着说："姨太太的小船没有了，快快停轮！"那舱里的大太太听见了，冷笑了一声，就喊舱里的王妈道："你去跟洪升说，不要大惊小怪，也不必停轮，一径开船就是了。"王妈听了，就照着太太的吩咐，对洪升说了。洪升听了，心里也就明白，就叫小轮上不必停轮，一直开行；走到东方发白，日轮半吐，已到了阊门外太子码头，小轮上解缆停泊。那时金府的家人们，已经先一日布置全备。金侍郎是奉旨入城治丧的，自然仪式隆重庄严，码头上摆着全副仪仗，预备把灵柩抬到悬桥巷本宅，再行开丧。那日码头上，自抚、藩、臬三大宪起，以及粮道、本府、三县等，统统前来，设席路祭。祭毕，动身入城，牌伞辉耀，旗帜翩翩，还有城守武官，及飞划营，盐捕营等，都派了队伍，跟在仪仗中一同走。苏州人最喜欢看大出丧，那阊门大街中市护龙街一带，两旁店铺，挤满了男男女女。灵柩过去时，大家啧啧称赞道："倒底是状元出身，所以皇帝伯伯也看重俚，才有格种风光。可惜俚寿命短，勒做到宰相，比潘家里格状元宰相，觉得推扳一点哉。"一路行人闲谈，不在话下。那金侍郎灵柩进了宅以后，择日设奠，卜地安葬，一切后事，且不必说。

且说傅彩云怎么会半途脱逃呢？原来在北京动身前，那天在陆莘如，钱唐卿二人当面，解决了开放的约定，他就对着金太太说道："我跟着老爷一场，当然要尽我的良心，送他到家；不过我到了苏州再出来，苏州人喜欢管闲事，说闲话，一定添出许多枝枝节节的说话；太太听了，一定不高兴。不如到了上海，等老爷的灵柩，送上了船，我就随便的悄悄脱身；太太也不必追问，省了许多闲话，我也少坍点老爷的面子。太太也少听些说我的坏话。不是彼此有益么？"金太太听了，叹了一口气，说道："随你的便，不过你将来不忘记老爷，你就留点儿老爷的面子，就算对得住老爷了。"彩云听了，不由得良心发现，走到灵前，哭了一场。他伴了柩，出了北京，到了上海，一面约了孙三儿，预备好房子，一面另雇一船，装了他的东西，拖在小轮后面；那是太太明知的，否则姨太太应同太太一同伴着灵柩，那有另雇小船，拖在后面的道理。原来彩云的船上，早已把孙三儿藏在舱中，等到了黄昏时候，低低的吩咐船上的人，将拖缆轻轻的解开了，那小轮如飞前去。这小船就扳艄扯篷，顺风顺水，一会儿仍旧回到了上海苏州河。船既靠定，孙三道："我们到小房子去吧！"彩云道："也好！"原来船上从北京带来的行李箱只，以及日用的器具，也有几十件儿。孙三儿就上岸，叫了两部塌车，统统装上，送到垃圾桥保康里小寓。彩云所有的贵重首饰箱，早由三儿在北京运出。

　　彩云一到上海，说是怕担风险，迫着三儿去存在汇丰银行保险箱里。不过这个钥匙，三儿没有交还彩云，彩云也不好去讨。他们一味的欢天乐地，喜孜孜度着磨花腻玉沈蜜团泥的日子。不是逛张家花园，就是上丹桂茶园，双宿双飞，相依相傍，真是一刻儿都离不开。过了一个多月，有一天，三儿说是要还一笔朋友的债，就向彩云道："你快拿一百块钱来，我等着用哩。"彩云听了，呆了一呆。三儿道："你不肯么？不肯就不要了。"彩云道："我身边没有带着，所以想了一想，向那里去拿，答应了迟一点儿。我的三爷，好大的脾气！我还没有……"彩云说到这里，就停止了。朝着三儿，横眸一笑道："我的三太爷，那梳头匣子里，有一百五十块钱，你就拿着一百去吧。"三儿立起来，开了梳头匣，把一百五十块钱都拿了，一面说道："我都拿去了，你要用，我再还你吧。"匆匆的下楼去了。彩云望着他下了楼梯，冷笑了一声，暗道："我还没有嫁他，嫁了他，连人都是他的了。亏得我把蔚丰厚，源丰盛两个存折，没有给他看见。他晓得了，不花个干净，他是不安心的。现在我要想个对付的法子才行。我的分儿，我的相貌，我的财产，要教一个下等的戏子，骗了个干干净净，不但对不住故去的老爷，也对不住我自己。我现在先想法拿回首饰箱子再说。"他跟孙三从此生了心。

那时孙三儿拿了他一百五十块钱出去，他不是还债，是去赶赌的；不料一会儿都输完了。他躺在赌场中烟榻上，一面抽大烟，一面想心事。他想彩云跟他，虽则现在狠要好，然照今天和他拿钱的时候，显然有点儿不十分乐意，不像从前在北京的时候，只要我要什么就有什么。况且他现在手中的钱，有去无来，也有数儿了。上海的情形，不比北京，想他的也不在少数。万一他变了心，那是狠容易决裂的；我总要趁这个时候，和他成了婚，以后他的钱就是我的钱了。不过从前在北京的手段，是不中用的了，他再找一个人也容易，还是极力的笼住他，等他上了成婚的圈套，再放出手段来，才有用。他想定了主意，就立起身来，回到小寓里，进门上楼，只见彩云不在家中。孙三就问雇的老妈道："大小姐到那儿去了？"老妈道："不知道。"三儿听了，心里就狠不高兴，只好在家中等着。

不料彩云是到了金小宝那里去了。原来金小宝从前小时候，也在苏州冶芳浜大陈家里做过讨人，和彩云贴邻住过。彩云没有嫁到金家的时候，两小往来，彼此狠合意的。自从嫁了金雯青，五六年间，那金小宝也从苏州到了上海，已做了顶括括的红倌人，和林黛玉、陆兰芬、张书玉四人，叫作上海滩的四大金刚。相貌既好，手段又高，对於客人的牢笼对付，实在胜过了彩云。现在彩云从金家出来，到了上海，一天在张园吃茶，碰见了小宝，旧雨重逢，握手言欢，彼此交情，加倍深了。小宝和他谈了几回，知道他手中有许多首饰及现款，而且他的状元夫人的名气狠大，年纪也刚过二十岁，正是春萌豆蔻，艳占鸳鸯；不料被孙三独占了，想拉他出来，一定可以扩张势力。他就在词气间，微露替他可惜的意见。他又用些功夫，先把上海有名的伶人小志和、想九霄、小连生等，於有意无意间，向彩云介绍了。那时四大金刚，对於上海有名的戏子，没有不和他不相好的。那班戏子，听见赫赫大名的状元夫人，没有一个不钻头觅缝，想邀一顾的。彩云看见了他们一班名角，觉得孙三上台的时候，还下得去，一卸了装束，这种粗黑的脸，带着许多麻子，当着锦帐半垂，华灯斜照的时候，不免有点比较的厌恶了。彩云既与小宝往来密切，自然那时大兴里一带的名妓，交结得狠多，渐渐的与兰芬、黛玉等，都成了知己的姊妹。他尤其与小宝交情来得深，无话不谈。那天孙三儿拿了他的一百五十块钱出去后，彩云心中狠不高兴，就匆匆的要到小宝那儿。一想正是出局摆酒的时候，有些不便。他就到了一品香，写了请客片，到大兴里去请小宝来吃大餐，顺便谈谈。等了一会儿，那金小宝上楼来了，看见了彩云，就含笑的说道："今朝耐请倪，阿有啥事体？老三到仔啥地方去？让耐一干子出来！"彩云笑道："阿姐麨题哉，请耐点子菜，倪要细细的搭耐讲讲勒。"小宝道："倪刚刚吃午饭，实在吃勿落啥。"彩云道："阿姐，好意思，一点点也勿吃？"小宝道："是哉，倪来点末哉。"就喊西崽道："来一客樱桃梨。"彩云道："耐真一点菜也勿吃？岂有此理！刚刚俚说鹌鹑还好，添一客炸鹌鹑，再要一个……"小宝道："谢谢耐，有子鹌鹑尽彀哉。"彩云道："阿姐真搭我客气，勿像是姊妹哉。"小宝笑道："要好也勿在乎多吃，等倪吃得落时候，请耐多点几样末哉。"彩云就要了两杯克力沙，一面吃，一面说道："阿姐，倪有几句闲话告诉耐，请耐出格主意。"小宝何等聪明，晓得一定是跟孙三有了意见了，就说道："难道是老三起花样？"彩云道："阿姐真聪明。"就把今天孙三的行动告诉了他。小宝道："真真一屁弹着，承耐看得起，样色搭倪说，不过倪背后，常常替耐可惜，像耐格种身分，格种相貌，永远教老三糟蹋，实在勿上算。"彩云道:"阿姐,倪是一时上仔俚格当,糊里糊涂,就跟俚出来,现在倒有点僵。"小宝笑道:"耐搭俚阿曾成过婚?"彩云道:"还好,勿。不过到仔上海,俚常常催倪搭俚办,倪想想有点勿值得,一径推托。"小宝道:"格桩事体,倒要细细斟酌,俚格种人格闲话,是靠勿大住格。"彩云道:"一点也勿差,不过俚一径来催,倪勿好回答俚,阿姊耐替倪想想,那哼说法?"小宝道:"格是容易格,耐先问俚,屋里向阿曾有过家主婆?俚一定说呒不。耐就说格种事体,勿是可以瞎来来格,让倪去打听打听再办,只要耐搭倪心勿变,早点慢点,是一样格,俚听子耐个闲话,俚也勿好翻腔,不过俚催耐成婚,倒底是要好呢,还是有别种意思?"彩云冷笑道:"要好是用勿着说起格哉,俚格意思,第一是看想倪几个铜钱。"小宝道:"耐格款子,俚阿曾拿去?"彩云道:"倪有两个存折,俚是勿晓得格。倪有只首饰箱子,是倪托俚去寄存银行保险库里格,不过对号单搭子钥匙,俚野勿来交代倪。阿姊,耐想俚格心思,阿要可恶!"小宝道:"阿哟,阿姊!耐倒要打算打算格,耐从金府浪出来,就算有点款子,不过上海地方,长久住去下,耐格款子是有数格,用下去,恐怕渐渐里要勿彀,等到用完仔,勿晓得老三阿肯一心一意?"彩云道:"一点野勿差,近来俚要倪格铜钱,倪答应慢一点,俚就要发脾气。等到倪格钱用完,俚格心变勿变,也用勿着问个哉。"小宝道:"倪老实有一句闲话,勿晓得耐阿听得进听勿进?倪想像耐搭倪格种年纪,正是出风头格时候,只有用别人家格铜钱,阿有啥反而送人家去用格道理!一来应当趁年纪轻,风头健,寻寻开心;二来是,积蓄点养老盘缠。照耐说格闲话,老三是打格拆烂污主意,耐倒不可不防。倪替耐想,金府浪带出来格款子,多不过几万,彀几年用?弗趁仔年纪轻,捞摸点,等到年纪大仔,要人家格铜钱是烦难格。耐看许多大人老爷,到子堂子里,手段蛮阔,脾气也好,一万八千勿在乎。等到讨到手,隔勿到一年半载,就搁在一边,不但一个铜钱弗拿出来,还要管得倪动也勿许动,所以倪是看穿格哉。"彩云道:"耐格闲话真勿错!现在那哼对付?阿姊替倪定一个办法!"小宝道:"我想耐现在尽管敷衍俚,一面布置起来,等个机会,拿首饰箱归到自家格手里,耐再掉一个枪花,看俚有啥法子!老实说,俚笃班子里,有点面子格,倪才认得,公堂浪,巡捕房里,上下中三等,倪才兜得转格。况且听见是耐阿姊格事体,大家要来拍马屁来不及,阿有啥勿帮忙格。不过……"小宝停了一停,笑了一笑道:"倪笃两家头个交情那哼?勿要倪空做格闲冤家。"彩云笑道:"笑话哉!倪是看穿仔俚哉,总是倪上仔俚一个当末是哉!阿姊格闲话勿错,倪是定规照耐说个去做。"小宝道:"现在是一点也勿露出来,要紧要紧。"彩云道:"谢谢耐!"小宝道:"时候勿早,倪要先去哉。"彩云道:"担搁耐格辰光,真真对勿起!"小宝立起身来说道:"勿客气。"就走了出去。彩云送出房门,叫仆欧算了账,签了字,也就坐车回去。

到了寓中楼上,问老妈道:"老板回来么?"老妈道:"回来了。"彩云走进房门,只见三儿横在床上。彩云含笑道:"你回来多久了?"三儿道:"你到那儿去的?"彩云道:"我出去碰着了小宝阿姊,一同到一品香,吃了一顿大餐。本要想去看戏,小宝姊有堂差,你又没有来,我一个人狠冷清,也就回来了。你为什么不早点儿回来?咱们一同去听戏呢。"三儿道:"你自到了上海,朋友一天多一天,渐渐的也用不着我了。"彩云听了,吃了一惊,呆了一呆,赶快的改变了面色,故意的说道:"我没有男朋友,只有女朋友,况且还不如你的女朋友多呢!你说我用不着你,明明就是说你用不着我了。老三!你留点儿神,你要用不着我,看我跟你怎么个开交!你随便怎样上天入地,我总是跟着你,你不用想逃得掉!"三儿听了,坐起身来,呵呵的笑道:"你的话,就是我的话,咱们两个人,好像一个样儿的心,我逃不掉你,你也逃不掉我。"彩云道:"这种孩子话,且不用说,咱们的正经事,你到底打算怎么样?"三儿道:"甚么事?"彩云恨恨的将手指向他额上一点道:"没有良心的东西,这才显出你的真心来了!你家里的老婆,到底是在天津，还是在上海？"三儿听了，笑嘻嘻说道："在上海。"彩云道："姓什么？多少年纪了？"三儿道："姓曹，廿一岁。"彩云呆了一呆，才笑道："不要脸，姓曹的就算是你的老婆么？他吃过你什么？穿过你什么？几时拜过堂，吃过酒？真不要脸！"三儿道："拜堂吃酒，容易得狠，明天就办。"彩云道："依我的意思，今天办才好呢！不过你是天津人，你老家是不是仍在天津？那大嗓子的孙菊仙，是不是你的本家？"三儿道："是的。我的父亲，在天津娘娘宫，开过首饰楼，你打听做什么？"彩云道："男人的心，是猜不透的，你倘然在天津已有了家主婆，我难道做你的姨太太么？我做过了状元的姨太太，在外国又做过钦差太太，现在做了你的大老婆，勉强的还说得过去，倘然马马胡胡，再上了当，做了你的小老婆，有什么脸去见人？只好跳黄浦的了！好在天津有的是姊妹，我倒要去仔细察访一下才好。"三儿道："真金不怕火炼，听你的信儿，就是了。"

他二人过了几天，恰好上海地方人士，发起了一个华洋义赈会，联合了中外官商各家的太太、奶奶、小姐、姨太太以及花界中姊妹们，有的担任演剧，有的担任弹唱，有的担任钢琴音乐，其余卖花泡茶，以及各种贩卖杂物，统由各界女士担任，门票每张一元。上海人顶喜欢新鲜事体，顿时烘动了社会。那时彩云听见了，就向金小宝、陆兰芬他们一问，他们就怂恿他道："你应当入会，你出过洋，又会外国话，你入会再好没有！"彩云一想，从前在外国的时候，也经过了不少的那种集会，不妨去出出风头。一面又想到他的首饰，正好趁此机会，收了回来。当时就托小宝、兰芬报名加入。等到先几天，他就告诉孙三，要去赴会。那孙三究竟是粗卤的人，那里想到他有手段，他还高兴得狠，想要去出出风头。等到开会前一天，彩云就向孙三说道："今天我同你去，把首饰箱取回来，以便明天插带了，去到会。"孙三呆了一呆道："你要用什么？我去替你取来，省得拖来拖去。"彩云道："不行，会期有三天，我每天去，插戴总要更换的，天天戴了一样的东西，不教人寒尘死么?"孙三听了,没有法子,吃了午饭,只好同着彩云,坐着马车,到了汇丰,找了管保险箱的人,对明了号数,就向孙三取了钥匙,开了出来。彩云就将原箱子拿着,一面对着那管库的人说道:"我拿去了。大约三四天仍要放进去的,请把这号箱依旧留着;所付保险费的期限还有几个月?"那人说道:"先付的三个月的费,现在还有两月光景才到期。"彩云道:"现在再付你三个月费,请你留下这号箱子,免得重来麻烦。"那人道:"好好!"随即收了费,签了单子。彩云就接过来,连着钥匙,向孙三一笑,递过去道:"还是你替我收起来吧!"孙三接着微笑道:"你自己收着不好么?"彩云道:"你收着,跟我收着,不一个样么?"两人就一同走出了银行门,坐马车回到寓中。彩云就把首饰箱提上楼,向衣橱中一放,向榻上一横道:"我头疼得狠,请你教他们去买点儿头疼药来。"三儿道:"老妈子去买药,怕搅不清的,我去买吧。"彩云道:"那里去买?"三儿道:"自然中西药房。"彩云把头一扭道:"你不要去,垃圾桥到三马路狠远,你且陪着我,等你到班子里去,顺便带回来就是了。我晚饭吃不下,你陪我吃点儿稀饭再走。"孙三自然奉命维谨,和他一同横在枕上。彩云蹙着眉,教孙三向抽屉中取了薄荷锭,给他脑门上擦几下,说道:"今天天气狠不好,你的头不觉得怎样?"三儿道:"我到不觉着。"彩云就在三儿手中,取来薄荷锭,向三儿的脑门上也擦了几下。三儿道:"我的头不疼,擦他什么?"彩云嘻嘻的笑道:"我的头疼,你的头也应该疼,你替我擦,我也应该替你擦。"他就将眼朝着三儿一睇道:"我的话对不对?"三儿听了,浑身觉得受着一种异常的酥融适意,翻过身来,双手搂住彩云的粉颈,把热烈的口唇,向团雪融花的香颊上,接触一下。彩云的双睛,似开似闭的,默默接受了。随把三儿推了一下道:"我的脑门正跳着,你不用来闹我,回头你早点回来,是正经,省得我一个人等你。"三儿听了道:"是时候了,我先去买药,再到班子里。"彩云道:"我偏不要,你陪我吃了稀饭,再到班子里去,叫班子里打杂儿买了药,你带回来,省得你多跑路,不好么?"三儿受了这一番温柔体贴,那有别的思想,当然陪他吃了稀饭。临行,还吩咐他早点儿睡,不用等他。

那三儿走了,彩云起来,就往衣橱中将首饰箱取出,走到后房,把门关上,从身上掏出钥匙,开了箱子,先看中间的纸包匣子,曾否有人动过。他细细看了,都是原封不动,心中暗喜。他就将各种价值最高的钻石珠宝等件提出,放在他新买的保险手提箱里面,其余较次的,留在原箱中。又预备明后天要用的首饰,也放在原箱中。他把小保险箱,藏在后房秘密地方,原箱仍旧关好,从后房内提出来,放在衣橱中,一切布置妥帖,就躺在沙发上,想心思,专等三儿回来。一会儿三儿果然买了药回来了,彩云依然不露声色,欢天喜地。到了明天,彩云起来,已过十二点钟,梳洗了,吃了饭,把新做的白缎织金的晚礼服一身穿上,腰间系了个茶碗盖大粉紫绸的玫瑰花,梳了一个灵蛇百绾髻,玉颈中一串圆白晶莹樱桃大的珍珠串,环绕了三匝;一双尖瘦的双跌,穿在嵌空玲珑的高底小蛮靴里,行动起来,真似一株迎风娲袅的梨花。他对着着衣镜中顾盼弄姿,孙三在旁,看得神魂飘荡,真到了耳无闻目无见的境地。彩云看他呆傻的情状,不由得微微的一笑道:"你也去逛一回么?"孙三道:"一块儿坐马车去,好么?"彩云摇摇头道:"不好,今天中国外国的人,到的必定不少,我们一同走进去,万一碰着了从前认识我的官场中人和外国人,教我怎么样介绍呢?"三儿脸上,登时露出不高兴的样子道:"那有什么难处?尽管说是'赫司奔①'就是了。"彩云冷笑道:"怎么好说!一来我从金家出来了,不到半年;二来你和我也没有正式宣布,你到了会场中,也只好同游人一样,千万不能露出极形极相出来,不要怪我不理你。"三儿道:"难道你变了心?从前的话要不算么?"彩云怫然道:"今天是我去散散心,解解闷,你又来胡闹了!你要胡闹,我就不去是了。你要晓得,第一要在大家的心靠得住,真的

---

① 编者注:即丈夫。

心变了,我没有法子对付你,你也没法子对付我,你明白么?"彩云说了就匆匆下楼出门,上了马车,径到了味莼园华洋义赈会中去了。三儿听了生气,自去找朋友去娱乐,不在话下。

且说彩云到了张园会所,下车进门,就有招待员引导到办事处,签了名,只见小宝、兰芬都在那里。小宝道:"加入什么地方帮忙?"兰芬道:"彩云姊,我们弹唱的场儿,有一潮州式吃茶处,请你去招呼。我们相离得很近,讲话也方便,你去了,客人来吃茶的一定格外多哩。"小宝道:"很好!"就向办事处声明了,取了徽章,替他在襟上挂好,引着他到了卖茶的地方坐下,只见台上弹唱的,已有二三十位,都是比较有名的红先生,几个资格较老的,像四大金刚,以及胡宝玉、林绛雪、花翠琴、张素雯等,都在场中招呼泡茶。彩云和场中诸姊妹招呼了。其时琵琶弦索,铮铮钚钚的,已五音迭奏起来,许多游人走过,看见了熟悉的校书,点头招呼了,自然都要坐下。那在场的,纷纷捧了各种小茶杯小茶壶向各客面前摆上。坐了一会儿,各人都掏出钞票,或是五元,或是十元,再少也拿不出手,会场中生意,要推茶店第一。正在应接纷繁的时候,只见外面进来两个人,一色的戴着瓜皮小帽,帽上都缀着一块玫瑰紫披霞宝石,一粒精圆珍珠。一个身上穿着枣红宁绸夹袍子,罩着蜜黄巴图鲁坎肩,一个穿着二蓝宁绸袍子,加上一件对襟青灰漳缎马褂,口中都衔着雪茄,走近歌场。胡宝玉、张书玉迎上去,笑道:"宝大人,曾侯爷,都来赏光了,请坐喝一杯茶。"宝子固笑道,"这个茶不容易喝的。"书玉笑道:"宝大人不要说笑话,我们来请你喝一杯就是了,决不敲竹杠的。"正在说时,彩云和小宝,各捧着一个小壶,向小杯中斟了半杯香茗,小宝就递与宝子固,彩云就递到曾侯爷手中。曾侯爷接了茶杯,向彩云凝视了一晌,回头就问小宝道:"这位是谁?好像很熟,只是想不起来。"小宝嘻的笑道:"侯爷是见多识广的人,难道状元夫人还不认得么?今天是由我特地烦出来,请你多用一杯!"曾侯恍然,哈哈的笑道:"我的记性真不好!去年北京,在那一家堂会戏中，曾见过一面，我记得还说过几句外国话呢。"彩云道："不错，那天有几位使馆中的太太在一块儿，曾经用着英国话谈过几句。"曾侯道："是的，现住那儿？"彩云道："暂时借住在朋友家里。小宝姐教我来帮帮忙，招待不周，请侯爷原谅！"曾侯道："太客气了！小宝先生请得出状元夫人来，真是灾民的福气，先生的面子！"宝玉道："宝大人你听听，咱们的茶，就算是敲竹杠，也都靠着小宝姊的面子哩！"曾侯听了，四面一望道："黎山老母，四大金刚，又带着南海观音一同下凡，子固你花几个钱？真是千载难逢的机会呢！"子固道："四大金刚、南海观音的面子，不必说。就是黎山老母的法术多端，不花几个钱回去，他派着樊梨花、薛金莲几个徒弟，画一道符，把我捉去，关在老母房中，我才受不了呢！"宝玉笑道："你再瞎说，我真画一道符，送到你公馆里去。宝大人你不要恨我！"大家听了，哈哈大笑，就喝了几口茶，立起身来。子固就向皮夹中拣出一张利源的即期庄票一百两，桌上一放，向着宝玉道："你的符可免画了吧？"他们四五个人连彩云同声说道："谢谢二位！"两人点点头就走了。彩云敷衍了一回，渐渐夕阳在山，彩云和小宝道："倪要先走了。"小宝道："明天要来格噢！"彩云点点头，出了会场，坐了马车回去，觉得狠乏。卸了装束，横在榻上，就睡着了。第二天又去到会，大家知道他献身在会场，来者更多。彩云那日改了中国装，举止端庄，仪容秀丽，宛然大家闺秀。小宝一班人看见了，都自愧不如。陆兰芬看他耳上带了一副环子，晶莹夺目，就问道："你这付牛奶珠环，价钱一定狠可观，你在那儿买的？"彩云道："在北京买的，出了七千两银子，大约是上当了，因为我喜欢舍不得，所以给他们敲了一下。"兰芬道："像这个一对的，真是难觅，也不算贵。"这天游人都为彩云在此，来吃茶的，十分拥挤。卖的钱真不少！第三天，彩云换了男装，戴着瓜皮小帽，帽上钉的披霞宝石，和珍珠一粒，有桂圆大，晶莹圆净，在上海无出其右。外穿着巴图鲁背心。他的十三副钮扣，是十三粒莲子大的金刚石，晶光四射，人人注目。如此三日，新闻纸上，都登载出来。黄浦滩上，无人不知状元夫人到了上海的了。

孙三自从这三天中，看见彩云的插戴，真有好几万的价值，心中自然动了念头。彩云那天回来，把首饰收拾起来，孙三在旁看着，微微的笑道："你的首饰箱，明天用不着插戴了，还是摆在银行中稳当；我们是常要出门的，搁在家中，恐怕有风险。"彩云道："不错！明儿一同去存进去吧！"孙三道："你怕麻烦，我就依旧替你去，放在银行好了。"彩云道："也好。等我细细的收拾好，你替我去存就是了。"三儿听了，欣然，就出门去了。彩云等他去后，冷笑了一声，就把小铁箱取出，把连日穿戴的珠宝钻石等，一齐收入。其余不甚贵重的金银珠宝等，仍旧归入首饰箱中，把锁锁好，依旧放好，一面提了这只小铁箱，用手帕包好，雇了马车，一直走到汇丰银行，声明寄存物件。那管理的司事，照章办齐了签字付款等规矩。彩云签了别名梦兰两个字，取了收据，坐车回家。等到第二天，孙三又提起首饰箱，彩云含笑道："这个箱子，与我有性命关系，我已封锁好了。你要留神点替我安放好。将来我们两人的生活，都要靠着他呢。"孙三笑道："知道，几十万价值的东西，我好马马呼呼的么！"彩云道："你真没有开过眼！那有值几十万呢！"三儿也不言语，就提着首饰箱一看，锁门上印了火漆印，就说道："你能让我开开眼么？"彩云笑道："我的东西，你还有看不着的么？快去快来，等着你吃饭呢！"孙三就匆匆的到汇丰银行去了。一会儿回来道："存好了，仍在原地方儿。"彩云道："收据呢？"三儿道："在这儿，都是洋文，我整个儿不懂。"彩云道："因为你不懂，所以我要看看，里头有没有别的。"三儿就在衣袋中，将收据，掏出来。彩云接来一看道："没有差儿。"无意的将收据掖在自己口袋里。一面说道："收据上说有一个钥匙，你收起来没有？"三儿道："有的。"彩云道："仍旧你收着吧。"三儿道："也好！"

隔了几天，彩云找了小宝，又到了一品香。小宝道："今朝倪来请耐。"彩云道:"阿姐又要客气哉!倪有事体来求耐,那哼耐倒来请倪?"小宝道:"蛮好,随便末哉!"彩云一面点菜要酒,一面低声向小宝说道:"倪要告诉耐,首饰箱仔是已经拿出来格哉。"小宝道:"老三阿晓得?"彩云含笑道:"俚一点也勿晓得。倪是掉格枪花。"如此这般的都告诉了小宝。小宝道:"阿姐真有本事!现在是容易办格哉。耐个主意,阿曾拿定哉!到底是挂牌,还是别样办法?"彩云道:"倪出仔金家里格门,还不过几个月,倘然挂仔牌,金家里虽然呒啥闲话,金家里格亲眷朋友蛮多格,勿要半腰里杀出仔一个程咬金,也蛮讨厌格,阿姐耐想想阿对?"小宝道:"一点也不差。金家里格亲眷朋友,才有点势力格,倘然说耐坍仔金家里格台,俚笃暗里来损耐一损,格个亏倒蛮难吃格。既然勿去挂牌,只好算个住家哉啘。耐是老班,勿出局,耐去寻仔两三个小娘鱼,有人要来看耐,请俚笃来好哉。"彩云道:"阿姐格办法蛮对,只要寻房子好哉。"小宝道:"倪住格大兴里一带,才是格长三书寓。耐既然是住家,勿好去挤勒俚笃一淘。倪听俚笃说,二马路鼎丰里旁边,有几座新房子,倪搭耐先去看看。房子合式仔,再去托人寻人,房里格家生是容易格,到嫁妆店去看,拣中意格先租来用,随后慢慢里再去置办,耐说好不好?"彩云道:"再好也呒不!"小宝道:"耐搭老三那哼办法?照倪刚刚说格布置,一时也要六七千银子,耐倘然一手拿出来仔,老三一定要眼红,一定要缠住勿放格。耐要预先想好法子对付俚,才好办。"彩云道:"到底阿姐有见识,格着棋子,是顶要紧格,请阿姐替我想想,费耐心!"小宝道:"别样才可以替耐想,格件事体,要耐自家想格。耐想停妥当仔,倪搭耐来参酌参酌,是可以格。"彩云道:"阿姐格话勿差,让倪转去想停当仔,再来请阿姐决一决就是了。"两人吃完大餐,依旧彩云签了字,一同下楼。说了一声明朝会,各自登车而去。正是:

  白马素车蝉脱壳,珠团粉阵凤离群。

欲知后事,且听下文。

第三十二回　露水孽缘挂牌燕庆里
　　　　　河山异色横议陶然亭

却说彩云自从跟小宝商量定妥，就要和孙三脱离关系，不过感情上总有点恋恋的意思。那一天吃过晚饭，彩云和孙三躺在沙发上，只见他们雇的老妈王妈上来，问道：

"明天买什么菜？米没有了，要去叫震丰润送两担米来。"彩云听了，就问孙三道："你想吃些什么？"孙三道："随便好了。"彩云就向王妈道："我喜欢清爽点的，你去买就是了。"王妈道："大小姐付几块菜钱！"彩云道："我身边一时没有，老三你有么？"孙三道："有，有。"就在皮夹中，取出钞票一张，是五元的，给了王妈。那王妈就下楼去了。彩云向着孙三道："趁今天没有事，我们把过日子的事体，商量一下。前天你拿去的一百五十元，本来预备付房租的，现在房租没有付，我自从金家跟你出来，除了首饰，不过带着二三千银子，现在差不多用去大半了。我要向你要，你也没有多少钱，日子一长，只有出，没有进，怎么好呢？"孙三听了，呆了一呆，就道："你也不必愁，现在我没有钱，等到我发了财就好了。"彩云道："你发财，我发财，都是一个样。不过财没有发的时候，怎么样过日子呢？"孙三笑道："你就算没有现款，你的首饰，那一件不彀咱们过几个年头呢？"彩云冷笑道："你打了这个主意，那才糟了！这两天你看见我的首饰，确是值几个钱的,不过我半生的心血,跟了金家里,才得了这一点心爱的东西。你要教我卖掉了,和你过日子。这种日子,我是不愿意去过的。况且你也好意思用我这种的钱!二来你看着那东西,觉得狠值钱,真正要变钱用,恐怕也变不了多少,我年纪才这点,就这般糟蹋了结么?要是到了这种日子,还不如跳了黄浦好得多呢!"登时拿着手帕遮了脸,呜呜咽咽的哭起来道:"我的命真苦!难道是对不住了金家里的报应么?"孙三听了,一声儿不言语,心里暗暗的想道,他的心难道变了么?在北京的时候,我要什么就什么,也用不着我开口,只要露一点儿意思,他就知道了,他就照着办到了。这一百五十块钱,算得什么!我拿他的不知有多少的一百五,从来没有一点儿什么的,他难道真是没有钱么?他难道是另外有了人么?三儿就随口的说道:"你也不用这种样子,你的年纪狠轻,你要钱过日子,还怕没有人给么?你真的没有钱,咱们总可以想个法子的。"彩云一面揩眼泪,一面接着说道:"我有钱,我装什么穷给你看!我从前不是告诉过你么?金家里讨我的时候,他跟媒人说,'彩云年纪轻,我年纪大,万一我半途中出了意外,我总要拨点儿财产给彩云,供他下半世的生活。'后来跟着出了洋,回到北京,曾经拨了五万块钱,交给他的远房兄弟銮少爷,教他替我存放在票号里,将来交给我的。不料隔了不多时,老爷就故去了。我就问銮少爷要存折,他说存的票号,正被挤得不得了,等着风波过去,就来交割清楚。不料至今杳无音信。我刚到上海的时候,在马路上碰见了他,向他催讨,他道:'新嫂子!你请放心!这个票号没有挤倒,等过了年,我一定来交清。'现在年已过了,我去找过他,不晓得他到了那儿去了。有说他在北京,有说他在苏州,有说他到四川候补去了,我是个娘儿们,又没有凭据,有什么法子呢?你能彀替我去找着了他,讨着了,咱俩就不用愁了。"三儿道:"只要找着他,总有法子的。"彩云道:"这也和你的发财一个样子;不过现在两手空空,真有什么法子呢?"孙三听了,又是不言语,心中想道,他的没有钱,也许是真,也许是假;不过他的意思,究竟怎么样,我且来探他一探再说。孙三就道:"我真对不起你,论理自然应当由我供给,不过我的包银,有限得很,给你零花都不彀,你这样的年纪,这样的相貌,这样的身分,这样的才学,那怕没有人供给!不过你愿不愿去丢身分,是个问题。至于我这一方面,那还不容易办么?"彩云听了停了一停道:"没有法子过日子,也只有这一条路可走,我的面子身分,还去提他什么!对于你一方面,你说容易办,那怎么样容易呢?"孙三听了,心中想道,他真有意思去做生意了,我再来探探他。就说道:"你真想去挂牌子么?你的身分,愿意丢了,我还搭什么松香架子,我就去做个老板也行。"彩云微笑道:"这不是瞎说一泡的!你愿意当老板,就去预备起来;要当老板,就要先做老板应做的事;当老板的办法,你有点儿把握么?"孙三道:"这有什么难处?只要租了房子,挂起牌来,用你的声名号召,自然可以日进纷纷。我做了老板,比每天去唱戏,适意得多,有什么难处!"彩云冷笑道:"你说得很容易,我身上的妆饰衣服不必提,就只租房子要钱,办家具要钱,每天的日用要钱。我是此中出身,知道要开一个门头,先要摆着六七千块钱;这个钱你在那儿呢?"孙三道:"照这样说,难道上海滩上的先生,都是带了许多钱来做生意的么?"彩云道:"那个自然,各有各的巧妙,总在老板的手段,只问你有这个手段么?"孙三道:"书寓里许多娘姨大姐,找着了一个先生,马上带了许多钱来布置,只要先生相貌应酬靠得住,那怕没有钱!"彩云道:"你看有人相信我么?"孙三道:"娘姨大姐,找着了像你的先生,只怕先生不要他,不怕他不肯来!"彩云道:"你就去找找看有没有人来。"孙三道:"依我看,也用不着找,你自己预备了不爽快么?"彩云冷笑道:"我有钱没有钱,且不用提,不过就算照你的话,我自己都预备了,那不是我自己做老板么?还用你老板做什么?"孙三听到这句话,心里好似兜心的受了一拳,马上要想发作。继而一想,我此时反了脸,我是毫无把握。他的首饰,也一点儿拿不着。孙三踌躇了一会,反而呵呵笑道:"我没有老板的本事,自然不能做老板，只好永远做你的姘头罢了。"彩云看他起先脸上变了色，好像要发作，后来忽然反呵呵大笑，彩云暗想他一定不怀好意了，到要预先防备他的。也就嘻嘻的笑道："北方窑子里老板都是男的，上海却是女的多，还不如我做老板，你替我帮帮忙是了。"孙三道："也好。"彩云听了，就要跟他讲条件；又一想，我和他说的不中用，总要找出一个压得住他的中间人才好。随向孙三微笑道："你再想想看，咱们再定办法。"两个人也就不再提了。

隔了几天，彩云又去找小宝，告诉了一切情形。小宝道："老三是在夏家兄弟班子里搭班，倪去寻潘月樵去说，俚笃同事，而且蛮有面子，一定可以决定。不过耐阿有啥说法？"彩云道："倪也呒啥说法，倪既然自家去做生意，生意浪，俚是弗好来格，倪总要另外寻一所小房子格；俚要寻倪，只好到小房子里来。俚弗忘记忒倪，尽管来白相，当一个好格朋友，来往来往，彼此大家勿相干涉，就好哉。"小宝道："阿姐，耐格闲话，真爽快！倪去寻仔潘老板，搭俚说定仔就好哉。"彩云道："阿姐，耐看俚阿再有啥啰苏格哉？"小宝道："倪看俚要末看相耐个首饰箱，不过俚也勿敢。"彩云道："倘俚转格种念头，倪预备搭俚决裂，请耐搭潘老板说说，推推醒俚，交情用勿完，铜钱银子是用得完格，教俚自家摸摸良心好哉。"小宝道："一准倪去托潘老板去办，阿姐耐听倪回音好哉。"隔了不多几日，小宝果然去托了小连生，小连生满口答应。就向孙三说了彩云的意思。孙三听了，自然很生气。经小连生彻底解释了一番，又说道："你还是趁早让步，保持了从前的感情。女人变了心，越变越僵，你好好的不去干涉他，他将来或者再有回心转意的日子，你此刻反对他，对你一点儿没有把握；况且金侍郎的亲戚朋友，有势力的人很多，他出来了不多日子，他倘然去哭诉，受了你的欺侮，他们想一个法子收拾你，很容易。你的亏才吃得大呢！所以我劝你老弟，还是和平解决的好。"孙三听了半晌道："只是太便宜了他罢了！"小连生道："老弟，你的话不能这么说，他花着钱，陪着你，虽则他也是玩你,实在你也玩得他毂了;你们两个人,有什么便宜吃亏呢?"孙三笑道:"既然是老哥的盼咐,总听你的话是了。"小连生道:"你既然赏脸,我就去回复他了,你不要听了旁人的话,再三心两意的,那就对不起我了。"孙三道:"那里的话?君子一言,快马一鞭,咱们交了多少年,你看见我有过烂小人的行为么?"小连生呵呵大笑道:"老弟你不要动气,原谅你老哥的多说话是了。"两个人就此走开。小连生便去告诉小宝道:"现前是没有问题的了,将来请他留点神,敷衍敷衍他,就是了。"小宝听了道:"费耐格心,倪教彩云妹子好好叫谢谢耐。"小连生道:"咱们的交情,说不着。"随即立起身来去了。小宝也就去告诉了彩云。彩云非常感激,向小宝道了谢,就和小宝商量租房挂牌等事。

当时便有姐妹们介绍了两个小先生,一叫月娟,一叫素娟,很标致,也就定了。自己改名曹梦兰,门上名牌,是"曹寓"二字。自己暂时不出来见客,都让月娟、素娟出来应酬。房子是租在燕庆里,是一所五楼五底的房子。他商量定了,小宝说道:"耐此番用格一笔铜钱,阿要穿一格扇面,总算是借得来格?叫老三做一个中人,将来也是一句闲话。"彩云道:"阿姐格闲话,到底是有见识,一定要办格;就请耐搭俚做格中人,阿可以?"小宝道:"耐要倪那哼?总可以格。"彩云回去,就向票号里提了三千两银子,隔夜交给了小宝,第二天,约定小宝到他寓里,带了银票和借票,当着孙三交代了。就请孙三在中人的名下,盖了印,自己也盖了印,交代清楚。彩云笑道:"谢谢耐,勿是阿姐帮忙,倪是办勿成功格哉。"小宝笑道:"勿要客气,姐妹淘里,应当格,耐格借款,可惜倪凑勿出来,倪倘然有,连借票才勿要格。第号借款,只怕耐就要还,中人是落得做格。"含着笑向着孙三道:"老三阿对?"孙三微笑了一声,也不言语。彩云就拿着银票道:"阿姐,耐阿好陪倪到房东搭去一埭?"小宝道:"蛮好,去嘘!"彩云就向着梳妆台上的镜中,整理了一下鬓脚,抹了些脂粉,匆匆的换了衫裙,一同去了。隔了一会儿，彩云回来，看见孙三没有走出去，就向他说道："钱真不彀用，四千多块钱，一会儿功夫差不多花完了。"孙三道："什么地方用的？要花这许多钱！"彩云道："光是家伙铺设，就花了二千多。"孙三道："买些什么？"彩云道："楼上楼下，十多间屋子，还不能十分讲究，已经要这些钱。我住的房间，摆设的东西，还一半是我带来的，也要一千多。将来讨人身上的插带穿着，办起来，还不知要多少呢？"孙三点点头。彩云道："现在我打算是半住家半书寓的派头，我是不挂牌的，有熟识的人来，我才出去见见他。我的彩云原名，不好用，我改了'梦兰'两个字。门上仿照公馆式子，挂了'曹寓'的铜牌，我就叫了'曹梦兰'，你看好么？这里的房子，我住得很好，想留着，预备你来休息谈话，你赞成么？"孙三也不言语，点点头，起来出门去了。过了两三天，彩云就搬进了燕庆里房子，不多日，上海滩上，就传遍了：状元夫人，改名曹梦兰，重又出山。不论认得的，不认得的，都来找他。真是车马塞道，宾客满堂，忙得梦兰应接不暇。他就仿了外国要人的派头，定了星期六星期日两天见客。越是抬高身分，来的人越多。那金钱好像如宿鸟归林，春潮入壑，人是极忙，钱是挣得真多。一班书寓里先生，就是四大金刚等，也望尘不及。梦兰是得意极了，孙三拍拍他马屁，也得了不少的钱，自然没有话说，情愿戴了绿头巾，到小寓中伺候他。有时倒反感激小连生劝他的话不错。

春去秋来，转瞬的过了一个多年头，中间适在甲午之后，一班志士正在上海提倡新学，议论变法，他们中间许多英俊少年，大半是风流跌宕，选舞征歌，上海几位名妓寓中，真有"座上客常满，尊中酒不空"的状况。那四大金刚等一班姐妹中，曹梦兰执了牛耳，经过上海的，莫不要瞻仰状元夫人一面，方算不虚此行。那天杨云衢、陆皓东在梦兰寓中吃酒的当儿，听见一个广东人口中露出陈千秋在日本的消息，自然十分欢喜。就向阿毛问那班客人的来历。原来正房中的一席酒，是庄稚燕的主人，他因要办一件秘密的事，於前半个月到了上海，听见这位状元夫人，换了曹梦兰的名儿出来见客，他就去见了他几回，心中是一半对着金雯青从前的过节儿，想臊一臊脾胃，一半是见了梦兰实在是尤物移人，他就不惜挥霍金钱，要去亲一亲香泽。那天请了一班客人到那里吃酒，客人中是曾侯爷敬华，章爵爷凤孙，龚公子珠泽，其余是上海官场中的一班，乌赤云、罗积丞等几个。客到齐了，梦兰自然特别的出来应酬。主客叫了许多条子，除了本堂月娟、素娟，所有四大金刚，林、陆、金、张以及花翠琴、胡宝玉、花文兰等，凡上海有名的名妓，统统叫齐了。金樽檀板，歌扇舞衣，一时的热闹，真算得"此曲只应天上有，人间那得几回闻"了！

等到酒阑人散，主客出了席，随意的坐开，中有一位客人，年纪约有三十多岁，梦兰因他是生客，悄悄的向稚燕问他姓名，稚燕就告诉了他，原来他是福建人，姓陈号骥良①，是船政局派到英国去留学回来的，新近由北洋大臣派他来采办军装，上海的军装洋行买办，十分的巴结他，想作一笔大大的买卖，发一笔很大的康密馨②的财。稚燕也十分拉拢他；因为稚燕此次到上海办的秘事，是户部和总理衙门要借一笔洋债，他的父亲小燕正在户部总署中当家，很有权柄。稚燕想到上海来接洽，自然一件大买卖。听得陈骥良奉了北洋肃毅伯的差使，他也想钻进去，得些好处；况且将来北洋报销，逃不出户部总署两个衙门，陈骥良自然也要联络他，彼此利用，当时陈骥良取了一支雪茄烟，梦兰忙取了洋火替他点着。骥良含笑道："真真对不起！"梦兰笑道："陈大人太客气了！"骥良道："密斯曹在外洋住了多少年？"梦兰道："三年多。"骥良道："能懂几国文字？"梦兰道："一点也不懂，不过德国的语言知道一点儿，回来了两年多，差不多忘记了。"骥良道："你在柏林住的时候多，德国的政治文学，大约有些观察了，比较中国怎么样？"梦兰道："我是女人，而且没有学问，那里能观察什么！不过我看德国的宰

---

① 编者注：《孽海花》中作陈骥东。
② 编者注：即佣金。

相俾思麦，对于威廉皇上，真如兄若弟，一切的政事都让他独断独行，恐怕中国是作不到的。"骥良道："你的话不差！中国也没有俾思麦这种人，也没有能用俾思麦的人。"曾侯爷道："从前合肥本有'东方俾思麦'的声名，自从经过这场战事，这名儿也剥削了。"骥良道："论到合肥的气魄识见，确和俾思麦差不多，不过没有威廉去用他，所以失败了。"龚珠泽道："据我看来，此次失败，就在海军。那是合肥一手办理的。这个责任是他要担负的。"旁边乌赤云道："这个原因，令曾叔祖应当知道，西直门外的颐和园，是用的那一种款项？设备因此未能完备，等到要开战，那里来得及！所以合肥极力主和，真是知彼知己的老成谋国。一班书生，纸上谈兵，铸成大错，那也是国家的气运使然，无可如何的了！大清国譬如纸糊的一只老虎，现在撕破了纸，恐怕真要百孔千疮的发作呢！"骥良道："不差！国势一弱，人心思乱，沿江海数省，颇有组织革命党的团体，当国的人，以后正烦筹画呢！"赤云道："一点儿不差；前日在马关议约时，两广的大先生曾有密电来，说是广东青年会首领陈千秋想要起事，托中堂去调查，正好我在山口裁判所旁听，倒遇见陈千秋，我告诉了中堂，我说两广正要找陈千秋，恰巧被我看见了。不过他和叕天龙伯在一起，不容易拿他，就是能拿，拿了一个陈千秋，有千百个陈千秋出来，你拿得完么？政府不好好的想法子，我看是很难敷衍下去哩。"曾敬华道："这也是运气了，不过政府实在有教人灰心的地方，即如我们一家，拼了命打平了洪秀全，得了一个侯、一个伯，好像很荣耀了；不过文宗在热河的时候，曾有一道密谕，说道：'如有人光复南京，灭了洪秀全，一定封他王爵，以酬勋劳。'后来先叔祖攻破了南京，红旗报捷，军机处拟照密谕办理，不料里头商量了一下，分封了两个爵，这为什么缘故呢？原为我的先祖文正公，他是受文宗特达之知的。但是那时是肃顺当国，后来两方面争权，肃顺被杀了，我们一家虽然拼命打仗，死了两个叔祖，立了大功，总还不免受些猜疑；所以先祖和先叔祖，功成后都是忧谗畏讥，先祖纵这样的勋高望重，也没有进过军机。不是我说句大话，倘然先祖和先叔祖，也像俾思麦，拿了大权，决不能像今日的，你们以为如何？"骥良呵呵的笑道："端肃党狱，将来清史上一定要翻案的，说到中兴的元勋，那一个不是文宗任用的，就那一个不是肃顺推荐的？前人种树，后人乘凉，反把那种树的人杀了，还有什么公理呢？"章凤孙说道："我在京的时候，有一个内务府的朋友，偷偷儿说：'原来东太后大行的日子，正是西太后久病的时候。好久不临朝。那天忽然传说宫中有大丧的信息，王爷和军机处，都猜是西太后出了事，不料一会儿说是东边。大家惊愕万分，因为前天还是好好儿召见军机办事的，也不晓得是什么病症。后来那个朋友，有跟他要好的太监，悄悄儿的告诉他，说是东太后自前天办事后，因西太后病了好久，要去看看他，一时太疏忽，没有通知西太后那儿。不料东太后刚踏进门，只听得里面呱呱的小儿哭声。东太后听了，不禁勃然变色道："我道是什么病？原来是这个病！"马上就回宫去了。不多一会儿，就见连总管捧了一个小盒，见了东太后，跪奏，说是西太后叫他来献的乳酪。这种东西，本来是东太后欢喜吃的，东太后就接来喝了几口。连总管出门不到一刻功夫，东太后登时就变色倒下，不能言语了。'"敬华道："我还有一个新闻，就是江阴曹梅士，他本是军机章京，拿问肃顺时，一切谕旨都是他的手笔。升在军机大臣上行走，眷倚颇重。一天穆宗召见他，密谕良久，天颜大怒，他连连叩头，急切的奏道：'此事皇上万不可出诸口。'穆宗停了一会儿，叫他退出。第二天西太后也召见他，赏他食物，慰劳甚至，且面谕道：'你好好的吃了，我尚有恩典。'曹叩头食之而出，归寓遂死。身后饰终典礼，极为隆重。也可见这位手段的辛辣了。"梦兰听了，接着说道："我在北京时曾用一个老妈子，他曾在连总管家里。据他说，皮小连有一个妹子，常常进宫，太后很喜欢他。又有一个兄弟，脸也长得白净，有时改扮了旗装的女人，姐弟两个很分别不出来。他俩时常改扮了一同出去。隔了十天半个月回来。不知他俩到那儿去的？又听说同治皇上不孝顺西太后，反去孝顺东太后。所以同治皇帝的死，也有说是西太后故意教人把毒疮去传染的。不知道确不确？"敬华道："穆宗对于东太后很是恭敬，对于西太后不甚恭敬，那是的确的。"珠泽道："这种都是齐东野语，很不可信。至於曹大军机，死的时候，穆宗年纪尚幼，离亲政还远，那能有独自召见大臣的事！侯爷，你是世臣，关于这类话更应当谨慎点好。"骥良听了，呵呵笑道："珠泽的话不差！好在此地是租界，换在北京，真是不得了的！"敬华高声说道："这怕什么？秘密侦探，现在的政府那有这种手段！专制国家也要有专制的才干。今天一夕谈，就当面向着亲贵大臣们说了，至多不叫你做官是了，那里有置狱杀人的胆子！"那稚燕听了接着道："侯爷的话，真爽快！不过言归正传，云端里金刚，颈脖子望得很长了。咱们去看他们好不好？"敬华道："很好！我们翻台到潇湘馆去。"只见赤云道："兄弟向来早睡的，不奉陪了。"稚燕道："赤翁是讲究卫生的，他说照他的卫生办法，可以活到二百四十岁。赤翁！你是长生不老，不过我们都早早儿失陪了，你也没有意思哟！"赤云笑道："那不消忧虑的，我发明这个法子，你们也可以学的。况且世界上少不了人，一班换一班，还怕没有朋友么？"稚燕道："听你的话，你对于朋友的交情是很冷淡的，算了。咱们走罢！"梦兰拉着稚燕的手道："回来再来一趟，有一句话跟你说。"稚燕道："是，是，我去了就来。"他们匆匆出门而去。

那边云衢、皓东问了阿毛，知道是公子哥们，那说出陈千秋消息的是乌赤云，晓得信息可靠，二人心中暗喜，也就立起来，穿衣出门。梦兰也赶起来敷衍一阵，送出房门。杨、陆二人回了寓，皓东就发了一个密电，到了广东总机关中。他们接到了，马上派人从香港搭轮往日本，和陈千秋接洽，一面重行筹款，再办军火。努力进行，不在话下。

却说当时北京政府从那年经肃毅伯议订了和约，结束了战局，中央政府照例发表了几句儆戒臣工的上谕，总算军机大臣等的差使当过去了。那些大臣，依旧苟且偷安，高一点儿的，见了客说几句激昂慷慨话，等到职任应办的事到来，也就唯唯否否，不肯扛上肩头，就着人说总是上头的意思，同事的掣肘，没有法子。你想要叫这班人去直谏，提议改革一切，他自以为越出当差的范围了。肃毅伯当马关议和之后，运动了俄国，叫他联合德法，调集海军出头干涉。日本受了这个激刺，真个上下一心，后来打败了俄国，成为头等强国。中国得了俄、法、德的帮助，保住了些地方，然而酬劳却也不轻：俄占旅顺、大连，修通西伯利亚铁路；德要了青岛，法要了广州湾，英也要了九龙和威海卫，中国是加倍受伤。北京这几个年头，军机大臣真闹得头痛，人民也渐渐的要与闻国事了，所以下场的举子，发生了公车上书的伟举，合全国二十二行省的举人，联名上书，声势浩大，实在胜过了宋朝的太学生，明朝的东林党。当时主持此举的是广东人唐猷辉，他是研究公羊学，主张素王改制的。北京士大夫，都晓得他的名儿。他的一班门弟子，也都议论奋发，才华卓荦。自从公车上书以后，政府照例的空言敷衍一下就完了，有什么办法呢？那班上书的人，尚未出京，一天由唐猷辉和门弟子梁超如、麦化农、徐公勉等，约集些同志，在陶然亭备了茶点，商量变法自强的法子。到者纷纷有一百余人，正在远眺西山，近瞰芦渚，翠岚绿草，觉得幽秀动人。陶然亭旁几株垂柳，淡黄浅绿，摇曳在春风中，好像十七八岁的女郎，含笑露鼙，欢迎那一群爱国之士。这班来客，大多数是诗人词客，举目风景，不免说几句心忧君国的话，把这个江亭当作新亭一般，顾盼自负，不让渡江的王、周诸贤哩！正在徘徊四顾，忽见陶然亭迤北黑窑厂一带，卷起半天的风沙，团团滚滚，好像黄海中掀天黄浪，直望着陶然亭冲击过来，众人吃了一惊。正是：

　　西燕东劳云易散，瓜分豆剖国濒危。

欲知后事，且听下文。

第三十三回　强学会国士逢挫折　碧云寺侠客救孤忠

话说陶然亭上一班名士，正要集议国家大事，忽见亭北一阵黄沙，滚滚而来。其时天气晴好，并未括①风，何以忽来如此尘土？略等一等，就看见是一群骡马，大约有二三十匹，风驰云涌，疾卷而来，所以有如许的风沙卷起。众人正在盼望，一瞬间，许多骑马的人，已到了亭子下的阶级旁边，纷纷下马。那时梁超如往下一望，原来是戴胜佛和着一群少年人，走上亭来。他身穿着元色绉纱实行的棉袍，罩着一件深蓝库缎巴图鲁马甲，飞扬神俊，有压倒一切的气概。他是湖北巡抚戴季洵的儿子，才学迈俗，声名轶群，他和鄂督庄寿香的儿子庄立人，湘藩程佑规的儿子程叔宽，吴武壮的儿子吴北海，当时称为四公子。他们都是有学问的，并不是纨裤一路。不过吴北海、程叔宽有些书生名士气息，胜佛，立人虽也是名士，却有些豪华跌荡的举止。超如和他们都很有交情。今天看见胜佛，连忙举手招呼，随后许多人中，立人也在其内。超如也一同将立人和其余一群人，让入室中坐定，和已来的客人介绍了。

正要开始谈论，胜佛呵呵的笑道："今儿真巧！难得各位都聚集在此地。超如，你看今天陶然亭怎么这样闹热？难道都是来欢迎各位志士么？"超如笑着，向亭外一望，果然车龙马水，也有红勒脚大鞍儿车，

---

① 编者注：同"刮"。

也有十三太保乌绒镶嵌的小鞍车，也有许多穷京官破旧车，也有赶买卖的车，也有鞍鞯鲜华的俊马名骡，纷纷扰扰。人群中自王公大臣，官商小贩，以及要饭的，各色齐备。并且有推着小车子叫卖枣儿糕的，也有卖冰糖葫芦的，也有卖酪的，也有戛着铜盏卖山里红汤的。超如看了愕然不解，回头就问道："难道今天有什么赶集赶庙的么？"胜佛笑道："此地向来没有赶集的会场，一定是临时集合吧！"超如道："不能，总有一个原因，才哄动得这许多人。"胜佛道："你真不知道么？我告诉你，这两三天，本京人传说陶然亭左近出了一件怪事，说是地中常闻有吼哮的声音，好似牛鸣。这个谣言，哄动了全京上中下人等，都赶来一听，我趁着天气晴和，借这个题目，也算来踏青一回。我想京中人最喜欢造谣言，所以我们都骑了马，前来考察一下。不料你们正在此举行盛会，所以我说巧得很！"超如道："别的且不用说，我也不知道你进京，今天我的先生也在此，一定要请你会一会。这也是我的夙愿。"胜佛道："当然我也久想拜谒，只是不得机会，今天不可错过，请你带我去见一见。"超如道："很好，一同去。"胜佛就同超如走进南屋，只见靠窗坐着一位，广额丰颐，精神炯炯，上下唇留着黑须，正在高谈阔论，左右围着许多人，都在静听。超如就走上前来，对着他说道："湖南戴胜佛兄要来见先生。"那唐常肃一望，只见来了一位英俊少年，矫矫不群，跟着超如前来。常肃连忙立起身来，呵呵笑道："神交已久，今日幸会。"那胜佛赶上前作了一个长揖道："先生是儒林山斗，渴想拜谒门下，今日得遂素愿，实深微倖！不过先生门墙高峻，英才罗列，樗栎庸才，不识能邀青目不能？"常肃还了一揖，笑道："不敢当！阁下才学，钦佩已久，世无孔子，不当在弟子之列；阁下的话，兄弟只有避席百拜而已。"超如道："胜佛兄不必太谦，我们且畅谈一回再说。"胜佛道："不差！今儿是仓卒出来游玩的，太没敬意，过天专诚再过去吧！"常肃道："胜佛兄的话，真太客气了！我们既见过面，以后可常叙，今天也不能尽兴哩！"超如道："才刚胜佛说陶然亭地中鸣吼，我想地中必有什么动物伏着,所以有此吼声。"常肃道:"这倒也不一定是动物,地中牛鸣,历史上虽然不很多见,我只记得汉献帝建安年间,长沙醴陵县曾有山鸣如牛响声。地中牛鸣,不晓得历史上见过没有?不过总非佳兆。你想献帝建安的时候是什么光景呢?"胜佛道:"先生亦不必过虑,高密郑君,不是生在建安时么?隆中卧龙,不也是生在建安时么?世界太平一统的时候,生不出什么奇才,反是群雄纷扰,列强环伺,才是英雄得志的时候呢!"常肃笑道:"老夫拭目以俟便了。"胜佛道:"先生刚才谈的是什么?"常肃道:"我才刚说的因为时世艰难,风潮震荡,内忧外患,相逼而来,瓜分之声,甚嚣尘上。亭林先生有言:'天下兴亡,匹夫有责',我们一介书生,斧柯未假,也总要尽一点责任,出一点力气,不过草野小儒,只能从学问入手,你看道咸以来,读书的只知道八股文、试帖诗,至於十三经、廿四史,都束之高阁,能读者千百人中无一人。等到中了举人、进士,又要专心尽力写白折子、学习诗赋,就算顶括括的玉堂人物,等到朝廷叫他办起事来,真是一物不知,反自以为天朝麟凤,对着外国人,鄙之如犬羊。等到屡经战败,只好屈膝求和,把一班洋行买办,略懂得几句外国文的,就由王公大臣登之荐章,指为奇才,仗他担当外交和军国大事,那得不糟呢!这种士大夫,既成了恶习惯,那也不足责备;不过我们四万万人里头,难道没有人才?不去提倡,不去团聚,是显不出来的。所以我想召集天下有志的人,还是去求学问;只要大家研究起来,难道黄种决定追不上白种的么?况且现在已有了真凭实据,就是那日本也是黄种,明治维新了不多年,竟有今日,我门今天所以招了许多同志,想创立一个学会,大家起来研究富强的法子,大家弄明白了各国富强的道理,告诉我们政府,急起直追,总比坐待瓜分好得多呢!"胜佛奋然作色道:"先生的话,固然正当,先生之志,尤其强毅,自然是救国的第一妙策。不过据学生看来,泄沓之风,遍於朝野,不但赞成的居少数,反恐猜忌者居多数,先生热心,枉付东流,学生遍游南北十余省,人心风俗,已成痼疾,非大黄芒硝,不能荡涤。先生的办法，恐怕没有什么效果吧？"超如道："你的见解是不差，不过知其不可而为之，是孔老先生传下来的心法；我们先生是直接素王道统的，自然未忍袖手了。"旁有一人拍手呵呵的笑道："常肃先生的学问主张，都是孔门嫡传；改制大同，是孔门的微言大义，不过栖栖皇皇，总要一车两马，我看常肃先生先去买了车马再去实行才好。"众人听了，一看，不禁呵呵大笑。原来是和胜佛同来的一个少年，猿臂狼腰，身手夭矫，说话带了些湖南的土音，就是邵阳魏郁文，默深先生后人，和胜佛、超如都是熟人。超如听了道："郁文你又来胡搅了！"郁文笑道："我就不开口，听你亚圣的议论是了。"常肃接着道："胜佛的话是不差，不过前人有言，世上风俗之成，起於一二人之心，这救国责任，虽要众人的力量，然没有一二人发起，一时也不会动作。我们姑且尽尽心，打起开场的锣鼓，将来掀帘出幕，自有好角儿出现。各位以为如何？"那四围的客人，同声说道："唐先生的话，我们都赞成，何妨就此各各签名，发起这个学会呢？"超如立起来说道："各位既然赞成，请大家先定个名目。"常肃道："我们志在救国，先求自强，就定'自强学会'何如？"中间有一人道："强是注意政治的，与学会觉得分得不甚清楚，我看去了'自'字，光喊作'强学会'何如？"众人哄然说好。常肃道："各位既定名称，细章就由超如等去拟就了再商吧。"随即决定在后孙公园兴胜寺中请同志后日前往开会，众人见时已不早，都匆匆散去。

　　常肃陪着超如、胜佛也一同走出亭来。只见亭外旷野中，东一簇西一簇的人，团聚不散，脸上都带着惊奇的形状。只听见人群中一个人说道："你们听见么？那地下的响声好像在你们的脚下。"那边有一个人答道："我们听见只像在你们站的地方。"常肃等随意走了数十步，果然听见前面发出一阵的吼声，好像瓮中牛鸣的声音。常肃等走上前去，又听得吼声在身后了（此事作者於陶然亭畔亲闻之）。大家都惊异了一会。郁文道："前天听一个本京的朋友说，去年冬间，东便门外，有一天发见了虾蟆摆阵，才奇怪呢。本年十二月奇寒的时候，那里有虾蟆能出现？不料东便门外的石路上，那虾蟆足有千万，只排队徐行，那往来的驴车经过，车夫拿鞭子赶也赶不动，车辙上血肉狼藉，他们依然徐徐前进，真的正式队伍也没有这样整齐（此事作者於东便门外亲见之）。这不是怪事么？"常肃叹了一声道："总非国家的祥瑞罢！"众人都黯然不乐，各自上了马车回去。超如随常肃回到寓中，果然拟了强学会的章程。隔了一日，就在兴胜寺中开了一次会，到的人倒也不少。两江、湖广刘、庄二督，也捐了些钱。隔了不多日子，被尹宗扬知道了，晓得政府不赞成，他就递了一个封奏，参劾常肃等伪学欺世，莠言乱政，政府中自然合意，就下了上谕，给步军统领等衙门，把强学会封禁勒停。常肃也只得垂头丧气的回去，暂避风声，这且不题。

却说胜佛自陶然亭分散以后，隔了几天，他同郁文、立人七八人，走到前门杨梅竹斜街福兴居下了马，伙计们就领到了立人预定的座儿。各人随意坐下，伙计们沏了茶，摆上牙签、槟榔碟子，笑嘻嘻的说道："爷们要点儿什么菜？"各人就随意要了一两样。立人道："我要一个鸭子，要肥的。"伙计应了，就去取了一只爁毛的填鸭，带着一支细铁签子，送到立人面前，顺手把铁签子向鸭子身上扎了一下道："二爷，你瞧肥不肥？"立人看了道："还好！就是吧。"伙计道："用什么酒？"立人道："绍兴。"郁文道："我要两壶白干儿。"伙计答应着，摆了杯筷，就先把店中的例菜碟子摆了，就出去把要的冷荤碟子送上，各人就斟了酒喝起来。立人看见伙计在旁，就问道："半壁街王老板来了没有？"伙计道："他老人家快来了，他每天总要到这里来，喝了酒才回家呢。"立人道："等他来了，你就说我请他到这里来一块儿喝酒。"伙计答应了一声"嚛"。立人道："你不要忘了！"伙计道："忘不了。"就出了风门，端菜去了。胜佛道："就是大刀王二么？"立人道："是的，你不是催了我几回要见见他？不过这老人家脾气很有点古怪，他不愿意见，任凭你是王公大人，他可以绝不睬你一睬。前天我向他提起你，他听了你的名字，像很喜欢似的。今天在此地喝酒，也是他预定的。你今天准可以见着他了。"胜佛道："好！好！"郁文道："这个老头子倒底有什么能耐，得了这样的大名呢？"立人道："他详细的出身履历，我也不很知道；不过在社会中流传一点事迹，很有可歌可泣的。他幼年就失散了父母，单身流荡在江湖上，遇着了一个人叫山西老董的，他就拜为师父。那个山西老董，确是一个奇人，也没有家室眷属，他的武艺工夫，真是海内独一。怀抱着一个打抱不平的侠气，往来各处，落拓不羁。世界上声色货利，没有一件能摇动他的志气。江湖上大家佩服他。他见了王二的骨格志气，就收了他做徒弟。王二得了名师的指导，加以刻苦的练习，入了技击的堂奥。他喜欢的是单刀。本来山西老董专门的也是单刀，师弟相得，老董把许多的秘诀都传授了，他也就成了大刀王二的名了。"正在说时，只听外面呵呵连笑带嚷的说道："庄少大人又来赏我酒喝了！不晓得预备了多少酒？我这个老头儿，酒是很喝得下的，一二十斤不过算是酒点心，真的喝，少大人你舍得舍不得？"立人听了，立起身来接着说道："老人家你放心！庄立人就算穷，这点儿的酒钱还出得起。"一面说一面要走出去，只见那伙计推门进来道："客来了！"后面随着须髯皓白、精神炯炯的一个老头子，两只眼珠子闪出双道似电的光来，向屋中周围的一望，指着胜佛道："庄少大人，你说的戴少大人就是这一位么？"胜佛已出了席，就上前作了揖道："今天是头一次见面，晚辈可就要放肆，罚你一大碗酒。"王二道："怎么了？"胜佛道："你为什么看不起我们？"王二道："没有啊！"胜佛道："你说没有，为什么少大人、少大人的，可不是瞧不起我们么？"立人道："对！"王二呵呵的笑道："老头儿奉承倒错了！"立人道："胜佛的话不差，你老人家以后不准再说少大人，你高兴随便叫我们的号就好了。"王二呵呵笑道："不过太不客气了。"胜佛道："老人家不怎么叫，咱们就不敢奉陪。"王二道："是，是！就依二位的吩咐是了。"随向在座的客招呼了一下，立人就请他坐了首座。王二道："我其实不应坐，不过二位又要说，我老头儿不受抬举，我也不客气了。"胜佛道："这才是了。"立人叫伙计换了大杯再要菜，伙计就道："二太爷要什么菜？"王二问道："我的菜要过了没有？"伙计道："没有。"王二道："很好，不用问了，就是罢。"伙计答应了一声，说道："咱们听见有你老人家，这个菜已早预备了，菜就来罢，好佐酒。"王二笑着点点头。在席的莫名其妙，一会儿伙计捧着一个热气腾腾的大盘进来，原来是一大盘烧羊肉。王二就拿起筷子，指着道："这是此地的著名菜，诸位请，我不客气了！"就拿起才斟的酒喝干了，佐了一块肉，就喊伙计道："快来几壶热酒，今天遇着痛快的朋友，应当喝一回痛快的酒。"就向着同席的人笑道："老头子本来是个老粗，列位不要见笑啊。"大家呵呵大笑，也喝酒吃肉。

吃了一回，郁文道："老前辈的功夫，久已闻名，门外汉也不敢请教，今天能否将经历的痛快事，讲一件我们听听，一定可以多喝几斤酒，也让后生小子痛快一回。"王二呵呵的笑道："老汉实在没有什么经过的痛快事，那里可以给各位下酒。不过从前流荡江湖时，结交的朋友真有几个好汉，一时也说不尽。今天说一个奇女子，给各位听听，才晓得天地之大，无奇不有了。这件事，说起来是我们会友镖局里的事：那年秋间，有绵贝勒府收的山西大同府租银十万两，委托会友镖局护送到京，这条路向来很太平，咱们局中来往也不少回儿，况且是贝勒府的款子，谁敢劫！压镖的伙计，碰着是个酒鬼，不免大意一点儿。那天在打尖的时候，多喝了一点，醉了，就睡在车上。镖车经过山脚下，一片荒凉，他依然做他的好梦。不料山湾里闪出一二十个人，拦路喝问。那镖客睡得糊里糊涂，没有递过节儿，那班人以为是寻常的买卖客人，镖旗也许是冒充，胡哨一声，就把十万两银子抢去了。镖客醒来，已杳无踪迹，没有法子，只好回局报告。卢老板听了，觉得失了镖，照例要赔，固然不得了，而且咱们局子坏了名气，尤其关系重大，卢老班①同我们只好邀集同行的朋友，商量破案。当时有名的好汉李存义、刘德宽、尹德安、张兆东、尚云祥、周玉祥、程庭华等，会议之后，分道扬鞭，改扮装束，前往蔚州、保安州、八达岭一带探访。大家揣想，一定不是有名的绿林好汉所干的，因会友镖旗，声名赫赫，卢老班交游广阔，信义盖天，有名的头脑，多有交情；这定是一班新出道的不管什么才干的。这类人不知道躲在那儿，很不容易去找。一天，卢老板同着我一清早入山，近午到了一个小村庄，肚子饿了，就找一个小酒店进去，要了些酒菜。正在吃喝，只见一个货郎儿，手中拿着小摇鼓，肩上挑着一个杂货担子，走到酒店门口歇了担，向店中一望。那店中因时候尚早，没有多少人吃喝。卢老板朝外坐着，擎着杯儿，正在心绪不宁。那货郎儿向着他仔细一看，就问道：'卢老板从那儿来？'卢老板望了一望，不认得他，就说道：'老哥是谁？我兄弟一时记不得了。'他就放下手鼓，踏进店门，向着卢老板跪下去，磕了一个头，卢老板连忙站起来，扶着他道：'老哥为什么这样客气？'他道：'卢老板贵人多忘事，我是沧州的王义，我的性命是老板救的。老板自然施恩不求报，所以不放在心上，我是天天总要想着的。没有老板，世上那还有王义呢？'卢老板方才恍然想到。原来卢老板从前在沧州知州衙门里做过幕友，并且教过知州的少爷武艺，有一天沧州破了一件盗案，捉到了强盗十余个，内中有一个山东人，年纪很轻，相貌并不凶恶，问他，是少时父死为继母逐出，漂流到了强盗山中，从未犯过案，名字就叫王义。当时卢老板听见了，亲自去问了他一回，确是冤枉。王义向着他痛哭流涕，哀求救命。卢老板心中恻然，就向那少爷说知。这位少爷也很慈悲恻隐，随向父亲说明，登时开脱释放了。卢老板也不放在心中。不料此回在僻小的村庄中遇见了，就拉他一同坐了。喝了一杯酒，就问道：'咱们分别后

---

① 同"板"。

你一向做些什么过日子？'王义道：'自从受了老板的恩典，死里逃生，就到了保安州，做了这个行业，过了近十个年头。现在也成了家，有了小孩子，居然不至於饿死了。不是老板，那有这个日子！我在家中供了你老人家一个长生位，天天烧香祷告，有一天能彀向你老人家磕一个头，我就心满意足。果然菩萨有灵，今儿真如了我的愿了。'卢老板道：'你也太诚实了，我救了你也没有费多少力，你这个样子太过分了！现在回家去快快撤了这个位，这个样子是要折我的福的。'王义道：'你老人家是好汉，救了人是不在心上，不过受你好处的那里过意得去呢！'卢老板又斟了一杯酒给他喝，他接了酒说道：'以前的事且不谈，今天你老人家到这个山洼子来，有什么事罢？'卢老板叹了一口气，向内外望了一望道：'我的事无从说起，也和你沧州时的事差不多，一样的重大。因为心上乱得很，所以你进来我真想不起哩。'王义吃了一惊，低头想了一想，把手中的酒喝了，就说道：'我遇见你老人家，一定要请你两位到家中去，一则让他们娘儿们见见面，认一认大恩人；二来十年内一切事情，让我详详细细告诉你，这儿也吃不出什么来，到家里去喝一下子。'他就问了我的姓名，一面向店中说道：'此地的酒钱，由我账上算。'我们说道：'不必破费罢！'王义道：'我虽是个小买卖，这个东道还担得起。'一面低低的说道：'店里究竟人杂，有话还是家里去说罢。'我们三人一同出了门，他就挑了担子道：'我的家离此地不远，不到一两里。我来引导罢！'他就向前走，我们跟着他一同走去。一会儿果然到了一个小村庄里，看见一道土墙，围着五七间草屋，他走到那草屋的大门前歇下了担子，用手敲门，喊道：'开门！开门！'里面听见了，就有一个妇人接着道：'今天为什么怎么早就回来了？'只听得把门开了。王义道：'我遇着我的大恩人了，我的担子你先收进去。'卢老板和我，一看开门的是一个三十多岁的妇人，穿着蓝青色的布袄布裤，腰间束了一条破旧的围裙，一面去接担子，一面道：'这两位就是恩人么？不枉你天天祝告，菩萨真有灵。'随说随进门去了。王义就让我们进去,他又领了妇人出来向卢老板磕了头。就吩咐他道:"去年自做的一坛酒去开了,杀一只鸡,煮点儿腊肉,我们没有什么谢他老人家,只是喝杯酒表表心就是了。"我们道:'你不用太费事。'他说道:'穷人家也费不出什么事来。'随手搬了两个凳子,请我们坐了。向后边提了一把黄沙的茶壶,斟了两杯茶。他就问道:'卢老板现在好讲了,才刚酒店中真有几个尴尬人在那里,到底为了什么事呢?'卢老板朝着他道:'你知道我近来开了一个镖局子么?一向托你的福,没有出差儿,不料前几天大同府局子里接着一笔十万两的卖买,经过此地,碰见了一帮人,把十万银子炸了。我的身家性命也差不多完了。但是这一帮人,也不能让他安享,所以我们两个人在这儿左近探听,已经好几天了,一点儿没有消息。你说我心上急不急?'王义道:'你老人家不用急,此地周围一百八十里地内,我都熟悉,许多庄子里也没有多少不对眼的,只有离开这儿十多里地,有个霸王庄,有三个姓窦的弟兄,绰号三霸王,听说是正定府武举人绰号土太岁窦基钧的儿子,自从土太岁被郭老英雄郭云深抛刀所杀,一家星散,跑到此地,暂时躲避,也没有听见出来干什么。不过这几天,各处许多的青皮混混,都上他们村里去,大赌大喝,很有些诧异。老人家你不忙,让我去打探一下,倘有点边儿,再想法子。不过他这两天聚集的人可不少,要办你也要去请人才行。'卢老板听了,欣然道:'听你的话,很有边儿,要办就办,我们去找朋友,约定了一个地方,大家会面商议再定。'王义道:'很好,离此处三里地,有一所土地庙,四面荒凉,在山湾里,没有人来往,我明天一早去探听确信,各位请在那土地庙里等着。傍晚我一定来送信;现在先喝了酒再说。'卢老板道:'酒不喝了,办事要紧,办好了事再来喝酒,事成了我真要好好的谢你呢!'王义道:'什么话,这不是应该效力的吗?老人家既然要去找朋友,那我也不客气了,这酒留在明后天喝罢。'我们就立起身来,出了门。王义道:'这个庙就在前面,我来领两位去先认明白了好找。'三个人一同走去,过了一个山头下去，有一个湾子，中间正有着一所破庙，门户虽尚完全，却已破坏不堪。我们进去一瞧，房屋尚觉宽大，藏着二三十人，外面也不觉得。我们就和王义点点头，分手走了。王义自己回去，预备明日往霸王庄去探听。我们就到客店里，叫带来的伙计分头去送信，约各位于明日旁晚到山中那个土地庙中聚会，并都要改装，分散行走，不教人注意。好在伙计很多，统统送到了信。等到明天，我们俩於下午就到庙中，备了些吃喝的，分开着由自己跟伙计们带去。我们到了不多时，朋友陆续到得不少。李存义先说道：'昨儿得了信，我就踩了一回道：霸王庄上的三个家伙，我晓得是土太岁的儿子，能耐虽不见得高明，也很有扎手的地方。他的庄河很宽，约有三丈多，咱们很有些纵不过去的。现在我约了一位女徒弟，他的轻身的功夫，很有把握，只要他的镖针打在树上，他就可以在这根绒绳上渡过去了。我想很用得着，所以也约他来帮忙。'我们连忙道谢。正在招呼中间，只见王义依然挑着担子，进门而来。我们请他坐下。他就说道：'这事大约确实的了，我今天挑担到了霸王庄，我是常去的，他们一点儿不注意。我就向熟人探问，知道昨天晚上他们赌到了东方发白才散的。听说窦庄主很慷慨，有人开口借钱，不论多少总答应的。场上进出总是千儿八百，这种钱是那里来的？你老人家要赶快才好！多耽搁了，钱散了出去，不容易找回来。'卢老板道：'谢谢你！你有事可以请回，将来也要秘密，犯不着结这个仇。'王义道：'是的，我就回去了。'卢老板道：'我也不送了，免得露眼。'王义便挑着担子回家去了。我们就商量办法，决定到三更过后，等他们精神疲倦时候进去，一面派几个伙计，通知地方上官厅队伍，叫他们也在三更时分把队伍开到霸王庄外围住，以壮声势。好在此案关涉贝勒府，已通知地方官，当面约定，我们找得了真消息，他们当然前来帮忙。办法决定后，其时天已旁晚，大家喝点儿酒，吃点儿干粮。我正悄悄的坐在台阶上抽旱烟，只见墙外两团黑影，好象飞鸟一般，在墙上一站脚直落下来。我知道是弟兄们到来。刚要站起迎接，不料他并不落下,一直纵进殿上去了。我跟进去,已听见李存义在那儿招呼。我定睛一看,原来是一男一女,男的是李德冲,女的是章桂英,他夫妇二人,在蔚州开设镖局,江湖上确是名声不小。我们是同行,彼此见了面,我们向他们道谢。桂英道:'这是同行应该的,况且这班东西无恶不作,跟咱们终南派屡屡作对,开除了他们也是应当做的,各位不必客气。'大家随意坐下,休息一下,等到二更天气,各人结束动身,走了一个更次,到了霸王庄。那道庄河真有三丈外阔,李存义道:'桂英,你去办好了再说,不要忘带了绳索。'桂英道:'师父,我有飞抓,这个索尽彀的了。'只见他从口袋中掏出一只镖针,随手把针上的绒绳理了一理,就向对岸树上一掷,把绒绳一拉,交给李德冲,向这岸树上一系。桂英向着各人点一点头,将手抠着绒绳,好似有翅膀的蜘蛛,飞一般过去了。他一踏到地上,又向口袋中一掏,把飞抓随手掷过来,带着绳索。李德冲伸手将飞抓接住,把镖针解开,飞抓系上,於是各人陆续抓了飞抓的索,都过了庄河。随即各显身手,登屋走檐。桂英首先冲入,这班人有的正在赌钱,有的抽鸦片烟,有的喝酒,没有一点儿防备。桂英就把镖针打中了四五个人,那窦氏三兄弟仓皇无措,被我们分头捕捉,没有一个漏网,镖银差不多全数归还。这件事真痛快!因为没有章桂英,我们就不容易进庄;没有他首先冲锋,也不容易一网打尽。为这位女英雄,各位可以喝一杯酒罢!"他就举起大杯来喝了一杯。胜佛道:"我们真应当替这个女英雄喝一杯酒!"大家都很高兴的喝了。王二道:"我说了一回书,替各位下酒,各位也应当说一回,教老头子多喝一杯才对。"郁文道:"这倒难了,我们那有经过这种痛快的事呢?"王二呵呵的笑道:"不必一定要自己做的,只要称得起痛快就是了。"胜佛听了,想了一想道:"有是有一件痛快的事,不过总是摇笔杆儿的。"王二道:"只要痛快,不管文的武的。"胜佛道:"我且说出来,请你批评,彀得上彀不上?就是前天韩都老爷韩惟苊参了皮小连、李合肥一折子,几几乎要了他的性命。现在是充发黑龙江,这条命不晓得保得了保不了。"王二马上立起来,瞪着眼望着胜佛道:"天下还有你一个人敢说这句话!这件事才算是痛快呢!比较才刚我说的痛快得多!这才是真痛快呢!大家来喝一杯痛快酒!"他喝完了,又斟了一大杯向着胜佛道:"刚喝的是韩都老爷的痛快事,这一杯是喝你说的痛快话。"他也不管别人,一口气喝干了,立起来道:"我要走了。"向着胜佛道:"你送我到外头。"他拉了胜佛的手,匆匆的走出去,到了院子里,他就低低的说道:"明天下午一点钟,我在西山碧云寺有一个聚会,你要来。有可以同来的,你就悄悄的约他一块儿来。"说完话,他就仰着脸去了。胜佛也来不及送他,回进来,立人问道:"他给你说什么话?"胜佛道:"他问我明天有空,要找我一个人谈话。这个老头子真有点儿古怪呢。"立人道:"他和你初次见面,就觉得很要好,真佛法的所谓缘法了!"那时主客也都兴尽,纷纷散去。胜佛想明天的约会,不好不知会立人,因王二是立人介绍的,所以等客散尽,即告知立人,请他明天在家等他来了一同去。立人答应了。才散。

等到明天,胜佛赶到立人寓中,拉着同去。立人道:"去年甘肃董提督送来几匹西口的马,是送我老人家的,湖北是用不着,只好留在此地。我们挑着骑一下子好么?"胜佛欣然道:"好!"他二人就出门上马。立人道:"这匹枣骝,脾气还好,你不大骑,就骑了他罢。"自己骑了一匹是银合的。他骑上了,说道:"这匹马在白云观、蟠桃宫都跑过,没有赛过他的。"胜佛道:"你不用大快,我是没有练过功夫的。"立人笑笑,扬着鞭道:"你放心,跟着我没有差儿。"两人就向西走了。这两匹马真好,又快又是小走,胜佛骑得很高兴,一会儿只见立人在前,已扣住了马,就要下来。胜佛道:"一会儿功夫,难道已经到了?"立人道:"可不是碧云寺么?"胜佛抬头一看,果然到了,一同下了马,各自拉着,正要进去,只见有个和尚上前合掌说道:"是不是庄、戴两位少大人来了?王二太爷早来了,请进去罢!这牲口交给我,寺里有人能伺候他。"立人、胜佛就把马交给他。立人说道:"这两匹牲口有点儿脾气，要单独的溜着才好，请你交代一声。"和尚道："二位万安！寺里的人都懂得，少大人放心罢！"立人、胜佛就向着山门进去，只见王二已迎接出来，呵呵的笑道："两位赏光。"胜佛、立人上前作揖道："你老人家又要想罚酒了？"王二笑道："好！好！不再客气，再客气一句认罚一杯。"一面就让两人到了东首的客厅上，推开风门进去，里面摆了几桌筵席，坐了二三十个人，长长短短，老老少少，都已入了席。二人进去，只能普通的点点头。王二就让二人上坐。二人推辞不肯。王二道："他们都是我的徒弟，自己人，他们决不肯僭你二位的。"胜佛、立人只好向大众告了罪坐了。王二斟了他们的酒道："我是老粗，又是急性，我今儿请你两位来为什么？让我来说明了吧！就是昨儿戴先生说的韩都老爷的事，早已听见了这件事，又是痛快，又是担心，我跟韩都老爷是一面不认识的，不过这个时候，尚有人敢参皮小连，总算中国还有有胆子的人物。但冲撞了西太后的心腹，一定解不开这个结，就是本人不怎么，自有一班会巴结的人想去干。韩都老爷的性命真危险！我前几天找了他们一班人，商量一个办法，说来说去，只有想把韩都老爷救出去藏起来。我想也不甚妥当。昨儿听见戴先生提起，知道也是有心人。所以约你两位和他们同来商量，究竟读书人想得出法儿，不过胆子小一点。但是二位却很有胆子的，所以请二位想想看有什么好的法子。"胜佛道："韩都老爷确是危险，不过你把他救出去藏起来，那危险更大了！"王二睁着眼道："怎么更危险呢？"胜佛道："他现在是有罪的犯官，一旦逃跑了，一定要各省查缉，那要躲起来是很不容易。二来他有家眷，本来是没有罪的，现在他一逃，可也有罪了，再要去招呼也不容易了。老人家你以为如何？"王二听了，瞪着眼向众人说道："你们都听见了，读书人的见识，毕竟细密得多！"又向胜佛道："老弟，你既见得到不好的地方，一定想得出顶好的法子，请你替我想想！"胜佛道："现在朝廷上的人虽然不好，但是他仍旧有权，我们要救人，要顺着他才好办，倘然逆了他，要加倍的费力。韩都老爷的危险，在北京是没有事的，不过上了道，解押的差役，沿路的刺客，他们也许花了钱买嘱了动手，那才危险。第二是到了充发的地方，他们或者用势力去嘱托那边的官场去害他，也是危险。此外只有他的家眷也没有依靠。他们或者来害他。此外是没有什么危险了。依我看来，你老人家要救他是容易得很，第一，路上的危险，只要你自己肯出马，还怕什么！就是你不能走，派几个手下的人去，也一定稳当。到了那地头儿，只要你老人家出封信，给那边的头儿脑儿招呼一下，究竟他们不是有深仇大恨，也不至於一定要干他，你也可以放心了。他的家眷，你在京，把他放在你眼皮子底下，还怕照顾不了吗？"王二听了，拍着手呵呵的笑道："我的好兄弟，真不差！多么为难的事，听你一说，就像一天云雾都散了。"他就向着众人说道："你们听着这种话，咱们昨天商量的不真是放屁么？我想这件事还是我自己去的好。"那席上有一人说道："你老人家走了，这儿的事怎么样呢？"王二道："就是这个缘故，所以我约他们两位和你们见见面，以后有什么事，你只要听戴先生和庄先生的盼咐去办，决没有差儿。"随手自己斟了一杯酒，向着各席上说道："我出去以后，你们对着戴先生就同对我一个样，你们信我老头子的，都要喝这杯酒。不信我的不必喝。"众人听了，都举起杯来，正要喝下去，胜佛连忙立起来高声说道："且慢，兄弟有一句话要说。"正在这个当儿，忽然从外面奔进一个人来道："不好了！"正是：

    铜驼荆棘会相见，金剑昆吾跃不平。

欲知来者何人，且听下回分解。

第三十四回　侠客白髯孤臣凭保护
　　　　　　　远航黄海大计定澄清

　　话说大刀王二邀了胜佛、立人，在碧云寺向大家说明一切，正在举杯时，忽有一人奔进来，向王二说道："大事不好了！"王二一看，原来是他的徒弟急先锋萧四。王二道："各位请满饮这一杯酒，作为今日的纪念。"他就掀开白须，举杯向口中倾入，一面向萧四道："你也饮一杯，我常常告诉你，遇着事要沈得住气，方能办事。你的老脾气总是不改，你且饮了酒再慢慢的告诉我。"萧四忸怩了半响，把酒饮了，不再出声。王二道："这杯酒因为你们，我已托了戴、庄两位先生做你们的头脑，你也应当服从的。"萧四惘惘然说道："这是什么缘故？我们弟兄都是服从你老人家的，怎么你老人家又改变了？我是……"王二接着道："你又来了！你想弟兄们许多人，怎么听了我的话一齐愿意，难道他们肯服从比你不如么？其中的缘故，你慢慢的问你大师兄就知道了。现在你把探听的消息报告给我听。"萧四向同座中一位满脸大麻子的望了一望，就说道："我听见皮小连的马夫说，'韩都老爷的事，他主人倒没什么，昨天九门提督恩宽在他面前说道，"这个韩惟莐真是岂有此理！小小的一个御史，竟敢如此，不可不给他一点报应。好在我手下缉捕营狠有几个干员，请交给我去办是了。"那皮小连笑道："也好，不过也不必十分的小题大做，这班东西中什么用呢！"'徒弟听了这个消息，关系着师父，所以来报告的。"王二听了呵呵的大笑道："小孩子没有经过大风浪，你去喝酒罢，不要紧的，我知道你的忠心了。"就向着大麻子说道："你回头到提督衙门，不拘那位，问一问今天堂上可有什么交派？倘然有的，交给谁办，定了什么办法？你去，没有打听不出来的。"那个大麻子答应着。

胜佛向众人道："才刚他老人家欲拉兄弟跟庄先生加入贵会，兄弟是极愿意的。不过要兄弟跟庄先生领导办事，是万万不可以的。兄弟是没有在贵会办过一件事，彼此都不熟悉，无论能办不能办，决不可以仓卒决定的，应请老人家另定旁人，兄弟帮忙是了。"王二呵呵的笑道："戴先生你尚脱不了书生的习气，大丈夫肝胆相见，脑袋也可以奉送，有什么的能不能呢？"胜佛道："不然，我们的意气，刎颈流血是可以的，至于办事，不是一个人的事，总要结成团体，扩充出去，全靠那首领的精神，深入人心。倘若根基差一点，将来经着大事，就恐怕要失败，所以要请你老人家细细斟酌。至于我一人是既蒙你老人家看得起，我的脑袋就预定送给你。此番的推辞，不是我的畏难，是希望将来的成功，想你老人家也明白的了。"王二听了点点头道："话是不差。"随望着同座的人道："这怎么办呢？"胜佛道："以我看来也不难，你老人家也不用交代，依然你的首领，当出门远行的时候，你就将平日相信的人，指定了一个，作为你的代理，总管一切。我就做你的参谋。你回来我帮助你；你出门了，我就帮助代理你的人，想来也无甚困难。我想今天也不必决定，你老人家回去斟酌定了再说，我是决意入会的，一切规则，只要通知我，我就照办是了。"王二道："我们会中规则是狠简单的，至于你所说的话也狠有理，我们弟兄也狠信服我的，也不必回去斟酌。"随即立起身来，向着各席上人说道："才刚戴先生不肯担任，并不是他不愿意，也不是怕麻烦，因为初见面不甚熟悉，这句话也狠有理。现在一准请一个人代理，就请戴先生做了军师，庄先生做了副军师。代理我的人，就是你们的大师兄李大麻子，你们愿意么？"只听得四围如春雷一般，同呼愿意。王二等着人声稍息，重说道："现在暂时如此办法。将来总要请戴先生主持的。弟兄们千万要同心一意，老汉不死，一定领着弟兄们跟了戴先生做一番事业哩。"那四围又是拍掌欢呼了一阵。王二随向李大麻子道："李五，我动身后，一切的事，都要跟戴先生商量再办，你不依我的话，我是不答应的。"李大麻子道："师父，我那有不依你的道理！"王二道，"既然如此，我们就可以散了，你替我进城去办那件事罢！"胜佛、立人二人向各席上招呼了，跟着王二、李五走出寺门，跨上马背，那王二骑了一匹纯黑的骡子，李五也骑了一匹菊花青的，四个人扬鞭上道。走了一回，王二对立人道："你是北京有名喜欢玩马的，你的马一定好的，今天老汉跟你跑一趟好么？"立人自以为他的马在蟠桃宫、白云观赛跑，没有胜过他的，就欣欣的说道："可以。"王二笑道："来罢！"只见他身躯往下一矮，那骡就放开腿，立人也就将马一鞭，那马往前一窜，势将越过骡去。只听得前面一声长啸，那骡足不沾地，好似腾云一般。立人往前一望，但见王二的两颊白髯，迎风分开，飘向脑后，黄尘滚滚之中，好似雪花飞舞，渐渐的隐隐灭没，不到两刻钟，那西直门的城楼，已巍然在望。立人收了缰，额汗如雨，走到城门，只见王二已坐在城门旁茶摊上，街上一个童儿，拉着骡慢慢的溜。立人跳下马来，把他马也交给一个人去溜，一面细细看那骡，那骡身上绝无一点汗迹，不禁向王二说道："你怎么有这样的好牲口？北京城里也没有第二的了！但为什么跑马的地方没有见过呢？"王二微微的笑道："这种牲口不是给王爷、贝勒、公子哥儿顽的，是老汉的着身伙伴，顽儿的地方，为什么去教他费力呢？"正说时，胜佛、李五都来了。胜佛道："我的马也不差，骑的功夫是差多了。"李五道："戴少大人骑得也狠有功夫，但是跟老爷子比较，不讲功夫，就那牲口也赶不上哩。庄少大人恐怕到得也不多时罢？"立人道："我也刚到，他老人家已喝了一会子茶了。"四个人谈了一回，重复骑上骡马，各自回去。

立人、胜佛回了寓，自去商量正事。王二独自回家。李五自去寻找提督衙门的人，探听消息。王二吃了晚饭，和许多徒弟们闲谈了一回，只见李大麻子匆匆的走进来道："师父！我回来了。"王二道："有消息没有？"李五道："有，并且狠详细。只要我们定对付的办法就是了。"王二道："怎么样。"李五道："我才刚去找了杨振标，他就告诉我，今天正堂恩大人叫他和达老五两个人到私宅，吩咐想法子收拾韩都老爷。振标他没有开口，那达老五就抢着说道：'算不了一回事，随便的都可以收拾他。'那恩大人说：'办他原狠容易，不过要避免形迹，越秘密越好。'振标道：'他总是一个京官，他所干的事。人家都狠注目的，要一点没有形迹，狠不容易。'那达老五道：'我们手下的人，能干这事的人狠多，让他走出两三站，到了荒野的地方，随便下手，那有人知道？'那振标大约有点知道你要去干涉的消息，他就说道：'万一有不相干的人，出来抱不平，恐怕要添麻烦。'老五道：'天下那里有这种的人，他图什么呢！'振标看他有邀功的意思，他就接下去说道：'五哥的话不差。我也不过是过虑罢了。'"王二两眼一睁，白髯飚动，把手掌在桌上一拍道："我偏要做点榜样叫他们看看！"李五道："师父，这也是白饶！给他看还笑我们发疯呢！"王二呵呵的笑道："对！对！但是他们的办法晓得了么？"李五道："不过是夜中行刺，白昼强劫罢了。"王二道："有了我，他们办得到么？"李五道："我们也不可大意，好在他衙门里几个稍有点能耐的兄弟们都认得我，想一面派人向一路大道上店家们关照留意，一面派几个人跟着他们，探听他们的举动，况且老爷子亲自出马，自然诸煞回避；就是老爷子不去，派一两个人也了得了。"王二道："我决定要去，顺便看看关内外几个老朋友，打听有多少后起的英雄。明天去同韩都老爷谈谈，这儿的事，就照刚才决定的办法，你有事摆弄不开，可同戴先生商量商量。"李五道："你老人家放心罢！那位戴先生真是可以，他说的话都是我心坎里要说的话，不过他来得快当，我们的弟兄们才刚说起来，没有一个不佩服的。你老人家尽管放心罢！"王二呵呵笑道："狠好！狠好！你也可以回去了。"当时各散。

到了明天，王二到了韩都老爷寓中，谈了一会，知道充发的地方定的是新疆，送他二百两银子，开销种种。小峰道："我怎么好用你的钱？"王二道："都老爷你又来了！将来发了财加利还我好了！你的家眷怎么样？"小峰道："我是甘肃人，欲把家眷送回去，没有可靠的人，也没有许多的路费，只好托同乡、同年暂时招呼再说。"王二道："我的爷，你怎不给我说！你只有一个太太，一个少爷，就用了一两个下人，一年的浇裹也有限，不过你少爷年纪尚小，娘儿两个独住一所宅子，恐怕别人照应不到，你不如搬到我的对门，那边有一个小四合房子，是朋友送我的，现在空着，就借你住住。伙食自己开也好，由我送过去也好，一切不用你费心。你说好不好？"小峰听了，眼中流下泪来，说道："我们萍水相逢，怎好受你如此的大恩呢？"王二站起来，把白胡子一拢道："我的爷，你怎么这样的酸呢！人生世上，总活不到一百岁，什么都是空的。那钱财一事，我们不念书的人，尤其看得是轻。今天去，明天来，什么要紧，我们就此定局了。你肯也这样办，不肯也这样办，到动身时候，我决计送你的。"他说时，好像就要立起身来走。小峰道："承你老哥哥的情，我也无从说起。我们俩就此拜个把子罢！"王二道："这是高攀了！"小峰道："你说我酸，你这句话就不酸吗？"王二道："得了，得了！我就依你是了。"小峰就向王二拜下去。王二呵呵的笑着，还了半礼。说道："老弟！我如今叨长了，一言为定，我要走了。"小峰道："你的弟妇侄儿不可不见见！"就向内去，领了他夫人、儿子出来，向王二行了礼。王二要还礼，小峰拉住他道："没有这个理。"就向他夫人说道："这位老哥哥，是我们一家的大恩人，将来要永远的记着。"他夫人含着泪，和儿子磕了头，正要回到内室去，王二呵呵的笑道："今天没有预备，侄儿也没有给他一些顽意儿。"就掏出了一个江西圆锭塞在小孩手中，含笑说道："给你买果子吃的。"小峰道："又要老哥哥破费了！我也无从谢起！你给二伯父磕个头罢！"那夫人就教小孩磕了头，说道："谢谢伯伯！"就进去了。王二立起身来道："一切车辆等我去预备，你不用费心，你赶紧料理料理，明天就搬家，走着就可以放心了。我也不再来看你，你只管搬到我对门就是了。"一面说，一面走，小峰送到门外，他就走了。那时小峰就去料理清楚，明天就搬了家。

到了动身的那一天，只见小峰门外，兵部派来二个押解差役，坐了一辆车，另外一辆双套轿车，停在王二门口。他的黑骡站在车旁，那小峰家里由着下人和车夫把行李装在车上，一回儿，王二一身行装，从小峰家里出来，那小峰和他夫人、小孩跟在后面，他夫人眼泪不断的流。小峰道："你进去罢，我和你都由这位老哥哥招呼，彼此都很放心了。"王二道："弟妹你不必挂念，老天爷不亏负人的，逢凶化吉，将来总有翻身的一天。我已经招呼了家里，弟妹有什么为难，只要告诉我家里，自有办法。至于老弟这一蹚出门，有我送他，总要办得安安稳稳的，弟妹你放心是了。"小峰夫人哽咽着说道："全仗伯伯，这恩典也无从说起了。"小峰也不禁洒了几点泪。正要上车，只见李大麻子匆匆的赶来说道："几乎赶不上送了！"就向对门望了一望，凑到王二耳边，低声的说道："杨老大告了病假，达老五跟恩秃子两个人，带了四五个伙计，也是今天动身。我们的人也跟踪下去了，事情是没有什么，请你老人家一路细心点就是了。"随向小峰道："一路平安，不久回来再见罢！"小峰谢了一声，上了车，那王二也跨了车沿，向着李五道："家中一切，你分点儿神！"李五道："知道了，你万安。"那赶车的一摇鞭，就双轮辗动而去。那黑骡跟着车，也不用招呼，自然的跟着走了。差役的车也跟在后面。那天小峰的车出了京城，过了芦沟桥，打了尖，到了良乡，王二就招呼差役道："我们就在此宿了，明天再赶个整站罢！"那差役道："你老人家要怎么就怎么好！"王二看见路旁一个大店，就向赶车的嘴一动，那店小二就上前来，说道："时候不早了，老爷子你就住在这里罢!"王二点点头,赶车的把缰一顺。那牲口就进了店。小二们把行李搬进上房。王二道:"你叫赵全来把我的牲口交给他。"那伙计笑着道:"今天老赵又交了运了。老爷子你的牲口,本不容易伺候,只有老赵伺候惯了,他的一分儿是别人争不着的。"随向外喊道:"老赵,王老爷子的牲口叫你招呼着!"只听外面有人答应道:"知道了!已经在这儿溜了。今天牲口没有费力,你告诉老爷子放心罢!伺候好了,再来给老爷子请安。"王二呵呵的笑道:"请什么安,来领钱罢了!"当时擦脸漱口已毕,喝了一盏茶,王二就取了一根旱烟袋吸着。走出店门外,只见一个小贩,背着小小的一个包裹,走过王二面前,并不招呼。只听他自言自语道:"他们快来了。"王二也不作声,站着闲看。只见远远有四五匹马,驮着人,卷起沙尘,直奔大道而来。王二就在怀里掏出一面三角的小红旗,上面绣着白色的大刀,向大门旁泥墙上一插。就转身进去了。那个伙计笑嘻嘻的道:"老爷子你要会什么朋友么?"王二道:"你不用管。"他就到了上房,只见小峰正在喝茶,默默无言。王二道:"老弟,你想开点罢!"小峰道:"原是我上折子的时候,不过一时的触发,身家性命,置之度外,不料前天遇见一个朋友,告诉我一件事,真是奇怪。他是听见陆摹如说的,上个月考中书,我派了一个监场的差使,当时阅卷的有广东的黎石农,他是与我不相识的,他出闱后,就告诉陆摹如说:'在考场见有一位监场的都老爷,不晓得他姓什么叫什么?只是看他脸上不出十日,必有大风波。'真是奇怪,原来这位黎侍郎在京城中有名的会看相。那摹如便问他道:'你看他怎么样?许是要回原衙门行走罢?'黎侍郎道:'恐怕不止!'摹如道:'至多革职。'他道:'还不止!'摹如惊道:'难道有性命之忧么?'他说:'性命不至于,不过此人虽有风波,却是得大名而去的。'摹如随即打听,知道是我。他就跟我的朋友说:'这回石农的话恐不准罢!'但是我派差的日子,我刚刚动这个念头,不料已形之于面,可见万事自有一定的。所以我想也不犯着多思多忧了。"王二呵呵的笑道:

"这是一定道理,未来的事,何必知道。知道了反多烦恼了。"二人谈了一回,店家开了饭吃了,就上床睡了。一夜无事;天明,就上车动身。

王二上车时,那赵全拉着骡伺候在门外。王二就给他一块银子,随手把小旗拔下来,往怀里一塞,依旧跨着车沿走了。走了一早上,过了琉璃河,就在涿州,打了午尖,重又动身上车。走了一二十里,那王二忽然下车来,口中打了个哨子,那黑骡就踊跃的奔到王二身旁立定。王二将鞍鞯掀起一瞧,将肚带紧了一紧,把缰绳拉在手中,向车箱行李中抽了一把刀,连鞘佩在腰带上,一按鞍心,身已在骡子背上。那骡子知道主人骑上了,把头一低,把尾一洒,登时已冲出十数丈外了。那王二等他跑了一趟,慢慢的把缰放宽,等候着后面的车子。走了四五里路,路上渐渐荒凉,远远的望到前面,好似平地起了一堆乌云,越走越近,渐分别出是一个大树林子,足有里许长。王二就勒住了骡子,等后面的车子赶来。走了一刻儿,渐渐听见赶车的呼吁搭搭呜喝之声。王二慢慢的走近林子旁边,只见道旁一棵老树,他的老根盘曲磊叠,距地一尺余,好似一只天然的几凳儿。上面坐着一个人,约有三十余岁,面目狰狞,精神充足,散披着一件灰色布的大褂,腰中系着一条熟藕色绉纱带子,手中拿着一根京七寸的潮烟袋,正在抽烟。王二走到离开二三丈路地方,只听那人喊道:"二哥那里来?"王二仔细一看,原来是康小八,随即跳下骡来,走上前去,一面喊道:"八弟你怎么经过这儿呢?"康小八道:"昨儿我也在良乡宿的,也看见你的标记儿,知道你老哥哥总有点事,我就住在西头的洪升店。后来看见来了几个鹰爪,一个是达老五,一个是恩秃子。黄昏后,我就在窗外头听了一听他们说的话,才知道你老哥哥出来是抱不平的。依着恩秃子就此回去,不用去找麻烦了。那达老五是高兴得狠,说:'他是一个人,我们是好几个人,他要倚老卖老,一齐都干了也不要紧,好在是堂上交派的,去了这个老头儿,京城里可就数着咱们俩了。'所以我要想告诉老哥哥,他妈的,真不知天有多高、地有多厚！"王二道："他们这几个,我老头儿还能对付,就是有两个官人跟车,心子要招呼,费点事。"康八道："我正为这一点,所以今天在树林旁等你,已来了一个多时辰了。"王二道："你的快腿,就是我的牲口也赶不上,你真等得久了！你有什么办法？"正在说时,只见两辆车也已到了。王二就向着赶车的说道："赵四,你们赶快点儿往前走,我就来。"那两辆车就辚辚的傍着林子,一直的去了。王二道："八弟,你有什么办法？"康八道："论起达老五、恩秃子,也彀不上咱们。不过让他们像小鬼似的,永远跟着,也讨嫌。老哥哥你把他们交给我就是了。漂亮的,听我话的丢开,不听我的话,送他们回老家是了。"王二道："八弟,那怎么样谢你呢？"康八道："咱们说不着,况且你是抱不平的好汉,难道我也不该添一分么？"王二道："要我当一个跑龙套么？"康八道："不用,你竟干干净净的去好了,咱们高碑店见。"王二就立起身来道："八弟,那偏劳你了,高碑店见！"跳上骡背,一阵烟似的往前去了。

  康八把烟袋从荷包里装了烟,取了火,就着抽了几筒,靠着树根打盹。朦胧之中,只听得远处马蹄子声,就把手擦了擦眼。睁开一望,只见一团灰沙,卷起半天,滚滚而来。约离五六丈路。他拿了潮烟袋,向大道中间一站,喊道："小子站住！"那马上的人都一惊,齐齐的把马扣住。一个人往前一望,喊道："我道是谁？原来是八爷！"康八呵呵的笑道："老五,你吓一跳罢！"达老五就下了马,回头道："秃子！这是康八爷,你来见见。你们都下来歇歇。"恩秃子一听是康八爷,心中一跳。只好下了马走上前来。达老五就说道："八爷,这是恩秃子！官名恩福,跟我同事。请八爷以后多亲近。"康八呵呵的笑道："两位都是大班上的,见了我不动手,承情得狠！"恩福道："八爷说的是那里话！今天八爷从那里来？"康八道："昨儿我也宿良乡,也住的洪升店,我看见两位跟伙计们来了,知道一定有公事,所以特地在这儿等你说几句话。"达老五呆了一呆,说道："八爷有什么吩咐？"康八道："老五,你说老实话儿，究竟为着什么事？"达老五想了一想：这个康八不是容易对付的，瞒他也不中用，就说道："这件事半公半私，八爷想来知道的了。"康八呵呵的笑道："中间有个抱不平的，你们办得了么？"达老五道："我也知道。不过是奉官差遣，办到那儿是那儿。八爷你想什么办法儿呢？"康八道："以我看来，你们不如回去的好，一则替人报私仇，不是好汉所做的事；二则你们要对付这个老头子，恐怕不容易。"达老五道："只是我们怎么样销差呢？"康八道："销差不销差，我管不着。你听我的话，安稳的回去，是你们的运气；我言尽於此，听不听由你们便了。"说着，就点点头一直的去了。恩秃子说道："怎么好？给杨振标说着了！真的进退两难！"他伙计中有一个人说道："这个东西，他背的风火狠大！才刚不如把他先办了，倒也是个巧宗儿。"秃子摇摇头道："难！难！他前年在大栅栏打死一个卖馄饨的，一天一夜他走出了山海关，他两条腿比着四条腿还快，我们几个人不用想拿他。"旁边一个人说道："不差，去年清明时候，城里的端老四去上坟，经过康庄，他刚在庄外溜达，看见了端老四的马走得好，他就想要留下。那端老四也认得他，知道遇见他不妥，就拼命的跑。幸亏他的马真好，小八赶了十里地，总差着三四丈毂不着。他才回来。你想他利害不利害？端老四经了这一回，再不敢骑马上坟了。"达老五道："难道他一番话就把我们轰回去么？教我们怎么样去回覆呢？姑且赶上去，到了高碑店，再想办法罢！"各人就匆匆上了马，往前走。走了一回儿，天色将晚，只见前面又是一座黑林子。正在走上去，只听得林中一阵呵呵的大笑，随说道："你们还是要来吗！"达老五在前，听了向林中一望，接着一声"阿哟"，就从马上滚下来了。秃子一看见，就圈回马，伏在马上，往回直跑。那跟着的人，见秃子一跑，也不管老五的死活，也一阵风似的跟着秃子跑了。

且说当晚王二别了康八，骑了骡子，赶上了车子，到了高碑店，就在常住的三义升店中歇了。他进店时，又把那小红旗插在墙上。不多一会儿,一个伙计笑嘻嘻进来说道:"老爷子,康八爷来了,他问起你。"王二道:"你去请他进来。"一面又问道:"曹二在店么?叫他来!"那伙计道:"曹二昨儿告假去了,老爷子你惦记着牲口么?他的替工赵大伺候牲口的门道儿也狠精,你老放心是了。"王二道:"不行,你去叫他来。"伙计连忙叫了赵大来。王二道:"我的牲口与众不同,你要把黄酒四五斤,和黑豆煮了,拌着料喂他。我另外给你酒钱。你不好好喂,我是不答应的。"赵大道:"老爷子你放心,曹二他伺候这牲口时,我也见过几回,曹二也常给我说,听也听熟了,你老放心,决不一点儿委曲你的牲口。"王二道:"好!好!你千万当心就是了。"一面伙计已请康八进来。王二道:"怎么样了?"康八道:"二哥你放心,已打发他们回去了。"随即低低的将才刚的事说明。王二道:"不是八弟那能这样干脆!"康八道:"以后可以放心长行了。"王二就要了菜酒,和他痛喝了一回。康八道:"你才刚吩咐喂牲口,你的牲口真可以,老实说,不是老哥的,兄弟要留下了。"王二呵呵笑道:"八弟你喜欢他,等我出关回来后,就送给你好了。"康八道:"笑话!怎好要你的!"王二道:"我年纪大了,也快要用不着他了。古人说:'宝剑赠于烈士,红粉送于佳人。'要找这个牲口的主人,除老弟外,差不多不配。"康八也呵呵笑了。饮了酒,吃了饭,各自回房安歇。王二回到房中,低低的向小峰说道:"以后不用操一点儿心了,恭喜!恭喜!"小峰也细细问了这两天的事,不觉得心惊胆战。说道:"老哥哥,兄弟的性命,除了父母外,都是老哥哥赏赐的了。"王二呵呵笑道:"我送你为什么?这也是天意!只是那外面的两个,不可以教他知道。"小峰道:"自然。"二人就上床睡了。明日动身,一路平平稳稳,无事可记。

且说胜佛、立人与王二分手回寓之后,把碧云寺的事谈了一回,明天梁超如、闻韵高二人来访,恰好立人上衙门去了。超如就向胜佛说道:"强学会自从尹都老爷参后,他们守旧党还有点看不过,听说有两位都老爷再要上折子参我们老夫子伪学乱世。细细想来,京师言庞人杂，很难统一，我想我们还是分开去鼓吹的好。因为平定洪杨以来，各省权重，若能各省布满吾党同志，握有权力，中央也只得照办。胜佛你以为何如？"胜佛道："不差！确是要着！不过广东已发生了革命党的萌芽，我想还要到广东去探听革命党的真消息，一面与唐先生澈底研究他一番，才好决定宗旨哩。"超如道："你所说的办法也不错！不过我说的办法办成后，也可进可退。二位以为如何？"韵高道："胜佛天分高，理想胜过别人，不过清朝立国已将近三百年，主张变法，阻力尚少，若主张革命，不用说别的，就是强学会中人，恐怕也要全体的掩耳而走。我看还是超如的议论执中可行呢！"胜佛道："不差。"超如道："既然如此，明日知照同志，准照我们的方法，分头进行便了。"胜佛道："我的话原是空论，一时不易实现的，我决定南下，和唐先生等商议我们所议的办法，一面探听革命党消息就是了。"隔了一天，超如来到胜佛处报告，说："淑乔因庄寿香招他到湖北督署去，敦古要回福建娶亲，姜剑云到了湖南学台任上，恰好程叔宽的老太爷做了抚台，王子度做了臬台，都是志同道合。昨天有信来，叫我去设立南学会，主持讲学，我想也是好机会。合了我的办法。我已给他复信答应了。我们可以先后离京了。"胜佛道："好极！好极！明后天可以动身了。"隔了几天，胜佛与超如、敦古各各动身南下。超如到了湖南，敦古到了福建，胜佛到了上海，往湖北去，在他父亲抚台衙门中，住了几时，匆匆又到上海，搭了粤轮，径向广东而去。走了三天，那一日过了香港，到了省城，住了客栈，就雇了人力车，一径往万木草堂而去。正是：

　　鹏翼图南九万里，龙头仰望二三人。

欲知戴胜佛与唐猷辉见面后如何定策？且听下回分解。

第三十五回　四子忧时纵横论青史
　　　　　　二贤言志慷慨渡重溟

　　话说戴胜佛到了万木草堂门前,将名片递了进去,一会儿有人出来,请到书房中坐定。唐常肃立刻出来相见,握着胜佛的手道:"你一向好!上回分别后,不料隔不多时又得见面了。"胜佛道:"我也不料不多时又得来见先生,真是想不到的!"彼此寒暄了一回,外面徐子勤、麦伯英、唐常博三人,也进来了。伯英道:"胜佛先生来得真快,我们接了超如的信,知道先生要来,不过晓得先生还要到湖北去一走,总要些时候。不料神速得狠,已经来了!真快意得狠。超如的主张,我们都已知道,现在胜佛兄来,我们正好细细的商量了。"常肃道:"胜佛兄此次在京中耽搁了许多时,京中士大夫的观念,能彀改变点么?"胜佛愤愤的说道:"中国的人心,到了现在,真是不可药救的了!宫中是母子争权,西太后那里,是皮小连等人,勾结了贿赂公行;皇上那边,是二妃操纵,也有一班的党羽,新旧的人都有。其余旧党中握有权力的,上等的是自命清流,研究些金石碑板书画,你若劝他学李文饶、张江陵,做点事,他就咨嗟太息,力不从心,当面敷衍你一阵。他心里就以你为不安分,不可用,渐渐的疏远你。实在的缘故,恐怕你的才大,相形见绌罢了!以下的只晓得希荣固宠,想升官发财而已。至於中间没有大权力的,只想传着要人的衣钵,将来也到他的地位。其余卿寺庶僚，是品类不同的，高尚点的，想做名士，出入于常熟、南皮之门；恶劣的征逐奔走于白云观、玛加剌庙，自以为荣。其余每日到衙门，办办照例的无谓公事，循资按格，得了一个府道，括些地皮，为子孙增产业，作守财奴，就是他十年窗下的志向了。所以长安人海之中，欲求几个热心为国的人物，真似祥麟威凤！就拿强学会来看，超如兄等委曲周全，运动了庄、刘二督，帮助了些钱；我们的意思，倒不在乎钱，而在乎他们的名望，号召起来容易些。不料因着他两位而入强学会的，大半揣摩想得好处。后来风波一起，不止作鸟兽散，连反噬倒戈的都有。所以我和超如说：'我们主张的政治革命，恐怕不及革命党的革命来得澈底呢！'此次来见先生，就是要商量一个大方针。我想现在的中国，几千年的恶习惯，已养成了一种的遗传性，要想改革他，必须用斯巴达的淘汰儿童的法子，方有效验。不过这个希望遥远，一时不能实现。现在治标办法，只有革命党的办法，先把整个社会翻他一过。譬如淤河污沟，拿大水来冲刷一下，使旧污尽去，自有更新的气象来了。我是极端赞成革命的。"旁边子勤说道："你所说的话是不差的。就如法国的大革命，那山岳党的意见，也是如此。他的大流血，也是用洪水去洗刷社会。不过他革命以后，不多时就出了拿破仑第一，反成了极端专制的帝王。巴黎社会依然是路意王朝的恒舞酣歌气象。他靠了他的军事天才，兵锋四出，威加全欧，那时法国人民被他武功麻醉了，奉上了神圣文武的帝冕，等到滑铁卢一败，法人所受痛苦，水深火热，当时有识之士，推原祸始，若没有革命之大流血，就没有科西卡的炮弁，一跃而握政权。天地之道，阴阳倚伏，因果循环，我们将来作事，似不能掉以轻心，以图一时快意的。"胜佛道："照你所说，难道听凭现在之苟且偷安么？"麦伯英微哂道："胜佛先生所论的情形是不错的，不过治标办法，尚有待斟酌。那革命党的组织，是不容易的；一面要对付党外，一面要对付党内，那党内的对付，尤其不易。就算一时侥幸成功，难道只求破坏以快一时，不想建设么？你看历代帝王，不难于征伐并吞，而难于结束善后。我国历史,自三代以后,所有开国皇帝,除了汉高祖刘邦、明太祖朱元璋以匹夫得天下,其余或是藩镇,或是宗室,或是宰相,或是外国,都是先有了兵权政权;所用的将相,大部分是他手下的旧属。平日豢以富贵,束以赏罚,习惯自然,养成了服从的性质,所以一居高位,帖然服从。他们的心目中,依然平日的主人,不过放大些范围罢了。不然,何以历代开国皇帝,只有刘、朱二祖杀戮功臣?实在汉、明这班开国功臣,当时结合,皆如弟兄一般,他们费了许多汗马气力,打成了一个天下,奉送他做了皇帝,平日拔剑酣歌,脱略形迹;后来摺笏佩绅,鞠躬拜跪,这皇帝平日的言行,历历在目,一旦尊严如神,心中那里肯服从,自然就要形之词色。积久不平,功臣那得不叛!功臣也那能不杀!就如宋太祖杯酒释兵权,他已作了好久的都检点,兵权在握;然对于十弟兄,亦不能不以权术来解决。可知得了天下,这销除许多的难关,已是不易,何况疆域之大,人民之众,百端纷集,岂是容易对付的!所以革命虽是可行,但是如何革法?我们总须深切研究,不是可轻易决定的。"胜佛道:"你说的是不错!但是革命之后,应行共和政治,将来主权属于人民,以议院为代表,所有功臣亦不过享名誉的尊崇而已。倘然反叛国家,即反叛人民,天下那有此笨贼呢!"麦伯英哈哈大笑道:"胜佛先生,你真是书生之见了!你晓得古今中外民族,所争夺的,不过'权利'二字,'金钱'是'利','势力'是'权',这两个字的定律,恐怕是人类中不可以移动的哩!我国将来革命成功,恐怕像你先生只求以名誉为酬报的人物,四万万人中能有几个呢?"胜佛道:"麦先生你也太轻视我国的人了!人之欲善,谁不如我,就现在唐先生及各位,热心爱国,我所深知;即兄弟自问,将来成功,决不想一毫权力的,难道同声相应,同气相求,仅不过如此少数!我以为天下无不可与为善的人,只在我一人的诚意相感召而已。未知唐先生以为如何?"常肃听他们辩论,不发一言,等到胜佛问他,他方才缓缓的说道:"戴先生的热心毅力,正是天下有心人,我佩服极了!伯英所说的话，虽是现代的真相，然天下之风俗，起于一二人之心，我辈生当斯世，何难转移风俗；不过革心的方法，自当以戴先生以诚感召的办法入手；至于政治上的方法，从何下手？千端万绪，急需研究。我们吃了饭再谈罢。"

当时家人将坐位摆齐，饭菜搬上桌子，他们五个人入了座，吃了饭，又谈及本题。胜佛并劝常肃不妨再到北京一行，观察一番。常肃道："我们的方针，不是少数的人匆促的时间所能决定的。现在一席所谈，大略粗具，我就再到北京去看看情形和机会，好定我们的方针。胜佛先生以为何如？"胜佛道："先生赶紧北上，到了京中，领袖群流，登高一呼，集合天下有志之士，定一个方针，内除积弊，外御强侮，中国方有生机。嗣同①不才，只要可以救中国，无论如何的办法，一腔热血，不惜为之挥洒哩。"言毕，立起身来，双睛闪闪有光，将右手向桌上一拍，厉声说道："我如不为中国流血，诸君勿以人类视我！"那时常肃等四人听了悚然起立，周身如受了电气刺激，肌肤上发现痉挛一般，同声说道："今日的中国，有胜佛先生如此的好男子，可决定不亡。我等当为中国前途庆！"常肃道："胜佛先生，你既抱了牺牲救国的决心，你的一身就担负了救国的大责任，千万你要自己保重，万不可激于一时意气，轻举妄动；须知你是关系着五千年黄帝子孙的存亡哩！"胜佛道："先生言重了，如何敢当！不过嗣同确于生死一事，视之甚轻。我佛说：'我不入地狱谁入地狱？'嗣同当为诸君先驱，一尝地狱的滋味哩！"当即转过身来道："言尽於此，就此告辞了！"便向四人作了一个长揖，步下阶墀。常肃等四人送到门外。常肃道："我不送了！等到北京畅叙罢！"

徐、麦二人，同了胜佛，各坐了人力车，一径到了栈房，打听原船就要开回。徐子勤去局里买了一张官舱票，正要上船，只见唐常博手中

---

① 编者注：书中谭嗣同应化名戴胜佛（戴同时），此处保持版本原貌。

提着些香蕉、苹果、洋桃等水果,又四匣饼干。他说道:"你们还没有上船么?这些些的东西,给胜佛先生在船上,以备不时之需。"胜佛就道了谢。一面收拾行李,同着他们,一同上船。原来那船是招商局的,名叫丰顺,船上买办姓麦,号扬才,与伯英是同族弟兄。伯英就到买办房中,说明戴胜佛坐船赴沪,托他招呼。麦扬才听了是湖北巡抚的大公子,连忙跟了伯英,到了官舱的会客厅。见了胜佛,就说道:"少大人为何不早赏一个信?我就可以早来伺候!现在一切没有预备,真真对不起得很!少大人住的第几号官舱?"胜佛道:"买的票是第九号。"扬才道:"第九号是两人舱,少大人带了家人没有?"胜佛道:"兄弟出门,向来不带仆人的。"扬才道:"如此这第九号房不好再卖出去了。"他回头唤一声茶房道:"第九号房是戴少大人住了,不许再卖给他人。"茶房说道:"已经有人了!戴少大人没有下船时,已经搬进来了。"胜佛道:"这个也好,长途中有一同伴谈谈,也可以解闷,请扬才兄不必费心。"扬才道:"少大人真真没有一点架子,前天此地谭制台的少君,进京会试,占据了全个官舱,不准卖票;但局中已将官舱票卖了不少,真把我小买办的头轧扁了。但是少大人越是不摆架子,我越是过意不去。"他自己抓了抓头,想了一想,说道:"有了,有了!我住的买办房间,可以让出来给少大人住,中间只有一榻,且在舱面,海风很卫生,就是风浪起时,他位置在船的中段,究竟少些颠播。茶房是另有一个专管买办房间的,呼唤也方便。请少大人就搬进去罢!"胜佛道:"那是不可以的,老弟的办事处,如何可以让客!"扬才道:"少大人不必客气,像少大人,请也请不到,倘然赏光,真是蓬毕生辉!将来老大人升调到此地来,也很盼望能够伺候一次,就很荣耀了。"胜佛决不肯搬,旁边伯英说道:"胜佛兄不必客气了,扬才是舍弟,也就是你的兄弟,买办房间总比官舱舒服一点。"伯英正在说的时候,那扬才已经唤茶房将胜佛行李统统搬去买办房间里了。胜佛正要开口阻止,那扬才呵呵大笑道:"少大人这就算小买办委曲你一回了!不过房间里很脏,那要请少大人原谅的！"胜佛无可如何，只得向伯英道："这种搅扰，如何可以呢？"伯英道："我们既是同志，舍弟处也何必客气。"扬才道："对了！对了！家兄既是少大人要好朋友，那一点面子总要赏给小买办的了。"胜佛起来，拱了一拱手道："感谢盛情！"扬才道："这一点算得甚么？少大人还是太客气！"胜佛即向伯英道："扬才兄既然是老兄的兄弟，就是兄弟的弟兄，这些少大人、小买办那里可以再说，请以后免了罢！"扬才呵呵笑道："承情！承情！"当即领了胜佛等四人，到了舱面的买办房间。那房门正开着，另有一扇绿色铁纱的门关着，旁边一个茶房，拿出衣袋中的钥匙，把纱门开了，一看，那靠门有两扇窗，里面也有绿铁纱窗，靠窗有写字台和几只椅子，朝房门有玲珑宿榻一只，周围铜柱，柱上挂了雪白纺绸的床帘，床下是有抽屉的扁橱，想是放衣服的。床边有一只脸盆架，上面放着一只白洋磁的脸盆，上有莲蓬头的水管，带着白铜三脚的巾架，挂了大小毛巾两条。北壁上挂了一幅裸体美人的油画，一副泥金笺小对，是陈伯陶太史写的五言对联。那写字台上陈列着盛红蓝墨水的玻璃砖墨水瓶，横搁着金笔头的二枝笔，旁边立着一个涂金的小镜架，中间镶着一个广东时装的美人小照，旁写着"月娥持赠，扬才吾哥惠存"一行小字。桌子对面木壁上挂了一只玲珑涂金的自鸣钟。那扬才道："不晓得少大人可以将就么？"胜佛道："你又来了！你再说少大人，要罚的。"扬才道："是，是！"正在说时，忽有一个茶房来说道："船主叫买办。"扬才道："抱歉，抱歉！我有事要去了。"向伯英道："大哥请你陪陪！"胜佛道："请治公！"

那扬才匆匆去了，徐、麦、唐三人，就随便在书桌边坐下，胜佛就在床边坐了道："我到了上海，总有一个月担搁，也许到湖北家严处定省一次，大约今冬明春，总在北京。三位同唐先生届时也可到京，本来明春是会试的年头，同志之士，大可借了这个名目，会集一处。上海、两湖的同志，我趁这个机会，去联络一下。诸兄亦请访求豪杰，以便共定大计。想唐先生一定赞成的。"子勤道："好极！好极！本来唐先生也想和我去南洋各埠华侨中搜罗几个人材,华侨由三点会的遗传,中间很有爱国的志士,且身居异国,没有沾染本国官商中的恶习,自幼看见了欧洲统治殖民地的法律习惯,加以祖国腐败,丧师辱国,我们正想去联络一番呢!"正在说时,只听得舱中铃声当当,伯英立起身道:"快要开船了。"正要拉开铁纱门,只见扬才匆匆走来道:"开船了。"就对着徐、麦、唐三人说道:"胜佛先生一路上由我招呼,请三位放心。"常博、伯英均道:"好极,好极!"就向胜佛道:"一路保重,到上海后请即寄信来。"子勤道:"我们分头进行,请兄为中国前途保重!"三人同向胜佛握了手,就在舱面推开的栏杆外,步上小梯,回到岸上。胜佛送到栏杆边,靠在栏上,只听得铁索收卷之声,连续不绝。不片时,那丰顺船已渐渐的离开了岸,唐、徐、麦三人立在岸上,渐离渐远。胜佛拈了一方白巾,在栏杆边摇曳,三人也立着没有走,渐渐暮色苍茫,彼此都望不见了。胜佛也正要回房,只见扬才走来,后边跟了一个茶房,问道:"将要开晚饭了,戴少大人在那里吃?"扬才道:"就在官舱的饭厅上,还有官舱第四号的林少大人,记好了,请他一同吃。"那茶房应着走了。胜佛也就回了房,靠在床上,心头自忖,唐、徐、麦等几个人,也是有志之士,不过他们的思想,没有革命党的澈底,我究竟何去何从呢?正在踌躇的时候,忽看见铁纱门有人推进来。胜佛抬头一看,原来是茶房,把房中的电灯开了,带笑说道:"少大人,外面已开饭,请少大人去用饭吧!"胜佛立起身来,出了房门,茶房就将纱门带上,又用一个钥匙,将第二重的绀漆的柚木门锁上了,随即引了胜佛到了官舱的饭厅上。

胜佛走进去,只看见扬才等同着四五个人,立着谈论。胜佛含糊向众人点了一个头,那扬才就指着各人说道:"这位是船上的二买办李先生,这位王先生,陆先生,苏先生,都是吾们账房中同事。"又向各人说道:"这位戴少大人,是湖北戴中丞的大公子。"众人都悚然的行了礼。胜佛也回了礼。扬才道:"吾们可以吃饭了。"忽然看了一看,回过头来问茶房道:"刚才叫你请的林少大人,何以没有请呢?"茶房道:"已请过了。"那茶房正要走到第四号的房门前,想要推门进去,只见房门一开,房中走出一个少年,身穿青灰色漳缎夹袍,罩着玄色漳缎的夹背心,头戴元色缎的瓜皮小帽,身材矮小,面庞短扁,年纪不过二十岁左右,目光炯炯射人,一看见了胜佛,趋步上前,说道:"胜佛兄,我们可算奇遇了!"胜佛一看,原来是福建的林敦古,也笑道:"吾们怎么会在此船上相遇?"原来林敦古是福建林文忠公的族孙,家中素来清贫,天性聪明,从小由寡母教训,经史子集,过目不忘。十二三岁时,就下笔千言,皆以神童相看。当时沈文肃公之子沈乐天,见而爱之,因其家道清贫,恐无资求学,因挈之入家塾,与其子侄辈相伴读书。沈氏本为诗礼之家,乐天亲承文肃公教训,立品端方,学问渊博;敦古自到了沈氏家中,受了朝夕薰陶,明白了求学的门径,加以天资超卓,各种学问无不贯通。到了十八岁,中了福建省乡试第一名举人,乐天特别看重,即以爱女妻之。不过沈氏子弟总有些轻视他,彼此格格不入。敦古年少气盛,思欲自奋青云,一泄平日被人轻视之气,所以广交游以通声气。此次回闽娶亲后,因想到北京强学会同人推尊唐常肃,学问经济,俨然一时领袖,理宜趁早结纳。恰好当时沈乐天也正在广东候补,沈租公馆。敦古就住在沈公馆。见了常肃,彼此推重。现在想要回上海,因为听见北京有仿博学鸿词例开经济特科之说,将来出身,比较由进士科举为优,因为博学鸿词科,康乾二朝,往往由白衣人考授翰林,清贵无比,为士大夫所艳羡。经济特科也当如此,由三品以上大员保荐,不问出身如何,只求才学过人,这时虽未明诏颁布,然敦古已由友人秘密通知了。敦古因了此事,所以急急欲赶回上海。此时见了胜佛,欣喜万分,略谈几句,旁边扬才说道:"请吃饭罢!"那时扬才请胜佛坐了首座,敦古坐了二座,其余随便坐下。扬才坐了主位,举筷道:"吾们船上用的是此地厨子,不晓二位少大人吃得来么?"胜佛道:"很好!很好!我是向来随便的。"敦古道:"广东食品之多,烹调之美，不要说是中国第一，恐怕全地球也要首屈一指呢！"扬才道："林少大人也喜欢广东之口味么？"敦古道："昨天有人请吃龙凤会，真鲜。"胜佛道："什么叫做龙凤会？"扬才道："少大人初次到广东么？可惜前天没有晓得二位在广东，否则狠可以去试一试。这龙凤会是长虫跟鸡清蒸的，又有龙虎斗，是猫和长虫同煮的。外江人听了好像有点诧异，我们吃惯了，一点儿也不觉得。"胜佛道："从来各地食物都有遗传的习惯，地球上各处人民所食之物，奇奇怪怪，很可以研究各地原始的人类风俗呢！"敦古道："是极！是极！就似福建，也有许多特别的食物。即如贵省湖南吃辣子，普遍社会，也就可惊。不过湘沅二江，水性寒冷，不得不以辣子为常食品，以制寒冷的水性。"当时座中各人大半吃完了饭，因戴、林二人尚未吃毕，各以筷子架在饭碗上。二人也就匆匆吃毕，请各人取去碗上的筷子。茶房拧了手巾，送与各人擦脸。那买办房茶房，特别将房中的毛巾取出拧了，与胜佛，且说道："少大人的手巾，没有拿出来，且将就用一用。"胜佛接了手巾把，随说道："很好！很好！"那敦古的家人送了手巾后，又斟了一杯茶，拿了一枝雪茄烟，送与敦古。敦古向胜佛道："你是不吃烟的，不和你客气了。"胜佛道："我们可到房中去谈一回。"于是二人立起身来，走出官舱。

  胜佛引到那买办房前，茶房随即开了房门。敦古道："你怎么得到此特别优待呢？"胜佛道："因为麦买办是伯英兄族兄弟，所以推爱让我的。"敦古道："恐怕不是麦伯英的情分，乃是老伯的情分呢！"胜佛哂道："你不要太刻薄了！你是绝顶聪明人，不要得了聪明的流弊哟！"敦古道："金玉之言，钦佩！钦佩！"随即进了房门，那纱门是有司不令①的，就自己关上了。二人在写字桌两边坐下，忽见茶房推进了铁纱门，手中托着一个镀镍的茶盘，放着一把日本白磁的茶壶，二只一色的茶杯，笑嘻嘻的说道："请两位少大人用茶！"随即倒了两杯，放在二

---

① 编者注：即弹簧锁。

人面前出去了。胜佛拿着茶杯,饮了些,说道:"敦古兄此回来游,有什么目的么?"敦古道:"就为听见唐常肃提倡公羊之说,风靡南北,人心都趋向变法维新,就看那日本自从明治维新以后,不过二十余年,居然一战而胜,这不是变法的效验么?惟欲变法,必须要创立一面大旗子,使有智识的人齐集於大纛之下,方可号召。孔夫子是我国几千年自皇帝以至小百姓莫不尊奉的,这公羊的素王改制,真是庶民变法的好样子。所以我特地来听他一听的。"胜佛道:"我是请他到北京去的,不过我在京时对于政治改革不甚主张。"敦古道:"唐先生他们的意思怎么样呢?"胜佛道:"他们的意思是政治的改革,欲摹仿日本覆幕尊王的办法,以变法为入手。但是日本大权在于幕府,所以西乡隆盛、木户孝允、大久保利通诸公,以萨摩藩为基础,纠合诸藩,颠覆幕府。当时也幸亏幕府中有顾全大局的老臣胜安房,不忍以海军杀志士,所以成功。现在皇上虽已亲政,而西太后依然干预,那皮小连等将来所求不遂,必然离间母子,或至酿成政变。况且朝中士大夫,暮气已深,非常之事,必定闻之掩耳,倒不如草莽中人物,有勇往直前的壮气,有生死不顾的血诚,我看还是革命党有成功的希望呢!"敦古道:"你说甚是,不过中国人经几千年的学说,深入人心,那五伦中的'君臣'二字,视为天经地义,所以洪秀全之乱,曾文正出而扫平,当时他握极大的兵权,也有人劝他取而代之。他绝对拒绝,一则他平日以忠义倡率将士,不便反覆;二则他如果反清自立,他手下的人恐怕就要倒戈了。他是极透彻事理的,决不肯做这种疯子的事,所以革命一事,是极不容易。况且吾们去做革命事业,尤其不相宜;即使吾们,欲入他的会社,他们见了吾们的地位,先要疑心,恐怕是政府所派的奸细;就算认识我们的诚意,然于他们极秘密的事,不见得皆推心置腹,只有他们利用我们,我们决不能利用他们。一则因为他们秘密组织,必有几个生死弟兄,外人不得插入。二则现在他们里头有学问智识的,恐还不多,纵有天才,究少阅历,我们发表意见,若胜过他们,恐怕就要妒忌我们了。你以为何如?"胜佛道:"你的话也是不差,但是……"正要说下去,只听那钟上已当当的报了十二声,敦古道:"不早了,明天再谈罢!"胜佛也立起身来。敦古匆匆的推开铁纱门,向胜佛点了一点头,回到官舱去了。胜佛坐定,正要解衣上床,忽见房外有一黑的人影,扑上门来,不免吃了一惊。正是:

挥麈一谈成党史,乘桴双士放危言。

欲知胜佛房外何人?且听下回分解。

第三十六回　望平街胜流聚首
　　　　　　彦丰里高会谈瀛

　　话说胜佛在丰顺船上房中，正要解衣就睡，忽见有一个人影扑上铁纱门来，吃了一惊。只听得外面那人说道："少大人还没有睡觉么？想没有什么事了！我把这外门关上了罢！"胜佛一听，原来是茶房，顺口答道："狠好！狠好！没有什么事了，辛苦你，你也可以去睡了。"那茶房诺诺连声去了。那胜佛睡到枕上，也因连日劳倦，酣然入梦。一觉醒来，坐起身，向窗外一望，太阳刚刚在东边海中吐出，红得像雄黄精琢成的圆球，盛在那翡翠似的海水大盆中，正是好看。那茶房听见了胜佛的声息，连忙把舱房门开了，隔着纱门问道："少大人已经要起来吗？我去倒脸水！"胜佛也就起身。茶房提了一铅筒的开水，倒在床前的脸盆，随说道："水管因时候尚早，没有开放，到了九点钟，就可以开用了。"胜佛随取了皮包中的毛巾牙刷出来，洗了脸，漱了口。茶房道："买办们都没有起来呢！"胜佛走出房来，在铁栏边徘徊了一回，看了海水滔滔！不禁感触了《楞严经》中波匿王观恒河的感叹，觉得身世虚空，芸芸众生，为什么专注意于功名富贵？好像如痴蝇触纸呢！正在徘徊之际，只见敦古也从舱中走出来，向胜佛道："你起得真早！"胜佛道："你昨夜睡得好么？"敦古道："我解衣倚枕后，百感交集，直到三点钟方睡着。"胜佛道："我一上了床就入了华胥国了。我想人的睡觉，就是小死，人的死，就是大睡。生死醒睡，无甚分别，不过时间之长短罢了，都应任其自然。生就生，死就死，醒就醒，睡就睡，我明白了这个道理，就没有睡不着的病了。"敦古道："自然你是个哲学大家！生死也不算一回事，所以超如说：'吾辈中若讲修仙成佛，自然以胜佛为第一。'我是钝根，那里能赶得上你呢！"胜佛道："你又来说笑话了。我们且谈谈到了上海做什么事？找什么人？你的上海朋友，有多少同志呢？"敦古道："我上海的朋友狠多，不过称为同志的，却没有检查过。中间也有诗文的朋友，也有功名富贵的朋友，也有酒食征逐的朋友，我是'淮阴将兵，多多益善'的。至于那个可为同志，那个不可为同志，请你去审查罢！"胜佛道："广交精选，原来是用人必由的法门，我们到上海再说罢！"那时有一个茶房来说道："林先生喊的点心来了！"敦古道："你吃过点心吗？"胜佛道："没有。"敦古道："一块儿去吃好吗？"旁边茶房说道："戴少大人的点心，已送到房里去了。"二人就分开到房。胜佛进去一看，只见一只镀镍盘已摆在写字桌上，中有面包一盘，糖酱、牛油各一碟，一杯奶茶。胜佛坐下就吃。吃过后，那扬才进来招呼一阵。喜得海波平帖，那丰顺船乘风而行，如在绿玻璃席上，只可厌烟筒中一股一股的黑烟，上面沾污了青天白日，下面又落在雪白的船头波涛之中，未免为白璧之玷！胜佛与敦古二人，在丰顺船中，行了三日海程，朝夕谈论，颇不寂寞。

到了第四日，只见海水渐渐变黄色了，舱面上的旅客，倚阑眺望的渐渐的多，总是盼望上海快到。渐行渐近，只见扬才走来，含笑道："再过一点钟，可以到上海了。"敦古向着胜佛道："你上岸住在何处？"胜佛道："我大约住一品香。我因为南北往来住惯的了。"敦古道："我也住一品香。"胜佛道："很好！很好！"此时丰顺船开了慢车，缓缓前进，那两岸的西式房屋，一排一排的向后倒退，不多时，已经到了招商局码头。扬才已招呼茶房，将胜佛的行李取出。胜佛赏了茶房十元的钞票一纸。茶房欣欣的谢了，就在岸上招呼了熟悉的马车一辆，将行李交给马夫拿到车上。胜佛向扬才道了谢，扬才又周旋了一阵，伸了手与胜佛握了一握。胜佛就登车去了。那时敦古也已由家人雇车，先后而去。

　　胜佛到了一品香，就有熟识的茶房，领胜佛到常住的五十六号房间，向胜佛手提藤篮中，取出毛巾、牙刷、漱口杯等；一面向脸盆中开了龙头，放了一盆热水。胜佛自己去洗了脸。茶房道："少大人从广东来么？"胜佛点点头。茶房道："可要叫些点心？"胜佛道："刚在船上吃了饭。这两天可有人来寻我？可有寄我的信么？"茶房道："有！有！"回到房中，取出了名片及信件，交于胜佛。胜佛接过来一看，原来是湖南明德学堂堂长胡子靖，上海《中外日报》梁超如、王让卿等名片。又有超如一封信，拆开看了，晓得他答应了姜剑云，到湖南去办理报纸，并开学讲学，就到了上海，预备一切，尚未动身。他现寓《中外日报》王让卿处。便出了一品香，唤了人力车，一径到望平街《中外日报》馆内。拿了名片，叫馆役通知，他就跟着上楼。只听得里边说道："好极！胜佛来了。"只见房中走出一人，中等身材，深目长脸，秀而有威，两颊瘦削，下颔长而偏左翘出，好像明太祖的一半龙颜。一望而知是超如。他看见了胜佛，欣然上前握手，招呼进去，只见靠窗写字台上坐着一人，身材长短与超如仿佛，脸方面黄瘦，双目近视，带了一副金丝边眼镜，举止迟缓。看见二人进来，就立起身来。超如替双方介绍了，让卿慢慢的低声说道："兄弟听超如说起先生的学问意气，渴慕得很！今天见了先生的丰采，真不愧人中鸾凤，宜乎超如说起了先生，真是五体投地呢！"胜佛道："岂敢！岂敢！让卿先生的文采品行，久所钦仰，兄弟粗疏浮躁，不值一哂。超如的话，不过阿私所好罢了。"超如笑道："我们见面不谈正事，先客套一番，让卿是江浙文人，不免有些文绉绉酸溜溜，胜佛你是侠气干云的奇男子，怎么也学了这种习气呢！"让卿笑道："江浙人让你骂尽了！但是胜佛先生，将来一定是在枪林弹雨之中，轰轰烈烈的干的，恐怕超如你也不过文绉绉酸溜溜，作一个磨盾草檄的人材哩！"二人呵呵大笑。超如道："胜佛你这回到了广东,见了我们的先生,你的感想如何呢?"胜佛道:"此次到了贵省,见了唐先生及常博、伯英、子勤,增加了我许多见识。"他就把唐先生及徐、麦等所讲的话,细细告诉了超如。超如道:"你是最易为情感所动的,大约革命思想已打消了不少吧!"让卿道:"听见他们革命党品类不狠齐,所以连次失败。"胜佛道:"这也是革命初起时不可免的。"让卿道:"话是不差,不过我们观人的学问,经验,是不可少的。所以我近来想做一部书,将古今来观人之法,集在一处,以做我们的揣摩秘本。我在上海结交了许多朋友,到后来总是失望,我们将来办事,第一根本要能知人。所以曾文正的用人,连相法都要研究,真是经验之谈。"胜佛道:"是极!是极!"超如道:"今天晚上,我们到何处去替胜佛洗尘呢?"让卿道:"我有一处好地方,胜佛先生不可不去见识的,我来做个小东罢!"超如道:"我晓得了!"胜佛道:"让卿先生,千万不要客气。"超如道:"你也不必客气,让卿是同志,所到的地方,决不是吾辈所不应去的。"让卿微微笑道:"是!是!现在请你们畅谈,待我把日报的稿子整理了发出去,就可以一同出去了。"他就回到写字桌上,将各处采集的新闻及社论的稿子,细细定了去取,交于经手的人,望着时钟,已将近八点半钟了。他就立起身,对超如道:"我们可以去了。"超如道:"你到底到什么地方去?"让卿道:"你刚才已说晓得了,还用问么?"三人就一同下了楼,那让卿向着自己的包车夫道:"到二马路彦丰里去,再喊二部车来。"胜佛道:"此地到二马路不远,只一点儿路,可以不必坐车了。"超如道:"赞成!赞成!"

让卿也不坐车,三人由望平街穿出,到了二马路鼎丰里隔壁一条弄堂,名叫彦丰里;三人进了里门,只见坐北朝南,有一座楼房,大门是黑漆的,上挂了一块铜牌,刻着"曹寓"二字。让卿当先走进了门。到了堂屋,只见上首的一间门帘挂起,上海书寓的规矩,若有客人,那门帘就放下来,客人就不能进去。让卿请二位进去,随便坐下,就有一个大姐笑道:"王老为啥长久勿曾来哉?大小姐牵记煞哉!"外面仆人送上茶，他向各人分送了。只听得楼梯上高底皮鞋声，阁阁的走下楼来。那时房门上门帘已经放下。胜佛等正在看房中的装饰，只见门帘一掀，走进了二个娇小的女子，带笑的说道："王老，梁老，倪姆妈勿曾出去，请各位到楼上去坐嘘！"让卿道："狠好！一同去。"胜佛悄悄的问超如道："那是何人？"超如道："状元夫人，你难道不知道么？"胜佛道："原来是状元夫人的香巢！"那时让卿已先行拔步上楼。书寓中规矩，须熟客先行，客人是跟着主人的。上了楼，是五开间的楼房，踏进中间，只见上手的房门口，有一位丽人含笑相迎。胜佛见她穿着淡青色缎子的薄棉袄，上绣着粉荷色的蔷薇花，下穿的也是淡青绣花一色的软缎长裙，头上梳着双鬟婀娜的盘龙髻，丰神绝世，仪态万方，含笑让客。进房一看，原来是把两间房打通了，作为一间。两间中间挂了铁青色缎子，上用金线绣成飞龙舞凤花样的大幔，作为隔断。房中地毯是绀紫色卍纹式样的毛织品，靠东壁是一只大沙发，紫色丝绒的垫子，面前是一只白漆柚木的百灵台，四把玲珑的白漆椅子，南北随意排列着。几只小桌椅，也有秋叶式的，也有连环式的，也有菱角式的，也有方的，也有圆的，所漆的颜色，各各不同，或果绿，或粉红，或鹅黄，或荔紫；桌上也衬了各色的抽丝花边茶垫，墙上是用淡黄色绫子裱糊的，挂的几幅油画、水彩画，都是柏林、罗马新出的画家画的。三个人随意坐了，让卿带笑说道："今天是这位戴先生慕名来拜访，幸蒙主人不弃，我是狠荣耀的！"随向胜佛说道："这位曹梦兰女士，就是状元夫人。"胜佛含笑道："'久闻大名，如雷灌耳！'今天真用得着这二句了。"梦兰微哂道："王老，你又来挖苦我了！总是红颜薄命，承诸位看得起，常来走走，真是感激得狠！"超如道："你的事狠可做一篇吴梅村的长歌，不过希望你将来再做一点可泣可歌的事，我们就可以着笔了。"梦兰默默不语。胜佛道："你脱不了文人习气，这种哀感顽艳的一类文字，最足销磨志气，吾们也要视同鸦片赌博，一律驱除才好！否则也是亡国原因的一分子呢！"让卿道："真是药石之言！幸而醇酒美人，胜佛先生没有提出来驱除。今日此举，还可不算十分唐突哩。"胜佛忙道："让卿先生不要多心，超如向来知道我的疏狂故态，至于看花坐月，借酒谈心，倘也要禁止，转是伪君子的状态了。吾辈只要不沈溺其间，就是烟馆赌场，亦何尝不可亲入地狱。只要我度众生，不要为众生所度罢了。"超如道："你的主张，不用说好，即你的言语，亦妙绝天下了。"让卿道："我再去请几位同志来！"随向中间桌子上，取来笔砚及请客票，一面写，一面问超如道："林敦古在上海吗？"胜佛道："刚同我一只船上来，也寓在一品香。"让卿道："好极了！"随手写了四五张请客票，交他们下人送出去，随向梦兰道："此间房子空么？可以借此请客么？"梦兰笑道："那有什么不可以。"让卿道："我听见你们做西餐的厨子很好，我们就吃大餐，各位同意么？"超如道："很好！本来西餐比较的干净一点，于卫生也有益些。"

一会儿下面揿了电铃，房门外一个侍女道："王老，朋友来！"只听有人上楼梯，让卿迎出房来。胜佛在后面跟着看，只见那先后走进来的三个人，都是熟人。一个是唐在经，一个是胡子靖，一个是林敦古。一进房来，敦古就向着胜佛笑道："我到了一品香，说是你已经出去了。原来你是走到了木天玉堂中来了。"胜佛道："我到了寓中，知道超如在上海，就立刻到让卿先生处找着了。此地是让卿先生引导来的。"随向着唐在经说道："你是几时到上海的？"在经道："来了不过三天。我同黄克柔在长沙组织了一个国术会。招集了不少技击专家，很有几个有惊人的技术。可见我们中国的人才众多，可惜没有表扬出来。"超如道："吾在长沙也会过了几个武师，可惜绝没有一点政治思想。此等绝艺，恐怕于中国前途没有什么影响。"在经道："一时直接是没有的，也许间接有点用处。"胜佛道："超如你不可轻视他们，武士毕竟与秘密社会较我们接近些，我们要沟通此种团体，这也是一条捷径，所以这个办法，我也是发起人之一哩。"超如道："吾们广东革命党初起时，像地痞流氓，也去收集，有封为值殿大将军的，有封为九门提督总兵的,我们听见了往往失笑。然照胜佛说来,这也是一种间接的办法哩。"随问道:"让卿还有客么?"让卿道:"还有一位。"超如道:"是那个?"让卿道:"就是苏州匡次芳,他是由甲午后在此地作寓公,他与此间主人很熟,未免有些顾忌。各位最好不要提起旧事。"回过头来,向着梦兰道:"可以预备起来了。"梦兰立起身来,向房中侍儿说:"阿凤,大餐桌上已预备好么?"那阿凤道:"好了!"走过来,把幔子旁的绒绳一拉,那铁青锈花的缎幔就两面的分开了。胜佛往里面一望,电灯晶莹,比客座中的灯加倍明亮,居中是一张柚木的大餐台,上面铺着雪白的台单。台上中间摆着一只玻璃的大花插,各色的中外花卉,姹紫嫣红,娇黄嫩绿,烂漫纷披,都插满了。桌子四围都用碧绿的游龙草,排成一周的花纹,好像桌上绣成的绿色花边。南北及两旁共摆了八副食具。每副中间是一只白磁盘,盘右是三只玻璃酒杯,盘左是一把银刀,四件刀叉,又一只面包小磁盘。酒杯中插着卷成各种花样的雪白麻纱饭巾。室中的北首,是一只老红木的餐具大橱,四面玻璃砖;橱面也是玻璃砖。橱中一格,都是大小的银盘及各种式样的银碗,各种真银的镀银的刀叉等类;一格都是玻璃的各式葡萄酒杯,香槟酒杯,白兰地,惠思格酒杯,又有红绿各色的小酒杯,晶光耀目。室中壁上是用湖绿色绫绸裱画的,上挂了两个楠木架子,嵌着康熙窑的大磁盘,上画着《九秋图》,秋花秋虫,色香如活,确是恽南田一派。旁边又有几个嵌着康熙青花盘碟的楠木架子。胜佛道:"这个《九秋图》磁盘那里来的?真可算得天下之宝了!"梦兰道:"这是我一个朋友江浦陈亮伯送我的。我也宝贵他,差不多的我也不去请他们到此间来看的。"让卿道:"亮伯是我的同年,他向来对于磁器是很有研究的。"超如道:"我们此种的宝物,足以夸耀全球,我们的祖先,实在不愧为大国的国民!我们做子孙的,真要好好的自己奋勉呢!"

正在说间,只听得楼下的电铃响,那阿凤等已迎了出去。不一回,只听得阿凤在楼中间说道:"王老,朋友来!"让卿走出客座,梦兰跟在让卿背后，只见阿凤掀了门帘，一个人缓步进来，年纪不到四十，身穿二蓝宁绸棉袍，上罩一件元色漳缎马褂。进来后，他的眼光先向四围一掠，看见了梦兰，说道："我们想不到在此见面！"随向各人问讯过，又向让卿拱手道："来迟了！"随即随意坐下。阿凤送进茶来，梦兰接在手中，含笑的送到次芳跟前。次芳站起来说道："不敢当！"梦兰道："匡大人又来客气了！"随向让卿说道："客已齐了，可要入座呢？"让卿点点头，立起道："我们入座后畅谈罢！"大家一同立起，随着主人，照着所排的座位坐下。让卿坐在南首主位，向梦兰道："你就坐在对过的主位罢！"梦兰含羞道："这是不便的！"次芳道："你是此地的主人，应当坐的。"让卿道："今天我们照例叫几个局吧！"超如道："我看不必，今天在此，贤主佳宾，正好畅谈，不妨破例的做一个特别筵会。现在女主人不肯就坐，也是拘于这个旧例，我想不但女主人入座，就是月娟、素娟二位，也请他一同入座。"大家说："好得很！好得很！"于是梦兰道："如此遵命了。"让卿就对仆欧说："再添两个座位。"那月娟、素娟说道："我们不必了。"让卿就对梦兰说："请你下一个令，不要辜负了梁老的盛意。"梦兰就含笑向月、素二人说："你们就照着我坐了也不妨。"月、素二人，方才含羞的坐在两旁。

那仆欧陆续的斟洒送汤送菜。胜佛道："女主人曾游欧洲，他的见闻真是我们所不及的。现在外国的文字语言，不至于忘掉了罢！"梦兰道："我在德国的时候较多，所以德文尚能记忆。回国后与外人接触的时候少，也有些荒疏了。不过普通的言语尚可勉强。"超如道："你出洋的时候，风气初开，不要说女子，就是男子也很少明白外人风俗的；一方面，外国人对中国人，也是如此。我听见朋友说，曾有一个出洋随员，年纪甚轻，不过十七八岁，他住在大旅馆中，要去上厕所，他就向男厕中推门。旁边一个仆欧将他阻住道：'此是男厕。'随员说：'我本要到男厕去。'他一定不许进去。那随员大约外国语程度不甚高明，说了半晌，幸有一个翻译，向仆欧说明了他是男人，方才一笑而去。究竟因何误会？因为这个随员年纪尚轻，脸上白嫩，唇上无须，他就认为女子。可见外国人於中国男女服饰也分别不出，所以闹出这个笑话。我们中国人初到外国，自然也要闹出笑话了。"胜佛道："从前中国派到美国的公使，有一位姓崔的，他到了华盛顿，一天上街去，看见磁器店中有一只外国女人的小便器具，是白磁上有金花的，很为华丽。他也不问何用，就买了回去。一天请客，是用带去的中国厨子烧中国菜，那些贵宾贵妇，听见了中国菜是很有名的，都去想尝尝异味。等到入了座，吃了几样菜，正在赞美，末后是用茶腿清蒸鸭子，那翻译官正说着这鸭子的烹调法如何的好。不料厨子送上鸭来，盛鸭的器具，却是公使亲手置办一个妇女溺器，本来很象中国的鸭床。不过阖座看见了，男宾呵呵大笑，贵妇皱了眉，统统立起来，不辞而去。真是一个大笑话呢。"超如道："这虽然是外交界的笑话，然而外国人客座中往往用女人的绣花或刻丝等裙子铺在桌上，也是一样的可笑。"梦兰道："这种风俗不同，闹出笑话，尚还可恕。我听见有两件事，真是中国人的羞辱呢！"众人都停了刀叉听他说。梦兰道："有一件事在俄国，记不起什么大宴会，各国公使及各国贵妇人均在座，尊严华贵，仪节隆重！入座后，到了上鱼菜时，大银盘里盛着一条鱼，据说此鱼非常珍贵，要值得几百个卢布。那仆欧正托着鱼盘，侧着身送到一位贵宾面前，待其自取。那旁边中国公使，忽然咳嗽一声，一口浓痰冲上来，随口吐出，适吐在盛鱼的银盘中。各位想想这时的情形是什么样？又有一件事，在法国巴黎，有一天公使夫人洗了脚，把缠脚的脚带交仆妇拿去洗，不料那个仆妇洗好了，就在使馆的正楼上，平时悬挂国旗的地方，把脚带两条晒在那里。有个新闻记者看见了，回去就在报上登了一条新闻，说是中国改换了国旗，不用黄龙，是用一条狭长白色的旗了。后来惹得法国外部差人来打听，各位想想看，好笑不好笑呢？"满座的人听得都大笑起来。

正在笑时，只见阿凤向着月娟、素娟二人，附耳说了一句话，那二人就立起身，向梦兰说道："姆妈，有堂差来了！"梦兰道："你们尽管去!"让卿道:"主人有事,不妨先走。"梦兰也立起身来道:"我也去应酬一回,失陪!失陪!"她三人就珊珊的去了。那敦古道:"次芳先生,你可晓得经济特科的消息的确吗?"次芳道:"我过湖北时,见了南皮,他极力主张,但是龚、高二位的主意还没有定。因为南皮与常熟素来有些芥蒂,恐怕未必即能实行呢。"让卿道:"南皮才气纵横,屡次想入军机,常熟不免暗中阻挠。现在南皮被视为后党,常熟当然是帝党,两个人芥蒂很深。"那时菜已上完,仆欧将香槟酒开了几瓶,向各人香槟酒杯中斟满了。让卿持了香槟杯,立起来,向众人说道:"今天的聚会,并不是一种平常的征逐,此一杯酒,望诸位各图前进,以救国为宗旨!将来所趋纵有不同,总勿望救国。望诸位尽此一杯,为前途努力!"当时各人听了,都悚然起立。胜佛道:"有负此酒,神明殛之!"各人饮尽了一杯酒,正要散席,只听得楼梯上匆匆的一阵脚步声冲上来。又听见阿凤叫道:"不好了!不好了!"正是:

  蜀肆琴心传彩凤,延津剑气合神龙。

欲知后事如何?且听下回分解。

第三十七回　金粉楼台健儿献绝技
　　　　　　江湖风浪志士访奇人

　　话说曹梦兰寓中一席酒，各人正在欲散的时候，只听得楼梯上一阵脚步声，侍儿阿凤极声呼喊，众人吃了一惊，齐走至楼中一望，只见阿凤掩面逃来，后面有一个少年，身穿密行的淡青杭绉棉袍，罩着库金镶嵌蜜黄库缎的巴图鲁背心，钉着了三太保的碧霞犀纽子，长眉插鬓，隆准耸颊，猿臂虎腰，英武迫人。他两只手搭在阿凤的肩上，一个头俯着，想要闻阿凤脸上的粉香。让卿道："原来是你，今天你从那里晓得的？又钻来了！"那人呵呵的笑道："不要说起，我闯了一个祸逃走来的。"原来此人姓魏号郁文，别号断指生，湖南人，是默深先生的裔孙。自小聪明绝顶，读书过目不忘，并且欢喜国术，好在湘省风俗尚武，容易练习。到了十岁余，膂力已胜过常人，恰好家乡有一位龙子犹先生，是于武术确曾得过秘密真传，后来看见了郁文天资可造，就收为弟子，传授了不少内功外功的功夫。那郁文文学又是家传，于二十岁就中了举人。入京会试，结客长安，公卿刮目。甲午之后，他见国事日非，於公车上书一举，也是中坚分子。那时他的老师黎殿文，放了浙江学政，因他是名人之后，文采风流，就延为入幕之宾。不过他是不羁之马，沪杭之间，时时往来，品酒征花，挥金如土。他也常到状元夫人处，与一班名士征逐往来，今天他在别处席中，见了梦兰，他听见胜佛、在经都在他处,他就急急赶来的。让卿道:"我们已吃完了,怎么样?"郁文道:"什么都吃不下了,阿凤替我要一杯咖啡来倒狠好。"胜佛、在经二人同说道:"你近来做些什么事?为什么不去跟着老师去看文章呢?"郁文道:"呸!这种酸臭触天的事,我怎能去作,不要把魏郁文熏死了么!"他就指着次芳问让卿道:"这位是谁?"让卿向双方介绍了。他就问让卿道:"你知道各国瓜分中国的消息怎么样了?"次芳接着道:"各国连鸡之势,一日不能解决,即一日不能瓜分,所以欧洲均势之说,到是中国的救亡要药呢。"郁文微笑了一笑,就对超如说道:"中国的国家,要靠着各国的分赃不均,苟延残喘,堂堂的四万万民族,五千年历史,不要羞死人么!难道我们黄种真没有人出来挽回么!超如你要好好的想一个救国方法哩!"超如道:"你有什么救国方法?你是在脂粉丛中过一生罢了!"郁文道:"与其在臭轰轰的恶官场,不如在香喷喷的美人团。"旁边次芳立起来道:"我要先走一步。"敦古道:"吾也要走了。"让卿道:"超如你们和郁文再谈谈。"就送了二人下楼。

回来时,超如道:"我们也好走了。"让卿道:"不许!我正要听郁文闯了什么祸呢?"阿凤道:"王老请各位不要走,大小姐刚刚吩咐格,要等俚回来后再走。"郁文呵呵笑道:"回来了就走,太没有意思了。"阿凤道:"魏老,你又来瞎三话四了!"让卿道:"你的说话真爽快,没有一些顾忌的!"胜佛道:"我狠喜欢他。"超如道:"你喜欢他,你就叫他一个条子,吃他一台酒好吗?"郁文道:"放屁!放屁!超如心中总有浮云滓秽呢!"让卿道:"你刚才所说闯的祸是什么呢?"郁文哂道:"是我的儿戏性表见罢了。"胜佛道:"快说出来,不要扭扭捏捏。"郁文道:"我今天走过棋盘街,看见一个红头阿三,扭住一个乡下人,因他小便,强打着上海白说:'行里去行里去',后来乡下人拿出了两块大洋才放了。我想他是亡国奴,也来欺负我们,好不生气!刚才我从金小宝楼上,见了状元夫人,知道你们在此,急欲走来,也不坐车。走到二马路中间，有一处正在建筑，并排二座楼房，两面的墙相离尺余，身体壮大的就走不进去。我走过那里，心中触动了白日的闷气，恰好一个红头阿三，正踯躅而来，我就故意的向着那两座楼房的墙边拉起衣角，装作小便。那红头阿三，以为生意经来了，他也不响，伸手上来，想扯住我的衣衿。我将身一闪，闪在他的身旁，随即用手将他臀部一托，耸起来七八尺高，向着那夹墙中一送。恰好把他狼狈的身子夹在中间，动也动不得，走也走不出。我对他哈哈的笑了一声，拔脚就跑。我怕他拿出警笛吹起来。大约他两只手回不过来，所以没有听见警笛声。我急急的走进门来，不等通报，赶上楼来，看见阿凤，想香一个面孔，作为我的酬劳。可惜没有福气，大约是功小赏重，所以得不到了。"众人呵呵大笑道："痛快之至！"胜佛道："你如何有此手段？"郁文道："这种儿戏，算得什么！一二百斤的东西，我还可以随意抛出去。我的师父，再加个十倍也不算数呢！"在经道："你的师父可以去见一见么？"郁文道："怎么不可以，他的徒弟朋友，九流三教，正不知有多少哩！"正在说时，只听得楼梯上咭咭咯咯的鞋声，阿凤迎上去说道："王老勿曾走。"只听得梦兰问道："匡大人跟各位都没有走吗？"阿凤道："匡大人搭子林大人一淘走格。"梦兰一面说，一面就走进客座，说道："对不起！王老跟各位都受等了。"让卿道："我们正要走了。"郁文喊道："阿凤，可是回来就要走了。"阿凤道："勿要瞎说！"梦兰道："时候尚早，再谈谈。"超如道："不早了，我们一同走罢！"都向让卿道了谢，胜佛对在经、郁文说道："明天到一品香来谈谈。"二人说道："狠好！你不要出门去。"胜佛点点头。主客五人，匆匆辞了梦兰，下了楼，出门分散而去。

到了明天八下钟，胜佛刚起来盥洗，房门外冲进两个人，一个是郁文，一个是在经。郁文道："你刚起来么？"胜佛道："昨夜睡迟了。"郁文道："昨夜我就住在他处，谈了一夜没有睡。天明了，我们出去吃点心，等了好一会儿，才吃了跑来。这个时候，上海人正在梦中哩。"

在经道："昨天人多，没有谈要事，你此次到广东有何所得？"胜佛就将在广东与唐、徐、麦所谈的话，以及他们的主张，注重政治改革的思想详细述了。在经道："我们现在不管将来如何入手，总以搜集人才为第一。现在克柔在长沙设立国术学堂，他的意思就想打通秘密社会，收集草莽人材，我们读书人，他们颇疑忌的，总要一个他们社会中饮佩的大人物，得他出来疏通，方有开诚布公的办法，你以为何如？"胜佛道："是极！但是我看来革命比较变法是容易；不过变法难成，成后容易整理；革命易成，成后难于收拾。现在且不必管他，你的办法赶紧进行便了。"在经道："我们本省党会多极了，不胜招呼，我们先要提纲挈领，寻着了一尊人物，才可逐步进行。"胜佛道："那里去找这种人呢？"在经道："我昨夜与郁文谈了一夜，才晓得他的龙老师，是一个三江、二湖、川、滇、黔共尊奉的一个首领，他的潜势力狠大，我想同郁文一同回省去见他一见，不晓得郁文能否抛却了珠歌玉舞的境地，去上那栉风沐雨的长途呢？"郁文道："你真以为我是一个荡子么？说走就走！你看我比你总强些！"胜佛道："我明后天也想动身到湖北去。超如要到湖南，我们同走罢。"在经道："超如说今天就走，来不及了。"

他们三人隔了两天，就乘招商局的江天轮船，三个人就同住一间官舱。正要开船，人声喧闹，房门外往来的人不绝，许多贩卖水果、点心、杂物的，陆续进出，他们只好把房门关起，默然相对。那健谈的郁文，也绝不出声。胜佛道："你也像反舌无声了。"郁文道："这不是顽的，开口洋盘闭口相，在江湖上不可大意。况这个江轮上，尤其要注意的。"胜佛点点头，不一会只听船尾起锚卷链之声已息，船渐渐开行，人声亦渐清静。在经道："你的老师仍在你本乡么？"郁文道："早已离开了。"在经道："现在在什么地方？"郁文道："我也不知道。"在经道："我们那儿去找呢？"郁文微笑道："你放心！我自有法儿！"他就在房中一看，看见床铺底下有一根二尺多长的细草绳，大约是在食物盒子上解下来的。他就拿起来，结了一个双全结，跟着又结了一个燕尾结，他取出小刀，把绳末切齐了，随即开了房门，向门钮上挂上。在经道："你又来顽把戏了。"他就向他瞧了一眼，说道："不要胡说！"他仍将门关了。胜佛低低的说道："是你们党中的暗记么？"郁文点点头道："明天就有效验，我们睡罢！"三人因连日辛苦，和衣倒在床上，一会儿都齁齁的睡着了。

一觉醒来，已六下钟了。三人陆续起来，唤茶房倒水盥洗。因时光尚早，等了好一会儿，茶房才取了水来。三人洗脸漱口完毕，茶房道："三位吃稀饭么？"郁文道："去要三客吐司，三杯牛奶来！"茶房答应去了。等了一会儿，见有一个仆欧，穿了白饭单，手中托了一只镀镍洋铁盘，铺了一块白手巾，放着面包、牛油、果酱及三杯牛奶，搬到房中靠窗小桌上。三人围着吃毕，那茶房送来一壶香茗，三只茶杯。郁文取了一枝雪茄，点着火吸了。只听得房门上轻轻的扣门之声，郁文开门一看，只见一个年纪约有四十岁，穿一件黑布棉裲，罩着一件半新不旧的元色呢长袖马褂，面色苍紫，留着威廉须，满面胡子新剃，好像搽上一层美人画眉的黛墨，双睛闪烁有光，向着郁文一望，笑道："我道是谁，原来是老弟！"郁文道："想不到师兄也在此！"随向胜佛、在经道："此位是小弟的师兄向中格。"随将胜佛、在经二人也介绍了。四人各在床沿上坐下。中格道："老弟你在杭州，怎么又要到那儿去？"郁文低低的说道："他们仰慕着老师，想要瞻仰瞻仰，所以拉着小弟同行去见见老师。小弟亦想顺便去见一见，因为已经有二年多不见面了。"中格道："你晓得老师的住处么？"郁文道："我想沿路遇着同门，总可以知道的。"中格冷笑道："我们老师因为去见的人太多，现在住的地方狠隐僻，恐怕知道的人狠少呢。"郁文呆了一呆道："难道出了什么差儿么？"中格道："我们老师，难道还怕什么吗！不过他老人家近来觉得狠灰心，所以要匿迹销声哩！"郁文道："难道师兄也不知道住处么？"中格道："也可以算知道，也可以算不知道。"郁文道："怎么样？"中格道："他老人家是隐在一座山中，就是知道了也不容易找。不要说他们两位，就是老弟恐怕也一时找不到呢。"胜佛道："兄弟跟郁文兄是肝胆之交，听见贵老师的学问人格，也想投入门墙，并不是泛泛而来的，所以决心要见一见天下的人杰。既在世间，就是千山万水，总可以找到的。"中格呵呵笑道："戴先生，你是贵公子，功名富贵中人，去找一个山洼乡曲的老头子作什么用！就算找着了，也不过所见不如所闻罢了。二位一定听了郁文的胡吹。老弟！你以后切不可把我们老师说得像仙人侠客，一道白光空中来去，须知道世上的人只能做世上人能做的事，希奇古怪的话，只可以写在小说中罢了。老弟你以后要切戒的！老师不也常常告诫我们的么？"郁文听了，狠惶悚的道："我没有瞎说！不过二位都是有志之士，与小弟确是刎颈之交，现在国家时事日非，中国将有大乱，他们晓得老师学问品格非比寻常，想要列入老师门下，结合几个志士，预备将来做事时，也有训诲指示，也有肝胆手足罢了！小弟虽不免轻浮，然而老师训诲，决不敢忘掉的。"中格呵呵笑道："老弟不要多心，并请代向二位道歉！因为愚兄年纪多了几岁，白米饭多吃了几碗，见的人见的事也多些，实在种种教人可怕。吾们老师也因此灰心。然而老人家的爱国热血，恐怕比你我还要多好几斗哩！现在船上不便多谈，我们到了汉口，到我的寓中，再细细谈一回。老弟你把门上的记号就取下罢！你晓得船上的侦探多着哩！虽然有戴先生同行，尤其要谨慎。我们在船上，也不必彼此招呼，上岸时我自有法来招呼的。"说罢，立起身向着胜佛、在经道："再见！再见！"自把门开了，一闪身就出去了。郁文悄悄的把门上的草绳取进来，解了结，就向窗外抛去了。

他们三人在江天船上，匆匆的过了三天，那位向先生也没有见面。那日到了汉口，将要起岸，胜佛道："本来应当请你二位去住衙门中，但狠多不便，我们还有许多行动，我想改名住客栈，不叫家中知道，否则必有许多纠缠的。但是我狠对不起二位！"郁文道："胜佛你还有这种话！你以后快快改掉！否则我是不愿与你做朋友的。"在经道："人情世故，也不可少的，太习惯了直爽举动，将来也是召祸之道，你不要又说我胆小怕事，欲做大事，也不值得以小事牺牲。郁文，我也是要劝你的，胜佛脾气，何尝不像你一样，不过他操心虑患，比你深一点罢了。"郁文道："老哥哥不要讲了！算我小兄弟错了。我们改了名住了客栈再说，我的师兄总有道理，不会瞎说，我们去等着罢！"那两人说"好，好"。就把行李匆匆的收了起来，郁文走出舱门口，看江天慢慢将要靠岸，那些接客的卖杂物的，以及脚夫等，纷纷都跳上船来，只见一个卖水果的，提了一只篮，走近官舱门口，向郁文一看，说道："魏先生要买橘子么？"就把篮中有纸包的橘子送在他手中。郁文正在疑惑何以认得我？只见他拿橘子送了上来，他就问道："几个钱？"他答道："这是顶括括的美橘，一毛钱不贵罢！"郁文就取出一角小洋给他。他微笑道："倒底魏先生是吃客。"他就佯长的走开了。郁文拿了橘子，进了房，打开一看，只见包皮纸里面写有"英租界联发旅馆"七个字，就让他们二人看了，将纸撕碎了，丢在窗外。三个人就叫一个脚夫，拿了行李跟着上岸。

到了码头，就叫了三辆人力车。郁文将行李分配在车上，说道："我先走。"他跳上第一辆车，二人也跟着上车。那车夫问道："到那里？"郁文道："英租界。"那车夫就低头用力的如飞去了。三辆车相跟着走，不多一会，只见郁文唤令停车，那车夫停下来，郁文付了车钱，车夫也没有话，走开了。三个人各自提了行李，走入一条弄堂，过了十余家，只见一家大门上写着"联发旅馆"，郁文走进去，就有招待的人上前招呼。上了楼；看定了一个房间，把行李放了。茶房送进茶水，坐定后，那招待的拿了簿子，将桌上的笔砚取来，陪笑说道："请写一写！"郁文拿过来，写了梁檀生、虞延辉、谈更生三个名字，注明自上海来，招待就拿去了。三人在房中吃了饭。只见茶房推门进来，说"有客"，后头跟着一个人，穿着二蓝宁绸棉袍，元色库缎对襟马褂，戴着玄色呢的学士帽，入门便向三人一鞠躬。三人仔细一看，原来就是向中格。郁文不免笑了一笑，叫了一声"师兄"。中格微哂道："老弟好久不见了！"那茶房倒了一杯茶，退出去，将房门带上。郁文道："师兄几时到的？"中格道："我看见你们上岸的。"郁文道："这送橘子的人……"中格道："这个不用去谈了。"随附着郁文的耳，低低的说道："今天晚上八点钟，请你同二位到前弄第十七号杨寓内，我们才可以畅谈。请你记好了！"郁文点点头，他就闲谈了几分钟，立起身来道："晚上小叙，请勿客气！"向三人点点头，就开了门，门外茶房站起来，三人也不送下去。他匆匆的下楼去了。

三个人坐在旅馆中也不出门，等到将近八点钟，他们才出了旅馆，走出了巷门。胜佛抬起头来一看，原来是永安里。沿着大街，望前走过数十步，又有一条巷，名叫永寿里。他们走进巷内，数到十七号一家，两扇黑漆大门，门上贴着朱砂笺，写着"杨寓"二个大字。他们就上前敲门，听得有人来开门。等门开了一看，原来就是向中格。他含笑说道："请里面坐！"走进去是一座客堂，上有楼房，楼梯是在客堂后。向中格把三人引到客堂下首的房内，房中摆着些椐木桌椅。中格就请三人坐下，把电灯开了，他就出外去了。狠多一会，回来一同坐了。郁文道："师兄，此地是新搬来的么？"中格道："也住了两三个月了。"在经道："宝眷在此地么？"中格道："没有，不过有几位同志同住。他们中一位有家眷的，住在楼上。"郁文道："老师到底在此地么？"中格摇摇头道："饭后再说。"胜佛、在经见他郑重秘密，不免有点儿疑心，就问道："吃饭是不要紧的，请你赶快说明罢！"中格道："不是兄弟故意作难，其中狠有关系，且不是三言两语能说明的。现在饭已预备，请三位吃饱了再细细的谈。"随即立起身来，到房门口，三人一看，只见客堂中已摆齐了坐位，桌上六碗菜蔬，大约是广东馆子叫的，还有一壶白干儿，中格向各人斟了一杯，向郁文笑道："你是在上海吃遍了山珍海味，到我的地方，恐怕食不下咽罢！"郁文道："师兄又来笑我了！

我以后要好好的表示，否则老师知道了，信以为真，必定要驱逐我了。"中格道："我这位兄弟，什么都好，只怕向醇酒妇人中堕落。二位既与他至交，总望二位常常的提撕他这一点，其余我是狠信托他的。"胜佛、在经道："我们也望二位常常指教，才是真正的朋友呢！"中格道："言重言重！不瞒二位说，我留心二位的居心行事好久了，否则我们一面之交，且胜佛兄又是贵公子，我怎好轻易交往呢？"郁文道："师兄本来侦探手段是利害的，我们在上海，师兄晓得么？"中格笑道："怎么不晓得！不过把印度巡捕丢入夹墙，仍是你的孩子气未除，以后不可如此。"三人听了，不免吐舌道："这不过四五天的事，怎么已晓得了？"中格笑道："这不算什么。"就举起杯来请喝。三人也就举杯饮了些。中格道："中国人劝酒的习惯，我是不赞成的。喜欢喝的尽喝，不喜欢喝的不必喝。各位要喝的请自己斟。"他又自己斟满了，把酒壶递给郁文。郁文斟满了，递与二人。二人道："不会喝。"中格道："二位不喝就请用饭！"回顾郁文道："你给二位装饭罢！"郁文正要站起来，胜佛、在经连忙拿了饭碗，自己装满了。中格道："得罪得很！我没有用仆人，请原谅！"郁文道："师兄何必客气！"指着胜佛道："他虽是抚台的少爷，却没有恶习气的。"中格哂道："倘然是别的少大人来，我早已闭门不纳了。"三人皆呵呵大笑。不一会，一壶酒他们两个人喝完了，他们也就装了饭吃。他们吃完了，回到会客房坐定，郁文将一壶茶向各人斟了一碗，听见客堂中有人问道："吃完了？我们要收去了！"中格立起来向外说道："收去就是了，酒钱明天给你！"只听他应着出门去了。

  中格随去关了门，回进来，他向下首靠墙一架书橱一揿，往里一推，那书橱闪开，背后露出一个门洞，随手向墙上一摸，那里面电灯放光，他就把外面电灯息了，将三人引入房中，随手把秘密门推上了。只见里边许多橱架，好像药房的布置，靠窗有几只长桌，上面有各种机械，大约是研究化学的，靠墙是六七只藤椅，散列左右。中格就请他们坐了，向着郁文凄然说道："你不要怪我故作神秘，你不知道我们老师现在很危险哩！"郁文愕然道："什么事？"中格道："这个要从头说来方明白的！老师从前在此地办了一个学堂，你是晓得的。但是老师办学的宗旨，你未必详细罢！老师的生平，抱着种族的观念，但他觉得革命的事不是几个人能成功的，必要多数人有了种族的观念方可；但是这种人都要有世界的眼光，各种的学问智识，方才可以出来。不从此根本着手，将来结局也不过像洪杨末年，争夺掳掠，自相残杀，同归于尽罢了。所以老人家在此地办学，起初不过三四十人；他老人家办事，老弟你是知道的。学堂那有不发达的理！办了四五年渐渐扩充，竟有七八百人，里头的教习，不是门下就是同志。中间如有可造之才，他老人家一生所练的武术也不惜传授他们，着实造就了几个全材。他老人家族中有两个侄孙，一个叫龙之涛，一个叫龙之柯。他两个家况很苦，老人家就带出来在学堂读书。资质不甚聪明，后来就将之涛派在学堂中管理杂务，之柯送别处就学，学习法政。本来想教他练习练习，将来帮他老人家办事，就是老人家的绝技，也想传授他的；后来看他志小易盈，决非大器，便也不想传授他了。不料之柯自以为学问是了不得了，他就想把老人家踢开。想了许多法儿，没有成功。我们渐渐的晓得了，就去告诉老师。老人家忠厚待人，以为你们多疑，他们兄弟是我亲手教养成立的，难道竟敢反噬么！不料今年他们兄弟两个，竟到鄂督庄寿香处去告密，说他老人家谋为不轨，鼓吹革命，并将学堂讲说的议论，暗地里抄集了，送到制台衙门去。那庄制台就札饬武昌府县等密查。幸亏老人家向来品行及办学名誉甚好，那武昌府就叫人露出消息来，学堂中自然把一切嫌疑的证据消灭了。老人家也暂时托辞出门，总算一场风波，没至掀起。不料他们两个人又屡次把老人家办学的宗旨详细控告，庄制台自然严令调查，想要通缉。你想他老人家要不要灰心呢？"郁文听了，登时跳起来道："杀！杀！杀！这种不是畜生么？留在世上不是大害么？"中格道："你又来了，我们的兄弟们要杀他两个人，好像捏死二个蚂蚁，还不容易么？当时吾们弟兄中也有主张你的办法的，那老人家听了，叹了一口气，说道：'这种忘恩负义的畜生，我们值得去杀他么？譬如一只狗咬了你一口，你去打死他，不是人和狗斗气么？况且我们要办大事，杀了他二人，必定要疑心我党所做的，将来有许多事更难办！随他去，将来总有自作自受的一日哩。'"郁文道："他老人家真一点儿火气都没有了！"中格道："也像你这样的暴躁，怎么办得了大事呢！你晓得我此次到上海是什么事？也是为他老人家去找一个人的。"郁文道："找谁？"中格道："你晓得近时湖北有流传的一句话'一品夫人萧鹏昌'么？这位萧师爷是庄制台的心腹，现在他在上海，我为老师的事，特地到上海去找他。亏得他人极开通，且也晓得老师这个人。我求着他。他一口答应，决定可以挽回。我所以回来了。"郁文道："师兄你既然晓得我们在上海，何必求别人！只托胜佛向他老太爷一说不就了结么？"中格道："我也知道，但是一则我晓得庄制台与戴抚台虽是同僚，然意见不甚融洽，万一闹起别扭来，反要弄巧成拙；二则胜佛兄的家庭，我也略知一二，胜佛兄自然是竭力的，不晓得他老太爷能否允许？万一不许胜佛干预外事，这怎么样呢！况且近来握权的官吏，往往对于自己亲人都不很相信，只要他宠爱的，不论什么人，反能言听计从。我所以不来找你了。"在经道："中格兄真是通达世态！所以能办大事。兄弟佩服之至！"郁文道："老师既没有事了，倒底住在那里？我们怎样可以去见他？快快告诉我，我是焦急得很了！"中格道："不要忙，就告诉了你住址，也要派个人引导去方好找哩。他住的地址是……"正欲说时，只见那秘密门忽然推开，跳进一个人，手中握着手枪，指着中格道："你为何领了许多人到我办公室里来？不知道此地是来了就不易出去的么！"那胜佛等三人都吃了一惊。正是：

  脂粉华堂闹蜂蝶，风云秘室会蛟龙。

欲知何人，下回奉告。

第三十八回　雾起深山龙蛇生大泽
　　　　　　　日斜重幕燕雀闹华堂

话说向中格正在密室中欲将他老师的住址告诉三人，只见有一人手中执了手枪跳进来，声势汹汹，戴、唐二人不觉一呆。中格呵呵笑道："郁文老弟，你又来了一个同调哩！"随即向在经、胜佛道："这位是祖绳之，单名是一个'文'字。也是兄弟的同门，在老师的学堂中卒业的。新近从日本回来，他是专门研究化学的。所以此处是他的研究室。他的脾气跟郁文差不多，是我们老师的得意门生哩！"随将戴、唐二人向祖绳之介绍了。郁文道："绳之，你是几时由日本回来的？"绳之道："小弟是不脱孩子气的，我是要吓我们师兄，请两位原谅！我回来不过两个月，就同大师兄一块儿住在此地。"郁文道："我正要听师兄告诉我要紧的消息，被你进来打断。"绳之道："什么事？"郁文道："就是老师的住址。"绳之道："这也不必一定要师兄说的，问我就知道了。但是你找老师为什么？"郁文道："就是他二位要想去见见。"绳之向着他二人目光闪了一周，说道："你的介绍准行吗？"郁文道："这两位是我的至交，我负完全责任的。"绳之道："大师兄请说罢！"中格道："你就代我告诉他好了！"绳之道："告诉他很容易，不过也要有人引导才好找！我本来要去。这么罢，明天我来做一个引导人便了。"郁文道："倒底在那里？"绳之道："你明天跟我走就是了。"中格道："大约总要走六七天好到。我告诉你罢！他老人家是隐居在江西贵溪徐仙岩。"郁文道："那是要从九江一路走的。"中格道："不错！此地坐轮船到九江，再坐民船到贵溪。"绳之道："到了贵溪，可是要徒步入山的。他二位不晓得能受得了辛苦么？"郁文道："请放心！他们并不是大少爷，动一动就要轿马的。"中格道："我们可以出去了，不过你们决定何时动身？在轮船上不必招呼，到了九江再会齐好了。"随立起身来道："我们外面坐罢。"四个人一同走出秘密门，中格将书橱依旧推好，来到外面，开了电灯。胜佛、在经道："时候不早了，我们回栈罢！决定明天晚上坐下水轮。"郁文道："明天江天下水。我们仍坐江天好了。"中格道："不好，听说太古、怡和都有下水船，你们三位换换船罢！"在经道："足见大哥的精细！明日再见罢！"三人就匆匆辞别了出门。中格送到门口，点了头，就把门关上了。

　　三人就步行回到栈房，住了一夜，早晨三人起身盥洗，由茶房送进来一封给魏郁文的信，郁文拆开一看，上写着："怡和下水船丰顺九江联兴旅馆"。末尾写着"云泥"二字。郁文看了微笑，递于胜佛、在经看了收起。等到吃了饭，郁文想要出去逛逛，胜佛道："我不去了，怕有熟人认得我。"在经道："我陪你去。"二人就出去了。胜佛从箱中取了一册《成惟识论述义》，靠窗细读。正读了二三十页，只听得有人推门。胜佛抬头一看，原来二人回来了。胜佛道："怎么一会儿就回来了？"郁文道："我们在沿江一带绕一个圈儿，没有什么好玩，在江边茶楼上喝了一回茶，慢慢的才回来。我觉得不少时刻，怎样你说一会儿呢？"胜佛道："我正读着这书，觉得不多时刻哩。"在经道："你读什么书？"随手取来一看，微哂道："你原来读这个书，那里觉得时间的长短呢！百万阿僧祇劫不过一弹指间，这点时间如何可以去算呢！不过你研究了这种学问，怕恐什么都不高兴做呢！"胜佛正色道："不然！做事先要了解生死，立定根本，将来临事才不至为各种物欲所蔽。宋儒虽亦能解脱，然於解脱的原因，不能澈底明白，只有相宗一门，把人生的根柢,一一解剖出来,使世人皆知此身虚妄无实,自然不至沈溺其中了。"郁文道:"好了!好了!你跟着我师父去修仙好了!"胜佛道:"我说的不是要修仙。"郁文道:"凭你去修仙也好,成佛也好,我是情愿堕落的。譬如我们都成了佛,有什么好处?"胜佛道:"你没有研究这种学问,无从谈起,将来你遇了机缘,自有入我门的一日呢。"在经道:"不用讲了,我是只晓得吃饱了饭去做我的事。仙啊,佛啊,将来你们各人去成就罢!"三人呵呵一笑,就叫茶房开饭。吃了饭,收拾行李,请账房到怡和公司丰顺船上定了官舱一间,随将船钱、房饭钱,叫茶房开了账单,一一付清,赏了茶房酒钱,叫茶房把行李送到船上。茶房道:"丰顺买办在下面账房,船票已写好了,尽管慢慢的,少老爷们可要去看一回戏?上船去还不迟哩。"三人点点头道:"你不要耽误了!"茶房道:"没有的事,请放心!"三人把行李交于茶房,随向账房取了船票,出了旅馆门,商量何处去消遣。郁文道:"听戏太闹,不如去洗澡罢!"二人道:"狠好。"走上大街,看见路北有一盏白壳大电灯,上写着"华清池"三个红字。三人走进去,不多几步,前面有一扇装着司不令的玻璃门。郁文推进了,二人跟进去,一阵水蒸气,各人眼睛一时迷糊不清,听见一个伙计招呼道:"这儿是房间。"郁文道:"我们就散座罢!"胜佛道:"房间也好。"郁文会意,点点头,就由伙计领入房间,开了电灯,问了茶的红淡,又有伙计送上手巾把,三人擦了脸,伙计又将三人的大衣马褂脱下挂起。三人随意向沙发上坐下少息。只听得外面有人打着长沙白,大声骂伙计不给他备浴水。那伙计说:"你老也要盆儿有空儿才行!"只听得砰碰一声,大约是掷碎了茶碗。三人站起来一望,只见掷杯者正在大骂。旁边一个人,身材高大,满面麻子,立起来说:"弟弟!你的脾气怎么好!咳!我出门后真不放心呢!"随向伙计说道:"请你不要生气,我的兄弟向来脾气不好,得罪你,我给你赔个不是。打碎的茶杯由我赔偿便了。"那伙计听了也就释然道:"不要紧。"就去了。在经道:"这不是雷楚生么!那骂人的不就是他的兄弟雷去非么！"郁文道："正是！"在经道："我来招呼他。"就向外喊道："楚生兄！这边来！"他听见有人叫他，抬头一望，见是在经，也就喊说："原来是在经兄！"他就立起身，到了他们房间，见了他们三人，原来都是认得的，就坐下来。在经道："你是从长沙来么？到那儿去？"楚生道："是的，我是要到日本去游学的。"在经道："你同来的是令弟么？"楚生道："是的。"在经道："一同到日本去么？"楚生道："不，他是送我到上海去，看看几个朋友，就要回长沙的。因为我好容易得了一个官费，弟弟的官费，尚未发表，倘然也得了，恰好一同出去。但恐怕未必能彀如愿哩！"在经道："现在中国有志气的纷纷的到日本，真是一线的曙光！希望老兄广结同志，深求实学，将来才可以救国哩！"楚生道："只怕兄弟才学不足，志大力小，有负期望哩！现在各位到此地，打算耽搁几时？"在经道："说不定。"各人随便谈了一回，洗了澡，楚生回到原坐，算了账，同了兄弟过来，向他们介绍了一回，即作别而去。他们三人，看看时候不早，也立起身，穿了衣，算了账，一同出门，一径就到怡和轮船码头，上了丰顺船，走到官舱中，取出船票与茶房一看，那茶房就笑嘻嘻道："各位是从联发来的么？几件行李，已由联发的伙计送来，已经放在舱中了。"随将三人领到一间官舱，是四人铺位的。胜佛道："这是四个人住的，怎么好？"茶房道："添个生客确是不方便的，好在此次客人不多，各位是到九江上岸的，今天空房尚多，如有客来，我可以想法的。"在经道："好，好！请你招呼，明天酒钱从丰就是了！"茶房笑嘻嘻道："谢谢三位老爷，请把行李检点一下子！"三人看了一看，没有缺失，那茶房就出去。送了茶来，问道："要吃点心，可以叫！饭想已吃过了？要吃，也可以喊。"他就把门带上出去了。三人坐下，等到开了船，将门上的暗锁关上，也就沈沈的睡着了。到了明日，因下水船的迅速，於傍晚时已到了九江。三人上了岸，就找着联兴旅馆住下了。

第二天早上，他们还没有起来，就听得茶房说："有三位湖南客人，住在这个房间里，不晓得是不是？"随即推门进来，后面跟着一个人，就是祖绳之。他就开口道："你们是昨天下半天到的；我到的时候已黄昏了，所以来不及找你们。"郁文道："狠好！你来了，我们就有了明杖了。赶快雇船去，我们就可以上船了！"绳之道："我是急先锋，你真是霹雳火！也让你们起来了才可以讲到走！难道你就由这床上走到船上么？"三人呵呵大笑，各各起身，盥洗后，在经道："绳之兄真的可以去雇船了！"绳之道："我这里有熟悉的船，昨晚到后，我已托栈中账房寄信，叫他早上就到此地来。不多一会儿想就来了。"他们谈了一会，只见那茶房推门进来，说道："外边有一个船户，说是祖先生叫他来的，他要进来。"绳之道："叫他进来。"茶房向门外一招手，一个年纪四十岁左右，身穿青布旧棉袄裤的人走进来，见了绳之，微笑说道："原来祖先生先在这里。"在经道："我们到贵溪去要多少船价？"那人笑道："我的船到贵溪去，祖先生常叫的，有老价钱，不必论的，只问几时下船，好去预备。"在经道："好，好！我们就要下船的。"那人道："我就去预备了。祖先生一同去么？"绳之道："我也去。"那人道："我的船仍在老地方，请祖先生一同来就是了。"他去了后，绳之就同三人吃了点心，将栈房账算了，叫个脚夫，把行李送往船上。他们也下了船，船上伙计把柴米灯烛油盐鱼肉等买齐了，随即开船走了。不多几日，就到了贵溪。绳之就领着三人，在西北门外，从一小桥上，渡了溪，进了山，只见石崖高峙，其中好像拿斧子劈开的，两边对立，其间有离者，有合者。郁文狂喜，大叫妙绝。绳之道："此处尚算不得怎么好。"他就指着前面耸起的一个高峰，拔步先行。三人跟着走，依着石级，到了顶，看见一个石台，好像一只手掌，盖在两崖上面。到了台上，南望西华，东望夹壁，西望南溪，北望县城，皆在指顾之间。坯山带水，万里一碧。下了台，俯视二崖之间，有下去的石级，壁上刻着"一线天"三字，就是从峰顶劈开的山峡。他们从下去的石磴，一步步的走，走到中间，路忽向东转。又有一道横峡，石壁耸立，高矗百余丈，路尽望南，穹岩盘窦，像蜂房般，不能指数。他们转身向北，过一岭东转，面前有一个山岩，上高下阔，中间分裂成数穴，东西相通，如珠之九曲，如环之百叠。向南则窦穴所在，轩豁如门户，如窗牖；北则虽有小隙，仅通光，中多奇石，有如桌者，有如椅者，有如灶者。洞壁有一泉，涓涓不绝，流入低处如井。胜佛道："此处真可居住，吾们将来能於此中结庐读书过一生，真是神仙了！"郁文道："我不来，要冷静死了！这种神仙，许我做，我也不要。"在经道："你们看后面石上有字。"三人走过去一看，果然有石刻的迹象。郁文就拾了一块小石片，将石上的苔藓，轻轻的刮了几下，果然显出字来。上有剥剥蚀蚀的"宣和年洪驹父题"几个字。胜佛道："原来此地是宋朝名士游赏之地，可惜现在的江西人不知道来了。"绳之道："我们走罢！到徐仙岩还有几里地呢！"便过了山洞，就由罗塘登岭北望，只见竹树丛密，岩石高穹，欲穿林而过，忽见林隙中露一石桥，高架在前。绳之道："过了桥，就离徐仙岩不远了。"下岭入一深谷，那石桥杳不复见。郁文道："怎么桥没有了？难道仙人拆了去了？"在经道："现在的人过河拆桥，我们还没有过河，桥是不会拆去的。"各人均呵呵笑时，郁文道："你们看桥又来了。"在经向前望去，并不见桥，随道："郁文又来小孩儿脾气了！那里有桥？"郁文道："你平素低头下气惯了，何妨暂时白眼望青天呢！"在经抬头一看，原来已到了桥底，头上一大石，高跨峰岭，上环如卷，中辟成门。各人就在桥下仰视其顶，相距不止数十丈，急举步登其上，则平整如台，修广如逵。绳之道："自此往西约二里许，可到象山。由象山小径南行，即可到朝真宫。"郁文道："到了朝真宫，还有多少路呢？"绳之笑道："朝真宫就是徐仙岩，徐仙岩是古名，朝真宫是今名罢了。"郁文道："我那里知道你肚子里的地理志！"四人匆匆望南，入峡而行，起初尚有采樵的路，渐入渐灭，一直走到了峡底，荆棘纵横，隘不容足，路尽西转，豁然平坦，高崖盘亘，中有深洞，外垂着飞瀑数十丈，喷珠舞雪，心骨为悚！岩右有一亭，高悬崖际，嵌空环映。绳之道："此洞即老师所居处也。此亭名仰止亭，老师所登临处也。我们既到了，请二位先在外少坐，我跟郁文先进去通报了，再来请。"胜佛、在经道："当然，当然。"绳之、郁文二人，匆匆的走进石洞中，胜佛等就在瀑布左右徘徊观望，真觉得心神寂定，相对无言。

隔了一会儿，只见郁文由石洞中出来，招呼二人进去。二人跟着郁文进去，中有自然石级，渐入渐低，仰视上如石幔，间有石柱，倒挂其旁。乳石矢矫垂下，缤纷不一。底甚平。渐进，望半岩有一门，下亦有石磴，循而上，出石门，则有平旷地约数十亩，中有茅屋十余间，旁有田畦及各种花果树。郁文先行，望见一丛竹树中茅屋数间，柴门外立一老人，须髯苍白，遥遥望见了他二人，便拱手说道："欢迎！欢迎！"二人连忙作了一个长揖。那老人邀请入室，二人就上了土阶，进了草堂。抬头一望，只见室中四壁清洁，绝无纤尘，中间有几只白木的桌子，两旁是竹几竹椅，壁上挂的四条墨拓的岳武穆《满江红》词，中间挂的是一幅墨竹，一副对联，写着"澹泊以明志，宁静以致远"十个字，都落的"蛰老人"的款。大约是主人自己画的写的。两人到了中间，说道："晚辈久仰老师的品学，特请郁文兄介绍到此，不晓得老师肯收列门墙么？"他呵呵笑道："不敢当！两位是天下有心人，老夫久已闻名，那里敢忝颜为师呢！"郁文道："老师也不必客气，他们是学生的至交，专诚来拜谒的。"老人说道："既然如此，吾想屈留两位在此畅谈几天，然后再说罢！"胜佛、在经知道他要郑重考虑，也就行了常礼，向客位坐下。他就向绳之、郁文道："你们去里边招呼他们预备饭罢！"二人就往里边去了。一会儿两个椎髻童子，搬两饭菜来，五个人一同坐下。郁文拿酒壶向各人斟了酒。那老人说道："两位是从汉口来，跋涉长途，真对不起得狠！"胜佛道："现在人心思乱，急待豪杰出来整顿，像老师这般品学，埋没荒山，晚辈却深以为忧哩！"他呵呵的笑道："足下太看重了，现在时局正是大乱方始，恐怕一时的人力未足以挽回呢！"在经道："人定胜天，古来也相传此话，况且历史上英雄豪杰，都是从艰难困苦中显出来的。倘然都委之天命，那就无事可做了！"老人微笑道："这个确是至理。知其不可而为之，方是做人的大道理。但是现在人心，一天一天的坏，必定有一番大劫在后。那些忠臣义士，不过要保留一点做人的道理，不教他磨灭，所以忠臣义士，大半在失败中显出来。真正挽回世界的豪杰，不是一定了不得的。不过大乱之后，许多坏人好人玉石俱焚，人心自然厌乱，生活也简单，不像现在的穷奢极欲。此时有几个有良心的人，出来指挥，天下自然平治了。不然，试看每朝开国之时，所用的人大半是旧朝代的人，何以在先是亡国之臣，后来又成了开国功臣呢？可见世界之治乱，在乎众人之心理，人心不治，总没有办法的。"胜佛道："照老师看来，如何着手呢？"老人道："做一日和尚撞一日钟，老夫在此山中，一则避免无谓纷扰；二则尚要向老师处修炼些功夫，将来於世上人心，或可有一毫补救，并不是与世长辞，作一个槁木死灰哩！"胜佛道："原来还有太老师，现在何处呢？"老人道："我的师父是一个道士，住在龙虎山上清宫，不过他是闭关静坐，不见外人的了。"胜佛道："老师的功夫，那是玄门的一派了。"老人道："我师父传授的，自然是性命双修的道理，不过圣胎充足，解脱三关，那个命就虚空粉碎，真性炯露，与儒家之至诚无贰，佛家之自证本性，同是一个样了。"胜佛道："欲修此种功夫，从何入手？"老人道："没有什么奇异，只须精熟《参同契》一书，深思力行，将来自有一贯的道理呢。"在经听了许久，心中不以为然，就说道："不是晚辈乱说，倘然都去修炼了这种功夫，世界上的事什么人管呢？"老人听了，正色的说道："只为修这种功夫的人太少了，所以天下要乱。古来圣人，如老子之无为而治，孔子之人己立达，释迦之度尽众生，都是要多一人修功夫，就可以少一人乱天下。况且这种功夫，修一分是一分，不问他真正成仙成佛，他有了功夫，心地自然光明，遇事不至昏乱。即如小人的奸诈贪鄙，有了功夫，他自然扫除净尽了。这正是老夫欲补救人心的大道理哩。"在经听了,不觉的脸上有些红起来,胜佛道:"老师对于剑术一门,能否指教?"老人呵呵笑道:"这种武术一门,我们道教中确有些秘传,不过这种也只是防卫一身的作用,不算什么。就是剑术,只是练习的精神气一贯,比较平常人神速,那里真有文人所说的希奇古怪呢!古人云,'一人敌不足学,学万人敌。'学习功夫,那真是万人敌呢!"当时各人都吃完饭,郁文、绳之领着胜佛、在经到那草堂的旁屋,其中已经铺设了客榻,他们一天辛苦,就匆匆的睡了。

明天早晨,他们都起来了,那老人领了他们到仰止亭上逛了一回,就在亭外一棵老松树下几块大石上坐了。老人含笑说道:"二位昨天所说要列入老夫门下的话,我已细细想了一回,并由郁文把二位的宗旨也详述了,我对于二位要求的本意,是没有不赞成的。不过要向老夫学习些功夫,一则老夫自问浅薄得狠,恐不足以供二位的需要;二则二位志气才力,正在蓬勃的时候,恐怕在深山中度这枯寂的生活不容易。况由我看来,胜佛兄至少住山三年,在经兄至少住山六年,方可有成功的希望。至于郁文、绳之二人,也就要下山的。时势所迫,二位恐也有身不由己之机缘!我看二位暂时在山中与老夫研究,不必拘定师生之分,将来如有机会,老夫当然介绍同志,帮助一二,想二位亦以为然哩!"在经听了,默默不语。胜佛道:"老师既然如此说法,自有一定的道理,决计拜投门下,学一天是一天,到将来再说罢。"在经道:"晚辈长住在山,现在确是办不到,因接头的事狠多,未便失信于朋友的。"老人点点头,就向郁文、绳之说道:"今天你二人可即下山。绳之可对中格说:'学堂事能照他办法,委曲求全,甚好!'萧鹏昌这个人不坏,将来与时局是有关系的,能毂联为同志最好。在经兄事务狠忙,可以一同走。郁文你可以到上海去,你既有学幕的事情,你也不可不去办,且随地也可以访求几个人才。胜佛既决意跟老夫住山,且住个一年半载再说罢!"胜佛就站起来,行了大礼。老人扶他起来道:"不必客气,我们暂时研究便了。"五个人一同回来,到了草堂中,他们就匆匆的吃了早饭,告辞下山。胜佛同老人送着三人出洞而去。三人急急的由原路下山,也无暇赏览景物。天色昏暮,到了原船上,随即开船。行了几日,到了九江,郁文道:"依着老师的吩咐,我到上海去了。"绳之道:"我同在经到汉口,到后再通信罢!"三个人分路乘着上下水的轮船而去。郁文到了上海,也就回了浙江,到了学政衙署,跟着老师一路出棚去校阅文章去了。

在他们入山访道的时候,正是北京内外纷乱的辰光,各国瓜分中国的传说很盛,势力范围之说,全球沸腾,那时李合肥因贺俄皇加冕派充大使,游历欧美,於贺俄大典中,秘密与俄结了条约,允许俄造西伯利亚铁路,经过东三省,直至旅顺口出海。这是甲午之后,李合肥联俄的政策。至於政府中各大臣,都在那里勾心斗角,门户党争,少有能替国家打算的。那时北京敬王重入军机,龚和甫、高理惺也做了军机大臣,经过了国际的狂风猛浪,真是心胆俱寒。同事中祖苏山等又为了争权夺利,与和甫不和,常在老敬王面前进些谗言。老敬王虽有中兴的大功,然自从受了西太后严责以后,精神也差了,心也灰了,他前次的斥出军机,虽是醇王与他不合,兄弟阋墙,然黑幕中策画,全是祖苏山一人的主张。因他当翰林时,由僧格林沁参革充军,敬王在军机未为他设法保全,所以报仇。他当时组织的方法,是以醇王为后台老板,其余如景王、庄之蕃、格拉和博等,都是庸碌的人物,所以苏山独占大权。后来醇王死了,甲午大败,他靠着西太后的宠眷,就把责任推在他们数人身上,他依然恋栈。反过来又去拍敬王马屁。

一天,他们聚会,正是各国风波未平之时,敬王绉着眉说道:"今天又要见鬼子了!心里万分不高兴!又不能不敷衍他,真怎么好呢?"和甫道:"这班鬼子我们现在虽不能与他决裂,然我们也不可太示弱,多少留些天朝的体面。"敬王道:"和甫的话不差!只是我是智勇俱尽。和甫你有什么法子呢?"旁边苏山微哂道:"据钟武看来,总理衙门人才不患其多，王爷何妨奏明上头，请和甫也到总理衙门去帮助帮助王爷呢！"敬王道："苏山话不差，和甫想也愿意，回头我就上去请旨。"和甫听了，顿吃一惊道："王爷千万不可！平是迂腐的人，平日又深恶那犬羊异族，况又忝列师傅，若和他们往來，未免有失国体。请王爷万万不可提起！"敬王微笑了一笑，旁边华仲荣道："和甫，当此时局，正君忧臣辱之秋，凡为人臣，都应忍辱负重去干，还讲什么体制呢！况且王爷们也都跟他们周旋办事，难道不算丧失国体么？"苏山道："和甫同年是状元帝师，中国第一流人物，清流领袖，舆论所归，一入此中，好比朝衣朝冠坐于涂炭，自然是不愿的。不过能向此中同负一点责任，那班持正论的清流，或者可以原谅些局中人。六哥，请你委曲一回罢！"敬王道："苏山的话不差，和甫来帮帮忙确是狠有益的。"那和甫听了，气得面色苍白，只顾将白髯捋了数下，无言可说。

次日到了军机处，御前太监把折匣交下，各大臣匆匆看了折片，并将各折细看了一回，除开皇上已画指甲痕的，其余应办的事，匆匆商量了一下，听得上头已经叫起来了。原来清朝办事，凡各部各省的折子，统于每天早上子时，有管理收折的太监，在他的他坦（办事休息处）门上挂了一盏白纸的灯，上写着"奏事处"三个红字，每天各部笔帖式，各省提塘官，将折子送到奏事处，取了收条。到丑时，奏事处太监就把灯撤去了，抱着许多折匣进宫。等到皇上起身，那御前太监就在皇上面前，一一的开了折匣，用象牙签子挑开折子封套，陈列案上。皇上就一一的抽出折子阅看，将照例的旨意，如该部议奏、该部知道等，用指甲划一痕迹在折子上，其余要商量办法的，就不画指甲痕。皇上阅看后，就由太监交到军机处，皇上就用膳。膳时，所有各衙门值日的，各省预备召见的各大员，均递一绿头签（又叫膳牌），签长约五六寸，阔约一寸余，签头用绿漆，余用白漆，签上写各人的履历衔名。皇上用膳毕，即将本日要想见的留下他的名签，外头就知道某人要召见了。一面先叫军机起儿，商定各事。军机退至宫门口，由王爷向军机章京吩咐各折如何办法。领班章京听了,即回办事室,从速缮写上谕,送呈王爷,然后呈皇上阅过再发。这叫做述旨。然后皇上乃照膳牌召见,是名外起儿。

那敬王听见叫军机起儿,领了各大臣依次入内,跪奏各事。奏毕,那敬王就颤巍巍的奏道:"现在外交困难,各国都来要求,奴才才力跟年纪都照顾不及,军机大臣龚平,才识均优,可否请旨派充总理衙门大臣,以补奴才之不及?"那时皇上听见那功高望重的老王爷的话,那有不答应的!龚和甫听了,连忙向上碰头,奏道:"臣向来不懂外情,平日与外人格格不相入的,且臣既任军机,又是户部,又在毓庆宫行走,事多才短,实在不能兼顾,请皇上另派能臣,臣实不胜其任。"皇上道:"明天再说罢!"起儿下来,敬王照例先走,各大臣亦纷纷各散。

和甫回来,想着祖苏山的话,芒刺可畏,明明是外交诸事自己持了正论,触犯了他,他今天想法子报复。华仲荣本来是积不相能,所以也在旁边帮腔,越想越可恶。到歇中觉的时候,在榻上也睡不着,起来往书房坐着,侄孙弓夫走进去,和甫就将苏山、仲荣的话告诉了弓夫。弓夫道:"苏山的靠山醇邸已死,他跟老敬王从前的疙疸究竟没有消融,只要托人向老敬王提一提起,一面托言路说他坏话,就可以轰掉他;至于仲荣,他受了老佛爷的宠眷,根深蒂固,不容易动他,只好慢慢想法。"和甫点点头道:"你去跟唐卿商量一下,不要乱来!要极秘密的!王爷处最好由高中堂便中提及,方不落痕迹。"弓夫听了,唯唯的退出,就去找唐卿密谈去了。正是:

　　求气应声藏雾豹,勾心斗角演醯鸡。

欲知弓夫如何与唐卿密商?且听下回分解。

第三十九回　兰鲍同堂洛闽分党派
　　　　　芝龟一室南北话离情

话说龚弓夫那日套车出门拜客，到了钱唐卿门首，向门房一问，知道没有出门。弓夫因与唐卿交情密切，就跳下车来，径随门房进去。门房知道弓夫与老爷的交情狠深，就一直领到书房。那唐卿书房是南屋三间，东西窗是一律绿纱，中间风门等均除去，挂了四桁的日本珠帘，窗外槛上排着许多盆花。那家人抢先一步，就在帘外向里说道："龚大人来！"唐卿立起身来说："请！"那弓夫就掀帘进去，一面作揖，一面笑道："老世叔雅极了！"原来唐卿新得了一部宋刻的《梦溪笔谈》，正在校勘。唐卿道："这部书确是宋刻。"弓夫道："吾乡照旷阁曾有刻本。"唐卿道："我正校勘一过，即如卷一有百官见宰相一条，中云：'九卿而下，即省史高唱一声，屈躬趋而入。'宋本'躬'字作'则'，因宋时人言'屈'，即'请'字之义，略较'请'字为重；若作'屈躬'，则文义乖误矣！"弓夫道："老世叔说的不差！校好后请借录一过！"唐卿笑道："这种学问是不时兴的了，这两天老师身体好么？"弓夫道："他老人家身体尚好，不过精神上狠不愉快，今天中觉也没有歇。"唐卿道："老师一身关系中外的大局，总要教他老人家心上舒服，我辈也不能不当心呢。"弓夫道："老人家向来于家中绝口不谈国事，现在政府中，老世叔有所闻见么？"唐卿道："此次敬王出山，打破了济宁一局，仿佛济宁对于老师狠不满意呢。"弓夫道："这话确么？"唐卿道："十得六七。听说济宁对于老师的力持正论，以为唱高调，敬王虽然是钦佩老师的，然老师的主见，老王爷也有点认为是局外人的空言呢！"弓夫道："旁的怎么样？"唐卿道："现在枢府，六爷是尊而不亲；仲荣虽非军机，但是很蒙宠眷，最好老师跟那位宠臣拉拢才好。否则老师是孤立的。"弓夫道："老世叔看济宁能彀恢复以前的势力么？"唐卿道："他几年来的事实，把上头的信用减削了，况且他一班的人才实在不彀，恐怕不容易罢！"弓夫道："听说南皮狠想兄终弟及哩！"唐卿道："不差！我也听见的。不过上头恐怕他又发出从前的清流面目，六爷有些不敢。"弓夫道："老世叔的话不差！家叔祖实在太孤立！总要拉几个帮手进去才好。"唐卿道："对，对！"弓夫道："不有废者，君何以兴？老世叔看何人可去，何人可来呢？"唐卿道："我们是闲谈，老师前是不敢说的。济宁决无久理，秋果已熟，拨蒂即落，替人难觅，老师应当注意呢。这个人第一要不会反噬，第二才讲到有才力。不知道老师听了以为何如？"弓夫道："老世叔深谋远虑，钦佩之至！有便见着家叔祖时，何妨略为谈谈呢！"唐卿正要接下说时，只见家人进来回道："胡大人拜会！"唐卿道："钝斋来了，请罢！"只见那胡文卿匆匆的进来，见了弓夫，闲谈一回，弓夫先走，文卿也走了。

　　唐卿送客后，回到书房，细细的想了一想，料得龚、祖必有冲突，且晓得和甫避忌同乡，自己系浙江籍，狠有入枢希望，但是必须将济宁排斥。不过自己出面攻击，未免有取而代之嫌疑，随即拟了一个折稿，说的是近来外交之失败，发原于甲午之役，其时执政不得辞其责，现在庄之蕃等虽已去位，而祖苏山依然恋栈，殊失大臣引咎之体，应请斥责，以肃纲纪等语。随即招了一个心腹门生钟都老爷，托其具奏。那门生自然晓得老师的主意，将来总是于己有益的。

　　不到三日，那折子已进去了。敬王阅过了，微微一笑。祖苏山默不一声。等到起儿上去，皇上就问："此折如何？"敬王奏道："外头不晓得里头的为难，应否留中？请圣裁！"皇上就点点头。那折子便留中不发了。敬王下来向着祖荪山道："小孩子胡闹，你不必介意！"荪山道："钟武负罪甚重，深荷王爷栽培。"各人就散了。

第二天，祖荪山因欲探探上头的意旨，一面请了三天病假，一面托连总管去报告西太后。那天敬王到了军机，说道："今天荪山请病假，想是因为昨天的折子。"旁边高中堂说道："大约是的。要看看上头跟王爷的意思怎么样？"敬王道："荪山人还明白。"高中堂道："是狠有干才的。从前醇贤王狠赏识他，所以保举他进军机。现在王爷待他也不差，不过他心里总不免有点自疑罢了。"敬王笑了一笑，也就散了。

隔了两日，祖荪山正要预备明天销假，那天午刻有一位军机章京请见，荪山见了，那位章京低低的说道："今天刘都老爷又有一件封奏，是弹劾大人的。王爷看了，没有说什么，也就留中不发。不过方才上去的时候，王爷的口气，不像上次的帮忙了。"荪山听了，微微笑了一笑，说道："劳你的驾！"那章京就起身告辞。荪山送出客厅门，那章京匆匆的去了。荪山回到书房坐定，细细的一想，从前敬王的出军机，跟我有些过节儿，近来渐渐的消融了，现在既然说王爷不帮忙，不要是和甫在那儿挑拨么？照此看去，明天还是续假，一面到仲荣那儿去，托他打听一下。那班都老爷是谁人的线索？也要打听明白的！不过自己请病假，不便出门，就叫他儿子其荣去见华中堂。

其荣套车出去，见了华中堂，华中堂就告诉他道："听说王爷本来没有什么，前天高中堂提起了从前的过节儿，也不晓得有意无意；今天王爷的语气间，似有些改变了。那两位都老爷可不熟。世兄只要南城去找个熟人一打听，就晓得那线索了。最好是连总管处去疏通一下，那就没有事了。"祖其荣听了，深深致谢，辞别出门，回了家，告诉了父亲。荪山听了，想想高中堂跟我没有什么过节儿，不过他与和甫交情是狠深的，一定是和甫因前日我的话太露锋芒，叫他来挑拨的。这刘、钟两个老爷,我记得是钱唐卿的门生,狠有渊源的。难道钱唐卿想进军机,所以替和甫出来报仇的么?"就向其荣说道:"明天再续三天假,听听连总管的消息再说罢!"父子谈了一会儿就散了。

第二天下午,钱唐卿到了龚宅,那门公李源看见了,因为是主人的得意门生,连忙迎出来,一直领进。一面说:"主人上衙门去了,就要回来,少爷在家,请在书厅坐一会儿。"唐卿也狠客气的说道:"老师这两天身体好?"李源道:"尚好,不过忙得狠!"唐卿道:"那自然,就是见客也彀忙的!"李源道:"大人的话不差,又不肯得罪人,有空儿总见;实在不相干的,李源只好替他挡驾,所以外头狠有说李源的闲话哩。"唐卿道:"就也管不了。"说时,已到了书厅。李源就对值书厅的小童升儿说道:"去请大少爷,说是钱大人来了!"那升儿应声而去。唐卿进了书厅,只见中间堂屋悬一匾额,写着"白龟紫芝之室",是和甫自己写的八分书。旁有楠木架,摆着一只康熙窑青花白地的大碗,中间养着一只绿毛龟,眼如朱砂,头如象牙,那毛如毿毿绿发,盖满水面,当中桌上一只红木架,供着白玉盆,盆中盛着白砂,植着一株灵芝,盘曲轮囷,约有一尺多高,歧枝六七,色如紫玉,宝光照灼。唐卿正在欣赏,只听得有人说道:"老世叔从那里来?"唐卿转身一看,只见那人秀发明眸,态度潇洒,原来是龚弓夫。当下彼此作了一个揖,就在东面坑上坐下。唐卿道:"近来老师身体好否?"弓夫道:"托福,尚好。"唐卿道:"这两日可有新闻?"弓夫道:"没有什么。"唐卿道:"这三天宫门抄,有刘、钟两位的封奏,老师没有提起么?"弓夫道:"没有谈及!不过曾经问过刘、钟两位都老爷,是否老世叔的门生?至于封奏的什么事,小侄也不便问,家叔祖也没有提。"唐卿低低的道:"都是关涉济宁的事,所以他连日请假了。"弓夫好似吃惊的道:"老世叔是知道的么?"唐卿道:"他们事后曾来告诉的,但不晓得上头意思如何?"弓夫道:"或者等家叔祖回来,小侄去探听一回,有什么消息,明日再来面告。"唐卿道:"如有效验,将来替人,上头必询问老师。

前天我们所谈的，曾经向老师提起么？"弓夫道："家叔祖连日因户部公事太多，没有闲空，所以未能转达，今天看机会罢！"唐卿道："听说济宁跟连总管狠有来往，恐怕中间会有变化呢！"弓夫道："是极！是极！"谈了一会，天已不早，龚和甫尚没有回来。唐卿立起身来道："今天尚有一处应酬，先走了。老师回来，请代为请安！"弓夫道："家叔祖狠想和老世叔谈谈，能彀挑一个闲空时候，一定来奉约。"唐卿道："是！是！"随即告辞去了。

不多一会儿，龚和甫回来了。弓夫走到上房，只见和甫换了衣冠，躺在榻上。弓夫上前道："今天怎么回来得狠晚？"和甫道："部中的事还没有完！就是赔款一项，办到什么时才了，我真干不了了！"弓夫立在旁边不响。待了一会，和甫道："家中有事吗？"弓夫道："没有。就是钱唐卿谈了一会儿才去的。"和甫道："他第二回太着痕迹了！"弓夫道："刚才谈话，所以多推不知道，没有露一点口风。他上次和侄孙说的话，大约有自荐之意吧！"和甫道："我在书房中曾面奏某人能办事，请皇上亲自考察一下，所以这个月内召见了几次。这次的事，他们必定看得出来，未免恐有影响。正不知为祸为福呢！"弓夫道："他想见叔祖谈谈。"和甫道："不可！这个时候万不可多露形迹，你略透一点儿风声，教他要防备才好，我处用不着见面的。"弓夫道："济宁怎么样？"和甫道："这回王爷似乎因高阳一言，触动旧事了；不过他神通狠大，如皇上去西边请示，那是通不过的。到时再看王爷的举动罢了。"弓夫立了一会，看见和甫叫开饭，他就退出去了。

那时祖苏山一面打听，这两个都老爷，确是钱唐卿的门生，他就晓得一定是龚的手段。钱唐卿连日召见，一定是龚和甫在书房中密保的。一面由儿子其荣到连总管处讨信息。去了几次，没有见着，苏山正在焦灼。一天晚上，那连总管派他侄儿连传桂，来见苏山。苏山忙请在内书房中坐定。传桂道："家叔狠惦记大人，叫我过来请请安！大人进退的事，家叔说，上头总要过来请示的，老佛爷一向狠看重大人，决没有什么变化。家叔的意思，请大人裁酌，辞一辞也好，将来上头慰留，一则面子，二则反对的也知难而退了。"荪山听了，从心中感激出来，说道："请你到令叔处代为道谢，我总忘不了令叔的好处。"荪山等到病假将满，就预备了因病辞职的折子，于明日递上。

那天龚和甫在毓庆宫，跟皇上讲《论语》，讲到了"见贤而不能举"一章，和甫就剀切的说道："治天下之道，第一在用人，此章书乃是大臣举贤退不善的道理。至於皇上是没有所谓不能的。只要郑重斟酌，择一二贤与不善者用之退之，树立风声，大权慢慢的就集中了。皇上自亲政以来，好几年了，用人一端，出于宸衷独断的尚少，以后请皇上留意于用舍之权，收回一点是一点，将来皇上办事自然顺手了。"那光绪皇上听了，点点头，也就散了。恰好第二天祖荪山请开缺的折子递上来，军机上去，皇上就问敬王道："怎么办？"敬王道："请圣裁！"那光绪本来晓得荪山是心向太后与连总管等一党的，不大喜欢他，就说道："祖钟武自甲午年起，同庄之蕃等办理外交失败，现在他既有病辞职，也不必再斟酌。"随向着敬王说道："你以为如何？"敬王奏道："遵旨！"下来就拟了上谕，准其开缺。结末也没有优渥的虚文。

华中堂得信，很诧异上头何以坚决如此？他是聪明绝顶的，知道一定是书房中上了药了。就到荪山处拜会。荪山早已得了开缺的信，出于意外，等到华中堂来见了，细细一谈，知道此事是王爷报夙恨，和甫复新仇，也只好付之一叹。华中堂匆匆别后，龚和甫、高理惺也陆续而来，见面后各致安慰之语。荪山不露声色，只微笑道："滥职枢垣，负咎已深，如此下台，真是天恩高厚了！"和甫道："时事日急，吾辈更加不能担负，将来一定是东山再起，一慰苍生之望哩！"说了一会，二人就起身而去。

荪山送了客，冷笑了数声，走到书房坐定。只见门上拿了连传桂的名片回道："连老爷请见。"荪山道："快请！"那传桂跟着门上进来，作揖坐下。传桂道:"家叔今早接了大人开缺的信,气得了不得,做儿子的太没有母亲在眼了!家叔说,对不起大人,倒像做了一个圈套教大人去钻的。家叔说,好在大人明白,谅不至疑心的。"苏山道:"那有此理!令叔的好意,我很知道,这是他们变了一套戏法,迟早要表现的,不过个人的事小,将来权柄恐怕渐渐要脱离这边了!"传桂道:"是的,家叔说过,现在六爷跟龚、高等一时不易著手,这个钱端敏小子,他会变戏法,总要给他一个好看。"苏山道:"钱侍郎叠次召见,圣眷隆重,恐怕就是我的替人呢!"传桂道:"这小子让他去做梦罢!"说毕,就匆匆的去了。

只隔了几天的时候,那天正是皇上举行郊天的大礼,完毕,将要回宫,从天坛一直到乾清宫的御道,除了午门以内的道路,沿途统统铺了黄土,警跸森严,行人绝迹。这一天是九门提督,左、右翼总兵当这保卫的责任,前门内外,提督衙门的官,统统翎顶辉煌,佩刀肃立,提督、总兵往来弹压。那时皇上已由天坛动身,各种仪仗,在前门的门楼上已隐隐的望见了。

大清门内午门前左翼总兵长琳正在预备跪接,忽有一个人,头上戴了一只狠破旧的红缨无顶的呢帽,身上穿了灰色布的旧棉袍,领襟上钮扣都没有扣上,腰间束了一条布带子,肩上挑着一付担子,中间有些蔬菜。那两旁的官弁等喝道:"皇上快到了!快快躲开!"那人好像没有听见似的,一直的冲过御道。官弁等上前拉住,那人瞪着眼说:"你们管不着,我是御膳房的人!"那官弁听了,不敢拿他,正围住了。恰好长琳看见了,问道:"什么事?"那当差的就回说:"他自称是御膳房的,不服阻止,直冲御道。"长琳道:"好混账东西!你晓得皇上经过,无论什么人都要回避的!"那人依旧瞪着眼说道:"你们不要这样,老子是看惯的,你们管不了我!"长琳听了,下不来台,便怒骂了一声"混蛋"!叫:"捆起来!"那些官兵就把那人捆了,带回提督衙门去了。长琳也不介意。

皇上回宫后，提督、总兵散了，都回了私宅，就有人报告了连总管。总管就向伺候太后御膳的太监们密密的吩咐了几句。不多时，太后要开饭了，太监们照例传膳，等了半个钟头，不见进膳。太后就问为什么还不开饭？太监们装得狠惶悚的，一替一替的陆续向御膳房传。一会儿，那回来的太监，在殿外故意切切私语。太后等了半晌，还不见传来，登时大怒。传管理御膳房的太监到来。那太监来了，就摘了帽，在地下碰头。太后道："为什么不开饭？"那太监只是碰头不言语。太后道："他不说，把他打死了！"太监道："奴才实在有下情，因为今天皇上祭天回来，那一个给老佛爷掌灶的，办了蔬菜，急急的回来，预备老佛爷御膳，不晓得为什么冲撞了那提督衙门的长琳，就捆到衙门去了。他说要去预备老佛爷的御膳，长琳说：'今天是皇上回宫，你冲撞了，无论什么人一定要办的。'现在捆去了也没有问。奴才等他来预备御膳，总不见来。后来知道，差人去要，也不放。实在奴才该死！总要求老佛爷开恩！"太后听了，不由得一股怒气，冲破了脑门，因这两天祖苏山的出军机，皇上没有来请示；又听得连总管说皇上召见钱唐卿，有请皇上慢慢的收回政权的说话，正在心神暴躁的时候，当下就冷笑了一声，说道："饶了你狗命！"回头向连总管说道："你去把皇上传来，我有话问他！"连总管连忙跪下道："领旨！"便匆匆的向皇上的寝宫而来。

那时皇上回宫后，正在用膳，那连总管进来，也不行礼，向上站着，说道："奉皇太后懿旨，传皇上速去问话！"说完就去了。皇上听了，吃了一惊。不晓得有什么非常的事，急急的换了衣冠，到了慈宁宫进去，向太后请安。只见太后怒容满面，厉声说道："你好，你用的人不让我吃饭，要饿死我，是你的主意么？"皇上听了，连忙跪下去，摘了帽，在地下碰头，说道："请圣母息怒！儿子没有知道什么事，请太后明白吩咐，让儿子去办！"太后冷笑了一声道："你用的人都把我不放在眼里，你还说不知道么？"皇上又在地下碰头说："儿子实在不知道，请圣母吩咐，让儿子重重办他们。"太后只是不言语，旁边站着的长公主，本是敬王的长女，一向在宫中伺候太后，太后狠欢喜他的，他就向太后奏道："这件事实在是皇上不知道的，都是那长琳糊涂，请老佛爷谕知皇上，让皇上去办一办，好警戒他们。"太后道："总是他糊涂，才用出这班人来！我气得说不上来，你替我告诉他罢！"那时长公主因是代太后传旨，就立起身向皇上说明长琳把御膳房掌灶的捆去，以致太后没有进午膳的详细。皇上听了，重又碰头，奏道："真是儿子该死！儿子马上去办！"正要跪安起身，太后道："你这两天召见的钱端敏，这个人好不好呢？"皇上一听，知道出了事了，就奏道："儿子因为有人说他不狠安分，所以当面问问他，看起来这个人不见得靠得住。"太后冷笑道："你这句话还有一点儿明白，你就去办罢！"皇上碰了头，戴了帽，退出殿外，回了宫，就写了朱笔谕旨，叫太监传知军机敬王，将御膳房人速速放出。次日军机叫起儿，皇上就要将长琳、钱端敏革职问罪，当时军机处王大臣，均愕然出于意外。敬王就说道："长琳罪无可恕，情有可原；既然革了职，请皇上开恩不必问罪了。至于钱端敏，还恳加恩从轻发落。"皇上说："既然如此，一同革职便了，此次实系从宽，以后再有如此，当从严办理。"敬王也无可再奏，只好遵旨。那时龚和甫明知就里，无可如何。当日军机散了，和甫到毓庆宫，日课完毕后，和甫见太监均不在前，就密奏道："今天钱端敏的处分，究竟因为什么？"皇上怫然道："师傅不必问了！"和甫听了，知道很有关系，也不敢再提了。

隔了不多几时，敬王一天在军机处说道："祖苏山开缺以后，军机处尚没有补人，今天去请旨，诸大臣均唯唯，不晓得王爷心中荐谁？"和甫是因为钱唐卿的事，心中栗栗危惧，绝不敢出一语。一会儿召见军机，敬王就开口奏道："现在军机处祖钟武开缺后，没有补，请皇上圣裁，应否添补一人？"皇上就道："你看要不要补？"敬王道："现在军机处事很多，似应添一人进来。"皇上道："你看什么人好？"敬王道：

"刘福常在军机章京上行走多年，办事干练，人亦谨慎，是否可用？请圣裁！"皇上道："既在军机多年，就教他在军机大臣上学习行走罢。"敬王道："遵旨！"接着又奏道："总理衙门的事，一天多一天，前请派龚平去一同办理，现在应否派出？请旨定夺！"和甫听了，随即碰头奏道："臣行走的差使很多，精神恐怕顾不来，况且与外人交涉，臣实在是外行，请皇上另派能员！"敬王就正色奏道："龚平负中外重望，受恩深重，现在外交处处棘手，龚平应当出身当冲，以仰酬圣恩。臣想龚平不过恐怕办不好，决不至畏难退避的。其实现在国势危急，做臣子的尽一分心，就是报答皇上一分，至于将来有效无效，似可不必预先打算。"皇上点点头，向着和甫道："你去帮帮忙罢！"敬王道："遵旨。"当时下来，敬王就向和甫说道："和甫，你现在可不能辞了！你总算是帮我的忙，请你原谅罢！"和甫道："平向来不敢推诿的，不过因平日的脾气，恐怕对了外人不合式，反有累了王爷。现在既承王爷看得起，自然尽心竭力，跟着王爷办，只要於国家有益，就是粉身碎骨，亦所不辞。"大家敷衍了几句，匆匆散值。

　　和甫回到家中，弓夫进来，和甫道："伯海得了军机了。"弓夫道："这是王爷的主意吗？"和甫道："那自然是的。昨天王爷曾提起南皮，大约就是高阳在王爷面前说的，我是不加可否。后来因为他好讲新法，又不提了。"弓夫道："唐卿真可惜！"和甫道："他就是没有事，我也不能保举他的。他太躁一点儿了。"正在说时，只见门上李源进来回道："钱大人来辞行！"和甫道："请罢！他将出京，不能不见他一见，你先去陪陪他，回头留他吃了饭再走。"弓夫出来，到客厅见了唐卿，弓夫道："老世叔这一回真是出于意外，照此时局，恐怕将来再有变幻哩！"唐卿道："正是，就是老师也要注意点才好！王爷虽则有一定的主见，不过朝夕接近的都是那一班人，挑拨离间，无奇不有，一傅众咻，孤立者终究吃亏。"弓夫道："老世叔的话不差！"正在说时，只见和甫从厅后走出，弓夫先起立在旁。唐卿也赶快趋前两步，跪下行礼道:"门生玷污师门,自惭得很!"和甫连忙扶了他起来,再三请在炕上坐了,说道:"这事无从说起,倒是我有累你了!前日天颜严厉,幸荷王爷宛转陈词,圣怒少减,当时不能致一词,真惭愧得很!现在时局如此,将来也能像老弟一帆平稳,安居林下,就是万千之幸了。"唐卿道:"老师关系重大,国家安危在老师一身,门生还望老师打起精神,排除患难,门生虽闭门思过,也朝夕盼望哩。"和甫道:"老弟几时动身?走陆路还是走海道呢?"唐卿道:"打算出京到天津,坐轮船回南,一则行程迅速,二则盘费也轻省些。"和甫道:"不差,陆路人太辛苦,海轮比较舒服,况且近来轮船也安稳得很。记得招商局有一条船,叫'新裕',船上买办姓许,很会招呼,老弟何妨坐这条船呢!"随向家人们说:"去请大少爷来!"

　　那时弓夫因和甫出来,已退至厅旁书房中,家人们来请了,弓夫连忙出来。和甫向着他说道:"新裕的买办叫许什么?"弓夫道:"是许楚卿,太仓人。"和甫道:"唐卿出京想坐船,如新裕赶得上,你去告诉许买办,好好的招呼。"弓夫道:"只要世叔定了日子动身,可以叫许楚卿到世叔府上请示,一切行李,都可交给他招呼的。"唐卿道:"谢谢老师的关切,届时请弓夫招呼一切,只是很对不住!"弓夫道:"老世叔何必客气!"和甫道:"我还有点事,回来咱们一同吃了饭,畅谈一回再散。"唐卿道:"老师不必赏饭了。"和甫道:"不过便饭,无须客气。"说毕,向唐卿点了一点头,向里边去了。弓夫就陪他坐下,谈了一会,那家人们摆齐了桌椅,预备了杯箸,等不多时,和甫穿着便服出来,就向家人说:"请钱大人换了便服!"唐卿谦了几句,家人们已知照了唐卿的家人,将便衣取来。唐卿告了罪,把袍褂换去,穿了便服,和甫向唐卿道:"我不客气了。"就叫弓夫斟酒送座,和甫便和唐卿对坐,弓夫在末座陪坐。各人饮了些酒,谈谈闲话,散了席,和甫领唐卿到了书房。和甫拿了一本唐拓《云麾将军碑》,正面是王梦楼题的签,第二页梁茝林写著"海内孤本"四字,后面有明莫云卿、董香光、陆龙光跋，梦楼、芑林均有题跋，和甫指着说道："此碑石久已毁成二础，现在龙泉寺，老夫曾于李小湖处见过一本，虽未能确定为唐拓，实系完全孤本。那本上春湖学士的跋语，曾云：'家有莫氏瑶宝斋残本，云卿、思翁手跋。'并目为唐拓。今天老冯拿来这本上有莫、董手跋，或者即春湖先生遗物，亦未可知。"唐卿道："李北海以放纵雄奇，特创一格，此碑何以反如此平正浑厚？"和甫微笑道："北海的字与虞、褚、欧、颜同出义、献之门，惟各各变化，独立一格，北海此碑，纯用中锋，笔画如春蚕蟠叶，后来东坡先生深得此碑法子，所以雄秀冠绝古今。可惜此碑流传太少，所以没有人指出东坡的得力处。老弟以为如何？"唐卿道："老师的书法，冠绝本朝，所以独窥真秘！今天所论，真是东坡的千秋知己了！"唐卿看过了碑，收拾好，恰好家人都出去了。唐卿低低的说道："门生有一句冒昧的话，一向不敢禀明，现在门生将远离门下，不敢不说。刚才也同弓夫说了一些大概。据门生愚见，老师际此朝局，不能再避嫌远势，最要着意收拾人才以备夹袋。门生看来，还是新进之士有些血气，朝中大员，趋避太熟，老师以为何如？"和甫叹了一声道："老弟遭了这种意外，难道我不知道'舐糠及米'的话么？老弟的话，自然是爱我的话，现在我也豁出去干一下子，成败只好听之于天了。"唐卿道："老师负三朝重望，西边也有些顾忌，一时不会有什么。不过以后不可不注意罢了。"只见和甫面上露出凄然的颜色，相对默默了一会儿。唐卿便起身告辞，和甫也不挽留，立起身来，握着唐卿的手，说道："不要灰心！为国珍重！"二人相视了一会，和甫就向唐卿点了一点头道："我也不送你了！"就回身入内而去。唐卿也就向弓夫道："老师心境不佳，须常常劝慰劝慰。刚才几句话，请常向老人家提提，望他决意进行，这就是不肖门生一点血诚呢！"弓夫黯然道："是，是！"就送唐卿出门登车而去。

正要进内，只听见门房中有客求见，是广东口音，李源正在说主人歇了觉了。弓夫走过，见升儿出来，就问是谁？升儿道："是广东的唐猷辉。"弓夫道:"你去跟李源说,上去回回,看见不见?"升儿就去对李源说了。只听见李源指着升儿说道:"刚才他从上房来,说刚刚醒了,不晓得见客不见,你请坐一坐,我去回一回去。"正是:

　　宫阙勃豀困箕帚,朝廷门户斗戈矛。

欲知后来,请听下话!

第四十回　白发老臣求才郎署
##　　　　青衫名士定策花丛

话说唐猷辉求见龚和甫,经门上李源挡住,不替他回,恰被弓夫听见了,叫升儿向李源说了。李源就转过来,说进去回一下子再说。当时走到书房,向和甫回道:"有广东门生唐猷辉求见。"和甫点点头说:"请!"李源答应了,心中疑惑:今天为什么容易肯见他!他走到了垂花门外,就将唐猷辉名帖,交于另一个家人道:"请到客厅去。"一面走进门房,向着唐猷辉道:"请!"唐猷辉听了,欣然跟着那家人,走到客厅。唐猷辉掀帘进去,四面一看,只见壁上挂着的都是墨拓整幅的碑帖钟鼎,就在靠窗的机子上坐下。只见家人送了一杯茶来。

猷辉约等了半个钟头,尚没有出来,正在心中烦躁,只听得许多脚步声,猷辉向玻璃窗外一望,见四五个家人,前后簇拥着一位白须红颊俊伟魁梧的龚和甫,将到客厅门前,家人们已将帘子打起。猷辉早已站起身,在客厅中间下首立着,一见和甫进来,连忙跪下行礼。那和甫满面笑容,将双手一拦,说道:"常礼罢!"那时猷辉已行毕礼,立起来作一个长揖,和甫也还了一揖,请猷辉坑上坐。猷辉道:"门生理应侍坐。"和甫道:"不必客气,好长谈!"就命家人将茶送到坑几上,和甫先向主位坐了,猷辉只得直着身子,向客位坐定。和甫道:"老弟的《新学伪经考》,及《素王改制说》确是今文学家。前年公车上书,议论慷慨,尤其佩服!本就想请过来谈谈,后来听说出京去了,现在几时进京的?"猷辉道:"是上月到京的,曾经过来请安,老师不在家,没有见着。"和甫道:"失迎得很!老弟对现在时局,可有什么办法呢?"猷辉道:"门生是浅陋得很,既蒙老师问及,据门生看来,本朝立国,将近三百年,当初立法,确是因时制宜,适合情势,所以能彀平安无事。自从西人发明了轮船、火车、电报等,天天把地球缩小,从前可以闭关自守,现在是不能彀了;从前是独立的,现在是和许多国家来往了,你要关门,他要进来,是拒不了的。所以独立的法子,不适用于现在了。三百年相传的法子,总要改变才行。至于'变法'二字,千头万绪,一时也说不尽,第一要定变法的政策,第二是栽培变法的人才,废科举,设学堂,是入手最要紧的办法。那日本的强,就是从学堂中出来的;德相俾思麦,於败了法国之后,他说:'我国的成功,是小学教员的力量。'其余办法,一时也说不尽。"和甫道:"老弟的话,是不差的。不过废科举一事,就难办通。老弟回去,可详细拟一个办法,咱们再细细的商量。"猷辉听了,欣然答应了,随即告辞。厅外家人,喊了一声送客,和甫送到客厅门首,点一点头,就进去了。

猷辉回到南海会馆寓中,就动起笔来,拟了一篇变法的大纲。隔了三日,就送到龚和甫处,一面寄信到上海、广东,叫唐常博、梁超如等,赶紧来京。那时梁超如正从湖南回到上海,接到了常肃的信,召集了许多同志,开一个秘密会议,随即打一个电报到汉口,转知戴胜佛速行北来。并定了出发日期。那时候饯行者纷纷。

一天,超如接到王子度的请客单子,在大兴里陆兰芬校书处,子度与超如,既是同乡,又是同志,到了旁晚,匆匆的到了陆兰芬书寓中,进门上楼,只见子度在房门口招呼。超如进了房,只有主人子度一人,兰芬正在梳头,披了发,立起来说道:"梁老请坐!"超如点点头道:"不用客气!"随便坐下,向子度说道:"来早了,今天有几位客?"子度道:"都是熟人,你打算几时动身?"超如道:"大约二三天内,总要北上了。"子度道："你来得正好！我正要密谈几句。你此次进去，很有关系，将来各方面，都要预备些人才。我今天请的客，有一位是成木生，你也认得的。我看此人於财政上，很有经验，也是唐先生夹袋中应收的人才。今天你可以拉拢些，以便应用。"超如道："此人才识是好，不过恐怕油滑一点，未必能为我辈所用哩！"子度道："用人之道，在于器使，此等人当用其长而防其短，求全责备，天下那里去找得着许多全材呢！"超如道："不差，现在吾们的先生，到底脚根能否立得住，尚不可知，西宫是根深蒂固，内外相连，一时正不容易进行。听说老敬王是不主张变法的，现在不过从龚师傅那里，发生了一点儿萌芽。我们只好尽力而为之，成败是不可逆料哩。"子度道："很对！本来师傅是名士派，肩膀上没有许多力量，心里只想做宋、明的清流，要像李文饶、张江陵的魄力，是不会有的。他所教出来的门生，性质柔弱，遇事畏缩，很难望有成功。只是前途有一线的曙光，我辈总不能放弃罢了。"

正在说时，只听得外面大姐道："王大人客来！"子度立起一看，只见进来了三个人。超如一看，都是熟人，一个是姜剑云，一个是王让卿，一个是曾君衡。大家招呼着坐下。兰芬此时已梳好了头，打扮得婷婷袅袅，走到君衡的跟前道："爵爷昨日夜里，到啥地方去格？"君衡笑道："没有到那儿去。"兰芬微哂道："潇湘馆里格竹子，恐怕都变成了白蜡杆子呢！"君衡道："胡说！"超如、子度等，听了不解，都问道："什么事？"兰芬道："要问爵爷格！"君衡摇摇头道："不知道。"兰芬道："王老是新闻记者，总晓得格！"让卿微微的一笑说道："这种社会新闻，我是不大注意的，不过略晓得一些。大约是金刚斗法罢了。"超如道："怎么样？"让卿道："昨天天仙茶园内，四金刚中的林黛玉，张书玉，各人召集了许多马夫流氓械斗，打了一个不开交，两个金刚居然做了总司令，许多健儿，听他们指挥。"超如道："难道巡捕房不出来干涉么？"让卿道："因为双方各有后台，各有工部局熟人，所以马马虎虎劝开了事。至于此事起因，则不知道了。"兰芬道："各位要晓得起因发端，爵爷俚是一肚皮两胁肋哩。"君衡道："你不要造谣言，再造谣言，送你行里去。"兰芬道："喔唷唷！吓杀哉！倪也呒不保镖，也不去看戏，陆里有吃官司格资格呢！"君衡道："我来做你的保镖，好吗？"兰芬道："喔唷唷！一来勿配，二来也用勿着。"正要说下去，房门外又喊道："王大人，客来！"子度打开门帘，原来是苏郑盦、杨淑乔。彼此招呼坐定，郑盦向着子度道："今天是否有成木翁？"子度道："是的，刚才已催过了。大约快来了！"郑盦道："近日木生大有奇遇，各位知道么！"让卿道："是不是木子？"君衡道："木生于木子，是大有缘法的。"剑云道："今天是诗人雅集，不可无风雅的酒纠，停会要瞻仰了！"超如道："是不是李蘋香？"郑盦道："十里洋场，那里还有第二个呢？"剑云道："难道木生也风雅起来了？"郑盦道："你不要轻视他！他正是一门风雅呢！"让卿道："你的消息真灵！"随听外间喊道："成大人到！"子度走出房门，迎到楼梯边，只见木生已上楼梯，身后跟着一个倌人，身材娇怯，丰神雅淡。子度迎出去，木生含笑道："今天我知道是诗人雅集，所以带了一位女诗人来，想各诗翁不嫌唐突罢！"子度道："今日之集，本要瞻仰蘋香校书。木翁携手同来，正慰渴望呢！"

随邀各人入座，大姐娘姨送上了手巾，子度送了酒。木生坐了首座，蘋香也坐在椅后。兰芬一同招呼。子度取了局票，各人陆续报了名字。王让卿叫了曹梦兰，姜剑云叫了金小宝，梁超如叫了祝如椿，杨淑乔叫了花文兰，苏郑盦叫了金玉梅，只有曾君衡没有说出什么。子度道："君衡你叫谁？或多叫几人，凑凑热闹，更好！"背后兰芬含笑说道："爵爷，阿是有点尴尬哉？"君衡道："什么为难？依旧林黛玉是了！"兰芬笑道："倒底交情勿错，不过有一位要勿愿意格！"让卿道："兰芬太看着重了！就是不愿意，君衡也不过是表面的目的物罢了。"君衡道："这个江北猪，理他呢！"兰芬笑道："呒良心！"随道："爵爷勿要动气，算倪瞎说。"君衡道："我只怕兰芬先生要动气，我那里敢动气呢！"兰芬笑道："爵爷勿要灌米汤，倪到镜子里照照，陆里有格种天官赐呢！"木生道："兰芬，你跟爵爷说的是什么事？"让卿道："今天小报上说的金刚斗法，木翁没有看见么？"木生道："我是从来不看小报的。"让卿道："金刚斗法中间，因着孙猴子，所以兰芬咭咭咕咕，有许多话。"超如道："我们不谈此事，今天木翁带了一位女诗人来，当然要请教一回。"就向蘋香道："可否像秦少游对客挥毫，一吐珠玉呢？"蘋香道："各位都是苏东坡一流人物，薄命女子，偶尔涂鸦，连周韶、龙靓也不能仰望。那里敢献丑呢！"剑云拍手道："吐属不凡，的是可儿！"超如道："能彀知道周韶、龙靓几个人名字！剑云，你不要多心，恐怕你们玉堂中人物也不可多得呢！"郑盦道："是极！是极！今天蘋香你不能推辞的了！"蘋香颊上露出微红，含羞说道："当场献丑，实是不容易！昨天晚上，却曾胡诌了一首绝句，不妨写出来，请各位指教！不过实在不成话的。"超如道："很好！很好！"各人也同声赞成。那蘋香珊珊的立起身，向兰芬取了笔墨。兰芬道："前天有客送我一匣信笺，请耐写罢！上海书寓里，纸墨笔砚，是寻勿出好格！只有局票请客票，搭仔破水笔，破砚瓦，幸亏倪此地常常有客人喜欢弄弄笔头，所以倪另外预备点笔砚，今朝真算用得着哉！"让卿道："足见兰芬风雅，所以能吸集许多名士。"众人正在闲谈，只见蘋香已将一张诗笺写成，送到席上。超如连忙立起来接着看了，众人都争着要看，超如道："待我来读罢！"于是高声吟道：

  白蘋飘泊夕阳天，纤朵微馨剧可怜，何日五湖烟水里，秋风收上采菱船。

郑盦道："可与'开笼若放雪衣鸟，长念观音般若经'一诗并美，今日之木翁，当然是当时之陈述古了。"木生道："当日杭州太守，能开笼放鸽，今日并无笼子，用不着杭州太守去开，只要有人收拾携去便了。"超如道："今日蘋香一诗，可入诗话，我辈应当胡诌几句，以志一时盛会。"郑盦道:"不差!"子度道:"能作者随意,否则明后天作成,送至我处亦可。将来托让卿的令弟,画一小卷子,也可算一时佳话哩。"让卿道:"赞成!可要送交报上去登载?"木生道:"千万不可!蘋香也不靠这班无聊的游扬。"剑云道:"这话不差!实在这种报,太没有价值。"超如也不言语,立起身来,向靠窗桌上,取了一张诗笺去写。子度连忙立起来,站在超如背后,只见他写着一笔王圣教的小行书,笺上写道:

秋堂低唱浅斟天,对影闻声自可怜!待得沼吴心事了,浣纱同上五湖船。

子度道:"蘋香,你看超如已有预约了。但恐将来寻春过迟,不免绿叶成荫之恨呢!"

正在谈时,只见林黛玉,金小宝,曹梦兰,花文兰,祝如椿,陆续而来。林黛玉来了,向君衡注视着,点点头。曹梦兰低低问让卿道:"你们在那里做什么?"让卿道:"蘋香做了一首诗。"梦兰道:"什么诗?就是同赞美诗一样的么?"让卿笑道:"你不懂的。"超如听见了梦兰的话,说道:"状元夫人,提起了赞美诗,我想着一个典故,我们同乡,有一位姓金的,他在英国游学时,有一个大学教授,在拿莎士比亚的诗曲教他时候,就问那位金先生道:'你们中国,也有这种的诗么?'那金先生说道:'没有。中国只有赞美诗。'这不是梦兰配对么?"梦兰道:"倪是勿懂格!梁大人勿要笑倪!"超如道:"梦兰不要多心,不是说你,是说那个金先生。他将来学成回国,不是一位大人物么?他日这种人,来办国家大事,怎么好?"剑云道:"你又要忧心君国了!今夕只可谈风月,我也胡诌一首。"只见郑盦正伏在桌上写字。剑云道:"我也有一首放屁诗,请你写一写!"郑盦道:"你放屁!我不写。"剑云道:"我的屁,经了你的手,或者可以少臭些了。"郑盦笑道:"等我写好了我的屁,再写你的屁罢!"剑云道:"好,好。"停了一停,郑盦道:"你可以放了!"剑云就在座上说道:

湘水归来岁暮天，美人名士暂相怜，千秋谁讯灵均怨？独采蘋花荐画船。

超如听了，向着剑云道："你为什么凄怨如此？"剑云道："言为心声，我自己也不知道。"那郑盦立起身来道："我的诗是要压卷的。"他就高吟道：

　　人世因缘莫问天，游丝牵惹枉相怜！白蘋自有浮沉力，秋雨秋风傍钓船。

超如道："你的江西诗派又来了！"子度道："他的诗虽是江西面目，然实在是由西昆出来的。只是洗涤脂粉，回露清真而已。然他的诗虽然好，不过浮沉一语，大约是郑盦在武昌督署中观察所得的罢！"

诸人正在谈诗，只见蘋香向着木生低低说道："倪要去哉，停歇请耐过来！"木生点点头，他就向各人告辞而去。那君衡在座，不发一言，只与黛玉呢呢私语，却没有停过。各人的局，纷纷的离座而去，那兰芬也已出局回来，进房更了衣，重又坐在子度背后。只见黛玉逼着君衡一同回去，君衡踌躇未应。兰芬道："大阿姊，耐放心罢！刚刚耐勿曾来格辰光，俚说个闲话，实在倒是真心待耐格！"黛玉披了一披嘴，说道："耐去相信俚！"顺手指著君衡道："耐格个人，一转背，就要忘记格！兰芬姊，耐去相信俚，真真戆大！"君衡道："难道我真一点没有好处么？既然如此，你也可以放手了。"黛玉道："我偏偏弗放手，人争一口气，佛争一枝香，倪格台，难道去坍在江北猪身浪！"兰芬笑道："真真是一张床浪，困勿出两样人，说个闲说，也是一样格！"黛玉道："兰芬姊，耐也来说笑倪，弗作兴格！"兰芬道："因为爵爷刚说江北，耐也说江北，所以随口说格，阿姐勿要多心。"黛玉道："倪搭耐陆里会多心！个只江北猪，请耐也勿要去理俚！"兰芬道："倪向来搭俚客客气气，台面上招呼招呼，是弗大来往格。"他们说的热闹，木生就立起来，要动身，向子度告辞。诸人也纷纷而散。

木生出去，坐了马车，就到李蘋香家里。蘋香出来，迎了木生，进房坐定。木生道："你的堂差完了没有？"蘋香道："刚刚有几个局，倪晓得耐大人就要来格，所以各处都坐了一坐就走。姜姜倪拉兰芬场化写格诗，真正坍台！耐也勿帮帮倪，弗作兴格！"木生道："你的诗，你的字，都很好！各人都很佩服！今天的几位，都是中国顶括括的诗翁，你这一回，不但你的大名，从此鼎鼎，连我也有了光彩了！"蘋香道："耐勿要说哉！耐越说，倪越难为情哉！"

原来李蘋香本姓是黄，松江人，他的曾祖，是道光时的一名翰林，诗文书画，都很有名，在南书房当了十余年的差，后来传到了蘋香的父亲，不晓得在那一省做了一个候补通判，向堂子中娶了一个姨太太，生了蘋香。一生潦倒，客死他乡。他在生时，很爱蘋香，教他读书写字。蘋香生性聪明，一教便会。他父亲於诗词歌赋，都有门径，所以蘋香承受了父亲教训，也能作几句小诗。父亲殁后，其母回到松江，穷困度日，糊里糊涂，将蘋香给了一家人家。不料这个女婿是个白痴，蘋香既读了几句书，不免顾影自怜，有采凤随鸦之感。当时恰有邻居姓李的，年纪约在二十左右，也曾读过书，略通文墨，常於街头门外，遇着了蘋香，又认识其夫，知道蘋香必不称心，遂动了觊觎之念，假意与其痴婿往来，登堂入室，俨如通家。渐渐与蘋香信札往来，或作小诗挑动之。蘋香正在郁郁之中，禁不起轻怜薄惜，芳心展转，视为知己。日往月来，竟入其彀中。他二人商量定计，教蘋香怂恿其母，往杭州天竺烧香，就叫了一只船，母女二人，坐了前往。那船行了一日，旁晚停泊。那姓李的，作为意外相逢，恳求搭船同往。蘋香之母，因系邻人熟识，也不推却。那姓李的上了船，十分照料周到，随路买些食物供献，黄母又有鸦片烟瘾，懒惰异常，那姓李的遇着黄母之事，无不替他极力办妥。黄母爱之，视若己子。姓李的便乘机拜为干娘。到了杭州，那船歇在潭子里，三人一同去烧香，烧完香，三人去游西湖，游到下半天，姓李的道："此时天色已晚，我们不如住在西湖边旅馆，以便明日畅游。"黄母听从他，就住了清华旅馆。

到了第二天，黄母因有烟瘾，须至午后方能起身，起来时不见蘋香与姓李的，疑他二人出外游玩。他对於杭州地方，道路生疏，只好在旅馆中整天抽烟。直到明天上午，也不见来，心中着急，明知不妙，也没有法子。等到旁晚，始见蘋香与姓李的，珊珊而来。黄母即唤女入房，以指指着骂道："你真不要脸！你与他昨夜住在何处？还有脸回来么？"蘋香就哭泣不语。其母在烟榻上，一头抽烟，一头骂，那姓李的忽然推门进来，跪在黄母面前道："干娘不要动气，实在是儿子的不好，不要责罚妹妹，只求干娘责罚儿子便了！"黄母道："你拐骗了有夫之妇，你还敢进来么？"姓李的道："儿子固然不好，但是干娘也有些不好。"黄母诧异道："你骗了我女儿，还是我的错么？"姓李的道："不是儿子放肆说，像妹妹这种才貌，万中拣一，配的妹夫，总要才貌相当。现在的妹夫，干娘你想想，跟妹妹配不配？这不是干娘的错处么！况且这回路上相逢，也是干娘允许我搭船的。你要防备，就不要教我们二人聚在一处；既允许我二人住在一船，又允许认为兄妹，终日相聚，干娘你岂不晓得干柴烈火，怎样忍得住呢？现在事已成事，木已成舟，只好求干娘成全，到底你又没有儿子，我们二人，将来一生一世孝顺你，就是了。"黄母道："他的女婿尚在，我有什么法儿成全呢！"姓李的道："我有一法，可以面面完全，但必须从速办理方好！"黄母道："什么法儿？"姓李的道："现在先把船家打发回去，在此地租了一所小房子住下，一面写信到夫家去报告妹妹患病甚重，料定他家恐怕担任医药旅费，况且病人万一不测，衣衾棺椁，担负不轻，一定没有人出来。我们悄悄的去买了一具棺木，装些石子，抬到寄厝的地方一放，一面报告他家，说妹妹已故，然后干娘回去，责罚他们不来料理丧事，邀请亲族，责问他们，多少不论，他们总要贴还些钱，慢慢的干娘收拾收拾，随意搬到苏杭一带住下，人不知，鬼不觉，真正是第一妙计。干娘你以为何如？"黄母道："你这个小滑头，真有些邪谋鬼计！"随向蘋香道："你看怎么样？"一面说道："小鬼！还跪什么？不想一个计较，我那有面孔回家！"蘋香又呜呜咽咽的哭起来。黄母道："你还哭什么？你们细细的商量一下，如没有什么，就去赶紧办起来，我要紧抽烟。你和小鬼去办理就是，我也不管了。"姓李的含笑立起身来，就同蘋香密密的商量，就出外一一的照计办好。男女二人，就往苏州租房住下。黄母独自回去。不料他二人住了几个月，盘缠用尽，姓李的家中，也是没有恒产的，将欲断炊，没有法子，姓李的就将蘋香送入娼寮，实行在苏作妓。不过苏、松相离甚近，不免风声藉藉，他二人就逃至常熟。时正岁暮，当时常熟有一个汪鹓斋，闻蘋香能通文墨，因往一谈，知蘋香真能做一二首小诗，视为不可多得，帮助了些金钱，度过残年，那鹓斋对他说："你既落风尘，且姓李的相伴不离，靠你衣食，此亦前生孽缘。此地无可发展，还不如到上海去，倒许有机会。"那蘋香听了，深以为然，就同姓李的到了上海，先进了棋盘街幺二堂子中，不多时，上海许多附庸风雅的名士，很招呼他，在幺二堂子中，不到一节，就租了房子，铺饰房间，取名"李蘋香书寓"。这成木生叫他的时候，是刚刚做了一节，生意甚好，车马盈门。

那日成木生于席散后到了蘋香寓中，闲谈片刻，已过了十二时，只见对面房间，又有一帮客人，摆了一个双台，亭子间里，又有一班客人在碰和，热闹非常。蘋香往来应酬，无暇专门去陪伴木生。那木生看了如此情形，坐到一点半钟，只好起身回去。蘋香道："真真对勿起成大人，教倪吃了个碗饭，真正无法可施，最好耐搭仔倪转去就好哉！不过倪镜子照照，勿像有个种天官赐，成大人阿对？"木生听了，微哂不语。匆匆走下楼梯，忽听见一阵笑声，接着高声言语，觉得声音很熟，不免疑心对房中是个熟人，一时也不及细想。出门上了马车，只见并排的一辆马车，卸在那里，明明是自己新买的。他也不问，回了公馆，下车时，就问马夫道："今天我的新马车，谁坐去了？"马夫道："是大少爷坐去的。"木生也不作声。

第二天，木生在签押房中出来，经过客厅，听见有客在里面高声谈笑，木生就问当差道："客厅中何人会客？"当差的道："是大少爷会客。"木生再子细一听，顿时触着，昨天在蘋香那里，所听见的声音，一个样，顿时觉悟，昨天对房摆酒，就是他的大儿子，心中未免不悦。

第二天旁晚，忍不住，又到了蘋香所住的沿马路寓中，这座小洋房，旧名杨柳楼台，是从前申报馆主笔袁子翔所住的，后来房主就租于书寓中人，蘋香因爱其门前马路宽阔，客人进出方便，所以设法租得。木生到了门首，只见他的新马车，又停在门首。木生进了门，蘋香尚在梳头，看见木生进来，脸上一呆，立起来招呼请坐。木生道："这两天辛苦了！"蘋香道："成大人勿要瞎三话四！前日子，倪等到格班断命客人打牌完结，倒马桶格也来哉！倪上床格时候，太阳蛮高格哉！昨日夜里向，又是一夜，真真无设法！成大人耐格尴尬闲话，是用弗着格！"木生笑道："等了一晚上，天明再睡，还不算辛苦么？你是自己心虚，想到了别处去了。"蘋香道："倪是格乡下人，陆里说得过耐呢！"木生道："我想明天在此地请请前天的几位客人，你房间有空么？"蘋香道："耐成大人来请客，阿有啥勿空个！阿要点两样菜？"木生道："不必了，你告诉他是我请客，格外巴结点，另外赏他点钱，就是了。"蘋香道："晓得哉！"回头向着那大姐说道："阿囡，耐去告诉俚，说明朝成大人请客，巴结点，有额外赏钱格，记好了！"阿囡答应而去。木生坐了一回，就走了。出门看时，新马车已不见了。木生就问马夫道："这两天，新马车统统是大少爷坐么？"马夫道："是的，大少爷坐了去，没有回来。今天姨太太要坐，也没有坐着。"木生也不言语，就回去了。

第二天，木生又到了蘋香处，蘋香招呼了，问道："阿要催客？"木生道："不用了！已由公馆当差的去催请了。"略坐了一回，客人陆续而来，都是前日的原客，闲谈了一刻，木生就请入座，发了局票，超如坐了首座。木生举酒属客，说道："现在时局岌岌可危，变法是万不可缓的了！唐先生既已在京，与龚师傅洽洽，不难直达圣明，只是西宫虽然归政，然握了几十年大权，中外大臣，莫不归向，老王爷中兴立了大功，总觉得祖宗成法不错。超如兄进京去，和唐先生商量，总要向这两处疏通，进行方有把握。各位以为如何？"超如道："真是老成之见！不过，疏通很不容易。木翁可有什么办法呢？"木生道："第一是皮小连，他慈眷优隆，十数年来，养成了弄权的习惯，似不可与他决裂，龚师傅德高望重，既有主张，自然力量不小。不过万一母子之间，冲突起来，他也只有洁身而退。要想他为皇上牺牲，极力奋斗，也在不可知之列哩！前两天，承子度屡次下问，彼此意见相同，所以今天冒昧的贡献一点儿。"子度道："木翁的话，是颠扑不破的议论。超如进京，与同志商量后，将来一切，要仰仗木翁的大力呢。"木生道："自问才力不及，如蒙不弃，自当尽力。"超如道："感激之至，尊意自当转达。"正说时，各局都来了，一瞬间珠围翠绕，莺啭花飞，檀板轻敲，金樽低送，热闹了一回。局散客辞，都匆匆走了。

子度同超如同走回寓，就问道："你明日决定起身么？"超如道："一定走，剑云同走，他是交卸了湖南学政，尚未覆命，所以赶紧要走。"子度道："胜佛处有信么？"超如道："他从广东回来后，听说他是入山修道去了，好久没有消息。前天我打了一个电报，托汉口的友人转寄。他是吾党中不可少的人，不过是激烈一派的，他的主张还未定，幸而素重感情，或者可以挽到我们一党中来。"子度道："还有敦古，是很熟的，听说他今年也许北上，一来明年会试，二来他念念不忘经济特科，利用他功名之念，定能结为同志哩。"超如道："你怎么样？"子度道："我现由湘臬告病，未便入京，将来日本钦差一职，兄等如欲驱遣，很愿效力。"超如道："将来外交，日本最重要，如得公去担任，必有益於两国的。"谈了多时，子度向超如告别而去。正是：

  诗酒唱酬留沪渎，风云动荡起燕京。
欲知新党入京后变法如何？停停再说。

第四十一回　粤东馆中初开保国会
　　　　　唐常肃后续演黎金庵

话说梁超如自接唐常肃的信，就收拾北上，姜剑云亦因湖南学政任满交卸，入京覆命，一同乘轮进京。其时京津火车刚通，北京车站设在城外马家堡，二人坐轮船到了天津紫竹林，就坐了火车直达马家堡。下车后，剑云径赴西直门外海淀，借住了总理衙门公所，以便明日覆命，预备召见。超如就一径到了南海会馆，见了唐先生，略谈了数语，只见来拜会唐先生的客极多，就是满洲人也不少。晚上应酬也很忙，直到十一点钟，唐先生才回寓。师弟二人同住在一室中，闭了门，这才畅谈。常肃说道："自从进京后，见了龚老师数次，他才赞成了我们的主张，教我做了一篇变法大纲。他拿去了，大约他在书房时面呈皇上看了。据人传说，他在面奏时，曾有'唐猷辉之才，胜臣十倍'之语，他的爱才，是真可感激的，只是敬王不赞成变法，他也没法。他教我拟了十二道新政的上谕，只因敬王不能同意，停止不行。现在我办的报，北京很为风行，又经我们鼓吹，颇能震动各省。不过只是开通风气而已，政治上实权难望收效。新近各国都想瓜分，时局岌岌不可终日，我们总要想想法子才好！否则人都视为书生空谈而已。我们如何进行才好？"超如道："照现在欧洲潮流所趋，我们目光当注意於民众一方面，本来古圣贤所说：'治天下之道，在於得众人之心。'不过历代帝王专制，为臣子者目光在得一人之心，即如李文饶、张江陵等，其才虽不可一世，然其手段不注重於众人，而注重于一人，所以主眷一衰，其所办之事亦随之而尽。一半是为时局所束缚，非如此不能入手。一半是学问未能深入，使圣贤重民之大义，不得发皇张大。我意一面随机对付，总求有所借手；一面广集人才，结合成党，我们的强学会，虽受反对，然近日国势日危，我们索性结成政治会社，不必假托文学，借以刺激人心。先生以为如何？"常肃道："很好！明天你先去见见龚老师，再与同志商量，决定一个办法，我们就去进行。"二人谈了一回，也就睡了。

到了明日，超如就往东单牌楼二条胡同龚宅进谒，那时龚和甫正在延揽人材，看见了梁超如名刺，也就叫请。超如就到书厅。不多时龚和甫出来见了，就说道："令师来见了几回，所说的话，实在是救时良药，不过舆论未能尽乎，一时尚难实行，我亦无能为力，自觉惭愧得很！但是国家大事，也决不是仓猝所能办成的，请转达令师，加以郑重忍耐，一待机会到来，自有水到渠成之日。好在圣心默契，人定或可胜天。尊意以为如何？"超如道："中堂一身关系天下安危，老成谋国，理当如是。不过机会之来，稍纵即逝，总望中堂出力担当，随时留意，勿使错过机会，实为天下所盼望。务望中堂采纳！"龚中堂道："国势阽危如此，若再因循下去，还成什么的景象！我听见姜剑云说，湖南很多人材，此回讲学，究竟於学问方面，办事方面，有多少人将来能担负大事的？"超如道："很有几人。像戴胜佛、康在经、黄克柔，都是有肝胆有魄力的。"龚中堂道："戴胜佛是不是戴中丞端甫之子？"超如道："是的。"龚中堂道："听说狠有才气，少欠循谨，父子间不大合式的。"超如道："破车之马，可致千里，戴中丞是规行矩步的，对了这个才具恢张的儿子，不免稍有不合，不过欲求能办事的人，少年不羁之气，是难免的，也在用之者有以熏陶镕铸之耳！未识中堂以为何如？"龚中堂道："甚是！甚是！"续谈了数语，龚中堂手扪茶杯，客厅外家人就喊："送客。"超如立起来告辞，龚中堂送出书厅。超如道："不敢当！论理启卓是小门生，因为不是科第辈分，不敢自附门墙，但总是小辈，万望止步。"龚中堂微笑道："如此，放肆了！"就点了头回身进去了。

超如出了门，上车，回到南海会馆，只见常肃房中有许多客，细细一看，原来是荀子佩、黄仲涛、富伯皱等。超如就走进招呼。各人都立起来道："我们盼望了好久了，为什么昨儿才来？"超如道："在湖南耽搁了许久，回到上海，就匆匆的进京。今天可有什么新闻？"子佩道："今天有一个谎信，说是毓庆宫书房撤了。"常肃道："这一定是太后的懿旨。"仲涛道："是的，我听说济宁出了军机，那位大叔狠不高兴。第一是把钱唐卿开刀。据传说龚师傅在书房中与皇上天天见面，太后很不高兴，总说徒弟听了师傅的话。这回撤书房的信，倘然确实，恐怕龚师傅地位不稳固。"子佩道："师傅的名望，一时也不容易动，况且他老人家十分谨慎，远嫌避势，老王爷信用尚好，不过我们的主张，恐怕减些成色。"常肃道："是！这是很有关系的。"超如道："我今天去见了他，他教我转达先生，千万郑重忍耐，大约他也得了撤书房的信了。"随向子佩、仲涛、伯皱说道："昨晚上我跟先生说，我们的目光要注重在民众，不要注重在一人。我们应当乘时势危急，组织团体，集合人材。如韩信将兵，多多益善，以扩张党势，各位以为何如？"仲涛道："这是当然办法。但是什么名目呢？"伯皱道："我们宗旨是尊皇。明治维新，西乡隆盛等旗帜，是覆幕尊皇，何妨就名尊皇党。"仲涛道："不妥！尊崇皇室，自然很正大，不过现在太后归政后，意见日深，万一有人说这是偏重皇上的，恐怕要惹出祸来，总宜含混些好。"常肃道："我们虽是帝党，却不可露出声色来，我看不如'爱国党'罢。"超如道："爱国虽好，少刺激性，现在国将不保，不如名为保国党。"子佩道："'保国'二字甚好，不过'党'之一字，大人先生们听见了有些避忌。"常肃道："也不差，不如名为保国会罢！"超如道："不过会是临时性质，未免没有永久性。"常肃道："只要事实进行，文字上越是无从指摘越好。"各人齐声赞成。常肃道:"既然如此,超如你可于今晚拟一草章,以便开会通过。"子佩道:"如此偏劳超如了!"常肃道:"地址定在何处?"仲涛道:"我想南横街粤东会馆最适宜。唐先生是广东籍,管会馆的庄小燕,又是同志,容易得同意。"常肃道:"小燕刚才来过,可惜没有告诉他。"仲涛道:"今儿晚上同丰堂有一局,小燕亦在内,回头见面,告诉他,想没有不答应的。"常肃道:"很好!偏劳了!至于日期,约在三日内,俟地址定后,再行通知罢!"伯黻道:"昨儿看见高都老爷,他说很佩服唐先生,并且题及龚中堂,也有很推重的话。他的意思,很想上头能召见一次,请唐先生痛快的面奏大计,於国家是大有益处;不过他能否出头保荐,他没有说,好在以唐先生的学问经济,不久当有保荐的人。"常肃道:"只是才学疏浅,恐怕有负期望。"仲涛道:"先生不必客气,当今之世,舍我其谁!先生也不可无此抱负哩!"当时各人谈了几句,就散了。

　　超如回到房中,闭门起草会章。常肃又出去酬应了。第二天仲涛又到了南海馆中,告诉常肃:"昨天已与小燕约定了,准借粤东会馆开会,明天我们就去布置罢!"于是各人去招呼熟人,约定明日到粤东会馆布置,后日正式开会。超如也把会章做好了,与各人看了。仲涛、伯黻、子佩等都很佩服。随由常肃与诸人商酌了一回,定为:《拟定保国会章程》,共计三十条;又定会讲例十九条,其余应拟之例,皆拟于开会后推人拟之。

　　到了开会的一天,那粤东会馆内来的人真不少!常肃、超如等先到了,此外仲涛、伯黻、子佩、韵高诸人,纷纷帮忙。超如就拿预备的白竹布去写"保国会"三字,旁边黄仲涛道:"北京对于白色的纸布很忌讳的,恐怕不妥罢!"超如道:"难道一定要用红纸写么?"伯黻道:"我看不用红也不用白,就用黄纸罢!贴在门上不触目。好在京中寺庙门口,都用黄纸,若用白布,恐怕贵同乡就有许多不愿意。"常肃道:"不差!我们对于无谓的冲突,总是避免的好。"超如冷笑道:"国势如此，正当用白布呢！"一面就叫长班去买了黄纸来，写了门口的标帜，又在会场中写贴了讲台、客座等记号。原来粤东会馆中本有戏台，台前场地甚为宽敞，就把戏台作为讲台。戏台前原有桌椅，即作为会场座位。常肃等布置好了，同登台上。不多一会，只见各人陆续而来，门外车马拥挤，其中也有便衣的，也有戴着顶帽、穿着袍褂的，纷纷而来。那庄小燕是管理会馆的，常肃等请他走上戏台，一同坐下。其中内阁、六部、都察院、翰林院各衙闲人很多，只有一二品大员，多因身分关系未来。超如看见人数已不少，即走到台边，把今天开会宗旨，说了不多几句，就声明请唐先生宣布《保国会草章》，请在会诸君通过，以便进行。说完了，超如退下。

只见唐常肃拿了一个手折，走到居中台边，拱手说道："鄙人等因国势阽危，与同志们欲组织一个保国会，以便集思广益，努力救国。现在拟了几条章程，请同志们共同商酌，通过后以便进行。鄙人现将草章逐条宣读，如有不合，务请提出意见商改，以求尽善。"当将手中折子展开，用着那广东音的官话高声读出道：

《保国会章程》（均照当时印发原本，不易一字。著者附注。）

一、本会以国地日割，国权日削，国民日困，思维持振救之；故开斯会，以冀保全，故名为保国会。

二、本会遵奉光绪二十一年五月二十六日上谕，卧薪尝胆，惩前毖后，以图保国教、国地、国民。

三、为保国家之政权土地。

四、为保人民种类之自立。

五、为保圣教之不失。

六、为讲内政变法之宜。

七、为讲外交之故。

八、为仰体朝廷讲求经济之学，以助有司之治。

九、本会同志，讲求保国、保种、保教之事，以为论议宗旨。

十、凡来会者，务须激厉愤发，刻念国耻，无失本会宗旨。

十一、自京师、上海设保国总会，各省各府各县皆设分会，以地名冠之。

十二、会中公选总理一人，值理八人，常议员十六人，备议员八人，董事四人，以同会中人推荐多者为之。

十三、常议员公议会中事。

十四、总理以议员多寡决定事件推行。

十五、董事管会中杂事，凡入会之事及文书，会计一切诸事。

十六、各分会每年於春秋二八月，将各地方入会名籍寄总会。

十七、各地方会议员，随其地情形，置分会议员约七人。

十八、董事每月将会中所收捐款登报。

十九、总会将入会者姓名、籍贯、住址、职业，临时登记。各分局同。

二十、欲入会者，须会中人介绍之，告总理、值理，察其合者，予以入会凭票。

二十一、入会者心术、品行不端，有污会事者，会众除名。

二十二、如有意见不同，准其出会，惟不许假冒本会名滋事。

二十三、入会者人捐银二两，以备会中办事诸费。

二十四、会期有大会，常会，临时会之分。

二十五、来会者不论名位学业，但有志讲求，概予延纳；德业相劝，过失相规，患难相恤，务推蓝田乡约之义，庶自保其教。

二十六、捐助之款，写明姓名，爵里，交本会给发收条为据。本会将姓名，爵里，学业寄寓，按照联票号数，汇编存记，联票皆有总、值理及董事图章。

二十七、来会之人必求品行，心术端正、明白者，方可延入。本会中应办之事，大众随时献替，留备采择；倘别有意见，或诞妄挟私，及逞奇立异者，恐其有碍，即由总理，值理，董事诸友，公议辞退。如有不以为然者，到本会申明，捐款照例充公，去留均听其便。

二十八、商董兼司账，须习知贸易书籍情形，及印刷文字者充其选。必须考查确实，一秉至公；倘涉营私舞弊，照例责赔。经手之董事会友，凡预於保荐之列者，亦须一律议罚。

二十九、本会用项，由值董核发，如有巨款，在千数百元以上者，须齐集公议，方准开支。收有成数，择殷实商号存储，立折支取。如存数渐多，亦可议生利息。发票之期，按几日为限，由值董眼同经理。

三十、总理、值理、董事，均仗义创办，不议薪资，将来会款大盛，须专请人办理，始议薪水。惟撰报，管书，司事，教习，游历，司账酌量给予薪水。

当时台下来会的人，多数默不一言，一半是莫名其妙，一半是唐先生的广东官话也有听不懂的。常肃在台上读完了章程，随手把茶杯拿起来，喝了几口。停了一停，就说道："各位没有意见，这章程就算通过了。今天应否推定总理等职员，以便分别担任进行？"

当时台下大众，寂然无声。停了一回儿，只见戏台前一个人立起来，常肃向下一看，这个人年纪不过三十岁左右，穿着枣儿红的袍子，罩着库金镶边蜜黑色的巴图鲁坎肩，头上带着瓜皮小帽，正中钉着一块玫瑰紫的碧犀，上又钉了一粒南芡大的珍珠，精圆明亮，宝光四射，白脸朱唇，但脸上白色稍滞，未能透出红晕，似是搽了一层宫粉。只听他说道："唐先生的学问，唐先生的热心，咱们的中国那里找得出第二个人来！总理自然要请唐先生担任。"他的眼光，向台上台下四面闪了一周，接着说道："大约今天到会的各位没有不赞成的。至于值理，议员，董事等各职，唐先生既担任了总理，就像各部堂官的派差使，一切由唐先生斟酌派出就是了。"那台下也有许多人说道："好，好，好！"

常肃听了，不觉得狠诧异。他是什么人？这样竭力的帮忙！那时仲涛过来，凑到常肃身边，低低说道："这是武都老爷武义，字子友，满洲里头也算一个小名士。"常肃笑了一笑，那超如走过来说道："先生可以暂为休息，待我去结束几句，顺便将《会讲例》宣布，就好请先生开讲了。"常肃听了，刚转过身，超如就立到中间，向外拱手说道："唐先生刚才宣布的《保国会章程》，已经各位认可通过，又经公推了唐先生任了总理，这会的开始，气象很好。我们设立保国会的意思，不是聚些人开开会就算了的，吾们第一件的事，是要兴起讲学的古风，研究许多学问。不过古来师弟讲学，至多不过数十人，现在会中人材众多，开讲起来，不可没有几条规例。兄弟拟就了《会讲例》十九条，让兄弟宣布出来，请各位斟酌！"那超如也就拿着一个手折，高声宣读道：

《保国会会讲例》（均照当时印发原本，不易一字。著者附注。）

一、会中人数既多，谈话难合，外国开会，皆有演说，由大众公举通中外，博古今之才，立题宣讲，以便激发，而免游谈。

二、公推通博之才，由大众公举，或投阄密举。

三、投阄者席前各置纸笔墨及一碗，听客书自己姓名及所举之人，汇齐置中间案上，一人开阄，一人宣读。

四、公举宣讲之人，当拟出数题宣讲。

五、拟题当关系保国，保民，保种，保教，切近有益之事，不得旁及。

六、凡宣讲者既为大众公推，可在中堂宣讲，以便听讲者四面环听。讲毕仍就旁坐。

七、每会可公推数人轮讲，每讲酌定钟数，以一时为度。

八、听讲者东、西、南向北，三面环坐，其曾被举宣讲之人，讲毕听复讲者，亦就听讲之位。

九、讲时自一下钟至三下钟止。

十、同会有欲问辩者，须待讲毕乃问。或条写出。惟有意诘难及琐碎无关大旨者，讲者可不答。

十一、辩问可同时二人并问，但不得过二人以外。

十二、凡问者起立乃问，问毕乃坐，其坐远者，就席前问亦可。讲者起立听候，问者复坐乃坐。听者不起。

十三、讲毕随意与同人谈论，及入茶室食茶点，去留皆听自便。

十四、宣讲者於讲时供茶。

十五、讲时客复至者，随意就坐，不必为礼，以省繁嚣。有事不待讲毕而先行者听。

十六、讲时会中听者不得谈论，致喧哗乱听。

十七、公推宣讲之人，以多者为先，次多者留作第二次宣讲。

十八、讲时皆立书记人，写所讲者；有答问者亦录之。汇登《时务报》。并将每会姓名皆登《时务报》端，并译登外国报，以告天下。

十九、散讲及讲前，随意谈论者不录。

超如宣布已毕，会中仍无一言。超如随道："各位既无异议，此例即算通过。所有会中各职员，准照子友先生提议，由总理预为拟定，於下次开会时提出决定。现在时间宝贵，拟请唐先生登台开讲，请诸君照《会讲例》静听。"随向外一拱手，转身入座。常肃就重行走出立定，向台下点头为礼，开口说道：

我中国四万万人，无贵无贱，当今日在覆屋之下，漏舟之中，薪火之上，如笼中之鸟，釜底之鱼，牢中之囚，为奴隶，为牛马，为犬羊，听人驱使，听人割宰，此四千年中二十朝未有之奇变！加以圣教式微，种族沦亡，奇惨大痛，真有不能言者也！吾中国自古为大一统国，环列皆小国，若缅甸、朝鲜、安南、琉球之类，吾皆鞭箠使之，其自大也久矣！故在国初时，视英法各国，皆若南洋小岛。虽以纪文达校订《四库》，赵瓯北札记二十二史，阮文达为文学大宗，皆博极群书，而纪文达谓艾儒略《职方外纪》，南怀仁《坤舆图说》，如中土瑶台阆苑，大抵寄托之辞。赵瓯北谓俄罗斯北有准噶尔大国，以铜为城，二百方里；阮文达《畴人传》，不信对足抵行，今人环游地球，座中诸公有踏遍者，吾粤贩商估客，视为寻常。而乾嘉时博学如诸公，尚未知之。至道光十二年，英人轮舟初成，横行四海，以轮船二艘犯广州，两广总督卢敏肃以三千师船二万兵御之而败。卢公曾平猺匪赵金陇者，宣宗成皇帝诏谓："卢坤昔平赵金陇，曾著微劳，不料今日无用至此！"卢敏肃虽言洋船极大，而既无影镜灯片，宣宗无从见之，无能自白也。

暨道光二十年，林文忠始译洋报，为讲求外国情形之始。后败於定海、舟山，裕谦、牛鉴、刘韵珂继败，舰入长江，而炮震天津，乃开五口。宣宗乃知洋人之强在船坚炮利，命仿制之。西人如何？实未知也。道光二十九年，咸丰六年，八年，十年，屡战屡败，输数千万，开十一口，乃至破京师。文宗狩热河，洋使入住京师，亦可谓非常之变矣！然而士大夫以犬羊视之，深闭固拒。同治五年，斌椿遍游各国，等於游戏，无稍讲求之者。曾文正与洋人共事，乃始少知其故，开制造局译书，置同文馆、方言馆、招商局，文文忠乃遣美人蒲安臣与志刚、孙嘉谷出使各国，首用洋人。如古之安史那、金日䃅，实为当时绝异之事。欲遣京官五品以下正途出身翰林六曹入同文馆读书，最为通达。而倭文端阻之。自是虽轺车岁出，而士大夫深恶外人，蔽拒如故。甲申之役，镇南关之功，日益骄满，鄙人当时考求时局，以为俄窥东三省，日本讲求新治，骤强示威，必取朝鲜，曾上书请及时变法自强，而当时天下皆以为狂。壬辰年傅兰雅《译书事略》，言上海制造局译出西书，售去者仅一万三百余部，中国四万万人，而购书者乃只有此数？则天下士讲求中外之学者能有几人？可想见矣！非经甲午之役，割台，偿款，创巨痛深，未有肯翻然而改者。至此天下志士，乃知渐渐讲求。自强学会首倡之，遂有官书局、《时务报》之继起。於是海内缤纷，争言新学，自此举始也。然甲午之后，仍不变法，间有一二，徒为具文，即如海军，电线，铁路，船局，船厂，间效一二，然变其甲，不变其乙，变其一，不变其二，牵连相累，必至无成，其他且勿论，即如被创之后，而兵未尝增练，铁舰不再购一艘。吾绿营兵六十余万，八旗兵三十余万，实皆老弱，且各有业，托名伍籍中。泰西以民为兵，吾则以兵为民，何以敌之！若夫泰西立国之有本末，重学校，讲保民，养民，教民之道，议院以通下情，君不甚贵，民不甚贱，制器利用以便民，皆与吾经义相合。故其致强也有由，吾兵、农、学校皆不修，民生无保养教之道，上下不通，贵贱隔绝，此皆与吾经义相反，故宜其弱也。故遂复有胶州之事。四十日之间，要挟逼迫二十事。

其一，德之强租胶州人所共知也；其二，则英欲借我款，三厘起息，而俄不许矣；其三，欲开大连湾通商，俄不许矣；其四，欲开南宁通商，俄①不许矣；其五，借英款不成，而内河全许驶行轮船矣；其六，西贡烧教堂，法索我偿款十万矣；其七，姚协赞调补山东道，德人限二十四点钟撤去矣；其八，津镇铁路过山东，三电德廷，德不许矣；其九，改道过河南，德亦不许，后请英美使言之乃许矣；其十，聂军请俄教习，而订明不归统领节制矣；其十一，俄教习去留，须候俄皇旨矣；其十二，俄勒逐德教习四人矣；其十三，直隶、山西、东三省练兵，必须请俄教习矣；其十四，长江左右厘金尽归税务司矣；其十五，德人既得胶州百里，复索增广矣；其十六，既得增广，又索铁路矣；其十七，既得铁路，又索全省路权矣；其十八，既得铁路，又索全省商务矣；其十九，俄人要割旅顺、大连、金州矣；其二十，法人索广州湾，又订两广、云贵不得让与他国矣。此皆今年二月以前之事。其后英之索威海，日本之订福建不得让与别国等事，尚未及计也。夫路待商之德廷，道员听其留逐，是皇上之权已失，贾谊所谓："何忍以帝皇尊号，为戎人诸侯！"二月以来，失地失权之事，已二十见，来日方长，何以卒岁！缅甸、安南、印度、波兰，吾将为其续矣！观分波兰事，胁其国主，辱其贵臣，荼毒缙绅，真可为吾之前车！必然之事，安能侥幸而免也！印度之被灭，无作第六等以上人者。乾隆三十六年至光绪二年，百余年始有议员二人。香港隶英人，至今尚无科

---

① 编者注：实为英。

举，人以买办为至荣。英人之窭贫者，皆可为大班，吾华人百万之富，道府之衔，红蓝之顶，乃至多为其一洋行之买办，立侍其侧，仰视颜色，呜呼，哀哉！及今不自强，恐我四万万人，他日之至荣者，不过如此也！

元人始来中国，尝废科举矣，其视安南之进士，抱布贸丝，有以异乎？故为我士大夫设想，他日真有不可言者，即有无耻之辈，发愤作贰臣，前朝所不齿者，而西人必不用中人。以西人之官必有专门，非专门之学不能承乏也。若使吴梅村在此日，将并一教官不能得，安敢望祭酒哉！即欲如熊开元作僧，而西教专毁象教，佛教佛殿，将无可存，僧於何依，即欲蹈东海而死。吾中国无海军，即无海境！此亦非我干净土矣！做贰臣不得，做僧不得，死而蹈海不得，吾四万万人，吾万千之士大夫，将何依何归？何去何从乎？

故今日当如大败之余，人自为战。救亡之法无他，只有发愤而已。穷途单路，更无歧趋，韩信背水之军，项羽沉舟之战，人人怀此心，或有救法耳！然割地失权之事，既忌讳秘密，国家又无法人师法之油画院，绘败图以激人心。薄海臣民，多有不知者，或依然太平歌舞，晏然无事，纷纷求富贵，求保举，或乃日暮途远，倒行而逆施之。孟子曰："国必自伐，然后人伐之"，故割地失权之事，非洋人之来割胁也，亦不敢责在上者之为也，实吾辈甘为之卖地，甘为之输权。若使吾四万万人皆发愤，洋人岂敢正视乎！而乃晏然耽乐，从容谈笑，不自奋厉，非吾辈自卖地而何？故鄙人不责在上，不责在下，而责吾辈士大夫，责吾辈士大夫义愤不振之心。故今日实人人有亡天下之责，人人有救天下之权者。

考日本昔为英美所凌，其弱与我同，今何以能取我台湾、灭琉球而制朝鲜，得我偿款二万万？此日本之兵强为之耶？非也！其相伊藤，其将大山为之耶？非也！尝推考如此大事，乃一布衣高山正芝之所为，高山正芝哀国之衰，不能变法，愤大将军之擅政，终日在东京痛哭於通衢，见人辄哭，终以哭死，於是西乡、吉田、藤山、蒲生、秀实之流，出而言尊攘，大久保利通、岩仓具视、木户孝允、板垣退助、三条实美、大隈重信出而谈变法，日本乃盛强。至明治以后，日人赏维新之功，乃赠高山正芝四品卿，赐男爵。凡物作始也简，将毕也巨。呜呼！谁知日本之治，盛强之效，乃由一书生无权，无勇，无智，无术而成之耶？盖万物之生，皆由热力，诸天有热点，故生太阳；太阳热之至者，去我不知几百万亿里，而一尺之地，热可九十匹马力，故能生地，能生万物。被其光热者，莫不发生。地有热力，满腹皆热汁火汁，故能运转不息。医者视人寿之长短，察其命门火之衰旺，火衰则将死，至哉言乎！故凡物热则生，热则荣，热则涨，热则运动。故不热则冷，冷则缩，则枯，则干，则夭死，自然之理也。

今吾中国以无动为大，无一事能举，民穷财尽，兵弱士愚，好言安靖而恶兴作！日日割地削权，命门火衰矣，冷矣，枯矣，缩矣，干矣，将危矣！救之之道，惟增心之热力而已！凡能办大事，复大仇，成大业者，皆有热力为之。其心力弱者，热力灭故也。胡文忠谓今日最难得者，是忠肝热血人。范蔚宗谓桓灵百余年倾而未颠，危而未坠者，皆由仁人君子心力之为。

凡古称烈士，志士，义士，仁人，皆热血人也。视其热多少以为成就之大小，若热如萤火，如灯，则微矣！并此而无之，则死矣！若如一大火团至百二十度之沸度，则无不灼矣。若如日之热，则无所不照，无所不烧，热力愈大，涨力愈大，吸力愈多，生物愈荣，长物愈大。故今日之会，欲救亡，无他法,但激厉其心力,增加其心力。念兹在兹,则爝火之微,自足以争光日月!基於滥觞,流为江河,果能合四万万人之热愤,则无不可为者!奚患於不能救!

(均照原稿,不易一字。著者附注。)

常肃讲完了,须眉轩张,精神贯注,口中时时喷出些白沫来,只是台下听者依然默默无声,没有一些感动的意思。

台上旁边有一位年近五十的人,唇上略有黑须,立到常肃身旁说道:"兄弟也有几句话要讲。"常肃就向台下说道:"现在有黎金庵太史要继续开讲。"他就转身向后,让那金庵去讲。那时金庵立到台边,向下拱拱手,咳了一声嗽,低低的说道:"兄弟是不会讲什么的,刚才唐先生所讲保国的道理,责任在士大夫,这句话是不差的。兄弟没有什么才学,侥幸得入翰苑,实在是国恩深重,应当出力保国。据兄弟看来,这个会总要望位高、学问深的人出来,方可以提倡。最好请唐先生及诸位细细斟酌,多请几个望重学博的人才,出来担任,将来众位跟兄弟等自然同声相应,同气相求。这个会一定能发达了。"他说了后,就拱拱手走开了。台上的人彼此以目相视了一晌,那超如就立起说道:"今天时候也不早了,一切的事,均留在下次的会解决罢!我们就可以散会了。"超如说了"散会"二字,台上下纷纷各散,超如就向着台上同坐的诸人说:"我们可到南海馆一同去商量商量。"那时庄小燕点了点头,立起身走出来。正要上车,只见粤东馆长班走来回道:"徐应骥徐大人叫回大人,散了会请到宅中去一谈。"庄小燕听了一呆,也不告诉人,只点了点头,匆匆的出了粤东馆,上车去了。正是:

登车共抱澄清志,巢幕宁知风雨灾。

欲知小燕是否到徐尚书家中去,且听下回分解。

第四十二回　保国会新翻猎官戏
　　　　　　　内务府高挂护花幡

话说庄小燕从粤东馆出来，知道徐应骥招他去谈谈，他晓得必有缘故。上了车，就命车夫到米市胡同徐大人那里。原来徐应骥号用庵，是广东人，翰林出身，现任礼部尚书。年纪，科分，是广东同乡中老前辈。他听见粤东馆开保国会，心中以为开会结社是违禁的，本朝自康熙以来，因为明朝的东林党及几社、复社都是士大夫的不安分，所以悬为厉禁。他听见唐猷辉发起保国会，本想干涉他不准开会，却又听见人说龚师傅极赏识他，曾经在皇上面前密保过的，所以不敢去得罪他。现在庄小燕竟许他在粤东馆开会，他自问是广东同乡的领袖，若付之不闻不见，将来发生事端，恐不免为人所指摘，所以要请小燕来面谈一回，讨论细底。那时小燕虽在总理衙门，颇有权势，然他是杂流出身，对于正途出身的同乡老前辈也不肯得罪的。粤东馆在南横街，只要一拐弯就是米市胡同，小燕上车后，一瞬间已到了徐尚书门口。家人递了名片，徐宅门上即请了进去。到了客厅，那厅上显出广东人富贵气象，桌、椅、炕几都是花梨木嵌螺甸的，两旁挂了一副泥金对，是大学士余同写的，中间的扁额是老佛爷赏的御书"福"字。小燕正在徘徊间，只见徐尚书出来，招呼坐定，寒暄了几句，那徐尚书说："今天粤东馆是开了一个什么会？小翁你也去了么？"小燕道："是的，是同乡唐常肃开的保国会。"徐尚书道："士大夫开会结社，是历朝所禁，将来也许有点不便罢！"小燕道："起先也不知道什么，后来黄仲涛当面来说，说是翰林院，都察院多数人赞成，连吕旦闻、余志清、黄叔兰、闻韵高许多名士清流，都狠赞成这会，所以不便拒绝，就答应了。"徐尚书道："听说老敬王不狠赞成变法。"小燕道："是的，不过龚师傅狠赞成，曾在书房中密保过唐常肃，所以上头也知道唐常肃这个人。"徐尚书道："常熟不过是名士习气，将来究竟能彀办到怎样，尚在未定呢！"小燕道："我想我们是不即不离的好，鄙见借个会馆，不至于有重要关系罢！"徐尚书道："我也不过是远虑罢了。我的意思，将来他借别的地方开会尽不妨，我们是同乡，总是避点儿嫌疑的好。小翁以为如何？"小燕道："是的，以后再开会，我就设法推托便了。鄙见对待他们，也不可过於反对，多生芥蒂。"徐尚书欣然道："是极！是极！反对固然不可，而且敷衍也不能不敷衍，圣人所云'敬而远之'，真是绝妙法门！小翁明白了，自然进退绰绰了！"小燕道："以后当遵照用翁的宗旨对付便了。"当即告辞起身。徐尚书送上了车，就进去了。

　　小燕上车，心中暗想，这个老顽固，将来总要淘汰的，现在不可不先去告诉常肃一下。且今天金庵演说的话，颇不赞成常肃做总理，不可不去看看他们如何应付。当即吩咐了，匆匆的回车径赴南海馆而来。到了馆，下车进门，只见南海馆客厅上聚集了不少的人。小燕一一招呼了，只不见常肃、超如二人。小燕坐了一回，立起身来，乘众人不注意时，竟往常肃房中而来。走到门外，只听得超如说道："这个总理是先生不能退让的，若让他人做了，今天这个会就毫无意思了。"又听常肃说道："不是我不负责，倘若因这个闹起意见来，不是反不好么？"小燕就推门进去说道："有不速之客一人来。"超如看见了，说道："狠好，狠好！让小燕先生决一决。"小燕道："什么事？"超如道："今天金庵说话的意思，或者想要做总理，先生是愿意让贤。小燕先生以为何如？"小燕呵呵笑道："这是狠容易解决的。唐先生组织这个会，倘不想办什么事,那是什么人都可以让得,倘要想做点事,将来比这个问题重大的尚多,顾不了许多,还是当仁不让,请唐先生决定好了。"超如道:"燕公真爽快!真是分风劈流的话!我们就算决定了。我们才刚商议了会中职员,大约值理是燕翁,当然要有屈的,其余如吕旦闻、余志清、闻韵高,常议员是仲涛、子佩、胜佛、敦古等,董事是唐幼博、徐子勤、麦孟华、张立人①、杨淑乔等。"常肃道:"武都老爷狠帮忙,应当要一位置。"超如道:"这种人不过揣摩风气,他的帮忙靠得住吗?"小燕道:"不过也不可不敷衍一下。这种人成事不足,败事有余。"超如道:"不差!就放在备议员中便了。好在备议员也不拘人数的。最要紧我们的中坚分子,第一是戴胜佛,现在他虽没到,据说入山学道去了,我已四面托人去请他北来,我们真要办事时,非请他来不可!"小燕道:"今天签名到会的多少?"就向桌上拿着签名簿看了一回,微笑道:"有如许人,总算震动京师的盛会了。"超如道:"中间有一位礼部刘光地,听说狠有学问,过一天应去拜访一下,看看他究竟是一个什么人?"小燕道:"我不认得,听说是四川人,是一个闭门读书的,不晓得他的才识如何?恐怕不见得能办事!"超如道:"是。"常肃道:"燕公对于选择人材,担任职务,没有什么意见么?"小燕道:"超如所拟的狠妥当,我今天有一个消息要报告,就是散会时我们同乡徐用庵尚书找我去谈谈,他不以粤东馆开会为然,他的旧脑筋怕有火星到他身上,但他又晓得常熟狠赞成唐先生,又不敢来干涉,好笑得狠!"超如怫然道:"粤东馆又不是他的私产,我们是广东人,用广东人公有的地方,他怎么能来干涉呢?"小燕道:"这种人知道什么?中国糟到如此,都是这班人弄出来的!"常肃道:"现在的局面,也不必去硬来,将来或者换一个地方开会也不妨。"小燕道:"照例是可以不理他的,讲到息事宁人起见,我们也不值得去跟他闹意见,我们只要稳固基础,这班人

---

① 编者注:唐幼博,原名康幼博,康有仁弟,本书中化名唐常博;麦孟华,维新派,本书中化名麦化农;张立人,原名张权,张之洞子,本书中化名为庄立人,此处均保持版本原貌。

决没有抵抗的毅力的。"

正在说时,只见闻韵高进来说道:"外头有许多人要见唐先生,请唐先生出去一回。"常肃立起身来道:"与燕翁长谈,竟忘了外面的客了!"随向小燕说道:"失陪!失陪!"就往外去了。韵高也随着出去。超如向小燕说道:"太后撤去了书房,显见的有意见了。常熟是想做清流的领袖,资望却也彀,不过少些毅力,将来如有风波,恐怕未必有担当的力量。"小燕道:"你的眼光不差,现在他能赞成我们,当然助力不少。他的手段决不肯出头露面的。将来我们办事要全靠他,是要失望的。我们现在借他开开门,入了门,自然要四方八面去找帮手。譬如医家开药方,人参甘草未必一定能去病,到是牛溲马勃,有时可以收效。常熟一则古板,二则不肯担风险,我们轮到办事,有些也不可全听他,真真到大利害关系上,就反对他也没有什么。"超如道:"小翁圣眷优隆,趁此机会,就可以埋伏些根苗。"小燕道:"我也是受常熟的青眼,所以屡次叫起儿,很邀圣眷。我看上头的意思,很喜欢外洋的东西,所以我随时供奉些顽意儿,希望上头渐渐的走到维新的一面来。本来一个不出国门的少年天子,那有不喜新厌旧的?我们只要下点儿功夫,自然有点儿把握了。不过这是我二人的密谈,不足为外人道的。"超如微笑道:"当然!我又不是疯子,去乱说。"

正在说时,只见常肃同了韵高、子佩、仲涛等数人进来,说道:"诧异!有人似乎想做总理,已经可怪了!武都老爷他要添设副总理,他来担任,不更胡闹么!各位想想如何办法?"超如道:"那有这个道理!他们都来了,还能办什么事呢?"仲涛道:"副总理未尝不可添,不过武子友的资望不配。"小燕微微一笑,默不一语。韵高道:"事情没有办成,自伙儿已发生争夺位置,中国还有什么希望呢!"小燕立起来道:"有事要先走一步,明天再谈罢!"他就匆匆去了。各人又谈了一会,天已傍晚,各各向常肃告辞而去。

不料到了第二天早上,南海馆门前车马纷纷,都是要见唐先生的,弄得常肃应接不暇，不得不摆起阔人见客的架子，有见有不见，顿时南海馆内的长班，也像中堂尚书的门公了。也有许多小官儿，竟掏出门包封儿，送给南海馆的长班了。一天下午，常肃送了一班客，正要出门，只见长班进来，拿了一个名片回道："达大人拜会。"常肃一看，原来是前任江西巡抚达兴，现在调任浙江巡抚，进京陛见。那长班道："唐老爷是不是挡驾？"常肃道："请！"那长班以为照例是挡驾的，呆了一呆。一想唐老爷这两天各部堂官都来拜会的，也就明白了。就出去请了进来。常肃出来见了，坐下，达兴道："兄弟久慕大名，但兄弟常在外省，一向没有机会畅谈，今天见着了，荣幸得很！"常肃道："不敢当！中丞这回是陛见来的，想还有几天耽搁？"达兴道："城中亲友，好久不见面，总要多耽搁几天，才能动身。兄弟听见保国会开了，这是很好的。兄弟也很想附骥。"常肃道："如蒙中丞赞成，非常欢迎。将来想到各省去推广，中丞如能吹嘘，真是我们很大的希望！"达兴道："这两天听见一句骇闻！说保国会是保中国不保大清的，兄弟知道一定是一班无知识的人瞎造谣言。"常肃道："本朝三百年来，列祖列宗，爱民如子，深仁厚泽，中国即是大清，大清即是中国，那有分开的道理！说到这个话的，就是妒忌，挑拨，不想保全大清国的人了！"达兴道："是极！是极！况且龚师傅也是世受国恩的人，他那能赞成这种宗旨的呢！"常肃道："中丞说到这句话，真是关切得很！最好请中丞於各王爷各大臣面前，便中题及，代为剖白一番。我们固然感激，就是大清全国的人民，也要感激的。"达兴道："我是很明白各位忠君爱国的意思，自当尽力所能，随时去剖白一下。但是这种言论，不过一时的造谣，有些知识的也决不相信的。"一面就立起身来道："下次再谈！"匆匆的出门上车而去。常肃送客回来，也就出门拜客去了。

却说达兴从南海馆出来，一径是到西城杨金甫家中去的。原来杨金甫是现任户部侍郎兼内务府大臣，他是汉军出身，本姓杨，官名是达三，所以也称杨金甫，也称达金甫，聪明圆滑，干练有才，是内务府衙门中当家的。内务府是皇上的一个私账房,宫中一切起居日用,都是内务府承办。跟太监们天天来往的。杨金甫在内务府多年,凡太后、皇上身边的总管太监,都有交情,像皮小连等,尤其水乳交融。金甫既在内务府当权,一切开支,无不经他的手,彼此心照,自然银子像泉水一般源源而来。有一次龚和甫在户部尚书任上,内务府来文,请拨银四十万两。和甫就看看内务府来文,是什么用度?原来是颐和园搭天篷的经费。和甫就蹙着双眉说道:"吾们家中搭一个极大喜棚,也不过二百两银子罢了,就算园中地方大,加着一千倍,也不过一二十万银子,那里用得这许多!"那时有一位满尚书笑道:"和甫又发呆气了!本来国家的工程,实在到工的,像陵工建筑等不过十分之几,像这种搭棚等款项不多,实在到工的也有限,不过在里头的许多人,都嗷嗷待哺,你若办清公事,固然没有棚匠敢承办,倘然冒失去办了,将来有身家性命的关系呢!"和甫说:"怎么有身家性命的关系?"满尚书笑道:"和甫你真是读书人!一点不知道外头的情弊。他们分不到钱,随便想法儿毁你一下,你防得了么?"那和甫听了,也就长叹一声罢了。

又一回,军机处的王爷,因为在乾清宫召见外国使臣,别的罢了,就是乾清宫门前一片大场,当初是用大方砖,俗称金砖的扁砌,那砖有二尺多见方,二寸多厚,扁砌了每砖占的地方很小,自然坚固,寸草不生。不料年代久远,那砖多有剥蚀,成了洼坳,雨过后积水不退,好像蜂窠,召见时候引领了外国使臣在这场中经过,外人漆光如镜的皮鞋上,时时溅着泥水,实在太下不去。一天,王爷也知道,叫内务府去办是惹不得的,就向总理衙门说,派一个司官修理。当时就派着作者。

作者接了堂官的吩咐,领了木厂中人去看了一回。原来北京中此类建筑都是木厂承办,不分木料砖瓦的。估了工价,不过万把两银子。木厂中人说道,工料及工人进出,各门上都要使费,须预先讲妥,否则不能承办。我就回了堂官。恰好总理衙门有一个苏拉(满语听差),名叫德安,常常进内,跟太监们都熟悉。堂官就派他去问问。他问了回来道:"他们说,宫内工程应由内务府来办,都有老例,也不必问的。现在王爷交派,我们也不好驳回,瞧王爷的分上,每块砖经过一重门,要一两银子。"我们算起来,从东华门起到乾清宫门,足有十几重门,每一块砖就要十几两。当时听见,大家吃了一惊,就由堂官回明了王爷。王爷也无可如何,只好不办。可见内务府的习惯如此,做大臣的只要对付好了几个总管,那有不发财的!

那杨金甫在内务府多年,真真有敌国之富。他性喜豪侈,家内造了一个戏台,常常唱戏。前书所载的菱云、素云、怡云等,固然是常来,就是京戏中的汪大头、谭叫天、龙长胜、余庄儿、想九宵、桂凤等名角,除了内廷承值外,总是在杨金甫处的时候多,以致都中凡有堂会戏,所请的戏提调,总是与金甫相熟的人。对于各名角,烦他们唱一出,才不至丢脸。否则不客气谢谢,就是巡城都老爷也没有法子,不要说是兵马司等衙门了,都因为是杨金甫作他们的奥援,所以如此。

闲话休题,且说达兴跟金甫本来是好朋友,今天金甫约他小叙,他晓得一定有新鲜的顽意儿,打算着乐一天。达兴到了杨宅,进去和金甫见了面,就说道:"今天老哥来招,我喜欢得了不得!所以赶早的来了。"金甫道:"咱们哥儿俩好久没有乐了,今天我招了几个小孩子,叫他们陪我们玩一天,咱们痛痛快快喝一回。"就将达兴请到戏台对面的客厅上坐。达兴走进厅门,只见一排粉妆玉琢的少年,见了达兴,齐齐的请了一个安,说道:"达大人来了!"达兴将手招了一招,呵呵的笑道:"三年不到长安,又是一番花讯了!"金甫道:"你认得么?这个是素云,这个是怡云。"达兴道:"这是见过的。"金甫指着一个年纪不过十三四岁,娇躯秀耸,柔腰婀娜,秋波闪处,好似金刚钻石宝光互射的道:"这叫妙芬。"又指着旁边一个高低相仿,身材瘦削,鹅蛋脸上一种秀色可餐的道:"这是二丽。"又指着一个秀眉蹙黛,圆姿替月,比着妙芬、二丽更觉娇小一点的道:"这是韵芳。"达兴笑道:"老哥你的艳福不小!但从何处去识拔出来如许的玉人!老哥的栽培工夫想也费尽心血了！"金甫道："这几个不愧为后起之秀罢！可惜花部三姝，菱云已成彩云，三云仅存二美了。"达兴道："现在口袋底儿听说很兴发，小玉依然声价甚高么？"金甫道："可不是！真所谓时无英雄，遂使孺子成名了！"达兴道："此回兄弟从南边来，在上海逛了几回，究竟是南朝金粉，胜过北地胭脂。只是我们北边人，听不惯苏州软语，耳朵中虽觉得很舒服，总不及咱们内城话柔媚之中加以圆爽的受听。但是碰见有一位叫曹梦兰的，大家称他状元夫人，听说是金雯青殿元的下堂妾，他京、苏话都能说，而且出过洋，谈风健得很，比较小玉真有天壤之别呢！"金甫道："小玉不过是中等人材，又不认得字，没有什么可取。近来许多名士捧他，声价就此增高。我前天到他那儿去，他的墙上挂了四幅条幅：马湘兰的兰花，卞玉京的竹子，顾横波的梅花，柳如是的白描观音，说是江苏姜剑云送他的，真是无价之宝。那段老四真被他迷住。据我看来，也是对牛弹琴。"达兴道："倘然状元夫人他能来，一定哄动四城的。"金甫道："可惜我是没有机会到南边去，我当了这个衙门的差，有什么法儿能离开呢？"达兴道："内务府是一天少不得老哥的，不过你不能去，他难道不能来么？"金甫道："有什么法子？"达兴道："只要觳他的嚼谷，他有什么不愿意呢？兄弟临走时，他口口声声说北京真好，他是时刻惦记着要来。"金甫道："他能来，我好好供给他就是了。"达兴道："我去写信给他，他一定很愿意的。不过你割了我靴勒子，不准忘了我。"金甫呵呵笑道："那有此理！"

正说得高兴时，只见家人说："怀大人、那大人到。"金甫道："请！"一面说道："我今天光请了少轩、瑟轩两个熟人，你也是很熟的。"达兴道："很好！"就见家人引着怀、那二人进来。金甫道："寿山！你这回来，跟二位都已见过了罢！"达兴道："都见过。前天二位来，兄弟已经出门，失迎得狠！"怀、那二人道："太客气了！我们想定个日子叙叙，几时有空呢？"达兴道："不必客气了。"怀少轩道："你是要躲避送别敬，所以不赏脸。但是我们总是不饶你的。"达兴笑道:"那末随便什么时候准到,并且带了别敬面送,好不好?"各人呵呵笑了。就有家人来说:"席摆在什么地方?"金甫道:"就在池子里,他们是去预备了罢!"家人道:"都在预备了。"金甫就邀他们走出客厅,到了戏台前面,家人赶快将筵席摆齐,金甫邀客入座,送酒坐定,只见素云、怡云、妙芬、二丽、韵芳都从后台走到席前,向各人齐齐的请了一个安。怀少轩对韵芳道:"二条胡同的珠少爷,跟你滚得狠熟,昨儿在那儿见的?"韵芳含羞的说道:"没有的事,昨儿也没有见过面。"少轩道:"你跟他没有见面,真的么?不过前儿东单牌楼德兴堂,有两个人起腻了一天,是谁?"韵芳红了脸说道:"怀大人不要造谣言!那儿有这件事!"瑟轩笑道:"你的消息真灵。"少轩又向二丽道:"老西儿昨儿什么时候散的?"二丽笑道:"怀大人又来找我了!老西儿北京城有几千,怎么问我呢?"少轩笑道:"你找着了我的差儿了!少说了一个字,就挑眼儿。我问的渠老西儿。"二丽道:"老西儿姓渠也不止一个,知道是谁呢?"少轩道:"你有多少姓渠的老西儿要好?"二丽含笑道:"照怀大人说,是不是楚南?昨儿是在同丰堂见面的,怎么样?"瑟轩道:"到底二丽比韵芳老辣,这一来倒把少轩抵住了。"少轩道:"二丽可恶!"他就拉了妙芬的手道:"到底妙芬好,跟我真不错!"金甫道:"你的话说完了没有?今天教他们唱什么戏?"少轩道:"我来做提调,素云唱《岳家庄》,怡云唱《祭江》,妙芬、韵芳唱《双摇会》,二丽可恶,叫他唱一出《纺棉花》。看他三年里头是谁照应他的。"金甫道:"好!好!"二丽道:"我不唱。"金甫道:"你只管唱,你就说是怀老二照应的便了。"他们就到戏房里去扮戏了。二云因有别处堂会,先行唱了。二丽上场,手锣一响,门帘挑处,一种窈窕妩媚,半羞半喜的脸儿,好像一朵碧桃花,含露呈娇,迎霞带艳,在座各人,不禁同声喝了一个采。接着唱了各种南北小调,如《绿杨深处》《稚莺百啭》,令人魂消魄荡。到了末了儿,那丑角插科道:"这三年内是谁照应的?"二丽就媚眼流睇,望着台前说道:"这三年内照应我的很不少，你看那边的杨二爷，怀二爷，那一个不是照应我的？你好好的谢谢他俩罢！"那时座上无不呵呵大笑。二丽就转了一个临去秋波，入场去了。达兴道："这个二丽真不错！少轩你这个老斗做着了，那双靴子准定是你的事了！"少轩道："自有票号的少掌柜担当，轮不着我。"瑟轩道："楚南也不过逢场作戏，他也无可无不可的。"少轩道："我跟他们总不十分合式，我们相传阴阳之说，外人以为迷信，据我看来，很有道理。纯阳纯阴，终究是不合式的。所以外国研究电学，也分阴阳才能吸合哩！"达兴道："北京的阴类，太没有人才了！刚才同金甫提起，上海的状元夫人，真真绝顶，京城里是找不出的。"瑟轩道："是不是曹梦兰，从前的傅彩云么？"达兴道："是的。"少轩道："你这回见着么？"达兴道："见着了。他很愿意到京里头来，我想去介绍他来。不过我没有什么利益。"少轩道："你能办到，记一大功，决不使你向隅的。"达兴道："你也是赞成的了。金甫也很赞成，有了你们二位，我可保他准来。"少轩道："你不要吹牛。"达兴道："放心，准办到！"那时，妙芬、韵芳《双摇会》已出场，珠联璧合，玉软花香，唱到数点儿的时候，两对秋波，向着那主客呈娇送媚，使人意消。戏唱完了，已近次日的四点钟，客人都起身告辞。二云早已去了，二丽等三人也要同走。金甫道："今天本衙门值日，我也要进内，咱们一块儿走罢！"外边家人车马都已伺候，各人纷纷上车四散。

却说达兴回家后，隔了数日，又在他处席间，见了金甫，金甫问道："上海的信发了没有？"他看金甫的意思不是闲谈，只得说道："已经发了。"回家一想，金甫现在是很有权力，门路很多，将来倚仗他的事不在少处。别人要巴结他还不容易找到机会，这事总须替他办到方好。但是托什么人好呢？一回儿想着了，他的旧属有一个姓徐的候补知府，正在上海当英公堂会审委员差使，这回在上海到曹梦兰处吃酒，正是他的主人。教他去办，没有不尽力的。他就寄了一封信去，教他告诉梦兰，如愿意北来，当给他介绍几个阔人，一切开消，不必顾虑，可以保他花业一定发达。那位姓徐的接到了信，自然极力的怂恿。

那梦兰自挂牌后孙三儿不再拘束他，梦兰念他的好处，也允许他重修旧好。但那时在上海开销太大，竞争者多，不能多钱，就和孙三儿商量。那孙三在上海唱戏，也不能算是名角，一个月包银也只得一二百块钱。孙三是天津出身，北京方面唱戏的人较多熟悉。至于梦兰，他在金家许多年，晓得北京社会，王公大人很少不喜欢顽儿的，只要合式，万儿八千不算什么，钱来得容易。现在既然有达寿山来招，并允介绍客人，他是旗人中有名喜欢顽儿的人，他的朋友当然都是阔人，手段一定很大的。发一大笔财，很有希望。倘然遇见了合式的人，能嫁了他，总也不让金雯青，也许胜过金雯青。他们俩商量了一回，决计进京。就把上海的房屋退租，带了月娟、素娟，由孙三儿同着，乘了海轮，望北而来。走了三天，到了天津紫竹林，就在客栈中歇了。梦兰马上打了一个电报给达寿山，说明休息两天后，坐火车进京。他在天津住了两天，就动身，买了火车二等票，坐到了马家堡车站，正要下车，只见一个家人拿了达兴名片，走上车来，找着了梦兰道："我们老爷叫我来迎接姑娘，所有崇文门税局子上已去招呼过了，就请姑娘进城好了。"梦兰道："谢谢你们大人招呼！"那家人道："打算住那儿？"梦兰道："李铁拐斜街鸿升店，我从前住过的。现在还有么？"那家人道："这个店很好，屋子也翻造过，牌子也狠老了，各省引见的老爷们，大半都住他店的。"梦兰道："如此甚好！劳你驾，雇几辆车来！"那家人道："老爷吩咐从宅里套了两辆小鞍儿车，请姑娘们坐。其余行李跟人等，再去雇几辆车就是了。姑娘们可先上车到店，那些行李等装好了车随后就来，请放心就是了。"梦兰就向孙三道："你可压着行李同来。"一面同月娟、素娟上了达府的小鞍儿车，就进城去了。那家人看着梦兰走了，就叫了三辆骡车，将行李慢慢装上，随向孙三望了一望说道："你耐贵姓？"孙三道："我姓孙。"家人道："你不是老三么？从前你不是唱戏的么？我是跟过庄小燕庄大人的，不是常看见你的么？"孙三道："是的，已经是五六年前的事了！"两人等着装好了行李，那家人骑着马，孙三跨了车沿，一同进城。到了城门税局子门口，那家人下了马，拿了达兴的名片，递给税局子的局差，说道："敝上说请你们大人的安，这二辆车是宅里的亲戚，才刚已经给你们大人提过了。"那局差道："是的，上头已经交派过了，既是贵府的亲戚，请进城就是了。"那家人掏出一个红纸包儿递给那局差道："敝上说请你们喝一杯茶。"局差接了一看，签上写着纹银十两，就欣然道："不敢当！你们大人还这样的客气！"那家人道："一点儿，不算什么。"一面就攀鞍上马，只听局差道："回去谢谢大人！"那家人便扬鞭走了。孙三跟着一同进城，走了一回，便到了鸿升店门口。见宅里两辆小鞍儿车已卸在门外。这三辆车齐齐站住。那家人进了店门，喊道："伙计，卸车！"店中许多人，帮着车夫将行李一一的搬入上房。梦兰就教孙三开发了车钱，拿了四两银子，赏了两个车夫，八两银子，赏了家人。那家人车夫等说道："谢谢。"就各自去了。正是：

　　迷窟群狐争狡窟，旧巢归燕定新巢。

欲知梦兰到京后如何？且听下文分解。

第四十三回　曹梦兰新改赛金花
　　　　　孙公园重开保国会

话说曹梦兰进了京，住在鸿升店，由达寿山派人招呼，诸事料理周妥。梦兰就向鸿升老板讲定租他后进一层五开间的上房，租金按月照付，就将房子从新裱糊起来，先将上海带来的装饰品，摆齐了一间自己的卧室，以便客来起坐。此外月、素二人及孙三等，暂时分别居住，慢慢整理。第二天下午，正在指挥用人收拾，只见达寿山匆匆进来，含笑说道："你停真赏脸，居然的来了！咱们许多的朋友，问了我好多回，究竟来不来，现在我已露脸了。我想替你接风，馆子里固然不妥，这儿你又刚到，没有拾掇好，只好在我家里。我去找他们来见见你。不晓得他们多么快活哩！"梦兰道："不敢当！达大人的招呼，我也谢不了许多。"就向着寿山秋波斜溜的一笑道："只好将来慢慢的报答罢！"寿山微微的一笑道："不要客气，明儿晚上请你早一点儿！月娟、素娟请你带着一同来，我不再下帖子了。"梦兰道："不敢当，明儿准来！他们是怕羞的，谢谢罢！"寿山就立起身道："不必客气，今儿我别处有局，明儿见吧！"他就匆匆的出去了。

到了第二日下半天，梦兰加意装饰，打扮好了，正要叫店中伙计去雇车，只听伙计进来说道："西城达大人宅子里的车来了，说是来接姑娘们去的。"梦兰道："车在门口儿么？"伙计道："是的。"梦兰道：

"叫他不用卸了,等一回儿我就上车。"梦兰对镜重又修饰了一回,出来上了车,进了顺治门,到了西四牌楼达寿山家门口,下车进去,家人引着,到了客厅上,只见厅上已有五六位客。达寿山就将各人引见了。就是杨金甫、那瑟轩、段崑桥、怀少轩一班人。梦兰含笑着都招呼了。杨金甫开口道:"久慕大名,总没有见着,现靠着寿山的大面子,真个到了北京了,不要说我的喜欢,各位都快活的了不得!"梦兰道:"从前在北京住了不少时候,后来离开了,常常想念,这回承达大人看得起,又叫我到北京来,心里头真快活!今天各位大人又赏脸,叫我来此地见见,真是意外的荣耀!"金甫道:"太客气了!现在是住在南城外么?"梦兰道:"是住在李铁拐斜街鸿升店。"金甫道:"这个地方是很方便的,不过店里总是嘈杂一点,吾们来往也不大方便。"梦兰道:"正是!店中决不是常住的地方,总要找一所房子才好!不过刚来不大熟悉。没有法儿去找呢!"寿山道:"金甫、少轩你们俩是发起欢迎的人,找房子这件事,你们总要偏劳的!"少轩道:"这个容易得很!只要问主人喜欢住东城呢西城?"梦兰道:"从前在东城住腻了,最好西城。况且达大人也住在西城。"少轩道:"达大人不错,是住在西城,但不久要到浙江去了。"寿山道:"你和瑟轩都在东城,大概想要他去住东城吧!不过我是要出京,咱们金甫二哥是不出京的,他是住西城,我去了就可以托他招呼的。"少轩就向瑟轩笑道:"咱们是没有分儿的!西城好!西城好!"金甫道:"你不要胡说!讲到房子,那高碑胡同有一所房子,离着口袋底儿也不远,这个房东跟我相熟,或租或买,都可以的,请过去瞧瞧再定。这房子也还可以对付住着。"梦兰道:"很好!最好是明天杨大人派一位管家去通知房东一声,不晓得他愿意租给咱们这种的人家住么?"金甫道:"我派人去招呼他,那没有什么的。"寿山问梦兰道:"很好!明天我派一个家人陪你去就是了。"梦兰道:"谢谢达大人!"

正在说时,家人进来回道:"卢大爷到!"只见一人进来,身材俊伟,眼光明秀,见了诸人,都请了一个安。金甫道:"今天从那儿来?"就指着梦兰说道:"你先去见见状元夫人再谈!"原来这人是卢玉舫,北京人,也是世家子弟,久居京城,往来的上自王公贝勒,下至土豪娼优,无不熟悉。他听了金甫的话,连忙到梦兰跟前,呵呵笑道:"吾们盼望大驾,好像读书人的盼望金榜题名,今儿见了,才知道大魁天下的味儿哩!"瑟轩笑道:"你真会说话,好像八股先生作的文章,句句切题。"玉舫道:"我见了状元夫人,偶然的本地风光,说了几句,大爷你不用挑眼儿了!"梦兰不好意思,只得微微的一笑。家人上来回道:"老爷要烫酒吧?"寿山道:"很好。"就请客入了席。寿山道:"梦兰跟我一块儿坐吧!"梦兰含羞道:"我是不便的。"金甫道:"今天本来是给状元夫人接风,应当首座。"梦兰道:"没有这个理!"寿山道:"我早知梦兰是要客气的,所以叫他跟我同坐。梦兰你再不坐,他们是要你坐首座了。"金甫道:"状元夫人爽快点儿坐下,今天是朋友的聚会,将来再按规矩就是了。"梦兰告了罪,靠着寿山坐下。一时斟酒上菜,各人兴高采烈,梦兰也用着十分精神,说着北京话,满座招呼,在座主客都狠满意。饮到半酣,玉舫对着寿山说道:"状元夫人既然打算在北京开码头,当然要晓得些北京的习惯,北班的下等习气,实在是要不得,比较的还是口袋底儿班子里规矩高尚一点,状元夫人应该认识几个姊妹,彼此有益。"少轩道:"不差!班子里的规矩,生长北京的人也摸不清,一定要跟班子里人来往方清楚。我们何妨去找小玉来,介绍给他呢!"寿山道:"快要吃完了,怎么才叫他!"少轩道:"我们不算叫条子,就叫来谈谈罢了!"金甫道:"狠好!"寿山就喊家人道:"套一辆车,去接小玉姑娘来。越快越好。就说各位大人都等着呢!"家人应了一声"嗻"就出去了。

座上主客酒酣意倦,各叫取稀饭,匆匆吃毕漱口,就到旁边一间书房中来,家人们送上酽茶。寿山吩咐道:"把灯点起来。"那家人就向炕上摆了一只红木大烟盘,四围用黄杨木镶嵌卍文,盘中间搁着两枝烟枪,一只云白铜烟盘,内盛着两只胶州灯,上架着高耸的车料玻璃罩,晶明洁净,绝无斑点。下半截是用景泰蓝烧的。旁边一个小银架,架着十余枝胶州的钢签,其细如线,坚硬不屈。又有银盒子两只,满满的盛着三夹冬老土熬成的清膏。其余零星的小剪子,小镊子,小锅子,卷烟板等,无一不备。家人摆好了,又拿了把紫砂茶壶沏了茶,放在两面炕枕的中间,他就坐在脚踏上,把灯点着了,拿着小锅子把匣中的烟倒上半锅,向灯上熬着,渐渐锅中发起泡来。他就取钢签不停手的搅着,等他渐渐凝结了,搅起成为一团,他就将他分为数块,就用钢签签着,向灯上烘软,向卷烟板上滚得圆滑,好像朝珠上的纪念一般,又在卷烟板上压平底面,卷好了一枝签,又取一签去卷,卷成七八支签,就向寿山回道:"请那位大人抽?"寿山向金甫道:"二哥你来一下罢!"金甫道:"好!好!"就走到炕前坐下,侧着身半靠半躺的,歪在炕枕上。家人就把一枝有烟的签,向灯上烘热了,拿起一枝枪,把烟斗也向灯上一烘,就将烟签向烟斗中插进去,轻轻的一按,把签拔出来,那烟已黏牢在烟斗上。就把烟枪的头递到金甫手边。金甫接了枪,凑到口上,一气的抽,口中鼻中,如白云出山,袅袅不绝。抽完了,家人正欲接他的枪,金甫拿在手中,细细的看了一回,说道:"寿山你的枪是什么藤的?"寿山走近来一看,笑道:"二哥你是个识宝太师,今儿个考倒你了!"玉舫听了,接着说道:"什么宝贝?竟考倒了杨二爷了!"他也走上来一看道:"我看是伽南香的吧!"扈桥接着一看,微笑道:"不是!伽南香是只有结成块的,决没有能做烟枪的材料。若说是伽南木,那中间总有夹杂些白色木质,这个枪通体是紫黑色,决不是伽南木。杨二爷说是藤的,是不差的。"寿山道:"我也承认是藤的。究竟是什么名儿呢?"各人都不言语。寿山又道:"今儿我可以卖个关子了!这个枪是广西省特产的,琼州也有,是一种藤,他的颜色很像伽南,不过纹理不同。扈桥的话是不错的。这个藤是烧不着的,烧了只出点儿油,一点儿不枯。烧过后拿白布一擦,就依然如旧。他有一种好处,能辟毒虫,家中有了他，蛇蝎都远远避开。倘遇着疫瘴不正之气，拿点儿煎汤喝喝，就可去病，真是一种宝贝。"少轩道："你说了许多话，究竟叫什么名儿呢？"寿山道："不要忙，我自然要报出名儿来！"金甫道："快说吧！"寿山道："他的名儿叫蛇总管。"金甫道："真奇！听了名儿就知道可以辟毒的了。"那时家人又装了一筒烟，递给金甫抽了，金甫喝了点热茶，坐起身来道："我毂了！那位抽罢？"众人都说不会抽。寿山道："让我来过过瘾罢！"

正要横下身去，只见家人领了一位姑娘进来，向着众人呵呵腰，一面看见有一位女客，狠体面的，坐在旁边，他的装束是上海最流行的，他就走到金甫身边，悄悄的问道："那位是谁？"金甫微笑道："他是上海有名的状元夫人曹梦兰，是达大人找来逛北京的，我来替你们介绍！"他就搀着小玉的手，走到梦兰身边，笑着说道："你们俩是南北的花王，我来介绍二位将来做个好姊妹！"梦兰看见金甫带着小玉过来，早已立起身来，向小玉点了头。小玉也招呼了。梦兰听见金甫的话，就说道："杨大人不要瞎说，小玉姊姊我在上海久已闻名，今儿见了面，真是名不虚传。我是那儿跟得上呢！"小玉道："我是北方生长的，粗糙得狠，杨大人说做个姊妹，真是瞎说！自分那儿配呢？"金甫道："你们二位都已闻名了，用不着我介绍了，但是你们各自谦虚，就把我说的话都变成胡言乱语了，我好生气！"小玉道："你拿我比梦兰姊姊，不问配不配，这不是胡说么？"梦兰道："杨大人不要多心，我是恐怕小玉姊姊听了杨大人的话要生气，所以放肆说的。杨大人不要动气，我给杨大人赔个礼儿罢！"小玉道："我只怕姊姊生气，他生气我才不怕！真个生气，随他去生便了！姊姊新来，不晓得他的脾气，他的话算不了一回事的。"金甫呵呵笑道："真有你的！梦兰初来，你就刨根儿，献我的丑，我是不依的。"小玉道："你不依怎么样？"金甫道："我有收拾你的法儿。"小玉白了一眼道："你敢再说下去！"金甫吐吐舌道："不敢不敢！"就回到烟榻上，和寿山对面躺下。小玉就同梦兰并肩坐下。梦兰道:"姊姊你是住在口袋底么?那边的房子好找么?"小玉道:"姊姊也要找房子立班子么?姊姊你真要找房子,靠西单牌楼高碑胡同从前有一个金花班,新近闭歇了,姊姊真的要,可以去看看。"梦兰道:"才刚杨大人说高碑胡同有一所房子,房东是杨大人的熟人,打算明天去看,不晓得就是姊姊所说的么?"小玉笑道:"是的!一定是的!杨大人从前招呼的姑娘就是金花班里边的,他的确很熟。房东只要去一句话就可以的。"梦兰道:"倘然是的,那就很好了。"小玉道:"不但我们相离很近,彼此有照应,而且北京的风气,要新立一个班子,很不容易,一来北京地方大,一时不容易人人晓得;二来地方上混混很多,虽不怕他,总是多麻烦,用了旧时的班名,省了许多事。姊姊明天去看看,如果合意,请去定下,我们可以常来往。"梦兰道:"但不知杨大人所说的是不是?"小玉道:"我来问他。"就走到金甫那边说道:"你给姊姊找的房是不是你的金花班的旧房?"金甫道:"怎么是我的金花班呢?我又不是开窑子的。"小玉道:"你窑子是没有开,叉杆儿是扛的。"金甫道:"胡说,该打!"小玉道:"这有凭据的,你怎么可以屈打呢!"金甫道:"什么凭据?"小玉道:"你叫金甫,他叫金花,不是同带一个'金'字么?"金甫道:"小孩子真会瞎扯!"小玉道:"金花班是你的不是你的,且不必说,究竟房子是不是呢?"金甫道:"是的。新创班子很麻烦,用着旧名就省得许多事。"小玉低低的道:"自然是的,况且将来又是你的金花班了。"金甫也低低的道:"头一回见面,客客气气,不要瞎说,惹出事来。"小玉也就笑了一笑,向梦兰说道:"是的!明天能够定下了就很好了!"梦兰道:"谢谢姊姊!谢谢杨大人!明儿下半天准定去看。"金甫就在烟炕上喊声:"来!"他的家人就走进来。金甫吩咐道:"明儿下半天去跟高碑胡同金花班的房东说一声,有人去看屋子,一切的事统向我说就是了。"家人就嚯嚯了几声,退出去了。

那时扈桥、瑟轩、少轩等已向寿山告辞走了。金甫看见玉舫未走,就向他说："梦兰初到,一切规矩不很熟悉,请你同房东去交涉一下,我实在公事忙,老弟你偏劳罢!"玉舫道:"很好!等明儿看过屋子,我到鸿升店去谈一谈,就去跟房东办交涉。有你二爷的面子,很容易的。"梦兰立起来说道:"谢谢杨大人跟卢大人费神,教我怎么样子报答呢!"玉舫、金甫同道:"算不了一回事,用不着客气的!"小玉就立起来道:"我先告假,明儿会罢!"寿山道:"小玉的架子真大,也不邀我们去坐坐。"小玉道:"我是知道各位很忙,今儿个时候已不早了,我再请各位去坐,不显着虚邀么!况且真看得起我,也不用邀,自然会来的。"金甫笑道:"小玉真不错,这几句话多么干脆!"小玉道:"二爷不要说了,达大爷不已经挑眼儿吗?我真不会说话!"随向梦兰道:"让姊姊听了好笑!"又向各人点了点头道:"我走了。"向梦兰说道:"等姊姊搬了家,我是要来的。"梦兰立起来,和他搀了手,送到厅外阶上。小玉道:"客不送客,姊姊请回罢!"梦兰就放了手,看他珊珊的去了。梦兰回进来,说道:"小玉姊真不错!上海也找不出几个来。他的功架多好!"他一面从口袋里掏出一只弹簧金表来一撤,已是十点半,他也立起来,向达寿山说:"谢谢!我也要走了。达大人明儿派一个管家同去看屋子,谢谢你,不要忘了!"寿山道:"忘不了!"梦兰就点点头,要向外走。寿山道:"等一等儿。"随喊声"来",一个家人进来。寿山道:"快去套车送曹姑娘回去。"家人答应了,梦兰立着说道:"各位大人的招呼,真真是无从说起!等将来搬了家,好好的谢谢各位罢!"玉舫道:"你这样的客气,用不着的,以后要免了才好。"正在说时,家人进来说道:"车套好了。"寿山向梦兰道:"你走罢!咱们不送了。"梦兰就回身出外而去。玉舫道:"状元夫人果然名不虚传!我爱他一种爽利劲儿,真跟我一个样。"金甫道:"他是游历过各国,和外国人往来,自然见多识广,那里有中国娘儿们扭扭捏捏的习气呢!不过对付他也不很容易吧!"寿山道:"像二哥的资格,那有对付不了的!"金甫笑了一笑,立起来道:"我们也走吧!"就和玉舫谢了寿山而去。

到了次日下午，寿山就派一个家人骑着马，领着梦兰等，到了高碑胡同金花班旧屋。梦兰看了一看，坐北朝南的屋子，大门两扇，是黑漆的，上有铜环，门前种了好多棵槐树，树阴浓厚；入内有五开间，北屋三进，院子阔大，都有天棚的架子。房间也甚宽敞。梦兰看了，很为合意，就问那家人道："要多少房金？"家人道："姑娘你不必问，只要屋子合意，今儿个卢大爷要到鸿升来，有杨大人的面子，卢大爷又是北京城里头等能干角儿，没有办不好的。姑娘你简直不用操心。"梦兰道："是的！他们两位的招呼，都是你们大人的面子。我真不晓得将来怎么谢他呢！"家人笑了一笑，就匆匆一同出来。家人就向那房东说道："杨大人不是来招呼过么？"那人道："是的。"家人道："一切的事，听说杨大人托卢大爷来说。"那人道："卢大爷是熟人，怎么都好说！"梦兰出了门，拿着二两银子，给了家人。那家人接着银子道了谢，就拉了马说道："没有事我回宅去了。"梦兰道："你回去替我谢谢你们大人！"家人应着上了马，梦兰上了车，就分头回去了。

梦兰回了鸿升店，正与孙三们商量屋子的布置，只见伙计通报："卢大人来了！"玉舫进来，梦兰见了，赶忙迎出来，请入卧室中坐定。玉舫道："屋子想看过了，合式不合式？"梦兰道："很好！不知道要多少房金？此地也有押租的规矩么？"玉舫道："北京的规矩，进屋时先付三个月，一个月是打扫，一个月是押租，一个月是本月的房金。打扫是开销的，押租是可以退回的，其余是没有什么了。不过你进去了，倘然换了班名，地方上不免有些麻烦，倘然用了金花的旧名，就省了许多事。"梦兰道："从前的金花班为什么事停的？"玉舫道："没有什么，不过人才太差，不能支持下去。"梦兰道："既然没有什么事，准定仍用金花班的名就是了。我也不愿意用上海的旧名，想要改一个新的。"玉舫道："你想改什么？"梦兰道："卢大爷替我想一想。"玉舫道："这个名要人人容易记得的，吾想你是接着开金花班的，将来总要胜过他。你不如改作'赛金花'，又响亮，又容易记。我包你一定要轰动九城，赛过从前。"梦兰道:"好得很!就决定了。费你大爷的心!将来重重的谢你便了。"玉舫道:"一则杨二爷所托,二则你的爽快劲儿,真合我的口味。一定在三天内赶办好。"梦兰道:"如此统统奉托你吧,一切租金等项,大爷你拿定主意,不必再来问我。"玉舫道:"好!好!办成了再见!"他就走了。

不料达寿山正在兴高采烈,忽然那瑟轩到来,很秘密告诉他说,"你已请训过好几天了,我听见有人在王爷面前,说你从前在江西喜欢唱戏,现在迟迟不走,仍是贪着顽儿,外面都老爷也有些闲话,你可以收拾起来了。你不比金甫,想你这个缺的不在少数,你留点儿神吧!"寿山听了,脸上一呆道:"谢谢你的关切!我就打算走了。"瑟轩去后,他就各处辞行出京,所有玉舫租屋,梦兰迁居,金甫摆酒种种热闹的事,寿山也不再参与了。

却说其时唐猷辉自从开了保国会之后,赞成者固多,反对者也不少。不过那些反对的一班人,因龚中堂看重他们,恐怕触怒了讨个没趣,也聚集了许多人私议道:"这件事总要老佛爷出来才可以办他,否则我们去冒险,鸡子儿怎么去和石子碰呢!"各人商量了几回,也一点儿没有办法。一天常肃正与超如密商如何进行,外面黄仲涛匆匆的进来,说昨天见了高都老爷,他说要递一个保荐唐先生请赐召见破格录用的折子,预备明天上去。他说前几天见着龚师傅提起这个话,他也并没有拦阻,只是王爷那儿不晓得通得过通不过。这是关系国家的大局,只好听之天意如何了!"常肃道:"你的话太抬举我了!不过我辈进退,确是与国家将来有点儿关系,我们姑且不计成否,尽力为之。"超如道:"现在机会正在发动,我们不管他成不成,总要向成的方面着想,一旦权柄到了我们手中,办事的人才终究觉着不敷分布,等到得了权,那时候来的人恐怕就有些靠不住的了。中国地方太大,要多少的人材才可支持!现在我们中心的人物,只寥寥数十人,那时上了台,恐怕依旧被现在一班腐败的人包围了,这是我第一个很着急的事。"常肃道:

"你的话不差，现在我们几个人上了台，决不毂用的。第一，胜佛至今没有消息，为什么还不来呢？"超如道："胜佛入山学道，纵有书信电报，一时恐未能摇动他的心，总要派一个人去，以私人感情，国家大局动之，或可出来。"仲涛道："招揽人才，自然是第一义，不过吾党总要借助几个老成望重的人号召，方少阻力！此地的龚师傅，湖北的庄南皮，声望都足以服人。龚师傅没有问题，要与南皮联络，不妨在他的门下士中拉拢几个，以通声气。"超如道："南皮跟尊大人交情很深，仲涛兄想跟他们很熟，就请介绍几位何如？"仲涛道："他幕府的人我认得的，唐先生和你也都认得，用不着介绍。现在有一位四川杨淑乔，在京当中书，他是南皮的门生，由南皮替他捐了中书，住在京中，一切南皮与朝中要人往来，都托他通达消息，秘密办理。送冰敬炭等事，也由他一手经理。信用很深。唐先生虽也曾经与他往来，最好招入吾党结为心腹，将来南皮一面可消去阻力不少。"常肃道："不差！最好由仲涛兄代达鄙意，与我们开诚结合，将来一定有益不浅。"仲涛道："他与我交谊尚好，等我先去探探他的意旨再入手。"超如道："怪不得他是一个很穷的学者，怎么来当一个狠苦的中书！原来是南皮的坐探呢！即有如此的关系，请仲涛去进行罢！"又向常肃道："胜佛那里我想发电给魏郁文，请他到山中去拉胜佛北来，总说是请他来筹画一番，不必一定要他入局，或者肯来。先生以为如何？"常肃道："很好！你就去发一个电报。"仲涛道："明天万一有旨预备召见，唐先生的奏对，鄙见以为最好是要有刺激性的简明几句语，以少许胜多许。"常肃一笑道："是极！但不知道用得着用不着呢？"仲涛道："亭林先生说的'天下兴亡，匹夫有责'，唐先生当此那能不负点儿责呢！"随立起来告辞去了。

到了第二日，南海馆中绝无信息，直到了十点钟左右，只见韵高、子佩、仲涛、剑云等许多人走进来，满脸上都是不喜欢的颜色。常肃一看，知道消息不佳，便问道："怎么样？"仲涛道："有旨叫总理衙门传见询问，听说是贵同乡在王爷前说了几句话，所以未能召见。其中详细的情形，不知道。我们慢慢的打听就晓得了。"韵高长叹道："'国家将亡，必有妖孽'，这是从那里说起呢！"超如道："就现在看去，胜佛的见解是不错的。"仲涛道："中外历史上，改革的大事，决非一蹴可成，非盘根错节不足以别利器。现在唐先生虽未即得召见，然佛教宗门，也有顿、渐二派，我们何妨改顿为渐，总署即奉旨询问，唐先生正好发挥议论，上达圣明，较之片时奏对，或反多功效，亦未可知。"剑云道："也不过一线之希望罢了！"子佩道："不然，或者小挫之后，反有大获也未可知。仲涛的话很有道理。现在我们保国会打算几时再开？"超如道："就在几天内。"子佩道："武子友的希望怎么样安排呢？"超如道："尽人而悦，无此办法。只好略为敷衍吧！"子佩不作声，各人都说我们再去打听详细实在的情形再说，就散了。

常肃等客走后，向着超如说道："我看韵高所说马加剌庙固然是一条道儿，小燕那儿也是一条道儿，我想龚师傅不过是敲门砖，他的魄力太小，对於我们也不是十分信任的。要是有越格的举动，他决不能担当的。小燕很有霸才，他对於上头的举动，很有历史上权相的手段，我们应当加劲联合做一气，加以同乡的关系，较为容易一点，你看今天来的许多人各有派别，仲涛、子佩是南皮一派的人，所以极力拉淑乔、子友。那韵高是二妃的一派，所以极力反对西边。其余也不见得全靠得住。我们的真同志，实在也有限得很！一有风波，恐怕作鸟兽散，甚或反噬，也未可知。"超如道："先生的话是洞见隐微，所以才刚郁文的电报已发，嘱其一定要把胜佛拉出来，实在中坚人物像胜佛的肝胆血气不可多得！我心里真急得很哩！"常肃道："吾们也不必悲观，只要诚心诚意，搜罗天下人才，也未必一定失望。至於阳鱎之流，也不可少的。欧洲人所谓群众运动，还不是聚集无知识的众人供一二首领的驱使么？我们只要拭目而视，不要为他们蒙蔽就是了。保国会不能不续开，地址职员，我想先与小燕切实商量，请其主裁，借此表示与他真实合作的意思，然后再进行。我今天就去看他，他在总理衙门，我既奉旨传询,应当向他讨教讨教,就便与他细细谈谈,摸清了宫廷二处的情形再说。"超如道:"应当如此。"常肃也就套车上东城去拜庄小燕。

不料到了庄小燕门前,投了名片,家人说:"上衙门去了。"常肃只好随便拜访了几个朋友。因都不在家,就回到南海馆,刚刚坐定,那馆中长班匆匆进来说:"庄大人拜会!"后面小燕已经进来。常肃接进,同到寝室旁一间小书房中坐定,常肃道:"才刚到府。小翁上衙门去了,没有见着。"小燕道:"失迎得很!兄弟从衙门一径来的,没有回家。今儿早起,上头很有意思要召见,却被六爷阻止了。听说前天用庵尚书在王爷前说了几句坏话,所以军机上去的时候,上头说道:'听说唐某人有点儿才学,让他来见见也好。'那王爷说道:'唐某人资望太浅,这回就召见他,恐怕开躁进的风气;既然他於外交上有些意见,不妨由总理衙门传来问问,也可以叫他呈递一个说帖。倘实在可用,不妨慢慢的用他。'上头也就点点头。龚师傅也无从帮忙。因为军机的规矩,总是打头的一个人说话,除非上头问到你,才可以奏对,或者遇见重要事件,才开口说几句话,不过是特别的,你多开口,王爷就要心里不舒服。从前左文襄进了军机,他就不照习惯,往往越次发言,那时宝文靖告诉他,说是此地规矩,总是跟着王爷走的。上头不问及,我们不便开口。那左文襄听了,呵呵一笑,等到次日,到了军机处,他就安心跟着王爷,亦步亦趋,甚至王爷去小便,他也跟在后面。王爷很诧异,就问道:'中堂你怎么跟着我呢?'左文襄就呵呵笑道,'这是宝中堂盼咐的,是此地的规矩。'王爷听了,不禁大笑。后来不久就外放了。你想左文襄的功高望重,尚且如此,何论他人,所以此次师傅就想帮忙也无法可使了。"常肃道:"时局如此,依然敷衍闭塞,不思千金买骨,恐怕以后国事很危险吧!"小燕道:"刚在衙门已办了通知,定於三日内请到总署面谈,届时当恭听高论。"常肃道:"今天到府,就是要请指教。"小燕道:"不敢当。据鄙见,他们王大臣面询,也不过是一回事,随你学贯天人,总是对牛弹琴,倒不如拟一个说帖,痛痛快快的说一番，请他们代奏，倒也不能不上达的。可惜毓庆宫已撤销，师傅也不容易帮忙。王爷不赞成，只看圣断如何了！"常肃向房外望望，没有人，就低声说道："我们救国的宗旨相同，同志也很多，此次龚老夫子一番励精图治的盛意，我们总算有了一点儿基础。不过他老人家也是孤立无助，现在吾党中只有小翁才识不让江陵，我常和超如说，我们的希望，中国的前途，都只在小翁一人身上。老夫子是德有余而才不足，要他去抵抗风波，希望很少；我们一切进行，只有请小翁於暗中指挥，吾辈合力听从进行，或可旋乾转坤。超如与我意见相同。今天机会很好，得以表示我等意见，望小翁为中国四万万同胞起见，毅然担当，实为天下苍生的大幸！"小燕听时，默不一声，俟常肃言毕，方慢慢的说道："这是不敢当的！自分那有张太岳的魄力胆识，且没有深固的圣眷，如何可以担任呢！"常肃道："江陵得政也是机会，其时神宗冲幼，圣母倚重，大内握权的宦寺，又为尚可共事之人，所以内外融洽，推行无阻，想当时江陵一定也有许多手段。现在龚老夫子位望不逊江陵，然谨谨自守，一点儿不知道权变笼络，以致与连总管等几如水火，时时避嫌退让，惟恐有揽权之谤，以致一事不能行，一人不能进，将来结果至多成为爱惜羽毛的清流，决不能为救时宰相。环观中外，只有小翁识见魄力，足以指挥一切。余子碌碌不足数也。"小燕道："庄寿香才望冠冕群伦，你以为如何？"常肃道："南皮魄力少胜常熟，然办事缺乏毅力，不是太岳、文饶一流人物，青史推崇，也不过南宋张浚、虞允文一流而已。"小燕道："纵横九万里，上下五千年，卓见宏议，令人心折！现在既承推心置腹，究竟要兄弟怎么样呢？"常肃道："凡事随机应变，难以预定，鄙见以为吾党的事，变幻不测，将来见可而进，知难而退，统由小翁方寸中筹画。只不要学那读死书的士大夫，照着书本子上说的去行，就是了。"小燕道："实在自问才力不及，未必能有益处。既承抬举，以后如有所见，必来商酌进行。"常肃道："全仗主裁！决随麾下，一无异言。目下保国会应当续开，其中职员如何支配？金庵如想做总理，鄙见只要与国有益，鄙人不妨避贤。子友想做副总理，是否要添设？请小翁裁决。"小燕道："我看总理一席，非君莫属！金庵旧学虽好，於此会不甚相宜；副总理似可不必添设，设后恐怕又多麻烦。子友或在值理议员中位置一席，可以对付下去。不过开会地址，到要斟酌。上次用庵尚书既不甚愿意，此次仍在粤东馆，好像跟他闹蹩扭，我看不如换一地方如何？"常肃道："我是无可无不可。"小燕道："此次倘去借各省省馆，他们一定要诧异，你们两广会馆很多，何以来借外省的！必然多一句话。我想不如借一个庙宇，避免一切的议论。"常肃道："很好！"小燕道："后孙公园宏济寺，屋子宽敞，地址适中，往来方便，如尊意赞成，只要派一个家人去说一说，就可定下了。"常肃道："如此准定了。"小燕道："明后天兄弟在总理衙门恭候，一切再谈。"就匆匆走了。正是：

芍兰游女香巢筑，几复清流学社开。

欲知后事，且看下文。

第四十四回　戴胜佛出山收草寇
　　　　　　　唐常肃入署献危言

话说魏郁文在浙江学幕中，接到了梁超如的电报，嘱令亲赴山中去请胜佛到北京来，语意恳切，非要胜佛来决定大计不可。郁文情不可却，只好收拾了简单行李，乘了往九江的招商轮船。到了九江，依旧雇了民船往贵溪而去。不多日到了贵溪，徒步上山，因从前来过一次，不至迷了路程，心中很急的跑到了那个山庄上。只见柴扉双闭，落叶满地，惟闻深林中鸟雀啁啾之声。郁文上前叩门，等了一回，听见有人来开门。郁文举眼一看，原来就是胜佛，只见他身上穿着的都是粗布的袄裤，一个豪华公子，变成了枯槁樵夫。郁文喊道："胜佛兄，我来了！"胜佛见了郁文，淡淡的一笑，请他进门。郁文就问："老师在家么？"胜佛道："三天前出门去了。"郁文道："唉！来得不巧！怎么老师又出去了？"胜佛也不言语。一同进了草堂中坐定。一切景物，依然如旧。胜佛道："你没有吃饭吧？"转身进内，一会儿领着一个村童，搬出蔬菜米饭。郁文饱餐了一顿，向胜佛说道："北京来的信和电报都接到了么？"胜佛道："接到了。"郁文道："我今天特地来找你，你知道么？"胜佛道："不知道！"郁文道："我接到超如的北京急电，他说机会紧急，非你去筹画不可。"胜佛道："一来自问没有旋转乾坤的手段，二来靠着别人的力量恐怕没有好结果，况且我现在山中，总要听师傅的吩咐。我决不能独断独行的。"郁文道:"不晓得师傅几时回来?怎么好!"胜佛笑道:"你不要急,凡事自有一定的。"郁文道:"你跟了师傅几个月,把平日的意气都销磨尽了!"胜佛道:"不过我稍下了些镇静功夫,觉得以前所说的所做的太觉得卤莽了。你且住下来,等师傅回来自有办法。"郁文道:"我的脾气你是知道的,受人之托,必要忠人之事。"随伸手搔搔头道:"这样的不阴不阳,教我怎么好呢?"胜佛笑道:"这也没有法儿,只好请你忍耐些罢了!"

正在说时,只听得柴门外又有剥啄之声。胜佛道:"难道师傅会回来么?"随即出去开门。郁文立即跟着出去,只听得门外有老人的咳嗽声。郁文就抢上前去,把门开了。一看果然是师傅回来了。郁文心里说不出怎么样的快活,跳出门去,叫了一声:"师傅!"那老人微微笑道:"你为人作嫁来了!"随踏进门。胜佛道:"师傅回来了!"老人点点头。郁文跟进来,老人在草堂上坐定。郁文就磕头行礼,问候了身体康健,接着说道:"北京梁超如打来一个急电,教郁文亲自到山,请胜佛兄北行。他说,事机很紧急,非请胜佛出山不可!刚才胜佛说须听师傅吩咐,师傅你答应教他去吧!"老人瞧了胜佛一瞧,微微叹了一声,随向胜佛说道:"我前天出去,你知道我那儿去么?"胜佛道:"不知道。"老人道:"自从汉口转来了几次北京的书信电报,我很担心到底这个机会怎么样?我也一时揣不透决不定。我只觉得与你很有关系。想了许多天,没有切实的办法。我前天想不如到我师傅那儿去,请他判断一下子。"胜佛听了,嗓子里好像哽咽着,说道:"师傅你也太爱惜太操心了!"老人道:"也不止为你一个人,这是有关将来大局的。"郁文就问道:"太老师说什么呢?"老人又叹了一声道:"师傅说'事机已动,恐怕不能挽回,我与你不是仙人,那能预决他成败吉凶,只好由本人自己决定,尽人事以听天命罢了'!"随向胜佛说道:"前三天我想留你在山,等学成再去,现在听师傅所说,知道不可勉强,你与他们几个人办事的机缘已到,也不必强留了。"胜佛道:"师傅既然如此吩咐,事有前定，也无从说起。他们几位朋友，本来都是肝胆之交，倘然此次畏难不去，将来何以见人，只好但凭徒弟去吧！"老人道："昨日师傅说道，我们的功夫未到十分，对於凡事的成败吉凶何能知道！你此去或者得遂志愿，亦未可知。不过办事无论成败，记好了'任劳怨，避权位'六个字。涉世保身之道，尽在于此。愿你勿忘我言！"胜佛凄然答应了。老人道："既已决定要去，时光尚早，今天可以赶到船上，你就同郁文收拾了去吧！"胜佛就向房中收拾了，并取了一个小小的包裹，就含着泪向师傅磕了头。郁文也磕了头，欣欣然先往外走。胜佛低着头默默的跟着。那老人也送到门外，点点头道："胜佛你记好我的话，我不送你了！郁文你和他在一块儿，也常常把我的话向他提提，不要忘了。"两人向老人深深的鞠了一躬，那老人就回身关门进去了。

胜佛看见老人进去，一面走一面掉泪。郁文道："胜佛哥你向来没有这种儿女子的样子，今天为什么对着师傅这样的恋恋不舍呢？"胜佛道："我自己也不知道，只觉得悲从中来，不能自已罢了。"两人都是练有功夫的人，加些劲，跑出山去，不到三四点钟，已赶了三四十里路，夕阳在山，已望见贵溪城郭。一会儿到了郁文所雇的船上，郁文就吩咐开船，风水俱顺，上灯时已走了二十余里。到了一个小镇上，停了船，胜佛郁郁不乐，郁文从带来的网篮中，取出了一瓶汾酒，许多的小菜，唤船人取了杯筷，二人对酌。饮到半酣，胜佛终是默默无言，郁文道："你为什么一点儿兴致也没有？"胜佛道："我看我们师傅也一样的不高兴，也不晓得为什么。"郁文道："黯然销魂者，惟别而已矣！江文通所说的确是至理！"胜佛道："不错！"两个人谈了一回，也就向舱中和衣而睡了。

胜佛睡了一觉醒来，推开篷窗一望，只见水中映着月轮，空明澄澈，微风摇曳着芦苇，苇叶上稍有飒飒之声，岸上四围黑暗，绝无灯光。胜佛倚着船窗，正在赏玩，只听得那镇市的尾梢，忽有一声犬吠，远远的有两三点火光闪烁，接着隐约的有许多的黑影跟着移动，市内市外,狗吠的声连接而起,渐渐有些人声喧闹。胜佛再向前一望,只见火光登时越亮越多,一会儿,听得近市的人家,有了哭喊之声,胜佛连忙把郁文推醒了,说道:"你快起来!岸上出了事了!"郁文坐起身来,把手将两眼揉了一揉道:"什么事?"胜佛道:"你听你看!"郁文也向船窗外望了一望道:"大约市中失火吧!"胜佛道:"恐怕不是,并没有火焰。"郁文道:"既然不是失火,恐怕是抢劫,才有这哭喊的声呢。"胜佛道:"倘是盗劫,我们船上也要预备的。"随向后舱喊那船家,那船老板也已起来,听见坐船的喊,他就低低的说道:"少爷们不要慌,这是他们开小差,和我们不相干的。"郁文道:"不行,我们不能坐视。"随向胜佛道:"我们上岸去看看情形。"胜佛道:"好!我们且去那村中探听一下,再想法子。"两个人就从船上纵身一跳,跳到岸上。船家道:"二位少爷不要去,不值得去冒险的!"二人也不理他,匆匆的走到村中来。只见各家都关了门,但闻人声嘈杂,走到一家草屋前,见有一个老者,半掩着门,探头张望。二人就向老者问道:"这是什么事?"老者摇摇头道:"今天又在闹明火了!"郁文道:"是土匪还是军队?"老者说:"是前面山中一伙强人前来骚扰罢了!"胜佛道:"他们有火器么?"老者道:"都是一班无赖,有些枪刀,那里买得起枪炮!"郁文道:"既然如此,我们想一个法子,可以赶他。"胜佛道:"老丈!他们往常出来,只抢一两家么?"老者道:"前几天把前村十几家统统都抢完了。"胜佛道:"我有法子,请老丈帮帮忙,我们去赶掉他。"老者摇摇头道:"我老了,没有本领可以帮你。"胜佛道:"并不要什么帮法,只要请老丈通知各家,所有男人统统出来,拿着铜器敲打,高声喊叫,跟着我们,由我们二人冲锋前进,保管可以得胜。"那老者听了有些不信。郁文就将腰中所围的十三节钢鞭,握在手中,又从衣袋中取出十三响白郎宁手枪一枝,向着老者一指道:"我们来救你一村,你还不肯么!你再不肯就先把你祭枪!"老者看见了,浑身抖战,跪下来道:"我就去!"胜佛也将衣袋中手枪取出,又向腰间解下钢带子一根,向空中一晃，就成了一把长剑，也指着老者道："起来快去！"那老者就引着他们，逐家打门，说明两人之意。各家听见了，正在恐怕土匪前来，看见二人手持利器，威风凛凛，登时有血气的少年十余人，拿着棍棒等，跟着出来。二人就教他们各家都敲着铜器，放声喊叫，胜佛率领着十余人，向有火把的地方冲来，那时郁文已跑在前头，离开土匪抢劫的地方十余丈路，就将手枪朝天放了一响，举动钢鞭冲入。那土匪因听了枪声，吃了一惊，正在回头顾望，只听得后面又是一声枪响。顿时村中人声四起，齐呼捉强盗，铜锣的声响，震天动地，大家不免惊惶。忽看见一道白光，着地卷来，土匪纷纷倒地，其中强盗头目数人，手持枪刀，正欲拒敌，只听后面枪声起处，几个头目应声而扑，其余小喽啰一哄而散，也不及收拾抢劫的东西，全都弃去逃命。一霎时火把尽灭，那村中少年，跟着他们二人，都像小老虎一般，叫吼争先，居然也打倒了几个小贼。后面村中众人，听得强盗打退了，也出来耀武扬威，将打伤的强盗捆起二十余人。幸喜吃枪子的也未送命，统统缚在沿河岸的杨树上。

　　是时天色微明，众人中间，老者为首，领着众人向胜佛、郁文二人磕头，说道："亏得二位英雄，救了我们全村的姓命！"二人连忙让他们起来。村中人取来板凳两条，请二人坐了，随拉着一个强盗前来跪下。胜佛问道："你们是何处人？前来抢劫！"那人说道："我们都是附近一带的苦百姓，连年荒歉，无以度日，加以现在江西全省盛行天主教，凡入教的人靠着神父王安之势力，横行不法，凡属教民打官司，总是赢的，见了知县，立而不跪，县官也因他是教民，每每以屈作直，就是犯了杀人放火的罪，只要求着神父的一封信，就可以从轻发落。我们穷苦的人，有冤无处诉，只好走这条道儿。现在做强盗的到了如此的地位，也算是尽头路了。倘然你们各位开恩饶了我们，我们决计不再干这个事了！"胜佛听了，叹了一口气，说道："真也可怜！"随立起来，招了村中几位有年纪的人，走到就近一家人家的门内，就说道："现在此事如何办理？"众人道："悉听二位吩咐！"胜佛道："照例呢，自应当送官惩办，但是官胡涂的多，你们将他等送去，既费了许多使费，万一官再挑剔，反成了官司，将来踏勘审问，不晓得有几许麻烦，我看不如就地了结。我们是路过的人，又不能永远保护你们，冤仇宜解不宜结，就此发落，诸位以为何如？"内中一人说道："送官是自己去寻烦恼，这位少爷说的话一点不错，不过这班人放了他，恐怕将来报仇，也不可不防。"又有一个人说道："不如把他们统统弄死了，一了百了。"胜佛道："论起他们的罪名，杀死也不算冤枉，不过他们也是为贫所迫，情有可原。况且他们党羽决不止这几个人，刚才逃回去的也有三四十人，倘然将这班人杀了，必定有报仇之事，防不胜防。人究竟都有良心，不如我们与他约束一番，解开了这个结，各位以为何如？"各人听了，齐声说道："少爷的话不差。统统杀了，不去报官，恐怕将来反有祸殃。且冤仇越结越深。还是请二位出去解决的好。才刚这位少爷说的，他们得了性命，总有一点良心，我们决定如此办吧！"胜佛道："诸位既然愿意，请向合村的父老通知一声，以便兄弟去办理。"各人道："村中几个长辈，都已在此，况且二位都是热心帮助吾们的，决没有别的话说的。"胜佛就向郁文道："你看如何？"郁文点点头道："这确是妥善的办法。"就一同走向那些强盗身边，指挥众人将受着枪子伤的三个头目解了捆的绳索，看了伤处，都在大腿及膝骨上下，一时虽不能行走，将来决不致成残废。原来胜佛枪法精绝，他看见他们持着枪刀，所以擒贼擒王，先打倒他们。但注意着不打在致命处，所以并无重伤。其余均不过受了铁鞭棍棒所打，更为轻伤。胜佛先教人取些清水棉花及布条，先将受枪伤的取去枪子，洗扎完好，随问那三人道："你们晓得许多人持械行劫，法律都要处死的么？现在你们愿意送到官厅去正法么？"三人说道："那有人愿意死的，不过到了这个时候，也只有听凭你们办理罢了！"胜佛道："我们是过路客人，不过路见不平，拔刀相助，与你们没有什么仇恨。我听见你们同伙中说及，都是为贫所迫，走此末途，我看你们三个人，身材很壮健，什么事不好干，何以做此犯法的事！就算强抢得手，也是过一时快活；万一越闹越大，省中派了军队来，枪炮利害，你们对于我们两个人尚敌不过，那里敌得过军队！好好的一个男子汉，背着强盗的名，送去一条命，你对不住生长的父母，也对不住自己一个很好的男子汉！就此无名无目，埋没掉了，我很替你们可惜！现在我想替你们向村中父老求开一线之恩，倘然你们从此悔悟，改习正当行业，我把你们放去；倘然你们不肯改悔，不听我的话，我也不管，让他们去送官。你们也不能怨我了！"那三个人听了，一齐说道："我们听了你老的话还不觉悟么！经过此次从鬼门关逃出来，再去做坏事，不要说对不起你老，也真对不起自己了。求一求你老人家开开恩，向他们说说情，饶了我们的命吧！"胜佛道："你们此次失风，是我们多事，与村上的人不相干，你们老实说，你们如今恨谁呢？"中间一人说道："我们被你老等捉住了，说是不恨，是骗你的话，你也不信，不过此次你老捉住了我们，依然开恩放了我们，非但不恨，而且都感激的！因为倘在别人手中失了风，这条命决保不住，也许是我们父母有灵，保佑我们的。倘然再去做歹事，恐怕不再碰见你老一样的好人了！"胜佛道："你的话很好，我就做主放你。"就教众人将二十余人放了下来。胜佛道："你们不要走，我有伤药，替你们医好了再走。"那时船上的人也上来看热闹，胜佛就命向船上取他的包裹上来。胜佛接到了，解开包裹，取出几个药瓶，向着那受伤的一一看了，或敷或吃，都分配完了。众强盗都向他二人磕头称谢。胜佛、郁文都拉他起来，随说道："我们真不打不成相识，请各位喝一杯酒，以作纪念！"众人道："那是不敢当的。"胜佛道："不要客气，人生何处不相逢，我们也许有相逢的日子哩！"随将众人请到一家酒店中坐了，取出几两银子，交与店家，说道："你替我各处去凑办些酒肉饭菜来，银子不毂，尽管向我拿，快去快去！你一店中恐怕不毂的。"店家道："容易，我去预备就是了！"那众盗也跟着进店坐定，各人或敷伤药，或讨些酒，将伤药服下。大家都很喜欢。彼此谈论，只有妇女小孩，远远的围着看望，不敢近前。

那受枪子的三盗，因裹扎合法，也不十分疼痛了。一面向胜佛、郁文道谢，一面询问姓名。胜佛坦然相告。郁文道："这位戴少爷，他老太爷是现任的湖北抚台。"众人吃了一惊，齐向胜佛注视。胜佛道："诸位不要诧异，我的兄弟嘴太快，把我的来历告诉了诸位。诸位要晓得，我们都是中国人，有什么分别！就是做了大官，也没有什么希奇。只要替百姓做点事就是狠好的。一个人倘然做了大官，贪赃枉法，反不如一个小百姓呢！"众人听了，都欢呼道："我们今天遇见了戴少爷，真是吾们的福气哩！戴少爷今天你饶了我们的命，将来只要戴少爷有什么差唤，我们情愿舍身报答你的。"胜佛道："既然各位不但不怨我，而且狠说得来，我们何妨把各人的姓名写齐，将来有事，彼此互相帮助何如？"那头目三人说道："戴少爷既然看得起我们，"就向众人说道："不如我们一齐拜在戴少爷门下，将来遇有机会，请戴少爷提拔我们。我们没有什么本事，只有一腔子的热心，两膀子的笨力，不晓得少爷肯收留么？"胜佛道："既承各位诚心，那有不收的理！"众人登时欢天喜地，备了香烛，齐向胜佛磕了头。胜佛做了他们的老头子。那为首三人，一个叫陈牛，一个叫王老虎，一个叫刘义，就做了开山门的徒弟。郁文看了，说道："我们一时的抱不平，倒得了许多的弟兄，真出于意外的事！"大家欢呼畅饮，直到了正午的时候，陈牛等三人将彼此通信地址及特别暗记交换了。起身作别，都恋恋不舍而去。

胜佛、郁文等他们都去了，就向村人告别，说道："现在你们村上可以高枕无忧，决无后患。我们也可以放心了。"村人都狠感激，一定要留二人暂住一二天，二人执意要行，就有许多人拿些食物送至船上。二人决定不收，村人不管，只去堆在船上。二人无法推却，只得拱手道谢。一面上船，催促舟人开船，村中人沿岸相送，直至四五里方才散去。郁文道："我们此行，事机狠顺，此事得此结果，好得很呢！"后艄船老板说道："二位跳上岸时，我们吓得不晓得怎么样！只怕他们杀到船上。不想这一群强盗,一点儿不中用,经二位一轰,统统散了。早晓得强盗如此容易捉的,我们也愿意去献献能耐,捉他几个呢!"旁边一个摇船的笑道:"你的本领大得狠,你要捉强盗,你还是去嫂子身上捉几个白虱,是你的大能耐呢!"船老板笑骂了一声,胜佛、郁文听了,呵呵大笑。船老板看了船上堆着蔬果鱼肉等类,满面笑容,心想到了九江,他们少爷是不会要的,不是我的福气么?一路加意服侍,十分尽心。沿途无事。到了九江,郁文开销船饭钱,船老板说道:"船上的东西狠多,送到那去?"郁文道:"我们要他做什么?送给你就是了!"老板道:"少爷们既然不要这些东西,那船钱也不必算了!"胜佛道:"那有这个理,快不要客气了!"船老板心中十分快活,拿了行李,随二人到了栈房,千谢万谢的走了。

  胜佛、郁文二人,住了一日,匆匆的上了下水轮船,到了上海,也不去找朋友,立即换坐海轮北行。不多几日,到了北京。胜佛、郁文将行李搬到了浏阳会馆,二人即到南海馆去访问,恰好超如在那里,彼此见了面。超如道:"望公久矣!何姗姗其来迟?"胜佛微笑道:"手无斧柯,龟山奈何!我的迟早有何关系呢!"超如道:"我们一切待子而行,你难道忍心袖手坐视么?"胜佛道:"现在我党进行到什么光景呢?"超如道:"保国会开了二次,总理及职员均已推定,附从的固不少,反对者亦甚多,最可恨的是表面狠像同志,一不满他的欲望,也就起而反对,真是怎么好!"胜佛道:"这种因私废公,是士大夫遗传的劣根性,现且不谈,常肃先生有什么进行的把握么?"超如道:"前天,高给谏保荐人材,皇上从龚师傅那里也知道我们的先生,狠想召见,不意同乡徐用庵,在王爷面前说了很多坏话,就改为总理衙门传询。狠好一杯酒,加了一勺清水,就冲淡了。后来庄小燕说:'就是面对,恐怕也没有什么效验,实在上头太软弱,龚师傅多年教导,只有加深了谨慎小心的程度,欲讲到英毅独断,怕不容易。'我们只有设法得了他的信任,给我们大权,放手做事,才能行我们的志愿。"胜佛道:"小燕能如此不避忌，他与唐先生和各位的交谊真不浅了！"超如道："现在保国会中吾们已暗戴小燕为首领，他所以肯出力办理，他也只与我和唐先生密谈，他还谆谆嘱咐我不许漏泄于同志中哩！"胜佛道："此人于朝论中声望不十分高，然而确有霸材，可以担当大事。不过得志之后，决不能守绳墨的。"超如道："是的！因为龚师傅太胆小，於官场中趋避之术太工，他只可以做承平良相，决不能做救时名相，现在他的旗帜渐渐鲜明了，他的敷衍的手法也渐渐的穷尽，人家都窥破了，我们看他渐渐靠不住，风色少变，他决不能领袖吾党出头奋斗的。所以我和先生商定，暗中推戴小燕，以为后备。他近来于宫廷中消息灵通，能投上头的所好，所以圣眷优隆。他既有雄心，必能尽力，而其才亦足以济之。似比着常熟之谨小慎微，能有作为，你以为何如？"胜佛道："我辈在此时，只求动，不求静，不论什么方法，凡能推动这个引擎者，皆可取之。常肃先生已经到总署询问过么？"超如道："前天传知道署，那天到了匡邸及几位大臣，龚师傅没有来，他是避嫌。小燕却到的狠早，招呼一切。匡邸问了几句话，先生回答了几句，他们都似听非听的。先生知道无益，就说道，自强变法，一时也不能畅述，待司员回去拟就说帖，呈请转奏吧！王大臣听了好像很欣然。匡邸也狠客气的说道：'我是久慕大名，请你快递说帖，以便请敬王爷的示！能给代奏最好！'说了几句，就匆匆的散了。我们先生知道这是敷衍应酬，也狠灰心，递了一个说帖，听小燕说，敬王爷是不甚赞成，就是代奏了，也不过是这么一回事，他们也不在心上。你想可气不可气？"胜佛道："他们不论什么事，什么官，都叫作当差。国家存亡，他们也视同一样，我是早知道的，不用提了，我问你，龚师傅对于唐先生近来态度若何？"超如道："从前狠密切，在上头确曾密保过数次，自开了保国会，高给谏保举后，渐渐儿觉得疏远。近来也不狠能见面，也不知道怎么。"胜佛道："你们和小燕密切往来他知道么？"超如道："不晓得他知道不知道。"胜佛道："马加剌庙的机关，韵高曾去疏通介绍么？"超如道："那个寇良材，我们都见过，确是一个对于皇上有忠心的。不过总有些老公的习气，智识也是有限，恐怕敌不过皮小连。"胜佛道："照各方情形看来，吾们基础一点儿没有坚固的把握，吾意第一要握有兵权，若自己手中没有，欲依靠临时结合的将帅，将来必成何进召董卓之祸。"超如道："你的议论自然是扼要的，不过我们从何下手呢？现在只好先接近政权，慢慢的设法取得兵权罢！"胜佛道："现在天津小站的方安堂，他练的自立陆军，一切均仿西人训练，很有精神，大约的确是一枝精兵；我们能牢笼他入我党中，则事半功倍。你以为何如？"超如道："我也听说方安堂确是一个将材，他是在淮军胡长喜部下的。当时胡长喜名誉狠好，方安堂在他营中阅历有年，听说他初到营中时，随往朝鲜，胡公幕府颇多名士，那时章直蜚也在其中，方安堂从他学作八股文，直蜚常常以朱笔抹之，作'羯鼓四挝'的评语。然他狠知道安堂有才，因向胡公说，派在营务处学习。一天奉令巡查队伍，道遇一卒，向朝鲜人强夺食物，安堂见之，即向询问。那卒不服道：'汝焉能管我！'安堂大怒，手中拿着大令，厉声道：'有令在此！为什么不能管你？'卒怒詈不服，安堂即拔刀斩之。营中士卒，得了信息，汹汹不服，欲杀安堂。胡公闻之，即下令合营道，'方某奉吾令而出，能杀抢夺的士卒，就是能尽营务处的职任。'马上委充了营务处总办。安堂从此知名。后来回津，合肥与之谈，甚赏识他。告人曰：'继我主北洋者，必此子也。'力荐于高阳、常熟，使练新军于小站，闻其军中一切发饷阅操，事必躬亲，士卒莫不视方大人如父兄，事无大小，皆可直达，故小站营中绝无克扣等恶习。吾党若得此人，确是大有用处！章直蜚与他有师生的关系，我们去托直蜚疏通一下，或可加入吾党。"胜佛道："狠好！狠好！"郁文向超如说道："还有一个机会，今年是正科会试，全国举子来应考者必多，我们鼓吹一下，一定可以扩张会中的势力，你将来也要下场的。"超如道："科举是我们反对的，本想不去下场，但科举已行了许多年，深入人心，暗中狠有团结的力量，借着科名去连络，比较着容易得多，所以唐先生也要我去下场,并且劝告同志们也去下场哩。"胜佛道:"这也是一个法门,我佛度人,有八万四千法门,才可以网罗众生,使尽归大道。这个办法是不错的。"

正在畅谈,只见唐常肃忙忙的进来,见了郁文,欣然说道:"辛苦得狠!你真可谓不辱使命了!"又向胜佛握手道:"吾们盼望你,到今天才来了!我正有许多大事要和你决定一下呢!"胜佛道:"承先生和超如兄各位相召,未能迅速前来,抱歉得狠!刚才和超如谈了一回,朝中时局,略知一二,先生现在如何进行呢?"常肃道:"我自从到总理衙门,由王大臣们问了一回,也知道不过妈妈呼呼的一回事,但是总要缴卷的,所以吾递了一个统筹全局的疏稿,中分三端,一、请誓群臣以定国是;二、请设上书处,以采众言;三、请开制度局,以定新制。也不晓得他们代奏不代奏?这个事倒也不必去提。超如曾说起我们与小燕密切交往的行动么?才刚我得了一个信息,说是小燕召见奏对时,确曾极力推荐我们,不料上头跟龚老夫子说及,老夫子忽然不甚赞成,我看大约一则,为着老敬王不赞成变法,二则,也许对小燕有点儿酸意,别人说他的脾气向来有点儿忌才,吾看这是不确的。我的才识,尚没有可以妒忌的资格,你们以为如何?"胜佛道:"大概不错的!不过说他没有一点儿忌才意思,这是先生的自谦。依我看来,这位老先生所提倡的不过是一班文人词客,一有关系国家大局的进退贤否,从没听见他有些特别举动,他总是要避免擅权的声名,就是有关国家兴亡的大计,他并非不知道,总是在第二步的计画中,不肯首先冒险的。这并不是他的不好,这是中国学术,自从宋明以来,养成了这种习惯,从前的先公后私,义侠风气,都被规行矩步的程朱学说淘汰了,就是王阳明的学问事功,也指为功利之学,百端排斥,于是为君子的不敢直言放论,为小人的正好托迹藏身,成了一个麻木不仁的世界。所以将来如到了亡国的日子,决没有杀身殉国的忠臣义士,替亡国史上装些体面的了。"常肃慨然道:"真是至论!潮流所趋,从那里挽回呢!"超如道:"刚才同胜佛兄商量，最好把方安堂收入吾党，有他的实力，可以巩固吾们的基础。"常肃道："此人的才具是不错的，不过靠得住么？"胜佛道："现在我们也只好广集人材，慢慢的考察他的心术如何。"正在说时，只见送进一封信来，上写着"唐老爷台启"，没有具名，拆开看时，信上写着："有要事面谈，请偕超如兄同来！"下面并未具名，只有"云泥"二字。看到笔迹，是小燕写来的。常肃知道很有关系，就同超如叫套车，一面将胜佛、郁文送出，一面坐了车径往锡拉胡同小燕寓中而去。正是：

　　　　拔剑二豪收草莽，登车四顾志澄清。

欲知如何，下回再说。

第四十五回　权上争权政策革旧
　　　　　　梦中寻梦酒令翻新

　　话说唐常肃、梁超如因接到庄小燕的信，请他们二人速往密谈，他们就套了车，赶往锡拉胡同小燕的寓中来。二人到了，一同入内，小燕请到书房中坐定，就告诉常肃道："前天上头叫起儿，我上去面奏，极力的保举了阁下许多话，并题及阁下的著作及王子度的《日本国志》，并说龚师傅均曾看过，也很赞成。上头点了点头，说道：'也看过了。'我就奏道：'皇上如以为可取，不妨由一位德高望重的大臣，递折保举一下，自然可以镇压浮言。'上头也点点头。以我意见观察，上头很赞成变法，不过上有西太后的阻挠，下有枢廷的不赞成，恐怕没有结果。"常肃道："我今儿听得一个消息，说是皇上跟龚老夫子谈及了我，老夫子面奏：'庄某既然面奏，不妨叫他递折保举。'今天听见小翁题及此事，大约皇上听了小翁的面奏，所以有这个消息。刚在跟胜佛谈到此事，胜佛说得极痛快。他说：'这位老夫子的意思，一来要迎合王爷的意思；二来要脱卸在小翁身上，不担责任；三来恐怕我不受羁勒。'这几句话确是十得七八。"小燕道："胜佛来了很好，前儿我们三个人密谈的话，告诉他没有？"常肃道："没有。"小燕道："胜佛虽是同志，然年少气盛，一时不留意，流露出来，是很危险的。超如你看对不对？"超如道："是的。胜佛的人格，我可以担保；不过言多必败。凡是秘密的言论，总应当到实行之时再说不迟，事前少一人知道就少操一点心；小翁的谨慎是不错的。"小燕道："现在龚师傅既然如此，以后未必能得他的助力了，我把关于他的消息告诉你们，他自将济宁轰去之后，本想拉钱唐卿进去，不料那位总管与济宁关系很深，先下手为强，用着离间两宫的大题目，下了一个青天霹雳，把唐卿撵了。近来济宁、连总管二人对他的过节儿还没有消弭，你们看不出今年必有风波。他老人家还在梦中，去各方面敷衍呢！六爷在一日军机，或可勉强维持他，这位王爷尚有故旧之念，就是近来也看破了他的伎俩，总还要保全他的面子。不过王爷近来身体多病，恐怕不能长久，今儿听说军机处已请了好几天假，万一不起，政府必有变动，新近他圣眷也不甚好，就像各国钦差来总理衙门要求在乾清宫里觐见的事，前天召见，上头就问及怎么样？我即面奏，现在外交，对于虚文礼节，不妨优待，只要注意收回实在权利。上意亦以为然。不料军机上去商量办法，这位老人家固执不可，仍是天朝夷狄的一派顽固思想，上头不以为然，因此碰了很大的钉子。讲到宗室中间，七爷已死，六爷之外还是匡邸，于两宫有些信用，去年胶州教案剧烈的时候，他激昂慷慨，自请带兵，本来是可笑的。他懂得什么用兵！不过这也是旗下当差的一种法儿。那位老先生就当面带笑的说道：'王爷你当他是体面的差使么？'这种尖刻的话，真教人下不去。听说匡邸私下常常切齿呢！前天同衙门的俞筱仪，因为借款的事，也跟他狠翻了一起，筱仪听说要请开缺。筱仪他也有他的神通，未必就能压倒他。就讲借款一件事，你是清官不要钱，不过这里的回佣是通例，你不拿也是白搭，况且许多奔走办事的都指望着。你自己做清官罢了，不能教人家都学你，你是军机大臣、户部尚书，不怕没有钱用！不用说别的，就是户部的饭食银子，那一个衙门能像他的收入，这种的不近人情，不免为众矢之的了。"常肃道："老夫子既然如此，我们也不必希望他来帮忙，他将来出了事，我们并不是不帮他，是他自己离开我们的。"小燕道："现在我们须决定进行的方法，否则机会一失，就悔不可追了！"超如道："敬王万一去世，继起的王公没有他的资望，阻挠的力量自减去了分两，龚师傅也许回风转舵；倘若应了小翁的预言，反对他的乘隙而起，来动他的手，那时鹬蚌相争，把注视我们的目光分去了一半，我们反好坐收渔人之利。我们只管扩张吾党的势力，使圣意坚决，反觉得进行容易，未始非福。"小燕道："是极！是极！我们决定合力进行。"常肃、超如道："不过是要小翁发踪指示，我们自然协力同心的。"小燕道："马加拉庙，小儿本来跟他们拉拢很熟，所以上头的举动，我大略都有些晓得。不过我看总要多开辟些门径才好！我们的会中，二位也须加意联络，各人有各人的门路，都要设法使为我用才好！"超如道："前天与苾斋内兄谈及，他也很佩服小翁的长才，也很赞成吾们的举动。他又说：'余铸甫的老太爷，向来是老成持重的，因为深忧国势危岌，也诚心赞成变法。他二位老人家资望也毂，将来出来，一定可以收一臂之力。'"小燕道："很好！他们二位年高德重，向来有清望，不比我们异途后进，未免被人轻视。即如二位，虽然才学优长，然究竟是新进，不比他们二位，足以止息浮言。现在请你们加意联络。韩信将兵，多多益善。一面探听宫中府中的情形，如有关系消息，彼此迅速通知。"常肃、超如道："是，是！"就立起身告辞而去，各回了寓。

那时春闱试期已近，各省举子纷纷到京，预备下场。超如的内兄吕旦闻侍郎，他有放总裁的资格，那天早上，他也照例听宣。到了九点钟，里头传出上谕，派出孙朝鼎、余书屏、吕旦闻、文平四人，此外同考官以及监试各职，都派出了，超如因与吕旦闻有郎舅的亲谊，照例回避，不能入场。超如本来志不在此，毫不介意。其余同志的一班举子，也就提着考篮，接了卷子，纷纷的钻入矮屋中去。度过了三场九天，那回头场的头篇题目是《论语》上"子曰：'放於利而行多怨'"两章，第二篇是《大学》上"不诚无物"，第三篇是《孟子》上"所以动心忍性，曾益其所不能"。试帖诗是"赋得云补苍山缺处齐"，得"山"

字五言八韵。原来科举场中,着重的是头场头篇八股文及试帖诗。各人出了场,那同乡、同年、老师等,都要讨那文诗稿来看,以卜能否中式。当时林敦古出场后,将一文一诗,誊了几份,送到各老师及同乡前辈处。本来敦古文名甚盛,他平日所作的诗,酷摹南宋杨诚斋的,他虽年轻,已有诗集,名为《晚翠轩集》。他既将场作遍送各处,各人都称赞他一定抡元。敦古也自命不凡。

正在等榜的时候,一天超如约了郁文、敦古等在李铁拐斜街聚丰堂去吃梦,原来当时科举场后,出榜之前,士大夫间往来饮宴,名为"吃梦"。规矩是一个不入场考试的作为梦神,其余都是入场的举子。到馆子里吃了酒饭,记了账,将来在座的人中,中了一个,就由这一个人还账。中了几个,共同分还。中间没有中的,就由梦神还账。所以每届闱后,酒馆中很热闹的。那超如这一天聚会,也是如此。除他三个人外,还有四川的杨淑乔,如皋的顾梅庵,通州的李春阁,太仓的姚梅篱、陆卢卿,苏州的张秋谷、章叔义,扬州的王礼门、章仲玉①,其中也有本来在京当京官的,也有自外来的新旧举人,大约都是有些文名,与超如等声气相通,所以超如预先约着,预备畅快一日。

那天下午三四点钟,超如先到了聚丰堂,不多时,各客陆续而来,傍晚客已齐了,超如便教伙计摆好了席面。超如道:"今天我是客,我是坐第一位的。"淑乔说道:"你也太会恭维了!让我来坐!"郁文道:"今天这个聚会,倒也好笑,平常的臭规矩,总是把第一位推来推去,不肯入座。我也不晓得,坐了第一位难道是能毂多吃些燕窝鱼翅么!今天是争着坐第一位,还说是谦虚,还说是恭维,听来很新鲜。其实依然是臭规矩的遗味。我看不必罢!还是大碗的酒,大块的肉,爽快一下子的好哩!"超如呵呵笑道:"士别三日,便当刮目相看!你是隔了三千年也不晓得我的眼睛还刮不刮呢!"众人听了都大笑,便随意坐下,斟

---

① 编者注:张鸿,号燕谷老人,即本书作者,此处化名为章仲玉,书中后文多处又以庄仲玉为化名。

酒上菜。大家闲谈了一回，

超如说道："我昨天约了诸位来吃梦，晚上想到吃梦两个字，很有意思。人生在世，那一个不在梦中？过这六七十年梦里光阴，不过各人所做的梦，各不相同，入了梦中，觉甘苦不同。等到大梦醒来，还有什么梦迹可寻呢！我因此想了一个酒令，就叫他做'寻梦令'。中间是一个寻梦人，一个是梦神，只要寻着了梦神，梦也醒了，令也完了。其余许多的梦，像'南柯梦''邯郸梦'之类，那寻梦的寻着了，就有许多可笑的材料，可以销酒。今天打算与各位行这个新酒令好么？"众人哄然道："好极！好极！可就拿出来看一看！"超如就向他的跟人道："可把那带来的象牙筹拿来。"那家人向着带来包袱中，取出一个纸包，打开来是一个象牙筒。中间有二三十枝牙筹。超如接过来，说道："我把寻梦人及梦神二筹宣布。"他就捡出一支来，牙筹上是用墨写的，上写"趾离"二字。张秋谷道："趾离是梦神的名，好像见于《致虚阁杂俎》上的。"超如道"不差！"下写着："寻梦者遇之对饮一杯，合席公贺一杯。完令。"又取一支，上写寻梦人，下写着："得者以寻得梦神为完令。如入梦境，照筹行之。"敦古道："很好！其余梦境，必有妙处，可一同宣布了吧！"超如道："其余梦境，俟入梦中，方可发表。否则减少兴趣。"众人道："不差。"超如道："现在请各抽一筹，不可泄漏。寻梦人则须先自登场。"众人皆道："遵令。"

超如就将牙筒亲自拿着，送到各人面前，请各人各抽一支。各人都抽了，超如也取了一支，就向席上问道："寻梦人请即登场！"只见敦古欣欣然扬着手中筹道："梦中人来也！"众人呵呵一笑，都道："请寻梦吧！"他向合座看了一看，说道："我们今天本来是超如的梦神，大约就是他吧！"超如笑道："不是。"看他手中的筹上，写的是"南柯梦"，下面小字写着："遇者猜拳三次出梦，胜者饮酒一杯，负者吃蚬酱一盏，或以鱼子或虾子代随意。"梅庵笑道："蚬酱倒新鲜，虾子此地未必有，还是用鱼子捣烂炒成酱，或者可吃。"敦古道："我看还是用鱼子冲汤的好。"当即喊堂倌吩咐去要。堂倌听了,很不懂,说道:"鱼子打烂了没有什么吃头,我们当灶的从来没有做过这种菜,恐怕不好吃,不如用酱汁中段带些鱼子还可吃。"超如道:"你不懂,我们要吃鱼子,你用鱼子打烂了,就照酱汁中段做法,来一小碗毂了。"

堂倌唯唯而去。超如就向敦古说道:"猜拳是否照老法?"敦古道:"自然照普通的法子,先猜双单,次猜颗数,又次猜黑白,两手不脱空。"超如道:"很好!"就取了两颗杏仁、三颗瓜子为二白三黑,就在袖中取了几颗,握在手中,伸出拳来道:"请猜!"敦古想了一想,说道:"你在京双宿双飞,不比我们,一定是双数。"超如微笑道:"你输了!"敦古道:"现在你手中不是三,定是一。"超如道:"不错!"敦古道:"我仍旧向多的方面猜是三。"超如笑道:"你又输了。"敦古道:"岂有此理,只有一个,不是杏仁,定是瓜子。我想今日席上的人,中了都有状元希望的。'一色杏花红十里,状元归去马如飞',大约是杏仁吧?"超如道:"猜着了,你想今天座中都有状元希望,但是状元那有几个的,自然只好一个。你倘先想到杏仁的意思,就全军大捷了。"敦古道:"再来!"超如又伸出拳来,敦古道:"你已把状元恭维过了,现在一定是双数了。"超如道:"你又输了。"敦古道:"难道仍旧是一个么?"超如道:"你又输了!"敦古道:"我还没有决定,正在商量。"超如道:"你跟谁商量?难道和我商量么?你已说出数目了。"敦古道:"就算我输,你手中是三个,一定是二白一黑。"超如呵呵笑道:"你全输了。"放开拳是三颗瓜子。敦古道:"你太狡猾了!"超如又做了一黑一白,却被敦古统统猜着了。超如道:"统算起来,我赢你一拳,我饮一杯酒,你吃一碗蚬酱。"敦古道:"这碗酱那里吃得下!将来行第二回令吃什么呢?"超如道:"馆子里还怕没有鱼子么!"众人都笑,说道:"我们公断,吃了一调羹就算了。"敦古就吃了一调羹鱼子,说道:"味道不差,《礼记·内则》上所以把蚂蚁子的酱列在八珍之列,想淳于驸马在南柯郡时所吃的还不如他!"众人都笑了,说道:"驸马爷快去游历，不要担搁了。"敦古就向王礼门说："是你么？"礼门将手中的筹取出一看，是"春梦婆"。郁文道："好！好！敦古的官运亨通，做了驸马爷南柯太守，又要做翰林学士了。"细看上面小字写着："遇者以骰子掷色，得三鼎甲采方出梦。公贺一杯。春梦婆另贺一杯。每十掷不得采者，罚一杯，以得为度。"敦古道："这个倒不容易。倘然一定要状元，真不得了！"超如道："我本来想写状元的，后来太难，所以改为三鼎甲，较易缴卷。"敦古就向酒馆中取了一付骰子、一只海碗，掷起来。郁文道："礼门本来有'潇湘妃子'的雅号，现在做了'春梦婆'，想来妃子是老了，不过你要数清他掷的次数，以便罚酒。你不要为他是翰林学士，通同作弊，那是不行的。"敦古道："不与你相干。"敦古就掷起来，约掷了二十几回，得了一个双四五六榜眼，大家公贺了一杯，礼门也另贺了一杯。

敦古道："还有好多个梦，超如你有什么刁钻古怪的花样么？我这个梦可做不了了！"超如道："我对于梦中人很体量，没有教他多喝酒的。"敦古就向着杨淑乔道："如今可寻到你了。"淑乔看了筹道："这支筹太不雅了，我看换一枝吧！"超如道："这个令中没有十分有伤大雅的。"众人都说道："换令不行，究意是什么呢？"旁坐的章仲玉，就从淑乔手中取来一看，呵呵大笑道："很雅，很有趣的，怎么说不雅呢？"众人争着看筹，只见上写着"高唐梦"三个大字。下面小字注着："遇者同饮合欢酒三杯出梦。饮时於一杯中更迭饮之，每杯每人须各饮二口，公贺双杯。"郁文道："这筹好极了！楚王、神女合饮三杯，宋玉、景差等反要贺两杯，足见帝王专制的不公平。楚王再来反对，吾们是要革命的。"众人都说道："是极！是极！"淑乔就向敦古道："如此委曲了林神女了！"敦古道："不对！当时楚王到了巫山去寻神女，我是楚王，来寻你的。"淑乔道："才刚我欲换令，郁文说楚王反对，楚王是郁文封我的，不是同程咬金的混世魔王是自己去抢来的。"超如道："据本事看来，确是楚王去寻神女，好在现世界妇女提倡女权，将来男女总要平等的。楚王神女,也不必争了。况且朝为行云,暮为行雨,你们二人好似赵松雪、管夫人说的你中有我我中有你,也分不出谁为楚王谁为神女呢!"淑乔呵呵笑道:"超如岂有此理!"敦古也禁不住笑道:"放屁!放屁!"淑乔旁座的仲玉,敦古旁座的郁文,将一个杯子斟满了,郁文逼着敦古喝了一口,递与仲玉,仲玉也凑到淑乔嘴边,逼他喝了,重又递与郁文,彼此交换着喝了三杯,众人喝采,各各喝了贺酒两杯。大家道:"这个梦好极了!"都催着敦古再寻。敦古随意就向着郁文道:"你是不是呢?"郁文道:"你寻我么?"敦古道:"是的!"郁文道:"你寻着了好顽意儿了!比'高唐梦'还好!"众人盼望又有新鲜的出来,敦古呆呆的催他拿出来,郁文就把筹一掷道:"你们看。"敦古一看,原来就是"趾离"。敦古道:"你真会哄人!什么好顽意儿!"郁文道:"寻着梦神还不好么?"敦古想了一想,也呵呵的笑了。各将筹上规定的酒喝了。郁文道:"没有做着的梦还不少,我们再来一回。"章叔义道:"梦境尚多,刚才行过的不如除去了,省得重复。"超如道:"也好!"就将"南柯梦""高唐梦""春梦婆"三筹抽去,将其余的筹收回放入筒内,又教各人抽了。此次却是超如抽着寻梦人。就说道:"怎么我也做了寻梦人了!"梅庵道:"你是至人无梦,所以回避了不教入场,现在也教你过过瘾哩!"超如道:"你说我,就寻你。"梅庵道:"我也不知道是什么梦。"拿出筹来一看,上写着"华胥梦",下注着:"遇者各塑呆一次,以五分钟为度,出梦。彼此监察,犯规者每次罚酒一杯。"超如道:"这是很难的。梅庵你先塑起来,我先告诉你,五官四支都不准动,犯者每次罚一杯。"梅庵道:"你先塑。"众人道:"先后没有分别,你就先塑吧!"梅庵道:"我来塑一个罗汉吧!"就在座上盘膝而坐,合掌闭目。众人道:"这是取巧,闭了眼睛,不看见什么,就容易得多。"梅庵就开了眼。超如道:"犯规一次。"梅庵道:"犯什么?"超如道:"犯规二次。"梅庵觉悟了。一回儿旁坐的郁文道:"五分钟到了。"梅庵才立起身来,开口道:"我上了你们的当了!骗我开眼,骗我开口。"超如道:"快喝了罚酒,瞧我的。"梅庵喝了两杯,就见超如照常坐定。梅庵道:"你就算行令么?"超如也不响。梅庵道:"你们看他的下巴往右超出,人家说他像朱太祖,我说他是猪八戒的兄弟,你们说他相像么?"众人呵呵大笑。超如依然如老僧入定,不见不闻。郁文道:"五分钟到。"超如才开口道:"梅庵你要罚酒。"梅庵道:"怎么?"超如道:"你先问我话,我答了一句,就是犯规。我不上你当,你又故意取笑我,引得众人皆笑,想要引我笑一笑,诱人犯法。众人公论应罚多少?"秋谷道:"他自己罚了两杯,想要罚人家,其心是应罚的;不过法律上没有注出诱人犯规的罚则,也只好便宜他了!"梅庵道:"你快寻罢!"

超如就向着姚梅篱道:"你是'梦神'么?"梅篱道:"寻着好梦了!"就将筹给众人看,只见是"游仙梦",下注:"遇者以巾作枕,置于桌上,首眠其上,猜三拳出梦。每次胜者,得令负者唱曲,说笑话,说弹词,唱开篇等,凡足以娱乐者皆可。胜者及合席公贺一杯。"超如就向酒馆中取了新白的手巾两条,折叠成枕形,分与梅篱一个道:"这个游仙枕,我们不可不进去一游。"梅篱接着手巾道:"这是什么枕?"超如道:"不过表意罢了。"梅篱道:"我们就此入梦吧!但是猜拳不爽快,还是豁三拳吧!"超如道:"可以!猜拳的形式本可彼此同意决定的。"梅篱道:"好!好!"二人将头靠在枕上,伸拳出来,超如输了一拳。梅篱输了二拳。众人道:"彼此出令吧!"梅篱道:"彼此出令,须量人所能,不可强人所不会的才是。"众人道:"当然!第一拳是梅篱输的。超如出令。"超如道:"梅篱多才多艺,我曾经听见他常常唱说书人的开篇,就请你唱一个开篇吧!"梅篱道:"我偶然唱几句,没有全的,怎么唱呢?但你也难不倒我,我就当场胡诌一支,请诸公不要笑!"就向酒馆中借了一支三弦,一面调弦,一面胸中打稿,等弦调整了,他就用着道地的苏州口音唱道:

四月槐花举子忙,东城根举场去考文章。第一场《四书》

文八股三篇作，还有赋得诗五言八韵调铿锵！第二场是《书》《诗》《易》《礼》《春秋传》五篇经义要堂皇！第三场策问五道须真才学，经史子集尽包藏。近来潘伯寅提倡金石学，汉碑商鼎最当行！还有那李芍农①研究《元秘史》，西北地理考戎羌。都是敲门砖翻的新花样。料想诸公不会忘。只是那提篮钻入牢门内，难堪九日苦时光！吃喝便溺都在三尺地，好像那八戒儿孙聚一堂！出场各把诗文送，也是世故人情第一章！若说此时欢乐处，只有像今天吃梦聚丰堂。猜枚行令无拘束，个个自负是状元郎。等到那琉璃厂里听红录，区区是一定榜上无名面少光。便宜的会钞有人我白吃，低头浮海转家乡。等三年又来白扰喜洋洋！

众人听了，拍手喊道："怪不得说是太仓的东西二才子呢！这样的出口成章，不输陈思七步，我们要好好的贺他。"郁文道："公贺三杯何如？"众人道："当然货真价实！"大家都喝了三杯。

正在热闹时，只见风门推开，有三个美少年走进来，向各人请了安。各人抬头一看，原来是三个相公。一个是韵芳，一个是五九儿，一个是静芳，都是各人叫过很熟悉的。静芳道："谁在这儿唱？弹的三弦真好！我们都弹不来。"超如指着梅篱道："是他！"静芳道："原来是姚二爷，他唱的昆曲真有功夫！我曾经请教过的。不过今天唱的是什么？我们不懂！"五九道："我知道是南边说书先生唱的开篇曲儿，不过字眼儿可听不出来。"本来静芳是梅篱叫的，五九是超如叫的，韵芳是梅庵叫的。超如就说道："今天忘记了叫他们来闹热闹热。"郁文道："还不迟。"淑乔道："叫了他们，恐怕行不出许多好令来了。"郁文道："不相干的！"梅篱道："我要行令了！他们一来，超如恐怕要脱滑了。"超如道："不会的。古人练心，要在戏场中作文。难道我就不能么？"

---

① 编者注：李文田，字芍农，本书中化名为黎石农，此处保持版本原貌。

梅篱道："好！好！你尽吹，我就试试你，你看《桃花扇》中酒令，曾有冰绡汗巾的破承题，今天请你做一个开讲，题目是他们的'相公'两字，看你有戏场作文的本事么！"超如道："才刚你说难不倒我，难道被你难到么！"随唤伙计取纸笔来。伙计取了来，超如随便取张纸，磨了墨，用笔写了"相公"二字，旁注"开讲"二小字，接着写：

且夫宰执门前，相公厚我；姑苏台畔，公相主婚（苏州主婚者曰公相）。相公之称，由来久矣。顾秀才为宰相之根，嘉名肇锡于童佾（清秀才之下，有佾生、童生，皆未成秀才者也。成秀才方得称相公）；而儒书即侏儒之例，同声附会于像姑（前人笔记中云相公为像姑，同声之误）；言者多端，不可究诘；要而言之，世道凌夷，贵贱棼乱，有兔爰爰，亦袭厥称。惟彼高下之殊途，实亦名实所同归者也！

梅篱看了笑道："佩服！佩服！不过结末二语，恐怕有点儿触犯吧！"淑乔道："此文有魏晋人气味，决非十年前八股专家所能。我们也应当公贺三杯。"敦古道："我格外要贺你一杯，因为这个题目很枯窘，你却搜集了不少典故，真所谓嘻笑怒骂，皆成文章。诸君看他於这种题目能做出典雅的文章，倘入了闱，遇着识者，必能脱颖而出。可惜回避了。"郁文道："我最恨的是八股，超如的回避，是他的福气，但这种题目做的八股，我看了倒也不恨了。看来八股最好是这种题目，尤西堂的临去秋波那一转的八股文，究竟有点玷辱了题目呢！"超如道："你们不用太恭维了！"随向梅篱道："我又要发挥了！"梅篱道："什么叫发挥？"超如道："冰绡汗巾，破承题你记得，难道这'发挥'二字就忘掉么？"梅篱道："不差！是柳敬亭向李贞丽说的。大约明季秦淮院中行酒令时，有这种的话。"超如道："是的！我才刚听静芳说，你的昆曲很好，请你随便唱一支罢！"梅篱道："我好久荒疏了，况且也没有吹笛子的，还是唱一支二簧吧！"五九、静芳听了都说道："很好！二爷唱，我们来拉。"他们二人一个去拿胡琴，一个去拿着二胡，好在酒馆中每间屋里都有的,他们取来,就拉了几个过门,向梅篱道:"唱什么?"梅篱道:"汪笑侬的《党人碑》。"静芳道:"这是新近最时兴的。"他们两个拉,梅篱喝了一口茶,喀了一声嗽,立起身,把脸向着墙,说了一声摇板,就开口唱道:

　　一见碑字怒冲冠!擅张大胆谤前贤!司马在朝把忠心献,
为何说他是奸谗?

唱了四句,他停了一停,静芳笑道:"笑侬的嗓子还不如你呢!"他接着又唱道:

　　何人如此胆包天!毁谤忠良为那般!权臣乱政无人管,反把贤良当谗奸!蔡京高俅和童贯,奸贼为何在朝端!怒气不息把碑打烂,活活气坏我姚鹏年!

原来末句是"活活气坏我谢琼仙",他换了他自己的大名姚鹏年三个字。众人听了,都拍手叫好。超如道:"合席都应公贺三杯。"众人都说:"应贺!应贺!"各向着梅篱喝了三杯。梅篱道:"我也喝三杯,一来谢谢各位盛意,二来我胸中的块磊,也浇得使他爽快一下。"郁文道:"现在差不多也到了靖康的时候了,蔡京、童贯这一班东西多得很,我看这种顽意儿将来也要发现,我是第二个谢琼仙,不晓得在座的诸公也有像傅人龙的么?"淑乔道:"酒后少谈为是!"郁文睁着眼道:"怕什么?一个脑袋,谁要谁取去,算不了什么。"敦古道:"郁文醉了。"超如道:"我们还要行令呢。"

　　那时三个相公尚有条子要赶,就各将车钱开发去了。超如就向着郁文道:"是不是?"郁文道:"我也不知道。"就将放在桌上的筹反过来一看,是"蕉鹿梦",下注着:"遇者豁三拳,负者罚酒三蕉叶,胜者吃肉一块。"超如道:"你才刚说的大碗的酒,大块的肉,现在可以实行了。"郁文呵呵笑道:"痛快得狠!赶快的豁拳罢!"豁了三回,郁文胜了两拳。超如道:"你吃两块红烧牛肉吧!"郁文道:"你吃什么?"超如道:"我吃南腿。"郁文道:"不行!要一个样的。"超如道:"我没有说要吃大块的肉，你吃南腿也可以，不过把你的气概稍为减削了些。"郁文道："我既然说了，要争一口气。"就向伙计要红烧牛肉两块。伙计道："这样菜我们灶上没有预备，要煮起来也赶不上，我们今天预备有烤猪，来两块大大的烤肉好不好呢？"超如道："也好！"郁文道："要真有了鹿肉，那才好顽呢！"伙计道："鹿肉腊月里可有，这个时候是找不出的。"郁文道："这三蕉叶酒是怎么算呢？"超如道："东坡云：少时望酒盏即醉，后亦能三蕉叶。大约就是三杯吧！"郁文道："我吃烤肉，你也来一块，不要避重就轻了！"超如道："好！好！"二人吃了酒肉。郁文道："我的酒不彀，再吃三蕉叶！"一面吃，一面呵呵的笑道："这个令真痛快！我后添的三杯酒，算是专谢超如立法的功劳的。"众人都笑了。

　　超如道："我又要寻梦了，有好几位没有寻过。"就问李春阁是不是。春阁将筹取出一看，是"傅岩梦"，下注："遇者行筑城令，取牙牌一副，豁拳，胜者取一牌，如先得十六只，则筑城已毕，出梦。负者罚一杯。合席公贺一杯。"春阁就同超如豁起拳来，超如得了十六数，春阁刚得八数。超如胜了，春阁罚了一杯。合席贺了一杯。淑乔道："超如梦赉预兆狠佳，我要贺他三杯！"郁文对他看了一看，也不作声。超如向卢卿道："你是什么梦？"卢卿道："好梦难长，又要完令了！"将手中筹取出，果是"趾离"。二人对饮了一杯。各人也贺了一杯。郁文道："再来！"敦古道："时候不早了，快有十点钟了，来不及了。但是还有多少好梦呢？"超如道："还有'钧天梦''蝴蝶梦''燕兰梦''玉茗四梦'，也只行了一个。今天恐怕是行不完的了。过天再来。不过'邯郸梦'中要掷升官图，罚的是黄粱饭，都要预备的，今天本来太匆促了。"各人都觉得疲倦，也就要了干稀饭吃了，匆匆而别。超如写了账，赏了伙计的酒钱京钱十千，也就套车回去了。正是：

　　　　策士纵横书十上，词人游戏令三宣。

欲知后事，且看下文。

第四十六回　琉璃厂春榜看红录
　　　　　鹁鸽峰归帆迎白头

话说超如回寓以后，隔了几日，已到了放榜的日子，一般入场的举子，巴巴的盼望榜上有名，北京的习惯，就生出了"看红录"三个字的名词。这名词是怎么起的呢？原来由礼部书办、顺天府里的差役想出来的。他们晓得各省举子等榜的心像火一般热，早一刻晓得好一刻，他们就想出投机的法子来了。本来会试出榜，都是先一日在至公堂上由礼部书吏填写，考官及监试等，列坐堂上，从第六名起，查看朱卷上号数（朱卷是由誊录用朱笔将举子诗文誊出，送入考官阅看的）。提出墨卷来查对（墨卷是由应试者亲笔所写，誊录后留在外闱，各考官不能看见的），先由同考官对过，后由考官对过，判定中式名次，然后将人名由监试交於礼部书办填在榜上，所以每填一名，狠费许多时候。他们就趁这个机会，偷偷的写了一个姓名籍贯的纸条儿，从大门门缝中传递出去，他们的伙计接到了一个中式的姓名，就飞跑到看红录的地方贴出来了。那个地方，总是在琉璃厂的破庙中借一两间屋，用芦席将窗户等通钉严了，等送到了，一张红纸条儿，就贴在这芦席上，就叫"看红录"。不过要看红录的人，进门时须花几吊京钱，才让你进去。里头也没有椅凳可以坐。他们的意思，就是让你乏了，只好出去休息一下。等你回来，又要你花个几吊了。取钱虽不多，他法儿是狠巧妙的。

这天超如起来,吃了点心,想想今天填榜,他虽没有考,他的朋友是入场的狠多,未免怦怦心动,也就套了车向琉璃厂而来。他的车一进了琉璃厂,就见车马拥挤,狠像新年中逛厂的热闹。车走了几步,就不能动了。赶车的向着超如说道:"老爷,车插住了,过不去。老爷要看红录,就在厂东门关帝庙中,还是走过去的爽快。等车开不晓得多少时候哩!"超如听了,点点头,就下了车,向关帝庙进去。刚要进门,只见一个人,披着元色布的夹袍,通身没有扣上纽扣,用一条绉纱的腰带系着,他见了超如,伸着手道:"你老是进去看红录么?已报了五六十名了!你老快进去吧!"可是嘴里是请他快进去,他的手是伸出来拦住了超如,不缩回去。超如道:"几吊?"他说:"你老随意。就赏个八吊吧!"超如就给了他。后面又来了一个人。是本京人,他不等他要,就说道:"两吊钱,拿去!"那个人陪着笑道:"你老不给也不要紧,就是他们听见了要照样子的!你老回回手吧!"他悄悄指着进去的超如道:"他花的是眉毛,不哄你的。"那个人冷笑道:"这是广东老,不炸他炸谁?你不行我就不看。"那个人望望外面没有人进来,就说道:"进去吧!可不能告诉人。"他就笑了一笑进去了。

超如进去一望,只见那关帝庙的东厢房三间,窗户都破碎不堪,上面都用芦席钉了,那厢房中间的风门也没有了,只有用竹子夹着席子钉成一扇门。那进进出出的人狠不少。超如向着这庙中的场上一望,只见许多人,有老的,有中年的,穿着的衣服,说话的口音,各各不同。大约多数是各省的举子。超如想欲走入厢房看看贴出的姓名,有认得的没有?正在跨上台阶,只听得里头有人高声喊道:"怎么中的都是些无名小卒!"有人接着说道:"你不要急,不到一百名呢!"那个人又嚷道:"你看各房的房元,除了前五名,都已知道了,各房的眼光差不多,可决定了。各省有名的一个都不见。咱们是决没有望的了!还看什么!"又有一人呵呵的笑道:"你还看着进士狠重呢!你就中了进士,将来入阁拜相,恐怕是等不及了。"超如就推门进去,原来敦古、郁文等一班熟人都在内,看见超如进来,郁文就喊道:"敦古的会元恐怕要漂了!"超如道:"入阁拜相等不及是谁说的?"郁文道:"我。"超如道:"你看不起进士。你为什么来考,来看红录呢?"郁文道:"我当是逛相公逛窑子一样,玩一下儿罢了,谁像敦古非中不可的热心呢!"敦古道:"此中出身,比较总觉着清高一点,况且国家用人,历史上许多法儿,总不如考试的法儿少些弊端。"超如道:"也不见得。我们广东乡试,有了闱姓的赌博,弊窦就说不清。代枪联号还是小小的。甚至房官主考跟赌商勾通了,公然卖买关节。僻姓的秀才,往往做了场外的举人,你说还公道么?"敦古道:"究竟会试这一场,没有来开闱姓的,所以作弊的还少。"那时荀子佩也在那里,接着说道:"京闱的弊,也从咸丰戊午年的科场大案后改良的。戊午以前,所有各部堂官及翰林院各衙门觳得上当考官、同考的,遇着了考试的年头,同乡亲友莫不送关节,大家视为寻常的应酬。那年柏中堂葰派了主考,因为习惯也不甚介意,不料当时肃顺当国,他一来是跟柏中堂意见不合,向来有些芥蒂;二来他是喜欢整顿,扩张势力,翻腾出了一个大风波,所以柏中堂正法时,文宗皇帝因他情有可原,踌躇不忍下笔,经肃顺坚执面奏,如柏葰不正法,将来朝廷法令等于虚文,所以文宗含泪将柏葰处斩。现在京闱的弊绝风清,亏得杀了柏中堂,才得如此。所以肃顺的是非功过,将来国史上一定狠有议论的。"超如道:"肃顺的罪名,现在是无从说起,不过中兴的名臣,多数是肃顺荐引,所以曾文正如此功高望重,终身没有进军机一天,也似乎是为'肃党'两个字带累的。中兴事业没有澈底的建造,也是为着党争所误了。"郁文呵呵的笑道:"诽谤者族,偶语者弃市,你们难道不怕的么?"子佩微笑道:"好在你是不至于告密的,我们总还放心。"超如道:"我们站在此地,没有意思,上馆子里去谈谈何如?"子佩很赞成。就同郁文、敦古匆匆的出了庙门,上了车,拐湾儿到了杨梅竹斜街福兴居下了车,超如就向掌柜的问道:"有座儿没有?"他答道:"有,有!"就有伙计领着向西院里三间南屋推风门进去。各人随便坐下,伙计取了茶,点了香火,抹了桌子,就问道:"什么酒?"超如道:"绍兴,各人一壶。"伙计道:"先来四个碟子,糟鸭条、炸肫、松花、酥鱼,好不好?"超如道:"好,先来,菜再要。"伙计答应着去了。一回儿把碟子摆上,酒也烫好,各人拿了一壶酒,自己斟上喝着。郁文道:"这种喝法才痛快。"喝了一回,伙计走来说道:"要点儿什么菜?"超如道:"大家想想!"郁文道:"福兴居著名的是黄焖块鸭。我就要了。"敦古道:"吾要吴鱼片。"子佩道:"这是便宜坊的菜,是一位苏州人内阁中书姓吴的创出的菜,所以叫吴鱼片。他是用羊肉汤、姜汁煮的,狠有味。现在各馆子都会做这个菜了。"超如道:"我也知道。这位中书的大名是吴均金,那时大学士宝鋆正当军机,他的大名恰好把'鋆'字分开了。有人做了一副对联道:'头衔新内阁,腰斩老中堂。'后来宝文靖听见了,还狠不悦意哩。子佩,你要什么菜?"子佩道:"我要一个豆芽菜炒里肌丝儿。"超如道:"这几个菜不彀吃的,再要几个。"敦古道:"我再要一个拌荬麻菜。"超如道:"这就是苦菜,《诗经》上说的'谁谓荼苦'的'荼',没有什么吃头。"郁文道:"我们乡间有句话,叫做今年吃苦菜,来年中状元。敦古是想中一个状元玩玩的,所以先吃些苦菜。"超如道:"这都是吃不饱的,我来要一个烤鸭子。"就向着伙计道:"挑一个肥的,带着片儿饽饽先来,旁的菜后来,不彀再要。"那时候不早了,各人都有点儿饿了。一回儿伙计把鸭子烤得了,带着片儿饽饽,甜面酱的碟子摆上,随带着厨刀,慢慢的把鸭子片上来。各人举箸大嚼,吃得狠高兴。鸭子片完了,伙计道:"这架子怎么样?"超如道:"熬白菜。"伙计答应着去了。子佩道:"今天听见敬王爷病得狠重,太后、皇上去看他的病已是第二回了。万一有事,朝局恐怕一定有变动。"超如道:"你看是什么人接他的手?"子佩道:"那是狠有关系的,从国家大局上着想,皇室里头实在没有一个人能彀接他的手;若从政权上着想,比较的还是匡邸有点儿经验。他是骑墙党,两边儿通得过。昨儿跟仲涛谈起,政府实在没有负责的人,最好是南皮,他还有点儿戆气,能办点儿事。不过他跟常熟是不能合作的。恐怕势不两立。"超如道:"是的,常熟是太拘谨了!一点儿担当没有,最好是做一个文学侍从之臣,文采风流,照耀一世。他写的字,作的诗文,确可以追随东坡一流,不过要像东坡的直言极谏,不避贬黜的胆气,还差着呢。可惜他生不逢时,若在康熙、乾、嘉时代,比较王渔洋、阮芸台真在伯仲之间,现在枢廷中还有人嫌他遇事专断,与同事时有争执;这种议论,就我们看去,一点儿没有抓着痒处,此刻若换了南皮,倘若要办事,一定也不能久于其位。若要做官,一定也要合同而化的。所以政府要改革,先要造成一种清议,使天下人知道只有这一条路好走,才好搜寻一班角色,唱几出有声有色的好戏。否则是没有希望的。"郁文道:"你的话不差,不过吾们欲创立一种真是非的公论,就非革命不可了!"超如道:"革命是不容易成立的,破坏之后,建设更难,我的宗旨是盼望减少牺牲,借着数千年受着习惯的压制力,因利乘便,改革一下,走上了开明专制的道儿,满汉皆可得他的利益。不过过渡时代的人才也狠少,南皮自然是中坚人物,其余,子佩你看还有合格的人才么?"敦古道:"庄小燕狠有才识,遇大事狠有决断。"超如道:"小燕才具是好的,不过位望尚浅,将来确是可以办事的。"

　　正在畅谈的时候,只听得北屋里有人高声吟道:"不知腐鼠成滋味,猜意鹓雏竟未休!"超如道:"这个声音好像富伯黻。"就立起来,开了风门,向北屋里一望,恰好北屋里风门开着,果然是伯黻,弟兄两个人,各拿着一只酒碗,在那儿痛饮。伯黻看见了超如,忙立起来招呼道:"超如兄!从那儿来?"超如道:"看了一回红录,觉着没有意思,就同子佩、郁文、敦古一同来的。"伯黻道:"子佩、郁文、敦古请一块儿到这儿来坐吧!"超如道:"你们只有两人,少数服从多数,应当到我们那边去,才合公理。"伯黻笑道:"你满口的新名词,时髦极了!"超如就走过去,拉着他们兄弟过来。到了南屋,只见子佩、郁文正在喝酒，敦古不见了。超如道："敦古那儿去了？"郁文道："你还用问？他的心正像阎浮提铁围山中的火床地狱哩！那里坐得住？自然又去看红录了。"伯黻弟兄跟子佩、郁文本是熟人，就招呼了一同坐下。超如向伯黻道："二位家学渊源，都是海量，请多喝一杯！"郁文道："喝酒是要痛快的，我们都换上酒碗吧！"他就向伙计要了几个淡青瓷的小饭碗来，都斟满了，拿起来喝下去，向着各人叫了一声干。伯黻等一笑，举着碗也干了。伯黻道："诸位都是看红录来么？"郁文又将酒斟满了道："万事不如杯在手，人生几见月当头？咱们再喝一大碗吧！"超如道："老弟你不应说这种亡国之音，国一日未亡，我们要尽一日的力量去做，你这消极的态度，我是不赞成的。"郁文道："你的话不差，罚我一大碗吧！"伯黻道："超如的话，我辈应当服从，不过郁文的态度，也不能怪他，兄弟自从先严故去以后，耳闻目击，实在把蓬勃的意气消灭了不知多少！兄弟从小跟着老人家，经历的朝局，比较的多看见一点儿，又是个宗室，外边人不知道的，比较的多知道一点儿。从前只晓得闯出去，不管什么的，近来渐渐儿明白，知道凡事都有因果的，各位要晓得吾国中兴的基础，是文宗手创的，中兴将相，那一个不是文宗简拔！可惜文宗宾天太早，根基没有筑好，以至如此。而且吾们满洲开国，太祖以十三副甲攻克尼堪外兰，报了叶赫那拉不共戴天之仇，当时祖训，凡叶赫的男人不许入仕，女人不许入宫，防他们复仇。等到道咸以来，渐渐把祖训忘掉了，不用说男的准其做官，就女的也准其入宫应选，现在的太后，不是那拉氏么！诸位跟唐先生等，实在是咱们满洲的忠臣，不过历史上国家的兴亡，就在上者能分得出好歹，现在要有认得出好歹的狠难，就算认清了，也要有文宗一样的圣明，毅力，抵抗一切，才有用。兄弟说来惭愧，十余年来细细参究，天心人事，狠觉灰心，只盼各位努力。兄弟是爱新觉罗的子孙，那有不盼着各位保全三百年列祖列宗辛苦经营的天下呢！"说到那儿，众人都觉得凄然。郁文就斟着一大碗酒，向着伯黻高声吟道："高帝子孙尽隆准，龙种自与常人殊！豺虎在邑龙在野，王孙善保千金躯！"就将一碗喝干了。伯篸也举着一碗酒对喝毕。不觉眼中挂下泪来。

正在合座不欢时候，只见一个家人兴匆匆的推门进来，向着伯篸请了一个安，说道："恭喜大爷会上了！"子佩、超如都立起来，与伯篸贺喜。伯篸道："诸兄未能免俗，这算得什么！也不知为祸为福哩！"郁文道："才刚我说了一句没有出息的活，超如罚了我一大碗酒，现在伯篸中了，他说的话，超如你就不罚他，这不是太不公平么！"超如道："我来斟一碗酒，也算贺他，也算罚他。你服不服呢？"郁文道："我也不管，只要多喝几碗酒，解了我的心头疙瘩，就痛快了。"众人欣然各喝了一碗。子佩道："中个进士，点个翰林，本来没有什么，不过宝廷先生在天之灵，或能掀髯一笑呢！"伯篸听着提起了他父亲，不禁立起来说道："功名二字，难报罔极，倘蒙各位扶持，将来不至名节扫地，那才可以仰慰先灵呢！"众人听了，肃然起敬。超如就问道："尊大人去世，听说因为饮酒过多得病的？"伯篸道："先严和庄仑樵、黄叔兰、成伯怡、庄寿香诸公，砥砺名节，号为清流，当时幸有高阳高相国主持清议，一时台阁生风，朝野侧目。后来朝局日非，先严自知，仇人太多，直道难行，将来前途，恐有变端。他就借事上疏，自劾，革了职，在西山碧云寺左近一个小村子里，盖了几间茅屋住下，那铁匠胡同旧宅，就叫我兄弟二人奉母居住。其时所娶姨娘也已去世，他老人家素来以酒为性命，常常喝酒，随意作几首诗，自乐其乐。有时喝醉了，随处睡觉，大有刘伶荷锸的样子。朋旧亲戚都视为放荡不羁，其实先严实因伤心君国以致如此的。有一天在村庄小酒店喝了不少的酒，那酒店门前有一棵大松树，树旁边青草平铺，好似一块绿绒的褥子，先严就任意横身睡了。等到醒过来，睁开眼，看见一个须眉皓白的和尚，穿着一件破烂分不出什么颜色的袈裟，靠着树根闭着眼跏趺而坐。先严就坐起来，对着和尚说道：'和尚，你这么也坐在此地呢？'那和尚闭着眼道：'你可以睡，我也可以坐。山河大地，都是空幻，你怎么还要分别你我呢？'先严听了，知道这个和尚不是寻常的，就问道：'你说一切是空，但是现在望去是个西山，靠着的是松树，不都是实在的么？'和尚睁着眼道：'你说西山究竟是谁定他是西山的？且为什么不叫做"东山"呢？'先严道：'总是有第一个人依着方向分别，在西所以叫做西山。'和尚道：'这第一个定的人，现在到那里去了？定出各种法的人都没有了，他定的法还有什么实在呢！'先严道：'不差！各种的名是空幻的，不过各种的名都是先有了物质然后有名，没有名的时候不是已有了物质么！譬如西山没有叫他作西山的时候，他的树石不是已有了么？'和尚道：'我来问你，有时的海为什么变了田？有时的山或者崩坍了，或者像火山轰掉了；有时热闹的城市或者沈没了，那有真个实在呢？不过我们眼光短，没有我佛的识见，所以把虚幻的认作实在。随着生出许多的烦脑来。我看你是做过官的，现在不得意，所以如此，你想想你做过的官儿，经过的功名富贵，如今在那里？你还不醒悟，认为实在，所以烦脑更多了。不过我佛说的烦脑即是菩提，你能从烦脑中参悟一下，未尝不可以入道的。'说着立起身来道：'今天你我相逢，也是一番机缘，请你自己珍重吧！'他就点点头走了。先严连忙立起来问道：'吾师上下，现住何处？'那和尚呵呵笑道：'我说今天偶然的机缘，何必拖泥带水呢！'只见他头也不回，匆匆的向前去了。先严站在那里，呆了一回，回到自己的家中，从此也不十分喝酒，也不回到旧宅，终日静坐，不多言语。如此过了半年，一天我们兄弟出城到那茅屋中问候他，老人家忽然拈笔写了一偈道：

混混尘寰数十年，贪嗔痴爱镇缠绵！松林吃了当头棒，水在江中月在天。

写完，投笔桌上，就此端坐而逝了。也没有吩咐兄弟们一句话，至今想起伤心得狠。"说着泪下。超如道："尊大人前生定有来历，所以遇着善知识，一度指点，顿时大彻大悟而去。吾兄应当欣喜，不应为世俗悲恋的故态才是。"伯黻点头说是。超如见他悲凄，就闲谈了些不要紧的事,彼此也都兴尽,就各要干稀饭吃毕,擦脸漱口,分别而去。

到了次日,出了榜,超如处有人送来闱中所刻的会墨,他就阅看,第一名陆增炜的文章是:

《子曰:"放於利而行多怨。"子曰:"能以礼让为国乎?何有不能以礼让为国,如礼何?"》

圣人黜利而崇让,即《大学》戒争民之意也。盖利者争之由,让者争之反,黜之崇之,行与为胥得其本矣。而民何自争乎!且世道人心之坏,孰坏之?好争者坏之也。夫争也者,小之在日用嗜欲之端,与人己交接之际;大之即关人主敬肆之故,与邦国治乱之原。有不争之君子出,决其害以儆其私,明其效以策其力,此千古世道人心之所系,而实《大学》争民一言之所本也。《大学》之言曰:"外本内末,争民施夺!"是言也,曾子盖得诸夫子。尝考《里仁》一篇,所论皆务实之学,中记一贯忠恕之传,说者谓即曾子之徒所记,故其言多与《大学》相发明,财与德,利与让,其本末一也。义利之界,判於吾心,而嗜好之偏,乃锢蔽而罔知悔悟,趋向专,则依恋深,依恋深,则谋虑巧,谋虑巧,则欺诈多,而无非利之一念误之。故利为怨之府,实即争之由也。夫子名之曰"放利",复惕之以"多怨",而《大学》所谓"不以利为利,以义为利"者,其意已赅於此矣。辞让之心,根於天性,而物欲之蔽,乃迷惑而渐即销亡,骄奢久,则贪黩甚,贪黩甚,则忿愫生,忿愫生,则侵夺起,要必以让之一心汰之,故让为礼之实,乃为争之反也。夫子勉之曰"何有?"复警之以"不能",而《大学》所谓"一家让,一国兴让"者,其义已发於此矣。

且以争端之不可开,而争心之未易息也。同是心思材力,何不可以意计相倾!凡有血气天良,何不可以肫诚相感!一人利则无不欲利,一人让则无不思让,其效固可立见也!盈满是务，适以害身；谦抑自持，乃能受益，此可以坚千百人义理之心。斯人怨毒已丛，欲借小惠私恩以自解，世主道心未复，惟求繁文末节之是修，心欲利而口不言利，名为让而实不能让，其事又不可伪为也。物欲之偏，胜以学问，仪文之细，蕴以精诚，直可以括一十章治平之要。噫！霸君智取术驭，实有与民争利之私，故富强虽著有成书，其弊即在於言利。异学和光同尘，亦有使民不争之道，而清净不足以治国，其说实误於"无为"。然则息争之道，非黜利崇让不可。记者类志子言，《大学》之说，盖本诸此。

又他的赋得诗是：

赋得去补苍山缺处齐

（得"山"字五言八韵）

剪绿初齐水，云苍又补山；阴晴圆缺外，风雨合离间；络翠摩群峭，横青遍九关，雾殊文豹隐，冈约卧龙还；襞积成平地，弥纶翼大圜；人游花罨翳，天织锦回环；缕密团松色，纹轻胥藓斑；更衔精卫石，填海靖仙寰。

超如看了诗文，觉得也是一朝笼络人才的法子。

其时老敬王的病势越发沈重了，太后、皇上去看他的病已三次了，太后看他是个不起之症，就问他道："你将来接手的人，什么人可靠？"敬王道："这事由老佛爷、皇上圣裁，总是咱们自己人靠得住点儿。现在的时势，外面议论狠多，老佛爷、皇上总要拿定主意才好！龚师傅人是极可靠的，不过他耳朵狠软，恐怕被人家摇动，要请皇上注意的。"他说了几句话，就觉得气接不上来。太后也觉凄然，就和皇上起驾回宫了。隔了几日，敬王薨了。皇上临奠二次，辍朝五日，持服十五日，赐谥曰"忠"。义王做了军机领袖，华中堂放了北洋大臣，他曾荐方安堂在天津练兵，又奏调了甘肃提督董寿祺手下回子军队入卫京师。原来太后自从钱唐卿等闹了事,早已存了心,太后究竟历练多,天性又阴鸷,他就把近京的兵权托付了最亲信的华福,现在叫他做北洋大臣,就是叫他统全国的精兵。因为北洋大臣,自从合肥做了多年,他练的兵,经费足,器械精,确是在各省之上。甲午以前,政府早已忌他的兵权,后来乘机夺去了。现在教华福去,对皇上做准备。这种办法,那时新党一班人都一点儿没有看到,就是龚师傅稍为觉着,他也是束手无策,并且丝毫不给人商量,恐怕大祸临身,只求得过且过。不料庄小燕消息灵通,那老敬王临终的话,被他打听着了。他就招了唐常肃、梁超如等到家密议。

那天晚上,两人到齐,他就将得着的消息告诉了两人,随说道:"你们看里头可有机会没有?"超如道:"看上去,他老人家怕要摇动了!"小燕道:"是的,但是他的进退与吾党的关系不可不研究一下!"常肃道:"他近来对待我们渐渐儿疏远,将来一定不会帮忙的。他的进退跟我们没有什么关系。"超如道:"据我看,他於我们虽不肯帮忙,然人究竟明白一点,他的声望,后党那边总有点儿忌惮,他若不去,虽不能为福,亦不至为祸。"小燕道:"然而不然,他不去,将来皇上听了我们的话,有所举动,他总有点师傅的面子。他既不肯帮忙,对于吾们的举动,欲拦挡一下,总有点力量。而且他也许借着吾们去恢复太后那边的感情,也是说不定的。常肃兄,你说没有关系,或者是我的过虑吧!"常肃道:"不差!你的见解胜过了我。我们应持什么态度呢?"小燕道:"超如兄,你研究一下。"超如道:"就是太后要轰他,皇上还不见得肯放。多年的师傅,究竟视为心腹呢!"小燕道:"不差!现在我们先决定吾党的利害,再想办法。"常肃道:"照小翁的话看来,我们先不问他帮忙不帮忙,就是他肯帮忙,将来办理得顺手,总是他在前头,我们就不从他指挥,也总要采纳些他的意见;我们决不能畅行吾党的政策。他肯帮忙,尚且如此,他不帮忙,那更讨厌了!"超如道:"先生也太偏於主观了!我看吾党的政策,乃是很冒险的,反对的人不在少数。太后是执政多年,中外有权的多数是服从他的。吾们这边,少年天子,实行的时候,把舵的真要有毅力才可以抵挡;吾党中握权的又是少数,虽然比较起来,是得人心的多数,照旧说,得人者王,失人者亡,好似较有把握,但人心也是难说的,往往为事势所迫,临时变更,吾国人受了数千年的专制,没有像外国人民的激烈,往往随风转舵,少独立的意气。万一彼党实行反对时,要决定一个主见,倘少了一个老成人说话,吾们的损失也狠重大的!"常肃道:"你的话虽是不差,但是老夫子的脾气你也知道,他能彀拿什么主见么!现在圣眷狠集中于小翁身上,那时有所决定,不会向着小翁请教么!小翁所决定的总比老夫子干脆一点,我所以说去了他倒是有利无害的。"超如跟常肃究竟是师生,也不好再向他辩驳了。小燕道:"我的意见与常肃兄相同,吾们宗旨就算决定了,以后相机行事便了。"

　　隔了几天,小燕又被召见,起儿上去,皇上问到唐猷辉道:"上回你保举了他,敬王不以为然,没有召见,究竟唐猷辉能办事么?"小燕回奏道:"此人龚师傅也狠赞成的。"皇上道:"从前曾面奏过狠有才干,现在题起了,却说未必靠得住,不甚赞成,为什么缘故呢?"小燕奏道:"臣意皇上总是叫他来问问,究竟他好不好,是怎么样,自然难逃圣鉴了。不过从前敬王不赞成,现在龚师傅的意见未除,并且说臣许多闲话,听说台谏都注目在臣身上,也都是龚师傅的意思哩!"皇上听了也不言语,只点点头。正欲叫他下去的时候,小燕跪近些,磕了一个头,奏道:"臣从外洋回来,得了一个顽意儿,今天想请皇上赏收!"一面拿出一个小小的锦匣,里边是一粒红色的珠子,有桂圆大小,晶光四射,双手献上,奏道:"这种红色的珠子狠少,臣今进呈,略尽微诚。"皇上接来看了一看,微微一笑。小燕也就跪了安,退下去了。

　　不多几天,皇上到太后前请安的时候,太后就说道:"敬王故去了,像他靠得住的人狠少,军机处你也要留点儿神,不比那敬王在的时候,我们可以放心。前天他临终的时候说,龚平容易受人摇惑,现在没有敬王镇压，他恐怕靠不住。你看这个人怎么样？"皇上道："圣意既不以为然，怎么样办法呢？"太后道："过一两天再定吧！"第二天军机召见的时候，适有学士余志清，御史柳深书奏国是未定，宜明白宣布的折子。皇上看了，就向太后前请示，太后也以为然。就叫军机拟旨。龚和甫面奏，西法不可不讲，圣贤义理之学尤不可忘，应请慎重。皇上听了，就说道："太后的意思，不以为然。你这种议论是行不通的。"当时军机处承旨拟了一道上谕，上面写着道：

  数年以来，中外臣工讲求时务，多主变法自强，迩者诏书数下，如开特科，汰冗兵，改武科制度，立大小学堂，皆经再三审定，筹之至熟，甫议施行。惟是风气尚未大开，论说莫衷一是，或托于老成忧国，以为旧章必应墨守，新法必当摈除，众喙哓哓，空言无补。试问今日时局如此，国势如此，若仍以不练之兵，有限之饷，士无实学，工无良师，强弱相形，贫富悬绝，岂真能制梃以挞坚甲利兵乎！

  朕维国是不定，则号令不行，极其流弊，必至门户纷争，互相水火，徒蹈宋明积习，於时政毫无补益。即以中国大经大法而论，五帝三王，不相沿袭，譬之冬裘夏葛，势不两存，用特明白宣示，嗣后中外大小臣工，自王公以及士庶，各宜努力向上，发愤为雄，以圣贤义理之学，植其根本，又须博采西学之切于时务者，实力讲求，以救空疏迂谬之弊。专心致志，精益求精，毋徒袭其皮毛，毋竞腾其口说，总期化无用为有用，以成通经济变之才。

  京师大学堂为各行省之倡，尤应首先举办，着军机大臣、总理各国事务王大臣会同妥速议奏，所有翰林院编修，各部院司员，大门侍卫，候补、候选、道、府、州、县以下及大员子弟，八旗世职，各省武职后裔，其愿入学堂者，均准入学肄习，以期人材辈出，共济时艰，不得敷衍因循，徇私援引，致负朝廷谆谆诰诫之至意。

将此通谕知之。钦此！

此道上谕发了，皇上又题起召见外人就在宫中也不妨，和甫坚持以为不可。皇上道："庄焕英以为不妨的，你不以为然，你与庄焕英有什么过节儿吗？但是庄焕英很有才具的，你为什么跟他不合呢？"和甫奏道："臣与庄焕英并没有嫌隙。"皇上道："你既与他并无意见，何妨保举他一下。"和甫道："臣与他虽无嫌隙，亦不能深知他的才具，就未便昧然举荐。"皇上听了，冷笑了一声。军机散后，皇上於太后前请安时，就奏道："龚平意见迁执，实在不胜其任，怎么样办法？请圣裁！"太后微笑道："也好教他回家休息去吧！"

到了次日，是四月二十七日，正是龚中堂的生日，他本来不大欢喜铺张的，不过他是师博，又是军机大臣，自然来拜寿的很多。那东单牌楼二条胡同龚府大门口车马如云，来往的拥挤不堪。那门公李源，照旧摆着相府管家的牌子，来的是各部堂官一二品大员，他才派一个人出去挡驾，其余的门生属吏，照例下车亲自投帖的，他接到帖子以及门生的祝敬、门敬，都不在意似的向桌子上一丢。连带挡驾两字，也随意爱说不说，知趣的也就走了。只有几个同乡亲族及常来往的得意门生，才能进去。那时龚弓夫及珠公子招待着，在客厅上，向南桌上也点了寿烛，进去的人都磕了头。到了巳午之交，开了几桌寿酒，正在开尊欢饮的时候，只见外边一个家人，手提着马鞭子，满脸是汗，匆匆走到书厅。弓夫看见了迎出去。那家人说道："老爷出了军机了！"弓夫听了，顿时失色，那时在席的人，都吃一惊。弓夫四顾一望，所有客人，都是同乡至亲，就问那家人道："怎么样？"家人道："今儿起早，老爷刚要进去，只见军机处苏拉说道，刚才王爷交派，说请某中堂、某大人等进去，老爷听见没有他，只得回寓听旨。不多一回儿，就朱谕下来，叫老爷回籍。老爷要等明天谢恩后还家，所以先叫家人回来通知一下。"弓夫听了，默默无语。同乡京官，不免咨嗟太息。其中也有些人晓得消息的。不过龚中堂平日对于同乡，常避嫌疑，不甚关切，所以同乡感情也泛泛而已，略谈一回，各人无甚兴趣，也匆匆散了。

那日和甫在颐和园宫门外寓中休息，王爷、军机大臣诸同事，於散值后都到他寓中安慰一番，他们的议论也和他从前去慰藉济宁祖尚书的一般，他也照例说"圣恩矜全，幸得归田，感激涕零"等一套话。到了第二日早上，皇上回宫，和甫依旧衣冠了，望见皇上出来，就跪在道旁右面碰头。皇上过去时，只向他望了一望，绝无表示。和甫也黯然如梦。退到寓中，坐轿匆匆进城而去。一路在轿中思想：教了皇上二十余年，一点儿没有感情，虽然轰我的主见，大部分是太后的；然你也想想我是因为忠心于你，才为反对你的人所忌，此次就算有所逼迫，你也可以露点儿风声给我，或者尚有办法。昨天的话，明明你也不以我为然了，我看前天庄小燕召见，必说了什么话，所以题起庄小燕，教我保举他一下，以为分谤之地，大约已决定轰我的了。我也太大意了！以为对于师傅总照着历朝尊崇到底的旧例，就算赶出军机，决不至于驱逐回籍的。我真白吃了二十余年的辛苦！他一点儿没有见识能力，真教我灰心到极点了！我现在去了，恐怕你更加孤立无助了！想到同事几个人，耿子良是我由刑部提拔起来的，缪绶山也是我拉进来的，决不至于砸我。大约是出于太后的独断。近来王爷病了几个月，此地的事，上头总是问我，我直任不辞，不免惹起众人的妒忌，所以内外发作。华仲荣是向来跟我不合的，不过他在天津做北洋大臣，他要砸我，进言不容易呀！和甫心中踌躇了一回，忽然醒悟道："我真是傻子！皮小连跟他密切得很，他的话用不着自己说，而且胜过他自己说，大约钱唐卿革职以来，太后是一定注意於我的，要毁我的话还不容易么！不过皇上想要变法，前天讲西学上谕，说是太后先赞成，我看是太后安心要试试他，任他去办。外头人不知内容，加倍高兴，将来闹出了大事，才不得了呢！我此时先走，也是塞翁失马，焉知非福哩！"和甫一路盘算，觉着不多一会儿，已到了自己的门口了。下了轿进去，弓夫及珠公子到了上房，和甫脱了衣冠坐定,弓夫道:"以前有点儿消息么?"和甫道:"没有消息。不过这几天见面的时候,总有点不以我的话为然,然而也没有十分的过不去。"弓夫道:"现在打算怎么样?"和甫道:"赶紧回去,我也十分的惦记着鹁鸽峰,早一点回去好一点。虞山山色,天天在我的魂梦中。将来湖田烟雨,娱我残年,真真是天恩高厚了!明天起,可叫家中人收拾行李,你在京当差,也只能搬到南横街老宅里去,我把些书籍字书带回去,其余笨重东西暂留在京,慢慢再说。行李越少越好,在节后必须动身,早脱离一日,少操心一日。你见着人,就照我这几句话告诉他们,不要去多说话,切记切记!"弓夫听了,唯唯应诺,即日将宅中内外诸事,匆匆料理。家人们也各寻门路,分头投主。只有李源,说是受恩深重,不愿再去伺候别人,实在他手中也有了几个钱,平日跟着主人,於字画古玩,也有些眼光,琉璃厂的书画碑帖店的老板,都跟他如兄若弟,很有交情,所以他愿意去开一所古玩铺度日。只有几个贴身的书僮跟着回去。和甫就择定了五月十七日,行李萧然,带着姨太太从马家堡上了火车,到了天津,坐了新裕的轮船,由买办许楚卿招呼着,回家去了。正是:

　　金榜有名红杏闹,布帆无恙白头归。
欲知后事,且听下文。

第四十七回　党派纷纭老臣去国
　　　　　歌场游戏贵胄登坛

　　话说龚和甫罢官出京，那天在马家堡上火车的时候，来送行的人确系不少！除了同乡亲戚等，其余是门生属吏，同僚也有几人。和甫照例应酬了一回，上了车，剩了几个同乡亲戚，他慨然道："你们看火车多方便！还只说鬼子的东西没有好处的！"他说这个话，可见他因为这个火车，军机处都反对他，他受过不少的气。偶然流露出一点感慨。其时有一位同乡尹宗扬，也在送行，他就说道："老师此次回家，须要谨慎。"他听了这个同乡门生的话，好像老师教训门生，他也不作声。他的心中不免有点儿生气。原来这位尹都老爷，从前没有中进士时，因事入京，曾经私拿了和甫来拜他的名片，去崇文门上讨关免税，后来闹破了，和甫狠不以为然。他靠着伯父的年谊，常向外省大员说情拉拢，所以跟和甫老成谨慎的脾气格不相入。现在和甫失职，平日所求不遂，不免於言语间报复一下，而且这位尹都老爷与旗人来往狠多，虽不能直接於连总管门下走动，然与总管门下二三等走动的人颇多连络，所以宫中小小的消息，也略知一二。他曾经弹劾过强学会伪学乱世，所以反对主张变法的人也来拉拢他。他自然趾高气扬，以为龚老夫子如此下台，以后的事，将来也许要我去招呼，我这个门生转瞬就要有权力了。他说了这话，见老师不开口，他觉得无味，也就下车走了。

那时庄小燕也来送行，直到火车开了，方才回去，在车站看见常肃也在送行，就低低的和常肃说："你和超如回头同来谈谈。"常肃点头回寓。吃了饭，找了超如，同到小燕寓中。三人见面坐定，小燕道："常熟已去，吾们应当进行。"常肃道："如何入手？"小燕道："皇上那边没有问题，只须鼓动一下，即可进行；现在只要有人保荐你一下，就一定召见了。"常肃道："谁肯保荐？"小燕道："我前已保过，倘我再递折，未免太露痕迹。"就向超如说道："吕苾老肯否？"超如道："不成问题，不是苾老就是安甫，总可以吧！"小燕道："偏劳！超如赶紧去进行。"常肃道："召见时吾们方针须要预定，请小翁指示。"小燕道："不敢当！鄙见以为第一步先要布置吾党人才於机要的地方，方能发展。不过军机处吾们的资格彀不上，且太后那儿通不过，最好不必先握大权，只要像南书房这种差使，天天跟皇上见面，外表并不争权，暗中由吾们操纵。"超如道："近来南书房皇上也不常去，多添人不行，去旧更新也不易，最好像毓庆宫的差使。"小燕道："毓庆宫是师傅行走的，不容易。"常肃道："嘉道以来，有开懋勤殿的，凡各种文学之士，都可入内行走，吾们何妨请开，可以不拘人数。一面请求皇上常时临幸，研究变法大计，目前也不至使士大夫注目。"小燕道；"好极！此事将来由我具折请开，你于召见时先行题及，只要笼统说，应有一个地方，由皇上派些人侍值，以便随意询问，讨论政治。"超如道："这个不过言论机关，将来执行机关，对于变法的事，总要由吾党拿主意才好。否则就算议定了，一到军机处发表，恐怕有人阻挠，以致全功尽弃。"小燕道："不差！超如兄的思想狠周密，我们慢慢的再商酌，我看设一处所不难，就是什么人进去才难呢！"常肃道："不差！等召见了看看那时的光景，再想办法。"超如立起身来道："我去找吕、余二位去谈谈再说。"就出门上车去了。常肃和小燕又密切商量了一回，也就散了。

那常肃回了寓，只见子佩、淑乔、叔涛①都在书房中，常肃连忙招呼了。坐定后，子佩道："昨天淑乔接着南皮的信，说道：他决计要请开经济特科，仿从前博学宏辞科的旧例，搜罗人才，由中外三品以上大员保荐应试。此事现可实行，他和湘抚程保铭狠愿多保荐些人，我们可以预备起来借此入手呢。"淑乔道："吾们几个人不必说，要着意介绍些同志加入才好。今天敦古听见了这个消息，他把《搢绅录》上在京的三品大员统统抄出来，不论认得不认得，有交情没有交情，都去拜他们一回，想碰一个机会。"仲涛道："我看敦古也不必如此，他的文学名望我们替他吹嘘一下，也没有找不着保荐的人的。"子佩道："他这回没有中，牢骚得不得了，年轻的人自然耐不住的了。"常肃晓得他们都是南皮的门下，他就试探着说道："究竟南皮对于吾们变法的主张以为如何？"淑乔道："老夫子是狠以为然的，他倘然能毂进了军机，我们办事一定顺手。"常肃道："现在政府的人跟他怎么样？"淑乔道："面子上狠推重，但总说两湖地居扼要，非他老人家坐镇不可；实则骨子里是怕他才大，一进来要压不住的，所以他也注意我党的进行，将来我党基础定了，他进来做个领袖，他也很乐意的。"常肃道："我们也很盼望他来做个领袖！"淑乔道："他也很愿意我们去推戴他的。"随说随立起来要走。常肃道："我们去吃小馆子好吧？"淑乔道："今天我不能奉陪。"叔涛道："你有什么要事？"淑乔道："老夫子他教我去送个礼。"叔涛道："那里？"淑乔道："就是杨金甫老太太庆寿，老夫子做了一副寿对，用电报打来了，教我替他写了送去，今天必须备齐了，明天好送。"他就匆匆的去了。常肃就同子佩等到广和居小饮，直至黄昏才散。

原来杨金甫老太太七十大庆，正在月内，金甫新近升了户部尚书，又是内务府大臣，声势赫赫，朝中那一个不去巴结他；前两天西太后又

---

① 编者注：黄绍箕，字仲弢，《孽海花》及本书中多化名仲涛，此处化名为叔涛，保持版本原貌。

赏了一幅亲笔的画，画的是一株桃树，上面垂了三只蟠桃，树的枝叶，都用淡墨写的，只有桃子是用胭脂花青配合染成，工笔带写，雅丽绝俗。如此笔墨，又出自深宫圣母之手，观者莫不艳羡。其余如军机处、总理衙门王大臣、各部管理大臣，满汉尚书、侍郎、各衙门堂官，各省督抚，所送的寿屏、寿轴、寿幛、寿对，堆积满屋，真是锦天绣地，珠海玉山，富贵荣华，笔难细述。金甫按日排定，於寿辰前一日请各王爷、贝勒、贝子，前二日请军机处、内务府、总理衙门诸大臣，前三日请内阁大学士、各部尚书侍郎，前四日请年世亲族，前五日请新旧属员，都有堂戏。北京城里各戏园有名角儿，没有一个不到。一来是他的势力大，二来是他向来狠肯花钱，狠有交情，三来内廷传差，有他在内务府的招呼，不至吃亏，有些角儿或者轮不着上台，或者几天里头只唱过一两出，在同行中就觉得寒尘。这几天冠盖来往，车马拥塞，人客的多，酬应的忙，无从说起，幸亏他的朋友属员都是内务府、户部、工部的人，於大局面的热闹场中，经验富足，预先派定职务，各司其事，招呼得井井有条。每晚须到东方发白，方可散场睡觉。等到第二天午后三四点钟，又要开戏招待了。亏得人多，私下分班值日，做主人的反不觉着十分辛苦了。到了寿诞正日，来祝寿的除王公、贝子、贝勒及同僚亲自叩谢外，其余也就不出来招呼了。

　　正日过去，他接下去再唱两天戏，一天是酬劳帮忙的人，一天是约了平日交情狠深的来娱乐一天。他就把南城外色艺著名的相公都叫来了。到了傍晚，客人都来了，金甫穿了衣冠出来招待，那一天都是面约专诚来娱乐的。中间贵人有章王、索王、寿贝勒、荀贝勒、昆贝子、政贝子、童公爷等，其余如怀少轩、那瑟轩、段扈桥、陈苍佩、陈孟陶等几个熟人，都是喜欢顽儿的。那天排的戏是金甫出的主意，预先排了一张戏目，跟各名角征求同意，随后印刷出来。每一个客人到了，就由家人送一张上去。众人看了，都高兴得了不得，原来这单子开列着是：

杨府堂会戏目单

《庆贺黄马褂》　张黑儿
《草桥关》　　　金秀山
《徐母骂曹》　　龚云甫
《长板坡》　　　杨小楼
《落花园》　　　陈德霖
《能仁寺》　　　余庄儿
《新安驿》　　　侯俊山
《打鱼杀家》　　谭叫天
《取成都》　　　汪桂芬
《贾志诚》　　　妙香、韵芳、五九、素云、二丽、采芝、宝卿、瑶卿

众人看了都道："今天的戏可算是堂会中的顶儿尖儿了！不是金甫是办不到的，尤其大头是做了老道了。里头传差还常不到的，真是难得听见的了！"瑟轩道："他靠得住么？谭老板已很不容易伺候，大头的脾气更古怪，金甫你面约他的么？"金甫道："前天他来拜寿，他说自愿去唱一出，我说不敢当，你如高兴，一两天内随便来赏个脸，我去约了几位熟人，清清净净的让咱们的耳朵舒服一下，就感激不尽了。今天是人多嘈杂，把你的能耐糟蹋了，不是连我也造孽吗！他很喜欢的答应，说今天必来，那《取成都》也是他自己定的，想来不至于临时变卦吧！"瑟轩道："有这个原因，今儿咱们耳朵的福气准享得满足的了！"金甫向瑟轩说道："各位爷多有喜欢玩儿票的，倘高兴玩一下，时间很长，不妨随意加入的，二哥请你偏劳，各处去请请示，兄弟的意思，只要各位爱什么，兄弟一定去办到。借此尽一点感谢的意思。"瑟轩呵呵笑道："蒙委的优差，兄弟自然竭力去办！"

正在说时，只见一个家人匆匆的进来，向着金甫道："索王爷到。"金甫连忙立起，走至大厅阶下，那索王已进来了。这位王爷容貌壮伟，

面目间颇有英武气概，不过身材矮短，与他容貌不甚相称。那金甫见了，就让到厅上，请了双安。

原来满洲人见面都行请安的礼，用一膝向客一屈，见了尊长的，就用双膝一屈，似跪非跪，就叫请双安。金甫请了安，索王也还了一个安，家人引入，到戏台对过的客厅上，只见寿贝勒、荀贝勒、昆贝子、政贝子、童公爷等也刚到，见了面，彼此请了安坐定。主人送了茶，瑟轩刚从台后戏房中出来，见了索王请了安，就说道："王爷今天多坐一回儿，今儿的戏真不差！请王爷看看，有斟酌的地方没有？"索王拿了戏单，看了一看，微笑道："主人不容易，把许多有名的角儿找全了！"瑟轩道："回来嗑了酒，听了戏，王爷一个高兴，也许赏咱们一个脸呢！"索王道："小那，你又出花样了！"瑟轩道："王爷前那敢放肆！现在许多客都愿意露露脸，王爷一提倡，就可以大家称心了。"索王向着政贝子等笑道："你听小那多么会说话！怪不得他到那衙门就是那衙门的红人儿呢！"金甫道："回头听几出再说，现在就等章王爷到了就开戏了。"随向瑟轩道："二哥，请你去招呼他们预备吧！"瑟轩应诺，正走到戏池子里，就听见家人高声回道："章王爷到！"一回儿见金甫已陪着章王进来了。瑟轩就指挥闹起场子来。戏台前的酒席，已经摆好。金甫各席上送了酒，就请来的客人都换了便衣，入座饮酒。诸客也叫主人脱去衣冠，换了便服。

那时张黑儿扮了杨香武去盗九龙杯，功架精熟，道白爽脆，真能表出义侠的气概。原来张黑儿是北通州人，他真练得一身功夫，不是花拳绣腿，仅能表现于戏台上的，他曾有一回在年底由京回通，几十里的地，不算什么，他就步行回去。他戴了一个毡帽，穿了一件元青绉纱夹西皮袍，钮子都没扣，只把一条绉纱腰带紧着。走出了城，过了二闸，有一段荒凉的树林，岁暮天寒，日光西坠，一群一群的老鸦，带着苍然暮色，投入林中，找他的老窠去了。张黑因离家不远，正慢慢的走着。忽听得林中一声救命，是女人的声音。张黑就走近林子一望，只见林中有两个人按住了一个三四十岁的女人，去搜他的钱，剥他的衣服。那妇人喊道："你抢了我的钱，剥了我的衣，我的棉袄棉裤你行好的饶了我吧！"只听得一个喝道："快快脱下来，让老子乐一乐，不听话送你回老老家去！"那妇人极声喊救命，两个人呵呵的笑道："你尽喊，看有什么人！就有人，谁敢挡老子的路！"那张黑听了，就向林子中一纵，到了两个人的跟前，就说道："二位请了！江湖上的好汉，决不采花，况且天冷到这样，剥他的衣裤，不就是送他的命么？还不如一刀的爽快！我看二位抬抬手放他去吧！"这两个人看见蹿进来一个人，替女人说情，说的话不硬也不软，知道来者不善，善者不来。不过看他只有一个人，手里也没有家伙，他们想两打一，他身上的皮袍比女人一身的东西值钱多哩！两人就厉声说道："你是谁？你来管老子的闲事！你配么？"一人随即向地上检起单刀，一人拔出两个插子，向着张黑恶狠狠的立着。张黑呵呵的笑道："天下人管天下的事，老子今天是管定这个事了。"那一人听了，就把刀当面劈来，张黑向旁边一闪，把腰间带子一抽，把皮袍脱下，往地上一掷，就把带子拿在手中。那时他第二刀又劈下来，张黑就不躲了，把手中带子一顺，像棍子一般，向刀上一迎。那把刀如同生了翅膀，飞出了树林去了。这一个吃了一惊，那一个就把两个插子用双龙入海式，向张黑身上刺来。那张黑动也不动，等插子将要近身，就用带子向他脖子上一绕，往怀里一扯，那一个就跟着倒在地上了。张黑用右脚向他背前一点，他就伏着动也不动。张黑踩住了一个，向着那一个笑嘻嘻的说道："你的刀在树林子外头，你快去找了来，再跟我来几下好么？"那一人听了，也不管什么，拔脚就跑出林子去了。张黑把那个人身上一搜，倒也有十几吊钱票，不满二三两一包的碎银子，他就问那个妇人道："他们俩抢了你多少东西？"那妇人道："身上给他搜去十来吊票儿，衣服被他剥了，没有拿去呢。"张黑就将搜出的碎银钱票给了他，说道："你拿去吧！你的家离这儿不远么？"那妇人道："离开约有三里地。"张黑就向那一个人说道："本来要你的性命，因为乖的跑了，傻的送命，我觉着不公道，所以也饶了你。以后再遇着，那可不饶的了。"把右脚一松，向他的屁股上踢了一脚道："滚你妈的蛋！"那个人也乘着滚的势滚出树林外去了。张黑就叫那妇人检了自己的衣服，送到他的村中而去。他有了这样能耐，所以有那般侠气。他上了台，用了劲，他一股气在臂膊上，好似核桃一个一个在皮肤里滚来滚去。他唱这出戏，没有不拍手喝采的。接着龚云甫、金秀山、杨小楼陆续表现，都很卖力。看得各王爷们高兴非常。等到《能仁寺》上场，余庄儿扮了十三妹，英姿飒爽，正在全身勾住台柱，手拉弹弓的时候，只见家人说道："谭老板到。"瑟轩、金甫就迎出去，看见了他，彼此都请了一个安。金甫道："真对不起！又要劳你的驾！"瑟轩道："二哥你去招呼客，谭老板我来伺候。"谭叫天笑道："杨大人请回，那大人招呼也不敢当。"金甫就道了歉去了。瑟轩道："贝勒爷请书房坐，什么都预备好了。"谭叫天笑道："那大人又来开玩笑了。"那时他的跟包的已由家人领到一间书房中来，瑟轩和叫天儿一同进来，那书房中收拾得非常整洁，上首有一张红木烟榻，烟灯已点着，器具都很精美，叫天跟包的一看，都可使用，就从一个布面绸里的袋子中抽出了两枝烟枪放好，瑟轩就指着一个白磁烟缸道："里头是老土，你装给老板尝尝。"那跟包开了缸，就缸里闻了一闻道："不差！跟老板抽的差不离。"就向叫天说道："装上试一筒。"就将烟倒在一个小烟锅中熬着，烧好装上。叫天一面跟瑟轩闲谈，一面向烟榻上横下，抽了一筒，喝了一口热茶，喷出些烟来道："这个烟不差。"那跟包的就接下去烧了，连装连抽，叫天道："外头唱到什么了？"跟包的道："侯老板的《新安驿》刚上场。"那时瑟轩也走出去了，只见王瑶卿走进书房来。叫天道："快到时候了吧？"瑶卿道："你过了瘾么？侯老板刚上场。"叫天又抽了一口烟，立起来道："是时候了，咱们去吧！"就同瑶卿走到后台去上装。隔了一回儿，汪大头到了，穿着老道的装束，金甫让他到正厅中落坐，说道："各王爷都想跟你谈谈。"大头道："谢谢你，从前大老板（程长庚）的规矩，扮戏的不好先到别处去的。"他说了，就一径的走入后台去。他上了装，静坐着听叫天儿的唱，一声儿也不言语。等《打鱼杀家》唱完了，他就唱《取成都》，这是他的拿手戏。台前听的人，真是静悄悄的，绝无一人的声音，连咳嗽都自格儿禁止了，真是一件奇事！一半也是北京人听戏有程度，一般人都训练到了，所以如此。等到唱完进场，全厅听的人没有不喝采的。

等到《贾志诚·大嫖院》出场，那许多的相公都扮的十分姣艳，不过场中谈话的声音，就各处纷纷起来了。瑟轩走到二位王爷席前说道："各位爷谁顽一下呢？"章王就向着索王说道："你唱一出《黑风帕》吧！"索王道："谁做配角儿？"章王指着寿贝勒道："他起张保。"指着荀贝勒道："他起达婆。"指着昆贝子道："他起杨八妹。"指着政贝子道："他起高兰英，好么？"索王道："他们高兴，我就奉陪。"金甫道："各位爷肯露，我去叫一个人来敬一杯酒！"他就进去。一会儿拉着一个云鬟雾鬓仪态万方的丽人出来，说道："这就是状元夫人赛金花，特叫他出来敬各位爷一杯上马杯。请各位爷赏脸！"赛金花就向着各人行了一个满洲的双安礼。金甫就向家人手中取了一个酒壶，递给赛金花，他就接着酒壶，向各位面前都斟了一杯酒。走到昆贝子面前，正要斟酒，昆贝子说道："咱们不用客气了。"赛金花微微一笑，说道："贝子爷赏脸！"章王呵呵的笑道："你们是老朋友么？"赛金花含羞的一笑道："没有的事，那儿配！"索王站起来道："我们去吧！"那配角的各贝子贝勒，也就跟着同进后台去了。金甫就在自己的座儿旁边，添一个坐位，叫金花坐了。那时台上的《大嫖院》许多窑姐儿正在弹唱，各献所长，那扮贾志诚的丑角，指着宝卿道："你是唱黑头的，请你唱一段《黑风帕》。"宝卿就唱了"一见女子出了城"一句，丑就插科道："得了！得了！唱的不是味儿！你要唱得好，你快赶到西四牌楼杨府上去听一听，学一学，包你胜过吊几年的嗓子哩。"宝卿接着说道："杨府上既有好戏，咱们姊妹们都要去听一听的，对不住你，失陪，先走了！"大家听了，呵呵一笑。

等到台上一掀帘子，那高旺唱着"扶保国家"的一句，大家喝了一声采。那索王扮相确有英雄气概，虽身材太矮，他穿着厚底靴子，不甚显出来。一回儿昆贝子的杨八妹出场，昆贝子丰神娟雅，身材瘦秀，觉得袅娜非常。等到荀贝勒的达婆出来，穿着一身满洲的服饰，梳着两把儿的头，非常的华贵。寿贝勒的张保也下得去，只有政贝子的高兰英，他的面庞是苍黑肥胖，年纪尚轻，他平日穿着便衣的时候出门，往往跨了车沿和赶车的并坐，他的辫子梳得挺硬挺紧，好像一根铁锥子，辫稍细而尖，用黑丝绦系了，翘然耸在背上。他穿的便衣，跟赶车的差不多，不认得的只当是混混一流，他今天扮了老婆子，雄纠纠气昂昂，倒狠像《溪皇庄》里的窦氏。大家都哄然一笑。唱完。主人客人那有不恭维的。中间有昆贝子的兄弟童公爷，於戏剧狠有研究的。戏没有完，就先走了。他们下了台，借着酒盖了脸，就把赛金花围住了。金甫是知趣的，就让他们到了书房中，重摆了一桌精美的酒席，旁边两个炕上都点了大烟灯，那时抽烟的抽烟，嗑酒的嗑酒。赛金花自然提起精神，应酬得八面周到，谈笑风生，直闹到东方将要发白。

章王向着金甫、瑟轩道："近来外头闹什么变法，说是有一个广东姓唐的主张着捣乱，你们听见么？"旁边昆贝子道："不差的，是工部的唐猷辉，前儿上头召见了，意思狠好。"章王道："都是瞎胡闹！老佛爷不赞成变法，他们中什么用！龚师傅不是跟他们起哄，如今也走了！"金甫道："听他们来闹吧！咱们乐咱们的。"章王呵呵的笑道："对！对！对！天坍了自有长人去顶，咱们几个人也管不了的，还不如得乐且乐的好哩！"昆贝子道："不管别的，现在什么时候了？"站着的家人，取表一看，回道："三点五十二分，差不多四下钟了。"昆贝子道："不早了！我要走了。今儿有内廷的差使。"索王道："我也有御前的班儿，同走吧。"金甫道："不知道两位爷有差使，不凑巧，不能尽兴，真是对不起。"二人笑道："还要怎么样尽兴呢？过几天咱们再来一下子!"二人道谢告辞。其余章王等各客也一齐起身道:"咱们一块儿走吧!省得主人送几回客。"金甫道:"各位爷没有里头的差使,何妨再坐一回儿呢!"各人道:"主人太辛苦了,也该歇歇了。"登时门外车马拥挤,灯火辉煌,纷纷的分道而去。

金甫送客回来,走到书房中,就向烟榻上一横,伸了一个懒腰道:"累死了!这几位爷从没有见过他们这样高兴的。"那时赛金花也倒在榻上,一面替金甫装烟,一面说道:"王爷们唱戏,我是头一回开眼哩。不是你的面子,恐怕也做不到吧!"金甫道:"面子是面子,银子也真要银子。你晓得他们唱这一出,我要花多少?除了台上的场面,后台的伺候不算,单单府里跟来的许多人,那一个不要开销?一个府里差不多要三四百两哩!"金花吐了吐舌,就将装的烟递上去。金甫抽了,喝了一口热茶,向赛金花道:"谢谢你,再来一下!"金花接过来,又装了递过去抽了。金甫道:"今儿你不能回去,就住在这儿好了!"金花一笑道:"在这儿过夜,狠难为情的。"金甫笑道:"那么到六国饭店去吧!"金花道:"不过又要劳驾了!"金甫道:"你客气,我就不去了。"金花把嘴一披道:"你肯不去,你敢不去!"金甫一笑,就喊来人快快套车去。他家里的事自有账房管家去开销计算收拾,用不着他费心。他只携着赛金花上车,到了六国饭店去了。

等到他们一觉醒来,早已是午后一下钟了。金甫起身走出套间外面,仆欧进来,伺候洗脸,说道:"宅里的管家来了。"金甫道:"叫他进来。"那家人就进来回道:"那大人才刚打发人来,要跟老爷谈一句话,门上就告诉他老爷昨儿睡得晚了,还没有起身,回来给大人送信去就是了。"金甫道:"此地离金鱼胡同不远,我去找他吧!"停了一停,吩咐道:"还是你在这儿,等我走了,你去送个信,说我起身了,有话请他来谈就是了。"家人应了,就退了出去。金甫走进了套间,看金花也已起来,正在梳洗装饰,金甫道:"我们吃点儿什么回去吧!"金花道:"随你的便。"金甫道:"开饭吧!"金花道:"我是吃不下。你怎样?"金甫道:"刚起来我也不想吃,咱们随便要点什么就是了。"就把电铃一按,仆欧进来,金甫叫他要了两份早茶,一回儿送些面包、英腿、蛋、牛乳、咖啡等来。二人吃了,套了车就分途回去了。正是:

    对此不禁百端集,人间那得几回闻!

欲知那瑟轩来谈何事,且看下回分解。

第四十八回　南河泡观荷开大会
　　　　　　赛金花戏竹见灵心

话说杨金甫在六国饭店起身后,晓得那瑟轩要来面谈,他教家人去请他到家,一面从六国饭店和赛金花分道回去。到了家,不多一会儿,那瑟轩到来,金甫请到书房中坐定。瑟轩道:"大哥你昨儿真辛苦了!"金甫道:"还好,不过今儿起不来早了!"瑟轩道:"当然!昨儿的热闹真可以!不是你大哥也办不到。"金甫道:"那几位爷真高兴!"瑟轩道:"也是你大哥的面子!今儿我来有一个秘密的消息要报告你,早上段扈桥来说,这一班新党闹得狠有些头绪了,自从余安甫保荐了唐猷辉,前天召见,上头问了有两下钟的话,上头狠合式,已派往总理衙门去了。扈桥也跟着他们混,听得他们计画,要教上头开懋勤殿,把他们都收进去,将来可以和上头朝夕见面。扈桥来跟我商量,他的意见,这一班人指日可以拿权,咱们也得预备活动活动才好。但我对于里头的消息,究竟不很知道真确,所以跟大哥来商酌一下。"金甫呵呵笑道:"人说老四是天钻星,真不错!不过我要告诉你一句话,只可咱俩晓得,老四也不好告诉的。我先问你,老佛爷不赞成变法,是大家知道的,为什么前天余安甫等请定国是,旨意倒是由老佛爷决定的?我也莫明其妙。后来见了连总管,随便探了一探,原来是老佛爷的手段。一来是看看这孩子能办到怎么样,试试他的能力;二来是借着师傅徒弟的意见不合,由他自己去撺师傅。究竟龚师傅的眼光远一点,晓得老佛爷的主见,根本不赞成变法,碰着这位学生一点不觉得,倒先把自己的心腹撺了,现在那一班新人物兴高采烈,不晓得老佛爷在暗中好笑呢。你想老佛爷对于华中堂圣眷多厚,为什么不教他进军机?却教他到北洋?就是要把兵权放在亲信的人手里。这两天华中堂把方安堂的新建陆军收入麾下,又向甘肃去调了董寿祺的回子军。因他是没有什么人跟他接近的,其余淮军的旧将倪士诚、宋钦等,结编入武卫前后左右中五军中,差不多天下的精兵都在掌握中了。一旦母子间有些龃龉,华中堂挟着老佛爷的大纛旗,那有什么反抗的余地!他们一班的傻子,正在做梦哩!"瑟轩道:"听了大哥的话,正好如大梦初醒。"金甫道:"这个话除是你我是不肯说的。我再告诉你一句话,就是那武都老爷,听说在保国会里狠出点力,来往也狠亲热,你道是真的么?这位都老爷,我旁的不晓得,只晓得他是拜在连总管门下的。他直造谣言,说将来要有废立的大事,他装着一副精忠报国的面目,求人去做狄梁公,说他的门下有几百个飞檐走壁的好汉,都是斩头沥血的汉子,只要有人领着,什么事都可以办的。胡说白道!大约是《七侠五义》《施公案》等小说上学来的。也有一班傻子去信他。这种人还能做英雄好汉么?好笑不好笑!大约老佛爷的意思,总要拿住了把柄再发作,所以教他们出来造谣言耸动他们,等他们发现了凭据,才好动手。这种书呆子懂什么呢!现在这班傻瓜,心里头总看不起咱们旗门子里的人,你看不到几个月,就有新花样出来哩!老四那里,你也不必劝他拦他,他也有些儿小聪明,将来他就有不得了的时候,咱们帮帮他忙也容易得狠。咱们静静儿看着就是了。"瑟轩听了,点点头道:"到底是大哥眼光识见可佩服!"金甫道:"我是信你的,所以泻底儿,千万不要漏泄!"瑟轩道:"大哥放心,兄弟决不至于如此的不知好歹!"金甫道:"因为这话狠有出入,所以学了老婆子的多说话,真是我不信你我也不说了。"彼此又闲谈了一会儿,瑟轩道:"我要走了,大哥你再休息一下吧!"金甫就送他出门而去。

却说其时庄小燕、唐常肃正在兴高采烈，积极进行，那马加拉庙的老公们也跟着密通消息。一天，御前太监寇良材到小燕寓中密谈，谈到皇上因着外国的胁迫，心里狠难受，跟王大臣们商量也没有办法，所说的话总是不痛不痒，不担一点责任。关于用人行政，色色要请示太后，就是放一个缺、派一个差，只要有点好处的，差不多总是由太后交派，皇上一点儿没有权柄。不用说皇上左右的人，就是皇上自己也敌不过皮小连的力量。内外的人都看不起皇上，皇上手下的人尤其不值一钱了。所以皇上召见官员，没有一个肯说点儿帮助皇上的话，皇上气极了。不过皇上的胆子小，对着太后好像老鼠见了猫，一句话也不敢说。现在你庄大人召见了几次，皇上听了你的话，狠觉着有点胆量，我们趁皇上高兴的时候，也就劝皇上趁着这个机会好好的安排几个有胆量的人，将来遇着紧要的时候，也可望有人帮忙，所以皇上狠注意各位。不过现在已有狠诧异的话发见了，他们对于保国会，皆说保中国不保大清的话，又有人说皇上要兵围颐和园，追勒太后，不许与闻朝政，这还是反对皇上的。也有人说太后要拿毒药药死皇上，也有人说九月里太后同皇上到天津阅兵，将乘机废掉皇上的，也有人说太后已预备立昆贝子做皇上的。种种谣言，猜不出他们什么意思。皇上听见了，也不好告诉人，只有自己哭泣一番。我们在旁看见，真真觉得苦脑。无可如何，我们乘便也劝皇上跟像庄大人等有忠心的人商量商量。皇上又害怕，不敢说出来，恐怕闯祸，所以今儿特来面谈，想请你们各位商酌一个办法。皇上的脾气，教他自个儿出头是做不到的，不过皇上听了咱们的话，已知道你们各位是狠忠心的，狠帮他的，最好趁此机会，赶紧想出办法来才好。"小燕道："圣上处境是危险的，我受恩深重，应当竭力报效，不过要办事总有一点儿惹忌的地方，总要求皇上破格办理。现在定国是的上谕，太后已经赞成，照着这个意思办下去，一时太后也不好翻脸。趁机会爽爽快快布置些靠得住的人再讲。这是要诸位极力吹嘘，教皇上决定主见，咱们在外方好办事。"寇良材道："那自然，总要内外协力方好。但是他们两边造谣言，究竟什么意思？"小燕道："一时也无从推测，慢慢的总可晓得。皇上听了这些谣言或者可以助他的决心，也有好处。"良材道："不差！"小燕道："我们商量，想请皇上仿照乾隆、嘉庆、咸丰年间开懋勤殿故事，派几个人行走，皇上就可以跟许多人商量办事。最好由皇上特旨派些咱们靠得住的人进去，那皇上的势力，渐渐的可以暗中膨涨了。"良材道："这个法儿狠好！我回去得便面奏，看怎么样！我也不多坐了。"就匆匆出门而去。

小燕送他出去回来，独坐想想，他觉得又是喜又是惧。喜的是皇上既然信任，又有内监们在内帮助自己，觉着明朝的张江陵，也不过联络了太监，得了里面的信用，做出惊天动地事业来，我何尝不可作江陵第二呢！惧的是满朝的后党、守旧党全来反对，单靠着皇上一个人的势力，究竟能敌过太后一方面么？不过现在是骑虎难下，只好豁出去干一下子的了。

正在踌躇的时候，家人进来回："唐老爷、梁老爷到。"小燕道："请！"一会儿常肃、超如都进来了，小燕一面让坐，一面说道："巧得很！正要想找二位来谈谈，二位都来了。"就将寇良材来说的话告诉他们。常肃听了不作声。超如道："据我看来，事情很危急了，总要赶紧想一个办法才好！"常肃道："懋勤殿如开了，我们都可以进去，自然生出办法来。"超如道："我看是来不及了。天津阅兵是很奇怪的，虽然是谣言，也不可不替皇上防备。我看现在咱们在暗中运动很吃力的，吾党的旗帜已经鲜明，立在后党反对的地位，决不能彀中立的了。我看趁着皇上的兴奋，索性奋斗一下子，否则只有失败，没有成功的希望了。"小燕道："超如的话很爽快！要想两面讨好，和平的办法，是没有的了。"常肃点点头道："也只好如此。"超如道："既然决定去干，我们怎么样进行呢？"小燕道："不入虎穴，焉得虎子！只有向政权集中的地方进行便了。"超如道："政权枢要，只有军机处，不过要在军机处占个位子,必定要向太后请示,那是万万通不过的。太后也知道这个要害之地,决不放吾党的人进去。"小燕道:"我有一个法子,前天定国是的上谕,注重新政,是太后允可的,现在总说参预新政,一定要有新人物,就派几个人作为军机处章京,专管新政。既非大臣,不必请示。太后也不好反脸。你等以为如何?"常肃道:"很好!进去的人预备是谁?"超如道:"先生跟我都不好去的,形迹太露,我以为胜佛是一定要进去的,最好是由大臣保举,等皇上召见一次,然后派出,较为妥当。我去向余安甫商量,由他把胜佛先保举一下,其余如敦古、淑乔等,我们秘密的递一个消息,教他们托人保荐。淑乔跟庄寿香关系很深,寿香的保荐,太后那边也可减少些疑忌。小翁以为如何?"小燕道:"这办法很妥当,我们照此进行便了。"

　　唐、梁等匆匆散了,回到寓中,却接到敦古的知单,定于明天到南河泡聚饮。原来南河泡是在彰义门外落乡一个很大的荷花潭,这时六月天气,荷花正开得繁盛,荷花潭中间盖了三间屋子,碧窗晶帘,洁净无尘。北京本是很少河渚,陶然亭不过是一个低洼之区,少有积水,生了许多芦苇,士大夫尚以为吟啸胜地,何况这个南河泡,借了西山、玉泉之水,种了许多荷花,诗人雅士,欲觅避暑之所,自然要视为清凉胜境了。每逢到了夏令,天天有人去的,但要定他的屋子用一天,须要先几日去才可定到。敦古好容易定了座,招集了一班清流名士,打算啸咏一日。

　　那一天敦古很早的先到了南河泡,将近六点半钟,常肃、超如一同来了。敦古迎上去,三个人就在沿潭的垂杨树阴闲步看荷花,一阵晓风,送来花香,令人神气清爽,飘飘欲仙。超如道:"花香真是鼻功德。"敦古道:"你说是花香好,我说是荷叶的香味更好。花的香尚有一分浓郁的俗态,独有荷叶的味道,是香非香,清微淡远,细细去闻,却没有实在的香味。在那风露中一阵阵的飘过来,真所谓心清闻妙香了。"常肃道:"你的话倒是一句好诗,你可以写一首出来。"敦古笑道："不瞒先生说，这几天真是俗尘万丈，埋没了一身，那里有诗兴呢！"常肃笑了一笑。超如笑道："趁这个时候，没有人，快把俗事说出来吧！"指着那垂杨树下道："我们那边去说，不要教荷花听见了，被他笑为俗不可耐呢。"敦古笑道："北京的荷花，像金鳌玉蝀、颐和园一带，都被政治的空气熏染习惯了，或者不至于笑我们。"超如道："快说吧！不要多说闲话了。"敦古道："昨天北洋华中堂托人来说，请我去入幕，我拿不定主意，所以要请先生和超如替我决断一下子。王季渔又允许保荐经济特科，究竟应当怎么办？"超如道："这两件事并不矛盾，尽可分途进行。不过华中堂是后党，你是创办闽学的，与蜀学会淑乔都旗帜鲜明，他为什么要找你呢？"敦古道："他曾经在过福州多年，跟我同乡认识的很多，或者听见同乡的谬赞，所以来找我的。"超如道："你这思想太简单了！现在还有采访人才的大臣么？何况是他！我看他是要招你做侦探呢！"敦古道："你的话也有理，我就辞了他便了。"常肃道："不然，他是知道你在我门下的，超如的话十得八九，我想他想利用你侦探我们，你也可以利用他侦探他们，万一他真心求才，你也可以乘机运动他倒戈，不是很有益处么！"超如笑道："先生太以君子之心待人了！抛着眼前之权势，去冒未来之危险，他们没有这种傻子的！现在且不必论，敦古你尽管去，只要拿定宗旨，是於吾党有利无害的。但你自己却要小心机警，不可大意。"敦古道："是！是！我就决定了。"超如道："王季渔保荐靠得住么？你赶紧进行。不是仅仅特科的关系呢！"敦古点点头。

　　正在说时，只见胜佛、郁文、淑乔等六七人也从堤上走来。郁文望见了他们三人，就喊道："主人到那里去了？请了客，客来不招呼，也算是变的新法么？"大家大笑。超如拉了胜佛密语，把那天的办法告诉了，说道："昨天我见余安甫，请他递折子保你，他也答应了。事机甚紧，我也不管你愿意不愿意，要强逼你亲入地狱了。"胜佛道："地狱、天堂，那没有关系，只是恐怕没有结果吧？"超如道："我们只好不管他,但造前因,不问后果呢!"淑乔看见他们密谈,也走过来。超如也就把小燕的办法告诉他,请他赶紧托南皮电保,以便就近召见,实行政策。淑乔道:"我也知道风声很紧,我党应当竭力进行了。"那时诸客纷纷而来,也就不谈政事。有的雇了一只小船,在荷花中穿来穿去;有的坐在屋里,倚槛临流,清谈亹亹;有的在柳阴中徘徊往来。原来今日敦古请的客,约有二十余人,多是讲求新政、研究文学的名人,因为天气炎热,不到十一点钟,敦古就请入席。各人都脱略得很,随便坐了。也不用主人斟酒,欢呼畅饮。

　　那时姜剑云坐在靠西的一席,推窗望外,见荷花潭外长堤上来了一辆小鞍车,乌绒镶嵌,毛蓝布的车围,驾着一匹菊花青的俊骡,赶车的戴着红雨缨披过半身的凉帽,手拿鞭子,穿着一双乌缎挖花的短靿快靴,如飞而来。后面跟着一匹菊花青的马,上面骑着一个精神英爽的少年,戴着一顶马落坡的大草帽,飘着两根淡青色的绸带,身穿着白夏布淡青熟罗的两截衫,手提着一根丝鞭,看见前面车停了,他就把两腿一使劲,那马就往前直冲去。一荡的小走,走得真快,地上并不起尘,一会儿就回来,走到车边,跳下马来,把马交给车夫,松了肚带,撩起鞍镫,自有人来接着,把马骡一块儿溜去了。一面车夫已向南河泡的地主,借来一张桌子,两把椅子摆在杨柳树底下,沏了一壶茶,倒了两杯,放在桌上。那少年下马时,车中的人已经下车。剑云一看,原来是赛金花赛二爷。他远远的含笑着,向剑云点了点头。剑云也笑着点头招呼了。那席上同坐的不认得的,都向剑云问。剑云把状元夫人的履历宣布了,合席的人都注目而视。又问那男的是谁?剑云道:"这也是北京城里有名的游侠儿卢玉舫,他是跟赛金花拜过把子的。一个卢大爷,一个赛二爷,上中下社会差不多都认得的。"顾梅庵道:"真可算得尤物了!一顾倾人城,再顾倾人国,真不知要颠倒多少众生哩!"剑云道:"口袋底儿自从赛金花来了,把从前的小玉压下去了,一边是车马喧闹,一边是门庭冷落,北京城里的社会,不用说是政权所在,就是花丛香国，也显出了趋炎附势的情形来了。"子佩道："你是狠捧小玉的，我看见你送他的秦淮名妓的四条屏幅，真是铭心绝品，你舍得送他，可见交情狠深了。"剑云笑了一笑道："你喜欢么？我再去找些来送你好么？"子佩狠诧异道："难道是假的么？"剑云笑道："不敢欺，这是我同汪子昇、洪英石几个人的大笔，倘是真的，我是傻子，不会叫余汉青去变几个钱来用用么？"子佩道："你的笔墨，隔了几十年，还不是狠值钱的么！"超如在旁说道："不差的，就是今天的聚会，将来也许记载出来作为一时的盛会呢！"大家笑了。胜佛道："我们既然都有千秋之想，应要留点儿神，将来传到后世，不要被后人轻薄才好。"正说得畅快时候，已有三点多钟了，炎威逼灼，都有些儿坐不住，大家立起来，往柳阴中去散步。超如低声向淑乔道："你赶紧进行，愈速愈妙。"淑乔道："你预备些什么人呢？"超如道："我没有什么人，最好请南皮保几个人，以备上头选择。只要是本人在京的，保到就召见，不致耽搁时候。"淑乔道："是的。"正在说时，剑云在后走来一望道："状元夫人走了，我们也可以走吧！"那时各人身上汗直流，都想回去洗澡，就套车分头走了。

却说赛金花今天来游南河泡，是从那儿来的呢？原来他跟卢玉舫拜了把子，郎才女貌，彼此吸力甚大，已由兄妹之情更进了一步。昨天晚上，他们俩住六国饭店，早上起来狠热，玉舫提议去逛南河泡，他们就来了。坐了一会儿，后来各自回去。金花到了寓中，就叫大姐等提水洗了一个澡，精神疲倦，就在铺着台湾席的床上睡了一觉，醒来天已傍晚，睁开眼，只见孙三儿也躺在靠窗的藤榻上。原来金花自从进了京，认得了杨金甫，有了交情，银钱如水一般流入，又认得了许多年轻的王公阔人，他放出手段去笼络，差不多都入其彀中，因此声势一天一天的大，银钱一天一天的多，眼界也越发的高了。他跟孙三的感情，渐渐淡得像玉泉山的水一般。昨儿金花出门，原说是杨金甫家里叫的牌局，不料金花此刻正在擦脸，外头来说，又是杨大人叫的条子。孙三儿也不是傻子,听了就冷冷的说道:"昨儿叫条子,到今儿的饭后才回来,现在又来叫,还不如留住了不用回来好了。"金花听了也不作声,只向下人说道:"你告诉他就去。"一面叫老妈子再取脸水,重行梳洗。孙三忍不住问道:"你今儿又不回来么?"金花道:"回来不回来,由我的性儿,谁能管我呢!"孙三道:"你今儿是怎么了?"金花道:"我的话说差了么?老实说,刚才的话,我还是给王公大人们说的。你……还轮不到呢!"孙三道:"你的话轮不到我,当我是什么人呢?"金花冷笑道:"总当你一个人罢了!"孙三道:"到底是什么人?"金花道:"算是我用的一个人就是了。"孙三道:"你竟当我是个佣人么!"金花道:"你吃我的,穿我的,住我的,不是我用的一个人是什么呢?老实说,用得着,给你吃,给你穿,给你钱用;用不着,哼!哼!就请两便。管不管的话,可不是轮不到对你说么!你想想我和你在上海的时候,说的什么话呢?"孙三气极了,立起来说道:"好!好!你晓得北方人的性命不值钱,随便耍一下算不了事,你现在钱有了,阔人也认得多了,你当我没有法子了?哼!哼!咱们再说吧!"穿了衫子就出门去了。

金花也就妆饰好,套了车,径到杨金甫家中而来。进了门,到了书房,原来金甫同着几个客在那儿打牌。金花坐下了,看金甫起的一副牌,外面是八索开杠,手中是中风三只,二筒三只,三筒一对,四筒一对,等的是二五三四筒。恰好对过打了二筒,金甫笑道:"和了。"金花伸手把牌按住,说道:"且慢,你先开杠!"金甫诧异道:"没有这个打法。"金花道:"你不用管,我来卜一卜我的运气看。"金甫就依他开了杠,伸手去杠头上起了一只牌,翻开来看,却是三筒。金花笑道:"你算算要多赢多少?本来只是有一翻,现在中风一翻,对对和一翻,杠头开花一翻,又是自摸和,算起来八索二筒两杠十六和,中风暗刻八和,自摸三筒十六和,共计四十和,三翻要三百二十和,不是个腊子么!"那输家说道:"他怎么晓得是三筒呢?奇怪!难道他认得牌么!"金花笑得把下颌搁在金甫肩上,抬不起来道:"倷格运气好,有什么法子呢！"他们打的是一千元底，金甫赢了一千八百元，就拿了一千元给了金花道："这个本来不是我的，给了你吧！"金花推着不要道："赢的钱给了人，牌风要坏的。等你打完了再给我不忙。"正笑着，只听家人回道："卢大爷来了。"跟着玉舫进来。一看都是熟人，脱了长衫，随意坐了。金花笑着，就将刚才一副牌告诉了他。玉舫道："你的运气好就是了。"金甫的上家笑道："有点儿毛病，回来我要检查一下子。"不料那时金甫正是庄家，上家发东风，金甫碰了，下家发中风，金甫又碰，金花格格的笑道："又要来一下子。"金甫起了几圈牌，又起着一只东风，手中是七筒三只，三筒一对，九筒一对，杠上起了一只二筒。金花笑道："我来打，他换了一只三筒打了。"金甫道："你怎么打的？"金花笑着道："你不用管。"那上家说道："留点神！又是一副对对和了。"对过的人就向中间一望，看见一筒已见过三个，他就把他打出来道："我打一筒，你就是等麻将也没有的了。"金花等他打出来，他就伸出纤纤玉手，抢在手中，格格的笑。他的腰笑弯了，像醉酒杨妃一般。金甫把牌摊出来，大家一看，说道："又是三翻。不过他打三筒，你为什么不赞成呢？"金甫道："打二筒，不又是对对和么？"金花道："我有道理，一来已是三翻，再加一翻是白糟塌的，二来才和了对对和，我一出手，他们必紧生张，一筒只剩一张，他们不防的，三来我们是筒子结张，那生的三筒九筒决不出来，究竟自摸是难得的。"他们三个人道："刚才的牌碰运气，不希奇，这副牌打得狠巧妙，心思真灵，我们输了也佩服的。"有一位道："我们连手大败在娘子军手中，现在要驱逐这个女参谋了。"金花立起来，向着金甫笑道："彀了！二百七十二和，又是一千零八十八元，再赢就要犯众怒了。"他取了一支茄立克，玉舫忙取灯儿给他点了。金花抽着烟，就同着玉舫坐在离开狠远的一张沙发上，低低的说道："今天回去狠生了一回气。"玉舫道："跟谁？"金花就将跟三儿口角详细告诉，说道："他临走狠恫喝我一下子，你看不要紧吧！"玉舫道："有什么要紧！他再不知趣，要他长就长，要他短就短,他有什么法儿呢!不过他跟你为什么事起的?"金花道:"起因是此地老太太庆寿,他要我给杨大人说,派他一个戏露露脸,我说你的能耐也觳不上,我去说了,连我也丢脸。他的意思,派一个戏,借此叫我替他做些行头,敲我的竹杠。我回绝了。近来我常常不回去,我又没多给他钱,他所以更恨了。"玉舫道:"你万安!孙猴子的筋斗云,总跳不出如来佛的手掌,他再不知趣,你告诉我,我来收拾他便了。"他们俩呢呢私语,只听见打牌的一桌上说:"不打了,我们输了钱,又让卢老大去开心,太不上算了!"大家立起身来,金甫走到金花身边,拿着两千块钱钞票给他道:"亏你把牌风打顺了,赢了四千多,给你分了吧。"金花道:"太多了!"金甫道:"一两千块算得什么!"就将钞票向他手中一塞。金花道:"谢谢杨大人,谢谢各位!"就装在皮夹子里去了。大家入座嗑酒。直到黄昏才散。金花依旧跟着金甫到了六国饭店纳凉住宿去了。到了次日午后,金花从六国饭店回到高碑胡同金花班寓中,知道孙三昨夜也没有回家。他就在房中打了一个盹儿。到傍晚的时候,就道章王府来叫。金花赶紧梳洗打扮着赶条子去了,正是:

　　昙花朝局浮云重,露水姻缘幻梦多。

后事如何?下回分解。

第四十九回　赛金花别筑藏春窟
　　　　　　尹宗扬重探发纵谋

　　话说赛金花那天到了章王府，进去一看，原来仍是杨金甫叫的，其余客人，是怀少轩、那瑟轩、昆贝子、寿贝勒等，一班都是熟人；所叫的大半都是口袋底儿的姑娘小红、翠娟等，小玉也在内。大家入了席，欢呼畅饮，高兴得狠。不多一会儿，早已天黑了，只见金甫的跟班进来向金甫说道："赛姑娘家中打发人来，说有客，请姑娘回去。"赛金花道："家里有人，为什么一定要我去？"金甫道："来的客是什么人？"那家人道："说是兰公爷。"金甫问金花道："你可要去应酬一下？"金花道："我正在这儿狠痛快的时候，那兰公爷也不过打了一两回茶围的客人，不去也没有什么。"章王道："这个混小子，理他呢！只说我这里不能进去催就是了。"金甫道："不妥！你告诉来人说，快散座了，一会儿就回来。"金甫的家人答应了，就出去回复了。

　　赛金花等到散了席，敷衍了一回，匆匆的套车赶回去，到了家，家中人说道："兰公爷来了，说要见你，我们告诉他是章王府叫去的，今儿说不定回来不回来，他就变了脸，厉声说道：'难道他是杨金甫的什么吗？他能玩，难道我就玩不得的！'我们连忙说，公爷不要生气，马上就催他回来。一面月娟、素娟极力的敷衍，等到催你的赵二回来，说是快散了就回来，他就问道：'是什么人叫的？'那赵二是个傻子，老实的说是杨大人叫的,他就冷笑了一声,立起来就走。我们极力的挽留,他道:'明儿再来罢!'临去也没有什么。"赛金花道:"他也不是花钱的主儿,随他去罢。"当下无话。

隔了几天,有一日傍晚,赛金花正在家中闲坐,外头来了一个客人,立起一看,原来是姜剑云。赛金花含笑迎着道:"姜大人好久没有见了,今儿是什么风吹来的?"剑云道:"是无锡人说的团团转的风吹来的。我今儿从南城进前门,经交民巷,到东四牌楼,过后门绕西四牌楼,直到此地。不是东南西北团团转么?"赛金花道:"你今儿狠辛苦了!在这儿多坐一会儿,吃了便饭回去罢!"剑云道:"承你的情,我去找几个朋友来谈谈。"正在写请客片时,只见外面走进来两个人,向着那老妈子问道:"姜大人在此地么?"老妈子还没有回答,剑云在里面听见了,知道熟人,推开风门一看,原来是汪子昇、洪英石两个。剑云道:"你们怎么能到此地找着我呢?"子昇道:"我们走过此地,看见你的车卸在门口,所以进来问问。"剑云道:"本来要打发人找你们,真巧极了!"英石道:"这种现成的话不用说了。"剑云道:"你不信,你来看!"就拿刚写的请客片递他一看。英石道:"真奇了!难道真有心电相通的么!"剑云道:"你们来逛,就两个人么?"子昇道:"还有章仲玉、匡兰楣约在小玉那里。"剑云道:"去约他们来。"就喊了一个打杂儿的吩咐道:"你到口袋底儿小玉姑娘那里,请苏州的章老爷、匡老爷到此地来。"英石道:"恐怕搅不清,待我写一个纸条儿去。"就匆匆的写了几个字,交给打杂儿的送去了。不多一会儿,仲玉、兰楣都来了。剑云向赛金花道:"今天此地真是苏州会馆了!"赛金花道:"真的可以全说苏州话了,不过伲格苏州话有点像姜太公格坐骑哉!姜大人阿要去吃酒罢!"兰楣道:"到底苏州闲话好听,北京格闲话总有点强头强脑格。"赛金花笑了一笑,就吩咐老妈子摆好桌面。剑云邀他们入座。因为都是熟人,随便坐下。

大家嗑了一杯酒,子昇说道:"剑云今天有什么新闻么?"剑云道:

"多得狠！这两天叫的外起儿狠多，杨淑乔、戴胜佛、林敦古、刘培村都召见了，听说明天就要发表参预枢密了！"英石道："现在是南海的世界了！林、戴当然是南海心腹，不过淑乔是南皮门下，刘培村是闭户读书的，南海何以也去认为同志呢？"剑云道："南皮、南海正在互相利用，究竟南皮老资格，防虑周密，淑乔的保荐，不自出名，却转交湘抚陈佑规，培村是佑规所赏识的，所以附带保荐。将来握权的当然是林、戴二位，淑乔或可参赞一点儿，培村不过是备员而已。"子昇道："究竟什么名目呢？"剑云道："大约在军机处参赞新政，职衔是章京，权力是和大臣一样的。听说较高的位置，都要向太后请示的，所以面子上只说是章京。"仲玉道："那是旧党中一个霹雳，恐怕要震动到颐和园呢。"剑云道："当然！门户已成，党祸一定难免的了。"仲玉道："此种举动，我是不以为然的，新党中没有凭借，怎么样去抵抗呢！我意乘着这个时候上头信任，先把兵权拿在手中，潜长势力，一切不用问讯，等到毛羽丰满，老实说，这种军机和各部院的王大臣那有什么力量！可以一扫而空的。现在实权是在外省各督抚，北洋尤关重要，华中堂编练武卫五军，恐怕他们已在预备，此时轻举妄动，徒召党祸，难收实效吧！"剑云道："你的话是不差，不过太觉得老成持重了！前天我跟敦古闲谈，他说曾有一个算命的替他算过，说他今年内有特别的运气，可由平步得宰相，不过风波也很危险，要过了冬令方能安稳。我听了就以婉言微讽道：'你既信他，何妨暂时养晦，到明年再行进取呢！'他奋然道：'吉凶前定，机会难得，那里管得许多呢！'他自从下第后，一刻不停，京城里三品以上大员，几乎没有一个不去联络，面子上是为经济特科的保举，骨子里无孔不入，所以直隶的华中堂，也来请他入幕。讲到南海跟华中堂是水火，他因为是权力所在，也不顾了。不晓得他怎样去告诉他的老师呢？你想他能縠听你旷日持久的主见么！"仲玉道："如此激荡起来，怕有大祸，你跟他们狠接近，你打算怎么样对付呢？"剑云道："我跟超如、胜佛交情确甚密切，不过南海先生常摆着孔夫子再世的面孔，无论什么人，好像都应在三千之列，教我实在装不来。现在大权未握，已有非种必锄的意思，我的兴趣也渐渐的淡了。"子昇道："这位大圣人，在黎石农老夫子那儿，就过馆，你们晓得为什么给老夫子轰出来的呢？我不是造谣言毁谤圣人，我由老夫子亲口跟我说的，他说请他来了不到几天，家里用的广东老妈子忽然含着泪要求内人打发他回家。问他缘故，他说先生调戏他。后来老夫子晓得了，就把他行李送到会馆里去，他才走了。"赛金花笑道："真少有出见格！俚笃拜俚做老师，勿晓得阿都要传授格！"大家听了，呵呵一笑。剑云道："现在是炙手可热哩！段扈桥是消息灵通的，他放了霸昌道，不去到任，听说南海已允许他，将来设立新政各局，一定给他一个位置哩。"兰楣道："南海受特达之知，究竟是从何而来呢？"剑云道："起初是龚师傅的密保，后来恐怕驾驭不了他，渐渐的疏远，恰好他同乡庄小燕联络了他，借他变法的旗子，扩张势力；又有黄仲涛、杨淑乔替他疏通了南皮，顿时声气广通。本来南皮没有进军机，常常疑心是龚师傅的阻挠，此次想借来发展一下，现在师傅果然走了，我看他们一定要拥戴南皮出来。"仲玉道："我看拥戴南皮尚在未定。圣人接近了大权，未必有推贤让能的雅量吧！"子昇道："你的话不错！就算圣人的度量高深，这位小燕先生既在幕后操纵，他肯让人么？"剑云道："照你们的观察，果然一意孤行，那危险更大了！"英石道："你与他们很接近，却要仔细留意，不要未受其利先受其害，那才不上算呢！"

　　正在说得高兴的时候，有个大姐向着赛金花低低说道："杨大人来了。"赛金花立即起身，说道："外头有客，俚要失陪哉！"就点点头出去了。他到间壁房间内，掀帘进去，果然杨金甫在内，脸上好像不甚高兴。金花招呼了坐下，问道："你从那儿来？你有点儿不爽快吧？"金甫摇摇头，说道："没有什么，今天我来是报告一个消息，那天兰公爷从此地回去后曾来过么？"金花道："他是不常来的。那一天回去后，好几天了，没有再来。"金甫道："这个小子看不出他。"赛金花道：

"出了什么事么？"金甫道："昨儿我见着了崇受之，他说：'前天兰公爷派了右翼总兵，第一句话就要办口袋底儿的档子班，说是内城地方，不应容留流娼。'我就笑了一笑道：'当然要禁！不过这档子班相沿好久了，我是没有逛过，不晓得实在情形，等调查一下，我们再定办法。'他说：'从前不过是本地人学些曲儿，由人家叫出来唱唱，近来是天津、上海的流娼都来了，士大夫们听说也有去逛的，实在太下不去了！'我说：'我们调查后再办罢！'他才悻悻而去。'二哥，你是风流教主，总晓得实在罢！'我听了，知道他是为那天的缘故，就把他因为没有见着你，跟我吃醋的原由告诉了他，他呵呵的笑道：'一个窑姐儿，也犯不上用提督衙门的势力去耍醋劲儿！他不题就完了，再题我送信给你。'我就说：'谢谢，万一再题起，你给我一个信，教他们避一避就是了。'他就一笑答应了。"赛金花道："这位崇大人是不是步军衙门的堂官？"金甫道："是的！他是正！那个小子是副。什么事总要通知了他才能办。这个混小子，怕是不怕他，不过万一胡来一下，他至多担一个办事草率的声名，你们可受不了。我看你暂时住到我那儿去，班子里多少人，就在城外店里头住了，再寻屋子，你看好不好？"赛金花道："我是好办的，我就跟着你去也行。"随向金甫笑了一笑道："只怕你不要我。"金甫笑道："不要来灌米汤了！你确是好说，只是班子里许多人！"赛金花道："既然有了这个过节儿，我就跟着你不再出来。他要来找碴儿，他们怎么拦得住呢！我想索性到天津去，堂堂皇皇的开班子，租界上，王爷公爷都不卖账的。我要来找你，只要几点钟的功夫，还不方便么？我想搬到天津去。你替我想想好不好？"金甫道："你的话真痛快，不过你去了教我不要想死么！"赛金花微微的笑道："你才真是灌米汤！我就决定了。明后天就到天津去看房子，这儿就把牌子摘了，小玉姊那里要去通知他么？免得将来抱怨拖累他。"金甫道："我看不必，这小子晓得你走了，也不见得发作了。"金花道："不错的，我们就算决定了。"外面一个大姐走进来说道："姜大人俚笃要走哉!"金甫道:"我也要走了。"匆匆往外就走。赛金花道:"后天我到天津,明天请你来商量一下!"金甫道:"晓得了,明天这个时候一定来。"金花送了他上车后,回到剑云那边,含笑道:"真真对勿住,各位请包涵点。"剑云道:"耐也勿要客气,弗像子老朋友哉!"金花道:"因为老朋友,总原谅个,所以脱略到实梗样式,只好将来屁股里吃人参后补个哉!"剑云等听了,呵呵一笑,也匆匆走了。

到了次日,果然上谕发表,杨、戴、刘、林四个人都赏给四品卿衔,充作军机处章京,参预新政。当然一班新党都欣欣得意,四人进了军机处。照例当章京的,对于军机大臣有堂属的分别,应去各大臣处谒见。那四人是奉皇上特简的,那里肯照着旧例去参见,所有关于新政的事,皇上特别召见四个人商量,大臣竟无权参预。向例军机处的苏拉,凡新进来当差的,都有几吊钱的赏犒,他们一文不给,算是破除腐败的积习,所以自王大臣起至于服役的苏拉,莫不怨声载道。这种苏拉,虽是服侍的下人,然与里头的太监们却声气相通,所以他们的话很容易传达到连总管那里。那皮小连也利用他们察听着,这四人的一举一动,太后就无不知道。自然,只有坏话,没有好话的了。自从四人进了军机处后,淑乔和敦古一班,胜佛和培村一班,轮日入直,皇上既然信了唐先生,晓得敦古和胜佛都是唐门弟子,尤其信任,一切关于新政的事宜,所有裁决,都是林、戴二人拿主意的时候多。培村还没有什么,只对人说他要告退。淑乔是南皮的代表,也有些面和心不和了。

当时南海先生的一党,每晚聚集在李铁拐斜街同丰堂,议论国事,简直是他们的俱乐部。当时新政的上谕,雪片似的下来,他们年少气盛,不管办得通办不通,只管行下去。有一天,他们在同丰堂议定了几件事,敦古就在那里拟了几条上谕,各人删改了一下,因为明天是敦古、淑乔的班儿,敦古就收了起来。不料他们散后,伙计们拾掇屋子,在地上检着了个纸片儿,北京伙计们差不多都认得几个字,就拿来一看,觉得狠有关系,马上交到柜上。那账房先生看了,吃了一惊,知道是上谕底稿,那同丰堂中东家是个旗人,正在柜台旁,也拿来一看,就塞在抽屉中。到了明天傍晚,《宫门抄》出来了,那个东家一看,几条上谕,记得昨儿拾得的纸片上大略相同,连忙取出来一对,果然不错,吓得了不得,不免向朋友中传说出来,社会上都知道了,就有人议论他们太不谨慎了!然而他们正在兴高采烈,傍晚时又都来了。同丰堂中的掌柜加倍当心,一面挑选伶俐的伙计伺候,其中一个伙计黄喜儿,狠有些程度,他们正在畅谈的时候,他虽不便进去,他就在廊下靠窗地方站着。只听见中有一位说道:"今天段老四来,说他不愿到任,愿意帮唐先生的忙,不晓得先生的意思怎样?"有一位说:"段老四确是旗门子里一个人才,可以用得。"那一位说:"他今天谈及,他根本是个汉人,入关时投旗的。他本姓是陶,所以他有个别号叫陶斋。"另一位说:"既然先生以为可用,我们商量给他什么位置呢?"又一位说道:"昨天说的创办农工商局,总局拟设在北京,何妨教他管理呢!"那一位说道:"他既是实缺道员,大约要加个卿衔才好!"一位说道:"当然!将来要预备裁去工部,设立农工商部,才好振兴实业。不是仅仅设一个局可以了事的。现在对于农工商的人才狠少,不妨教段老四先去历练起来。他人也狠聪明,研究了一下,将来可以独当一面的。"一位说道:"是了,明天就可发表。"又有一位说道:"我的惟一宗旨,先要废掉八股文,再废科举,中国振兴方有希望。你们枝枝节节的改革,我不狠赞成。"许多人同声说道:"这是我们惟一宗旨,决不改变的。前天已将柳都老爷请废八股的折子交礼部去议了。"有一位说道:"礼部的老同乡,是顽固不堪的,恐怕他要驳。"又一位说道:"他真敢反抗,我们请几位同志的都老爷参他,商鞅立木表信,我们正不妨借他来表示威信呢!"又一位说道:"就是经济特科的章程,你们这位老同乡千方百计的阻挠,不肯照着康乾时的博学鸿词章程办理,硬要改削得毫无意味,那里有提拔人才的希望呢!"又一位道:"不差的!我也听见礼部朋友说,你们老同乡说,特科中有什么人才!多出些乱党罢了!这个特科,我的主意要教他们都不愿意来考,才是我老臣报国的忠心!上头要求人才,我们的翰林院里还怕少么!你们想想可气不可气!"又一位道:"我们广东出了这个人,真是倒霉极了!"又一位道:"前天我派了陪祀的差,刚巧碰着了武都老爷,他说了许多的宫中秘密。他说太后虐待宗室,他曾去查点宗人府的犯人,他看见了注贝勒,正在正月的天气,上身没有衣服,仅有裤子一条,在炉子边抖得不得了。我可怜他,给了他十吊钱。这不是叶赫那拉的复仇举动吗!我听了也觉得可怜。他还背诵着徐敬业《讨武氏檄》中的'燕啄皇孙'等四句。他说:'天津阅兵确定废立之计,我辈应如何搭救皇上呢?'我说:'我辈书生,手无寸柄,有什么法子呢!'他说:'我有一法,只有把太后暗杀了,或者把他幽禁了。'我说:'你是疯了,怎么能办这个事呢!'他说:'不瞒你说,我从小练习武术,飞檐走壁,不算一回事。我家中养着护院把式不少,都狠有能耐的,你们同志,倘有侠客,愿意做一番惊天动地的事,我是决计追随,任凭使唤。你交结的朋友,倒底有这种的志士么?'我听了也没有接下去。"旁边一个笑道:"真笑话!他有能耐可以飞檐走壁,真要笑死人了!他好像樱桃斜街石头胡同什么堂里的角儿,一阵西北风就要吹倒,他要做侠客,他能养死士,我看他有些儿精神病罢!"有一位低低的说道:"胜佛你不要轻视,这里头狠有研究哩!我想他和书堂的交情,不能有说这种话的程度,先生以后要留神。"又一位道:"他近日常来请我替他做折子,表面狠密切,不过他和书堂说的话确是有点可诧,我等他来,将这个话问问他。"一位道:"先生去探他一下子狠好!他的法儿也狠浅。"又一位道:"里头还有可疑的,注贝勒圈禁,究竟是个亲贵,宗人府何敢如此虐待!太后也不至于在此等处示威的。他的话真有点儿瞎胡闹了!他想来骗我们书呆子吧!我们以后要调查他的真相才好!倘然是奸细,是不得的。不要我们跌在他的手里,那才是大笑话哩。"旁边的一位道:"这个小子,他显神通,我们难道怕他么!"又一位说道:"胜佛,你不要草率,从来大事往往败在小人的手里，历史上的教训不少，我们以后当心就是了。我今天听见王小舫请本衙门堂官转递一折，堂官不答应，尤其是我们的老同乡，极力反对。在衙门里狠闹得不成样子。那位老同乡声言要参革他，不晓得怎么结局哩。"又一位说道："我说才刚要表示威信，我们马上去想法子吧！"一位道："狠好！我们回去就办。"他们随谈随吃，不多时就散了。不料那天新党在同丰堂会议的时候，恰好另一个院子里有一席，那边的主人正是反对变法最著名的尹震生尹都老爷。他是起首就反对新党的，闻韵高的革职是他参的，强学会的封禁，驱逐也是他参的。他跟旗下的人狠交结来往，他的消息，所以狠灵通。他连日看见唐南海一派势力扩张，他也晓得和他们结了仇，只能反对，不能归附的了。他就千方百计去打听消息。他知道华中堂是太后的心腹，他就托人介绍到天津去见了他，极力表示愿供奔走。那华中堂看他跟新党确有仇怨，也就信任他，略表示一点意思，说等机会到来，再通知他叫他出力。他由天津回来，就想约几个人，告诉他们待机而动。这天他在同丰堂请客，所请的是龙通政尚轩，龙都老爷勤斋兄弟二人，和他是表兄弟，最亲密的。二人到了，入座饮酒，他就把在天津见着华中堂的消息告诉了他们。龙勤斋说道："这两天的胡闹，真是天翻地覆！太后既然看不过去，何妨从速发动呢！"龙尚轩道："太后从垂帘以来，办了多少的重要大事，他重出来，总要有彻底的办法，那里可以草率从事呢！"震生道："华中堂也是这个意思，总要找着了把柄才可以出手呢！"尚轩道："这个事也狠危险，他们也总有抵抗的办法。万一不成，将来与闻的，功名身家都保不住的。"震生道："老表兄胆太小了，华中堂在北洋握了兵权，这班小子有什么能耐来抵抗呢！"尚轩道："他们一班就算容易解决，不过重行垂帘，势成骑虎，万一迫到要举行大事，天下之大，外省的权力狠重，一有不服从者起而号召，也不可不虑的。"震生道："老表兄太过虑了！现在督抚那一个不是老佛爷提拔起来的！老佛爷办理中兴的事业三十年，这点威信，一定足以压服的。"尚轩道："此次变法，南皮暗中也似在主动之列，你看淑乔不是他的心腹么？何以悍然不顾，竟加入四贵的中间，将来他起来反对号召，也狠可虑！"震生道："南皮毕竟是个书生，他那能如此！"龙勤斋道："哥哥，这个不必虑，南皮是没有那样戆气的，朝局翻过来，他怎能够反抗呢！"震生笑道："二哥的话不差，我们不必顾虑。前天华中堂说话时，他曾微露意思，现在内外差不多布置好了，不过老佛爷重行训政，凡是亲近的王大臣都不好出头主张的，最好由疏远点的外廷人员京堂科道等发起，表示舆论所趋，老佛爷不能不出来的意思才好。我们现在赶紧集合同道的，预备了折子，等机会一到，我们就递进去。讲到公，是维持国家太平；讲到私，将来功名富贵，是不可限量的。这个领袖，当然是老表兄最合式。"尚轩听了，登时变色，立起摇手道："我是决不能干的。先严文恪公曾有遗言，子孙做官，总要循资按格，到了二三品，就要常想退避，切不可做破格的事情，居大权的地位，这个领袖，我是敬谢不敏的。"震生怫然道："那也不必题了！二哥怎么样呢？"勤斋道："你是主动的人，我不能僭你的，况且察院的资格，你也在前。"随向尚轩说道："哥哥，震生一番好意，我想附骥，哥哥你看可以么？"尚轩看见震生有不悦之意，就点点头。龙氏兄弟很友爱，勤斋一举一动，总要取得尚轩的同意才行。他见尚轩点了头，就向震生说道："我决定联衔就是了。"震生道："既然如此，就请二哥去拟稿，老表兄你虽不愿列名，请你帮着二哥斟酌稿子总可以的。"尚轩也就点点头。主客匆匆的也就散了。

等过了两三天，震生在家里接着报房送的《宫门抄》，上头明发的上谕，裁去詹事府、通政司、大理、光禄、太仆、鸿胪诸寺，又裁各省督抚同城之巡抚，又裁河督、粮道、盐道。震生看了，呵呵大笑，自言自语道："这才机会到了！"他就坐了火车到了保定，去见华中堂。进了直隶总督的衙门，华中堂请到签押房中坐，便问何事。震生道："现在他们越发放肆了，裁去了许多衙门，凭空的把各人的官都革了，真是什么办法！"华中堂微哂道："一朝权在手，有什么法子呢！"震生道：

"晚生自从见了中堂回去后，一切都预备好了，只等中堂指挥。因为好几天没有信息，所以来见中堂请示。"华中堂道："不用忙，九月里天津阅兵，京里头很有谣言吧！"震生道："是的，不过有点儿知识的，还不甚相信。"华中堂道："你不用去辟谣，中间有作用的。你不着痕迹的附和着也不妨。你在京里等着，只要机会来了，我就给你送信，我也不找别人了。你放心等着罢！"随将手向坑儿上的茶碗一扣。门外当差的就喊："送客！"震生走到签押房门外，身子一站，华中堂就呵呵腰进去了。

　　震生回京，到了烂面胡同自己宅里，天已傍晚，恰好龙勤斋来，进去见了面，勤斋道："你是到了天津去么？"震生道："此次是到保定去见的。华中堂的意思还要等机会呢！"勤斋道："今天的上谕，你看见了么？"震生道："我刚到家，什么都不晓得。"勤斋道："今天礼部六个堂官统统革了，吕旦闻等分别补了各缺，都是他们的一党了。"震生冷笑道："随他们去！看他能有几时的横行吧！"勤斋正欲说时，只见家人来回道："庆宏庆老爷拜会。"震生就说："请！"一会儿家人引着庆厚甫进来。原来庆厚甫是内务府的郎中，是连总管门下的三等角儿，跟震生是把兄弟，来往甚密。震生的消息，都是他那里透出来的。由他介绍，踏进了华中堂的门。他和震生见了面，和龙勤斋招呼了，彼此坐下。他也晓得勤斋是震生至亲，臭味相同，不必避忌。他就问道："你昨儿去了，我料你今天一定回来。所以来问问。老哥你见着了中堂，有什么话？"震生道："没有什么，只教我们等机会，恐怕一时不能发动哩！"厚甫道："也不远哩！今儿礼部六堂革职，听说老佛爷很生气，叫了那个主儿去申斥了一顿。"勤斋道："怪不得老佛爷生气，从来没有这种办法的。"震生道："依着我的意见，老佛爷就可以出来，再等下去，要是他们毛羽丰满，反觉得棘手哩！"勤斋道："最好母子之间开诚布公，就此收拾，不要闹出风波才好。"震生道："现在是势不两立的了。"厚甫道："不错！再要调和很不容易的了。"震生道："中堂对于九月里天津阅兵的谣言，说不用去辟谣，随他们去。这个意思我不明白，也不好问。"厚甫道："老哥你是个聪明人，怎么一时糊涂了？这个借阅兵来废立的谣言，你想中堂多漂亮的人，肯做这种傻子的事么？这是连总管请示了老佛爷，才定的主意。一面是说天津阅兵废立，一面是说兵围颐和园，将来两个谣言，一定有傻子来钻这个圈儿。中堂的等机会，就是等他们来钻圈儿。这班混蛋，那里能跳出如来佛手掌中！所以老佛爷到底是能办事的人。老哥你看他们都要自己投入网中哩！"震生道："原来如此，吾们有了这个老佛爷，国家大事真不用愁呢！"厚甫道："前儿军机处大臣领班的义王爷生日，照例在军机处当差的，那一个不去祝寿，那一个不去送礼，这四个小子，眼中没有人，所以军机处照例送的公分，达拉密（满语领班）也不去知会他，怕碰他们钉子。果然，他们不去拜寿，不去送礼，这也罢了。他们还说，时事艰难，办理国事还来不及，那里还有功夫奔走去谄媚权贵呢！这种话听了可气不可气！照他们说来，一切世界上礼节往来，都用不着了，这不是书呆子么！"震生道："你说他们是书呆子，倒是看错他们了！他们的奔走找门路，比咱们要利害得多！你打听他们的拉拢的法儿，花样儿才多呢！他们靠着笔头儿来得，自有一班大人先生去赏识他。南海这家伙，不是我的同乡老夫子拉出来的么？他得了一个地步，就生出方法来了。我这位同乡老夫子上他的当真不小！听说根本还是庄小燕中伤。他们的同乡真是一气的，不过过河拆桥，这种人真不好相与。"勤斋道："听说赶掉他老人家，是太后的意思呢！"震生道："老佛爷跟他，近来因为钱唐卿的事，是不大狠合式。不过总要顾全点面子的，不肯乱来。后来庄小燕勾通了内线，常常叫起儿，他就常常的贡献些外国来的顽意儿，我们老夫子不免在皇上面前说他不正当，上头正在喜欢他的时候，那里听得进去！一面老夫子以为从小教他书的，他小时候听了打雷害怕，常钻到师傅胸前；他读着书，有时坐到师傅怀里，把小手去捋师傅的胡子，摸摸师傅的乳。有一年老夫子请假省墓，仅赏假一个月，临走叮嘱不准展期,眼中并且流着泪,不料现在竟听信了庄小燕,毅然的轰了,不留一点面子。在我们老夫子,真是个青天霹雳呢!也是我们老夫子平日不留心人才,不提拔有肝胆的人做心腹,才一败涂地。"说着话,天已昏暗,震生就叫家人预备开饭。厚甫、勤斋都说:"不必了,我们都有应酬。"勤斋是在广和居的局,厚甫是在东单牌楼德兴堂的局,二人便套车走了。正是:

  流莺避弹迁幽谷,黄雀捕蝉酿杀机。

欲知后事,且看下回。

第五十回　杨淑乔一封传密诏
　　　　　　戴胜佛两眼误奸雄

　　却说尹震生自保定回来，预备着乘机而动，那时唐常肃因为礼部六堂果然一朝革职，正在痛快非常，他们一党，于傍晚依然在同丰堂聚会，梁超如道："礼部的改革，虽是极痛快的，不过反对派的冤仇越结越深了。"胜佛道："事势所逼，也管不得许多了！"常肃道："今天狠好，小燕管理矿务铁路总局，农工商局的段老四，一同发表了。一来他们可以出力的干，二来排满的谣言也可以消灭了。或者新旧可以融化。"胜佛道："我们要避免风潮，调和妥协，是决没有办法的。只有豁出去，拼一个谁死谁活。"超如道："就是决战也要定一个下手的方法才好！否则毫无布置，怎么应敌呢！"常肃道："今天没有看见小燕，里头的消息怎么样？我们应当去探听一下，才好商酌。"胜佛也正要开口，只见常肃的家人推着风门进来，说道："刚才庄大人的管家来说，请老爷和梁老爷去谈一句话。"常肃点点头，家人就退出去了。胜佛道："狠好！唐先生和超如就去，有什么紧要的信息，我们从此地散出去，就在唐先生的寓中等着罢！"常肃道："好！好！"就和超如一同去了。敦古道："不晓得有什么变态发生吧！"胜佛道："这是当然有的，礼部的严旨，我是极力主张的，皇上尚在游移，我就奏道：'皇上不用霹雳手段，是永远不能变法的。'"敦古道："未免太急暴了！"胜佛道："怎么你也说这种话！去一个是要报仇的，去六个也是报仇，我的主张，去一个是一个，最好把他们统统去了，换上一班新人物，那才有新气象呢！"敦古道："你的话是不错，不过我们的地位越发危险了。"胜佛道："我们上了台，还管什么危险，至多不过丢掉一个脑袋罢了，怕什么！"敦古看了他一看，没有接声，旁边淑乔道："胜佛太急进了，我们上台本来知道有危险，但个人的危险不必管，国家的大事总要望他成功的。照胜佛的主张，一定只有失败的了。我昨天正跟唐先生商量，光让我们四个人去支撑这样重大的事，自问实在办不了的，只有赶紧请一位德高望重的进来，扛了大纛，吾们跟着办，才有希望哩。"敦古道："我也赞成！我们的资望实在不彀，就是先生，他没有权位的经历，上头就是言听计从，也不能得多数的同情。况且颐和园反对的威权，压在上面，不比没有这个压力，现在正要当心呢！"胜佛听了，没有开口。淑乔立起来道："时候不早，我要先走，唐先生有紧要消息，我明天下了班就来。"他们坐了一回，也匆匆各散。

那常肃、超如，因小燕的招呼，就赶快到了小燕寓中，进去见了小燕，小燕脸上不甚高兴，向着常肃说道："今天礼部的大举动，是先生决定的么？"常肃道："我们这位同乡，反对得太利害了，确是也不能不下辣手。我确是主张的。不过六堂同去，出自圣裁，我也觉着太暴躁了。"小燕冷笑道："上头的主意，老实说拿不定的，今天是胜佛该班，听说是他极力奏请的。照胜佛的这种办法，恐怕不妥吧！"常肃道："小翁得了里头的消息么？"小燕道："是的，这道上谕发表了，军机处已有人到了颐和园去哭诉哩！现在事已成事，胜佛可有什么办法呢！"超如道："事情早晚总要爆裂的，不要这个就是导火线！那真来不及预备呢。"小燕道："超如的话是不错，我们对于爆裂是慢一天好一天，越慢是越有利益，胜佛为什么不照着步骤进行呢！"超如道："胜佛的热血是胜人百倍，可取者在此，将来或者失败也在此。"小燕道："胜佛的人是极可佩服的！不过譬如行军，军中的号令是要整齐划一的，唐先生你是统辖的大元帅,须谆谆告戒部下,不可自乱步骤,这是成败的紧要关键!你以为何如?"常肃道:"这是不错的。不过胜佛这个人,十分拘束他是不容易的。"小燕道:"我也知道,胜佛遇事勇往,是他所长,考量利害,慎重周密,是他所短。叫他在军机处,实在违用其才;叫练一枝兵,作为基础,缓急的时候,真真可靠。我看赶紧替他换一个地位,发展他的长处,到是要紧的。"正在说时,只见一个家人进来,说道:"有客要见!"小燕道:"是谁?怎么没有名片!"家人道:"是马加拉庙来的。"小燕听了,连忙立过来,向唐、梁点点头,就出去了。狠大一会儿,进来向着他们说道:"糟了!怎么好!"常肃道:"里头有消息么?"小燕道:"是的。"超如道:"什么事?"小燕道:"今儿皇上去请安,给太后厉声申斥了一顿,说道,'照你这个样子,那里干得了!从来没有把一部的堂官统统轰掉的,我从你四岁的时候,好容易扶了你做了皇上,抚养了你多年,交给你自格儿去做,你以为本事大了,就独断独行,我在旁边看着你一天不比一天。想必你做皇帝的运快完了,才这样的胡来!你可晓得咱们祖宗好容易打成的天下,可不能给你胡搅的!'可怜把皇上吓得一声儿没有言语。照这个样子,恐怕快要出事了呢。"常肃听了,默默无言。超如道:"事机既然危迫,小翁请加意侦查,一面我们也想法子,倘然商量得有些眉目,再来请示。"小燕道:"时候也不早了,明天再听消息吧!"唐、梁也就各人回去了。

那天晚上,正是敦古、淑乔的班,进去了,皇上没有叫起儿。二人狠有些诧异。等到军机大臣们散了,二人也要下来,只见一个御前小太监,拿了一个封套,悄悄的交给淑乔手中,不发一言的去了。淑乔接了,顺手向怀中一藏,就向敦古递了一个眼色道:"我们走吧。"走出了景运门,四顾无人,淑乔向敦古道:"我们那儿去?"敦古道:"还是唐先生那儿去,他们想来多在那儿。"淑乔道:"好!"出了东华门,上了车,就叫车夫赶快到唐常肃寓中而去。一会儿到了唐家,进去一看,果然超如、胜佛、书堂、子佩、仲涛等许多人都在常肃室中。二人进来，各人都立起来问道："今天可有新政？"淑乔道："今天没有起儿，所以一点事没有。"二人就叫家人脱了衣冠，换了便服。淑乔一找常肃不在室内，那敦古换了便衣，一会儿出去了。仲涛就挨着淑乔问道："外头风声狠不佳，你也有点儿觉察吧！"淑乔点点头道："你这会儿出去上那儿？"仲涛道："不一定。"淑乔道："你几时回家？我要跟你谈一句话。"仲涛道："没有事，你要来，我就回去候着你。"淑乔点点头。一会儿敦古跟着常肃进来。常肃招呼淑乔道："我要问你一句话，请你到这儿来。"淑乔就跟着常肃到东边一间厢房里坐下。常肃道："敦古说上头有密交的文件，可以告诉我么？"淑乔道："当然要告诉的，所以约着敦古同来。否则也要回寓去了。"常肃道："同舟共济，我们自然休戚相关的。"淑乔点点头，就将那交下的一个封套交给常肃。常肃接过来一看，封口已开，就将里头的纸抽出来，只见那白纸上是朱笔写的手谕，上写着：

> 近日朕仰观圣母意旨，不欲退此老耄昏庸大臣而进英勇通达之人，亦不欲将法尽变，朕岂不知中国积弱不振，非力行新政不可，然此时不惟朕权力所不及，若强行之，朕位且不能保。尔与刘光地、戴胜佛、林勋等详悉筹议，必如何而后能进用英达，使新政及时举行，又不致少拂圣意。即具奏候朕审择，不胜焦虑之至。

常肃看了说道："你应当跟他们三位商量了从速复奏才是！"淑乔道："是的！请唐先生定一个宗旨，怎么样复奏才好。"常肃道："他们几位都在此，只有培村没有来，我打发人去找他来好吧！"淑乔道："狠好！"常肃就叫家人拿着片子去请刘老爷来，有要事商量。杨老爷、戴老爷、林老爷都等着呢。不多一会儿，刘培村进来，就同了胜佛、敦古、淑乔、常肃、超如等看着这道朱谕，相对无言。胜佛道："这个皇上真一点儿没有权力，前天就是开懋勤殿一件事，当面交派，须要将历朝开懋勤的旧例，详详细细，统统引证明白。因为须向颐和园请示。我就面奏：'皇上既然决意要开，只管先发了上谕，随后报告一下子好了。'皇上摇摇头，表示不能专断。我才知道皇上真是一点儿没有权力的。"超如道："你难道起先不知道么！"胜佛道："我虽然晓得压力狠重，想不到这点儿小事都不能拿主意的。"超如道："能彀有点儿权力，对於唐先生为什么只能派为总理衙门章京呢？对於你们四位为什么只能派为军机章京呢？现在种种小心谨慎，还不得了呢！你看今儿的朱谕，多么可怜！"胜佛道："今天既然交派我们商量，倒底有什么办法？"敦古道："这个复奏，联名具复呢，还是淑乔单衔具复呢？"胜佛道："我们先要商量办法，再讲别的。"淑乔道："联名单衔，尽管慢慢儿商量，胜佛兄的意见怎么样呢？"胜佛道："我的意思，不去掉这班老耄昏庸的人，那里能举行新政！现在索性大刀阔斧的做去，究竟二十多年的皇上，难道说一声废立就可以实行么！就是儿子不好，也要有不好的凭据，究竟是一个皇上，好轻易更换的么！我以为请皇上放大了胆做去。再说，难道天下臣子，个个都是徐用斋么！"淑乔道："这么一来，一定要闹出大风波来了。唐先生你看是不是？"常肃道："胜佛的急进，确是不容易实行的，总要想一个妥善的法子才是。"超如看了一看胜佛道："胜佛的议论，决不是空言可以行的，妥善的法儿，也不是一时半刻能想得出的，明天先由淑乔去复奏了，我们再慢慢的商量好法子。"淑乔道："超如的话不错。我想礼部六堂办得是太急点儿了，现在请皇上进退人才郑重进行，缓和太后的意思，吾们不至於全功尽弃，才是办法。"胜佛怫然道："我是不能说这话的，我是轰掉礼部六堂的主动人，怎好做反覆小人呢！"超如道："明天复奏，只好是这样说。胜佛既自觉矛盾，好在这个复奏没有指明四人全体，不妨由淑乔单衔先复，将来商妥了再行联名奏达，也不妨。"常肃道："淑乔和超如的话都不错。淑乔意思如何？"淑乔道："唐先生既然主张如此，敦古、培村二位意下如何？"敦古道："先生既以为然，我是不反对的。"培村道："也只好如此。"淑乔道："既然如此，多数赞成，我要回去赶办了。"常肃点点头道："狠好！"淑乔匆匆的起身去了。培村也跟着走了。

胜佛道："皇上这样着急，我们一点儿没有办法，照刚才淑乔的话，跟那班老耄昏庸的有什么两样呢！先生怎么也同声附和呢？难道我们的出来也是想做官的新法子么？"超如道："你不用发火，你看淑乔的意思，对於礼部的举动是不赞成的，他的宗旨就是南皮的宗旨，我们不要内哄，再削弱吾们的力量，这是要顾到的，否则反对的势力愈张，吾们的势力愈薄了。二来你看皇上的意思，是新政办不动了。我们再用激烈的手段，恐怕这主儿受了压力，把我们辛苦经营的一点儿，一下子翻过来，全功尽弃。昨天跟小燕商量，他说礼部的风潮，反对的力量更进了一步，他以为狠危险，是不错的。他又说你最好是去练兵，慢慢的你得了兵权，将来什么事不能办呢！现在不求有功，但求无过，先去培养基础才是。"胜佛道："你的话也有理，不过远水救不了近火，我们何妨设法去利用呢？"超如道："你有什么利用的法子？"胜佛道："方安堂练的兵狠好，确是可用，我们何妨想法跟他联络，好在他本是同党，首先入会的，我们去说动他如何？"常肃道："他不做实缺道，实缺臬台，情愿练兵，志不在小。他肯为我们去冒险么？况且他的兵已编入武卫五军，受华中堂节制，一定关系不浅。胜佛你的热心太过分！恐怕人家不跟你一个样罢！"超如道："这个人喜欢办事，若能以功名笼络他，或可动心。"胜佛道："超如的法儿狠好，我明天去面奏请旨，叫他进来，加他一个大大的面子，或者可以买服他的心。"常肃道："这也是一法。"胜佛道："总比淑乔的主意好一点。唉！中国人有了一点儿东西，就要患得患失了！万一火炎昆冈，玉石俱焚，他们也不过枉费精神！"超如道："你什么我都佩服，只是度量尚欠点阔大。"胜佛道："你还来说我，你不来找我，我在徐仙岩跟着师父多快活，我却不了你的情，进来了，受许多的腌脏气！你能去找一个大量的人来，我立刻告退。我真真谢你呢！"超如道："不要生气，请你原谅！"敦古道：

"你们俩不必去闹意见,也不必去闹虚文客套,再把进行的事情细细研究一下,这是关系狠大的。不要吃不着羊肉,反惹得一身的膻气。我是不赞成方安堂的,他的眼珠儿太流动,说话时没有一点儿恳挚的神气,恐怕不能与他共谋大事。我看那个董回子狠有点草莽英雄的精神,这种人答应了一句话,不会反覆的。"胜佛道:"他究竟是回匪出身,他真办成了,恐怕尾大不掉,我们节制不了他,变成了一个东汉的局面。我是不愿意做何进的。"超如道:"方安堂果成了大功,他也不是淡於权力的,所以最好你有了方安堂的地位,我们就放胆前进了。"胜佛道:"照你们的瞻前顾后,真一事不能办了!"就向着常肃道:"先生请判决一下子吧!"常肃道:"叫方安堂来京陛见,请上头奖励一下,再看他情形如何,也未为不可。董回子那儿,也可以想法去联络,我们现在多是揣测,究竟不知道他两人能不能共事,也要去用一番功夫去考察,才有把握呢。"敦古道:"先生的话,是脚踏实地的办法,我们不必争论,大家分头去进行好了。"胜佛道:"方安堂的事我去办,董回子的事敦古去办。"就此决定了,各人便纷纷散了。

第二天《宫门抄》上,发表的有武义递封奏一件,柳崇雅递封奏一件,接着上谕两道,上开:"御史武义奏参柳崇雅、唐猷辉一折,妄言乱政,诬罔失实,本应重惩,姑念言路攸关,武义着回原衙门行走。钦此!";"柳崇雅奏请设立译书局,派遣亲王、贝勒、宗室,游历各国,派遣学生留学日本等语,着各衙门会同军机处参预新政各员,妥筹迅速办理。钦此!"原来唐常肃自从听了柳书堂告诉他武子友说的话,自己一研究,确有点儿疑窦。那武子友是差不多天天到唐寓来的,常肃有一天就向他道:"子友,你前天跟书堂说的话是真的么?"子友呆了一呆道:"是什么话?"常肃道:"就是你说的颐和园有废立之意,到底确不确?"子友脸上一红道:"内城狠有这种谣言。"常肃道:"你说你能做侠客,你能养死士,你真有这个能耐这个胆量么?"子友涨红了脸道:"我是跟书堂闲谈,总盼望有这种人出来,方能救国哩。"常肃道:

"这种话岂可胡说的！就有这能耐，有这胆量，也不可放在口上，何况你不过是希望呢！请你以后留神，否则书堂也许自行检举，也顾不了交情哩！"子友脸上顿时吓得由红而白，立起来，向常肃请了一个安，说道："请先生原宥！并请转达书堂，担待我年幼无知吧！"常肃道："以后留神就是了。书堂也不至於一下子就反面无情的。"他觉得浑身不合式，匆匆的走了。

今天常肃看了这道上谕，说明参他，狠为诧异，就要去找今天值班的淑乔、敦古来探问。不料敦古已经来了，见了面，就说道："武子友真岂有此理！他参书堂说他有兵围颐和园的言语，又说先生开保国会，其宗旨为保中国不保大清。这个折子，皇上阅过大怒，欲加以重责。幸亏得淑乔面奏，现在推行新政，正要和缓新旧意见，不必严惩，从宽发回原衙门就是了。皇上也就点头应允了。先生，你看旗下人靠得住么？"常肃道："这是我自己招出来的。"就把前日跟他问答的话告诉了敦古。敦古叹了一声道："人心真险！以后真要留神！怪不得胜佛要用激烈手段呢！"说了一会儿，天已旁晚，各人都有酬应，匆匆一同上车去了。

等到第二天，《宫门抄》有一道上谕："着方代胜来京预备召见，钦此！"常肃看了，知道是今天胜佛值班，他的主意已实行了。正要想等胜佛散值出来，只见胜佛兴匆匆走进来，说道："今天总算达到目的了。"常肃含笑道："你怎么样说动的？"胜佛低低的说道："这个主儿还是胆子小。"常肃道："你的大目的没有说么？"胜佛道："那里好说！我不过借了天津阅兵的谣言狠有危险，请预备点儿抵抗方法。他就问有什么办法？我就保举方安堂，请叫他来当面奖励他一下，并请旨赏他一个侍郎，收服他的心，将来一定有用。上头才点点头答应了。"常肃道："狠好！我们总算进行了一步。"胜佛道："临了儿又不行了。"常肃惊异道："又怎么了？"胜佛道："我临散时，上头吩咐道：'你去秘密的告诉唐某人、梁某人，太后那边狠注意他们，还是叫他们避一避，叫他俩快到上海去,办报的办报,译书的译书,万一太后那边发动,我是保护不了他们的。你教他们赶紧动身才是!'我只好答应了。下来一直就到此地来。"常肃道:"这句话你暂时秘密,同人中也不泄漏,我们临时再想法子。"胜佛道:"也只好如此,且等方安堂召见了,再看形势如何。先生、超如之行止,好在没有明发,暂且延搁了再说。"正在说时,只见敦古匆匆进来,看见了胜佛就道:"你的政策实行了!你办事的毅力真可佩服!不过我还是不赞成。"胜佛道:"我们分道扬鞭,你做你的,我做我的,各行其是便了。"敦古道:"我的不赞成,是对人不是对事。"胜佛道:"既然对事,是一条的道儿,我们也不必争执,预备的法儿是越多越好,我们从速进行。我看事机是狠急的,恐怕等不到九月的了。"常肃道:"我也要去到小燕那里去探听一下子,他手眼狠灵,或者有确实的消息哩!"敦古道:"我昨晚上床睡不着,口占一绝句,本想写出来给你,现在当面给你罢。"就在常肃桌上取笔写道:

  伏蒲泣血知何用?慷慨何曾报主恩!愿为君歌千里草,本初健者莫轻言!

胜佛看了微微一笑道:"我们只好各行其是了。"

  隔了一天,那方安堂接了上谕,赶紧收拾进京,暂住在西城法华寺,办了请安折子和膳牌,因皇上驻跸颐和园,随即到了海甸,当夜递了请安折,在宫门伺候。等到天明,就在园中毓兰堂召见,询问练兵的许多事。问完退出,一会儿有旨着以侍郎候补。第二日谢恩召见,皇上含笑说:"人人都说你练的兵、办的学堂狠好,以后可与华福各办各事。"安堂退出,到了军机各大臣处周旋了一回,担搁半天,就进城回到法华寺,寺里的方丈,听见方大人升了侍郎,进来贺喜。只见安堂满脸的汗,略略敷衍方丈几句话,就叫家人开饭。吃完饭,正在心中踌躇,想到今天召见的时候,临末了儿几句话,狠有些诧异,怎么叫我跟华中堂各办各事,明明授意跟华中堂反对,并且特赏了一个侍郎。倘然真的反对掉了,那个北洋大臣一定可以得到。讲到华中堂,不过游滑狡诈，临到大事，也没有什么能耐，要我干他，也有七八分把握，不过这个主儿向来太没有能力，他既要用我，为什么不交派清楚呢？大约历史上没用的皇帝，都盼望人家替他去干，干得来便罢，干不来他就脖子一缩随你去，等到紧急的时候，要他拿主意，他竟可以往你身上一推，假装不知道。临到不得了的时候他反要说替他办事的人害他的。华中堂是太后一边宠信的人，要给太后翻脸是不容易的。要是有能耐的人，只有千方百计，设法子奉承好太后，慢慢的权柄自然到手。现在要想硬来，一定没有成功的希望，我跟着他太危险，太不上算。不过这个机会，中间狠有可利用的不少，我等到请训时，看他怎么样再说。

正在默默的思想，只见带来的差官，拿着一张名片进来，说道："戴军机有要事拜会！"安堂接着名片一看，原来是戴胜佛，心中一惊，何以此人在这个时候来见？正要说"请"，望见玻璃窗外一个三十岁光景的人，体格英挺，丰神豪爽，已在庭中，知道就是戴胜佛，连忙迎到阶下，请入屋内，彼此作揖。只见胜佛道："今天特来贺喜。"安堂道："不敢当！自问庸劣，蒙擢高位，圣恩深厚，将来如何报答！现正在踌躇，想要恳辞哩。"胜佛道："从前久闻大才，现在见了面，真是名不虚传。兄弟略知相法，足下眉目之间，看来必握大权，出将入相，指顾间事。此次圣上特简，真是知人之明，当为国家预庆！"安堂道："太言重了！那里敢当！"胜佛道："今天有几句话要密谈，可否找一间静一点的屋子谈谈呢？"安堂道："可以！"就引到卧室里的套间内，家人携了茶进来，安堂就向外头喊道："马得胜来！"外间进来一个穿军装的，立定举手，行了军礼。安堂道："这屋子外头，你叫他们都出去，你在院子外的门外站岗，不许一个人进来。"马得胜听了，又行一个礼出去了。安堂道："现在尽可谈了！"胜佛道："连天召见，我们的皇上，你意中的观察怎么样？"安堂道："圣明得狠！"胜佛道："这两天的召见，圣上倚重之心，想已表示的了！"安堂道："上头不过问了些练兵、办学堂的事，没有别的盼咐。"胜佛道："没有题及华中堂么？"

安堂道："跪安时只有一句,吩咐以后跟华福各办各事。因已跪安,不好奏请明谕,正在有点儿疑惑哩。我的军队都归华中堂节制,怎么样各办各事呢?"胜佛道："就为这句话,恐怕一时误会,所以兄弟来说明一下。天津九月阅兵,华福将废弑的阴谋,想也听见了!"安堂道："他的胆子狠小,不见得敢做这种悖逆大事,恐怕是谣言吧?"胜佛道："这人狠狡诈,你怕要上他的当哩!唐先生从前保奏的时候,皇上说太后听了华福,说他跋扈不可用,况且汉人兵权不可太大。前天的召见,兄弟狠费力的说了几次,上头才明白。不过在小站的兵都由他编入武卫军,听说狠优待,是不是?"安堂道："现在确是狠笼络我,但他的私恩,终不能敌圣上的公义。况且就说私恩,他也没有诚意的,前年胡景桂参我,后来由他查复销案,实在胡都老爷是他的心腹,起初我也不知道,后来不多时放了他宁夏知府,就升了宁夏道,通是他的手段哩。"胜佛道："如此说来,皇上倘然叫你去轰华福,你没有顾忌么?"安堂正色厉声道："有什么顾忌!君父有难,自当直前,况受厚恩!如有畏缩,是非人类。"胜佛道："我跟你均受非常的恩遇,欲同心协力,救我皇上,其权实在足下。现在既成同志,我们就商定一个办法如何?"安堂道："只有一法最稳妥,现在天津阅兵既有谣言,皇上于阅兵时走到我的营盘,那时军队齐集,皇上只须下一寸纸条,谁敢不从!"胜佛道："倘然九月不去阅兵怎么好?"安堂道："现在预备阅兵,已花了数十万,我可向华中堂力求太后出来。况且连总管等一班人,正想跟出来发一笔财呢!只要用些法儿,他们有不出来的么?"胜佛慨然道："大丈夫一言为定,今天起,报皇上的恩,救皇上的难,做一件惊天动地的事业,全在你的手中,倘然贪图富贵去告变,亦由你。"安堂立起道："你以我为什么人?我三代受国厚恩,难道肯丧心病狂贻误大局么!苟利社稷,死生以之,请你不要疑惑。"胜佛向他作了一个揖,说道："你真是一个奇男子!佩服!佩服!"安堂道："今天既已议定,我请训后即出京,将军中的枪械、子弹、粮食备齐,听你的命令,但你是近臣，我有兵权，你我两人，今天突然会面，外面人晓得了必然生疑心，请你明天起请几天病假，也可再来此地。等我出京到防后，即将布置办法，详细报告你，再定办法日期。"胜佛道："既然约定，不必多谈。"就立起身，出寺而去。

安堂送客回来，已有四更的时候。他坐在房中，也不去睡觉，就叫带来的厨子预备早饭。一面吩咐家人，一早去东交民巷法国医院中定了一间房间，就叫一个老家人穿了他的衣服，天蒙亮就假托是他进了医院，吩咐医生拒绝来访问的人，其余人等都留在法华寺中。有人来问，只说骤然发烧，住在医院，医生说大约不要紧，只要静养一两天就好的。一面东方未明时候，吃了早饭，换了服装，一个人走到火车站，买了一张三等车票。早车人少，他就把军用毡单，向座位上一铺，朝里装睡。其时尚早，他假睡在三等车中，心急如火，盼望开车。直等到铃声一响，火车蠕蠕而动，他才心中一宽，由火车载着告变的人往天津去了。正是：

    蛇尾龙头怜弱主，口蜜腹剑冒英雄！

欲知方安堂如何下落，下回分解。

第五十一回　颐和园垂帘重训政
　　　　　　梁超如易服作逋臣

却说方安堂改装出京，心中狠为不安，好容易盼着到了天津。他就杂在众人中下了车，只见头等车车门开了，有一个风姿绰约的女子正要下来，安堂一望认得他就是赛金花，因在天津曾经见过几回的。向后一望，只见一个穿着很漂亮的军装，戴着一顶德式军帽。并着他走的一位，穿着便衣，华美非常，确是满洲贵人的装束。二个人跟着赛金花，且笑且谈，一同下车。安堂认得一位是德国陆军学校毕业，现充督练公所总办的音五楼，一位是杨金甫，他就连忙躲开，走出车站。他们也没有留意。

安堂当即坐了一辆马车，匆匆的回到自己公馆中，看看时候尚早，就吃了饭，换了衣服，约到午刻，就到北洋督署中来求见。等了一会儿，里面有人出来说："请！"安堂进去，直到签押房，见了华中堂，只见华中堂向他含笑道："恭喜！恭喜！得了侍郎了！不过你还没有请训，怎么就出了京了？"安堂道："因为有些特别的事，不能不来报告中堂，所以私下出来的。"华中堂微笑道："有什么紧急的事呢？"安堂道："召见的时候，上头也照例问了练兵、办学的几句话，没有什么重要的盼咐。不道下来后，忽然得了侍郎候补的恩典，真是从天而降，莫明所以。"华中堂微笑道："自然有人保举你，你难道还不知道么？"安堂道:"代胜实在不知道。"华中堂道:"谢恩的时候,上头问话,没有题到我么?"安堂原是聪明绝顶的人,听了吃了一惊,知道什么消息已到,赶紧说道:"临了跪安,皇上曾说以后跟中堂可以各办各事,因为已经跪安,不能再奏,实在不知道什么意思。"华中堂含笑道:"也许别有倚重,也许是我的替人。"安堂道:"这是中堂说笑话了,代胜是受了中堂的栽培,多厚多久,代胜只有跟着中堂走,别的也不愿做的。"华中堂呵呵笑道:"你太谦了!你今天的出来,就是报告这几句话么?"安堂道:"不是,因为昨儿晚上有戴胜佛到法华寺来,向来是不认识的,他不等请就进来了。"就把问答的一番话报告了。接着道:"他的意思要代胜带兵进京,代胜是受中堂节制的,没有中堂的命令,怎能轻举妄动?细想这几句话很有关系,所以特为冒罪来禀知,求中堂训示!"华中堂默默听了,等到安堂说完才叹了一口气道:"这才是冤枉!我有一毫犯上的心,天诛地灭!现在我知道了,你是一个很有识见的人,你今天的报告,你的心我知道了。今儿是初三,你快回去预备后天的请训一切!你放心便了。京里头的消息,这儿也不断的,不过你今天的话,比什么消息都紧要,很有关系,将来总要对得起你的!我也不留你了,你悄悄回去罢!"随向外喊道:"来!"一个家人进来,就吩咐道:"你关照巡捕和门上,今儿方大人来不要挂号发抄。"家人应了一声:"嗻!"就去了。安堂道:"遵中堂的吩咐回京去了。"华中堂送到房外道:"一切心照,不送你了!"呵呵腰就进去了。安堂回了公馆,仍旧换了便衣,躲在三等车上,向京而去。

不说安堂向天津告密的事,且说胜佛回去,就到常肃寓中报告一切。常肃听见安堂慷慨的情形,心里也很相信,将来叫他来围颐和园就算做不到,不过天津阅兵却是很妥当的机会,只要把皇上请在方安堂的军中,我们发号施令,真是挟天子以令诸侯,中国历史上常有的,确是很有把握的。他们谈到天色将明,睡了一会儿,正要起来,只见敦古匆匆的闯进来道:"先生刚起来么?胜佛也在这儿,很好!今儿消息不好,早上叫了起儿,皇上就问先生已到上海去了没有?我说先生有些事要收拾安排,还没有走呢。皇上就变色道:'为什么还不走!太后很注意他,他再不走,真不得了呢!你赶快拟一道旨意,教他即日赶速出京,不许违抗逗留!'当时我就拟了上谕。上头就叫我带给先生,并吩咐愈快愈好,一天也不许担搁。现在我带来了。"常肃听着,面上失色,就向敦古手中接过来一看,上面写的是:"从速出京,办理书报,勿得迟延"等语。常肃道:"这怎么好?我走了教皇上怎么样呢!"超如道:"究竟什么意思呢?"胜佛微笑道:"有什么意思?先生当然是走,也许是先生的福气;讲到君子见机而作,我们也可以走,不过我的性子是不肯虎头蛇尾的,只好等着失败就是了。"敦古道:"对于先生动身后怎么办法,应当赶紧商量个妥当!"胜佛道:"只好照着进行的计画尽力而为之罢了!"超如道:"今天先生先到天津再说吧!"常肃道:"很好!我去看一看小燕。常博你把我的行李收拾一下子,回来就走。"他就上车赶到锡拉胡同。正要下车进去,只见门公说道:"老爷上衙门去了。挡驾。"常肃问道:"大约几时回来?我马上就要出京的。衙门里回来,请你就回一声。"他车子转身的时候,常肃望见小燕的红拦脚大鞍车,仍在马号里。心里顿时一个疙疸,闷闷的回了寓。总想等小燕见见面,不料等了半天也不来,只好赶末班车,天色昏暗中到天津去了。

不提唐常肃、方安堂两个人一来一去,却说那天天津火车站到了旁晚,站长忽然接了督署一道命令,叫秘密预备一辆专车,开往北京。站长接到了,知道是紧急的公事,连忙调车预备。等到天黑,果然有一辆马车到站,车前后两个家人先下来,车中走出来两个人,站长一看,一个是华中堂,一个是杨金甫。原来金甫自从赛金花移居天津,他常常来往,站长所以也认得了。站长请了安,引了两人到了车中。华中堂吩咐道:"外头不许声张,就开车罢!"站长道:"是!"便退出去。下了车,那车就乌的一声走了。这是专车,所以特别的快。车上家人送来两杯咖啡，金甫点了一枝雪茄吸着，华中堂也吸着雪茄，笑道："今天不为着正事，咱们一定要带着赛金花来，倒是一乐。"金甫道："你的分儿，又是你管辖的地方，万一人家看见了是不方便的！等你进了京，我一定请你就是了。"华中堂道："他好好的在京里，为什么要搬天津？"金甫微微的笑道："兰公爷不让口袋底儿有班子，他只好搬了。"华中堂道："恐怕是跟你吃醋吧！"金甫笑道："不是的。"华中堂道："这且不谈，我们谈正事，你看明早到了颐和园，怎么上去呢？"金甫道："咱们赶早到了海淀，我们先去到连总管那儿，托他面奏。回头悄悄的叫他带你上去，不就得了！"华中堂道："不错！这才不露一点儿风声。"两人谈了一会儿，火车已到了马家堡。城门都已开了。华中堂宅里已接着电报，吩咐关照城门上，并预备车马。两人下车出站，坐了马车，如飞的赶进前门，出西直门，一直的到了海淀，径奔连总管的寓中而来。连总管听见了，知道他俩前来，必有要事，连忙请进去。见面彼此请了安，连总管问着华中堂道："上头没有旨意叫你，你来干么？"华中堂就凑着他耳朵低低的说了一番："今儿来的很秘密，所以求你老人家带我上去，免得外头知道。"那皮小连听了，呵呵笑道："你说老佛爷可不是圣明！他料他们一定要钻这个圈儿，咱们还疑心他们不上钩，还是老佛爷料着了！老佛爷近来起身不很早，总要天明了一回儿才起来。你们在这儿等着，等我进去奏明了，请了旨，我来悄悄的带你进去就是了。一切应办的都预备好了没有？"华中堂道："都齐全了！只要老佛爷吩咐，马上都来。不用老佛爷操心。"皮小连道："很好！你们坐一回，我就进去了。"皮小连就立起身来，他慢慢的进了园门，直到太后的寝宫廊下，低低问老佛爷起身没有？有个宫人对他摇摇手，他向着皇后请了安，就站在窗户底下。此外的妃嫔等，他理都不理。

一回儿看见一个宫女在寝宫门内向外打了一个手式，那廊下伺候的宫眷进去了。两个人替太后穿衣，又有宫女取了洗脸水进去，就有两个太监抱着太后被褥晾在院中，一面梳头太监进去替太后梳头。梳好了头,那管理首饰的宫眷就拿着一个盒子放在桌上,太后开了盒,取了一朵牡丹花,花瓣都是宝石琢成,跟真花一个样,花心都是真珠穿成的。旁边宫眷又递上一个盒,太后开了,取出一只蝴蝶,也是各种宝石制成。太后把花蝶两种,插在头上,又取一盒中的珠子缨络,用一大珠旁围着五颗较小的珠子,结成梅花式,一共有数十朵梅花。太后正要把他挂在钮扣上,抬眼看见连小英①在窗外廊下往来,就问道:"连小英有什么事?"那皮小连听见太后一问,连忙掀了帘子入内,跪下奏道:"直隶总督华福前来请安。有面奏的事件。"太后听了,向着连小英微微一笑道:"你就带他到此地来见我,不教人看见。"皮小连跪在地下说领旨。站起身退至门外,就吩咐了副总管,带开了许多太监,他就匆匆出了寝宫而去。太后也就教宫眷们把首饰匣统统收起,吩咐他们一律退出寝宫。太后向他们嘻嘻的笑道:"我要召见一个外来的官儿,宫中女人不好给外面的男人看见的,你们暂时回避一下子。"众人答应了,都退了出去。

一会儿连小英带着华福来到寝宫阶下,小英道:"中堂请站一站,我进去报到,再来带领。"华福低声答应。小英正在上了台阶,要去掀帘子,只听见太后高声说道:"带他进来!"小英连忙将手向华福一招,一面就在帘侧跪奏道:"遵旨!"立起来。那华福跟着连小英进了宫中,只见太后面南居中,坐在宝座上。华福连忙跪下,口称:"阿哈华福跪请老佛爷圣安!"太后笑道:"你也好!"华福连忙碰头。太后道:"你有什么事要见我?"华福就把方代胜告密的情形奏明。太后道:"你看我说的怎么样?不是来了么!我这儿很容易办,你回去外头去布置一下,不要闹出笑话来。"华福就碰头奏道:"老佛爷万安!都在奴才身上,一切都齐全。"太后点点头道:"很好!我交给你了,明儿我就办。你跪安罢!"华福就碰了头,朝着下面,退至宫门外,才转身,随着连

---

① 编者注:李莲英,本书中时作皮小连,时作连小英。此处保持版本原貌。

总管去。连小英权力真大，华福进去出来，真没有一个人见着的。

华福也不回宅，就到火车站上车，一面吩咐家人带了一封信送到尹都老爷家里，那时尹震生正在家中，接着华中堂的信，一看上面只写着"议定之事速办，今日须递，迟则不及"等寥寥十四个字，末尾有一个花押。尹都老爷接到这个信，顿时精神兴奋起来，原来他们商定的折子，是请太后重行垂帘训政，已经请示过华中堂，斟酌停当，并且替他托了连总管，由他转递。尹震生接了华中堂的信，马上将他和龙大典联名缮写好的奏折，填好了日子带着，骑了马赶出西直门，望海淀而来。他一路上想，今天晚上到何处去呢？他自己想这个折子上去，太后一定欢喜，我的前程未可限量，他就想着军机大臣王武揆也是后党，且跟他有些亲戚关系，今天顺便去告诉他一声。一来表示我的线索灵通，二来微露交情深厚。他一定留我。晚上到连总管那儿，请他派一个军机处苏拉引着去，省得多费周折。他经过王大军机的寓处，就教家人投帖请见，那王宅的门公，见是都老爷，只好进去回。那王大军机连忙说："请！"尹震生进去，到了客厅，王大军机即从里头出来，分宾主坐下。王大军机明知他必有要事，但他是著名圆滑的人，北京素有"琉璃蛋"的雅号。他见了面，不绝口的敷衍，一派是毫不相干的言语，绝不问及来意。尹震生熬不住了，等他谈论少停，说道："今天宗扬来见中堂，是要递一封奏。"王大军机道："近来言路广开，政府也很盼望各位有所建白，不过我备员枢垣，是不便先与闻的。"震生道："现在一班自命新党的，搅乱朝纲，宗扬是想请太后回宫，重行训政，才可挽回。所以先来请示。"王大军机听了，他就假装着耳聋，说道："请太后回宫，天气还不十分凉，在颐和园里也还方便，大内的房子不十分合适，就是西苑里，到九月里回去也不晚。"震生接着道："宗扬的意思，想请太后重行出来训政。"王大军机道："现在皇上办什么事都上去请示的，差不多跟从前一个样。"他不等他再说话，就举手摸了一摸茶碗，立起来道："本来我们是亲戚，今儿晚上应当留你吃饭，你现在既有这篇大文章，我不便留你了。"家人们外面已喊着送客，震生只得出来。王大军机特别送到门外。震生再四推辞，王大军机一定要送，直到看上了马，转身回来，走到上房院子中，他老人家口中吟哦道："瓦罐不离井上破，将军难免阵前亡！"一面说一面进上房去了。

那震生出来后，只好寻了一个店叫裕盛轩宿了。就叫家人把带来抽大烟的家伙摆好了，躺在坑上抽烟。抽到四更天气，他就穿了衣冠，带着折匣，匆匆的赶到连总管那儿，一到那儿，只见门内灯烛辉煌，震生取了一张衔名全单，又预备了一个封套，上写着"门敬"，中间装着银票壹百两。一同拿着，亲身踏进门房。只见许多太监跟几个家人，他们看见了震生，也没有人站起来。他就找了一个年近四五十岁的太监，向他请了一个安。那太监把手一招，问道："有什么事？"震生道："要求见总管面回一件事。"那太监道："恐怕没有功夫吧！"就指着坐在桌旁一个家人说道："你问他！"震生向家人也请了一个安，把衔名全单和"门敬"封套一同递过去。那家人接过来一看，就站起来道："原来是尹都老爷！上头已经吩咐过了，有东西带来吗？"震生很高兴的答道："已经带来。"就将折匣送上。那家人说道："都老爷请坐！我就回去。"他就匆匆的拿着折匣和名单进去了。不多一会儿，那家人出来说道："上头吩咐，没有空儿见你，请都老爷先回去，东西收到了。听信儿吧！"震生赶忙向那家人请了一个安道："一切费心！谢谢！"家人也还了一个安道："都老爷不用客气，谢谢你！"震生就走出门房，回了裕盛轩，他就叫伙计们预备早饭吃了。那伙计一面送上槟榔豆蔻的碟子，一面擦桌子，说道："尹都老爷你不睡一会儿么？这间屋子，前几天方代胜方大人预备召见也住在这儿，马上就升了侍郎了。你都老爷恰巧也住在此地，指日也要高升的！"震生听了，微微一笑，就躺到坑上，抽了几口烟，匆匆的算了账，骑了马进城去了。

不说震生回寓的情形，且说太后自直隶总督华福秘密召见后，独坐在宫中，也不言语，有时喊了连小英来吩咐几句话。直到了次日，太后起身比平常早了半点钟,那时连总管也早在寝宫外伺候。太后照常梳洗完毕,忽然传旨叫连总管预备动身回宫。那时皇上正在召见军机办事的时候,连总管也不通知各处,秘密的请了轿,在宫门伺候。一切宫眷人等,都传旨不必跟随,匆匆的起身而去。等皇上要到宫门去请安,不晓得太后已去了有半点钟了。皇上听了,明知必有变故,赶紧追上前去,想在半途打尖的龙王庙接驾。不料太后一径进城入宫,没有停顿,等到皇上赶到宫中,只见太后怒容满面,已从皇上寝宫中出来。背后几个太监,提几个包裹,大约是奏章及上谕底稿,跟在后面。太后马上传旨,把军机大臣统统传到,就将御史尹宗扬、龙大典等奏请重行训政的折子交了下来,并面谕:"皇上听信小人,变更祖宗成法,谋围颐和园,皇上如此糊涂,想来精神有病,所以如此。现据御史尹宗扬、龙大典等奏请训政,我不得已只好重行临朝,办理万机。你们就去拟旨发表!"那班军机大臣,听了自然心中乐意,遵旨办理。太后一面传旨查抄南海馆,拿问唐猷辉,一面在宫中厉声诘问皇上道:"我抚养你二十余年,教你做了皇上,你听了他们的说话,要谋害我,你有没有良心?"皇上跪在地上,浑身发抖,碰头说道:"儿子实在没有这个意思。"太后就伸手在皇上脸上打了一下道:"你这个痴子!今天没有我,明天还有你么?"皇上跪在地上痛哭,太后也不顾他,自行回了寝宫,就吩咐连小英道:"你去派几个人伺候皇上,他身边的人,统统看起来再说。"那时宫中一番迅雷烈风的举动,宫外尚一点没有知道。一会儿步军统领衙门接到军机处的交片,着即查抄南海馆,拿问唐猷辉,当时立刻派了兵役出城,把南海馆围了起来,进去搜查。不料唐猷辉已於前日出京去了。

　　那边正在查抄,那时胜佛寓中,超如、敦古和书堂、幼博等许多人都聚在那儿,大家变色相视,束手无策。知道大祸将临。胜佛愤然作色道:"我是早知道有这一天的,不过现在皇上的情形如何?唐先生沿途性命如何?我是不放心的。总要去打听明白才好!"就向超如道:"唐先生以外，你是第一个注目的，好在日本使馆里和你很有感情，马上你到使馆去避一避再说。"正在说时，外头走进来一个日本人，原来是使馆中的书记生伊藤秀吉，见了超如等说道："敝公使知道今天贵国政变，听说南海馆已查抄了，唐先生在那儿，敝公使派我带了公使的车，想请唐先生等到敝公使馆中暂时一避再说。"超如道："唐先生已在前天动身出京了。"那书记道："路中很危险，既已动身，就请梁先生、戴先生同去吧！"胜佛道："很好！超如你必须暂避。既承日本公使厚意，你就走吧；我是不去的，我正要去想法子呢！皇上和唐先生很险，我们彼此去尽力吧！"那书记道："不错！梁先生快走！敝公使说的，英国公使也很佩服唐先生，倘然到了上海，英公使的力量，只要打一电报给上海领事，一定可以保护的。"胜佛道："对了！超如你快去！见了日本公使，转商英公使，打一个电报到上海，是很有效力的。你去办吧！"超如道："你也很危险。"胜佛道："各国历史上政变那有不流血的！我自入京以来，已把生死置之度外，万一皇上和唐先生有意外的事，我怎能偷生人世呢！皇上的恩遇，唐先生的知己，那一样可以辜负的！好在我的事没有发作，尽一点儿心是一点，你快走吧！回头我能来找你，必定来就是了。"众人也催超如去替唐先生设法，超如含着泪别了众人，跟着那日本书记坐着公使的车走了。淑乔道："垂帘的上谕，虽已发表，自问对于两宫之间没有一点儿挑拨离间的意思，案牍具在，太后看见了一定可以明白我们的心迹的。"胜佛听了，冷笑了一声，也不言语。只把平日所著的书稿，以及诗文的稿子及家书一匣，检齐了归在一起，众人看他默默不语，各自套车走了。

　　这一天晚上，胜佛去找大刀王二等一班人，不料王二已于一个月前到山海关去了。李大麻子因为河间府有一件商业上的事情，於前一天出京去接洽，真不凑巧！只有急先锋等一班人在京。没有多大的能力，就是招呼了他们来，胜佛知道也办不了什么事。当晚嗒然回寓。一晚上思前想后，觉也睡不着，不觉自悔道："我们只误信了九月里动手，所以预备的都迟缓了。现在既没有救皇上的法子，又没有救唐先生的法子，我只好坐以待毙的了！"两眼炯炯的等到东方发白，他起来盥洗，吃了些点心，他就拿了昨天收拾的许多稿子出来，雇了一辆车，走到日本公使馆，托看门的通报了梁超如。超如立刻出来，相见了坐下。超如道："昨天已见了英公使，托他打电报给上海领事，他已答应了。他说只要坐的是英国船，到了上海，决可以保险的。他马上把电报打去了。等到晚上，此地的秘密报告，说是皇上太后已经教他搬在西苑的瀛台去住，瀛台四面环水，只有一桥可通往来，太后已派人看守，入夜把桥撤去，防范很严呢！"胜佛道："我昨天找几个朋友，想把皇上劫出来再说。"超如道："西苑墙外，华福已派了武卫军扎营，很难下手。"胜佛长叹了一声道："早知今日，悔不当初！"超如道："此地已跟我说定，一两天内就带我出京，我看你我一块儿走吧！"胜佛道："万一皇上和唐先生有一个出了意外的事，我再偷生世上，有什么脸见人，不有行者，无以图将来；不有死者，无以对圣上！你不比我受过特达的恩遇，程婴杵臼，月照南洲，我与你分任了罢！"随将一包稿子交与超如道："一生心血，只此区区，请你保存，以作纪念。"超如听了，就将双手抱住了胜佛，泪如雨下。胜佛也抱了他一抱，说道："我平日研究佛学，对于生死很不算一回事，活的时候是做梦，死了是梦醒，你也研究过，怎么对于这点儿还不明白呢！"他就撒开手，立即向外走了。超如含着泪送出来，随说道："淑乔等怎么样？"胜佛道："我听见别人说淑乔已有电给南皮去了，敦古跟华福颇有交情，曾经请过他到幕府里去，或者可以保全。"超如听了摇摇头，随道："常博危险么？"胜佛道："常博没有出面做什么事，不至於十分注意。能避一下也好。"超如道："明天没有事，请你再来！"胜佛道："当然！我也要听听唐先生的消息呢！你能托这儿向上海通个信最好。"超如道："今天我已发了信，不久就有信来了。"胜佛走到近使馆的大门，说道："你不用出来了！再见！"他就匆匆上车走了。

超如在日使馆中住了两天，不见胜佛前来，正在盼望，那天早起，伊藤秀吉匆匆到超如房中说："今天有旨意，将戴先生等四个军机，连唐常博、柳书堂都革职拿交刑部了。戴先生很可惜，为什么不肯住到敝馆里！现在到了刑部，性命很危险了。刚才公使接到敝国上海领事密电，说唐先生已由英领在吴淞口外接到兵轮上去，恭喜梁先生，可放心了！"超如道："靠得住么？"伊藤道："是英领面告的，一定确实。不过现在此地和天津很注意你，公使的意思，此地无可发展，梁先生还是出京的好。或者到敝国去，再想法子。"超如道："我的意思也是如此，不过怎么样脱离此地呢！"伊藤道："刚才公使也商量到此，最好请先生改装敝国人，由兄弟带着五六个人保护，先生到了天津，就上敝国的商船，兄弟再去招呼船主一声，一定妥当。"超如道："我本来想走，一来没有知道唐先生的消息，二来舍不得几个朋友，盼望他们有什么办法。"伊藤笑道："戴先生人格实在高尚，很有些敝国当时维新党的气派，不过脱不了书生习气，这两天他在外找一班草莽的侠士，想要举动，不晓得现在军中器械日精，徒手的焉能发作！武卫军已四面保卫了宫城，那能成功呢！现在先生既赞成敝公使的办法，我就去回明了公使，今日就动身。"超如一面答应，一面流泪说道："有什么法子让我跟戴先生见一面呢？"伊藤道："这是办不到的。我不怕得罪你，这是极愚蠢的办法，这不是身入虎口么？"超如道："让我写封信，托你想法递给胜佛行不行呢？"伊藤道："那可以。梁先生你既然决定了，我就去预备。我想坐下午两点钟的车。"超如道："这个时候正热闹，不要紧么？"伊藤道："越热闹越好，到是早晚他们都注意的。况且人多，他们顾不过来。"超如道："不差！准定走！"伊藤就进去了。超如提起笔写信给胜佛，只觉得两眼中塞满了眼泪，写了"胜佛"两个字，那张笺纸都湿了，写到"同志"二字，墨痕渗化，成了一个墨团。换了一张纸，一会儿又不能写了。他只好简单的写了几句道："师门脱险，已上英舰出国，弟亦微服三瀛，委身随缘，各尽热血，誓不易节。纸上泪痕，逊君道力，勿哂我也！"随将一个信封封了，默坐一回。里边送出饭来吃了。

伊藤带了日本的扣抹诺①一套出来，超如就将给胜佛的信当面交付，一面将和服拿到房中，一律更换。只有木屐穿了不能走路，好在北京的日本人也穿皮鞋，超如也就穿了西式皮鞋，戴了一顶灰色的呢帽，手中拿了一包太阳牌淡芭菰，很象日本人。那伊藤同着使馆中的同事二人，又带了二三个仆人，把超如夹在中间，坐了车直到马家堡火车站。那站上是武卫军的队伍，和提督衙门的人员，森严布列，不过他们见了外国人，存了一个畏惧的心，所以伊藤等带了超如一群人到了车站，他们都朝他望望，不敢去检查。超如坦然的上车坐定，等车开了，超如就放了一半心。超如坐在日本人中间，举止很自然，但是他不会日语，也就不发一言。默默的到了天津车站，下了车，雇了马车，一直到了领事馆。恰好三菱公司有一只船，泊在塘沽，正要开往长崎，伊藤等到黄昏后潮泛正来，将要开船，他就用领事馆的马车亲送超如到了塘沽船上。又去与船主语明公使的主意，就由伊藤介绍超如见了船主。船主很周到的安排好了房间。伊藤就向超如拱拱手道："恭喜你已脱了险地！现在到了船上，就是我国的主权，贵国就不能来干涉了！"超如鞠躬道谢，并说道："此次保全生命，统统是贵公使和各位的力量，永久不能忘怀的！请你回去谢谢公使及馆中各位的盛意；不过再有一个不情的请求，就是戴胜佛，还请公使遇机留神搭救，万一有效，启卓情愿粉身碎骨，报答大恩。"说毕，泪如雨下。伊藤看了心中感动，说道："回去一定请公使想法，只要能缓下来，就有法子。我看梁先生待朋友的真挚，将来贵国的中兴希望，一定要实现的哩！"说毕就匆匆的上岸去了。正是：

　　　　东海逃鳗从此去，辽城化鹤几时归！

欲知如何？下回分解。

---

① 编者注：即和服。

第五十二回　飞鹰舰暗释唐圣人
　　　　　　菜市口冤斩六君子

却说梁超如由日本使馆保护，出了北京，上了日轮，安稳的向东京而去。其时唐常肃也坐了英国兵轮，到了香港了。原来唐常肃自从接到敦古面交密谕，催令速往上海，当于八月初五日一早，赶上了车，到了天津。因紫竹林水浅，轮船都靠在塘沽，他心中以为皇上胆小，现在叫我出了京，将来九月中阅兵怎么样办法！虽然戴胜佛跟方安堂已有接洽，究竟靠得住么？就算靠得住，将来他们成功了，我是要落后的了！他一路从天津到塘沽，心中盘算到上海后再想法子。到了塘沽，往栈房中一问上海去的轮船，一只是招商局的丰顺，要明天午后才开，一只是太古公司重庆，明天一早开。因为太古公司船上人都是广东人，同乡的言语较为方便，他就定了重庆的房舱，到初六日一早就开了。

不料他的船在大沽出口，北京已由步军统领衙门查抄南海馆了。等到查明他已出京，幸亏中国的大人先生们办事老是捧着担迟不担错的古训，所以发见他出京的事实，就去回明了堂官。堂官回明了军机大臣，军机大臣会商入内，托连总管奏明。太后听见了，吩咐军机处办电报，饬令直隶总督在天津码头上捕捉。几个转折，电报到华福那儿，已经是黄昏的时候了。华中堂接了电旨，马上派武卫军的马队前往塘沽逮捕，那营官等奉了命令赶往，就向几家客栈中搜查，杳无形迹。后来到了常肃住过的一家客栈，掌柜的晓得事情重大，就向那带队的官弁说明今天一早坐了重庆船走的。官弁得了确信，赶回天津，禀明华中堂。中堂就同幕中办事的商量。其中有一个说道："只要发一个密电给烟台、上海两道，叫他们严密守候，等重庆进口查拿，不是瓮中捉鳖么！"又一个道："不妥！外国的船上是外国的全权，他人不能去随便行使捕捉的。总要通知领事才好拿人。"那一个道："船到了我们的地方，应当受我们的管束，通知了领事恐怕走漏风声。"这一个微笑道："我说的是万国公法，恐怕中国一国不好违背吧！况且中国各租界有领事裁判权，唐猷辉这个人，万一他们各国认为政治犯，就应当照例保护，不肯交出。请中堂细细斟酌一下！"华中堂道："你的话不错，你就去拟一电稿，叫他们设法去办理，如能捉到，老佛爷必有重赏。"那位就答应去起稿。正要走出去，忽然又回来说道："职道有一个办法，请中堂裁夺！职道想重庆商船马力慢得狠，此地飞鹰兵舰马力比他快得多，倘派他去追，一定追得到，就算不能上船去捕捉，只要跟着监视他，一到中国有权的地方，就可以唾手而得了。"那一个道："既然赶上了，为什么不拿他呢！"这一个也不回答，只向着华中堂道："请中堂速速决定。早一刻好一刻呢！"华中堂道："你的话狠是，照办！"就喊巡捕："骑着马去速传飞鹰舰长来，限你三刻钟要传到。"巡捕听了，吓得失色，连忙请了一个安道："舰长此刻不晓得住在船上岸上，等卑职去问明白了即刻来回。"华中堂点点头，巡捕就退出去了。

一会儿只见巡捕带了飞鹰舰长走到签押房门外，巡捕掀帘回道："飞鹰舰长传到了。"华中堂道："狠好！你叫他进来！"那舰长进来，行了军礼。华中堂道："飞鹰一点钟能走多少海里？"舰长道："二十九海里。"华中堂道："我命你即刻去开船，赶一只太古公司的重庆轮船，让你拿人最好。不让你拿，你就跟着他监视着，不要让他逃走了。"就在案桌上拿了一张小照片给他道："这人叫唐猷辉，广东人，现坐了重庆船到上海。快去开船，越早越好。"舰长道："船上的煤没有上足。"

华中堂道："这件事刻不容缓，快去吧！"舰长道："那么只好尽着现存的煤去吧！想来要上齐了煤是来不及的。"华中堂道："那自然！尽力去赶吧！不要多麻烦了！"舰长忙行了一个立正礼，匆匆的出辕门去了。原来这位舰长，也是广东人，他也进过学堂，年纪也不大，他对于新党变法的主张也狠赞成，今天大帅叫他去追拿唐猷辉，他晓得拿住了是性命不保的，讲到飞鹰的速力，是不消一天即可追着重庆，不过当时的兵舰，都是妈妈呼呼，那肯照着规矩把煤上足！因为当时管兵舰的，第一的出息就在煤上，用下等的煤，报上等的价，他向上头领到的实价，第一要供他的送礼应酬的用场，第二是供他的吃喝嫖赌，等到有差使他才去上煤，好在上司都是外行，不来稽考。他听了华中堂的盼咐，立刻开船，他就伸了一只后脚，也不去争执，说是没有煤是船不会动的。只说尽着船中的存煤去追，将来追了一回，只说追不上。因为没有煤了。一来他不让上煤，就由他负责；二来他毕竟是海军出身，晓得在公海中到英国商船中检查是犯万国公法，做不到的，免得闹出交涉，将来把责任都推在我们身上；三来唐猷辉是中国维新党的人物，救了他也是对于国家有益的。他就到停船的地方，下了船，升火起锚，狠像样的开出黄海中去了。那时北洋督署派了兵舰去追，一面给上海、烟台两处发了一等密电，电中是教他们设法查拿，於不犯公法的范围中去捕捉。可见北洋大臣对于外国人也不肯负责任的。密电发后，那烟台的登莱青道恰巧出差，向胶州去了。密电到来，那密码电本由他秘密收藏，署中没法去译，只好等他回来。那重庆船到了烟台，上下货物，约停了一个钟头。唐猷辉也不知道北京政变，他还登岸去游玩，买了许多石子下船。重庆船就向上海开行。等到登莱青道回了衙门，署中幕友呈上密电，他取出密码一看，吃了一惊。一问重庆船开了没有？外头说已开了半天，也只好打了一个复电，声明实在情形。心中懊悔，失去一个升官机会。那飞鹰舰长开了船，走了六个钟头，舰长就发觉舰中所有的煤，只彀回天津用的，他就下令慢慢的开回天津。进了口，到督署销差，只说追赶不及，因为煤的不彀用。华中堂当时命令他尽着船中的煤去追，没有叫他上煤，也没有法子说他，只好向着他哼了一声。那舰长就退出去了。那上海道柴韵甫接到了密电，知道是升官的好机会，他就亲自坐了小火轮，到了吴淞口外，凡由天津开来的船，必定亲自上去搜查，方许搭客上岸。那时上海已经由路透电传到太后垂帘训政，并拿问唐猷辉、查抄南海馆种种消息，一时王子度等同志集合着，想法要去救唐猷辉。他们雇了船到了吴淞，只看见上海道於每只船上都亲自去搜查，非常严密，无法可施。那天他们停在黄浦江中，远远的望见有船进口，那太古码头上，公司中职员夫役望见烟窗，知道是本公司的重庆进口，那上海道率领许多人上去，非常紧张。知道必在此船上，旁的船不准靠近。子度等同志搓手无策，急得相对痛哭。正在无可如何，不多一会儿，忽然望见重庆船上许多人都是垂头丧气的下来，中间柴韵甫尤其满脸不高兴，那上船时的威风完全消灭，后面也没有什么捕获的人，子度等心中暗喜，低低的说道，难道是换了船么？难道是船主藏了起来没有交出吗？一会儿上海道的几只小轮统统开回去了，他们也就回来，商量着托人到道署中去打听。一面推举那认识太古公司大班的毕幼卿到公司中打听。幼卿本来能说英语，他马上就到了外滩太古公司，他与公司大班酒食征逐，本是熟人。他径进去，到了大班公事房内，恰好重庆的船主报告了公事后，和大班长谈。那大班笑道："密斯忒毕，狠巧！你来听个新闻！"幼卿道："是甚么？"那船主跟幼卿也是熟人。船主道："你总知道北京要捉唐猷辉，他刚才在我船上。"幼卿道："听说上海道正在亲查，究竟拿到了没有？"船主笑道："差一点儿。"幼卿道："是你保护的么？"船主道："不是，这个重任我不能担，现在是平安稳当到香港去了。"幼卿面有喜色道："难道有什么仙法么？"船主笑道："你们中国人才迷信哩！那有什么仙法！我告诉你，密斯忒唐在塘沽下船的时候，也不知道这一回事，在烟台停了一点钟，也没有什么消息，今天船过了三夹水，离吴淞口五六里，我正在舱面上，密斯忒唐也在那儿，忽然有一只小火轮，向着我船赶来。小轮上有我国领事馆的旗帜，招呼要上船，我就打了慢轮，放了梯子下去。那小轮靠着重庆轮，带了缆，我看见一个人从舱中走上梯子，仔细一看，原来是领事馆中密斯忒濮兰德。他上了船，和我点点头，衣袋中拿出一张照片，就向舱面一望，看见了密斯忒唐，就和他携了手，连我一同进了我的房间。他就问他道：'你是唐猷辉么？'密斯忒唐道：'是的！'濮问他道：'你在北京杀了人么？'唐说：'没有。我为什么要杀人？'濮说：'你为何出京？'唐说：'我是奉皇上的密旨出京的。'濮说：'什么旨？'唐就给他看了。濮就在衣袋中取出一纸，是北京密电，上面说的是：'皇上大行，为唐猷辉进药所杀，着即密拿就地正法！'唐看了痛哭。旁边濮说道：'我是上海英领事馆的濮兰德，你赶快跟我一同走吧！'两人就携了手下了小火轮，上了停泊的我国兵舰上。密斯忒唐刚上了兵舰，那上海道的小火轮已到，他就上来查了一回，晓得有人救去，没有法子，只好下去。我对他笑了一笑道：'柴大人，你要再去搜一搜么？不要遗漏了！与你的前程狠有关系的！'"大班和幼卿听了呵呵大笑。幼卿道："贵国的兵舰开了没有？"船主道："重庆轮进港时，已望见在那儿升火，想已开了。"幼卿听了，随即立起身来，说了声晚安，匆匆走出，一径走到同志聚集的地方，把一切的情形报告了，大家都快活得狠。听得前往香港，都说这容易办了，随即打了电报去。子度道："既然英领出来保护，一定是公使的意思，此刻公使早已关照了香港总督了，我们可以放心了。不过北京的几位到是十分危险，如何是好？"大家道："只好等等消息再设法吧！"子度回到寓中，忽然日本领事馆中送来一个电报，用的是领事馆中密码，上面已经译出，却是超如的电报，报告唐先生已出京赴沪，请为设法。此间已托英公使保护，承已发电，并说自己已迁住日本使馆，伊藤公使已允保护出京，请放心！胜佛不愿意避难，殊为可虑等语。子度看了，知道超如达了安全的区域，稍为放心。

现且按下唐、梁二人脱险后的情事，且说北京自从戴胜佛、林敦古、杨淑乔、刘培村四军机及柳书堂、唐常博六个人拿交了刑部，朝廷中布满了一种肃杀的气象，奇怪非常的谣言，天天不断发生，好像飓风将至，惨澹十分。对于皇上的性命，也常有不保的消息。闻得太后与华福等商定变政的计画，确系要将皇上的性命牺牲，然后托为唐、梁等进了毒药以致大行，一面将唐、梁等拿住正法，教他死无对证。不料英日两国公使把他们两个人保护出去，太后震怒，也无可如何。皮小连、华中堂等所谋不遂，大家商量，倘昧然将皇上杀死，一则外国恐来干涉，二则各省大员像刘益焜等或有不服的起来责问，那时太后无可如何，一定要卸在他们身上，难免危险，只好奏明太后，请改变计画，再行慢慢设法。查抄南海馆后几天内，正在计划这事，所以来不及想到四个新军机等一班人。等到唐、梁拿不到手，才拿问他们，交了刑部。胜佛自知性命不保，他本来预备牺牲，倒也坦然；后来日本使馆中设法送了超如的信进去，他知道二人脱险，心中狠安靖。其余各人，或有望外头的救援，或有私揣罪名尚轻，至多充发罢了。本朝自同治中兴以来，对于杀戮士大夫的事极为郑重，想决不至有性命的危险，况且他们到了刑部，也没有提审过一次，将来审问时或可从轻发落。

　　正在希望的时候，其时在京的同志却多栗栗危惧，等到八月十三日早辰，那时庄仲玉住在北半截胡同，离骡马市大街菜市口甚近，仲玉早晨起身后，有个家人进来说道："今天菜市口有差使，刑部已传知官厅预备。"仲玉吃了一惊道："你听见什么？"家人道："听说是杀太监。"仲玉道："胡说！杀太监是内务府办，刑部管不了，不会到菜市口的。"他就匆匆的吃了早饭，套了车，赶到刑部的大门外，一望静悄悄的，没有什么消息。恰好有一个同年汪时庵是刑部司员，住在那刑部的一条街上，仲玉就去拜会他，进去见了面，他狠诧异的道："你为了什么事这个时候到此地来呢？"仲玉道："我听见菜市口官厅有预备差使的消息，所以不放心，特地赶来打听。此地街上倒也没有什么，你晓得些消息么？"他道："恐怕是谣言吧！他们几个人审也没有审过，自然没有口供,那里可以办罪呢!昨天我上过衙门,听说堂官正在商量派谁承审,等到堂官散了,也没有决定。总不会出事吧!"仲玉道:"也许有特旨吧!"他说:"不会的,除非不交刑部,交了刑部,就要依法,别衙门可以含糊,只有刑部是执法的地方,不能妈妈胡胡的。"正在说时,只见他的车夫进来道:"衙门里今天这么早堂官都已到了!很诧异!老爷去上衙门么?"他说:"好!你去套车。"就向仲玉说道:"你在这儿坐一会,我去到衙门探一探,有消息我来告诉你。"仲玉道:"我也走吧!"他说:"你吃饭了没有?"仲玉道:"吃过了。"他说:"既已吃过,我也不客气,请你在此地坐一坐,听我的信儿,我也不陪你。你气闷,那书架上有书,你抽一本儿解解闷好吧!"仲玉道:"狠好!你快去!我准定听你的信儿。"他就匆匆上车去了。去了不到一点钟,他已回来,径到书房里,见着仲玉,怆然道:"咳!怎么好!想不到的竟干出来了!衙门里已在提人点名了!就要出事了!"仲玉听了,脸上变色,呆了半晌,就在坑上倒了下去。他吃了一惊,登时站起来,扶着仲玉,叫了几声,只见仲玉慢慢的醒来,眼中的泪像泉水一般似的流出来,不出一声,就向外走。他说:"你那里去?"仲玉鸣咽着说道:"我去送送他们!能见一面最好!"他就送了出来。仲玉道:"统共几个人?"他道:"一共六个,监斩是耿义。"仲玉点点头,就跳上车,一面叫赶车的赶往顺治门门脸儿等着。

  不多一会儿,远远望见果然有几辆破旧不堪的骡车,慢慢的出城来了。仲玉就近一看,第一辆上是胜佛坐着,接着淑乔、培村、书堂、常博等,敦古是末了的一辆车。因为八月十三日正是换季的第一天,应当把罗胎的纬帽改戴乌绒的暖帽子。胜佛等五个人都已换了暖帽,穿着元青的外褂子,只有敦古依然戴着凉帽。仲玉等到胜佛的车走到靠近,含着泪喊了胜佛一声,胜佛听见了,抬头望了一望。仲玉道:"胜佛此时无话可说,只祝你早早脱离此苦恼的婆婆世界罢了!"胜佛的车一面走,他在车中高声说道:"中外历史上遇着政变,没有不流血的!此次不妨由我开始。寄语同志！不要害怕，死生好像做一场梦，有什么呢！"他正在说下去，那骡车不管的向前去了。仲玉也听不见了，往后五辆车紧跟着走过。仲玉的心中好像万刃钻刺，头脑昏眩，来不及个个招呼，只见后面拥着二三十个衙门里的兵役，个个戴着一顶破呢帽，身上穿着褴褛不堪的旧灰色布袍子，罩着一件破烂的布背心，前胸后背缝着一块碗口大灰白颜色的圆布，上面写着几个字，大约是年代久远，灰尘油腻堆满了，所以一个字也看不出。背心上拖着一条好像水中捞起来的烂棕绳似的辫子，手中都拿着一枝木杆的枪，枪头是锈烂得像从换糖的担子上装上的，后面有两三个不穿那背心，是穿一件陈旧褪光的布马褂，颜色分不出黄黑，只有油光倒狠亮的，跨了一柄鲨鱼皮套的腰刀，那套上的鱼皮七零八落，像天上的星，套上的扣镮都脱落了，拿一根穿制钱的钱串子绳，缚在腰带上，同着抽关东叶子的竹子烟袋一同挂着。他也戴了暖帽子。上面的顶子，也有烧料水晶的，也有白矾石的，居然一律都换了季。这是他们当差的最要紧的。因为他们的上司，看见他们破破烂烂到也不管，倘换季的时候应戴暖帽戴了凉帽，就要斥革，说他们不懂当差的规矩哩。

　　他们一班人簇拥往南走，上顺治门大街，这条大街，他的高度胜过街上两旁房屋的檐头。读者现在看了北京的柏油马路，不要说是作者造谣，实在三四十年前，这条高高的街，一班穷苦人家的大车、厂车还没有走的权利呢。遇着王公贝勒、大臣堂官出来，那地面上的官人，早远远的来赶开了。不过这样高的街，是怎么样造成的？原来北京的内城外城，几千几万人家，都是烧的煤球，是开煤厂的用煤搀了黄土做成的，那天天所烧的煤渣滓已不少，加了黄土那是烧不化的，煤渣尤其多了，起初官厅定例，不论小车或骆驼装了多少煤进城，就应装多少煤渣出城，后来看城门的老兵拿了些使费，就妈妈胡胡的不去顶真了。煤厂里自然也愿意出点小费，不去搬煤渣，搬运些别种货物反可以得些利益。经年累月，也就不晓得有这个运煤渣的旧例了。从此街旁的居民烧了煤，他的渣只好倒在门外。我们国民的习惯，只管自己不管别人，所以往往富贵的人家，高厅大厦，收拾得金碧辉煌，但是他大门以外，看见那些牛溲马粪，就也不在心上。他以为门以外是大家的，不是我的，要他出点修街的钱，或是要他收进些地放宽些街道，他是绝对不愿意的。推求他的缘故，是只知有己不知有人，所以释迦说各种学道法门，第一先除我执，真是根本金言了。那顺治门大街和其余几条一样的大街，都是这样造成的。那时众人簇拥了六辆犯车，由顺治门大街一直到了菜市口，顺治门大街是自北至南，到了菜市口，是由西至东的骡马市大街了。那菜市口的杀犯人，自明朝起已成法定的刑场，因为古人说的"刑人于市，与众弃之"的道理。菜市是热闹的市场，当时就挑了他做皇帝杀人的地方，每年秋审勾决，都在此地斩首。我们看看历史上像明朝的杨椒山、杨大洪、袁崇焕等许多忠臣，都在菜市口冤杀的，总算是忠臣烈士的安乐道场，节义纪念的好地方了。不过他的布置，是简单得很，靠着顺治门大街的尽头，中间用煤灰堆起的一个小土堆，上面插了丈余阔、三尺多高荆条编成的矮篱，平日菜市热闹的时候，那荆篱上也有挂着小户人家所用的绦子、带子和鸡毛掸子、扫帚、簸箕之类，等到斩了犯人，就把首级挂在那儿号令。到了今天，觉得和平常杀一个犯人不同了，并不是什么兵卫森严，改了样子，只看见四围的看客，脸上都有悲惨的气象。

那时仲玉随后跟到，远远的下了车，杂在人群中一望，只看见他们六辆车靠在一个西鹤年堂药铺门前，向西并着停在那儿。每辆车沿上坐着一个穿布背心的兵役。那西鹤年堂的店门口，搭了一个席篷，中间有一条长方的桌子，上面摆着朱墨的锡砚和一个锡笔架，上面也搁着几枝新笔。这西鹤年堂药店，相传说是明朝就开在那儿，他店号的匾，是明朝嘉靖年间宰相严嵩写的，因为"西鹤年堂"四个字，"鹤"字笔画独多，和"西年堂"三个字并着写很难匀称，他写的结构特别，所以几百年来很有名的。记载他的很多。凡进京的人，都要去瞻仰一回，跟前门大街的六必居匾额,也是严嵩写的一样有名。北京有一句咒骂人的话,说是"西鹤年堂去讨刀伤药",意思是说他要杀头的。相传菜市口杀了人,他铺子里曾有夜间鬼来打门,要买刀伤药的。因此传出这种荒唐无稽的谣言。可见这西鹤年堂流传得很久,才有这句俗语流传。那监斩官照例先在西鹤年堂坐一下子,随后升座行刑。他公案上的笔,却是一个犯人一支笔。为什么办差的肯预备许多笔呢?因为杀一个人,刽子手提了头上来,监斩官照例用朱笔在他头上点一点,那支笔就有人出许多钱来买去,传说这支笔可以压邪驱鬼,所以每一个犯人用一支笔,也是刽子手、差役等生财之道哩。那仲玉望了一望,悲愤的眼泪不断流出,可是许多兵役围住,不能上前。只见杨淑乔满面通红,向着那车沿上的差役高声的说,他并不是唐猷辉的一党。那差役也不接他的嘴。一回儿,监斩官、军机大臣、刑部尚书耿义到了,下了轿,一径走入席棚底下坐下。那时人声嘈杂,远远看见各人下了车,只见林敦古戴着纬帽,走上前去,那时仲玉实在惨痛得受不住,将欲晕倒。他的赶车的扶了他,好在他寓在半截胡同,相隔不过十余丈,就搀回寓中而去。

仲玉回到寓中,倒在坑上呜咽。外边来了顿梅庵、王礼门、姚梅篱等几个人。到了书房中,大家相对流泪。礼门道:"交到了刑部,审也不审,就拿出去杀了,从来没有这种办法的,还成个什么国家呢?"梅庵道:"听说有一位都老爷递了一个封奏,请太后不必审问,免兴大狱,这也是不审道理。"仲玉冷笑道:"什么道理!也不过牺牲六人的性命,去替当时附和的一班人免得株连罢了!"正在谈的时候,那刑部街上的汪时庵一径进来,看见了仲玉等泪痕未干,也就默默相对坐了。说道:"朝廷如此对待士大夫,将来恐怕没有好结果吧!"仲玉道:"一点儿不错!现在人心思乱,将来恐怕要去寻这种人也找不到呢!"梅篱道:"他们是得大名而去了,我们后死者恐怕望尘莫及呢!"时庵道:"你的话甚是!我刚才到衙门里,他们告诉我说,戴胜佛有一首诗写在壁上道:

望门投止思张俭,忍死须臾待杜根；

　　我自横刀向天笑,去留肝胆两昆仑。

这首诗做得真好！他的意思大约指着唐南海说的。慷慨激昂,真有烈士的气概！这六个人中真首屈一指了！杨淑乔他在壁上写了许多话,可惜记不全了。结末他说：'食其禄而不尽其忠,罪当死！惟唐猷辉显系诬扳,此遂之所不能瞑目者也！'他的意思我有点莫名其妙。"梅庵道："他是南皮的人,自然与南海貌合神离,不过出事后南皮没有替他救护,真有些不可解！"仲玉道："南皮想做新党的领袖,所以曾和南海结合,现在出了事,他自顾不暇,焉有救人的力量！"他们几个人闲谈了一回,都觉着惨恻得很,无精无采的各自散了。

　　接着连日的上谕,把尚书吕旦闻、侍郎余志清父子、御史卫仲明、侍郎王锡晋等革职的革职,监禁的监禁,遣戍的遣戍,只有庄小燕没有明文,听说已被看管。原来小燕罪名重大,太后要将他正法,连总管因他平日的感情,自然要替他设法,一面教军机处延搁起来,一面趁太后不很发怒的时候,委婉的说庄焕英这个人平日尚不是没有老佛爷在眼的人,这是上了唐猷辉的当,请老佛爷开恩,饶了他一条命吧！太后点了头,连总管就传旨军机处,把他充发了新疆。这样连日的上谕,最可笑的依然是皇上的命令。一番的风浪,从前被皇上革退的依然起用,皇上任用的依然撤革了。正是：

　　西市朝衣悲鹤唳,东林将录混鱼珠。

欲知后事,且看下回。

第五十三回　段扈桥编歌得懿眷
　　　　　尹震生奉旨阅新军

却说一天杨金甫宅里，赛金花从天津进京来看他，正在闲谈，瑟轩来拜会，门上家人通报进来。金甫道："很好！来谈谈解闷儿！"就把瑟轩请进来，见了面，谈了一会儿。金甫道："咱们吃饭吧！"就吩咐开饭。三人入座，金花给两人斟了酒，金甫道："应当我来。"金花道："杨大人还这样客气么！"大家谈着，瑟轩道："二哥，真佩服你！你记得五月间为扈桥的事你告诉我一番话，现在果然全应了。"金甫道："扈桥的农工商局撤销了，他的霸昌道仍旧回得去么？"瑟轩道："扈桥就为这个为难得狠，从前二哥说的碰着他为难的时候，咱们准替他想想法子，现在有什么法子呢？前天扈桥来托我求二哥设法，所以今儿个来专诚来请安的。"金甫道："你今天原来专为老四来的，他跟咱们向来都不错，那有不替他帮忙的！不过也要他自己想法才行！你晓得南皮曾经进呈一本的什么编，老佛爷看了很合意，说甚好，老四是聪明人，又是咱们自己人，你教他想个办法，我再极力的疏通一下，也没有过不去的事。"瑟轩道："有你二哥这句话，老四自然放心了。"他们又谈了一会儿，瑟轩立起身来向金甫告辞，上车而去。瑟轩回到家中，就打发家人请扈桥来，有事面谈。不多时扈桥来了。瑟轩道："前天你托的事，今儿去跟他说了，他的意思很好，很讲交情；不过他说总要你想一个表示的法儿,他一定肯帮忙的。"扈桥道:"这是老哥跟他的交情够得上!随有这个好意。不过这个法儿倒难想哩!"瑟轩道:"他跟我谈过,南皮一部《劝学编》,很受老佛爷赏识,地位很稳固,劝你赶上去也做部书进呈,总管那里有金甫说话,不是更容易得多么!老佛爷近来气极了,常说是人心大变,吾看你编一个通俗点的书,总说是整顿风俗救济人心的,呈上去,他看见了一定喜欢,你看好不好?"扈桥听了拍手道:"这法子甚好!我就去办,一两天就要递上去才好。不过叫他什么名儿呢?我就题他作《劝孝编》何如?"瑟轩道:"不好!上头看了也觉得太露痕迹,容易要疑到揣摩迎合的一条路上,我看不如'劝善'两个字来得笼统,就是后来万一有变局,也不致受人挑剔。你看如何?"扈桥道:"好极了!也不必再斟酌了。"他就立起身来要走。又说道:"这个东西怎么去做呢?我想老佛爷最喜欢看香会、听秧歌,这种调门儿,里头的太监们都喜欢哼几句,我就按他的腔调编出来,叫做《劝善歌》,请颁行各省,以便整顿风俗,救济人心。"瑟轩道:"老四你真聪明!不用多想了,准定去干吧!我也不留你了。"扈桥就匆匆作别去了。

过了几天,赶快的就编好了,经金甫去向连总管疏通了,进呈上去,果然大合慈圣的意思,颁行各省。金甫就告诉扈桥:"你再设法去奉承奉承连总管,还可以因祸得福。"扈桥道谢而别。那时太后心中的气总没有消去,本来想拿到唐、梁两个人,治以进药的罪名,不料唐、梁二人被外人救了出去,不能杀以灭口,因此光绪一条性命得以保全,做了瀛台的高等囚犯。但是太后总要想法子废掉他,另立一个人做皇帝。有一天太后召见华福道:"你看这事到底有什么法子呢?"华福连忙奏道:"这件事请太后斟酌!前天两江总督刘益焜来一个电报,说是君臣之分已定,中外之口宜防,扶危定倾,责在公等。他是中兴时立过功劳的,声望也不错,所以要请太后细细斟量才好!"太后道:"他也是我手中提拔出来的,他敢怎么样?你看上海的电报局总办叫经什么?

他竟纠合许多人，发了一个电！这种人都敢来干与，还了得么！"华福道："就是这个，所以就请老佛爷斟酌。他们都是不安分的，借个题目去买点儿名气，就是刘益焜大约也是听了他们一班的议论，所以如此。这还不甚要紧，各国的使臣，万一也不明白内情，不肯赞成，那是下不来台的。好在皇上现在在老佛爷身边，决不会出什么事的，所以要求老佛爷慢慢的让奴才们在外面布置妥了再办。"太后道："你想怎样去探听外国人的意思？"华福道："据奴才看来，只有李鸿章，外国人很敬重他。让奴才私下托他探探消息，怎么样再说。"太后道："很好！你就去办，不用说是我的旨意。"华中堂就碰头领旨下来。当时太后的心腹大臣，大约连五大洲有多少国家尚不知道，至于国际公法能否干涉邻国的内政，更不知道了。所以自太后起都害怕外人干涉，军机处大臣也曾私下商量，欲探听外人的意思，都知很难说话，一定要碰外国人的钉子，你推他诿，公举李合肥去，以为合肥得了这个差使，一定想立点儿功劳，必然高兴，就公请华中堂密奏。

那天华中堂奏过了以后，由军机处下值，坐了轿就到贤良寺合肥的寓中来拜会，那时李合肥住在贤良寺，当着一个闲散的大学士，他看北京的政局扰乱，将来必有大变，恐怕卷入漩涡，正要想法脱身，恰好华福奉了太后的密谕来看他，当时请进了客厅，闲谈了一会儿，华福道："近来时局真不好办！老佛爷母子意见总不能消融，我们随时面奏，请老佛爷抬抬手放过去，况且外交风潮迭起，总想大事化为小事，小事化为无事，不过老佛爷这次受的刺激太深了，也不能怪这位老太太，自己扶起来的，末了儿来反对他。依着老佛爷的脾气，狠是要决裂的；后来里头的连总管，外头是兄弟等几个人，极力的请息怒，才敷衍到这个时候。中堂你看有什么法子呢？"合肥一声儿不言语，听到问起他有什么法子，才说道："我是疏远之臣，有什么法子！还是中堂日觐天颜，容易进言，能设一个完全的法儿，真于国家有益的。"华福道："这回的冲突，真不容易消除！早晚恐怕终要决裂。老中堂对于外国事情见闻得多,况且各国对于老中堂都狠敬重,可否于见着各国使臣的时候,探听一下,可有什么法子可以两全的?并且他们外国人的眼光,对于这种事是怎么样的判断,我们也可以作为参考。"那合肥听了,就触动正在忧虑的心事,暗暗的想道,这个机会,正是我金蝉脱壳的时候了,不犯着把外国不能干涉内政的正经话告诉他,他就向着华福正色说道:"这个事,当真要斟酌的!这个变更关系太大!万一不承认,是下不来台的!中堂的意思,真是老成谋国的要著;不过兄弟现在也算在朝身居相位,跟公使们说一句话,他们就要作为凭据,转报他们的外部大臣,最好请一位旁人,作为闲谈,那就不着痕迹了。中堂以为如何?"华福道:"老中堂的话,真不差!真是有经验的话!不过能给外国人说几句有价值的话,除了中堂实在找不到人。"合肥微微的笑道:"兄弟并不是不愿去,就为这地位有点儿关碍,否则那就好说了。"华福道:"不错!我看现在唐、梁跑到了南洋、日本去蛊惑那些华侨,昨儿老佛爷也狠惦记这两广地方,要找一个靠得住的人去镇压,倘然老中堂肯出去辛苦一趟,老佛爷一定狠喜欢的。那时候中堂跟外国人说话就有机会了。不晓得老中堂的意思怎么样?"合肥正色的说道:"讲到兄弟受恩深重,上头教我到那儿就到那儿,不过年纪太老了,两广的事情现在尤其复杂,恐怕担不起这重大的职任。这要请中堂原谅的!本来今年早想告退,但是几十年来天恩高厚不敢出口,中堂能于奏对时代述某人年老力衰,狠愿恩准放归田里,真是感激万分的!"华福道:"中堂说那里话来!中国柱石,现在第一要数着中堂,老佛爷常常题起,倚重得狠,那里肯放中堂回家呢!"合肥哈哈笑道:"言重!言重!不敢当!"华福立起身来道:"过天再说吧!"合肥就送他上轿而去。

  隔了不多几天,果然下了一道上谕,是:"两广总督着李鸿章补授,钦此!"合肥接到了上谕,随即进内谢恩。见了太后、皇上,太后就说道:"广东沿海民心,不狠安静,你去好好的整理一番,你到那边我是狠放心的。你打算几时可以动身?"合肥就奏道:"两广地方,现在谣言狠多,臣想就于十天内从海道动身前往,以免太后、皇上挂念。"太后道:"狠好!倒底是我们的老臣!关切得狠!"就向着光绪说道:"你有什么话问他么?"皇上就很惶悚的道:"也没有什么了。"合肥就跪了安下来。当天就到各军机王大臣处请安拜会,大半挡驾,只有到了华中堂那儿请了进去。华中堂照例恭喜了一声,应酬了几句,就说道:"咱们前天说的话,老中堂现在可以实行了。"合肥道:"当然!他们听见了这个消息,一定要来的,总可以得一点儿他们确实的意思了。"华福道:"全仗!全仗!"合肥道:"不敢当!这也是公事,应当效力的。"他们谈了几句话就散了。

合肥回到贤良寺,独自踌躇了一回,定了对付的法儿,果然英、俄、美、法、日及其余各国公使,纷纷的来道喜。合肥接见了他们,匆匆的也来不及谈什么。后来将要动身去辞行谢步,到了英使馆中,特别进去,和英使见了面。这个使臣久在中国,和合肥是老朋友了。合肥见了他,依然用他诙谐的谈风,彼此无所顾忌,说道:"你用私交的眼光,看我这回到两广去怎样?"他笑道:"老中堂,我们是很要好的老朋友,为你个人打算,这回的到广东,是没有再合适的了;替你们的政府打算,我看不多几时还是要你来收拾的,恐怕你避不了!"合肥道:"你又来胡说了!难道国家只靠我一个人么?不过你看我们的朝局怎样?"他道:"总有变化吧!"合肥道:"你看是那一方的变化呢!"他微笑道:"老中堂你难道还见不到么?"合肥道:"旁观者清,当局者迷,我虽非当局,究竟也算局中,所以要征求你旁观者的观察。况且你在中国多年,对于朝局尤其明了的。"他含笑道:"今天我们两个私人的谈话,我老实的说,此次变局,要想反过来是不会的了。这班新党权力、经验都不殻的,不过对方的识见能力一定是不会量力而行的,恐怕是自己去闹出乱子来。我说一句放肆的活,你们的皇上,是没有俄国大俾得的气力,能担当变法的大事业,他们新党,又都是书生,没有办理变法的才干,不过他们的主张确是对的。所以我们公使寻常会议,都向着新的一方面表同情。老中堂，你将来要救中国，那新党的议论，恐怕也应当采用的。只要有像你一个人去把了舵，决定是好的。这也看你们大清国的命运如何了！合肥叹了一声道："你的话不错！我也以为然。不过你和我的主张，两方面都不赞成的。也是没有法子。"随即立起身来道："谈得好久了！咱们再见罢！"告辞而去。合肥又到各公使处辞了行，等到动身前一天，才到华中堂那里辞行。见了面说道："英、俄公使说对于皇上很表同情，前天他们会议曾讨论过的。倘然仓卒的发生非常事件，恐怕未必顺手。这要请中堂郑重的！不过这种闲谈，对于各国政府政策未必一律，将来教我们各国的驻使去探听一下，也许有可以通融的办法。"华福听了，默默不言。心里晓得上了老滑头的当了。合肥也不管他，匆匆的出京到广东去了。华福没有法子，只好敷衍下去。这且按下不题。

说到唐猷辉从香港搭船到南洋群岛，向华侨鼓吹组织保皇会，说是奉了光绪衣带诏求救，华侨听了他一番话，居然风起云涌，捐集了许多款子，那时华侨正因南洋商业发达，拥有巨资的不在少数，政府对于华侨本来不大注意，经唐猷辉一说，华侨觉得本国的大皇帝，居然来求救，自然很高兴。唐猷辉的确是皇帝亲信的人，将来皇上重得大权，大家都可荣显，所以保皇会非常发达。那梁超如到了日本就约了几个同志，办了一个《清议报》，把"戊戌变法"的一件事，详详细细痛痛快快说出来，在日本发行，他的笔墨又好，沈痛的声调，华美的文笔，真麻醉了全中国的知识阶级，把慈禧太后骂得像武则天再世。本来青年有志的人士，看那当局的大官糊涂麻木，把国家弄成要被各国瓜分，莫不十分痛恨，经《清议报》一天一天的宣传指责出来，自然同声赞叹。对于六君子的就义，莫不奉为忠臣烈士。在下的舆论已归一致，虽然官厅禁止《清议报》发行，不料越禁越发达，穷乡僻壤，都推销得到；只有北京的后党，看了无法可想。

当时华福等想捕捉唐、梁，也不晓国际法上政治犯应当保护的，昧昧然向各国去交涉，要求捕拿，自然到处碰钉子，休想做到。那《清议报》上益发扬眉吐气，毫无顾忌。太后晓得了，就要华福等想法子，华福等无可如何，只好想派一个干员去私自捕捉或者暗杀。恰好尹宗扬自从上了请太后重行垂帘的折子露了脸，三天两天常常叫起儿，有一天太后召见了他，就说唐、梁在外洋蛊惑人心，殊属可恶。宗扬就奏道："此等大逆不道的人，总要设法子去拿他来正法才好！"太后道："你的话不错，可有什么法子？"宗扬道："只要派几个干员到外国去，花几个钱，没有办不到的！"太后道："很好！你去和庆匡、华福等商量！派几个得力的人去办！总要办到才好。"宗扬领了旨下来，就去向庆、华二人说了。华福就向宗扬道："震生你有靠得住的人么？"宗扬道："唐、梁是广东人，这也要广东人晓得他们的踪迹，才好设法。宗扬有一个门生刘尚谋，也是广东人，他是办过闹姓的，家中很有几个钱，他也很能办事，倘然中堂用着他，他一定肯竭力报效的。"华福道："靠得住么？"宗扬道："那是宗扬肯具保的。"华福道："你既肯保他，那就可用了。"就向庆匡道："王爷以为怎么样？"庆匡道："很好！"华福道："一个人恐怕不彀，咱们内务府的庆厚甫庆宏，王爷不是也认得么？他也能办事，我想派他们两个人同去怎么样？"庆匡道："厚甫确是可靠的，中堂既提起，我也很赞成。"华福道："就作为定局吧！明儿请了旨，就派他俩去。震生你去通知贵门生，教他来谈谈。"宗扬道："明儿教他来伺候就是了。"

第二天，华福上去奏明了太后，派庆宏、刘尚谋两个人出去专办唐、梁的事。华福又奏明请颁一种密电本，以便秘密通信。太后说道："这也是紧要的。"就吩咐将这个秘电本注了"虎神"两个字，就称为"虎神秘电本"。一本交给华福转发庆、刘二人收藏应用，一本交给庆匡，如有"虎神秘电"寄来，都由庆匡收译，会同华福办理。办法定了。华福就叫庆、刘二人来，交了秘电本，告诉他须十分秘密，应用款项，由上海道拨用。两人唯唯答应了。说了许多感恩报效的话。他们俩是得意极了，就动身到了上海。

其时尹震生虽依然是一个都老爷，并未升官，不过慈眷隆重，气焰熏天，真是炙手可热！他差不多三天两天有封奏，太后也真当他一个心腹，常常叫起儿。不要说平常的尚书、侍郎望尘不及，就是军机处除了华中堂外，都有点儿畏忌。因为上头召见是只有一个人奏对，旁人听不到的。万一他不管什么，说了你几句坏话，正在太后信任他的时候，真有点儿担不住。那位尹都老爷也真会说，也真敢说，一天尹震生起儿上去，太后问了几句话，他就说道："方代胜在小站练兵，听说练得很好，不过国家对于兵权关系很重，臣想到小站去看看他练的兵，不晓得太后圣意怎么样？"尹都老爷这句话，正中了太后的心坎，太后以为方代胜虽然告密很有功，然人家是找过他要来收拾我的，他的心术靠得住靠不住，总不十分放心。又不好露出一点儿意思，使他有自危的心，今天听了尹宗扬的话，就含笑点点头道："很好！你去看看他练的兵，和他谈谈，回来告诉我。"宗扬领旨下来，他就意气飞扬，也不通知军机，回家收拾了几件行李，坐火车到天津去了。他到了天津，就到直隶总督衙门来见了总督豫福，就告诉他面奉懿旨，要到小站检阅方安堂所练的军队。豫福听了，知道是奉旨阅兵钦差，自然十分的恭维，赶紧送信到小站，知会了方安堂。一面预备了公馆，安顿他的行李，当晚盛筵接待，不在话下。

那方安堂接到了信息，心中也十分懔懔，就把营中几个心腹将弁黄士奇、干祥福、马家璧和幕僚许代盛等招来，开了一个秘密会议。方安堂道："此次尹都老爷突然的奉旨前来阅兵，华中堂也没有预先送一个信息来，大约是太后特派的。尹都老爷现在慈眷隆重，我们应当怎么样对付？须要商酌妥善方好。"黄士奇道："这次的政变，统领的功劳虽然很大，不过上头总觉还有一层界限。据士奇看来，我们军队中的精锐气象，不要十分表现出来，马马呼呼随便敷衍一下，好在尹都老爷究竟是读书人，不懂得军队中的好歹，不要脱尽了旧军队的习气，免得人家疑心。"干祥福接着道："黄大哥的话不差！统领现在总是握有军权的，而且他们新党曾来找过统领，说过许多的话，上头也许得了些风闻，难免有些疑心。而且也许有妒忌的人造谣言，这回尹都老爷特别奉旨前来，连华中堂也不知道，祥福以为一面去华中堂那儿探听一下子，究竟是什么原因？此间军队中统领所发给兵士们的照片，盼咐他们收起来，不要给他看见，免得疑到要结军心。"安堂微笑道："你们的话都不错！"旁边许代盛笑道："你们的话很有理，不过据我看来，都用不着。我的主意，只要统领多花几文，就一了百了。而且反可因此得好处。你们想这位尹都老爷平日的作为，见了雪白的银子，就要眉开眼笑，此回只要送他一千两银子，他回去不但没有坏话，一定要说许多好话！我看此一回来，统领反有高升的喜信哩！"安堂呵呵笑道："大哥的话真不错！不过一两千的数目恐怕太轻视了他，我想反正要他欢喜，不如满其所欲，给他一个从来没有得着的数目，自然他欢欣而去了。"代盛道："我看他来也不过想炸你一个酱就是了。"安堂点点头道："我们准这样办，检阅的预备，准照二位的主见办理，大哥你就进京去到华中堂那里去探一个详细消息，我就到天津去了。"

他就匆匆动身到了天津，先去见了豫制军，请示办法。豫制军就告诉他："尹都老爷说是面奉的懿旨。没有经过军机处的。"安堂听了，心中揣度了一回，辞退出来，就到尹都老爷公馆中来见了面。震生就告诉他说："太后心中很惦记阁下的军队怎么样，叫兄弟来考察一回，将情形详细回奏。不晓得贵处军队能否立地表现？最好请阁下开一节略，以备将来回奏。兄弟向来知道阁下练的军队很好，想来一定不差的。最要紧是军心靠得住靠不住，这要请阁下指示的。"安堂说道："代胜受了太后的恩典，天天训练，总以忠爱为第一件事。军士们没有不感激太后天恩高厚的。兄弟练的兵也不敢说怎么样好，只是太后旨意要怎样，全军莫不勇往直前。这是代胜可以保证的。至于检阅的事情，那是天天在训练，只要阁下什么时候到，马上可以检阅的。敝军的情形都有奏定的章程，届时自当检齐一分送过去，阁下看过了有什么要问的事，可以随时指出，以便开具节略答覆，不过兄弟办理军务，自问没有才学，总要请阁下随时指点训示。"震生道："那么很好！我就明天到小站，后天检阅便了。"安堂道："阁下既定明天下去，此地有小火轮，当令他们伺候。营里的屋子，已叫他们预备好了，明天兄弟就跟着阁下一块儿去好了。"震生道："很好！准定如此。"安堂也就起身告辞而去。重又去到制台衙门，见了面，就说："刚才去见了尹都老爷，他定了明天下去，后天检阅。今儿晚上想预备一席，替他洗尘，但是请他到别的地方去是不便的，所以想借大帅这儿一坐，并请大帅作陪。不过太不恭敬，不晓得大帅的意思怎么样？"豫福道："很好！昨儿我请了他一回，今儿本想预备便饭请他来谈谈，省得他公馆中寂寞。你既要请他，我准作陪就是了。"安堂道："谢谢大帅成全！"说了几句话，出来就去预备帖子，分头送去，并请了天津关道及各局的总办作陪，当晚尹震生坐了首席，豫制军坐了次席，震生向来自负甚高，此时意气飞扬，不可一世。他只跟豫制军、方安堂谈了几句话，其余关道各总办，都不放在眼中。饮了几杯酒，吃了几样菜，就不待终席，先行告辞去了。众人也就各散。

等到明天一早，安堂就差营弁禀知震生，小轮已经预备，伺候大人，随时可以动身。震生起身盥洗后，吃了早饭，也就带着家人等同上小轮。安堂另外坐了一只小轮，一同前往小站而去，一会儿小轮靠了小站码头，岸上已有军乐队作乐欢迎，并且预备着一乘油绿呢四人大轿，安堂就请震生登岸坐轿，震生轿前有许多护卫兵列队前导，大轿左右，派有带着水晶顶的武弁八人扶着轿，安堂骑着马随后前进，望见营盘，只听得几声大炮，轿马如飞而行，震生左顾右盼，只见两旁一队队的兵弁，一声口令，都立正行劈刀礼，震生平生最喜欢人家恭维，瞧见如此典礼隆重，不觉心花都开了。他轿子如飞的进了营门，他就拍了轿中的扶手板，轿子登时立定停下。他出了轿，就由八个武弁领导着到了讲武堂。安堂随后，请他坐下，送了茶，就请示马上就阅操或是明天？震生道："时候尚早，就去看一回吧！"安堂道："是！"就回头吩咐随身武弁，传令开操！武弁出去后，一会儿就有两个全身军装高等的军官进来，向着安堂立正行了军礼，回道："军队已齐集，请大人出去检阅！"震生坐在屋内，外面绝无人声，心想军队集合在什么地方？大约是先行预备的！只见安堂立起来向震生道："请阁下检阅！"震生也立起来，依然由武弁领导出了堂。下了阶，顿时吃了一惊。只见万枪雪亮，千旗露红，炮枪步骑辎工各种军队，齐齐整整，周围排列，寂无声息。等到震生走到操场中，那当指挥的军官，一声口令，几千人齐齐的行了个军礼。安堂就领着震生慢慢的靠着队伍前面走了一个圈儿，就算检阅完毕。安堂陪着震生到了预备的安息的屋内，那时候已傍晚了。

　　安堂退了出去，他就将在天津票号蔚丰厚出的银票两张，一张是一万两，一张是一千两，拿出，把红纸封套装了起来。一千两的封套上写着门敬，一万两的封套上写着备赏，就唤随身的差弁，将门敬的封套，送给尹都老爷家人周升，那周升接到了，喜出望外，自然去告诉了主人。那尹震生听了，想了一想，就点点头道："既然是方大人赏的，去谢谢就是了！"周升出来，就到安堂那儿请了一个安，说道："谢谢大人的赏。"安堂道："一点儿，算不得什么！给你们喝杯茶的。"周升又请了安出去。安堂暗笑着，知道不会碰钉子的了，他就出来，走到震生房中，说道："此地荒僻得很，没有什么预备，一切的简陋不周，只好请原谅！"他从靴页子中取出一万两的封套，拿着向震生请了一个安，说道："一点儿意思，请赏收！"递了上去。震生接到了一看，封套面上写着一万两，就含笑道："这太客气了！不敢当的！"安堂道："这一点儿实在惭愧得很！将来有什么差遣一定尽力效劳。"震生也就请了一个安道谢，说道："还有家人们赏得太重，真太破费了！"安堂道："这算不了什么。"震生道："刚才军士们很辛苦，兄弟想请他们喝杯酒。"安堂道："不必客气！队伍的操练是应当的。"震生道："兄弟来了，总想留一个纪念。"安堂道:"阁下既然如此厚意,兄弟去办理就是了!"就喊一声来,教传一个武弁进来。安堂吩咐道:"尹大人有赏号二千元,到庶务处去领!教他们队伍自行分配。你吩咐了,叫营官们进来谢谢尹大人。"那武弁就向震生立正,行了一个礼,退出去宣布了。一会儿许多营官递了职名,向震生行过军礼退出去了。震生向安堂道:"贵军队真整齐严肃,刚才在操场集合时,兄弟在室内一点儿不听见喧哗的声音,真可佩服!兄弟回去面奏,最好教阁下添募扩充,将来练成对外的好军队,实是与国家有益的!"安堂道:"这是阁下的偏爱,不过练兵容易,筹饷困难,只要筹定了确实的饷,不必兄弟,能练的人也很多呢!"震生道:"筹饷虽难,得人尤不易吧!刚才的赏号,明天送过来。"安堂道:"这不必客气,向来制军们来看操,所有赏号都是兄弟预备。"震生道:"只是太破费了!"谈了一会儿,外面已开饭了。那席上肴馔丰美,器皿精良,自不必说。吃完饭,震生宿了一晚,第二天拿了各种练兵章程,匆匆到津回京去了。正是:

衣狗朝中呈变幻,社狐穴内炫威权。

欲知后事,且听下文。

第五十四回　保皇党草檄驱密使
　　　　　　汉中府外简失天恩

却说尹震生从小站阅兵后，回了北京，就递折复命。太后叫他上来，听他回奏，他说："方代胜练的兵确是整齐，方代胜这个人确是有才能办事，据臣看他狠有忠心，请太后慢慢的察看。"太后听了点点头，也没有什么吩咐，就叫他下去。尹震生就磕了头下来。那军机处几位大臣，看见尹都老爷圣眷隆重，大家侧目而视，不在话下。

却说捕捉唐、梁的密使庆宏、刘尚谋，已由上海到了日本东京，尚谋找个同乡友人麦小聃，替他们找了一个旅馆，安置行李后，就去见了公使柴韵甫，说明所奉的密旨，要拿捉唐、梁。韵甫听了说道："兄弟接了上海道的电报，本来要来迎接的，因为二位致意不要张扬，所以失礼得狠！兄弟迭次接到军机处、总署的密电，也刻刻在想法子，不过各国对于政治犯均要照着国际公法保护的，政府当时不趁他们俩在北京时候拿住惩办，现在唐猷辉已不在此地，到了南洋英属的殖民地去了，梁超如确在此地，他办了一个《清议报》，天天跟老佛爷倒蛋，我们看了都是怒发冲冠，但是没有法子。二位来了，恐怕也难办。"刘仲咨道："此地离中国海路狠近，我们能否想法子把他们骗到使馆中，偷偷的解往上海呢？"韵甫摇摇头道："万做不到！二位想也知道广东的革命党孙一仙不是由龚钦差曾经骗到使馆，后来给英国政府知道了，因为在他国内捕捉犯人，犯了他们国家的法律，几乎闹起大交涉来。公使馆虽有治外法权，不能派人去搜查，然英政府派了许多警察把使馆围起来，勒令他交出来。龚公使只好乖乖的把孙一仙交出，一场没结果。各国都讥诮我们中国不懂公法，终究办不动，兄弟决不敢担这个责任。"庆厚甫道："公使的话不错，不过除了死法还有活法，我们何妨花几个钱买几个流氓去办他呢！"韵甫道："这也狠不容易。此间警察办得狠严密。现在日本政府中狠有几个大臣对他们表同情，所以他们居住的地方，集会的时间，都暗派着警察保护他们，随便出来，那便衣的暗探都跟随着，而且使馆里的人和使馆往来的人，没有不经过秘密调查，今天二位的来使馆，大约有人已经晓得了。二位请看，明天的新闻纸上，少不得要宣布了详细的内容，等到新闻纸上一宣布，二位也狠要留神，恐怕要发生危险！不比吾们国中大家都是马马呼呼的。这也要请二位注意的！"庆、刘二人听了，不觉面容失色，相视了一会，说道："这可怎么好呢？"随即闲谈了几句，辞了出来，回到客寓中，二人相对无法可施。

到了次日午前，那公使馆中来了一位翻译，手中带了几张新闻纸，见了庆、刘二人说道："消息不佳，果然被公使料着，二位的消息都宣布了。"二人吃了一惊，那翻译把手中新闻纸展开，指着一行道："各报都登上了！"刘仲咨接了报一看，中间汉文、日文夹杂，不能明白读下去，不过大字的题目，却都是汉文，上写着"中国捕捉唐、梁专使抵京一行"，其余小字读不下去，就问翻译道："兄弟不懂东文，他说的是什么？"翻译道："他说二位的来京，是奉密旨来捕捉唐、梁的。昨天上午到了东京，下午就去见了公使。结末说，中国大员向不甚明白公法，不要又闹出伦敦孙一仙的笑话，好在我国警政严密，想来决无意外，然亦不可不留意一二。他说的大致如此。"二人听了，狠吃惊道："我们到公使馆，怎么他们就知道呢？"翻译微笑道："他们新闻的访事，真如水银泻地，无孔不入。不要说是二位来拜访公使，那狠容易知道的，就是二位的一举一动，一言一语，他们没有不知道的。所以昨天公使请二位留神，就是这个意思。"那二人听了，也有些半疑半信的样子，那翻译接着说道："柴公使今天晚上在风月堂请二位便饭，叫兄弟先来通知一声。旁晚他自己来邀二位同往。"庆、刘二人听了，说道："不敢当！柴大人太客气了！兄弟们准定在寓恭候。"那翻译就告辞走了。

他们回到房中，刘仲咨低低的说道："这个差将来怎么样去销呢？"庆厚甫道："是的！我们升官发财的机会怕要落空了呢！"仲咨道："我们也不要太失望，事在人为，我们住下去再说。"厚甫道："我看对外走不通，还是对内用点功夫罢！我想明天先发一个密电报告一下，已经到了东京，你看柴公使一点儿不使劲，我们来的意思跟昨天到公使馆，那新闻纸上的消息，谁晓得？说不定是他去送的呢！或者他要居功，把咱们吓回去，也未可知。你可以打一个私电给贵老师，说柴公使不但不帮忙，而且有恐吓咱们的意思，先埋一个根，将来咱们也有个退步。你以为何如？"仲咨道："好是很好，不过这密电统由庆邸过手，恐怕太着痕迹。"厚甫道："我临走时知道庆邸曾经面奏过，说他年老眼花，对于外国电码常搅不清，可否派尹某人帮同翻译。老佛爷说也好。此时想已实行了。你打给贵老师的私电，自然不会给他知道了。"仲咨道："我是先动身，所以不知道这个消息，既然老夫子担任了翻译，什么话都可说了。咱们等吃了饭回来，就照老哥的主意拟稿便了。"他们都欣欣然。

不多一会儿，果然柴公使坐了马车来了，二人请他进来坐定。庆厚甫道："公使昨儿的话真不错！到底在外办了多年外交，见多识广，以后要常常赐教才好！"韵甫道："这也算不了什么，到了此地时候多一点，些微晓得些人情风俗罢了。以后随便有什么事，只要告诉兄弟，没有不尽力的。"仲咨道："公使昨天既然告诉我们要留神，我看此处不狠谨慎，此夕只可谈风月吧！"韵甫呵呵笑道："足见老哥圣明！今天所以请二位到风月堂中去谈谈风月哩！"三个人随意谈了些闲话，韵甫立起来身道："是时候了！咱们走罢！"庆、刘二人换了一件衣服，旅馆中已预备了马车，三人坐了车，都往风月堂而去。一会儿马车停在风月堂的门前,三人下车入内,庆、刘一看这个饭铺不很阔大,进门就是一座楼梯,上了楼,只有一间大饭厅,约有一二十的座儿,旁边有两三个雅座,柴韵甫踏到楼中间,只见先来到的翻译迎出来,引进了一个雅座里。地面很窄小,里边有三位中国人,公使介绍了。原来是使馆中的参赞随员。彼此招呼坐下。韵甫道:"不恭得很!此地的地方很小。"一旁边翻译道:"这个饭馆虽小,却很有名的。此间凡有招待欧美大宾的大宴会,所用西餐,都是此地承办的。西式菜是东京著名第一。许多大臣贵族,早晚都在此地用饭。不是预定坐儿,临时是找不着坐地的。"厚甫道:"为什么这样的名贵?"翻译道:"此地的老板,曾因研究法国的点心做法,他亲自到法国巴黎去学了十余年才回来,开这个店。这'风月堂'三个字,还是伊藤公写的呢!"仲咨道:"日本人为了吃西菜,也去法国留学,真也是小题大做了!"旁边一位参赞道:"这也是日本人不可及的好处。无论什么事,都肯认真去学,不比我们中国人马马呼呼。"厚甫微笑道:"当灶的也要留学,未免太费事了!"仲咨道:"他要学我们中国菜,不讲别处,就是敝处广东的菜,恐怕也不容易呢。"大家笑谈了一会,韵甫就请他们入了席,果然各种菜十分精美,就是牛排旁边的一段烤番薯,颜色碧绿,脱离了番薯的色味,香甜可口,不晓得怎么弄的。各人啧啧称赞。临末开了香宾酒,各饮了散席。客人告辞,韵甫等也回了使馆。

  那庆、刘二人同车回寓坐定,由下女送上茶来,原来这个旅馆虽是日本式,里头房间也有西式的,他们住的是西式,都是铜床沙发,不过伺候的却是有些姿色的妙龄女子。麦小聊是在东京经商的,知道他们赛过是秘密的钦差,十分巴结,先和旅馆的老板商量,伺候的下女,要能彀懂得中国话的,那旅馆老板就找了两个下女,一个叫雪枝,一个叫花子,曾在北京东交民巷筑紫办馆中当过下女,等到庆、刘二人到了,老板就叫他俩去伺候。庆、刘二人听了一口的北京话,甚为快活。这回从风月堂回来,花子、雪枝手中沏了两杯茶送来,又拿着两枝雪茄分递了两人，各将火柴划了，替二人点着。庆、刘看着，只是满脸的笑容。雪枝、花子随即含笑着说道："两位要不要洗澡？"厚甫道："是不是日本式的澡堂子？"雪枝道："是的。"厚甫道："我久已闻名，日本的洗澡是别有风味的。仲咨我们去试一试。"二人就拿着浴衣，走到了浴池门口，推开了一扇白板的矮门，中间水气氤氲团结，只见这一个浴池占地很宽大，池沿上坐着几个裸体的女子，浴池中有雪白的几团浮在水中，水面上漂着黑漆似的海草，随波浮荡。二人看见了，吃了一惊，连忙退了出来，好像犯了罪的逃犯，满面通红，回到房中。那雪枝、花子看见了，很诧异的问道："什么事？难道一会儿已洗好了？"那厚甫呐呐说道："不行，不行！里面都是娘儿们，怎么好进去呢？"雪枝笑道："我们此地是不拘的，尽管一块儿洗，他们想都是我们的同事，我来送二位去。"就替他拿了浴衣，领着他们到浴室里来，浴室里那些女子看见了雪枝等，都笑着叽叽咕咕说了一阵，只听得雪枝跟他们说了几句话，都匆匆的揩了身体，披了浴衣，推门出去。一会儿浴池中没有一人。雪枝、花子就叫他们脱了衣服，跳入池中，洗了一会儿，他们回到房中，彼此说笑了一回，就上床睡了。

到了次日，二人起来了，仲咨道："昨儿晚上本来要拟一个电报发出去，不料洗了一个澡，竟混忘了。我们趁这个清闲的时候，先办好了怎么样？"厚甫道："不错！这是公事，该办的！请你主稿吧！"仲咨道："还是请老哥动笔，兄弟参酌就是了。"厚甫道："你不要客气，谁办都是一样，况且你是太史公，字眼儿上比我强得多。请你动手吧！"仲咨又谦逊了一回，厚甫就把笔砚推到仲咨身边说道："你太拘了！我是很爽快的。你就照昨儿咱们的主见写出来就是了。不要担误功夫！回头怕有人来。"仲咨只得取了纸笔道："如此请老哥吩咐，让兄弟笘起来。"厚甫道："我想开头只说已到日本，如何办法，已与公使商量，据他说这件事照万国公法是不能正式交涉的，现在想去访求熟悉公法的人，细细研究，有什么办法。一面雇觅私人侦探去探听详细情形，再想法子。不过各项费用是要预备的。可否请电上海道拨汇数万金？以资应付。是否可行？请钧裁示知！大略如此，请你斟酌拟稿便了。"仲咨道："老哥的公事文章真了不得！简明周到，兄弟是万万赶不上的。"厚甫道："太史公又来笑话我了！我是说个大略，请你斟酌。"仲咨就照着他的话，拼凑了几句文言，就脱了稿，给厚甫看了。可怜厚甫说的还能明白，教他看写的就为难了，他勉强的看了一遍，就满口赞道："很妥。"就在电稿的后面写上一个行字，掏出一个牙章印了一下。仲咨也照样画行盖章。收起来，说道："那给敝老夫子的怎么说？"厚甫道："那由你去写好了！"仲咨道："不成，这也是公事，不是兄弟的私事，还是要老哥出主意的。"厚甫道："你也太谦了！据我看，跟才刚的大同小异，不过中间将公使的态度加进去几句，拨经费这句话，加上几句，说事情狠难办，恐怕要多花几文，请贵老师从中帮助几句便了。这就是我的对外走不通，对内用点功夫的宗旨。"接着呵呵一笑。仲咨也含笑的匆匆起了一张稿，递给厚甫看了，厚甫点点头，看到电尾，仍是二人具名。便道："这个不妥，只好你一人具名。贵老师才不会起疑的。"仲咨道："老夫子决不会多心的。"厚甫一定不肯，仲咨只好一人具名，定了稿，两人就取出密电本子，慢慢的翻成电码，收了原稿，把电码装入封套，教带来的家人送到公使馆速发去了。刚办完了事，几个在东京的朋友，都是商界的，雇了马车，请他们去游玩。所有上野公园、浅草公园逛了一回，随到银座街百货商店里去看看，直到黄昏后吃了饭才回。到旅馆，到了房中，只见桌子上许多信件。二人各自将给他的分着取看。忽然中间有横滨来的一封信给他们二人的，仲咨抽出一看，只见信上写着：

厚甫、仲咨先生：

昨闻二位奉西后之命来东京欲捕捉唐、梁，以达废立之目的。以二位之鄙陋，於万国公法例应保护，固所不知，加以日本国中警察森严，汝等阴险之手段，决亦不能一逞。唐、梁二先生安若泰山，本可付之一笑，惟我等求学之地，皆我国忠义会萃之区，断不容奸邪小贼，插足其间。今由同人议决，限汝等于三日内离开东京，如不听从，将以白刃、黑丸享君等于五步之内，勿贻后悔！其细思之！保皇党同人公启。

仲咨看了，啊哟一声道："不好！"厚甫就接来一看，看完了说道："这种无聊的恫吓信，算不了什么！"仲咨道："咱们也不可大意的，近来反对老佛爷的是保皇党，又有一班更激烈的叫做革命党，他们是反对大清国的，他们是炸弹、手枪不离手的，老哥不要大意。我们犯不上跟他们无聊的去干上。老哥你以为如何？"厚甫听了，脸上呆呆的道："你的话也不错！但是怎么样呢？还是跟使馆里的人去商量，还是跟今天来的几个朋友斟酌想想法子呢？"仲咨道："兄弟以为跟他们商量也是无益，使馆里人总有点醋劲儿，他们也许加倍的吓我们一下，他们明摆着要轰掉咱们，至于朋友也没有什么好法子，也许他们也和这班的人来往。"厚甫道："怎么办呢？"仲咨道："我们不如声色不动，只当没有这封信，明儿只说要到各处去游历一下，借着名儿，先到日光、箱根等名胜地方去逛一下，离开东京，慢慢的等等机会再说。何如？"厚甫道："好极了！你的办法不错！不过咱们总要一个翻译才好！不然变成两个哑巴，狠不是味儿。"仲咨道："去使馆里找一个人好不好？"厚甫道："不妥！找了他们那儿的人，咱们的事他们整个儿知道了，我有一个法子，你想想行不行？"仲咨道："什么？"厚甫道："就是此地的两个下女，不是狠能说北京话么？"仲咨道："好是狠好，不过此地行么？咱们去找麦小聃来商议再定。"他们就打了一个电话给麦小聃，叫他就来。一会儿小聃来了，仲咨就把要带两个下女出去游览的事说明，小聃听了微笑道："这狠容易。"他就匆匆的找了旅馆的老板，办好了交涉，厚甫等好在花的是公家的钱，落得做一个挥霍的阔人。他们就带着下女各处去逛了。

其时北京尹震生正在声势赫赫，翻译密电的责任，又经奏明叫他办理,他更气焰熏炙,不可一世。他自担任翻译密电的职务,他就向电报局取了许多发电纸,所有他的私电,都用了官电名目发出,以至他的兄弟在四川候补的,及他的家乡亲友有需要通信的,他都用一等官电发出。原来一等官电都是电局中记账的,到了年底,报告总理衙门核销。那年总署中接到了电局的报销账单,内中由虎臣①密电名义发的电,数目甚多,恰碰着管理稽核的是浙江余筱雄侍郎,这个人是黄叔兰通政的亲家,自从戊戌政变以后,叔兰的儿子黄仲涛牵涉在内,尹震生素来跟他们不合式,曾经奏参封禁强学会,那黄仲涛也在其内。余侍郎心中未免总有些介蒂。加以近来震生气焰日张,有几位军机大臣王武揆等心中很不痛快,余侍郎听了几位同乡的意思,都想乘机推翻他。恰好接了电局的报销册,中间有四川、常州的虎臣密电,余侍郎明知是尹都老爷揩油,倘然有交情的也就不题了,现在正想找错儿,来得正好。他就故作不知,拿了报销册,自己去面告庆匡,说道:"虎臣密电的经费,电局来请核销,不过他开列所发的电,何以有四川、常州等处,是否王爷所发?可否请王爷将发电底簿交下一查?以免电局蒙混!"那庆匡听了,便道:"这狠诧异!虎臣密电本发出去的,不过南京、上海、广东两三处,那里有发到四川去的理?况且常州是个小地方,尤其没有发电的理。难道是电局胡开的么?"余侍郎道:"电局的报销册决不敢乱来的,况且这个密电本关系重大,晓得的狠少,就是本衙门也还没有这电本,恐怕王爷一时忘了。应否细细的查一下,万一泄漏机密,责任是狠重的。"庆匡道:"不差!狠有关系!但是决没有发过电,不至於忘记的。"余侍郎看他还没有想到,就说道:"不要是王爷要发别的电时,经手的弄错了,把这个密电发出去了。"庆匡道:"不会的!这个电本是藏在我秘密箱中,总要等用的时候才取出来,只有尹都老爷帮着我翻写。府中的人一个都不晓得的。"余侍郎道:"尹都老爷不是上头交派

---

① 编者注:前文作"虎神"。

叫他翻译的么?"庆匡道:"是我奏明请他帮忙的。"余侍郎假作恍然大悟的道:"那是不错的了!尹都老爷不是常州人么?他的兄弟不是在四川候补的么?大约是他借着这个电本发的私电,那就不必研究了。好在是自己人,决不至于泄漏的了。"庆匡听了,不觉怫然道:"这是什么话?他的私电怎么可以用官电发!尤其这个电本是上头交下来的,十分秘密,他真太荒唐了!我知道了,以后就不用他来译翻便了,你也不用说出去。"余侍郎道:"当然不说,因为恐有别的关系,所以回明。现在明白了,那就不必再题了。"余侍郎退下来,心中暗暗欢喜,那时尹震生毫不知道,不过到庆匡府中去常常挡驾,也没有叫去译电,心中疑惑。但正在得意时候,也不放在心上。

恰好有一天《宫门抄》上写着"江苏巡抚着陆傅霖署理",原来陆傅霖做过陕西巡抚,他是州县出身,是华中堂的至好。不多几日,就到京请安。召见以后,他就住在后孙公园寓中。他资格很老,对于江苏京官,不甚注意,况且龚师傅出了京,江苏也没有握大权的人,所以来了五六天,也没功夫拜望江苏京官。尹震生他建了垂帘的大功,慈眷隆重,外省的抚藩不放在眼中,他自以为江苏抚台到京当先来拜会,不料等了五六天,连名片也没有来,那天江苏同乡京官正出了一个单子,约期公请他,那也是照例的。请他一下,以便将来各人处送别敬,送团拜费,正是穷京官的习惯。他的来不来拜会也不在心上。不料震生正在诧异,他不来登门拜访,我们同乡倒先去请他,已觉不大愿意。他一天套了车径到后孙公园去拜他,他到了陆中丞寓中门口,家人投了名片,那班中丞的门公,向来架子大,接了名片,就出来说道:"挡驾!大人出门了。"正欲回身进去,那尹震生厉声说道:"你回来,我告诉你,我不是那一班的穷京官,来拜你们大人,想要些别敬的。我是有上头的交派,来吩咐你们大人的。你不要发糊涂。"那门公听了,吓一跳,连忙傍着车沿请了一个安,回道:"请大人不用生气!是小的糊涂。实在是大人出门去了。回来就过去请安听吩咐。"震生一声儿不言语,他的车子就回去了。到家不多一会儿，门上就来回陆大人请安谢步拜会。震生叫请了进来，慢慢儿换了衣冠，到客厅里见了面，陆中丞就说道："刚才兄弟出了门，失迎得很！家人们糊涂，请原谅！"震生道："中丞到京来，自然很忙，本来不敢冒渎。因为前几天老佛爷交代几句话，叫兄弟转述给中丞，所以来请见。"陆中丞马上就站起来谢道："兄弟不知道，得罪得很！上头有什么交派？尽可叫管家来通知一声，兄弟理应前来听命，反而劳驾，得罪得很！现在就请吩咐便了！"震生也站起来，正色说道："前天召见，题起派员去日本捕捉唐、梁这件事，重大得很。上头吩咐，以后上海道等处如有密电，请中丞径寄到兄弟处，由兄弟转呈。"陆中丞道："是！是！"随听震生没有他话，方才坐下。说了无数恭维的话，坐了一回，告辞而去。

那陆中丞回到寓中，心中暗想，我做到了巡抚，就是王爷、军机见了面也很客气，他对我这种样子，殊属可恶！不过听说老佛爷因他有些功劳，确是很相信他，他的地位很高。不过他交派的这件事，很是奇怪，听说虎臣密电是交给庆、华两个人办理的，所有消息自然由他们两个人进呈，怎么教我交给他？难道不相信他们两人么？这是万不会的。明天我探探信再说。倘然真的，也要告诉华中堂留点儿神，不要教小鬼跌了金刚。到了明天，他到华中堂府中，见了面，就说道："昨儿有一件事，要向中堂请请示！就是尹震生尹都老爷叫我去吩咐道：上头交派以后上海、日本等处有虎臣的密电，统统交给他转呈上去，很觉着诧异。当时只好答应了。回来想到，这个密电，听说由中堂和王爷经手，为什么要由他转呈？实在莫名其妙！所以来请请示！"华中堂道："没有的事！密电往来，王爷总送来阅过再办，老佛爷有什么办法，总吩咐我们两个人，他又在那儿……"华中堂说到了"那儿"两个字，忽然沈吟了一下道："不过这位都老爷近日常有起儿，说不定老佛爷有没有什么面谕，等明儿上去探探信再说。前天王爷告诉我说，他的私电借着《虎臣密本》的名儿乱发一等官电，这个人很靠不住。你不要露出一点儿消息。今天王龙老也在说他很可怕！龙老是多么圆到谨慎的，他说到'可怕'两个字，这位的飞扬意气，一定他很看彀的了。你再听我的信儿吧！"

隔了一天，华中堂军机起儿上去，太后题及上海等处捉拿唐、梁的事有没有消息，华中堂就乘机奏道："这件事奴才很焦急，近来常有密电到来，进呈圣览。不过奴才差使繁多，庆匡事情也忙，办理不能迅速，翻译电码又不便假手他人。奴才跟庆匡商量，可否请太后另派一个人专司此事才好？"太后道："一时想不出靠得住的人。庆匡曾经奏过，叫尹宗扬帮帮忙，现在怎么样了？"华中堂道："前儿庆匡跟奴才说：'看见电报局报销册，有许多不相干的电报，都是用虎臣名义发出去的。'庆匡查了一查，原来是尹宗扬的私电，所以庆匡恐怕泄漏密本，不敢教他去经手了。现在请太后的旨意，或则专责尹宗扬办理，他责任所在，也许不至乱来。"太后道："那有这个办法！这个人我看他尚有胆子，给了一点面子，他就乱来，还好用么！"华中堂道："昨儿江苏巡抚陆傅霖说，尹宗扬亲自告诉他，说是奉太后懿旨，以后上海等处的虎臣密电统交尹宗扬转呈，奴才不晓得太后曾经面谕过没有？"太后听了，登时变色道："没有这个事！这还了得！应当办的！"华中堂磕头奏道："请太后息怒！他总算有点儿劳绩，请太后开恩保全，好在他京察到班，将来给他一个府道出去阅历一下子也好。"太后点点头，就问道："这两天有什么府道缺？"华中堂奏道："现在广西思恩府知府，陕西汉中府知府，正在奏请简放。"太后道："思恩府听说苦得很，他总算出了一些力，教他到汉中府去吧！告诉那儿的督抚，好好的管束管束他！"华中堂领旨下来，发表了陕西汉中府知府着尹宗扬补授。正是青天里下了一个霹雳。尹震生得了这个消息，嗒然若丧，从此君门万里，再不能瞻仰天颜了！正是：

秘使蓬莱留笑史，狭途螳雀逞阴谋。
欲知后事，且听下文。

第五十五回　沈北山联登高甲第
　　　　　米筱亭悔结错姻缘

话说尹震生自从太后垂帘立了大功后，不到一年，竟外任为陕西汉中府知府，这是因他的意气飞扬，受了政府中的忌视，所以找个碴儿就轰出去了。他的政见如何，且不必论他。至于他的性质，却是爽直，遇事敢作敢为，比当时一班要人唯唯诺诺，不负责任的不同。所以北京官场就容不得他了。但是塞翁失马，焉知非福！他当时不遭政府的排挤，乘着太后的慈眷，一定飞腾上去，或做了军机大臣，也说不定。不过后来庚子拳匪起事，他也决不能违反太后的意思，也许和刚毅、启秀、英年、徐承煜①等得一样的结果，也说不定。所以他的不得意，也未始非他的心术不是阴险一派，所以避免了杀身之祸。他领凭赴任后，不料他的同乡又出了一个人物，叫做沈北山，单名鹏，曾有一部小说叫作《轰天雷》，叙述他的事迹。不过其中情节狠多舛错，描写也多过甚，作者与他是总角之交，他的一生历史，都在眼中，所以将《轰天雷》中所载失实的事迹，一一改削，自问可作北山的行述。

闲言少叙，且说北山生小聪明，其父咏楼先生，曾于李文忠在上海和李秀成作战时参赞幕府，他才华卓荦，性情高傲，所以仅仅得了一个

---

① 编者注：刚毅、启秀、英年、徐承煜在本书中化名耿义、齐秀、年映、余兰士。此处保持版本原貌。

铜山县训导。他不求闻达,做了训导几年,等到北山五岁时,他就死了。这种狷介的儒者,那里有钱,身故之后,一贫如洗,他的长子小楼,也是有才无命,青年早殁。剩了次子荫鹤,和北山兄弟相依为命。北山跟着兄长读书,到了十五岁,就考取了秀才。他在考场中认得了庄仲玉,两人意气相投,仲玉就请他到家教授仲玉的兄弟美叔。过了一年多,一天仲玉和他说道:"你的天分狠聪明,你的景况却甚窘,在家乡是没有机会可以发展的,现在同乡龚师傅管理国子监事务,在南学招集各省有才学的人入内肄习,我想你不如进京去,一来求学问,二来等机会,你看怎么样?"北山道:"这是再好没有,但是我囊无半分,如何可以成行?"仲玉那时家中财政不能与闻,也没有钱,因向他说道:"我虽是没有钱,但历年考书院得的膏火奖赏钱,以及从小得来的尊长压岁钱,约有二百元,我来送给你吧!"北山接了,狠感激的,就收拾进京。

到了北京,同乡等见他虽是寒士,然有志向上,天分又狠聪明。不多时考进了南学,刻苦用功,时在光绪中年,龚、潘二尚书提倡实学,《公羊》《说文》盛行一时,又有黎石农等研究西北地理,各种考据之学,风起云涌。北山也顺着潮流,孜孜求学,他在南学中狠有名。龚尚书也因同乡关系,时加青目,后来祖师成也到了南学,他本来在江阴南菁书院肄业,这书院是黄叔兰、王忆莪历任学台所创办,所请的院长黄元同等都是经师人师,狠有名望的,师成从南菁到了南学,他学问优良,才具开展,都中名士无不往来,声气日广,不多时黎石农请他到顺天学政任内阅卷去了。那北山是不会标榜的,依然在南学中苦苦用功,所以龚尚书暗中器重他。不过觉得他学行狠好,却不能在政治中发展。有一天龚弓夫遇着了庄仲玉,笑道:"北山怎么好?昨天国子监南学里当差的人来说,前天晚上大雪,早起他们起来开门,看见门外一个人睡在阶上,吓了一跳。仔细一看,原来是沈老爷,连忙去扶他起来,冻得不成样子,替他灌了些姜汤,又给他喝了点白干儿才醒过来了。问他为什么睡在门外。他说是叫不开门,就在地上睡了。其实多叫几回,也没有不来开的。这个管门的恐怕北山来告诉,所以先来说明。当时我把他申斥了几句。实在北山也太糊涂了,为什么不早点儿回去呢?"仲玉听了笑道:"亏得北山平日的品行可信,不然都要疑心他的。二来亏得他的身体吃得住。回头我去瞧瞧他去!"弓夫道:"不是他,大家一定要疑心干了不好的事才回去得晚。"仲玉道:"可不是!那个当差的也不用怪他,也许北山没有去叫门就睡在那儿的,他常说一个人要历练得吃苦才好,要象卧冰的王祥,啮雪的苏武,才算是大丈夫,他许是呆性发作,要练成忠孝的筋骨呢!"弓夫笑道:"不要没有做成忠臣孝子,先送了一条命,才不上算呢!"

转瞬到了癸巳秋试,北山同师成都由国子监录送入闱,三场完毕,果然文章有价,师成中了南元,北山也中了经魁,龚师傅狠勉励他们好好用功,又把师成请来住在南院读书。北山依然住在南学,等候明年春闱。光阴迅速,到了春闱,他两人入闱考试。等到发榜,二人果然都中了。大家欢喜。不料等到殿试,北山考了二甲,师成考了三甲,照例三甲进士,狠难望得翰林,除非朝考考了一等,方可望庶常。那北山的小楷本来端整,那庶常可算稳了。那师成是自负必得翰林的,不料考了三甲,希望狠少。正在书房中一个人咳声叹气,忽然有人推了风门进来。师成一看,原来是弓夫,对着他道:"你不用灰心,我也是三甲翰林。不过看如夫人洗足的对联是免不了的了。"师成愕然不解。弓夫笑道:"曾文正公他也是三甲翰林,一天他在幕府中闲谈,文正素喜诙谐,其时四川李芋仙新娶了一位姨太太,文正就说道:'有一个联句,请你对来,就是"看如夫人洗足"六个字。'芋仙想了一想,就呵呵的笑道:'有是有一个绝对,只是不好说出来。'文正道:'临文不讳,就是骂我也不要紧,只要对得好。'芋仙道:'这一定要老师宽恕才敢说。'文正道:'快说!'芋仙道:'就是"赐同进士出身"。'文正拈着髯呵呵笑道:'真好!实在好!这有什么要紧!况且三甲进士,也不是只我一人。'后来芊仙落拓在上海时,向天南遁叟王紫铨、缕馨仙史蔡父康等人说道:'就为这副绝对,送掉了他一世的功名。'其实文正公的度量那有什么芥蒂!芊仙不见用于文正,大约因他放荡不羁,只能做一个名士,决不能用之于政治罢了。"师成听了,也是一笑。弓夫道:"你预备朝考的功夫怎么样?"师成道:"我的字决定写不好的了,有什么办法?"弓夫道:"你的诗文功夫是不差的。我前天看乾隆的御制诗,有《灯右观书》一个题目,这种诗题狠熟,而实在狠生,倘然知道出在高宗的御制诗上,可不是全场的冠军么?我看你照这样的熟而生的诗题预备他几首诗,倘然预备着了,朝考一等,就有希望了。"师成心中暗喜,明知弓夫是受了叔祖之命来送一个消息,因为近来皇上所出的考试题,都是向师傅要的,此次朝考诗题,龚师傅已拟定了《灯右观书》,但是他谨慎得狠,教弓夫向师成不着痕迹的露一点消息给他,那师成也狠聪明的,晓得狠有道理,只不知道是那一个韵。他就拟成两首试帖诗,一用"灯"字,一用"书"字为韵,全体双抬,都是颂圣的。等到临场看了题目,果然是这个诗题,以"书"字为韵,师成自然高兴极了。他的文笔也还不差,他就作了两篇论疏,都用骈体文格调,诗就不用做了,一挥而就。等到第二天阅卷大臣进去,通场中晓得诗题在高宗御制诗中的,只有他一卷,而且论疏全都是骈体,足见饱学多才,因小楷不甚好,不能第一,也还取在前三名。江苏人中已是首选,引见下来,他和北山都用了庶吉士,自然皇皇的太史公了。

后来有一天北山到他书房中向书桌上随手乱翻,只见书中夹着一首《灯右观书》的试帖诗,北山很诧异,就问道:"我们朝考诗题,是得的'书'字韵,你为什么又做'灯'字韵的诗呢?"师成听了,脸上不觉微红道:"北山你又来乱翻人家的书了!这是我考毕了,因这个题目狠好,'灯'字韵中有几个字,押了他可成好句子,昨天所以又做了一首,你看怎么样?"北山道:"你既然知道出处,随便用什么韵,那有不好的呢?不过你真有闲功夫,还去做这首诗,我真佩服极了!"北山出来，遇见了庄仲玉，就说师成真高兴，他拿了朝考诗题换了韵再做一首。仲玉听了，想了一想道："你在他的什么地方看见的？你问过他是什么时候做的么？"北山道："在他书房中，他说昨天作的。"仲玉呵呵笑道："你真太老实了！你信他的话么？他朝考过了，天天在城外逛，今天才回书房，那来闲功夫！这首是朝考前作的，一定他因不知道得那一个韵，所以把'灯''书'二个韵都作了，这'灯'韵是没有用着的，所以留在书中。你真傻子！他点了翰林，还去作朝考的诗么？要是你或者肯傻，他是决不会这样子傻的！"北山想了一会儿才恍然道："你的话不差！考的时候，我问他诗题有出处没有？他说不知道。他还说记得好像范文正或许是司马温公，我们记不清楚，就不用去提他吧！照你的话，他明明是先知道了，他就告诉我也不要紧，也抢不了他的什么去。他真可恶！"仲玉道："你那知道世道人心的状态，你以后留点儿神就是了！"北山点点头说道："只有你是真心。"仲玉笑了笑，就散了。

北山自从引见之后，得了翰林院庶吉士，等到翰林院派的大教习、小教习都发表了，原来翰林院的旧例，凡新科的庶吉士，由特旨派大学士或尚书一人教习，俗呼大教习。再由本院派科分较深的翰林数人，充当分教习，俗呼小教习。照例定期作一两篇诗赋。北山应过了教习的课试，就请了假要回家去祭祖省墓。他临走的时候，许多同乡替他饯行，席间龚弓夫道："去年我替他做媒，定了刘宅的姻事，他的丈人刘韵士是在直隶候补，他的伯岳雅邠世叔，是在家叔祖处教过书的，因看见北山品学兼优，所以替他侄女结了这个姻事，不料前几天刘小姐染了白喉，奄然逝去，北山晓得了，非常凄恻，刘家托我向北山说，将来要请北山运柩回去安葬，也算刘小姐一生的结束，北山也答应了。不过北山年纪也到时候了，将来总要订亲才好。"庄仲玉道："我听得刘小姐性质淑慎，且通文墨，本来玉堂归娶，何等风雅荣华，此次发生意外，真是北山的不幸了！"弓夫道："这也是刘小姐没有福气！"北山黯然道：

"自分一生孤苦，亏得龚老夫子提拔，得了一点儿进身之阶，究竟福薄灾生，累及了刘家小姐，至于续订的事，现在也不忍提及呢。"弓夫道："北山是个多情人，我们且不提，将来再说吧。"祖师成道："北山亲事自然不必放在心上，将来豪门贵族，想找翰林女婿的不晓得有多少哩！不过北山你这样的落拓不羁，恐怕玉镜台前，不甚欢迎。我劝你以后总要注意修饰些，才好消受轻怜薄惜哩！"众人听了都呵呵的笑了。仲玉道："师成的话也有理，北山如此乱头粗服，真学了王荆公的派，那荆公的吴夫人长斋奉佛，也许为这个缘故。北山你要注意才好！"弓夫道："是的！一个人专事修饰，自是纨裤习气，决非有志之士，不过洁净整齐，读书人也不可不留意一点罢了！"大家谈了一回，散了席。

  北山次日就动身。到了天津，搭乘海轮直达上海。他也不担搁，坐了小火轮一径回到家中。见了兄嫂等自然悲喜交集。接着开贺祭祖，家乡人见了这个少年太史公，自然钦慕的不在少数。北山不免出来酬应，从前听见北山来了，躲避着不见的人，都来欢迎着北山，惟恐请不到他。北山回想三四年前一肩行李匆匆北上的时候，那有一个人送他！当时有些亲族背后大家说道："他冒险北上，将来恐怕要由北京同乡打发回来，一切盘缠恐怕仍要我们拼凑出去。他此次的盘费不晓得从那里来的？其实他安分守己，处一个馆，能彀中了举人，替我们完的钱粮帮帮忙，那时我们再帮帮他到北京去不好么？"后来北山中了北闱的举人，他们已经变了论调，说道："他从小是狠聪明的，所以年纪狠轻就中了。此次何妨回来开开贺，两漕上自然应当送一分礼，我们合族的钱粮，他只要说句话，一定可以买账的。我们也可以占些便宜，他也可得些实惠。他不回来，可见他还有些书呆子的气息哩！"不料第二年又连捷了，点了庶常，他们就天天望他回来，从前恐怕拼凑盘缠的思想是一概消灭了，所以北山回来，他们就排日备着筵席，请他赏光。北山的性质本来是忠厚的，也不去计较从前的形状。有一天，有一个亲戚请他吃酒，座中有一人题起北山的亲事，说道："北山兄，听说刘府上的嫂夫人故去了，真真可惜！"北山凄然道："这也是兄弟的福薄灾生，所以如此。"那人说道："听说刘府也是苏州的大墙门，累代翰林，令岳韵士先生是知县班，在直隶候补。令伯岳雅邠先生，新近放过试差的，不过听见刘府上向来是寒素读书，令太岳叔陶先生，一生只当着京官，宦囊不狠充足。韵士先生还没有抓过印把子，真个娶了过来，也不会有多少奁赠的。现在刘小姐故去了，北山兄已入玉堂！恰好重找一个富贵双全的夫人，正是'塞翁失马，焉知非福'哩！"北山听了狠不愿意，就说道："娶妻娶德，兄弟一介寒儒，无论没有富贵的人家，就是有，兄弟也不愿的。"那人呵呵笑道："北山兄，你虽是太史公，学问是好极了，不过世途上的行为，还须让区区的识途老马呢！"旁边一个人道："究竟北山兄续订姻事，要在本乡的还是外面的呢？"那人抢着说道："你也傻了，自然是在外面的好，现在县城中有几个人家配得上北山兄，就是有配得上的人家，也没有年纪相仿的小姐，自然在外面有拣选。"北山听他们那些不入耳之谈，心上不免觉得不愿意，说道："内人故了不多时，兄弟还没有想到续订的事，而且也有些不忍呢。"那人道："是！是！将来有相当的再谈吧！"彼此就匆匆的散了。

有一天，北山闲步走到西城虚霩园中去访主人曹公坊。北山进了园门，径向君子长生馆走来，原来君子长生馆三面临水，都是玻璃窗，池中种满了荷花，正是翠盖亭亭，红衣裛裛，池旁围着参天的垂杨，绿阴环抱，时闻蝉声。北山在回廊中慢慢的走着，正是清凉世界。那时遥望隔水的君子长生馆竹帘四挂，隐约送来谈笑声，知道有客在此。北山与公坊的儿子孟朴本系至交，也就不嫌冒昧。到了馆门外，那家人就向内报道："沈老爷来"，公坊听了，就说请。北山掀帘进去，只见座中有一个苏州客人，身材粗胖，穿着二蓝缺襟纱袍，外套着天青纱对襟马褂，脚上穿着元色缎子的官靴，狠像一位出差的大员，团团的脸，又像是有财产的富翁。北山不认得，旁边一位却是龚弓夫，他们看见北山进来，主人和二客都立起来。北山先和公坊、弓夫作了一个揖，弓夫就向那客人介绍道："这位是新贵沈北山。"公坊也向北山道："此位是米筱亭兄，是你的老前辈呢！"北山和筱亭彼此作了揖。北山道："在京时久慕老前辈的学问渊博，没有机会见面，以后总望老前辈指教！"筱亭道："兄弟久仰得狠，从前记得曾在南学里用功。"就向弓夫说道："常听见老夫子称赞北山兄品学兼优，今日一见，真名下无虚！"北山道："惶恐得狠！总是老夫子提拔后进的厚意，不免有些过誉吧！"弓夫道："你也不必客气，你们二位都是家叔祖的门下士，以后筱亭世叔应当不客气的指导指导后辈！"北山道："当然！只怕老前辈不屑教诲哩！"筱亭向弓夫道："老前辈怎么说这种话！北山兄是老夫子识拔的，将来彼此能觳切磋往来，是狠好的了。"随和弓夫谈到别的话。公坊低低的向北山道："本来要请你陪陪，你不用走了。"北山答应了。一会儿，家人摆了酒席，孟朴也出来了。主客都入了席，在席间筱亭狠注意北山，常常瞧他，也和北山谈谈小学以及文学等。北山对于《说文》也研究过，至于诗词狠有功夫，对答得狠满筱亭的意，不住的称赞。席散后就向北山道："有便到苏务必屈驾来舍谈谈！"随向主人道谢，作别上轿而去。

隔了十多天，公坊忽然接到米筱亭的信，要将他的长女和北山订婚，原来筱亭自从前年放了浙江试差，外头很有卖关节的谣言，被一位都老爷参了一折，虽后来查无实据，却从此黑了下来，再红起狠不容易，非要有大势力的提拔一下不可。他在家郁郁不乐，加着他的夫人看见筱亭在家不能上进，天天吵着催他想法子。筱亭道："我也正在着急，只是没有路。龚老夫子现正掌着大权，近来听见龚弓夫请假回来，我想一径找他，狠着痕迹。前天曹公坊有信来邀我去逛他园子，我想借着逛园子的名去走一趟，借此见见弓夫，看有什么机会。"第二天筱亭果然赴常，见了公坊，公坊就请他住在园中。他又去拜访了弓夫，住了两天，公坊就在君子长生馆设席，邀了弓夫等几位陪着，恰巧北山也来了，相谈之下，席间筱亭触动了一个念头，马上回家要请示他夫人。当时到了家，见了夫人，照例的问他这几天身体好不好？他夫人点点头道："你怎么就回来了？"筱亭道："这回见了龚弓夫，他表面上狠殷勤，不过真实关切的意思，一点儿没有。后来在曹公坊席上碰见了一位姓沈的，叫做沈北山，是今年新点的庶常。谈了一会儿，学问也下得去，他是国子监南学出身，我在京时听说是龚师傅狠得意的门生，明年散馆，一定靠得住留馆的。他从前定了亲是苏州刘韵士的女儿，就是雅邹前辈的亲侄女儿，可是没有成亲就故去了。那沈北山现在没有续定，我想我们的大女儿也没有定亲，你的意思怎么样？倘然结了亲，一来是现成的翰林女婿，二来是龚师傅的得意门生，我和他翁婿的情分，教他说句话，恐怕比弓夫还容易说一点。因为龚老夫子狠怕子弟们招摇，所以弓夫轻易也不敢替人说句话。不过你的意思怎么样？所以当时没有露出来，赶紧回来请请你的示再说。"他夫人道："这个人狠穷吧！"筱亭道："是的！但做了我们的姑爷，我们帮帮他也就彀了，况且受了我们的帮助，自然总听我们的指挥，将来女儿也决没有受气的。"他夫人道："相貌怎么样？"筱亭道："人很清秀，只是单弱一点，身体矮小，没有我们女儿丰盛，再有可取的地方，就是父母都没有了，只有兄嫂，如果成了家，女儿可以常住家中，等他放了学差，女儿再跟他去。"他夫人冷笑道："好容易放的学差！"筱亭不敢再说下去，就搁下了。隔了几天，他夫人究竟想想找一个现成的翰林女婿确是不易，他就趁筱亭在上房时候问道："你前天说的女儿亲事怎么不提起了？"筱亭连忙道："前天我不会说话惹你生气，所以不敢再提。正要写信给曹公坊道谢，因要等你的意思决定，我才好下笔写去。我现在正等着你盼咐呢！"那夫人道："穷翰林是注定的了，相貌还下得去么？龚师傅得意门生这句话靠得住么？倘然上了当，糟蹋了我的女儿，可要找着你的！"筱亭道："别的我不敢保，龚老夫子说他品学兼优，是我亲耳朵听见的。前天弓夫席上也说过他叔祖狠看重他，可见决不是诳话。太太你既然有意思，我就写信去托公坊做媒，赶快才好，怕有人抢了去呢！"他夫人笑道:"难道是一个香饽饽么?"筱亭道:"实在有闺女的人家真多,要找一个初婚的翰林女婿真不容易哩!"说罢了,他匆匆的就到了书房写信托公坊做媒。公坊接到了信,就向着他儿子孟朴说道:"筱亭要北山作女婿,你看怎么样?"孟朴道:"万做不得!筱亭的夫人脾气利害,是狠有名的。做了他的女婿,将来必要受罪,况且有其母必有其女,这个媒人做了很不妥的。"公坊笑道:"人家来托做媒,总要两面说好话,像你的说法,不是做媒,到是拆散他们了。好在不是替你定亲,你也不用着急哩!"孟朴也不觉笑了一笑走了。

　　第二天公坊找了北山,说道:"筱亭有女,托我和你做媒。"北山听了,晓得米家是富贵阀阅的门第,当时就向公坊说自分寒素不敢高攀的话。公坊因着前天儿子的话,也不十分的主张,就将北山的意思,写了筱亭的回信寄去。筱亭接了公坊的信,就和夫人商量。他夫人已经变过来狠热心的要这个翰林女婿了,就向筱亭说道:"姓沈的不肯答应,我想他没别的意思,他自问娶不起,所以说的到是老实话。你既爱他的人,那些当时的排场,也不必计较的了。你何妨写一封信给龚弓夫,托他详细说明,一切都从简省就是了。他的家里自然不能迎娶,只好到我们家来入赘,一应由我们来开支,不过委曲些我们妞儿罢了!好在进门就能挂朝珠穿补褂,总算胜过了我。"筱亭笑道:"太太又来发牢骚了!现在可不是翰林太太么!"夫人冷笑道:"你真不害臊!儿女这么大了,你还是一个七品的官儿,亏你说得出!"筱亭恐怕他又要生气了,连忙立起来道:"我就去写龚弓夫的信,把你的意思都写上,托他向沈北山说明,北山是龚师傅栽培出来的,弓夫去说,十有九成。"夫人道:"我们是女家,不好过于委曲的,你的信怎么写?"筱亭呆了一呆道:"既要托弓夫,只好直说。"夫人道:"你这个大傻子!你给弓夫信,你只当没有接着公坊的信,算是托他们俩做媒,不较为占点儿地步么?"筱亭笑道:"你的见识是比我高,人家说我怕你,棋高一着,束手缚脚,真教我怎么不怕呢!"他夫人听了,把嘴一披,两眼朝他一瞪。筱亭就不敢多说，往外写信去了。等到弓夫接到了信，就向北山说道："米家的亲事，你怎么样？据我看来，筱亭的夫人确是有名的脾气狠大，他们的闺女，却没有听见说什么。他来信却狠迁就，只要你去入赘，一切不用你的使费，我替你打算，将来住在岳家，一切费用可不用愁了。当十来年的翰林，等到开坊，每年浇裹也不在小数，不过对待泰山泰水，确也不容易，那也在乎你的经纬了。这个亲事，普通看来是十分圆满的，不过少有不足，就是不容易对付罢了。你自己斟酌定了，再来告诉我。"北山唯唯答应。回家和兄嫂商量，那时许多亲族，听见了米家要和北山结亲，晓得米家是苏州赫赫有名的，都劝着北山答应，以为结了这个阔亲家，是大家荣耀的。只有北山几个老朋友不甚赞成。究竟疏不间亲，北山又是本性没有决断的，也就妈妈糊糊的愿意了。他去回复了弓夫，弓夫就和公坊一同回复了筱亭，筱亭非常得意。就下了定，过了礼。果然北山於散馆后得了编修，择吉入赘，不料龚师傅被轰了回家，朝局大变，等到北山将要办喜事，筱亭夫妇很不高兴，临时北山送来聘礼、首饰、衣服等等，在北山已是竭尽所有，十分努力，那筱亭夫妇一看也不看。那位米小姐尤其不入眼了。吉期一天近一天，那小姐在房中抽抽咽咽的哭泣，那位米太太只好安慰他道："他究竟是一个翰林，人家也狠难到他的分儿，好在我们不是没有钱的人家，你只当没有出阁，熬他几年，也许有出头的日子哩。"那小姐听了，些些的生了一种希望。

等到那结婚的日子，北山先几日坐了船，停在阊门外太子码头，米家预备了全副仪仗，四人大轿迎接新姑爷。北山也自己备了"赐进士出身""翰林院编修"两副衔牌，十几个家人，提了宫灯红毡等，簇拥着大轿径往米府而来。那米宅大门前悬灯结彩，自然热闹非常。苏州抚、藩、臬以下官场，都来贺喜。筱亭金顶貂褂，招待贺客，表面的风光，人家依然艳羡着。等到北山行礼后，谒见丈人丈母，筱亭是已见过的，还没有什么，那米太太细细的把女婿一看，只见他身材矮小，面目清瘦，比着新娘觉得矮小许多，没有一点挺拔雄伟的态度，自然加倍不快活。北山朝着他两人磕了头，米太太一点也不客气，昂然坐着受了礼，一脸的不高兴，向着筱亭瞪了一眼，就回身进房去了。那新娘是红巾盖头，没有看见新郎的面貌，只觉得太矮小了。等到送入洞房，挑开红巾，微微一望，觉得新郎好似一个小学生，看他虽然穿了貂褂，戴了金顶，总有些寒酸猥琐的样子，不觉得心中一酸，眼中要流出泪来。连忙一想，当着许多显宾贵妇不好意思的，只得忍住了。不一会，坐床、撒帐诸礼完毕，男女客人渐渐散出，留着不多几人，新郎也就出了洞房，回到米府预备给新姑爷休息的书房中。北山本是一老实人，看不出什么风云气色，正觉得十分得意，只见外面米府的家人们交头接耳，好像发生了什么重大的事。那书房离上房狠近，忽然听见有一口京话，哭骂的声音，不断的传出来。北山不觉吃了一惊，不晓得是为什么。正是：

　　黄槐喜入登科记，碧鹳难逢具眼人。

欲知后事，且听下文。

第五十六回　玉镜画眉沈北山难逃天壤恨
　　　　　　木天断指龚樵孙坚阻上书人

　　话说沈北山自在米宅结了婚,退入休息室中,忽听见中堂有哭骂的声音,一班家人们交头接耳,好像有特别的事发生,不免心中踌躇。原来米小姐定亲时听见是个翰林,心中也还乐意,后来看了送来的衣服首饰,嫌他穷,就有气了。等到在新房看见新郎精神委琐,衣冠简陋,尤其气上加气,他就走到母亲房中,向床上一躺,放声大哭。米太太看见了这个女婿,正是心中又气又恼,听见女儿一哭,就发起火来,向着女儿说道:"不要怪你,我也看不下去!没有别的,只要问你的老子便了!"随向老妈等厉声说道:"快去找老爷来!等我问他!"那时筱亭正送了许多客,回到客厅,换了小帽,卸了朝珠,脱了貂褂靠在椅子上休息,心里想今儿晚上我应当陪着女婿吃饭,只是不很高兴。就吩咐家人:"晚上请姑爷的一席酒,就教少爷和账房中几位先生陪陪好了。我身体很乏,不出来了。"正要站起来到上房去,只见那个王妈急急的走到客厅,说道:"太太请老爷进去有话讲!"筱亭听了,吃了一惊,带走带问道:"王妈,太太有什么事要说?"王妈道:"小姐在上房哭,太太也有点儿恼,要找老爷。"筱亭道:"大约是姑爷不入眼吧!"王妈笑着点点头。筱亭道:"我也没有法子,那里知道要变的!"王妈道:"什么变?难道姑爷的脸会变的？"筱亭道："胡说！你不懂的。"他的右手不禁的搔搔头，那两道眉登时蹙紧了，一路赶到上房，经过新姑爷休息的书房，北山一个人静坐房中，把筱亭和王妈说的话也听见了几句，他就留心着听。等到筱亭到了上房，里边呜咽的声加着哭骂的声更大了，又夹着筱亭的叹气声。北山知道不妙，只好装着呆傻不言语。天色傍黑，各处点着灯，只见家人掌着一对明角灯，进来请新姑爷坐席。北山随着出来一看，觉得宾客寥寥，原来米家本是常州人，移家苏州，亲友本来不多，加以筱亭对于此次姻事不十分高兴，没有请许多客，所以非常冷静。当时两位小舅爷作了主人，由账房中几位先生出来陪客，潦草的终了席。北山依旧回到休息室中。心中也不免懊悔定了这个高亲。亏得北山本性柔忍，默默的坐到十下钟时候，才见家人和两个老妈出来请姑爷回房。北山就跟着进了新房，花烛点得很光耀，旁边摆着一桌酒席，北山靠窗坐下，一个老妈说道："姑爷请这边坐，用点回房夜饭，我们小姐因为辛苦了，有点不舒服，请姑爷先用吧！"北山到了此刻，也忍无可忍了，就说道："这个是苏州的规矩？还是常州的规矩呢？"老妈子们都脸上胀红了，不开口。北山微笑道："讲到我一个人是饱得很，用不着吃了，你们收去了罢！"老妈道："姑爷不要客气。"北山道："我既然做了你们姑爷，还有什么客气呢！"他就立起身来，脱了袍褂，换了便衣，默默的仍去坐了。老妈们也觉得说不过去。本来江南的风俗，第一天回房夜饭就是合卺的酒，那有一个人吃的！彼此递了一个眼色，把这席酒饭收拾去了。

北山又坐了两三个钟头，一点没有新娘子回房的信息，他就立起来，自己把床上的被褥展开，脱了长袍子，就和衣睡了。直到天明，一夜没有睡着。后来窗上都亮了，听得许多老妈、丫环的声音，簇拥了小姐回房。一个老妈道："姑爷先睡了。"北山就坐起来，说道："天已亮了，用不着睡了，我要起来了，省得你们小姐为难。"北山话未说完，只听得新娘又在那儿哭了。北山道："我赶紧出去，昨儿是万分委曲了。"就向老妈说道:"劳你驾,倒盆脸水来。"一面穿了袍子,下床来等着洗脸,他就坐在新娘对面,说道:"咱们的婚姻,自分寒素,本来不配的,不料尊大人第一次托曹公坊来做媒,我就辞谢了。第二次又托龚弓夫来,说了许多迁就的话,我一时感激知己,才答应了。不料昨天结婚后,惹得府上生出许多烦恼,小姐大约很不愿意,现在只有请尊大人想个法子,我是没有不答应的,好在只行了结婚的形式,请小姐去和尊大人商量一个妥善的办法,倘然小姐不去说,只好由我去当面直谈的了。"新娘听了,益发哽咽的不绝声。那随来的一个丫头,就奔到太太房中,把姑爷的话统统的告诉了老爷、太太,那太太厉声道:"他来第一天就来摆架子么!"筱亭道:"太太你不要发火,他的话很有理,也很利害。昨儿回房夜饭不去吃,也不回房,等到今天才回去,也不能怪他生气哩。你女儿也要开导他,嫁鸡随鸡,嫁狗随狗,他究竟也是一个翰林。女儿的话那里行得去呢!难道我们的人家可以随随便便的么?万一他使气走了,不用说媒人来说话,终究是女儿吃亏,你也要劝劝女儿,谁家的小姐都要富贵双全的才嫁呢!"那太太道:"都是你这好老子,给他挑的!"筱亭道:"毕竟也没有缺一个眼,短一个鼻子,不过清瘦些,少点英发的气象罢了。"太太不答腔。筱亭起来到了书房,心想这件事总得敷衍一下才好,就喊家人到新房中请姑爷出来。北山径到书房,见了面,行了礼。筱亭就招呼他坐下,和颜悦色的说道:"北山,我们结了亲,我很喜欢!不过小女在家中确是我们溺爱了一点,不免有点儿脾气,请你要原谅一点。有地方不周到,你尽管告诉我,让我来训斥他。"北山一夜的气,正待发作,不料听了丈人的一番言语,登时融化十分之九,当时就回答道:"想来府上家训很好,小姐决没有什么的,不过自分寒素出身,承蒙不弃,总有点儿惭愧,还要请两位大人及小姐原谅。将来稍有进步,再图报答便了!"筱亭笑道:"这话太客气了,我们读书人,那一个不是由困苦出身的!你年纪甚轻,已得了翰林,将来未可限量,只盼望小女的福气就是了!"翁婿谈了一回,一同吃了午饭，等到晚上，果然米小姐早早的回了房，一同睡了。洞房春暖，锦被香浓，是否花开并蒂，帐结同心，北山没有告诉朋友，作者虽是他老友，也无从为之证明了。

北山在米府上匆匆的过了一个月，也带着夫人回到本乡祭祖扫墓，谒见亲族，北山既无房屋，借在兄嫂家中住了几日，依然回到苏州，见了丈人丈母，谈了一回，那米太太就向他说道："姑爷，你结婚已满了月，应当想想自己的办法了！现在北京的胡闹已过了，依旧老太后当权，天下自然一天一天的太平了，翰林院是讲究资格的，多一天好一天，姑爷你应当赶紧进京，你的丈人差不多也要去，你现在是没有带家眷的力量，本来你娶了亲，应当预备家中的用度，现在你是不用愁了，小姐在我家中，自然不用你招呼，你一个人进京，所费有限。前天你丈人又写了几封信给朋友，等你到京，托他们找一个阔馆地，一则省了你的浇裹，二则认得了几个阔人，将来有门路可走。姑爷你以为如何？"北山听了，虽然有些听不进，但他本性懦弱，只好唯唯的答应了。回到房中，向着他夫人道："我们刚刚新婚，你的母亲又要赶我走了。"他夫人绷着脸说道："你现在养不了我，不进京去巴图上进，难道你一生光靠着丈人过日子么？你就没志气，我还要我的脸呢！"北山道："我也并不是不去，夫妻新婚，总有些恋恋的。你怎么又生气呢！"那夫人把嘴一披道："咱们的夫妻有什么恋恋！我才不恋恋呢！"北山听了，也不再说下去。

过了一二日，就收拾行李，回到家乡，见了兄嫂，许多朋友很诧异的问他，为什么新婚不久就要进京？北山只是悒悒不乐，也不说出所以然来。没有多少时候，北山到了京，住在会馆，到衙门销了假，去老师、同年、同乡及老前辈各处拜谒了。隔不多日子，果然筱亭的同年诚溥泉有信，荐了一个馆，是现任步军统领衙门右翼总兵年映家里，这人也算二三等的阔人，他有两个儿子，要学作八股文、试帖诗，请北山去教。那北山也无可无不可的答应了。他去了一两个月，那年映因他是个翰林，还看得起他，有时到书房中和北山谈谈天，讲到宫廷里面，今天说是光绪如何病重，如何顽太监，明天又说皇上是天阉的，将永远不会生育，后天又说如何吃春药，如何看春宫册子，不管说的话自相矛盾，任意的说着，有时又说光绪的恶德，一半是龚师傅不善训导，一半是庄小燕贡献春册、春药，现在是成了不起的症候。他们一派人和内务府的人都要迎合太后的意思，废掉光绪。当时北京的社会，就算这一派的议论最为漂亮。那年映家中往来的都是这种人，所说的都是这种话。北山听了种种不入耳之言，心中闷闷不乐，尤其是关涉了龚师傅的议论。北山以为是受他的特别知遇的，常常的忍不住与人家争论，往往脸红颈赤。年映经过了几次，觉得双方不能合式，就把北山辞了出来。他依旧住在会馆。只是旅费枯窘，只好向几个老友借贷敷衍。要回到苏州去，米家竟来信阻挡，而且自到京以来，小姐非但无甜蜜的信札，即平安的普通信亦从无一字到京，把北山气得精神恍惚，好似神经上生了变态。有一天同了几个朋友到前门外广乐茶园去听戏，那天是叫天儿唱的《坐楼杀惜》，北山听见旁边座儿一个人说道："女人真靠不住！婆惜看见了张三就变起来了！"一个人接着道："也不能专怪婆惜，像宋江自命好汉，不爱女色，自然婆惜心中不满意。看见张三小白脸儿，当然要动心。况且宋江好久不到婆惜那儿去，日远日疏，一有了张三的引诱，怎能怪女人变心呢？"那个人呵呵笑道："照你说来，夫妻要一刻不离才好！咱们把老婆丢在家中的，都有点靠不住吧！"大家不禁狂笑。不料旁人无心的闲谈，进了北山的耳中，原来北山自结了婚不多时候就分开了，一向读书，不免有些书呆子气，迂执多疑，自从在年映馆中听了许多颠倒是非不入耳的话，终日郁郁不乐。米家又没有一封信来安慰他，他本来研究诗词，满腔情绪，满拟在闺房倡酬用的，不料那位米小姐毫无一点热爱深怜的表示，别来数月，音信不通，今天听了旁人无心的话，顿使神经上受的刺激更加深了。他天天独住在会馆中，几个同乡老友如庄仲玉等时时劝导，也不能消减他的精神变态。后来他终日闭门,连朋友们找他也不接待了。

一天仲玉正从户部衙门中回来,忽见北山径入书房中坐定,瞪着眼说道:"我决定了,我的办法决定了,我的性命也决定了。请你看看我的一篇文章!"就向胸前口袋掏出一卷白纸来给仲玉。仲玉接着一看,只见上面写着是呈请代奏折子的稿,只见他写的是:

为应诏陈言,敬祈据呈代奏事:

窃职伏读九月初二、初五日上谕,因旱灾将成,诏诸臣各抒谠论,冀迓和甘,仰见朝廷宵旰忧劳至意。职随于二十一日恭具一疏,当堂赍呈,冀得代递,以未合体制,格不得上。今者,畿内雨泽既降,目下似可以无言矣。然甘霖不降,四野亢旱,民生之忧,国家之忧也,不得不言也,三凶在朝,上倚慈恩,下植徒党,权震天下,威胁士民,包藏祸心,伺隙必发,危及至尊,四海悬心,切于剥肤。盗贼于是乎窃伺,强敌于是乎觊觎,尤君父之隐忧,国家之巨患也。忍待祸畏罪而不言乎?况我朝纳言之盛,超越百代,乾隆朝孙嘉淦以自是规高宗,道光朝袁铣以寡欲规宣宗,而倭仁、胜保、苏廷魁诸人并直言不讳于文宗之朝,此皆匡言主德,直陈无隐,主圣臣直,著为美谈。而我朝之纠举大臣者,有若李之芳之劾魏裔介,彭鹏之劾李光地,而弹劾权奸者,如郭琇之参明珠,钱沣之参和珅等,当时皆侃侃直言,不避权贵。是以贪横敛迹,圣治昌明。钦惟我皇太后、皇上,敬承祖制,宵旰求言,又何忍于圣主之前而缄默不言乎。谨即前疏所言而增其未备,请为皇太后、皇上陈之:

窃闻《大易》所言,乾为君位;史官所记,日为君象;此中国数千年相传之恒说也。若古来垂帘之政,则惟宋之宣仁太后,治称极盛,此外若汉之和熹邓皇后,亦有美政,纪于简编,然考其时,皆国君嗣服,尚在冲龄,始举此制,故汉安帝之年稍长，杜根则有谏言，而宋章献太后之时，范仲淹亦尝尝诤之。若今日我皇上之临御天下也，二十余年矣，而去秋八月，臣下犹恭奉皇上吁请皇太后训政，此惟圣母止慈，圣皇止孝，度越万古，超轶寻常。或谓皇上因邁逆臣康有为①之变，而吁请皇太后以定危疑；或谓皇上因圣体违和，而吁请皇太后以持国政，度今一年以来，皇太后之调护圣躬而训启圣聪者，当已圣德日隆，而圣体日康矣。为皇太后计，则归政之时也。惟今日者，或谓皇上以时事多艰，而欲仰承乎慈训，皇太后亦以国事为重，而略形迹之嫌疑，此则圣慈圣孝，亘古同昭，臣下岂敢有他说！独是此后皇上圣躬之安否如何？天下万世不能不以为皇太后之责任。何则？必有鲁恭、袁敞、杨震以为之臣，而后得成和熹之治，又必有司马光、吕公著、文彦博以为之臣，而后得成宣仁之治。况司马光、吕公著诸人，虽奉宣仁太后以为政，其於宋帝固无纤芥之嫌也。

若今三凶在朝，凭权借势，上托圣慈之倚畀，隐与君上为仇雠，而其余之以世仆而怏怏于少主，以党阉而窃窃患失者，咸有不利其君之心，以希永保富贵之计。核其情状，往往而然，而三凶又为之魁。三凶者何？大学士荣禄、大学士刚毅、太监李连英②是也。

荣禄少以妄言荧听，废斥多年，近十年间，重跻通显，不念皇上录用之恩，而以倒行逆施为事。方其为步军统领也，已上恃皇太后之亲，下恃礼亲王之戚，玩视朝旨，三令不从，比任北洋，不及半年，激怒皇上，几欲加诛。夫人臣而为圣主所欲杀，则其平日之跋扈可知；今则内掌枢权，外握兵柄，夫自古及今，内外之权不相侵，将相之柄不兼摄，诚以防主弱臣

---

① 编者注：康有为在本书中化名唐常肃，此处保持版本原貌。
② 编者注：荣禄、刚毅、李莲英在本书中化名华福、耿义、皮小连，此处保持版本原貌。

强，祸生不测也。曹操於汉有此权，则凌君矣；司马昭於魏有此权，则杀主矣。今荣禄既为军机大臣，而又节制武卫五军、北洋各军，近闻苏元春练兵江南，亦归节制，兵权之盛，漫延及于南洋，而且督抚保人材，则归其差遣，外省制利器则供其军械，威柄之重，震动天下，我朝所有权臣如鳌拜、明珠、年羹尧、端华、肃顺之徒，均无此势力。使荣禄于此或生异心，未识皇太后何以为皇上地也？即令荣禄此时初心可保，而其后则势如骑虎，不得复下。武夫患失，必起奸谋，祸变之来，未知所底。夫古来史册所载，权臣恃母后而不利其嗣君者不少也，况今日荣禄之于皇上乎！此可虑者一也。

刚毅外托清廉，内实贪鄙，风闻其平日尝通馈遗于阉寺，设典肆于都门，既为军机大臣，则开陈上心，善回天听，是其责也。乃去年皇上变法之时，刚毅辄抗违激挠，以致怒掷章奏，故去秋之变，平静衡论，亦由刚毅辈激成之。迨皇太后训政之初，刚毅首以杀戮士人，钩稽党籍为务，幸而皇太后聪明仁恕，只戮数人，不事株连，若充刚毅之居心，不至杀尽士类不止。夫士与民，国家之赤子，圣主所爱惜者也。乃刚毅之筹饷江南也，则任不肖官吏肆意追呼，闾阎惊扰，而又裁撤学堂，摧伤士气，省数万有限之款，灰百千士子之心，夫江南士民，感戴皇上，纪诵圣德，一闻中外之讹言，辄用怵惕而忧疑，其用情虽愚，其爱君则挚。刚毅必指为汉奸，摧夷挫辱。夫人一念爱君，即为汉奸，则必仇视皇上，腹诽圣德，而后为大清之良民，中国之良士。是则率国人而叛皇上者，刚毅也。其设心于皇上为何如乎！此可虑者二也。

历古以来，如汉如唐如明皆有宦官之祸，汉之宦官，如曹节、侯览、张让等；明之宦官，如王振、汪直、魏忠贤等，皆攘窃威柄，荼毒臣民，而率以圮其国。然此其人皆志在蒙蔽天子以成其奸，故尚无弑逆之事。惟唐之宦官，废立由其专擅，弑逆出于仓卒，若宪宗则弑于陈宏志之手，若敬宗则弑于刘克明之手，寺人谋逆，可为寒心！我朝惩前毖后，家法森严，阉尹小臣，不得与政事，防微杜渐，宜无汉末明季之患矣。而今之李连英者，以一宦寺而屡经弹劾，罢官去者已非一人，风闻该太监已有资财数十万，夫不由贪婪，此财由何而得；不窃作威福，又何以遂其贪婪？今日者，结天下之公愤，召中外之流言，上损我慈圣之盛名，下启彼逆臣之口实，其为罪恶，已不胜诛！而其最可虑者，此日隐患伏于宫禁之间，异日必祸发于至尊之侧。盖李连英之所恃者，皇太后，而其所不快者，我皇上也。故比年来颐和园奔走之官僚，内务府执事之臣仆，凡得辗转通该太监之声气者，以及臣僚等本因该太监起家而数与往来者，无不指斥乘舆而诋诽圣德也。然则该太监之设心处虑，于皇上为何如乎？唐宪宗之于陈宏志，未尝欲诛之也，而宏志卒弑之，以服药暴崩告矣。唐敬宗之于刘克明，未尝欲诛之也，而克明卒弑之于饮酒烛灭时矣。刑余之人，心狠手辣，自古然也。此其可虑者三也。

　　此三人行事不同，而不利于皇上则同。且权势所在，人争趋之，今日凡旗员之掌有兵柄者，即职不隶荣禄，而亦荣禄之党援也。凡旗员之势位通显者，即悍不若刚毅，而亦刚毅之流亚也。而旗人、汉人之嗜进无耻者，日见随声附势而入于三人之党，时势至此，人心至此，可为痛哭流涕长叹息。故窃谓不杀三凶以厉其余，则将来皇上之安危未可知也。夫此三人，在今日内藏奸慝之谋，外托公忠之状，祸伏隐昧，似无可显言于朝。不知涓涓不塞，将成江河；水之涓涓，犹可塞也，及为江河，则一决而不可止，而况此三人者，惟皇太后能操纵之，能生杀之，皇上之才，非其敌也。今乘皇太后训政之时，分荣禄之权，惩刚毅之暴，除李连英之毒，以绝一切不轨之谋，弭将来无穷之祸，惟在皇太后一诏令耳。若异日者，荣禄则党羽遍满，尽收天下之劲兵；刚毅则贪暴恣睢，尽挫天下之志气；李连英则盘踞于内，患生肘腋，防不胜防。奸党满朝，内外一气，此时我皇上孤立於上，惟有委政权强，听命宵小，或可图旦夕之安；一有衅端，则危难立至，此时即有效忠者，亦有异于董卓、朱温之前保汉唐之主，尚何济哉！《春秋传》曰："无使滋蔓，蔓难图也。"正此谓也！伏愿皇太后、皇上听曲突徙薪之谋，懔滋蔓难图之义，亟收荣禄之兵权，而择久任督抚忠恳知兵者，分领其众；惩刚毅之苛暴，而用慈祥仁恕之人；李连英阉尹小人，复何顾惜，除恶务尽，不俟终朝，如此则皇上安于泰山，可以塞天下之望。

且非独为皇上计也，今天下时势，尤甚可危矣！自各口通商以来，西洋天主、耶苏等教，传行中原，各省之民入其教者，通计何止数百万人！自粤、捻、回各匪平定以来，各省裁撤之兵，流为哥老会匪，二十年来辗转勾引，日聚日众，踪迹诡秘，不可究诘，东南各省，无地无之，而各省之剧贼积盗，窃伏充斥，年来焚教堂，戕教士，乘隙肇乱者，屡见迭出。夫以各省教会，各匪剧贼积盗之潜伏于下者如此之多，设朝廷一旦有事，必皆乘间窃发，揭竿而起，若彼西洋诸国，约纵连横，得寸进尺，其欲无厌，孰不愿有事以收渔人之利，岂真有一国可恃？南宋恃元，卒覆于元，此殷鉴也。窃谓权强在朝，刁珰在内，则主权弱而祸变不可知，一有祸变，则盗贼起而天下乱，外人于是乘间而割削我中国，不有明末流寇之忧，则有晋末五胡之祸，此时虽食荣禄、刚毅、李连英诸人之肉，亦何足以谢天下。然则今日愿我皇太后、皇上思患预防，惩治权奸者，所以保重圣躬，即所以固大清基业也。此固普天下忠愤之人所欲流涕为皇上告，职之所在不惜首领而陈此言也。伏愿根职愚悃，代陈圣主之前。

抑职再有请者：《论语》云"邦有道，危言危行；邦无道，危行言逊。"今皇太后、皇上孜孜求治，达聪明目，采及刍荛，若虑触忌犯讳而不使上陈，非所以处有道之邦，对圣明之主，若虑妄言荧听，则圣明烛照，自有权衡，固无庸大臣代为虑及！且伏考本朝掌故，若咸丰七年，编修刘其年呈请禁绝京城钱票，绳以严刑，当时掌院大臣，以其所见迂谬，详加开导，刘其年坚请代奏，直待显皇帝明谕申饬，刘其年始无异言。可见当时刍荛之陈，必达圣听，职谨援此例，披沥具陈，坚请代奏。至于狂瞽之论，干冒宸严，以及屡次公堂哓哓渎请，已干大不敬之例，蹈不谙例之愆，并请中堂奏闻朝廷，严刑治罪，无所推诿。职不胜区区之诚，谨具呈！伏乞代奏皇太后、皇上圣鉴！谨呈。

仲玉看完了他的稿子，肃然立起来，向他作了一个揖道："佩服佩服！我们一班朋友中，出了你这样一个人，真是非常的荣幸了！"北山道："你不要瞎说，你看怎么样？"仲玉道："你这样去做，当然是杨椒山一流人物，无庸说得，至于你的文章，不免有些冗长的地方，可以斟酌，暂且不论。不过你决定要做这件事，起因为什么缘故呢？"北山道："我在年映家里听的话实在要气死了！第一，是把皇上糟蹋得不成话，一会儿说他病得要死，一会儿说他不能人道，一会儿又说他常顽小太监，一会儿说他吃了庄小燕进的春药，自相矛盾的话，不晓得他们怎么样造出来的。第二，是把我们龚老夫子说得甚为不堪，顶大的罪名，是挑拨离间，以及保举唐猷辉发生逆谋，就只没有说到像先朝王锡祺引诱等事。这也是老夫子平日规行矩步，内外皆知，所以装不上去。可以装得上的罪名，没有不装上的了。你说还成个世界么？"仲玉道："去年党祸，我看稍有良心的士大夫，都有点灰心的了。你这个折子上了，有什么用处？况且也未必能上去。你说到皇上现在可怜，但是你的老夫子教了他一二十年书，也没有替他布置点基础，去年不赶掉他，确是可保不至於闹事。但是母子争权，早晚总要决裂的，那时候他老人家或许受祸较重些，也未可知。与皇上并没有益处。本来他老人家至多不过如王渔洋、翁覃溪一流，文采风流，照曜一时罢了，决没有大政治家的手段，你现在上了这个折子，他因你是门下士，恐怕反要惊惶埋怨哩！至於他家中，弓夫等一定怕你得罪了要人，连累到他们身上，未必赞成你呢。"北山道："你看会连累到老夫子么？"仲玉道："据我揣想，那掌院的余老道，正想做大阿哥的师傅，那里肯替你代奏！你的祸福他不管，他倘然代奏了，比你的罪名更利害！这老道肯傻干么？他不代奏，就不会牵出你的老夫子来了。"北山道："他不肯代奏，你想有什么法子呢？"仲玉道："有什么法子？"随又微笑着向他说道："你才说的原因，我看还是表面的，你的郁郁，大部分是劳燕分飞的结果吧！"北山脸上微红，说道："不为无益之事，何以遣有涯之生！"仲玉笑道："对了！不过你的原因还有一个，就是好名。"北山立时呵呵的笑道："到底是老朋友！现在不必问什么原因，只请你看我做了这个事结局怎么样？"仲玉道："我们总角之交，无庸客气，你将来飞黄腾达，我是不来保你的，一来你没有趋跄奔走的才干，二来你从小读了许多书，不愿做那卑鄙龌龊的事，所以你的官运将来也不过如此。况且朝局如此，不久必有大乱，恐怕也没有时候让你等着飞黄腾达。你倘然由此得一大名而去，替你想也狠上算的。"北山呵呵笑道："毕竟是知己！我本来没有富贵的希望，加以处境如此恶劣，还是干这个的好。这稿子请你改削一下，几天内我就要去干。"仲玉道："班生此行，何异登仙！不过你的脑袋我保你不会掉的，你静着心，再想想好了。"北山匆匆走了，仲玉就将他的稿子改成了一千多字，明天北山来取，仲玉道："你的要义都在内，原稿太长，恐怕老道看不完。据我看来，他决不肯代奏的。只要他们权要能看一过，教他们晓得天下尚有正论，士大夫中尚有气节，也就有价值了。"北山道:"我拼着一条穷性命,看他们怎么样对付我!"他说了几句话,就不辞而去。

仲玉隔了几天,没有什么消息,一天午后在家,忽然龚弓夫的远族兄弟龚樵孙来访他,进来了就问道:"你晓得北山近来做的什么事?"仲玉道:"不知道。"樵孙道:"他忽然发了疯,具了一个折子,请翰林院代奏,给余掌院骂了出来。这个人怎么好?"仲玉道:"前几天看见他,他说要做一件轰轰烈烈的事,难道真做出来么?"樵孙道:"他前天到了衙门,给余掌院骂了出来,昨天又到掌院的宅里求见,声明祸福由他一人身受,后来掌院拒绝不见,现在京中传遍了。家叔祖正在忧谗畏讥的时候,他又是家叔祖的门生,不要是闹出大祸来,怎么好!我已打电报给家叔祖。他还肯听你的话,请你想想法子。"仲玉道:"好在没有代奏,料想不会有什么事的。"樵孙道:"这个时候不晓得安分守己,反恩将仇报,他真是疯子了!"仲玉微笑道:"从前的杨椒山、杨大洪,大约都是带点儿神经病的。"樵孙道:"我想还是想法子送他回去才好。刚才我已经嘱咐了会馆的长班,教他留神沈老爷,他出门去不论到那儿,你就给我送信。你看怎么样?"仲玉道:"也好!不过米府上这个结没有解开,也不是澈底的办法。当时他的二位媒人造的孽,真也不小!"樵孙道:"现在也只好急则治标了。"正在说时,只见仲玉的家人进来回道:"会馆的长班周升来找七少老爷要见。"仲玉道:"叫他进来。"果然周升进来道:"刚才沈老爷雇了车,衣冠出门,我问他到那儿去?他没有说,便上衙门去了。我就到七少爷宅里去送信,找不着,才到此地来的。"樵孙失色的问道:"是到翰林院衙门去的么?"周升道:"我是问赶车的才知道的。"樵孙道:"不好。"马上就上了车,向仲玉道:"你也去,我们把他劝回来再说。"仲玉道:"你先走,我就来!"仲玉送了樵孙去后,也套了车,跟了前去。

进了前门,一会儿远远望见翰林院衙门的大门外土堆旁边有一群人围着,原来翰林院衙门的大门旁有一个土堆,相传有关合署的风水,只要动着土堆一点儿,那堂官就要出缺。其实做到翰林院的掌院,年纪大约有七八十岁了,自然容易附会。后来庚子联军入京,把翰林院划入使馆界内,那土堆不知何处去了。相传的迷信也消灭了。想到清朝三百年间有多少的翰林,都没有能破除迷信,也可笑得狠了!闲话不题,那仲玉既望见了一堆人,车子越走越近,定睛一看,是两个人揪着在那里拖拉,倒在地下,就有一个赶车的赶上前来说道:"庄老爷,你快去!咱们七爷跟沈老爷干上了!家人们都劝不开。还是老爷去解开了吧!"仲玉一看,原来是樵孙的赶车的,连忙跳下车来,往人群中走进去,果然是北山和樵孙二人在地下拖滚。仲玉就上前扶起北山,那赶车的也扶起樵孙,两个人头面胀红,相视不出一声。仲玉道:"二位在此地都不雅观,姑且上车到我家里去再说。"樵孙道:"好!好!"他就跳上了车。北山的车不知那里去了,仲玉就扶他坐在自己车厢里,自己跨了车沿,一同回到半截胡同寓中。

　　仲玉请他们到书房中坐下,只见樵孙衣袖上血迹淋漓,吃了一惊。问道:"樵孙你袖子上怎么了?"樵孙厉声指着北山道:"你问他哟!他真想要我的命了!"一面伸出手来,血痕满掌,一只似断不断的小指,垂在掌边。仲玉蹙着眉道:"樵孙你受的伤是狠苦了,究竟北山怎么样伤你的?"樵孙道:"我从你那里赶他,直赶到翰林院衙门口,看见他衣冠着在大门外行着三跪九叩的礼,捧着折匣,正要进去。我就抢了他折匣,交给我的赶车的。一面拉着他说道:'家叔祖栽培了你,你难道恩将仇报?要送掉他老性命么!'他乱跳着说道:'我做这件事,才算对得起他老人家呢!苏东坡几次的危险,才不愧为欧阳文忠公的门生,你懂得什么!'仲玉,你听听不要气死人么!我就拉他上车,他一定要抢回折匣再进去,我跟他拉扯,地下一滑,两个人跌在一块儿,不料他就拉着我手,狠命的一口,把小指头咬了一下,差不多要断了。痛得要命!你想他该不该?"仲玉听了,取了水替他洗净了,擦点儿药油,用布条儿缚好。樵孙谢了一声道:"仲玉你问他应当不应当?"仲玉道:

"他咬伤你自然不应当。"北山绷着脸道:"他为什么不许我进去?"樵孙道:"你的折子有什么用?现在你的老夫子正在危险的时候,你真要断送他么!"北山道:"我这个老夫子决不像你们贪生怕死的,都像你一个样,历史上还有什么可传的人物呢!"樵孙道:"你要做不怕死的忠臣,尽管去做,只要不连累我们一家便了。"北山道:"你是管我不了的,只有老夫子来阻止我,我许答应,否则匹夫不可夺志,你要夺我的志,你配么!"仲玉听了,就向樵孙道:"你能打一个电报请请示么?我看只有这一着儿或可挽回。不知他老人家肯劝他一下么?"樵孙道:"电报昨天已发去了,大约就有回音。"仲玉道:"你的电报给谁?"樵孙道:"是给弓夫的。"仲玉道:"你曾否说明要请示老人家的么?"樵孙道:"这却没有。"仲玉道:"我看你再补一电去,说明情形,只要弓夫代为一说,我们再来劝劝他,或可挽回。"樵孙道:"不差,我就去。不过现在请你担承拦住他,等回电来再说。"仲玉道:"等回电的时间,我总可以的,不过你能发一个加急的电更好。"樵孙道:"好!好!"就匆匆上车而去。

仲玉送了他回来,只见北山狠生气的坐在那里,不言不语。仲玉道:"你连我都生气了么?"北山道:"老七真可恶!老夫子家中出了这种子弟,真丢脸!"仲玉道:"你不用傻了!你已成了名了!你的折子本来没有代奏的希望,就是代奏了也不过你受的祸较大些罢了。你的老夫子决定也不以为然的。他老人家胆子本小,却又顾惜名誉,你教他反对,他未免不肯;教他赞成,他又不敢。不是难为他么!将来等弓夫的回电来,你总算为着老夫子才屈服的,你也下得去了。不要再别扭了。你要成名,碰机会再宣布一下也好,何必一定拼命呢!"北山道:"难道老夫子会不赞成么?"仲玉道:"你等下去看就是了。你看老七的如此着急,一半是向余老道等表示他的意思,也不全为着老叔祖呢!"北山道:"照你所说真难了!"仲玉就留着北山住下。第二天仲玉刚刚起来,正要往书房去看北山,只见家人进来道:"龚七老爷来了。"仲玉

就出去见了。樵孙道:"好了!好了!回电来了。"正是:

　　玉镜台前怜赘婿,金马门下辱词臣。

欲知后事,且看下文。

第五十七回　国闻报采风登正论
　　　　　　赛金花避难入危京

却说庄仲玉刚刚起身，听见龚樵孙到来，出去到庭中，只见樵孙手持一电局封套，说道："回电来了。"仲玉就问道："是谁复的？"樵孙道："弓夫。"仲玉接过来一看，只见上面译写着：

　　北京南横街龚樵孙鉴：北山事已禀明，谕令垫资派人婉劝回常，并谕达北山速回为盼。弓。

仲玉看了，仍把电纸装入封套中，向樵孙一笑道："狠好！我们同去，向北山劝劝好吧！"樵孙道："你去劝他，我真不愿意见他！"仲玉笑道："你总要办到了送回，才好销差，怎么不去见他呢？"他呆了一呆道："也好！"二人就往书房中来。只见北山尚未起身，靠着枕，瞪着眼，向着纸糊的顶棚看着。仲玉道："你还不起来？你的老夫子回电来了。"北山道："真的么？"仲玉就拿电局的封套给他看："这个可以假的么？"北山抽出电纸一看道："这是弓夫的话，不是老夫子的。"仲玉道："你近来心绪纷乱，文理也退步了。弓夫用到'禀'字、'谕'字，不是明明显出你老夫子的意思么？"北山道："为什么不明白写出呢？"仲玉笑道："你越搅越胡涂了！他老人家当这个时候，自然要隐约点才好，不像你要做忠臣的只怕人家不知道。"北山道："既然老夫子叫我回去，怎么好呢？"樵孙向仲玉道："你看他又来起花样了！"仲玉道：

"不会的，昨儿他自己说的，只要老夫子说一句话他总答应的。既然有了回电，北山是个大忠臣，那有言而无信的！樵孙你就照着预备好了。"樵孙道："伴送他的人倒有，就是姊丈叶茂如，不是前天引见了么？大约就要动身，可以托他。至川资旅费约需多少，我去预备就是了。"北山道："我回去，我不用他的钱。仲玉只好你借给我，将来还你。"仲玉笑道："好！好！樵孙你不用去张罗了，我承北山看得起，便宜了你。但看到你手指上，本也不应当再罚你出钱的了。"他二人不由的呵呵笑了。仲玉道："樵孙你去和茂如说定了，定了日子动身，我们送他们上火车。这几天北山暂住在这里，到茂如动身时一同走便了。"

不多几天，仲玉、樵孙把北山托了叶茂如招呼着，匆匆的坐了火车到天津去了。那茂如和北山在天津车站下来，就住在紫竹林鸿升旅馆。茂如去找了几个朋友，回来向北山道："今晚上有个朋友请我吃花酒，你一同去散散心好吧？"北山道："狠好！"傍晚那朋友来了，进房看见了北山，就由茂如介绍了。原是来直隶候补知府王菀生。那菀生知道是沈北山，就特别和北山作揖道："兄弟新近听说老兄具折参劾三凶，真是朝阳鸣凤，钦佩得狠！"北山道："书生愚见，算得什么！况且也没有上达。承阁下提及，惭愧得狠！"菀生道："这篇文章本不在乎上达不上达，只要天地间留得正气，留得公论。老实说，这事决不能实行的，何妨在报上发表一下，教世上有心人都拜读一下才痛快。"茂如听了忙道："这万万使不得的，北京同乡教我伴送他回乡，就怕他再闯祸。"菀生听了，向着北山一笑道："这事不提。北山兄今天可否一块同去玩玩？不过临时奉邀，似乎不恭敬点。"北山道："太客气了！初见面就奉扰，有点过意不去。"菀生道："我们一见如故，荷蒙赏光，感激得狠！"大家就立起身来，出门坐了人力车，到了侯家后一家门口，菀生下了车，领着他们进去。北山一看门上挂着"赛寓"二字的铜牌，北山就问茂如道："这是什么地方？"茂如笑道："就是状元夫人的班子里。"北山点点头,随着进去。菀生进了房间,拿着请客票,写了几张,交给他们下人,说道:"请客去!"那班子里人接着去了。不多一会,来了五六位客,彼此问了姓名,见了北山都有一种敬重的意思。房中老妈们就摆起酒席。正要入座,只见一位丽人冉冉的掀帘进来。菀生微笑道:"二爷回来了。"那赛金花含笑道:"王大人早来了!失迎得狠!"又向合席客人招呼了一下,就在菀生身畔坐下。老妈送上酒壶,赛金花接过了,向合席斟了酒。菀生就拿局票代各人写了,向茂如、北山道:"二位刚来,要不要荐一位?"茂如、北山道:"担搁不多日,免了吧!"菀生道:"也好,不客气了!"中间有一位福建人,姓言号又陵的,问北山道:"北京的风潮总算平靖了吧?"北山道:"也不过燕巢幕上罢了。此地怎么样?"菀生道:"经过去年的变端,人心总是惶惶的。"又陵道:"我看内外的情形,不会太平吧!"菀生道:"方安堂到山东,听说义和团大半消灭了。"又陵道:"此间玉寿帅到了北洋,只晓得'当差'两个字,万一有大关系的事发生,恐怕担当不了。只盼没有事才好。"菀生道:"政府如此,那里会没有事呢!"背后赛金花接着道:"王大人,这两天的新鲜事你知道么?"菀生道:"什么事?"赛金花道:"此地几条胡同内有人设了坛,练习神拳,听说是念了咒,就有神道附在身上,就会使拳使各种兵器。神道来了,他拿了刀向自己的肚子砍,只有白印,一些也不伤。附上的神道,也有孙行者,也有黄天霸,奇奇怪怪,说是练好了,外国人的枪炮都打不进去。王大人你看是真的么?"菀生道:"那有此理!我也听见说,都是山东来的,大约方安堂到了山东,他们不能安身,逃到此地来的。那有什么好东西!只要好好的办一下子就绝迹了。"又陵道:"你不要轻视了,星星之火,可以燎原,不晓得怎么结局呢!"赛金花道:"还有奇怪的,有一班十七八岁的大姑娘,穿上红衣红裤,白天拿着红扇子,晚上提着一盏红灯,说是学成了用扇一扇,可以飞到半空中,要烧那里就烧那里。这种仙法,是一个山东圣母,叫作红灯照的教给他们,其实这个圣母,老妈子都知道,是粮船上一个臭烂的船婆。这两天一天多一天起来,各处都立了坛,不晓得到底是什么仙法。"菀生叹了一口气道:"国家将亡,必有妖孽!可惜像北山先生销灭妖孽的文字,能说而不能行。大约也关乎气运吧!"又陵道:"北山先生的稿子,能让我们拜读一下么?"北山道:"兄弟出京时,原有的折稿,都教龚樵孙搜去焚毁了。"又陵道:"可惜得很。"北山随向身上口袋里一摸,说道:"原稿是由一个朋友商改的,可没有了。只有兄弟第一次的初稿尚存,冗长得狠,太不成文字了。"说着就递过去。菀生道:"酒后不能细读,让我带回去,同人中要先睹为快的不少,我们看过了就送还。"北山道:"不祥之物,也无留存的必要,尽管拿去好了。"茂如道:"你们《国闻报》上千万不要登出来,我要负责的。"菀生笑道:"作者不着急,怎么反是你着急呢!"茂如道:"他是预备做忠臣的,我是预备做饭桶的,不要把我的饭碗打破了,教我怎么不着急呢!"大家呵呵一笑。酒阑客散,各人分别回去。

不料北山、茂如上轮回南后,《国闻报》上就把北山的折稿登了出来,一时烘动了京、津士大夫,那翰林院掌院余老道,看见本衙门出了这种大逆不道的人,恐怕上头怪他,连忙具折奏参,请将北山革职监禁,一面展转查访北山有否同党。当时龚樵孙就托了尹都老爷及清秘堂几位办事翰林,向老道声明,叔祖并未与闻,他自己为极力阻挡,致小指受伤的情节,详细说明。并云北山平日并无至交,只有同乡庄仲玉听说与闻其事。余老道听了,想连庄仲玉一起参劾,就交清秘堂一位姓陆的办折,旁有一位姓李的道:"此事请中堂斟酌,庄某是户部司员,咱们翰林院去参劾户部司官,在户部堂官的脸上,有没有点关系?"老道听了,迟疑了一回道:"不差!就把本衙门的陈某添进甄别革职,作为结束。"

却说北山自离津南归后,天津一带设坛练拳的日盛一日,公然竖起

"扶清灭洋"的旗子,直隶州县中也有劳玉初等,军队中也有聂功亭[①]等,来请北洋大臣玉寿山主持剿匪。那玉寿帅起始也知道匪类不可不剿,主张严办,不料匪类中打通了端王府及宫中的太监,都向太后前说光绪是中了洋鬼子的毒,这班义民的宗旨,是扶清灭洋的,真是神佛保佑祖宗有灵,生出来的,请老佛爷用了他,杀掉了北京的鬼子们,大清国那才一统太平了,太后自从训政以来,本想废立,后来怕外国人不答应,只立了一个大阿哥,终究心中不畅快。那大阿哥是端王的儿子,虽做了太子,终究没有做到皇上。那太上皇的端王使不出多少威风来,也恨那外国人,他就先在府中设立了坛,就请了坛中的大师兄到府中来教练。这个风气一开,庄王也起劲,其余王公等也多有设坛练拳,那练拳的大师兄都是京津间青皮混混,有什么才干智识,公然拆铁路,毁电线,凡沾一点外洋来的式子,都主张消灭。他们其实多是假公济私,实行抢劫。其时手握大权的庆匡、华福,也知道这个事不对,有一天军机起儿上去,华福便婉转奏道:"义和团的心是不错,不过他的能耐究竟怎么样,应否派一两位大臣去视察一下,好决定办法。请太后圣裁!"太后听了他的话,就说道:"叫晃舒翘去考察一下吧!"那一位军机大臣晃舒翘领了旨下来,就向华福说:"民气固然可宝贵,但是义和团中间流氓居多数,倘然假以权力,万一尾大不掉怎么样?请中堂训示!"华福道:"上头既派了你,就仗你斟酌万全,我看此事狠有出入,今儿所以请旨的。"旁边耿义道:"现在是不能决定的,总要去看过才好定夺办法。不过展翁一个人去行么?"华福道:"子良你也当过封疆的职任,对于大计画一定有把握,我再去请旨,添派子良一同去。"晃展如听了道:"狠好!"华福便上去请旨下来道:"上头添派了子良,还有顺天府尹胡乃莹,今天有封奏,上头说叫两位带着他一同去。"耿、晃道:"准定明天请了训就走。"华福道:"狠好!偏劳了!"二人当天散

---

① 编者注:聂士成,字功亭,《孽海花》中作倪巩廷,此处保持版本原貌。

值回家，预备行李，明早请了训下来，就上车，会同胡乃莹出城。其时拳匪已在深水一带和官军开仗，被聂功亭打得大败，三人走到保定，就派人去找拳匪中的大师兄，见了面，他就要求先撤聂功亭的军队。晁舒翘力言不可。不料耿又出京时，端王已私下密嘱，令他回护拳民，于是反对晁展如，且言太后及端王已内定欲灭洋人，违旨即得祸。胡乃莹也迎合以撤聂军为第一策。晁不好固争，华福、庆匡也不敢坚持，此外满汉士大夫许多只知道承顺，遂成滔天之祸。此种国家大事，历史家记述已详，不复赘述。

却说赛金花自京迁津，平时常常来往，和杨金甫、卢玉舫等交情益密，自天津起了义和团，孙三等声气相通，大家不以为异。等到北京马家堡车站烧掉，铁路电线统统拆毁，那天金甫和玉舫说道："北京乱到这个样子，前天把日本使馆的山之彬、德国的钦差克林德都杀了，我虽没有办过外交，然鼓儿词上也说过'两国相争，不斩来使'，向来狠漂亮的人，怎么也会糊涂起来，现在听说各国联军都要来了，天津首当其冲，你的赛二爷，我真有点儿不放心。你何妨到天津去带着他进京，北京就是有事，跟着咱们走，总吃不着大苦。你看怎么样？"玉舫道："天津去一趟不算什么，不过'你的赛二爷'一句话，要由我跟你说才对呢。"金甫笑道："老弟不用挑眼儿，你的我的有什么分别呢！"玉舫道："难道大局真要糟么？"金甫道："不客气，我听见的笑话多着呢。今儿没有事，我把顶可笑的告诉你。齐颖芝你不是认得的么？他进了军机后，他的门生姓尹的放了云贵的试差，姓尹的去辞行，他和他说道：'你这趟差回来，当在腊月边，你看这时候北京太平，洋鬼子都杀尽，没有一个了。'那门生说道：'地球上国度狠多，洋鬼子也狠多，杀尽他，狠不容易。'他就正色说道：'你也中了鬼子的毒么？天下那里有什么许多的外国，他们说的英国、法国、德国、俄国等，都是他们几个人假装着什么什么国来吓我们的。只要把北京的鬼子杀完了，他们的国也就没有了。'那个门生看他自以为是正正当当的大议论，也只好唯唯的答应着走了。还是前些天义和团攻打西什库教堂，打了几天，义和团受着枪子死了不少人。太后就问军机道：'这一点儿小地方都攻不下，各国的军队来了能彀抵抗么？'各军机不敢言语。齐颖芝就奏道：'樊国梁用了邪术，所以打不进。现在义和团招募了五百个童男子，教会了他们神拳，将来他们神拳成了，冲过去一定可以打胜仗。听说教堂还有一件法宝狠难破的，现在派人到五台山去请一位高僧，名叫法聪的，等他来了，就可破他的法子。'这事华中堂昨儿亲口告诉我的呢。"玉舫道："这真是气数了！我听刑部的朋友说，耿子良的事有人替他诌了一首诗。"金甫道："什么诗？你记得么？"玉舫道："我因他好笑，就抄下了。"他就掏出靴页子，抽出一张纸，递给金甫道："你看。虽是打油诗，却做得狠滑稽。"金甫打开一看，只见上面写道：

帝降为王舜禹惊，（耿在枢廷言及尧舜则曰"尧王、舜王"，常熟相国闻之，冷笑曰："三皇五帝，人所共知，子良不必及之。"耿当时不悟，归询他人，乃恍然，遂深恨之。）皋陶（读作桃）屡唤不应声。（耿在刑部大堂，尝语司官曰，兄弟自刑部出身，好比尧王、舜王时的皋陶（桃），诸君大可效法。）将才新得黄天霸，（耿在太后前力保江苏总兵龙殿扬为名将，云此人可为奴才的黄天霸。及下值，华中堂调之曰，子良原来是一个配角儿！因《施公案》戏皆以黄天霸为正角，施不全为配角也。）奸党能除龚叔平。（耿在刑部得京察一等，为龚相所提拔，后龚革职受地方官管束之辱，大半由耿奏对时指为奸党。）一字谁能争瘦死？（刑部有犯死于狱，耿读"瘐死"为"瘦死"。）万民可惜不耶生。（耿读"民不聊生"为"民不耶生"。）功名鼎盛黄巾起，师弟师兄保大清。（义和团皆以红巾黄巾束首，其中头目则尊云大师兄，凡大师兄来，耿迎接之，曲膝尽礼。语人曰："此辈乃保大清国者，非如保国会之保中国不保大清也。"）

金甫读过，呵呵笑道："太刻薄了！华中堂是明白人，晓得照此干下来要糟，不过老佛爷听信了那几位的话，华中堂也没有法子去拦挡。你真去一拦，恐怕性命就要不保了。"正在说时，只见外面几个家人进来回道："不好了！前门外两荷包巷统统放火抢烧，大栅栏一带现正起火呢。"金甫道："咱们的铺子怎么样？"那家人道："有一二家的掌柜来了，其余还没有信儿。"金甫道："我要去问问他们，老弟你也去打打主意才好！"玉舫道："我没有家产，也没有奉敬，随他们闹，不在我心上。我明儿准到天津去看看他们。"他说着就匆匆走了。

　　明天卢玉舫骑了马径往天津，一路经过河西务、杨村各处，都是义和团练拳的神坛，好在各处的坛中，大师兄差不多都知道他的。一路上大师兄也有送他名片，传知各坛保护的，所以没有阻碍。直到天津赛金花寓中。他一进门，金花正在家，连忙迎出来道："大哥有什么事到这儿来？"玉舫道："没有事，一个多月没见了，所以来看看你。"金花："火车断了，你来不容易，我真谢谢你不忘记我，你跟我进里头去，喝一杯白兰地，躺一会儿，细细的谈谈吧！"玉舫就跟着他到了套房中向沙发上一躺，说道："我骑马来的，骑了两天马，两腿真有点儿累了！"金花道："你究竟为什么事来的？"玉舫道："你猜一猜！"金花一面斟了白兰地，老妈等送进来许多小菜碟子，金花陪着他饮，一面含笑道："我猜你一定有关系我的事，你才老远的跑来。不是咱们俩的交情，这个年头儿谁都请不动你的。"玉舫笑着道："不枉是个水晶球儿！告诉你吧，是前天杨金甫找我去，说大局不好，各国的兵快到了。天津又是义和团聚会的地方，等到开了仗，危险得狠。我们狠不放心，商量着还是北京好一点。我们都在京，招呼你容易，所以决定教我来一趟，请你收拾着快进京。现在路上还好走，将来难保通不通，你心里头怎么样？"金花："真正谢谢你！我晓得一定大哥和几位惦记我所以来的。北京有着大哥和杨大人等，自然稳当得多，就是要逃难，和大哥们一块儿走也方便。这也不用商量的了。不过北京听说也很乱，今天传言前门外荷包巷、大栅栏都烧了，确不确呢？"玉舫道："怎么不确？我看见他烧了才走的。"金花道："怎么好？我家里有许多人，也要安排才好。端节刚过了几天，账也没有收全，一时不能脱身。我想把他们由轮船送回上海，我就进京来找你便了。"玉舫道："不差，你要走，自然有许多事应料理的，一时也不能动身。我家中也有事，不能等你，总是越早越好，快快的到京，杨大人和我才可以放心了。"金花答应了，跟他讲了许多近来的事。玉舫就在他那儿吃了饭，歇了一宿，明早骑着马赶回北京去了。

金花等到玉舫去后，他就和家中人商量要进京。孙三听了不以为然。他就说道："咱们进什么京，此地义和团里头的大师兄，没有一个不认得的。听说北京的老太后和许多王爷们都很信服他们，真的鬼子们来了，有大师兄们的仙法，鬼子的枪炮中什么用！一定可以打败他。我们不但安稳过日子，而且我碰个机会也许做官发财。为什么要逃呢？现在京里头也狠乱，从前的阔人都要下台了，咱们也用不着他们招呼。我是一定不去的。你不要去上他们的当！"金花道："上什么当！他们的话总有点边儿，我是到过外洋的，外国人的军队要靠着大师兄去打，你真在做梦呢！"孙三道："你不信由你。"旁边姑娘、娘姨、大姐等说道："真要打仗，倪要吓杀哉！还是到上海去避一避格好。"金花道："你们的话不差，我们就去打探有没有轮船再说，我就是要安排了你们才能走。"大家也就散了。

不料消息一天坏一天，打茶围的客人都没有了，就是几个常来的熟客，寥寥的来坐一回，都是愁眉苦脸，打算要逃难。问问轮船，说是大沽口开了仗，炮台已经失守，载客的轮船影儿也不见了。孙三也整天的不在家，晚上有时回来，头上缠了红绸，手中提着刀枪，穿了奇怪的衣服，好像是在唱连台铁公鸡的新戏，只急得赛金花走头无路。那天他刚起来，隔壁的人家也是开窑子的，只听他们哭喊起来。金花就叫老妈去一问，说是法国兵已到，要把法租界四面的义和拳搜杀，他们住的房子都靠近法租界，所以惊惶的不得了。金花听了，也吓得脸上失色。幸亏自从卢玉舫来后，他已经把细软值钱的东西收拾好了，他就叫用人去雇船。这时候那里有船！找了半天，才找到一只破漏不堪的小船。他们也顾不得了，大大小小钻上去，一看那船底里有半舱的水，上去的人一多，差不多要沈下去了。正吓得不了，恰巧对面来了一只船，虽也破旧，但还不漏，便忙着招呼搬过去。也不管多少钱，只要救命，一同搬了上去坐定了，一个娘姨道："这个时候三爷也不来，他到那儿去了？总要等着他来才好开船！"金花冷笑道："谁还等他这个有良心的人！你看他这几天来问一问么？不晓得是吃了枪子还是挨着刺刀倒在路上呢！快开船吧！"那管船的问道："大小姐往那儿开呢？"金花道："我是要向着北京走的。随便你怎么开，只要挑安稳的地方走就是了。"船上的人正在拔了篙子往前撑，撑过一条桥，只见东岸上一群裹着红黄头巾的人，也有拿着刀的抗着枪的，气急败坏的如飞跑来。后面一阵好像放鞭爆的声音，急急的不断追来。那先逃的一群人中，沿途中枪倒下的不计其数。金花的船连忙靠西边撑走。各人把席篷盖着，都捂着眼睛，浑身哆嗦，爬在船里。毕竟金花胆子大，眼光足，偷偷的张见一群人中，有一个头上红巾已扯了，手中刀枪也丢了，一直的跑。后来枪声更近更急，倒下去的人更多，他好似没有法儿，只好向河中一跳，扎了一个猛子。刚刚入水，后面洋兵都骑着马往前赶来，没有留意投河的人。金花眼光一掠，好像孙三，虽在恨他，毕竟余情未断，看见洋兵已过，他就推开席篷，拿手中的巾子向水中一扬，恰好那人正在浮起来，看看岸上有没有追兵，忽然看见一只小船上有个女人拿手巾向他一招，他就努力向着船氽来。氽到河中间，气力不胜，将要沈下去，金花叫船上人拿篙子钩他，才拉到船边。只是已灌了许多水，眼睛翻成半白了。船上人把他搁在船沿，一会儿吐出了许多水，渐渐的醒了。娘姨道："大小姐，你救了这个人，阿弥陀佛，功德无量！"金花道："你瞧瞧是谁？"娘姨探出身向船头上一望，失惊的说道："这不是三爷么！大小姐，是你看见了才救起来的么?"金花道:"我看清了是他,我才不救呢。"那时孙三已回过来了,听了接着说道:"为什么是我反而不救呢?"金花道:"像你的良心好,死不掉的,反正有人救你,用不着我救。"娘姨道:"三爷不是你,刚才我就说你,你这两天压根儿不见影儿!今天真紧急,大家多逃了,大小姐要雇一条船也没有找处,好容易菩萨保佑,半路上碰着这条船,才救了许多人的命。你三爷也不来问一个信!大小姐才会恨得你海样深,你想想能怪他么?"随向着金花笑道:"夫妻的关系毕竟两样的,怎么你在船上,他在河里,你会救他的,不是菩萨的指点,有这样巧的么?"金花道:"早知道是他,还不如推到河里去的好呢。"孙三道:"好了!好了!闲话少说!娘姨找一身短衫裤子给我换一换。"那娘姨道:"男人家的衣服没有,只有汗衫裤一套,不分男女,将就换上吧!"孙三拿着换了,好在天气正热。孙三在水里浸了一回,也不觉得什么。船只是渐渐的离开了天津十多里,在一个小地方叫小稍子口的停了船过夜。

　　金花是不理孙三,孙三没有法,只好跟大姐娘姨们瞎聊道:"今儿真险!我在坛里,大师兄派我去烧租界抢洋行,我带了几百人,画了符,念了咒,请了神,大家很高兴的要到法租界去。我想我们住的地方很近,我乘便到家,招呼一下,免得你们惊惶。我这几天看他们鬼子也怕得我们狠利害,有一回在街上有一个鬼子下了洋车,拉车的向他拱拱手,要多给几个车钱,那鬼子吓得回头就跑了。我们去烧教堂,大师兄只要念了咒,把刀一指,就烧起来,大家都信服有灵。实在是我们先把洋油浇的柴草,由教堂中的中国人,先预备好了,才烧起来的。那鬼子不知道,自然怕起来。我们趁着这种威风,把沾着点洋气的东西,一半儿烧毁,一半儿抢回去了。"旁边一个大姐道:"三爷你也去了么?你为什么不抢点东西回来呢?"孙三道:"抢来的都藏在坛里边,今儿这一下可惜全丢了。昨天我在坛里看见弟兄们抓了一个官,说是江苏的候补道,他是办海运来的。他带了一个姨太太,坐了一只狠大的船,因为海道不通，他就打算从运河里逃到山东去。他船上有好几万银子，船上也有团里的人，到坛上私下露了风，他船上虽有十几枝快枪，十几个护兵，坛里派了二三十个弟兄去，把他轻轻易易捉来了。他的姨太太正靠着船窗坐着，弟兄们上去，看见他手上带的金镯子，翡翠镯子，狠值钱，就喝他卸下来，他不肯，一个弟兄就把他胳膊砍下来，把镯子通通拿去了。那位老爷抓到坛中，教他升三道表，可怜他吓得手直抖，一道表也升不起来，就拖出去砍了。船上的银子都抬到坛里来了。"那娘姨道："阿弥陀佛！真真作孽！你们已经拿了他的银子，为什么还要杀他呢？"孙三道："不杀他将来许有后患呢！"娘姨道："刚才岸上桥上被枪子打死的就是这班人么？"孙三道："是的。那抢镯子砍女人胳膊的，和我一块儿跑，我看见他脑袋上中了一枪，他的血好像喷筒里的水喷出来，我吓得不得了，才望河里一跳。这条命才算捡着了。"金花听了冷笑道："你说大师兄的仙法到那儿去了？"那娘姨道："老天爷终有眼睛，杀了人，抢了镯子，现在依旧享用不着，何苦来呢！"孙三道："我也看破了，今儿个出来本打算发一注横财的，不料刚走到那个桥边，忽然劈劈拍拍的向着我们来了，我亏得走在前头，我听见了枪声，回头一望，那在后面的弟兄们倒下的差不多百十人，也没有一个人抵抗一下。在后面督队的大师兄，一个也不剩，都倒下去了。真是天意！大师兄们的符咒都不灵了。也许他们昨儿犯了什么规，神道不保护了。"金花道："你们的神道也许抢女人发洋财去了。还来保护你们么！"正在说时，只听得岸上喧喧嚷嚷的人声车声许多经过，船上人低低的说道："天津的败兵逃下来了，我们趁天没有亮，悄悄儿往回走才好。"他们就起来收拾了篙桨，逆流而上，也亏得是一只破烂的小船，人家不起眼，偷偷的向通州行来。走了几天，居然到了通州，找了一家客栈，名叫长发栈的，包了他一个跨院，连男带女十余人勉强住下了。金花忙着要进京，孙三老是不愿意，仍想要回天津去。金花也明白他是一股儿的醋劲，但是眼前是没有一个可靠的男人，只好敷衍着，一面送信到京,盼望杨、卢两家派人来接。

不料等了几天,天津是外国人占去了,黎秉衡的勤王兵,陆陆续续到了通州,京通一条大道,被军队占据了,走过就要抢劫,弄到消息不通,金花急得束手无策。孙三道:"通州向来有名的太平州,总不要紧。"金花道:"太平州不错,是有名的,不过太平州的人为什么不住,反而跑出去呢?恐怕这个太平要保不住了!"他就决定雇了车,出了南门,进京去。走出不远,就有许多官兵在检查行人,中间也有一二个官长,嘴里嚷着,你们只许检查,不许拿人家的东西。那些兵谁听他话,只管乱翻乱搜,检值钱的就拿。那赶车的就不肯往前赶,他嚷着道:"我们的命难道几两银子就换了么?"金花也没有法,车价已给他了,他们不肯赶,有什么法呢!只好跟着回了店。金花道:"我们还是走的好,慢慢的想法挨进了京,再派人来接他们。此地再住下去性命难保。"孙三也没有法,只好跟着他走。天又下着雨,半路碰着送玉禄灵柩的十多个兵,把金花带的首饰等都抢去了。后来走到一个村子叫八里庄,碰见了一位老太太,才让着进去住了一夜。明天谢了老太太又走。走到东便门,城门闭着,叫了半天,也没有人。后来有一群马队跑来叫城,城上才有人答应道:"安定门还开着,可以进去。"孙三拖着金花跑到安定门,天已黑了,进了城。坐在一家人家的阶沿上,也有些人围上来,问从那儿来,往那儿去。金花道:"我们是来找杨金甫杨大人的,路上被逃兵抢空了,好容易跑进了城,各位有行好的指点一下,到杨家去的路怎么走?"中间一个人听了,摇着手道:"你还找他么?今儿个杀了三位大人,一个就是杨大人,一个是余大人余雄义,一个是连大人连元。你从那儿去找他呢?"金花听了,正是青天里一个霹雳,眼中看着城墙好像整个儿翻过来,口中叫了一声啊哟,就往阶下滚下去,两眼紧闭,双手冰冷。一下子死过去了。正是:

　　白简三凶天地闭,绿林百里棘荆难。

欲知后事,且看下文。

第五十八回　瓦大帅筹粮逢名妓
　　　　　赛二爷救友得仇人

　　却说赛金花逃进了安定门,听见杨金甫正被太后杀死了,心中一急,登时晕厥过去,人事不知的躺在街上。那孙三急得不得了,连忙扶他起来叫唤,旁边有一个老者说道:"恐怕是发痧吧!"就向身边掏出小药瓶,递给孙三道:"这是同仁堂的行军散,你先给他鼻子里闻一点儿。"一面问着旁人道:"那位行好的,要一口儿茶水等他吃一点儿。"孙三赶紧道了谢,接过药来,倒些在掌心里,慢慢的向金花鼻子边抹了些。那街上一个人,也取了半碗水来。孙三接了,正要向金花口中喂药,只听金花鼻子里打了一个喷嚏,旁人都说道:"好了,好了。"孙三就把药放在他嘴里,用水送下了一点。一会儿金花醒过来,哭着道:"怎么好?杨大人又死了!叫我们到那儿去呢?"正在号啕呜咽的时候,有许多人围着看,只见刚才给药的老者说道:"今晚上姑且到我家里去,明天再想法子。"他就找着一辆小车,把金花扶在车上,孙三是跟着车走。到那老人家里。他的家在后门方砖厂,进去一看,摆着许多鱼挑子,原来他是作鱼行生意的。进了屋子,喝了点水,正要开口问那老人的姓名,忽听见对面房里一个女人厉声的嚷道:"你这个老东西,不要命了吧!从什么地方带来的二毛子!你看他们坛里多么紧,找到了二毛子,拉到坛里去升表,神道真有灵!你是个直眼的,他表就升不起来。咱们的二大妈家里，前天查着了一个二毛子，连他们一家都送了命。你这条老命还想活么？"唠唠叨叨的骂个不歇。金花听了，心里真难受。孙三也低着头，在那儿想。忽然向着金花说道："从前我们在口袋底儿的时候，有个杜升，我们用他狠久，后来搬到天津去才辞了他，这个人狠老实，记得他住在定王府对过，离这儿不远。我们何妨找他去想想法儿。"那老者道："不错！有位杜爷我也认得，他隔着此地一条胡同，昨儿我还碰着他。"孙三道："狠好！请你老人家带我去找看！"老者就点了一个灯，和孙三一同出去。一会儿就听得打门。他们开了门，金花只见孙三、老者同着杜升进来，金花看见了，就向杜升道："杜升，你怕想不到今儿见面吧！我们是死里逃生。指着杨大人来逃难的，想不到出了大事，今晚上我还没有安身的地方。杜升你能救我的命么？"杜升道："大小姐，什么话！小的受过你的恩典，刚才三爷都告诉我了。这且不谈，就请大小姐过去。不过屋子实在太破碎，恐怕不能住。"金花道："这个时候，只要有安身的所在就是了。"杜升道："既然如此，就请大小姐和三爷去吧！"金花、孙三向那老者道了谢，杜升也说了一声"劳驾"，就一同出了门。

孙三扶着金花，杜升提着灯在前领着，到了他自己的住所。金花一看是两明一暗的房，东西两间，靠南是两个土坑。孙三扶了金花，就在西间的坑上躺着。杜升就拿着一张席子铺上，找着一条旧毯子，一条破被送来道："三爷请原谅！暂时将就着，明天再想法子吧！"金花躺在坑上，浑身酸疼，也不觉得。合着眼就睡着了。一觉醒来，太阳已照在窗上，杜升在外道："三爷你来拿脸水吧！"孙三出去接了水盆，杜升啜嚅着道："现在点心也无从去买。"他拿着两个碗，碗中各有几个枣儿。金花道："你怎么去弄的？"杜升指着窗外的树道："是在这棵枣树上取的。三爷，请你来，不瞒你说，这两天米面也无从买处，大家不得了，都向粮食店里去找，三爷一块儿去，可以多拿点儿回来。过一天是一天。"金花道："你不见得有钱，我还有几块钱，你拿去！"杜升呵呵笑道:"大小姐,你还当是上铺子去买么!现在是没有地方买去,有钱也没有用处,拿得着就是我的,好在大家一个样,只怕是东西没有了就完了。反正这个光景也不长,外国人来了也许有办法了。"孙三笑嘻嘻的跟着他去,一会儿拿着许多小米子、大豆回来。原来杜升出去时,带了一条旧裤子,把两裤脚用绳结了,把粮食都装在裤裆里抗回来了。杜升就把小米子熬了粥,大家喝了一个饱。杜升道:"我出去打探些消息再说。"出去了半天,回来道:"鬼子进城了,义和团都跑了,老佛爷、皇上都逃了,听说外国人自己要做皇上了。有的说外国人找着一位真命天子出来了。"金花道:"杨大人真的死了没有?"杜升道:"怎么不真!杨大人跟西什库教堂贴邻,董回子的兵攻打不开,就说杨大人在家中挖了地道接济樊主教,有了谣言,那端王爷就叫他兄弟澜公、濂公向杨大人借十万银子。杨大人虽有银子,不过都存在票号和大铺子等处,市面乱得这样,一时那里凑得出来。端王兄弟就拿他下了刑部,也不管老太后答应不答应,就拿出去砍了。可怜那平时受杨大人恩典的,一个也不见,他的尸首躺在菜市口,他的家里人都逃了,不知去向。只有一个唱戏的花旦路三宝,杨大人在生时狠招呼他,他总算有良心,买了一副狠好的板,备齐了衣衾,亲自去收殓了,停在菜市口关帝庙里,总算杨大人一生在唱戏的身上花了不少钱,死后也得了唱戏的好处。真正可怜!"金花听了,眼中的痛泪,不由的像黄河决了口,直冲下来,倒在炕上,哭得要晕过去。杜升劝道:"大小姐,不用哭了!这个年头儿,人命真不值钱,刚才在街上碰着一位老公,他是河间府人,和我是同乡,他悄悄的告诉我道:'老佛爷跟皇上也可怜,出了宫门,都穿了夏布的衣服,找了一辆破驴车,坐着出西直门去的。不过这位老太后心真狠,临走时还把珍妃娘娘①逼着他投了井才走。这位皇上,看着他心爱的娘娘跳井,只能含着泪不言语,跟着老太后一同走,像咱们老百姓,

---

① 编者注:《孽海花》中作宝妃,此处保持版本原貌。

到这个时候也还要挺一挺。'"

杜升正在闲谈,只看见对门一阵火光冲起,杜升和孙三连忙开门一看,四下的邻居都跑出来,提桶挑水去救火。杜升也正要帮着去救,只见那家的老爷,穿着齐齐整整的衣冠,两眼呆呆的望着火,看见有人来救,他就用两手拦住,喊道:"好朋友,你们千万不要救!救了就害了我了。"旁人听着,不懂他的话,只见那已着了火的门中,跑出两个光头小孩,哭着出来。那位老爷一见,直骂道:"畜生!畜生!"他拉着两孩,一同向火门中要钻进去,大家赶着上前拉住了。金花正在门口看火,瞧见那位老爷和小孩被人拉住了,都滚在地下痛哭。金花忍不住眼泪掉下来,心中好像针扎的一般,不能看下去,就推上门回了房中。一会儿杜升、孙三也进来。金花问杜升这家什么缘故?杜升道:"这位老爷在内务府当差的,洋兵进了城,他就把下人们都打发走了,今晚上他叫他太太、少爷、少奶奶,每人抱一捆干草在屋里烧,自己等烧着了再跳进去。那两个小孩,是他的小少爷,现在爷儿三是救出来了,其余的太太、少爷、少奶奶都烧死了。这两天大小姐你不知道,旗下的官儿,全家寻死的真不少呢!都是这位老佛爷葬送的。可怜不可怜?"金花听了,心中凄惨得说不上话来,大家也就去睡了。

过了几天,杜升和孙三抢来的粮食渐渐吃完了,街上都有了洋兵站岗布哨,金花看看光景有点支持不下去了,就和孙三、杜升说道:"此地是个偏僻的地方,想不出什么法儿,还是到南城一带去,总有熟人可以找。"杜升道:"大小姐话不错,听说前门一带已经有点儿市面了。不过从北城绕到南城,经过许多国的军队,盘查狠严。"金花道:"现在吃的要没有了,不走简直等死,好在我会说几句外国语,尤其是德国语更行。姑且闯一下子再说。"杜升道:"我也吓忘了,大小姐会讲外国语,德国兵虽然最利害,跟他讲明白了总好过去的。"金花就带着杜升、孙三拿了一两个小包裹,出门往西南走。出了胡同,一上大街,果然有三四个洋兵站着,中国人竟一个都没有。金花等走过洋兵跟前,只见一个兵向着金花问了一句外国语,金花一听恰巧是德国语,问的是到那儿去,金花就把要到南城去找亲戚要粮食,用德国话说了。那个兵听了狠诧异,登时和颜悦色的说道:"你也到过我们的国吧!"金花道:"我在柏林三年,是跟着中国金公使去的,也见过你们的大皇帝、皇后两陛下,现在遭了兵,流落到这个光景。"那兵说道:"都是你们的太后不好,闹出这种大事来,教你们百姓受苦。你现在到前门去,要出城狠不容易,我瞧着你见过我们两陛下的分上,保护你一下。"就给了一面德国旗。金花接了,狠郑重的道了谢,就往前走。孙三、杜升喜欢得了不得,说道:"这面旗现在是宝贝,万两银子买不到的。"果然,走到宣城门门脸儿上,有几位外国兵官,带着许多兵,抗着枪,走来走去,那有中国人敢走过去!孙三也觉得害怕,杜升更不必说,金花领着往前走,他也不让那些兵开口,就把这旗向着那兵官一扬,把德国话说是到南城去找人,由德国营中发给我这面旗以为保证等话。那兵官是法国人,也懂得德国话,听了点点头,说了"去吧"一句的法国话。金花等安稳的出了城,狠辛苦的,好容易走到李铁拐斜街一家熟识的下处,就借了他的靠门房的倒厅三间,将就住下。一看光景,和北城大不相同了,卖东西的都有了。大铺子没有开,小铺子开的一天多一天了。尤其窑子下处,已经回复了从前的光景。原来交民巷使馆中的各项用人等,自从联军进来,他们靠着洋势,乌烟瘴气,乘机的设法弄钱。一般人就去请托,得了使馆中一张告示,就可以开铺子作买卖。那个时候,钱格外好挣;加以外国军官、士兵都要解决性欲的问题,窑子格外兴旺。金花等自然也不愁衣食了,杜升跟着金花、孙三也可以敷衍过去。那房东本来开着下处,那洋兵进进出出的终日不绝。

有一天晚上,金花正在房中,听见外面一阵格登格登的皮鞋声,一直往里院进去,工夫不大,就出来。看见金花房中灯光照着,窗户上露着金花的影子,他们就站在房前敲门。孙三吓得不敢去开门。他们叽里古鲁了一阵,就拿脚用劲踢门。金花看情形不对,细细的一听他们的说话，好像德国人的口音，他就用着德国话答应道："各位不要忙，就来了！"金花就开了门让他们进来。原来是几个德国的小军官，听见金花会说德国话，那态度就改变了。正要问讯，中间有一军官，子细的一看，就问道："前几天大街上碰着的就是你吧？"金花一看，果然是给他旗子的人，就含笑道："巧得狠，又见着先生，前天谢谢你给我旗子，一路上靠着先生保护，十分平安。本来想要送还旗子，一时没法去找，今儿又碰见了，就省了我去找了。"那个军官就向同来的人说道："这位，在柏林住过几年，当时是跟着中国公使去的，曾经见过我们的两陛下，所以话说得很好。"许多军官听了，都显出狠恭敬的样子。一个军官道："你是狠有身分的人，怎么住在这个地方？"金花道："本来在天津，被义和团抄了一个干净，逃进京来，又碰着联军破城，许多亲戚，死的死了，逃的逃了，找不着一个人，只好将就着躲在此地。"一面说着，一面流着泪。那个军官道："你在柏林的时候，曾见过现在的总司令么？"金花道："现在的总司令叫什么？"军官道："他是叫瓦德西。"金花吃惊道："他叫瓦德西么！他在一千八百八十八九年曾到过俄罗斯当过使馆的武官么？"军官道："没有！他自一千八百七十年和法国开战时，已担任过司令职务，你为什么问起呢？"金花道："在柏林曾和一位陆军中校瓦德西相识，彼此交情狠好，后来回国后就没有消息了。大约不是此位总司令吧！"军官道："我们军队中叫瓦德西的狠多！大约是另一位吧！你看见那位时，约有多少年纪？"金花道："见面时他不过二十多岁，到现在不过三十多岁。"军官道："现在的总司令，已经五十八岁了，一定不是他。"谈了一会儿，他们将要走，就和金花说道："我们总司令在此地狠寂寞，像你狠有身分的，我们去报告了，介绍你和总司令作个朋友，不是狠好么？明天一定来接你，千万不要躲开。"金花道："前天的旗子，你带着去吧！"那军官道："你留着吧！也许还有用。"说完，狠客气的走了。

等到明天上午，果然有两个德国兵套着一辆轿车来接金花，金花就上了车，到了他们的营盘里，见了瓦德西元帅。金花一看，果然不是从前认得的瓦德西。金花向着他行了鞠躬礼，瓦德西就请他坐了。问道："你是跟着金公使到过德国的吗？"金花道："是的，跟着金公使到过。"瓦问道："金公使是你什么人？"金花道："是我的姊夫。"瓦道："正是吃饭的时候了，你大约没有吃饭，我们一块儿吃吧！"吃饭的中间，谈得很高兴。金花把逃难的情形告诉了，瓦就说道："今天请你来，有一件事和你商量，我们的军队来了，人地生疏，言语不通，一切军需没有法子办理，请你帮助我们办一办，也不枉咱们作了一回朋友。"金花道："现在中国的百姓都狠害怕，粮台是狠重大的，我是一个女子，恐怕办不了。"瓦道："不要紧，只要你出去招呼他们作买卖的，你去说明了，教他们来承办，我另派几个兵官保护着你，我可以吩咐兵官们听你的指导，万一有为难的事，你还可以直接来告诉我，想来你也没有什么办不了。"他一面说，一面又给旁边的一位军官低声说了几句话，那军官进去，拿来两套夹衣服，都是青缎绣花的，又取出一只小箱子，里面装着一千块洋钱，放在桌上。瓦德西就指着和金花道："这一点儿东西，请你先拿去用着，你光景狠不好，以后我一定帮助你，你不必客气，要用什么尽管来告诉我。"金花听了，说道："谢谢你！感激得狠！我实在狠窘，也不和你客气了。"谈到天黑，金花要回家，瓦德西道："你过天准来！等我派人跟你去，招呼他们作买卖的来商量粮食的事，不要忘了！"瓦德西一头说，一头送金花出来。金花拿了衣服和钱，上了车，回到家里，心中狠快活。孙三等也高兴得狠。大家商量，觉得住在这儿不成局面，现在有了钱，就搬家。好在房子好找，几天儿就搬到琉璃厂去了。

　　隔了二三天，那两个德国兵和车又找到了，说是大帅请你去。金花修饰了一回，上车去，到了营中，瓦德西见了面，狠殷勤的，坐下谈了一会。瓦就问道："我的性子是狠急的，前儿托你的事，你想定了没有？这会儿就去办吧！"金花道："想是想定了，无论办得了办不了，承你看得起我,总要去办一办再说。不过要请你派个人同我去,他们才信我。万一他们愿意承办,要请你定一个保护的办法,他们才放心。不要东西运进来被别人抢了去。"瓦德西呵呵的笑道:"不错!你这个人能办事!有了你,我算找着了人了。确是有了大批的东西进来,别国人找不着东西,真许要抢去。这么办吧!承办的人,我给他保护的凭据,我再通知我们军队,只要看见了我发的凭据,都要保护的。倘由远道运来,你来通知我,我再派些军队去押护,就万无一失了。以后有零星的事,我万一忙,不能见你,我介绍一位朋友给你,我不在家,你可找他。"就向桌上电铃一揿,外头一个护兵进来。瓦就吩咐去请军需长来。一会儿进来一个军官,向瓦行了军礼。瓦向着他道:"我介绍你一位朋友。"又向金花道:"这是军需长白朗。"他就向白朗道:"我们军需处要办的东西狠困难,现在我请这位小姐去招中国人来办理,让他说定了,我们给他保护的文凭和旗子。他怕路上有人抢,有了我们的旗子是不会的。不过碰到我们军队不到的地方,也许难免,请他跟他们商人斟酌。倘然怕有意外的事,我们就派人去押送也好。他到过德国,是从前中国金公使的亲戚,狠能干。说我们的话也狠好。你二位可谈谈!"白朗答应了,就回过来向金花行了鞠躬礼。金花也就伸手和他握了。白朗道:"你能帮我们的忙,再好没有。"就向着瓦德西道:"马上就派几个人陪着他出去办!"瓦道:"狠好!"就和金花说:"偏劳你,越快越好。"金花道:"太客气了!应当帮忙的。"就和白朗出来。白朗问道:"坐车去还是骑马去?"金花道:"骑马比较爽快点儿。"白朗道:"你也能骑马么?"金花道:"勉强可以骑。"白朗便吩咐备了三匹马,回头向着军需处的小军官道:"你二位陪着去吧!"金花道:"可要带几面旗子去?回头说定了,就交给那承办的人,表示我们保护的意思。白朗先生以为如何?"白朗道:"是的,一定要的。"就叫人拿了六七面的旗子,交给两个军官。临走时吩咐道:"你们一切都要听他的话。"军官们答应了,金花就和白朗握手告辞了,和两军官出来,一同骑了马,走出了正阳门,只看见荷包巷、大栅栏、粮食店从前锦天绣海的地方,都成了碎瓦断砖的场所。破屋颓墙的旁边,偶有一二个摊子,卖些粗糙的糕饼。金花看了,心中十分凄惨,只好沿着李铁拐斜街、阎王庙、湖广会馆一带往西,各种大铺子房屋虽照旧存在,但都是关着门,没有一家开着的。金花骑在马上,只好找那原有粮店招牌的人家下了马去打门。那里头的人,偷偷儿张见有两个外国兵同着一个娘儿们,猜不出为什么事,不敢开门,都在里头回答道:"没有男人在家。"金花没有法,只好沿着街走过去。走了几家,都不肯开门。又走到一家狠大的粮店门前,金花就和那兵官道:"只好劳你驾,强逼他们开门了。"那兵官看着十家九不开,就狠有气。因着长官吩咐,要听金花的话,金花不言语,也只好随着。现金花叫他强逼开门,他们走上去就把脚踢开门,厉声的说着德国话道:"开门!开门!"那铺子里的人吓得直抖,虽然不懂他的话,想来必是要开门,只好把门开了。两位兵官就让金花进去,里头的老板,面无人色的看见了外国军官,就跪下去磕头。金花笑嘻嘻的说道:"掌柜的,你不用害怕,快起来,我来告诉你。"一面招呼那两军官坐了,军官狠客气的坐下。金花道:"掌柜的,你不认得我吧!我是赛二爷,你总知道我的名儿。这两位是德国大元帅瓦总司令手下的军官,分位狠大的,总司令跟我是认得的,现在进了北京,各国的兵都听他的命令,他的身分多大!他因为他们的军队,每天要用的米、面、牛、羊、菜蔬、鸡蛋等不在少数,他们言语不通,一时无从去找。他请我出来,叫我找几家铺子去承办,这是狠挣钱的卖买。不料这一带的粮食店,都不肯出来,这是他没有发财的福气。你想想,你能承办多少?和我说了,就可定局。他们外国人说定了价目,不折不扣,这个卖买真好做呢。"那老板听了,呆着脸道:"不瞒姑娘说,这种卖买是不会做的,现在荒乱年头,东西都不好找,请姑娘招呼别人家吧!"金花怒道:"掌柜的,你不要不识抬举,我告诉你,越是荒乱,越是好挣钱,现在外国人管了北京,不要说关了门可以过日子,譬如这会儿我要一句话，告诉了他两位军官，马上拉去，说不定当场枪毙了，也无从申冤。我是好话，你答应了，马上给你保护。"就指那军官手中拿的旗子道："只要给你一面旗，你插在门上，各国的兵都不敢来搅扰，多么安稳！你说东西难找，也是真情，不过你答应了，出去找东西，由我去请总司令发保护的旗子，凭照自然好找了。道路远，东西多，还可以派外国兵来保护你。他是各国的总司令，不用说，中国的土匪见了影儿都逃，就是各国的兵队看见了他的旗子，那个敢不服！有这样的好处，不去干，不是傻子么？况且现在荒乱的时候，东西没有准价儿，还不是凭你说么！你快快的想一想，我的话对不对？"那老板听了，想了一想道："照姑娘的话，还有什么说的；不过我们不懂外国话，跟他们怎么来往呢！"金花道："你放心！现在范围尚小，我可以包圆儿，什么话都来找我是了。将来范围大了，你们慢慢的可以找几位懂外国话的人出来办，只要有钱，还怕没人么？"老板道："姑娘的话真不错，准定我来办一下子。"金花道："你一个铺子也办不了，你拿个总，再去找各行熟悉的人，一同去办，好在有总司令保护的，不用说挣钱，就是身家性命都可以保全。每天晚上睡一个安安稳稳的觉，不值得多么！你既然决定了，你赶紧去找同行，明天到琉璃厂罗家大门我住的地方来找我，一同到营盘里说定，他们要的什么东西，多少数目，就好办了。况且你没有钱，还可以先借些。掌柜的，将来你发了财，才信我呢。"金花就拿了一面旗，问明了他的姓名，写上了，交给他。一面向着军官用德国话说道："两位请回去告诉军需长，已有了眉目了，明儿早上我带着他们来面定。这匹马和旗子都留给我。他们今天能去采办东西，我就要给他旗子，马明天我要骑着到你们那儿的。回去给白朗先生问好。二位先请，我也回去了。"两个军官把旗子交了金花，恭恭敬敬行了一个军礼，就骑马回营去了。那老板在旁虽不懂话，看那军官对着金花狠恭敬，不晓得金花有多大势力，就说道："我就去找人，能有多少东西？问问他们愿不愿来承办？明儿准到姑娘那儿回话。"金花道："你要走道,怕不方便,你再拿一面旗去,来往就不怕了。才刚的旗子,可插在门上,也不用关门,自然的没有人来搅。"他就又给了他一面旗。自己上马回家去了。到了晚上,那粮店老板带了五七个人到了金花的寓中,见了面道:"谢谢姑娘,现在有好多家愿意来承办的,只要外国人肯保护我们,当尽力去办。有为难的地方,要姑娘出力的。"金花道:"狠好!明天你们到我此地来,一同去商量是了。"那老板道:"还有一件事要求姑娘,可否照来的几个人,每人给一面旗子?我们就安心去办事了。"金花道:"可以,不过要写明姓名、铺子所在地方,你要保证他们不要拿着旗子去乱来,那要找着你的。"老板道:"当然。"金花就每人给了一面旗子,注写明白,他们都欣欣的去了。

明天,他们果然来了。金花就骑着马,带着他们到德国兵营中,和军需长白朗当面说,金花就当了翻译。一切都说定了。后来办得狠好。北京许多人都知道了,都来找金花求保护,金花差不多天天到瓦德西那儿去,不独德国军队中都知道,就是英、法、美等七国军队中,没有不晓得赛二爷是瓦德西的好友,他出来都狠敬重他的。当时联军进了城,他们最恨着的是义和团,只要看见一个情形可疑的,便当他是义和团,立刻就杀。一天,金花骑了马回家,看见一伙外国兵正拿住几个人捆起来,已经枪毙了几个。金花一看,捆的人中间有一个人好像认得的。细细一看,原来是杨金甫家中赶车的,曾经接送过金花,不觉得发了恻隐的心,他就向着中间一个小军官一看,恰是穿着德国的军装,他就用着德国话上前说道:"先生,这里头有一个确不是义和团,请你饶了他吧!"那军官一看是赛二爷,便狠和气的说道:"能保证他吗?"金花道:"是的,他从前伺候过我的。"军官道:"既然如此说,一定不错的。"就吩咐道:"放了他们吧!"这几个人放了捆起来,朝着军官和赛二爷磕了头。金花道:"你不是在杨大人那里赶过车么?我正要问你话,你就跟我回去。"那个人答应了,其余的人都是死里逃生,重向金花磕了头走了。金花带着这个人回了家,坐定了,细细的问杨金甫家的事。那人说道："我们的老爷，死得真可怜，都是端王的两个弟兄澜公爷、濂公爷，想他的钱想不到，马马胡胡的结果了他的性命，他拿交了刑部后，只有一个家人杨升，跟着老爷到监里头服侍他老人家。那天要上菜市口儿，大人尚有二千银子，都给了杨升。等到出监时，不料给监中的老犯人都搜去分掉了。后来路三宝收殓我们的老爷，杨升身边只有八两银子。他还找了漆匠替老爷的棺漆了一回。"金花听了，流泪说道："杨升很有良心，他现在那儿？你看见叫他来。他没有事，我可以帮帮他忙。"那人道："谢谢二爷的恩典！"金花道："你几时在杨家出来的？"那人道："去年腊月底就出来了。小的运气真不好，出来了就到翰林院刘宅上了工。刘老爷也奇怪，大年初一小的套了车，伺候刘老爷去拜年，正要上车，刘老爷在书房里，忽然把一面镜子掷碎了，小的吓一跳，就问那跟班的李爷。他说：'刘老爷专会相面，每逢大年初一，他总要拿镜子自己看一下子，这回他对着镜子狠生气，自言自语道，难道今年决逃不过么？重又照了一回，就把镜子掷在地上了。'小的当时也不信，不料这五月底京城里狠乱，他就叫我赶着车上通州。走到八里桥，给义和团围住了，说他是二毛子。拉到坛上，不由分说，就给大师兄砍了。小的好容易跑掉了。二爷，你想小的倒霉不倒霉？"金花道："'宁作太平犬，莫作乱离人！'这话真不差了！这位刘老爷是那儿人？"那人道："是常州人，大名叫刘可毅。"金花道："我想起来了。我听见有人说过，他那年会试中的是会元，出榜时大家看红录，红录上写的是'刘可杀'，都说他的预兆不佳。现在真应了。也算得奇怪了！你以后要找事，尽管到我这儿就是了。"那人道了谢请了安去了。

金花自从救了这班人，京城里差不多全知道了。一天金花在家，他家人进来说有人要来见二爷。金花就请他进来。见了面，吃了一惊，原来是个老朋友，叫作陈苍佩，他是做过巡城的都老爷，在杨金甫家里见过好几回，彼此狠说得来的。金花请他坐了，说道："陈大人，半年不见，就变了这个世界，真无从说起了！"陈道："从前的事不必说了，今天来找你,有件不得了的事,请你帮忙!昨儿外国兵到了我的小寓,因为要做工,就教我去当苦力。我已经五十多岁了,实在当不了这个苦力。昨天李昭炜、陈国祥二位侍郎,被外国人拉去背死尸,代牛马拉车,不愿就打,李侍郎被推在玉河桥下,几乎淹死。听说你在外国人前狠能说句话,可否看在从前有一面之交,替我讨一个情?"金花听了,心中狠凄惨的说道:"请你放心!我就替你去说。而且一定可以作到。请你回府,我马上就去说。"金花当天到德营中,见了一个军官,托了一个人情,就把陈苍佩的苦力免除了。他当日就来道谢。谈到大局,陈苍佩慨然说道:"还用说什么!这场乱子自然是端王为首,一班无知的亲贵和大官附和,太后有了废立的私见,也就听从了他们。前天余中堂在文华殿吊死,他本来还想要随銮到山西①去,他儿子道:'你年纪八十多了,也经不起劳苦了,不如一死倒还干净。'他就挂了两根绳,表示父子同死。那余同上他的当,临上吊时,哭了一回,和兰士说道:'儿啊!你陪我去是不差的。杀杨金甫等人都是你监斩。将来他们一党要报仇,不如跟我一块死了。'老头子叹了一口气,由他儿子扶了他套进了绳圈。兰士看他断了气,马上就把身上的官服脱去了,改穿了蓝夏布的破衫裤,就混出了城躲了。心里盘算,现在老头子死了,人家怨气稍雪,我避过了风头,就有法子。老子殉难也算忠臣,有大清国一天,终有恤典的。"金花听了,不禁勃然大怒道:"他现在躲在那儿?"陈道:"听说是藏在白云观高老道那儿。本来余同跟那个高老道狠要好的,不过你二爷千万不可说出去。他的仇家知道了,一定要他的命的。"金花道:"我留神就是了。"说完话,随后送了客。金花回了房,把脚一跺道:"我定要拿他!替杨金甫报仇!"他就骑上马,找瓦德西去。正是:

  文武衣冠坐涂炭,恩仇生死显分明。

欲知赛金花如何捕捉余兰士,且看下文。

---

① 编者注:实为陕西。

第五十九回　复仇杀罪魁国皆曰可
　　　　　　议和谋妓女朝无人矣

　　却说赛金花听见杀杨金甫等的余兰士逃在白云观藏着，他又知道联军总司令早有命令，通缉那班主张义和团杀戮教民，围攻使馆的首恶，自然余兰士也在其中。只是外国人人地生疏，究竟不容易找，所以逃的逃了，躲的躲了，一个也没有找着。现在他既知道了余兰士的藏身所在，他就到瓦德西的住所，说明余兰士躲在白云观，请他派军队去搜捕，并说："只要捉到了这个人，其余的首恶，可以逼他供出所在地点。"瓦德西听了，马上发了命令，派了军官办理。因白云观在日军地段，叫他会同日军前往。到了白云观，找着了观中老道，问他里头躲着的人，叫他快快交出来。那班老道连忙领着进去，捉了余兰士。老道说道："还有一位齐大人齐秀，也在这儿。"当下把他们二个一齐捆了，带回营中。又向观中各处都搜了一回，其余果然没有了，随将观主高老道也带回去。这个高老道，他从前很有势力，和皮小连总管是把兄弟，许多人要走皮小连门路的都是高老道去介绍的。西太后也欢喜他。他常常孝敬东西。白云观所制的酱小菜，太后最喜欢吃，所以狠有名的。这次拿来，都囚禁於顺天府衙门，讯了几回，把高老道放了，那余、齐二人，是各国指名欲严办的，不能开脱。

　　匆匆的过了年，大年初一金花到瓦德西那儿去，其时瓦德西已经住在大内西苑里的仪鸾殿。金花骑了马直进宫内,见了瓦德西,彼此握手问好。瓦道:"你今儿有事吧!"金花道:"没有事,今天是我们的大年初一,照例要拜年的,所以专诚来拜年。"瓦道:"谢谢你。"又道:"自从得了你的报告,拿住两个,以后又拿着了一个叫年映,昨天各国议定了,就要把他们正法了。"金花道:"定的什么日子?"瓦德西道:"这个礼拜五。"金花道:"今儿是礼拜一,是大年初一,礼拜五,就是我们的年初五。"瓦道:"是的。"金花道:"天有眼睛,这才是因果报应哩!他们杀的人都是冤屈的,谢谢总司令,总算替中国人报了仇,解了恨了!"瓦道:"你的话不错!被他们杀的人,真是你们中国的大忠臣呢!不过杀了这几个,还不能报我们公使克林德的仇呢!非把你们的老太婆杀了,解不了我们的恨。"金花道:"论理,都是他,连累了中国的皇上和百姓,不过到杀你们的公使时,他也作不了主了,都是这一班的昏蛋出主意了。"瓦道:"你们的皇上,是很可怜的,所以各国都看在你们皇上的脸上,才准讲和。现在李鸿章也来了,但是不把这班昏蛋先办了,各国还不能讲和的。"金花道:"这班人该杀!不过像东南几省的督抚,保全各国的商民、教民,办的也不差。"瓦道:"是的,各国一来可怜你们的皇上,二来佩服你们东南各督抚有见识,订了互相保护的条约,彼此均有利益。中国不亡,还是靠他们几个人;否则我们早早的瓜分了。"金花道:"你的话一点儿不错!"谈了一回,就在仪鸾殿上吃了晚饭,瓦德西派人送金花回去。

金花回到家中,一转眼就到了初五。金花于昨天晚上叫人办了一桌祭菜,他一早起来,在西鹤年堂药铺里设了一张桌子,把祭菜摆好,写了一个杨金甫尚书灵位的纸位,预备了香烛锭帛。金花就守在药铺中,那时赛二爷赫赫有名,他要怎么就怎么,官厅中没有敢阻止他的。等了两三个钟头,果然依照旧规矩,慢慢的见三辆破车来了。第一是齐秀,第二是余兰士,第三是年映,依旧是些破烂不堪的五城兵役,依旧是东倒西歪的刽子手,依旧是派的中国监斩官,不过多了百十个外国官兵。

看见三人来了，中外的人，都拍起掌来。有的中国人喊道："义和团真好！他们在地下设了坛，练了拳，请三位大人带着去打仗！现在真不怕枪炮的了！"嘈杂的声浪，笑的骂的都有，只没有一个悲惨的，掉泪的，外国人纷纷争着拍照，那兵役扶着下车，齐秀低着头，正要走上去，只听得后面一声狂喊，各人争着看时，只见那余兰士张开两臂，好像有人抓他的样子，口中喷着白沫。随即倒在地下，口中不绝的央告。那齐秀、年映也都昏不知人。监斩官也吓得失色。就提起朱笔来，向名单上点了一点，吩咐快去行刑。那刽子手匆匆的把三个人砍了。金花一面点了香烛斟了酒，含着泪，焚了些锭帛，送了神位，也就回去了。

且说北京自从八国联军占据后，西太后逃到了陕西，没有法子，只好派出议和大臣，是华、李二中堂，不料外国人不答应，说华中堂也是罪魁。西太后气得不得了，只好派了庆王。肃毅伯托了本来谙熟的公使，说明一切，由他负责。庆王不过是陪客，请他们答应了，留点儿面子。肃毅伯进了北京，住在贤良寺，慢慢的与联军方面开议和约，那时德国因杀了他们公使克林德，瓦德西一腔的盛怒，正要发挥。肃毅伯碰了不少的钉子，只好忍耐着，一面向各国政府纵横捭阖，用了不少的手段，真可算得一位大忠臣了！当时有几国的公使，私下和他说道："我们想提出请你们的皇上回来，一切的和议，就好说得多，那个老女人让他在西安去，我们不理他。只同你们皇上说话，论起情理来，也是应当的。没有这个老女人，决不会闹出这个事来。我们去掉他也是情真罪当的。"肃毅伯听了，心中也一动，他就道："这个提议，千万不要宣布，让我细细的考虑一下再说。"回来召集了幕府中许多的心腹来密议，就把各国使臣的非正式提议宣布出来，他掀髯笑道："外国人的话确也有些道理，倘然请了皇上出来，为国家打算，当然可以少吃些亏。我们一定要捧着老太后，不用说别的，就是德国的克林德一件事，真无从说起。连日我会见了满脸怒气的瓦德西，碰了不少的钉子，真叫我难受。不过我是他一手提拔起来的，现在反脸，不免有点下不来，将来历史上不好看，你们大家细细的斟酌一下！"旁边乌赤云道："据职道的意思，经了这番大乱，太后数十年中兴的功绩，是完全推翻了，全国的人心，也统统的失掉了。照他们几个公使的话，确是有益于国家的，否则我们牺牲了许多利益，一小半是保护太后的。除去了这件，一定可以少牺牲我国的利益。不过办是很难办的。各省大员究竟是偏重在太后那边的多，很难一致呢！"旁边杨杏仁说道："戊戌以来，他们后党的手段太辣了，杀了许多新党中的人，士大夫暗暗灰心的真不少，乘此机会，想法子把皇上请回来，皇上只要脱离了那班后党，擢用一班有志气才力的新党，由中堂总了大纲整顿起来，这个中兴，才是真个中兴，可以胜过曾文正、左文襄两位。他二公不过是削平内乱的功臣，实在没有建立适合时势的政治基础。中堂如能用这个手段，真是全球的第一人，历史上也是第一等人物了！中堂不看别的，就看日本，他的强盛，没有西乡、大久保等覆幕尊王，那有今日的国势？人才是愈用愈多，他们的伊藤、陆奥等豪杰，好像雨后春笋，丛生并长。在他们没有出来的时候，也没有什么了不得，所谓时势造英雄，英雄造时势，的确是彼此牵引而成的。至於赤翁所说的不容易办，也不见得十分棘手，只要把军权、财权拿住了，把些金钱禄位敷衍了他们，决没有十分的反抗，做老太后的忠臣呢！像皮小连一班人，给他们一百八十万，要叫他做什么就做什么，那有一点儿深谋远虑呢！"伯相听了，呵呵笑道："你们年纪轻，总是喜欢往前走，你也往后想一想呢！"就有须发已白的一个人叫做余若晦的，他就说道："我们先不要去研究利害，先研究办法，怎么样可以把皇上请回来？自从那年政变后，母子就一刻不离开，老太后自然已虑到有人利用，只要离开他，就易于脱离政权。现在又闯了一个大祸，自然也料到天下人心已离开他了。你要叫他们分开，他们更扭在一气，那是一定的。无论什么法儿，都不行，要做得到，只有借重外力了。现在要叫外国兵直达西安确是做得到，将来的困难，恐怕很多，这还是公话。还有一句私话，各位看我们的这位小主人，恐怕也没有这种的魄力吧！"伯相道："你的话不错！"赤云道："若晦的话不差，这件事总太冒险，况且计较利害，也不上算。"伯相拈着长髯，叹了一口气道："我也老了，没有这种勇往的力气了。杏仁年纪轻，精神足，盼望你将来做一番旋乾转坤的大事。我也是很赞成的。"当下各人都散了。

隔了一二天，伯相就向知己的几个公使秘密的说道："中国的环境，与各国不一样，太后虽然做了这件事，然他几十年中兴的成绩，民心尚向着他，皇上究竟年轻，内外大臣向他的尚少，现在太后年纪已很大了，他的拿权时间也有限了，不如和平等待，总有一天……况且他经了一番痛苦，以后决不反抗。此番能保持他，依旧由他了结，我们办事，一定顺手。倘下了他的面子，一定诸事都生出窒碍来，不容易了结，千万不要提出来，省得许多枝节。想各位亦以为然的？"那几位公使听了，觉得向西太后要求利权，确是容易一点，也就说道："我们的意见，也是为贵国起见，将来或有改革兴盛的希望。至于为敝国打算，倒是在你们的太后手中容易办交涉，为贵国人民想，未免太便宜他罢了！"伯相听了，脸上一红，也就唯唯而散。

过了一天，伯相与各使会议，散后回到贤良寺寓中，那门房中差弁进来回道："成大人请见！"伯相听了，微笑道："木生来了，快请！"一回差弁引着成木生进来。木生见了伯相，就行大礼。伯相就用手拉着他起来，呵呵笑道："你这个小滑头也来了，不害怕外国鬼子么？"木生道："有了中堂在此，胆就大了。"伯相道："不要多话，你先换了便衣再谈。"木生的家人，就伺候木生脱去袍褂顶帽，换了便衣，戴上小帽。一面就说道："中堂的气色很好，精神更好，这是中国四万万人的福气哩！"伯相道："四万万人的福靠不住，一个老头子受气倒是真的。"木生道："不遇狂风巨浪，那里显得出把舵人的能耐？就是今年的东南联合的办法，不是中堂和刘制军的毅力定议，这个时候，恐怕已无从着手了。"伯相呵呵笑道："一点儿不差！你看庄寿香昨儿有电报来，还是说的一片书生的话，什么妥洽两全之道，不是说的梦话么？"

木生道："寿帅的一生办事，总是担当上差些。就是夏天东南联合的办法，当五月的时候，门生在上海就和各国的领事大家商量了一回，草草拟定了一个方针，当时就电禀了中堂，又和刘砚帅、庄南皮、方安堂通电商酌，正在等候中堂的训示，不料当天刘砚帅就来了一个急电，叫门生马上到南京去面谈。当日匆匆的，就赶到了南京制台衙门去拜会，递了名片进去，不多一回儿，差弁们就回道：'大帅吩咐快请！'又说：'天气热，请大人赶紧换了便服进去。'门生就随着差弁进去，一径到了签押房，只见他赤着膊，把辫子扭起了，盘在顶上。一见了面，就向着差弁骂道：'你们昏蛋，我叫你们请成大人换了便衣进来，怎么不请成大人换？'我就说道：'不关他们的事，他们确是说过的，因为奉召而来，不好太脱略的。'他就说道：'木翁你也太拘了！什么时候，什么天气，还讲这礼节？'他就向差弁道：'快快的伺候成大人脱衣服。'我就向他作了一个揖，他就拉着我手道：'快快的脱吧！'我摘了帽子，脱了袍褂，剩了一件两截的衬衫，正要坐下，他就呵呵大笑道：'木翁，你难道是娘儿们不肯露体吗？'随手把衬衫汗拓儿都教差弁们替我脱了，随教家人们取了一双拖鞋换了靴子，他就向我说道：'请到烟榻上坐吧！'他就横下去。家人们递上烟枪，他呼呼的抽了两三筒大烟，喝了一口茶，开口道：'木翁你的电报看见了，上海的鬼子们你想来都见过了，他们的意思怎么样？照你的办法，木翁你有把握么？'我就说道：'这样大事，没有把握，怎好来胡说的！这个办法，也不是中国一方面的要求，倒是他们各国来要求的，大帅你想，就是上海一方面，各国人的产业商务有多少，一开了衅，他们的损失和我们的也差不多，那里肯孤注一掷呢！只要东南督抚一致联合保护，他们是求之不得的！所以我说有把握，并不是我的能耐，实在是他们的愿望。现在只看各省的督抚，肯担当不肯担当是了。'他就问道：'木翁，你的电发了几处？'我就说道：'东南几省都发了。'他说道：'你看他们各位赞成不赞成？'我就说道：'两广是没有问题的。合肥伯相当然赞成。长江一带只看大帅的主意，浙江、江西、安徽总是跟着大帅走的。山东方安堂他把拳匪统通轰走了，所以拳匪倒在直隶发难了。此回没有他在山东挡住，大局一定更糜烂。照他的行为，想也赞成的。'他就在烟榻坐起来道：'安堂这个人，他在戊戌年间所做的事，我以为不过是一个会做官的人罢了，不料这回的事他显出他的能干来了！将来到是一个能办事的人。此外只有寿帅一个人，想来也不至於为难的。我接到你的电，也发了一个通电和他们商量。'我就说道：'大帅的意思是赞成的了。'他呵呵大笑道：'你太瞧不起我了！难道教我也跟着端王、耿子良一班昏蛋去干，我虽是一个营混子出身，也读过几年书，也考取一个秀才，这点道理都不明白么？'我就站起来向他请了一个安道：'大帅这一句话，不仅救了大清国国家，实在救了中国数万万人，我是要向大帅碰几百个头才可以表示我的感激呢！'他道：'你要谢我，我更要谢你！不是你想出法子，我也束手无策。论理我才应当给你叩头呢。'他回头向房外的家人道：'拿点儿西瓜来！'一面说道：'木翁，我是老粗，吃西瓜是喜欢整个儿吃才爽快，听说你吃燕窝莲子等，都是由姨太太亲手喂的，叫我是受不住的。'我说：'那有的事，都是朋友们拿来开顽笑罢了！'一面家人把洗净了的西瓜送上来，当着面用刀切开，他先尝了一尝道：'不很甜，再切一个。'家人又切了，他又尝了，说道：'这个比较好一点。木翁你试试，不好再开，真不给你客气了。'我和他就一面吃瓜，一面闲谈。外面送来一个电报，一看是湖北来的加急电，他说道：'寿香的电来了。'他就喊道：'叫他们赶快来翻！'家人应了一声，一会儿进来一个师爷，就向着他说：'大帅密码本子在那儿？'他就叫家人在烟盘中拿了一个钥匙，递给师爷，指着烟榻上靠西书架上搁着的一只箱子道：'你去拿罢！'那师爷匆匆的取出电码本子，就在榻前茶几上，一个字一个字译出来。不多一回儿，已经译完，就将原码送到他手里。他看了一过，就将电码递给我。他气愤愤的道：'你看这是什么话！一点儿办法没有，都是两面光的话，不担一些责任，我看大清国都是毁在翰林出身的一班人身上，木翁你亏得不是翰林出身，将来亡国的责任，可以少担一点。'我就笑道：'这是大帅一时的气话，不看远的，就看曾文正和现在合肥伯相，不也是翰林出身么？'他呵呵的笑道：'我的话错了，中兴的胡文忠、曾文正不都是翰林么？干了多么大事，立了多么大的功，我应当打自己的嘴巴子，消消罪呢！'我道：'寿帅拘谨一点，是他的本色，但是两湖又是缺不得的。这怎好？'他说：'木翁你有什么法儿呢？'当时寿帅的电报，宫保想还记得，他也没有反对，也没有赞成。我就说：'请大帅等一会儿，各省的复电差不多就来，倘然赞成的多数，寿帅很聪明，也不至蹩扭到底罢！'他就道：'好！好！看看各省的意见如何？'他就将门生留在衙门里住了。果然到了晚上，中堂的电也到，安堂的电也很坚决，和中堂的主张一样。砚帅很喜欢，晚上亲自跑出来笑道：'木翁，大局可以决定了。合肥伯相也赞成了，他也是通电东南各省督抚的，各省看了想没有反抗的了。'门生道：'这是宫保的位望，和东南人民的福气。'他说：'我们明天再定办法吧！'他就进去睡。第二天他於上午十点钟就起来请我进去，他躺在烟榻上抽烟，看见了我，就立起来，拿着一叠的电报递过来道：'木翁请坐，你看多赞成了！'门生就说道：'很好！不过赞成的虽是多数，寿帅那边总还要敷衍一下吧！'他说道：'他的电没有决定反对，我就说各省多赞成，想你也一定赞成的，复他一电就是了。木翁请你就回上海订约好了。'我说：'各省的复电想也到了上海，只要大帅给我一电，我可以去办了。'他说：'不错！我就办。'门生就站起来道：'事不宜迟，马上就辞了大帅动身了。'他道：'不晓得有轮船没有？'我说：'我来的时候教招商局每天的下水轮多等一回儿，此时想已来了。'他说：'我也不留你吃饭了。木翁你大着胆子去办！将来要上菜市口，我陪着你一块儿去。'他就呵呵的大笑了几声，送着我出来。门生当天坐着船回到上海，他的电已到了，他虽抽大烟，可是不耽误事。"伯相听了长叹道："还是我们几个老头子有点儿办法。不过到了现在的时候，真也没有法子了。"木生道:"和议情形有一点边儿么?"伯相道:"别的还好说,就是德国克林德一件事难办。你说怎么谈得下去呢!"木生道:"这件事据门生的愚见,大路是走不通了,恐怕要走小路才有希望。"伯相呵呵笑道:"你的能耐来了!有什么路子?"木生道:"在上海听说瓦德西有一个中国女朋友,很听他的话。中堂听见过么?"伯相道:"不就是赛金花么?他是婊子,有什么用呢!"木生道:"是的,他是金雯青殿撰的姨太太,后来下堂求去,流落在上海时,许多朋友认他,现在托人去探听一下,问问他有什么法子,可以通融?或许有点儿消息;就是没有效力,也不露痕迹。中堂以为何如?"伯相道:"试一下也不妨。"木生答应了。只见差弁进来回道:"有赫税务司禀见。"木生也就起身告辞而去。

回到寓中,到了晚上,木生便穿了便衣,坐了车,径到赛金花寓中而来。下车进门,家人就低低说道:"上海成大人拜会。"那金花连忙接出来,见了木生说道:"成大人,想不到你会来找我!"木生嘻嘻的笑道:"我今天到京,诚心的来见二爷,果然见到了,实在荣幸得很!"金花道:"承你看得起,来找老朋友,实在感激。"金花就携着木生的手,到房中沙发上一同坐了。木生就问道:"此回你逃难,一定很辛苦了!"金花道:"不用提起,我是住在天津,人家都往南方逃,我偏往北京走,差一点儿小性命多没有了。幸亏天老爷有眼,现在北京的瓦大帅,不知道他怎么知道我流落在此,他派了军官来找我,见了面就很招呼我,很看得起我,有事去求求他,没有不答应的。所以也就敷衍下去了。"木生道:"我在上海已知道赛二爷的大名鼎鼎,是北京城里第一个红人。"金花道:"成大人你不用瞎说,我是一个毫无能力的女子,能有什么的名气呢?"木生道:"并不是瞎说,听说你救了许多冤枉的人,就陈苍佩不也是你救出来的么?他至今口口声声在朋友面前感激你呢!"金花微笑道:"陈大人也是很好的人,我替他说一句好话也不费什么事,算不得什么。照这样的事,也不知办了多少,我都忘记了。陈大人还记着么?"木生道:"你的不记在心上,是你的大量;他的不忘掉,是他的良心。你说对不对?"金花道:"成大人太看得起我了!我是不敢当的。"随说道:"成大人你在这儿便饭吧!"木生道:"谢谢你,已偏过了。"金花道:"我还没有吃饭,咱们一块儿喝一点儿酒好么?"木生点点头。金花就分付下人开饭,一会儿开出饭菜来,很精致的,都是南边的口味。金花拿着玻璃酒瓶,替木生斟了一杯克利沙,随说道:"你喝白兰地么?这儿也有。"木生道:"不必,就是克利沙很好。你的厨子是南边人吧!"金花道:"他本来是从上海带到天津,拳乱一乱,也就到北京找我来了。我也吃惯了他的菜,觉得口味尚合适,成大人你家里的厨房好得多,恐怕你吃不来吧!"他们喝了几杯酒,木生想:我要来的目的,正是发表的时候了,他就说道:"瓦大帅多少年纪了?脾气怎么样?"金花道:"他也有五十多岁了,精神很好,跟我们说话很和气,没有什么脾气。"木生道:"他见了你们娘儿们,自然很和气,听说在会议席上很难说话。李合肥很碰钉子,所以讲和的事还没有边儿呢。"金花道:"我们很盼望早点儿讲和,大家太太平平过日子不好么?"木生道:"可不是!我们也盼望讲和,否则怎么了呢!"金花道:"他们外国人要什么才肯和呢?"木生道:"别的还好商议,就是德公使克林德被杀了,他们的要求太厉害,断难办到。"金花道:"难道没有通融的办法么?"木生道:"这件事要紧关子,因为克林德的夫人也在北京,天天逼着瓦德西要求,这件事不解决,别的都不能提。各国也因德国的公使被杀,是国际上一件重大的事,不得不让他先解决,所以束手无策。"金花道:"克林德夫人在瓦大帅处也见过几回,可是没有谈过这件事。论起来,老太后真对不起人,我看小说书上也有'两国相争不斩来使'的话,那有这种野蛮的道理!"木生道:"可不是!各国公使,代表他们的国家,除掉生苗生番,才有这种举动,中国的脸总算丢尽了!但是我们中国人,总想保全一点中国的面子好一点,你想对不对?"金花道:"当然!"木生道:"你赛二爷北京人众口同声都说你保全了许多中国人，真是第一个爱国的奇女子。今天我在李傅相那儿闲谈，提起了你，他也很佩服你。他就说起你跟瓦德西很熟，最好请你向瓦帅那儿疏通一下，或者有变通的办法。他说，你不曾见过，不好冒昧。我听见了，本来要找你，就讨了这个差使，现在听你和克林德夫人也相熟，那更好了。你看中国人面上去说一下，如若说得开，你的功劳固然了不得，你的名誉是史鉴上流芳百世的了。"金花道："成大人真的么？难道李中堂也晓得我么？"木生道："我向来不造谣言的，况且傅相还要先送些首饰衣物给你，我说赛二爷很有侠气，他也不在乎东西的。"金花笑道："成大人真是老朋友，晓得我的脾气，我在北京替人家办点事，从来不要人酬劳。不过一个无名的女人，去办关系国家的大事，恐怕担当不起罢了！"木生道："你和我都是大清国的百姓，能毅保全我们的太后、皇上，少丢一些脸，想都是很愿意的。"金花道："你的话不错，不过办得来办不来，那是没有把握，姑且去试试再说。"木生道："你只要肯去，你的口才一定有成功的希望，你答应了，你打算什么时候去？"金花道："这个事须要碰机会，在闲谈中提起，方不着痕迹。我是常到瓦帅那儿去的，大约三天后有什么消息，我定来报告你。"木生道："好！好！全仗大力！"一面就立起身来道："时候不早了，我要回去了。"金花道："你此次进京带了几位姨太太来的？"木生道："就带了一个服待的。"金花笑道："我也不留你了，恐怕回去过晚，要受责罚的。"木生笑道："没有的事。"就匆匆出外。金花送到门外，看他上车而去。正是：

  东华涂炭分邪正，北里莺花记折冲。

欲知金花去与克林德夫人如何说法，且看下文。

第六十回　克林德恤典建牌坊
　　　　　赛金花妙语结和局

　　话说赛金花自从成木生托她向瓦德西及克林德夫人处疏通，并受了木生一番的称赞推重，并说李中堂也看得起他，不免心中生了一种虚荣心，而且向来聪明会说话，所以毅然的担任了。这几天他又和木生商量了许多办法。

　　那一日天气很好，她就骑了一匹马，直到瓦德西所住的西苑中来。见了面，恰好瓦德西没有什么事，就坐下闲谈。金花道："这几天大帅忙不忙？"瓦哈哈笑道："也算忙，也算不忙。战事总算停了，议和的李鸿章也来了，没有什么很担心的事。不过和议虽然议了几次，一件事也没有通过，很叫人着急。照我军人的脾气，只要派兵到陕西去，把这个老婆子捉了，什么事就容易解决了。"金花道："可不是！讲到这位老太后，实在不好，倘让光绪皇上当了权，我看什么事也容易解决了。"瓦道："你的话很对。"金花道："克钦差的赔偿，到底要怎么样呢？"瓦道："克林德太太一定要那个老婆子抵命才行。"金花伸了一伸舌头道："这可是不容易办到的！因为我们中国人看来，那皇太后、皇上是神圣不可侵犯的。情愿亡了国，决不肯把太后来抵外国人的性命。我想就是把他抵了命，不过是替克太太出了一口气，与国家是没有什么利益的。大帅，你是好替国家大局上着想的，与其替一个人出气，不如替全国人得些利益。况且把这件事想法子通融了，我想他们议和的，一定感激大帅，将来大帅有什么要求，他们当然容易答应了。我们是闲谈，大帅你想对不对？"瓦笑道："你的话不错！不过克林德太太通不过去，他是一定要报仇，很不容易转圜。"金花道："这个要紧的关子，是在克太太身上，她能给通融了，对於贵国大皇帝，只要你大帅去奏明了，我想大皇帝看着你大帅的面子，也没有不答应的。"瓦道："你的话真不错！像你来做了你们的议和大臣，一定可以解决不少的事了。费了多少的时候，一件也没有议妥的，真叫我急得不得了！"金花道："大帅你真瞎说了！我是一个女人，懂得什么！可惜克太太虽曾见过几回，没有讲过话，只怕他看不起我，不肯跟我说话，否则我去见见他，我们娘儿们从女人的心理上，或者可以想出一个办法来。"瓦道："我也想到，他的要求就是办到了，国家也没有什么实在好处。而且各国也许从中挑拨，借此离间两国的邦交。你怕他不肯招待，那是没有的事。你肯去劝劝他，是再好没有的，我替你介绍一下，包他很欢迎的。你能够办下来，不但是帮了你们的国家，也是帮了我的忙，省了我天天操心着这件事。谢谢你，我就写一封信给你，你就去走一趟罢！"他说了，就走到公事桌上，拿了笔和纸，写了一封简单介绍信，递给金花道："我们德国人是很性急的，他这时候大约在家，你就去看他一下子，听你的好消息吧！"金花含着笑，立起身来道："好在没有事，我就去碰一下子看，或者靠你的福，也许有点边儿。"

　　金花辞了瓦德西，出来以后，骑了马，向克林德夫人寓中而去。到了旅馆门口，下了马，找着旅馆中的仆役问道："克太太在家么？"他说道："在家。"金花就将自己的名片，和瓦德西的介绍信，一同交给他，叫他去通知。他就先领金花到会客室中坐定。一面去通知克太太。不多一会儿，只见那仆役推门进来，说道："克太太来了。"金花就立起来迎着，那克太太满面笑容，进来就握着金花的手，说道："咱们已见过好几回了，你要来就来，你还叫瓦帅写介绍信，不太客气么？"金花道："承蒙太太看得起，自己恐怕身分彀不上，今儿在瓦帅那儿谈起克太太的交涉还没有办好，瓦帅说克太太心里很不高兴，叫我来陪着讲讲闲话。他说你们娘儿们脾气合式，我们男人说的话总不能熨帖，所以叫我来和克太太解解闷，不晓得太太讨厌不讨厌？"克笑道："我很想找几位女朋友谈谈，不过本国的军人，都没有带家眷，贵国的太太小姐们，能说我们的话的很少，今天蒙你来看我，是很快活的。以后望你常常来才好！"金花道："可惜我是没有什么知识的，只怕惹你讨厌。太太你自从到了此地，还住得惯么？比较柏林街道的整齐洁净，以及公园和娱乐处所的繁华，真是比不上的。"克道："这也各有各的好处，此地的各种宫殿庙宇，都有几千年的文化古迹，也有不可及的地方。只是近来失於修理罢了。"金花道："是的，西直门外的颐和园，太太曾去逛过么？"克道："去过两回了。也算得是一个伟大的建筑。就是欧洲的国都，也很不多见这种的规模。"金花道："可不是，我在欧洲经过许多大国，像贵国和英法等都有很大的宫殿花园，也许有胜过此地的。不过这个好地方，只有一个西太后享福，真是不平得很！"克道："可不是！这个老婆子把你们的国家搅成了一个什么样子，还不满足！还要牵连到各国，兴起了义和团，杀了许多各国的教士，并且把我的丈夫都杀了，真是野蛮到了极点！所以我向我们的大皇帝要求，非把这个老婆子抵偿了我丈夫的命不可。我想你们中国人，受他的苦也不浅了，应当赞成我的主张，为什么你们的李鸿章还是千方百计的不答应？李鸿章在世界上也有点名誉，难道他也是个义和团么？"他一面说，一面脸上绯红，怒气直冲起来。

　　正在说时，只听会客室门上有叩门声，克就答应了一声，只见一仆役推门进来，手拿一镀银盘，盘中有一名片，他说道："俄国使馆里的丽娜小姐拜会！"金花听了道："原来是俄公使的小姐。他住中国很久，一口的中国话，说得真好。我和他也很熟。"克道："他的德国话也很好，和你既然很熟，就一块儿见吧！"金花道："不晓得他有什么事？

我先告辞，过天再来请安吧！"旁边仆役道："丽娜小姐他问过克太太会的是谁，我告诉他是赛二爷，他说很好，本想见见他。"克听了道："既然如此，就请吧！"仆役出去了，一会儿就领着一位小姐，黄发碧眼，穿着一套礼服，推门进来，满面笑容，向着克太太握手道："你好！今儿法国使馆的跳舞会，你也去吗？"克道："不定去不去。"丽回身向着金花伸手握着道："想不到在此地又见着了！"金花笑道："今儿我也是来替克太太解闷的，恰好你也来了，更好了！"丽道："克太太为什么不一定去法使馆跳舞呢？"克道："密斯，你想我有什么兴致去跳舞呢？"丽道："已经之事，只好丢开点儿，克公使在上帝面前，自有极乐的地方，我们在世界上，专在愁苦中过日子，有损无益，不如及时行乐的好。"一面向金花道："你以为怎么样？"金花道："你的话不错！刚才我正和克太太谈及，总是我们中国人的不好，只望克太太看破些，现在正在议和，只要替克太太想法子，教克太太满了意，想中国也没有不答应的。"克道："你们的李鸿章就是不答应我的要求，我怎么能满意呢？"金花道："说起来这个祸，是老太后惹出来的，不过那时候他也没有权了。都是一般昏蛋的王大臣干的。他也管不了了。照我们中国的习惯，在李鸿章看来，拿太后来抵命，比灭亡中国更利害，他们以为与其如此，不如亡国，所以不能答应了。丽娜小姐，你在中国很久，很知道中国的习惯，不是有这个道理么？"丽道："你的话不差！前儿我爸爸说和议不能进行，很着急，教我见着克太太劝劝，通融一点，交涉才好办。况且拿太后来抵命，不要说是中国，就是欧洲也没有这个办法。听说各国公使私下也有闲话，不要为了克公使的事，耽误了各国的交涉；就算办到，也不过一时的痛快，中国受了这种的羞辱，对於别的要求，恐怕更要为难了。不如请克太太看在本国的利益上，和各国的交情上，退步一点。今儿克太太题起，所以顺便把爸爸的意思告诉克太太，不过爸爸的话，也是闲谈，非正式的。不晓克太太以为怎么样？"金花道："你的话很有理，但克太太的话也有理。女人家一个丈夫，无缘无故被人家害了，自然要报仇的。但照你的话想来，关系着国家的大事，确也有一些斟酌的地方。"克道："照你们说来，难道我的丈夫就白死了么？"丽道："那有白死的理！不过譬如克公使在军队中阵亡了，也不能教敌军中的首领来抵命的。"克道："公使是代表一国的皇上的，杀了公使，如同杀了皇上，不应当叫他抵命么？"丽道："是的！不过现在都说是克太太不答应，所以来劝劝的。"克道："只要是我们陛下通融了，我也只好服从的。"金花道："丽娜小姐，我们是说闲话，何妨研究一下，有什么条件可以满足克太太的意思呢？"克道："我只要报了仇，就满足了。"金花也不问克太太的意思，接着说道："丽娜小姐，我在欧洲看见许多大人物的纪念，不是造一个铜像，就是立一座碑石，我们中国的纪念最尊贵的是牌坊，此外是立碑，凡是忠臣、孝子、义夫、节妇，都是建筑牌坊，传到几千百年后，经过这牌坊的人，都是肃然起敬。可见中外都是一样的。像克公使的殉国功劳，应当留一永久纪念，除克太太的复仇主义外，不论铜像、牌坊，总要办的，才对得住克公使。"克道："照你们说来，我的仇是不能报的了！"金花道："我们是闲谈，不足为凭，一切总要克太太拿主意的。不过克太太一定要报仇，是难以办到的。"丽道："我们是和克太太解闷来的，不是跟克太太办交涉来的，不过听见各国外交界中许多人说，欧洲从前也有伤害了敌国公使，甚至开战灭国，也没有把敌国的君主来抵命的。我想现在坚持下去，万一各国提出酌中判断，反使中德邦交受损，恐怕贵国大皇帝也只好曲从。我想克太太还是赶紧想一转圜办法。我因为和克太太要好，所以直言相劝，请克太太不要疑心。"克道："你们都是真心替我打算，那有疑心的！不过教我怎么样改口呢？"金花道："那自然不能由克太太自己让步的，一定要先通知瓦帅，细细的商量个办法，才好办。我前天见着瓦帅，他也很着急，大约也听见各国的闲话，他也说总要想一个办法，只是不好劝克太太。倘然克太太有意思，我就去给瓦帅露一点消息，等瓦帅商量。"丽娜含笑道："好极好极！赞成赞成！"克向着金花道："只是又要劳你驾，对不起得很！"金花道："这算得什么！承克太太看得起。"一面说，一面向丽娜道："密斯，请多坐一会！乘便和克太太到法使馆去赴跳舞会，解解闷。"丽娜点点头。金花就站起来告辞而去。读者，你想会这样巧，恰好俄使馆的丽娜小姐同来，两个人一吹一唱，把克太太的顶为难的交涉轻轻的吹散了？原来金花答应了成木生去疏通克太太，自己想一个人恐怕弄僵，他打听克太太的朋友，就是丽娜小姐最要好，他就同木生商量，去运动丽娜，木生知道李伯相和俄公使有交情，就由伯相当面托了俄公使，商定了一切办法，所以金花由瓦德西处出来，就先通知俄使馆，请丽娜也到克太太处来。二人本已约定，作为不期而遇，谈笑之间，办成了这一件大交涉。

　　闲话不提，且说金花由克林德夫人处出来，就欣欣然到瓦德西营中来，进去一看，只见瓦德西坐在沙发上，口中衔着雪茄，四围都是高级军官，以及公使参赞等，或立或坐，约有十余人，好像在开军事大会议。瓦德西看见金花进来，忙欠身招呼他坐下。金花和他们一般人都认识，普通的招呼了一下，就含笑说道："大帅，是不是开正式会议？我闯进来，不免太冒昧了！"瓦笑道："这个会你也应当列席的，他们也正在听你的消息呢！"金花道："我那里配呢！"瓦道："你不要客气了！你快报告吧！克林德太太有点活动么？"金花道："靠大帅的脸，加以密席司的爱国心，大约可以通融办理。不过还是要请大帅的决定。太太大约明后天就过来请示。"瓦呵呵的大笑，向着在座的诸人道："可是我说的不差，办交涉是女子胜於男子的。"参谋长道："大帅的指挥是不差的，既然他肯通融了，以下就好办了。"瓦就向着金花道："他露点儿口风，要怎么样才满意呢？"金花道："他没有提出条件，当时我就说，各国纪念的通例，是造铜像立碑石，中国最尊重的是建牌坊，就是北京东西大街上的牌楼，只有皇上家才准建立，民间是不准设立的，只要决定那一项，贵国的体面，克公使的功劳也永远流传了。克太太听了,也没有驳回,只要大帅和他一说,大约总有办法了。"瓦道:"很好!以下的文章,就好办了。"他向着公使道,"请你细细的想一想,遵照陛下的训令,应提出什么条件呢?"那公使道:"既然克公使的赔偿,我们有了让步,至对於开衅的罪魁,自应严重一点惩办,使他们晓得破坏公法,一定要负严重的责任。想各国也明白的。大帅以为何如?不过这秘密的议案,密斯金是会中人,不要漏泄才好!"瓦笑道:"你放心,我可以保证。"金花道:"不过今天俄使馆的密斯丽娜也一同在座,他也很帮忙,劝了许多话。克太太大半是听他的话居多。此地的话,我自然负责,其余恐怕不能一点儿不露吧!"瓦道:"你们说的话不要紧,只要中国不知道,就好办了。"那公使道:"明天正是开议的日子,请大帅赶紧和克太太把让步的步骤议定了,大纲既定,好相机应付。"瓦道:"很好!我就去请他来,和他决定了再通知你便了。"随即叫了随侍的武弁来道:"你去到克公使太太那里去,请他即刻到此地来面谈,就去!"那武弁答应着,行了一个军礼,就退出去了。那公使道:"我们要告退了。随后听大帅的消息就是了。"那众人也纷纷退出。金花含笑着,也立起来道:"我也告辞吧!"瓦道:"你去什么?等克太太来,正要你从旁替我说几句话呢!"金花道:"真要我么?"瓦笑道:"谁说假话呢!"

他们谈着话,一会儿听得有人敲门,瓦就答应了一声,只见那门一开,有一个仆役进来回道:"克林德太太来了。"瓦就点点头,说:"请他进来。"仆役领着克太太缓步进来,瓦就立来道:"克太太请坐!"随后金花上来,携着克太太的手,说道:"我从你那儿出来,就到了此地,我把太太的一片爱国的意思,告诉了大帅,大帅也深为佩服。所以大帅留我在此,等太太来一同商量办法,可是我是没有识见的女人,一切要太太自己作主,请大帅决定的。"克道:"谢谢你一切的关照。"三个人一同坐定了,瓦就说道:"密席司为国家的意思,刚才由密斯金转达,论理我们应该为密席司一定要达到目的,但中国的观念,国家的权利,可以缓商,而体面却不能不顾,一定要处分他们的太后,是第一件难事。若坚持下去,其余和议,都无从进行。况且各国政府政见不一,用兵的事,我们也难坚持独行,他们各国以为权利可以到手了,都是我们坚执要报仇。万一决裂,将来恐怕发生变化,我们一国也难进行。我们大皇帝原要替克公使出一口气,但是我们在外面办交涉的,看到环境如此,真是有点为难,不过我们也不好和密席司说退步的话,好像对不起克公使。现在密席司既有让步的意思,免得我们为难,那是再好没有的了。不过密席司有何主张,尽管说出来,我们斟酌好了。"克道:"我的丈夫为国殉难,我是当然要报仇的。不过为了我个人的事,不能进行和议,这是有关於国家大局的。我也不好执而不化,对不起国家和大皇帝,只要大帅吩咐,於我丈夫的面上下得去,我也没有不可以服从的。"瓦接着说道:"足见密席司的明白大体,我们现在私下说,刚才他说,中国最体面的是建立牌坊,我想北京城中,只有皇帝才可以建立牌坊,倘然替克公使立一个牌坊,上面刻着中国皇帝的道歉书,确是可以永垂不朽。不晓得克太太意下如何?"克道:"我是妇人家,究竟不晓得什么,只要大帅以为可行,我也没有什么异议。"金花就说道:"既然克太太可以通融,其余的事就好办了。"瓦道:"克太太的顾全大局,我好感激。"克道:"大帅办公的时间很宝贵。"就立起身告辞而去。金花等克太太走后,又谈了一会儿,也就告辞了出来。

  回到寓中,天色已晚,次日叫一个当差的到成大人那儿去,说"我们姑娘请成大人来,有要紧话说。请就过来。姑娘在家里等着呢!"那当差的就到了成木生公馆中,恰好木生已预备了马车,正要出门,听见金花来人一说,就叫家人告诉他说,就来。木生晓得金花一定有些眉目,随即坐了车,径向金花寓中而来。进了门,见了金花,木生笑道:"今儿你找我,一定有好消息。"金花微笑道:"自从你托了我的事,几天内没有机会,今天早上和瓦帅闲谈,谈到这件事,承瓦帅看得起,叫我去疏通克太太,特别郑重介绍到克太太那儿去。我和克太太从前虽认得，但从未办过正经的大事，现承瓦帅郑重介绍，自然可以谈及这件事了。我到了克太太那儿，他看了瓦帅的介绍信，承他很殷勤的谈起来，起初他绷着脸，非把太后抵偿不可，后来我顺着他口气说了些话，他才慢慢的微解了些怒气。我又说当时太后也作不了主，都是一班昏蛋的王公大臣做出来的。克太太听了，没有说话。我就乘机说道，克公使的一件事，总要留点纪念的，照外国的规矩，或是造铜像，或是立碑石，都可以的。恰好俄国的丽娜小姐也来了，帮着我说道：'中国都讲究牌坊，各处都有，为忠臣，节妇建立的，本京东西城的牌楼，只有国家建立的，能毂在克公使殉难处立一牌坊，真是流传不朽的。'经他一说，克太太没有驳回，总算有了眉目。"木生道："好极了！本来今天又是会议的日子，贤良寺已来约我去谈，大家可以商定一个办法。你很费心，我们是不会忘记你的。"言毕，匆匆的立起身来，满面带着欢欣的样子，出门上车去了。

木生到了贤良寺。见了李傅相，坐定后，木生就问道："今日会议有无进步？"李道："今天也没有什么事，不过德公使口气中好像松动了一点，他说这件交涉，想你们有点为难，我们也想帮忙，只要克公使夫人能通融一点就好办了。但不知究竟如何？"木生道："回中堂的话：德公使的话确有来历的。"李道："你怎么知道？"木生道："那天奉了中堂的面谕，曾经去托过赛金花的，金花今天来送信，说是昨天他和瓦帅、克夫人都见过，确实谈起这番交涉，他说他已向克夫人疏通过，确有些转机。并且谈有办法。所以特来请中堂的示。"李道："怎么样？"木生道："他将中国为难的情形说了，克夫人也能谅解了，后来俄国的丽娜小姐帮着劝了一番，他们说在克公使遇难之地建立一座牌坊，记念克公使，听说克夫人没有拒绝。大约可以通过。"李傅相听了很高兴，后来这项交涉，便很顺利的解决了。所有严惩祸首，要求赔款，一切交涉。都有国史记载，不在话下。

却说克林德牌坊赶紧建立，不到几个月，居然耸立在东单牌楼大街上。那天落成的时候，中外要人都来观礼，金花也接到了一张通知单。那金花也很高兴的，骑了马，到了会场，下马进去。只见各国的来宾很多，德国的军人尤其来了不少。金花大半都认得，一一招呼过了。那中国的大员，也降尊屈礼，和金花招呼，倍示殷勤。金花随意敷衍了一回。落成礼毕，金花仍骑上马，出了正阳门，回寓而来，一路看他的人很多。其中也有知道这件事的，都指指点点说道："你看赛二爷今日多体面！一个窑姐儿，今天算露了脸了！"旁边一个人道："将来老佛爷也许要谢谢他呢！"一个人道："那是不会有的！这种功劳，依然是王公大臣冒了去罢了！"那路人纷纷议论之中，金花也听到了一两句话，骑在马上，自言自语道："公道自在人心，也不枉我的一番心力了。"倏忽已到了自己门口，下了马，进了门，自去休息去了。吴梅村《圆圆曲》曾有一联云："全家白骨成灰土，一代红妆照汗青。"若把"全"字改作"万"字，不啻为金花写照哩！至于庚子以后时局，及赛金花身世结局，只好待后人再续的了。正是：

　　口碑尽说红颜力，眉黛能添青史光。